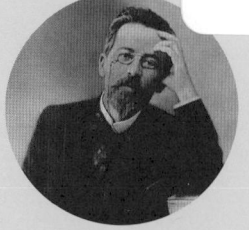

Антон Павлович Чехов
1860.1.29~1904.7.15

안톤 파블로비치 체호프

1860년 러시아 남부의 소도시 타간로크에서 태어났다. 잡화점을 운영하던 아버지가 파산하면서 가족 모두가 모스크바로 이주했으나, 홀로 타간로크에 남아 고학으로 김나지움을 마쳤다. 1879년에 모스크바 대학교 의과대학에 입학한 후 가족의 생계를 위해 유머 단편들을 잡지에 기고하기 시작했다. 1884년 대학을 졸업하고 의사가 된 후에도 돈벌이를 위한 글쓰기에 매진하던 그의 문학 생활에 전기를 가져온 것은 작가 D.V. 그리고로비치가 1886년에 보낸 편지 한 통이었다. 재능을 낭비하지 말라는 충고를 담은 편지에 감동한 그는 작가로서의 자각을 새로이 하여 희곡 〈이바노프〉(1887)와 중편소설 〈대초원〉(1888)을 썼다. 이 시기에 발표한 단편집 《황혼》(1887)이 권위 있는 푸쉬킨 상을 수상하면서 일약 문단의 주목을 받기 시작했다. 막심 고리키, 차이코프스키 등 많은 문화인들과 교유하며 러시아 문학계의 중심인물로 자리 잡았고 대문호 톨스토이의 극찬을 한 몸에 받기도 했다.

재기 넘치는 단편들로 사랑받던 체호프는 점차 희곡에 힘을 기울여 〈갈매기〉(1896) 〈바냐 외삼촌〉(1897) 〈벚나무 동산〉(1903)과 같은 걸작들을 써냈다. 1904년 여름, 지병인 폐결핵의 병세가 악화되어 "나는 죽는다"라는 마지막 말을 남기고 44세의 젊은 나이로 사망했다.

체호프의 희곡들은 사소한 일상사의 재현을 통해 눈에 보이지 않는 인생의 진실과 아름다움을 시(詩)의 경지에까지 끌어올렸다는 평가를 받으며 러시아 희곡을 세계적인 반열에 올리는 데 기여했다.

체호프 희곡 전집

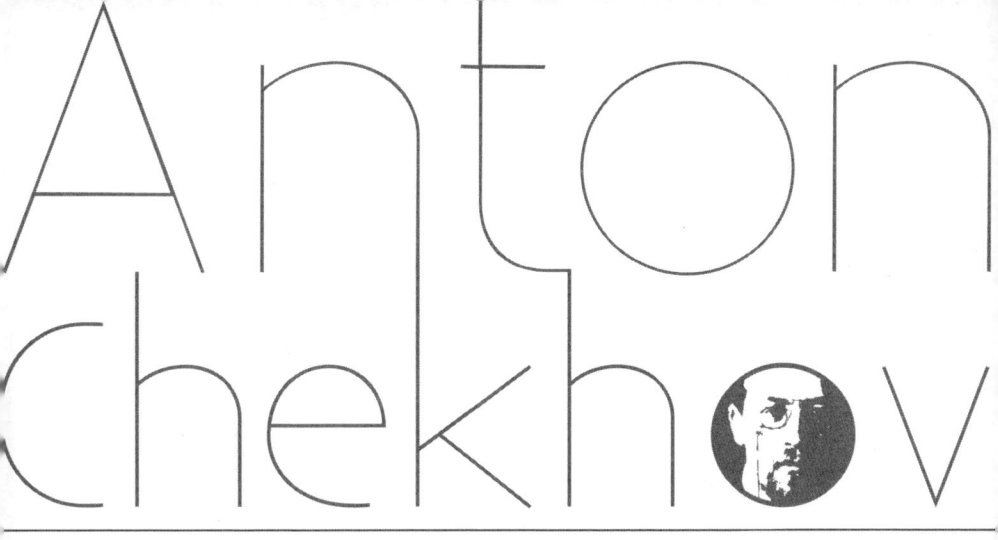

Anton Chekhov

체호프 희곡 전집

김규종 옮김

SIGONGSA

일러두기

1. 이 책은 안톤 파블로비치 체호프(А.П.Чехов)의 《안톤 체호프 전집 제9권 희곡들 1880–1904(Собрание сочинений в двенадцати томах. Том девятый. Пьесы 1880-1904)》 (Государственное издательство Художественной литературы, 1961년)을 우리말로 옮긴 것이다.

2. 본문의 러시아어는 최대한 원어 발음에 가깝게 표기했다.

3. 주는 지은이 주와 옮긴이 주를 구분하지 않고 별표(✽)로 표시했으며, 머리에 [원주]라고 밝힌 것은 지은이 주이고 그 밖의 것은 옮긴이 주이다.

차례

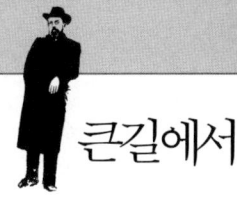

큰길에서

| 단막 드라마 습작 |

사랑하는 여인의 배신으로 모든 것을 잃은 보르쏘프의 비극적인 이야기가 천둥과 번개를 동반한 굵은 빗줄기를 배경으로 큰길가의 선술집에서 펼쳐진다. 도끼를 들고 다니는 무뢰한 메리크의 험상궂은 인상과 기구한 인생 편력, 운명처럼 대면하는 보르쏘프 내외의 기막힌 사연이 소설처럼 이어진다. 이 작품은 사랑이란 대저 무엇이고, 아내와 남편은 어떤 관계이며, 인생이란 또 무엇인지 곰곰 돌이키게 하는 서정적 드라마이다.

등장인물

티혼 예프스티그녜예프 큰길에 자리한 선술집 주인

세묜 세르게예비치 보르쏘프 몰락한 지주

마리야 예고로브나 세묜의 아내

사바 노인 순례자

나자로브나 여자 순례자

예피모브나 여자 순례자

페쟈 지나가는 공장 노동자

예고르 메리크 부랑자

쿠지마 나그네

우체부

보르쏘바 마리야 예고로브나의 마부

순례자, 가축상인, 나그네 등

사건은 남부 러시아의 한 도시에서 일어난다. 무대는 티혼의 선술집이다. 오른쪽에는 술병이 놓인 선반과 계산대. 안쪽에는 밖으로 통하는 문. 그 위에 기름투성이의 붉은 등불이 밖으로 매달려 있다. 바닥과 벽 옆에 놓인 의자는 순례자와 나그네들로 초만원이다. 자리가 부족하기 때문에 많은 사람들은 앉은 채 자고 있다. 한밤중. 막이 오르면 천둥소리가 들리고, 문을 통해 번개 치는 것이 보인다.

| 1장 |

계산대 뒤에는 티혼. 의자에 몸을 쭉 뻗고 반쯤 누워 있던 페쟈가 아코디언을 나직하게 연주한다. 낡은 여름옷을 입은 보르쏘프가 그 주위에 앉아 있다. 의자 부근 바닥에 사바, 나자로브나 그리고 예피모브나가 자리를 잡았다.

예피모브나 (나자로브나에게) 이봐요, 할아범을 좀 흔들어 보우! 아무래도 죽은 것 같우.

나자로브나 (사바 얼굴에서 옷자락 끄트머리를 들어 올리면서) 이 봐요, 할아버지! 살았어요? 아님 이미 죽은 거예요?

사바 죽긴 누가 죽어? 살아 있어, 아줌마! (한쪽 팔꿈치에 의지하 여 몸을 일으키면서) 다리 좀 덮어줘, 바보 같으니라고! 그래 그렇게. 오른쪽 다리를 좀 더. 그래 됐어, 아줌마. 모쪼록 건강 하시오!

나자로브나 (사바의 발을 덮어주면서) 주무세요, 할아버지!

사바 대체 이런 판에 무슨 잠을 자? 이런 아픔을 참을 수만 있다 면, 잠이란 건 전혀 필요치 않아, 아줌마. 큰 죄를 지은 자는 쉬 지도 못하는 법. 이봐, 뭐가 이리 시끄러운 게야?

나자로브나 하느님이 우레 비를 보냈어요. 바람이 울부짖고, 비가 저렇게 억수로 쏟아져요. 억수로 쏟아진다고요. 지붕이며 유리 에 마치 작은 완두콩처럼 쏟아지고 있어요. 아시겠어요? 하늘에 구멍이 뚫린 것 같답니다…….

우렛소리.

거룩하고, 거룩하고, 거룩하신…….

페쟈 천둥이 치고, 기적이 울리고, 윙윙대면서 도대체 끝이 없군!
구우우……. 마치 숲이 윙윙대는 것 같아……. 구우우……. 마치
개처럼 바람이 울부짖네……. (몸을 웅크린다) 추워! 옷이 젖었
어. 그것도 금세 흠뻑 젖어버렸어. 문이 활짝 열려 있으니…….
(나직하게 연주한다) 여러분, 아코디언이 젖어서 더 이상 연주
할 수가 없어요. 안 그랬다면 깜짝 놀랄 만한 연주회를 열었을
텐데! 기막히게! 카드릴*이든, 폴카**든 상관없지……. 러시아
의 어떤 쿠플레라도…… 모두 할 수 있어. 예전에 어느 도시의
그랜드호텔 복도 담당 보이로 있었을 때는 돈을 못 벌었지만, 아
코디언에 대해서만큼은 어떤 악보에서든 최고였다니까. 기타도
연주하지.

구석에서 들리는 목소리. "바보, 바보 같은 소리하고 있네."

페쟈 네놈이 바보야.

사이.

나자로브나 (사바에게) 영감님, 이제 편안하게 누워서 발을 따뜻하

---

* 19세기 중반 프랑스를 중심으로 유행한 4인 1조의 춤.
** 보헤미아에서 기원한 것으로 남녀가 짝을 이루어 추는 4분의 2박자의 빠른 춤.

게 하세요.

사이.

영감님! 이봐요! (사바를 떼민다) 아니 죽으려는 거예요?

페쟈 할아범, 보드카 좀 마셔보쇼. 한잔하면 뱃속이 불타올라 가슴속의 사소한 것은 금방 날려 버리거든. 자, 들어봐요!

나자로브나 허풍떨지 마, 젊은이! 노인이 죽어서 죄를 참회할지도 모르는 판인데, 무슨 말을 그렇게 해! 아코디언은 또 뭐고……. 음악 따윈 때려치워! 뻔뻔스러운 녀석!

페쟈 당신은 뭔데 영감을 귀찮게 하는 거야? 영감이야 어쩔 수 없다고 해도, 당신은…… 여자들의 어리석음이란……. 영감은 경건하기 때문에 야비한 말은 한마디도 하지 않았는데, 당신은 기뻐하고 있었잖아. 영감이 바보 같은 당신 말을 듣고 있다고 기뻐하는 꼴이라니……. 자라고, 영감. 듣지 마쇼! 지껄이게 놔두고 상관 마쇼. 여자들 혓바닥이란 집안의 꾀 많고 똑똑한 사람을 쓸어버리는 악마의 빗자루니까. 신경 끄쇼…… (두 손을 꼭 쥔다) 이 양반 보게. 정말 바짝 말랐군! 엄청나네! 죽은 사람처럼 피골이 상접하군! 생기라곤 없어! 아니 정말로 죽은 건가?

사바 죽긴 왜 죽어? 주여, 헛되이 죽지 않도록 하소서……. 조금 괴롭긴 하지만 나중에는 하느님 덕분에 일어나겠지……. 성모께서는 내가 타지에서 죽게 내버려두지는 않을 터이니…… 집에서 죽어야지…….

페쟈 멀리서 혼자 왔소?

사바 볼로그다에서. 바로 그 볼로그다에서……. 그곳의 소시민이었지…….

페쟈 볼로그다가 어디 있는데?

티혼 모스크바 부근이야⋯⋯. 현청이 있지⋯⋯.

페쟈 쯧쯧쯧⋯⋯. 아주 멀리서 왔군, 텁석부리! 내내 걸어온 거야?

사바 그렇다네, 젊은이. 티혼 자돈스키*에 들렀다가 성스러운 산맥**으로 가는 길이야⋯⋯. 만일 주님 뜻이라면 성스러운 산맥에서 오데스트***로 갈 수 있겠지⋯⋯. 사람들 말로는 거기서 예루살렘까지는 싸게 갈 수 있다는군. 21루피면 된다는 거야⋯⋯.

페쟈 모스크바엔 가봤소?

사바 그럼! 다섯 번쯤⋯⋯.

페쟈 그렇게 멋진 곳이오? (담뱃불을 붙인다) 좋습디까?

사바 성스러운 곳이 많아, 젊은이⋯⋯. 그런 곳은 어디든 좋은 법이지⋯⋯.

보르쏘프 (계산대 쪽으로 다가와 티혼에게) 다시 한 번 부탁하네! 제발 달라니까!

페쟈 도시에서 중요한 건 청결이야⋯⋯. 먼지가 있으면 물을 뿌리고, 더러우면 청소해야지. 건물이 높으면⋯⋯ 극장이나 경찰서고⋯⋯. 마부들은⋯⋯ 여러 도시에서 살아봐서 안다니까.

보르쏘프 한 잔만⋯⋯. 이 작은 잔으로⋯⋯. 물론 외상으로! 꼭 갚을 거야!

티혼 그만해.

보르쏘프 자, 부탁하네! 제발 부탁해!

티혼 꺼져!

보르쏘프 내 말을 알아듣지 못하는군⋯⋯. 후레자식 같으니. 만일

---

* 불멸하는 성인의 영적 능력을 얻었다고 알려져 있는 러시아 대주교 티혼 자돈스키 (1724~1783)를 기념하여 지은 수도원으로 순례자들의 발길이 끊이지 않는 곳으로 유명하다.
** 카프카스 산맥.
*** 오데사. 우크라이나 서남부에 있는 도시.

우둔하고도 거친 네놈 머리통에 한 방울의 뇌수라도 있다면, 잘 들어. 네 식대로 거칠게 말하면, 부탁하는 건 내가 아니라, 내 배때기란 말이다! 병이 나서 그래! 알아들어!

티혼 당최 모르겠군. 비켜!

보르쏘프 이걸 알아야 해. 지금 마시지 못한다면, 만일 욕망을 충족시키지 못한다면 죄를 지을 수도 있어. 무슨 일을 저지를지 아무도 몰라! 쓰레기 같은 놈. 네놈은 야비하게 일평생을 살아오면서 많은 술꾼을 봐왔겠지. 그런데 정말 지금까지도 대체 그들이 어떤 사람인지 모른단 말이냐? 환자들이야! 그들을 사슬에 묶고, 때리고, 죽여. 하지만 보드카는 줘! 자, 제발 부탁드립니다! 정말이지 부탁하네! 몸을 낮추겠네! 아니, 내가 이렇게 굽실거리다니!

티혼 돈을 내. 그럼 보드카를 주지.

보르쏘프 돈이 어디 있나? 다 마셔 버렸는걸! 하나도 남김없이! 자네한테 뭘 줄 수 있을까? 달랑 외투 하나 남았어. 하지만 이걸 줄 수는 없어……. 안에 아무것도 입지 않았거든……. 모자를 원하나? (모자를 벗어서 티혼에게 넘겨준다)

티혼 (모자를 살펴보면서) 흠…… 모자도 모자 나름이지……. 구멍투성이라서 마치 체로 거른 것 같군…….

페쟈 (웃는다) 귀족 모자로군! 저걸 쓰고 거리를 쏘다니다가 아가씨들 앞에서 벗는다는 거지. 안녕하시오, 잘 가세요! 어떻게 지내시나요?

티혼 (보르쏘프에게 모자를 돌려준다) 공짜로는 안 돼. 이건 못 써.

보르쏘프 마음에 안 드나? 그렇다면 외상으로 줘! 도회지에서 돌아오는 길에 5코페이카 가져다주겠어! 5코페이카짜리가 목에 걸려버려라! 목에 걸리라고! 물릴 만큼 자네 목구멍에 간수하라니까! (기침한다) 정말 역겨워!

티혼 (주먹으로 계산대를 두드리면서) 왜 귀찮게 하는 거야? 대체 뭐하는 인간이야? 사기꾼이야, 뭐야? 왜 왔냐고?

보르쏘프 한잔하고 싶어! 내가 아니라, 병 난 배때기가 원하는 거야! 알아듣겠나!

티혼 날 화나게 하지 마! 서둘러 스텝*으로 가고 싶어!

보르쏘프 어떻게 하지? (계산대에서 물러난다) 어떻게 해야 하지? (생각에 잠긴다)

예피모브나 악마가 당신을 헷갈리게 하는 거라우. 나리, 그냥 모른 척 침이나 탁 뱉어요! 저주받을 놈이 "마셔! 마시라고!" 하고 속삭이면, 그 악마한테 이렇게 말하시우. "안 마셔! 안 마신다니까!" 그러면 떨어져나갈 거라우!

폐쨔 머릿속은 빙빙 돌고, 배때기는 홀쭉하게 들어갈걸! (큰 소리로 웃는다) 나리 양반, 웬 고집이셔. 자, 누워서 잠이나 자라고! 술집 한가운데서 허수아비처럼 서 있는 까닭이 뭐야! 채소밭을 못 찾았나!

보르쏘프 (독살스럽게) 닥쳐! 너한테 달라고 한 게 아니잖아. 바보 자식!

폐쨔 말을 하려면 해. 하라니까. 하지만 횡설수설하지는 마! 그런 놈들은 많이 봤으니까! 여기 큰길에도 너 같은 놈들이 숱하게 떠돌아다니거든! 바보자식이라고? 귀뺨을 세게 후려치면, 네놈은 바람보다 더 크게 울부짖을 거다. 네놈이야말로 바보야! 쓰레기!

사이.

---

* 러시아와 아시아의 중위도에 위치한 온대 초원 지대. 건기에는 불모지, 우기에는 푸른 들로 변한다. 여기서는 '빨리 죽고 싶어' 하는 뜻을 함축하고 있다.

쌍놈!

나자로브나 필시 할아범은 기도하고 죽어가는 모양인데, 저 불신자들은 서로 싸움을 걸고, 말하는 거 하며……. 파렴치한 자들 같으니!

페쟈 이런 늙어빠진 할망구. 술집에 들어왔으면 넋두리 따윈 때려치워! 술집에는 술집의 법도가 있으니까.

보르쏘프 어떻게 해야 하지? 무엇을 해야 하나? 어떻게 저자를 납득시킨다지? 어떤 달변이 더 필요한 거지? (티혼에게) 가슴속의 피가 굳어버렸지! 티혼 삼촌! (운다) 티혼 삼촌!

사바 (신음한다) 불타는 총탄에 발을 맞은 것 같아……. 이봐요, 부인!

예피모브나 왜 그러시우, 영감?

사바 누가 우는 게야?

예피모브나 나리라우.

사바 볼로그다에서 죽을 수 있도록 날 위해 눈물 흘려달라고 나리한테 부탁해 봐. 눈물의 기도가 더 효험 있거든.

보르쏘프 기도하지 않겠어, 영감! 이건 눈물이 아니야! 생즙이라고! 가슴을 눌렀더니 생즙이 흘러나오더군. (사바의 발치에 앉는다) 생즙이야! 하지만 너희들은 모를 거야! 영감, 자네의 무지한 분별로는 알 수 없지. 너희들은 무지한 인간들이야!

사바 근데 영리한 사람들이 어디 있나?

보르쏘프 영리한 사람들이 있지, 영감…… 그들은 이해할 거야!

사바 있긴 있지, 여보게…… 성스럽고 영리한 분들이 계셨다네……. 그분들은 온갖 고통을 알아차리셨어……. 말하지 않아도 그분들은 아실 거야……. 자네 눈을 들여다보면 아실 거라고……. 그래서 그분들이 아시고 나면 무척 위로가 돼서 고통도 없던 것처럼 씻은 듯 가시거든!

페쟈 정말로 성자를 봤다는 거요?

사바 그렇다마다, 젊은이…… 세상엔 온갖 사람들이 많지. 죄인들도 있고, 하느님의 머슴들도 있다네.

보르쏘프 아무것도 모르겠군……. (신속하게 일어난다) 오가는 말을 이해해야 하는데, 정말로 지금 나한테 분별이 있을까? 본능과 갈망만 있을 뿐이야! (계산대로 신속하게 다가간다) 티혼, 외투를 받아! 알겠어? (외투를 벗으려 한다) 외투를…….

티혼 외투 안에 뭐가 있나? (보르쏘프의 외투 속을 들여다본다) 벌거벗었잖아? 벗지 마, 안 받아……. 죄를 짓지는 않을 거야.

메리크가 들어온다.

| 2장 |

같은 사람들과 메리크.

보르쏘프 좋아, 내가 죄를 짓겠어! 알겠나?

메리크 (말없이 외투를 벗는다. 반외투 차림에 허리에는 도끼를 차고 있다) 누군가는 춥겠지만, 곰과 뿌리 뽑힌 사람은 언제나 더운 법이야. 땀이 다 났구먼! (도끼를 마루에 놓고 반외투를 벗는다) 진창에서 다리를 빼다보면 이렇게 땀이 한 양동이 흘러내리지. 한쪽 다리를 뺐다 싶으면, 다른 다리가 진창에 빠지는 거야.

예피모브나 그렇다마다……. 이보시우, 비가 좀 잦아들었수?

메리크 (예피모브나를 힐끗 보고나서) 여편네들 하고는 말 안 해.

사이.

보르쏘프 (티혼에게) 죄를 짓겠다니까! 듣는 거야, 마는 거야?

티혼 듣고 싶지도 않아. 관둬!

메리크 깜깜해. 마치 타르로 하늘을 칠해버린 것 같다니까. 코빼기도 안 보여. 꼭 눈보라처럼 빗줄기가 면상을 후려친다니까! (두 팔로 옷가지와 도끼를 안는다)

페쟈 너희 형제인 사기꾼에겐 그게 중요하지. 맹수도 몸을 숨겼으니, 사기꾼들은 살판난 거지.

메리크 어떤 인간이 나불대는 거야?

페쟈 이봐…… 주제넘게 참견한 건 아니겠지.

메리크 기억해두도록 하지……. (티혼에게 다가간다) 잘 지냈나, 낯짝 큰 인간! 혹시 날 못 알아보는 거 아니야?

티혼 큰길을 돌아다니는 자네 같은 술꾼들을 모두 알아보려면 바로 여기 이마빡에 구멍이 열 개는 있어야 돼.

메리크 보라니까…….

사이.

티혼 이런, 그러고 보니 알아보겠네. 큰 눈을 보니 알겠어! (손을 내민다) 안드레이 폴리카르포프?

메리크 예전에는 안드레이 폴리카르포프였지. 지금은 예고르 메리크야.

티혼 어쩌다 그리 됐나?

메리크 하느님이 표를 보내셨으니 그럴 수밖에. 메리크로 지낸 게 두 달쯤 됐나…….

천둥소리.

우르르…… 울려 퍼져라. 놀라지 않을 테니! (주위를 둘러본다)
개들은 없나?

티혼 개는 무슨 개. 등에와 모기만 점점 많아져……. 사람들이 고
분고분해서 말이지……. 지금 개들은 필시 이불 위에서 늘어지
게 자고 있을 거야……. (큰 소리로) 여러분, 주머니와 옷가지를
조심해요. 아깝다면 말이야. 간악한 인간이야! 강도라고!

메리크 뭐, 돈이 있다면 간수들 하쇼. 하지만 옷은 건드리지 않아.
쓸데가 없거든.

티혼 귀신한테 홀려서 어디로 가는 겐가?

메리크 쿠반.

티혼 뭐라!

폐샤 쿠반? 정말? (몸을 일으킨다) 멋진 곳이지. 그곳은 꿈에서도
보기 어려운 동네야. 3년을 자도 말이지. 끝내주는 곳이라고. 사
람들 말로는 온갖 들새와 짐승들이 있다는 거야. 저런! 풀은 1년
내내 자라고, 사람들은 사이좋게 지내고, 땅은 끝도 없이 넓다는
거야! 관에서 하는 말로는…… 얼마 전에 어떤 군바리가 말하기
를…… 한 사람 앞에 100헥타르를 준다는 거야. 정말 끝내주는
행운이지!

메리크 행운이라……. 행운은 등 뒤에서 돌아다니지……. 볼 수 없
다니까. 만일 팔꿈치를 깨물 수 있다면, 행운도 볼 수 있을 텐
데…… 멍청한 짓이지……. (사람들을 둘러본다) 죄수들이 쉬는
것 같군……. 안녕들 하쇼, 거지 양반들!

예피모브나 (메리크에게) 성질 더러운 눈깔하곤! 네놈에겐 악마가
씌웠다……. 우릴 쳐다보지 마…….

메리크 안녕들 하쇼, 가난뱅이들!

예피모브나 고개 돌리라니까! (사바를 떼민다) 사부쉬카*, 나쁜 인간이 우릴 보고 있어요. 해로운 자라우. (메리크에게) 고개 돌리라고 했잖아, 뱀 같은 놈!

사바 별일 없을 거야, 별일 없을 거라고⋯⋯. 하느님이 가만있지 않으실 게야.

메리크 안녕들 하쇼, 여러분! (어깨를 으쓱한다) 아무 대꾸가 없군! 자지도 않으면서, 무례한 자들! 왜 말이 없는 거야!

예피모브나 눈깔 돌리라니까! 악마의 교만을 치우라고!

메리크 닥쳐, 늙은 마녀 같으니! 나는 쓰라린 운명을 악마의 교만이 아니라, 상냥함과 선량한 말이라고 생각하려 했지! 당신들은 추워서 파리처럼 움츠리고들 있어. 당신들이 불쌍해서 좋은 말을 하려고 했어. 가난을 위로하려고 했다니까. 그런데 당신들은 외면하는군! 뭐야, 이게? 그럴 필요 없잖아! (폐쟈에게 다가간다) 당신들은 어디서 왔지?

폐쟈 우린 하모니예프 공장 노동자들이야. 벽돌공장 말이야.

메리크 일어나.

폐쟈 (몸을 일으키면서) 뭐?

메리크 일어나. 벌떡 일어나라니까. 여기 누워야겠어⋯⋯.

폐쟈 뭐라고⋯⋯? 여기가 네 자리야, 뭐야?

메리크 내 자리다. 마룻바닥에 가서 누워!

폐쟈 그냥 가, 지나가는 길이라면⋯⋯. 난 안 무서워⋯⋯.

메리크 약삭빠른 놈이로군⋯⋯. 꺼져. 주둥아리 닥쳐! 질질 짜게 될 게다. 어리석은 놈.

티혼 (폐쟈에게) 저 치한테 대들지 마, 친구. 침이나 뱉어주라고.

폐쟈 무슨 대단한 권리라도 있냐? 꼬치고기 눈을 치뜨면 누가 놀

* 사바의 애칭.

랄 줄 아냐! (물건을 챙겨서 품에 안고 걸어간다. 마룻바닥에 자리를 편다) 악마! (자리에 누워 머리를 감싼다)

메리크 (걸상에 자리를 편다) 이런 이유로 나를 악마라 부른다면, 네놈은 악마를 보지 못한 거야……. 악마는 그렇지 않거든. (자리에 누워 도끼를 옆에 둔다) 도끼야 누워……. 너도 덮어줄 테니까.

티혼 도끼는 어디서 났나?

메리크 훔쳤지……. 훔치긴 했는데, 요샌 빼놓지 않고 가지고 다니지. 버리자니 아깝고, 둘 곳도 마땅치 않아서 말이야. 역겨운 마누라처럼…… 그래……. (몸을 감싼다) 이보게, 악마는 그렇지 않아…….

페쟈 (외투 아래로 머리를 내밀면서) 그러면 어떤데?

메리크 악마는 안개나 바람 같아……. 이렇게 숨을 내쉰다고. (입으로 분다) 악마는 이렇다니까. 악마를 볼 수는 없어.

구석에서 목소리가 들린다. "써레 아래 앉으면 볼 수 있지."

앉아 봤지만 못 봤소……. 여편네들과 멍청한 사내들이 거짓말을 하는 거야……. 악마도, 산신령도, 죽은 사람도 안 보인다니까……. 눈이란 게 모든 걸 볼 수 있도록 만들어진 게 아니거든……. 어렸을 때 일부러 밤마다 숲을 돌아다녔어. 산신령을 보려고 말이지……. 소리치고 또 소리치곤 했지. 될수록 빨리 산신령을 부르고 눈도 깜박이지 않았다니까. 여러 가지 시시한 것들만 보이고, 산신령은 못 봤어. 밤마다 묘지를 돌아다니기도 했지. 죽은 사람을 보려고 말이야. 여편네들이 거짓말한 거야. 온갖 짐승을 보긴 했는데, 무서운 것은 허탕이었다니까. 그런 눈이 아니라…….

구석에서 목소리가 들린다. "그렇게 말하지 마. 볼 때도 있거든……. 우리 시골에서 농부 하나가 멧돼지 내장을 긁어냈는데 말이야……. 내장을 뜯어냈는데도, 그 자리에서 뛰어나가더라고!"

사바 (몸을 일으키면서) 이보게들, 부정한 것을 꺼내지 말게! 죄악이야!

메리크 아아……. 허연 수염하곤! 뼈만 남았군! (웃는다) 묘지 갈 일 없겠구먼. 죽은 자들이 한 말씀 하겠다고 마룻바닥에서 기어나오는 판국이니……. 죄악이라…… 그런 어리석은 생각으로 사람들을 가르치지 마! 당신들은 몽매하고 불학무식해서…… (담뱃대에 불을 붙인다) 아버진 농부였고, 그래서 훈계하는 걸 좋아했지. 어느 날 밤, 신부한테서 사과 한 자루를 훔쳐 가져오더니 훈계하더라니까. "봐라 얘들아. 축제까지 사과를 처먹으면 안 돼. 죄악이야……." 당신들도 마찬가지야……. 악마를 떠올리면 안 되지만, 방탕한 건 괜찮다니…… 이를테면 저 심술궂은 노파를 보라고. (예피모브나를 가리킨다) 저 여잔 내게서 악마를 봤다지만, 어리석음 때문에 필시 평생에 다섯 번쯤 악마에게 영혼을 넘겼을 거야.

예피모브나 쳇, 쳇, 쳇……. 하느님이 우리와 함께 하시나니! (두 손으로 얼굴을 감싼다) 사부쉬카!

티혼 왜 사람들을 협박하는 거야? 신났구먼!

바람 때문에 문이 덜컹거린다.

　　예수 그리스도여……. 바람, 바람이!

메리크 (기지개를 켠다) 어휴, 힘을 보여주시지!

바람 때문에 문이 덜컹거린다.

이 바람과 힘을 한번 겨루고 싶군! 바람은 문짝을 뜯어내지 못하지만, 나는 정말이지 술집을 뿌리째 뽑을 수 있어! (일어났다가 눕는다) 우울하군!

나자로브나 기도나 해, 바보야! 왜 안절부절못하는 거야?

예피모브나 저자를 건드리지 마. 나쁜 자식! 또 우릴 쳐다보네! (메리크에게) 쳐다보지 마, 사악한 인간아! 눈을 좀 봐. 새벽기도를 앞둔 악마의 눈 같아!

사바 보게 놔두지 그래. 여러분! 기도하세요. 눈이 귀찮게 따라다니지 않을 테니까…….

보르쏘프 아니야, 견딜 수 없어! 버티지 못하겠어! (계산대로 다가간다) 이보게 티혼. 마지막으로 부탁하지……. 반 잔만!

티혼 (부정적으로 머리를 흔든다) 돈을 내!

보르쏘프 맙소사. 벌써 다 말하지 않았나! 모두 마셔버렸다고! 어디서 돈을 가져올 수 있겠나? 나에게 보드카 좀 준다고 해서 정말로 자네가 파산하는 건 아니잖아? 보드카 한 잔이야 자네한텐 하찮은 액수지만, 나를 고통에서 벗어나게 한다니까! 괴로워! 고집부리는 게 아니라, 괴로워서 그래! 알아주게!

티혼 나한테 그러지 말고 다른 사람한테 가서 말해……. 저기 정교 신자들에게 가서 부탁하라고. 만일 그들이 원한다면 제발 자네한테 술잔을 권하라고 해. 하지만 정말이지 내가 줄 수 있는 건 빵뿐이야.

보르쏘프 자넨 저 가난뱅이들을 벗겨먹지만, 난……. 미안해! 나는 그들을 우려낼 수 없어! 알겠어? (주먹으로 계산대를 두드린다) 그럴 수 없어!

사이.

흠……. 잠깐만……. (순례자들에게 돌아선다) 정말로 괜찮은
생각인데. 여러분! 5코페이카만 기부하세요! 배때기가 부탁하
는 겁니다. 아픕니다!

페쟈 뭐라고, 기부하라고……? 사기꾼……. 물은 마시고 싶지 않
나?

보르쏘프 내가 이토록 굽실거리다니! 이렇게 굽실대다니! 필요 없
어! 아무것도 필요 없다니까! 농담한 거야!

메리크 저놈한테 조르지 마쇼, 나리……. 무지하게 교활한 놈이니
까……. 잠깐만, 나한테 어딘가 5코페이카짜리가 굴러다녔는
데……. 둘이서 한 잔합시다…… 반 잔씩…… (주머니를 뒤진
다) 젠장…… 어디 떨어졌나……. 얼마 전에도 주머니에서 뭔가
짤랑거린 듯한데…… 없네, 없어…… 없다니까, 친구! 자네 행운
은 그쯤일세!

사이.

보르쏘프 마셔야만 해. 안 그러면 죄를 짓고 말 거야! 아니면 자살
할 거라고……. 어쩌지, 맙소사! (문을 본다) 나가야 하나? 눈길
닿는 곳이 어디든 어둠 속을 걸어야 하나…….

메리크 순례자 양반들, 저 사람한테 훈계 안 할 거요? 티혼, 어째
서 자넨 저 사람을 밖으로 몰아내는 거야? 숙박비를 내지 않은
게로군. 몰아내. 목을 떼밀라고! 어휴, 요즘 사람들은 잔인해.
부드러움과 선량함이라곤 없어……. 잔인한 사람들! 사람이 물
에 빠지면 이렇게 소리치지. "빨리 빠져 죽어. 쳐다볼 겨를도 없
어. 일하는 날이거든." 그 사람에게 던질 밧줄에 대해서는 한 마

디도 하지 않고……. 밧줄은 돈이 드니까…….

사바 이보게, 용서하게!

메리크 닥쳐, 늙은 늑대! 잔인한 인간들 같으니! 악독한 사람들! 영
혼을 팔아넘긴 자들! (티혼에게) 이리 와서 장화나 벗겨! 빨리!

티혼 에이, 화났군! (웃는다) 무서워라!

메리크 오라고 말했잖아! 빨리!

사이.

들은 거야, 아니야? 벽에 말한 거냐고? (몸을 일으킨다)

티혼 응, 응……. 알았다고…….

메리크 가난한 떠돌이의 장화를 벗기라고, 이 흡혈귀야.

티혼 그래, 그래. 화내지 마! 이리 와서 한잔해……. 와서 마셔!

메리크 사람들아, 내가 뭘 바라는 거지? 저자가 보드카를 대접하
는 거야, 아니면 장화를 벗겨주는 거야? 정말로 내가 틀린 말을
했나. 옳게 말하지 않은 거야? (티혼에게) 그래서 자네가 잘 알
아듣지 못한 거야? 잠시 기다리겠어. 이젠 알아들었을 테니까.

순례자들과 나그네들 사이에 어느 정도 동요가 인다. 그들은 몸을 일으키고 티
혼과 메리크를 응시한다. 침묵의 기다림.

티혼 악마가 자넬 데려왔어! (계산대에서 나온다) 나리가 나타
나셨구먼! 자 줘봐, 응? (메리크의 장화를 벗긴다) 카인의 후
예…….

메리크 그래. 장화를 나란히 둬……. 그래 그렇게……. 가라고!

티혼 (장화를 벗긴 다음 계산대 뒤로 걸어간다) 자넨 잘난 척하는
걸 너무 좋아해! 한 번 더 우리 집에서 잘난 척하면, 그땐 단박

에 술집에서 날아갈 줄 알아! 응! (다가오는 보르쏘프에게) 또 뭐야?

보르쏘프 이보게, 금으로 된 물건 하나 보여주려고 해……. 원한다면 주겠네…….

티혼 왜 떠는 거야? 알기 쉽게 말해!

보르쏘프 내 입장에서 보면 이건 속되고 불쾌하지만, 어찌 하겠나? 앞뒤 가릴 형편이 아니어서 이런 불쾌함을 무릅쓰기로 결심했네……. 법정에서도 무죄라고 할 걸세……. 가져가게. 하지만 한 가지 조건이 있어. 내가 도시에서 돌아오면 돌려주게. 증인들이 있는 자리에서 넘기겠네……. 여러분, 증인이 되어주세요! (품에서 로켓을 꺼낸다) 자, 여기 있네……. 사진을 빼야 하는데, 그걸 둘 곳이 없군. 온통 젖어서 말이야……. 뭐, 사진도 같이 가져가게! 다만 한 가지……. 자네 말이야…… 손가락으로 사진을 건드리지는 마……. 부탁이야……. 자네에게 거칠게 대한 건…… 어리석었지만 용서하게. 그리고…… 손가락으로 건드리지 말라니까……. 사진은 쳐다보지도 말게……. (티혼에게 로켓을 건넨다)

티혼 (로켓을 요모조모 뜯어본다) 훔친 물건이로군……. 뭐, 좋아. 마시게……. (보드카를 따른다) 얼른 마셔…….

보르쏘프 제발 손가락으로…… 그러지 말게……. (짧은 사이를 두고 천천히 마신다)

티혼 (로켓을 연다) 흠…… 마님이라! 어디서 이 여잘 낚았나?

메리크 보자! (일어나서 계산대로 간다) 보게 줘 봐!

티혼 (그의 손을 물리친다) 어딜 오는 거야? 손 치우고 봐!

페쟈 (일어나서 티혼에게 간다) 줘. 나도 좀 보게!

순례자들과 나그네들이 이곳저곳에서 계산대로 접근한다. 집단을 이룬다.

메리크 (로켓을 든 티혼의 한 손을 두 손으로 단단히 움켜쥐고 말
없이 사진을 본다. 어여쁜 악마로군. 귀부인이야…….

페쟈 귀부인이네……. 뺨하고 눈하며……. 손 치워. 안 보이잖아.
머리를 허리까지 길렀고……. 마치 살아 있는 것 같아! 말을 하
려는 참인가 봐…….

사이.

메리크 허약한 인간에게 이건 망하는 지름길이야. 이런 여자가 목
위에 걸터앉아서…… (손을 흔든다) 그러면 끝장이지!

쿠지마의 목소리가 들린다. "워워…… 서라, 이놈아!" 쿠지마가 들어온다.

| 3장 |

같은 사람들과 쿠지마.

쿠지마 (들어온다) 길에 술집이 있으니, 그냥 지나칠 수 없지. 한낮
에 옆을 지나가는 아비는 못 알아봐도 100킬로미터 떨어진 캄캄
한 어둠 속에서도 술집은 보인다니까. 길을 비켜라, 신자여! 어
서! (5코페이카 동전으로 계산대를 두드린다) 진짜 마데이라 포
도주 한 잔! 빨리!

페쟈 뭐라는 거야, 건달 같은 악마자식!

티혼 주먹 흔들지 마! 혼난다!

쿠지마 그건 흔들라고 하느님이 주신 거야. 설탕처럼 녹아버렸네.

아줌마는 닭고기 같아! 비 때문에 몹시 놀랐군, 약골들 같으니!
(마신다)

예피모브나 이 사람아, 길에서 이런 밤을 만나면 누구라도 놀라는
법이라우. 요즘엔 길마다 고약한 날씨를 피할 곳이 많이 있으니
정말로 고마운 일이지. 얼마 전까지만 해도 그런 게 없었거든!
100킬로미터를 가도 마을이나 농가는커녕 나뭇조각 하나 볼 수
없었다니까. 그래서 맨땅에서 밤을 지새우곤 했다우…….

쿠지마 얼마나 세상 고생을 하셨소?

예피모브나 일흔 살이 넘었다우.

쿠지마 일흔 살이 넘었다고! 곧 700살까지 살겠구려. (보르쏘프를
쳐다본다) 이자는 또 뭐야? (보르쏘프를 똑바로 쳐다본다) 나리!

보르쏘프가 쿠지마를 알아보고는 당황해하면서 한쪽 모퉁이로 걸어가더니 걸
상에 앉는다.

세르게예비치! 나리 맞으시죠, 아닌가요? 네? 무슨 까닭에 이런
술집에 계십니까? 정말로 여기가 나리 계실 곳입니까?

보르쏘프 입 다물어!

메리크 (쿠지마에게) 저 사람이 누군데?

쿠지마 불행한 수난자. (계산대 주변을 초조하게 왔다 갔다 한
다) 아니? 술집에서 말이야. 제발 말을 해보라고! 누더기를 걸
친 채! 술에 취해서! 여러분, 정말 놀랐습니다…… 놀랐다니까
요……. (반쯤 속삭이는 목소리로 메리크에게 말한다) 이분은
우리 나리, 우리 지주이신 세몬 세르게이치 보르쏘프야……. 풍
채가 어떤지 보았나? 저분이 지금 어떤 꼴인지? 그래 그렇다니
까……. 억장으로 취하셨군……. 가득 채워! (마신다) 난 여기서
200킬로미터쯤 떨어진 저 양반 마을 보르쏘프카 출신이야. 혹시

들어들 봤나 모르겠는데, 예르고프 현에 있다네. 우리는 저 양반 부친의 농노였어……. 딱하기도 하셔라!

메리크 부자였나?

쿠지마 엄청났지.

메리크 아버지 재산을 탕진한 게로군?

쿠지마 아니야, 운명이지……. 나리는 뛰어나고 부자인데다가 술도 마시지 않았지……. (티혼에게) 어쩌면 자넨 옛날에 나리가 술집을 지나 읍내로 가는 걸 봤을지도 몰라. 나리의 말은 재빨랐고, 나무마차는 일급이었어! 트로이카를 다섯 대 가지고 있었다네……. 한 5년 전인가, 미키쉬킨의 나룻배로 여기 올 때 나리는 5루블을 던지더라고……. 그리고 말하기를, 거스름돈 기다릴 시간이 없어서 말이지……. 그, 그렇다니까!

메리크 정신 나간 게로군.

쿠지마 정신이야 나리한테도 있는 듯해……. 모든 건 소심해서 그런 거야! 너무 부자여서. 첫 번째 사건은 여자 때문이었지……. 사랑에 빠진 나리가 어떤 도시 여자를 사랑하게 됐어. 저 양반 보기에는 온 세상에 그 여자보다 더 예쁜 여잔 없었지……. 제 눈에 안경이란 말이 제격이었지. 좋은 가문 출신 처녀였어. 행실이 나쁘다거나 뭐 그런 여잔 아닌데…… 경박한 여자였어……. 꼬리를 치고, 또 쳤지! 눈을 가늘게 뜨고! 가늘게 뜨고! 그리고 언제나 웃고 또 웃었어! 머리가 좋은 여자도 아니었고……. 나리들에게 그런 여자가 좋고, 나름대로 똑똑할지 몰라도, 우리 농사꾼들은 집밖으로 쫓아냈을 거야……. 하지만 그 여자가 좋아졌고, 그래서 나리 운명은 끝장났지! 이것과 저것, 차와 설탕, 기타 등등처럼 나리는 여자와 얽히게 됐어……. 밤새 나룻배를 타거나 피아노를 쳤어…….

보르쏘프 그만둬, 쿠지마! 왜 그러는 거야? 저 사람들에게 내 인생이 무슨 상관이야?

쿠지마 용서하십시오, 나리. 아주 조금만······ 말을 했으니 됐습니다······. 조금 놀랐거든요······. 아주 많이 놀랐다니까요. 가득 채워! (마신다)

메리크 (반쯤 속삭이는 목소리로) 그 여잔 나리를 사랑했나?

쿠지마 (반쯤 속삭이는 목소리로, 그러다가 점차 일상적인 어투로 변한다) 어떻게 사랑하지 않겠어? 나리는 하찮은 분이 아니었거든······. 1000헥타르의 땅에 엄청난 돈을 가지고 있다면 사랑하게 되는 거지······. 나리 스스로도 믿음직하고, 위엄 있는데다가 술도 드시지 않았으니······. 모든 윗사람은 언제나 똑같잖아. 마치 내가 지금 자네······ 손을······ (메리크의 손을 잡는다) "안녕하시오, 잘 가시오, 이리 오시오"······ 여하튼 어느 날 저녁에 바로 나리의 정원을 지나가는데······ 바로 그 정원 말이야! 무지하게 크지······. 조용히 지나가다가 봤어. 두 사람이 벤치에 앉아서 (키스하는 소리를 낸다) 키스를 하고 있더군. 나리는 한 번, 뱀 같은 그 여자는 두 번······. 나리가 여자의 하얀 손을 잡자 여자는 온통 달아올랐지! 그러더니 나리한테 바싹 달라붙더니 말하더군······ 당신을 사랑해요, 세냐*. 그런데 나리는 저주받은 사람처럼 이리저리 돌아다니면서 행복을 자랑했어. 소심함 때문이야······. 이놈에게는 1루블, 저놈에겐 2루블······. 나한텐 말 값을 주시더군. 축하하는 뜻에서 모든 사람들의 빚을 탕감해주셨다니까······.

<u>보르쏘프</u> 아아······. 대체 무엇 때문에 이야기하는 거야? 이 사람들은 조금도 동정하지 않는데······. 정말 괴롭군!

---

* 세묜의 애칭.

쿠지마 조금만, 나리! 사람들이 부탁하잖아요! 아주 조금 말하는 건데 왜 안 되죠? 뭐, 뭐 관두죠. 그렇게 화내신다면야…… 그만 두겠습니다……. 저 사람들이야 깔봐도 그만이니까…….

우편마차 방울 소리가 들린다.

페쟈 고함치지 말게, 조용히…….

쿠지마 그래서 조용히…… 아무것도 하지 말라고 하시니…… 게다가 더 이상 할 얘기도 없어……. 두 분은 결혼했고, 그게 다야……. 더 이상 아무것도 없었다니까. 사심 없는 인간 쿠지마에게 가득 채우라고! (마신다) 과음은 싫어! 결혼식이 끝난 다음 주인 나리들이 만찬자리에 앉은 바로 그때 여자는 단단히 챙겨서 사륜마차로 달아나버렸지……. (속삭이는 목소리로) 읍내 변호사 애인한테로 달음질친 거야……. 아? 어떻게? 바로 결정적인 순간에! 정말이지…… 때려죽여도 모자랄 판이지!

메리크 (생각에 잠겨서) 그렇군……. 그래 그다음엔 어찌 됐나?

쿠지마 멍청해졌지…… 그래서 보다시피, 한 잔씩 마시기 시작하더니, 지금은 완전히 술꾼이 돼버렸지……. 한 잔씩 하더니만 이젠 술꾼이 되셨다니까……. 근데 지금까지도 그 여잘 사랑하는 거야……. 보라고. 사랑하고 있어! 그 여잘 힐끔 보려고 분명히 지금 읍내로 걸어갈 거라고……. 보기만 하고 돌아오는 거야…….

선술집에 우편마차가 도착한다. 우편배달부가 들어와 마신다.

티혼 오늘은 우편이 늦었군!

우편배달부는 말없이 돈을 지불하고 나간다. 우편마차가 방울 소리를 울리고 떠나간다. 모퉁이에서 목소리가 들린다. "이런 악천후에 우편마차 터는 것은 식은 죽 먹기지."

메리크 세상에 35년을 살았지만 한 번도 우편마차를 털진 않았어.

사이.

이제 가버렸군. 늦었어. 늦었다고…….

쿠지마 징역살이 냄새라도 맡고 싶나?

메리크 사람들은 도둑질은 하지만, 냄새는 맡지 않아. 징역살이라 해도 말이지! (퉁명스럽게) 그다음엔 어떻게 됐어?

쿠지마 불행한 사람 얘긴가?

메리크 그렇지 않으면 누구겠나?

쿠지마 두 번째 사건은 파산을 몰고 왔는데, 누나의 남편, 그러니까 자형이…… 나리는 자형을 위해 은행보증을 서겠다고 생각했지…… 3만 루블을…… 자형은 챙기는 걸 좋아했지…… 알다시피 사기꾼은 자기한테 이익이 된다면 아무것도 개의치 않잖아…… 돈을 가져가고선 갚질 않는 거지…… 우리 나리가 그래서 3만 루블 전부를 갚았다니까. (한숨 쉰다) 어리석은 인간은 어리석음의 대가로 고통을 참는 거지. 변호사와 함께 사는 아내는 아이들을 낳았고, 자형은 폴타바 부근에 영지를 샀어. 헌데 우리 나리는 바보처럼 술집을 전전하면서 우리 농사꾼 형제들에게 불평을 늘어놓고 있지. "이보게들, 난 믿음을 잃었다네! 이제 난 누구도 믿질 않아!" 소심함이라니! 모든 사람에겐 각자 괴로움이 있게 마련이지. 뱀이 심장을 빨기 때문에 사람들은 술을 마시는 거야. 그렇지? 이를테면 우리 특무상사를 보자고. 아내는 벌건 대낮에 선생을 데리고 다니면서 남편 돈을 술 마시는데 탕진했어. 그런데 상사는 얼굴에 냉소를 머금고 돌아다니고 있다니까……. 다만 얼굴이 조금 말랐을 뿐이야…….

티혼 (한숨 쉰다) 하느님이 누구에게 어떤 힘을 주셨는가…….

쿠지마 그건 맞는 말이야. 힘에도 여러 가지가 있지……. 그렇지? 얼만가? (지불한다) 피땀 흘려 번 돈 가져가! 이보게들, 잘 있게! 평안한 밤과 좋은 꿈들 꾸게! 가야지. 때가 됐어……. 병원에서 산파를 모시고 아씨께 가야해……. 산파는 필시 오래 기다리다가 비를 맞아 몸이 부풀어 올랐을지도 모르겠군……. (달려나간다)

티혼 (사이를 두고) 어이, 당신! 이름이 뭐였지? 불행한 인간 같으니. 와서 마시라고! (술을 따른다)

보르쏘프 (주저하면서 계산대로 다가와 마신다) 자네한테 두 잔 빚이 있는 거지.

티혼 무슨 놈의 빚? 마시라고. 이게 다야. 재난으로 고통을 달래보라고!

페쟈 나리, 내 고통도 마셔버리쇼! 어휴! (계산대 위로 5코페이카를 던진다) 마셔도 죽고, 안 마셔도 죽어. 보드카가 없어도 좋지만, 보드카와 함께라면 훨씬 편하지! 보드카와 함께 있으면 고통도 고통이 아니라니까……. 털어 넣으라고!

보르쏘프 후우! 화끈하군!

메리크 이리 줘봐! (티혼에게서 로켓을 받아서 초상화를 살펴본다) 흐음…… 결혼까지 하고 달아났다고…… 어떤 여잔가?

모퉁이에서 들려오는 목소리. "그 양반한테 한 잔 따라드려, 티샤.* 내 고통도 마시도록 말이지!"

메리크 (로켓을 힘껏 마룻바닥으로 내던진다) 나쁜 년! (재빨리 제
　　　자리로 가더니 얼굴을 벽으로 향하고 눕는다)

　　　흥분.

보르쏘프 왜 그래? 대체 이게 뭐야? (로켓을 줍는다) 개새끼, 어떻
　　　게 감히 이럴 수 있어? 무슨 권리가 있냐고? (울먹이면서) 죽여
　　　주길 바라는 거냐? 촌놈! 후레자식!
티혼 나리, 저 자가 화낼 거요……. 유리가 아니라서 깨지진 않았
　　　군……. 한 잔 더 마시고, 자리에 드시오. (술을 따른다) 오래전
　　　에 문 닫을 시간인데, 당신 얘길 정신없이 들은 거요. (걸어가서
　　　바깥문을 잠근다)
보르쏘프 (마신다) 어떻게 그럴 수 있지? 정말로 바보로군! (메리
　　　크에게) 알아듣나? 바보, 멍청이!
사바 이보게들! 여보시오! 말조심들 하시오! 소동을 일으킨들 무
　　　슨 소용 있단 말이오? 사람들이 잘 수 있도록 조용히 하시오!
티혼 누우세요, 누우시라고요……. 됐어요! (계산대 뒤로 걸어가
　　　서 매상이 든 상자를 잠근다) 잘 시간입니다!
페쟈 잘 시간이야! (눕는다) 잘들 자시오, 형제들!
메리크 (일어나서 걸상 위에 털가죽 반외투를 깐다) 나리, 이리 와
　　　서 눕구려.
티혼 자넨 어디 누우려고?
메리크 아무데서나…… 마룻바닥에라도……. (마룻바닥에 웃옷을
　　　깐다) 난 아무래도 좋아. (옆에 도끼를 둔다) 나리는 마룻바닥에
　　　서 자는 게 괴로울 거야……. 비단이나 솜에 익숙할 테니까…….

* 티혼의 애칭.

티혼 (보르쏘프에게) 나리, 누우시구려! 초상화는 볼 만큼 봤잖소. (촛불을 끈다) 그 여잔 단념하시오!

보르쏘프 (비틀거리면서) 어디 누워야지?

티혼 부랑자 자리요! 부랑자가 자리를 양보했다는 걸 듣지 않았소!

보르쏘프 (양보받은 자리로 다가간다) 나는 저어…… 취했어. 이건…… 뭐지? 여기 누우라는 거야? 응?

티혼 그래, 그렇소. 두려워 말고 누우시오……. (계산대 위에 사지를 쭉 펴고 눕는다)

보르쏘프 (눕는다) 나는…… 취했어……. 주위의 모든 게…… (로켓을 연다) 촛불 없나?

사이.

마샤* 당신은 이상한 사람이야……. 틀 안에서 날 보고 웃고 있군……. (웃는다) 취했어! 술 취한 사람을 그렇게 비웃어도 되나? 샤스틀리프쩨프**가 말하는 것처럼 당신은 무시하고 있군 그래. ……. 취한 인간을 사랑해 봐.

페쟈 바람이 울부짖는 것 같아! 엄청나군!

보르쏘프 (웃는다) 당신도 참……. 그렇게 빙빙 돌아도 되는 거야? 당신을 붙잡을 수 없잖아!

메리크 헛소릴 하는군. 넋을 놓고 초상화를 보더니만. (웃는다) 어려운 일이야! 교육받은 나리들이 온갖 기계와 약을 생각해냈지만, 여성 치료제를 발견한 똑똑한 사람은 아직도 없으니……. 어

---

* 마리야의 애칭.
** 러시아 연극의 아버지라 불리는 극작가 알렉산드르 오스트롭스키의 희곡 〈숲〉의 주인공 이름.

떻게 하면 모든 질병을 치료할까 탐구하지만, 사람들이 질병 때문이라기보다는 여자 때문에 망한다는 걸 모르고 있어……. 여자들은 교활하고, 인색하며, 무자비하고, 지혜라곤 없지……. 시어머니는 신부를 괴롭히고, 신부는 어떻게 하면 남편을 속여먹을까 궁리한단 말이야……. 끝이 없어…….

티혼 여자들이 앞 머리털을 잡아당기는 바람에 심술이 난 게로군.

메리크 나 같은 사람은 혼자가 아니야……. 세상이 생겨난 옛날부터 사람들은 불평을 늘어놓았지……. 옛날이야기와 노래에서 여자와 악마를 나란히 세워놓은 건 괜한 일이 아니라니까……. 까닭이 있다고! 절반 정도는 사실이야…….

사이.

나리는 바보인 척하는 거야. 정말로 내가 어리석어서 부랑자가 되고, 부모님을 버린 걸까?

페쟈 여자 탓이야?

메리크 저기 있는 나리와 똑같아……. 마치 무도한 놈처럼 현혹되어 돌아다녔어. 행복을 떠벌리고 다녔지……. 밤이고 낮이고 열에 들떠 있었다니까. 그러다가 때가 돼서 눈을 떴더니…… 사랑이 아니라, 속임수만 있더라고…….

페쟈 그래서 그 여잘 어떻게 했나?

메리크 자네가 알 바 아니야…….

사이.

죽였을 거라고 생각하지? 힘이 모자랐어……. 죽이진 못했지만, 아직도 아쉬워……. 살아남아서 넌…… 행복해라! 널 잊을 수 있도록 내 두 눈이 널 보지 않았으면 해. 교활한 뱀아!

문 두드리는 소리.

티혼 도대체 누구야…… 거기 누구요?

　두드리는 소리.

누가 두드리는 거요? (일어나서 문으로 다가간다) 대체 누구야? 문 걸었으니 그냥 지나가!

　문 뒤의 목소리. "들여보내 줘, 티혼. 부탁이야! 마차 용수철이 끊어졌어! 도와줘, 제발! 밧줄로 묶으면 어떻게든 도착할 수 있을 것 같은데……."

티혼 마차에 탄 사람이 누군데?

　문 뒤의 목소리. "아씨께서 읍내에서 바르소노피예보 마을로 가시는 거야……. 이제 5킬로미터밖에 안 남았어……. 제발 도와주게!"

티혼 가서 아씨께 전해. 10루블 주시면 밧줄도 드리고, 용수철도 고쳐 드리겠다고…….

　문 뒤의 목소리. "자네 미쳤나? 왜 그래? 10루블! 미친 개 같으니! 사람의 고통을 이용해먹다니!"

티혼 맘대로 해……. 싫으면 관두고…….

　문 뒤의 목소리. "그래, 좋아. 기다려."

사이.

아씨가 말한다. "좋아."

티혼 어서 오게! (문을 열고 마부를 들인다)

| 4장 |

같은 사람들과 마부.

마부 안녕하시오, 여러분! 자, 밧줄 줘! 빨리! 이보게들, 누가 가서
도와줄 텐가? 찻값은 생길 거야!
티혼 차는 무슨 놈의 차……. 실컷 자게 놔둬. 둘이서 고쳐보지.
마부 휴우, 완전히 녹초가 됐어! 춥고 진창인데, 마른 곳이라곤 없
으니……. 한 가지가 더 있는데 말이야…… 혹시 아씨가 잠시 몸
을 녹일 방 한 칸 없겠나? 마차가 옆으로 기울어져서 도저히 앉
아 있을 수 없어서 말이야…….
티혼 이 판국에 무슨 방을 달라고 그래? 만일 춥다면 여기서 몸을
녹이라고 해…… 자리를 찾아보지. (보르쏘프 쪽으로 다가가서
그 부근을 치운다) 일어나세요, 일어나요! 아씨가 몸을 녹이는
동안 한 시간만 마룻바닥에 누워계시오. (보르쏘프에게) 일어
나셔, 나리! 앉으라니까! (보르쏘프가 몸을 일으킨다) 자, 이 자
릴세.

마부가 나간다.

페쟈 여자 손님이 오겠군. 광대가 데려왔어! 이제 새벽까지 잠들 긴 틀렸어.

티혼 15루블을 달라고 하지 않은 게 아깝군……. 줬을 텐데……. (문 앞에서 기다리는 자세로 멈춘다) 여러분, 좀 더 정중하게……. 말하지 말아요…….

마리야 예고로브나와 그녀의 뒤를 따라 마부가 들어온다.

| 5장 |

같은 사람들, 마리야 예고로브나와 마부.

티혼 (인사한다) 어서 오십시오, 아씨! 농부와 바퀴벌레의 거주집니다. 사양하지 마십시오!

마리야 예고로브나 아무것도 보이질 않네……. 어디로 가야 하는 거지?

티혼 이리로 오십시오, 아씨! (보르쏘프 근처 자리로 그녀를 인도한다) 이리로, 어서 오십시오! (자리를 후후 분다) 죄송합니다만, 저희 집에는 독방이 없습니다. 하지만 아씨, 의심하지는 마십시오. 선량하고 조용한 사람들이니까요…….

마리야 예고로브나 (보르쏘프 옆에 앉는다) 정말로 후텁지근하네! 최소한 문이라도 열어놓아요!

티혼 알겠습니다요! (달려가서 문을 활짝 열어젖힌다)

메리크 사람들은 심하게 추위를 타는데 문을 활짝 열다니! (일어나서 문을 세차게 닫는다) 어떻게 이런 지시를 하나? (눕는다)

티혼 죄송합니다, 아씨. 여기 바보가 있습니다…… 멍청한 잡니
다……. 하지만 놀라지는 마십시오. 나쁜 인간은 아닙니다…….
죄송합니다만, 아씨. 10루블로는 안 되겠는데요……. 괜찮으시
다면 15루블을 주십시오.

마리야 예고로브나 좋아요, 하지만 서둘러요.

티혼 즉시…… 눈 깜짝할 새에 해드립죠…… (계산대 아래서 밧줄
을 꺼낸다) 금세…….

사이.

보르쏘프 (마리야 예고로브나를 바라본다) 마리…… 마샤…….

마리야 예고로브나 (보르쏘프를 보면서) 이건 또 뭐야?

보르쏘프 마리……, 당신이지? 어디서 온 거야?

보르쏘프를 알아본 마리야 예고로브나가 비명을 지르고는 선술집 가운데로 튀
어나간다.

(그녀 뒤를 따라간다) 마리, 나야…… 나. (큰 소리로 웃는다) 여
보! 마리! 대체 여기가 어디지? 여러분, 등불을 좀!

마리야 예고로브나 물러서요! 거짓말이에요. 당신이 아니에요. 그럴
리 없어! (두 손으로 얼굴을 감싼다) 거짓말, 바보짓이야!

보르쏘프 목소리와 움직임…… 마리, 나야! 당장 그만둘게…… 술
마시는 거……. 머리가 빙빙 도는군……. 맙소사! 잠깐, 잠깐
만……. 도대체 모르겠군. (고함지른다) 여보! (그녀 발치에 쓰
러져 흐느낀다)

부부 주변으로 사람들이 모여든다.

마리야 예고로브나 물러서요! (마부에게) 데니스, 가자! 여기 더 이
　　　상 머물 수 없어!

메리크 (벌떡 일어나서 그녀 얼굴을 뚫어져라 바라본다) 초상화!
　　　(그녀의 팔을 붙잡는다) 바로 그 여자야! 어이, 여보게들! 나리
　　　의 아내라고!

마리야 예고로브나 꺼져, 촌놈 같으니! (그에게서 손을 빼내려고 애
　　　쓴다) 데니스, 뭘 보고 있는 거야?

데니스와 티혼이 그녀에게 달려와서 메리크의 두 팔을 잡는다.

　　　여긴 도둑놈들 소굴이야! 손을 봐! 두렵지 않아! 꺼지라고!

메리크 조금만 기다려, 금방 놔줄 테니……. 딱 한 마디만 말하
　　　게 해줘……. 당신이 알아듣도록 한마디만……. 조금만 기다
　　　려……. (티혼과 데니스를 향해 돌아선다) 꺼져, 쓰레기들. 붙잡
　　　지 마! 말을 하지 않고서는 놓아주지 않겠어! 기다려…… 금방.
　　　(주먹으로 자기 이마를 친다) 아니야, 하느님은 내게 분별을 주
　　　지 않았어! 당신한테 무슨 말을 해야 할지 모르겠어!

마리야 예고로브나 (팔을 빼낸다) 꺼지라니까! 주정뱅이들……. 가
　　　자, 데니스! (문 쪽으로 가려고 한다)

메리크 (그녀의 길을 막는다) 자, 단 한 번이라도 좋으니까 저 사람
　　　을 봐! 달콤한 한마디 말이라도 건네라고. 하느님께 빌라니까!

마리야 예고로브나 이…… 멍청한 자를 내게서 떼어놔.

메리크 그렇다면 꺼져. 이 빌어먹을 년아. 돼지라고! (도끼를 휘두
　　　른다)

무시무시한 동요. 모두가 공포의 소음과 비명을 지르면서 벌떡 일어난다. 사바가 메리크와 마리야 예고로브나 사이에 선다. 데니스가 메리크를 힘껏 한쪽으로 밀어내고 마리야를 선술집 밖으로 데리고 나간다. 긴 사이.

보르쏘프 (허공 속에 두 팔을 벌린다) 마리…… 당신 어디 있어, 마리!

나자로브나 맙소사, 하느님 맙소사……. 당신들은 내 가슴을 찢어냈어, 살인자들! 정말로 저주받은 밤이야!

메리크 (도끼 든 손을 떨어뜨리면서) 그 여잘 죽였나, 어쨌나?

티혼 하느님께 감사드려! 네 머리가 온전한 걸…….

메리크 그렇다면 죽이지 못한 거로군……. (비틀거리면서 잠자리로 돌아간다) 훔친 도끼 때문에 죽을 팔자는 아닌가 보군……. (잠자리에 쓰러져 흐느낀다) 우울해! 정말로 우울해! 여러분, 나를 가련하게 생각해주세요!

막.

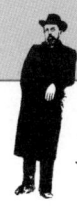

고니의 노래(칼하스)

| 단막 드라마 습작 |

이제는 너무도 늙어버린 희극배우 스베틀로비도프의 처절한 노래가 구슬픈 만가처럼 울려 퍼진다. 배우라는 직업을 천직으로 여기며 45년을 살아온 지방 극단의 무명배우가 생의 끝자락에서 절절하게 풀어내는 인생의 슬픔과 비애가 캄캄한 한밤중의 연극 무대에서 꿈결처럼 이어진다. 관객으로 하여금 연극과 인생, 배우와 극장의 관계를 돌이키게 하고, 종당에는 삶의 본원적인 의미를 묻는 작품이다.

등장인물

바실리 바실리이치 스베틀로비도프 희극배우, 노인, 68세

니키타 이바느이치 프롬프터, 노인

사건은 밤, 공연이 끝난 지방 극장 무대에서 일어난다. 중간 수준의 지방 극장의 비어 있는 무대. 무대 오른쪽으로는 분장실로 연결되는, 칠도 하지 않은 문들이 있다. 무대 왼편과 안쪽은 폐물로 뒤덮여 있다. 무대 한가운데에 뒤집힌 의자 하나. 밤. 깜깜하다.

| 1장 |

스베틀로비도프가 칼하스 의상을 입고, 한 손에는 양초를 든 채 분장실에서 나와 큰 소리로 웃는다.

스베틀로비도프 어떻게 이런 일이! 이런 화상하고. 분장실에서 잠이 들다니! 공연은 오래전에 끝났고, 사람들은 모두 극장을 떠났는데, 난 너무도 평온하게 코를 골면서 잠에 곯아떨어졌군. 아아, 늙다리, 늙은 놈! 늙은 개야, 넌! 그러니까, 술에 취해 앉은 채 잠들었단 거잖아! 재주도 좋아! 칭찬할 만해! (소리친다) 예고르카! 예고르카, 빌어먹을! 페트루쉬카! 악마 같은 놈들, 잠들었구먼. 100마리의 악마와 마녀 하나가 네놈들 아가리에 숨을 내쉬고 있어! 예고르카! (의자를 들더니 거기 않는다. 그리고 마룻바닥에 양초를 세운다) 아무것도 들리지 않네⋯⋯. 오직 메아리만 응답하는군⋯⋯. 예고르카와 페트루쉬카는 열심히 한다는 이유로 오늘 나한테 3루블씩 받았는데, 지금은 그자들을 도저히 찾을 수가 없구먼⋯⋯. 집에 간 게지. 분명히 문을 걸었을 거야, 더러운 놈들⋯⋯. (고개를 흔든다) 취했어! 우후! 후원 흥행이란 이유로 오늘 난 얼마나 많은 포도주와 맥주를 들이 부었나, 맙소사! 온몸에서 냄새가 진동하고, 입 안에서는 열두 개나 되

고니의 노래 45

는 혓바닥이 밤을 지새우고 있네……. 역겨워…….

사이.

어리석은…… 늙은 바보 녀석이 곤드레만드레 취했군. 무슨 기쁜 일인지 까닭도 모른 채 말이야……. 우후, 맙소사! 허리도 아프고, 머리도 쪼개지는 것 같아. 온몸에 오한이 드는데, 마치 무덤 속에 있기라도 한 것처럼 영혼에 한기가 들고 깜깜하군. 이바느이치 광대는, 설령 건강에 문제가 없다 하더라도 늙어가는 것은 피하라고…….

사이.

노년이라…… 아무리 속이고, 아무리 허장성세를 부리거나 바보인 척해도 이미 인생은 다 지나가버렸어……. 이미 68년이 사라진 거야. 잘 가시오! 돌이킬 수 없어……. 이미 거의 다 마셨고, 바닥에 남은 것도 거의 없어……. 찌꺼기만 조금 남았어……. 그래…… 일이 그렇게 된 거야, 바슈샤*……. 좋든 싫든 이미 사자(死者) 배역을 연습할 시각이야. 죽음이란 것이 멀지 않으니까 말이지……. (자기 앞을 응시한다) 45년을 무대에서 일했지만 밤에 극장을 보는 것은 필시 처음인 듯해……. 그래, 처음이야……. 정말로 이상하군, 뒈져버려라……. (각광 쪽으로 다가간다) 아무것도 보이지 않아……. 그런데 프롬프터 박스는 조금 보이는군……. 바로 이것이 문자로 표시된 특별석이고 악보대로군……. 나머지 다른 것들은 안 보여! 죽음 자체가 숨겨져 있는

* 바실리의 애칭.

무덤처럼 캄캄하고 바닥 모를 구멍이야……. 부르르! 추워! 난로 파이프에서 그런 것처럼 객석에서 바람이 불어오네……. 영혼을 불러오는 바로 그 진정한 장소! 기분이 언짢아. 오싹한데……. 등골이 싸늘해……. (소리친다) 예고르카! 페트루쉬카! 어디 있나, 이 악마 같은 놈들아! 하느님, 제가 악마를 떠올리고 있습니까? 아아, 맙소사. 그런 말은 던져버려. 마시는 것도 그만둬. 이미 늙었으니 죽을 때라고……. 예순여덟이면 사람들은 새벽예배를 다니고, 죽음을 준비하는데, 너는…… 오, 하느님! 불결한 말과 술에 취한 낯짝, 이런 광대의 의상…… 꼴도 보기 싫어! 어서 가서 옷을 입어야겠어……. 기분이 언짢아! 정말이지 이런 식으로 여기서 밤을 새운다면 무서워서 죽을 수도 있겠어……. (자신의 분장실로 걸음을 옮긴다. 바로 그때 무대 안쪽의 가장 먼 분장실에서 니키타 이바느이치가 하얀 실내옷을 입고 나타난다)

| 2장 |

스베틀로비도프 (니키타 이바느이치를 보고 나서 두려움에 질려 비명을 지르더니 뒷걸음질 친다) 누구냐? 왜 그래? 누구냐고? (발을 구른다) 누구냐니까?
니키타 이바느이치 저올시다!
스베틀로비도프 누구냐고?
니키타 이바느이치 (천천히 그에게 다가가면서) 접니다…… 프롬프터 니키타 이바느이치……. 바실리 바실리이치, 접니다!
스베틀로비도프 (기진맥진해서 의자에 앉는다. 무겁게 숨을 몰아쉬고 온몸을 떤다) 맙소사! 이게 누구야? 너구나……. 너냐, 니키투쉬카? 어…… 어째서 여기 있는 게냐?

니키타 이바느이치 여기 분장실에서 밤을 지새우고 있습죠. 제발 부탁하오니 알렉세이 포미치한테는 말씀하지 말아주십시오……. 밤을 지새울 곳이 더는 없습니다. 믿어주세요…….

스베틀로비도프 너로구나, 니키투쉬카…… 맙소사. 맙소사! 사람들은 열여섯 번이나 우릴 불러냈고, 꽃다발 세 개와 많은 물건을 가져왔지……. 모두가 기뻐하고 있었는데, 어느 누구 하나도 술 취한 늙은이를 깨워서 집으로 데려가지 않았어……. 난 늙었어, 니키투쉬카……. 예순여덟 살이야……. 아파! 허약한 영혼은 지쳤고……. (프롬프터의 손에 매달려 운다) 가지 마, 니키투쉬카……. 늙고 병들었고 죽을 때가 됐어……. 무서워, 무섭다니까!

니키타 이바느이치 (부드럽고 공손하게) 바실리 바실리이치, 이제 집에 가실 시각입니다요!

스베틀로비도프 안 가! 내겐 집이 없어. 없어, 없다고, 없다니까!

니키타 이바느이치 하느님! 어디 사시는지조차 잊어버리셨습니까!

스베틀로비도프 거기 가고 싶지 않아, 안 가! 거기선 나 혼자야……. 나한텐 아무도 없어, 니키투쉬카. 친척도, 마누라도, 자식도 없어……. 들판의 바람처럼 혼자라니까……. 내가 죽어도 누구 하나 기억하지 않을 거야……. 혼자라는 게 무서워……. 덮혀주고 달래줄 사람 하나 없고, 술 취한 나를 침대로 누일 사람 하나 없어……. 난 누구의 사람일까? 누구한테 내가 필요하지? 누가 날 사랑하느냐고? 어느 누구도 날 사랑하지 않아, 니키투쉬카!

니키타 이바느이치 (눈물을 글썽이며) 관객들은 당신을 사랑합니다, 바실리 바실리이치!

스베틀로비도프 관객은 극장을 나가 잠들면 광대에 대해서는 잊어버려! 아니야, 난 누구한테도 쓸모없고, 누구 한 사람 날 사랑하지도 않아……. 아내도 자식도 없어…….

니키타 이바느이치 아니, 무엇 때문에 상심하시는 건가요…….

스베틀로비도프 난 사람이야, 살아 있는 인간이라고. 혈관에는 물이 아니라, 피가 흐르고 있어. 난 귀족이야, 니키투쉬카. 좋은 혈통의……. 이 구멍에 빠지기 전에는 군대에서 근무했지. 포병으로 말이야……. 나는 정말로 멋지고, 잘생겼으며, 정말로 순수하고, 대담하며, 열렬했지! 하느님, 그 모든 것이 어디로 갔습니까? 니키투쉬카, 그다음에 내가 어떤 배우였지, 응? (일어서면서 프롬프터의 손에 의지한다) 그 모든 것이 어디로 간 거야? 그때 그것은 어디 있는 거지? 맙소사! 지금 이 구멍을 들여다보니까 모든 게 기억나. 모든 것이! 이 구멍이 나의 45년 인생을 먹어치운 거야. 그게 어떤 인생인데, 니키투쉬카! 지금 이 구멍을 들여다보니까 모든 게 속속들이 다 보여. 마치 자네 얼굴 보듯. 젊음의 희열, 믿음, 격정, 여자들의 사랑! 여자들 말이야, 니키투쉬카!

니키타 이바느이치 주무실 시각입니다요, 바실리 바실리이치.

스베틀로비도프 젊은 배우였을 때, 이제 막 격정 속으로 들어가기 시작했을 때, 어떤 여자가 연기 때문에 날 사랑하게 됐지……. 우아하고, 버드나무처럼 몸매가 좋고, 젊고, 순진무구하고, 순수하며, 여름의 저녁놀처럼 정열적이었어! 그 여자의 푸른 두 눈 아래서는, 눈부신 미소를 보노라면 그 어떤 밤도 멈춰 있을 수 없었지. 바다의 파도는 바위에 부서지지만, 절벽과 얼음덩어리와 눈덩어리가 그 여자의 곱슬머리의 파도에 부서졌어! 그 여자 앞에 서 있던 게 생각나. 마치 지금 자네 앞에 서 있는 것처럼……. 이번엔 여느 때와는 달리 그녀는 무덤 속에서조차 그 눈길을 잊을 수 없을 정도로 그렇게 날 바라보았지……. 애무, 비단, 깊이, 젊음의 광휘여! 몽롱한 채 행복에 겨워 그녀 앞에 무릎을 꿇고 행복을 빌었어……. (쇠약해지는 목소리로) 그런데 그 여자가…… 그 여자가 말하기를 '무대를 버리세요! 무-대를 버-리-세-요! 알겠나? 그 여잔 배우를 사랑할 수 있었지만, 그의 아내가 될 수는 없었지. 절대로! 그날 연기했던 게 생각나는 군…… 배역은 속되고 우스꽝스러운 것이었어…… 연기하면서 난 두 눈이 열리는 것을 느꼈어…… 그때 깨달았지. 그 어떤 신성한 예술은 없다. 모든 게 헛소리고 기만이다. 그리고 난 노예고, 남의 잔치에 낀 장난감이며, 광대이자 익살꾼이란 걸! 그때 관객을 알았지! 그 이후로 박수갈채도, 화환도, 열광적인 기쁨도 믿지 않았어…… 그래, 니키투쉬카! 관객은 내게 박수갈채를 보내고, 1루블에 내 사진을 사지만, 난 그들을 몰라. 관객에게 난 쓰레기이자 거의 창녀나 마찬가지야! 허세를 위해서 그들은 나와 아는 척하지만, 그들의 누이나 딸을 내게 아내로 줄 만큼 스스로를 낮추지 않아…… 난 그들을 믿지 않아! (의자에 앉는다) 안 믿어!

니키타 이바느이치 안색이 좋지 않으십니다, 바실리 바실리이치! 저까지 두렵게 만드셨어요…… 제발 집으로 가십시오!

스베틀로비도프 그때 깨달았어…… 그리고 그런 깨달음에 비싼 대가를 치렀어, 니키투쉬카! 그 일이 있고 나서…… 그 여자 이후에…… 난 공연히 흔들렸고, 앞을 보지 않으면서 헛되이 살기 시작했어…… 광대와 냉소하는 자를 연기했고, 광대 짓을 했으며, 이성을 망쳤지. 하지만 대단한 예술가에 뛰어난 재주꾼이었지! 재능을 묻어버리고 나의 언어를 속되게 하고 파괴했어. 형상과 모방을 상실했지…… 이 검은 구멍이 날 먹어치우고 집어삼킨 거야! 예전엔 몰랐는데 오늘 잠에서 깨어났을 때 느꼈어…… 과거를 돌아다보니 내 뒤에 68년이 있더라니까. 이제야 비로소 노년을 본 거야! 노래는 끝났어! (흐느낀다) 노래는 끝났다고!

니키타 이바느이치 바실리 바실리이치! 정말로 큰일이네…… 자, 진정하세요…… 하느님! (소리친다) 페트루쉬카! 예고르카!

스베틀로비도프 그 얼마나 대단한 재능이며, 힘인가! 자넨 상상하기
  어려울 걸세. 발성과 감정과 우아함과 그 현하며……. (자기 가
  슴을 친다) 이 가슴속에! 질식할 수도 있어! 이보게, 들어봐…….
  잠깐만, 숨 좀 돌리세……. 〈보리스 고두노프〉*에서 조금만.

> 이반 뇌제의 그림자가 나를 양자로 삼고,
> 무덤에서 나온 디미트리라고 불렀지.
> 그것은 주위의 민중을 선동했고,
> 보리스를 희생시킬 운명을 내게 부여했어.
> 난 황태자요. 됐소. 거만한 폴란드 여자
> 앞에 스스로를 낮춘 내가 부끄럽소!

자, 서툰가? (활기차게) 잠깐만, 〈리어왕〉에서……. 칠흑 같은
하늘, 비, 뇌성이 우르르……! 번개가 지지직……! 하늘 전체를
줄무늬 모양으로 자르고. 자, 들어봐.

> 분노하라, 바람이여! 불어라, 두 뺨이 터질 때까지!
> 그대, 물의 심연이여. 격렬하게 전진하라.
> 탑과 탑 위의 풍향계를 집어삼켜라!
> 그대, 신속한 유황의 불덩어리여,
> 묵묵한 뇌성벽력의 화살의 예언자여,
> 참나무의 파괴자여, 곧바로 날아오라,
> 내 잿빛 머리를 향해! 모든 것을 흔들어대는
> 하늘의 벼락이여, 모든 자연을 파괴하라,

---

* 알렉산드르 푸쉬킨이 1825년 집필한 장막극으로 로마노프 왕조가 시작되기 전 혼란스러
운 러시아 궁정 세계와 민중의 태도를, 보리스 고두노프와 참칭자 드미트리를 중심으로 묘
사한 비극 작품이다.

지구의 두툼한 구를 단숨에 깨뜨리라.
그리고 배은망덕한 인간들을 잉태한
종자들을 바람에 날려버려라!

(서두르면서) 빨리 광대의 대사를! (발을 구른다) 광대의 대사
를 빨리 치도록! 시간 없어!

니키타 이바느이치 (광대를 연기하면서) "뭐라고, 아저씨? 비를 맞
고 돌아다니는 것보단 지붕 아래 앉아 있는 게 나을 것 같은데?
그래, 아저씨. 딸들 하고 화해하는 게 어때. 이런 밤은 똑똑한 놈
이나 바보나 나쁘긴 매일반이거든."

스베틀로비도프
온몸으로 울부짖어라!
불어라, 퍼부어라, 울려 퍼져라, 그리고 불태워라!
무엇 때문에 나를 용서하려 하느냐? 내 딸들이 아니라,
불과 바람, 뇌성벽력과 비여!
너희들이 잔악하다고 비난하지 않으마.
살아생전에 너희들에게 왕국을 넘겨주지도 않았으며,
너희들을 내 자식이라 부르지도 않았으니 말이다.

힘! 재능! 예술가! 아직도 무엇이…… 무엇이 더 있을…… 옛
날을 불러올까……. 〈햄릿〉을 해보세! (행복한 웃음소리가 터
져 나온다) 자, 내가 시작함세……. 그게 뭐더라? 아, 바로 그거
야……. (햄릿을 연기하면서) "아아, 플루트를 부는 병사들이
군! 자네 플루트를 줘보게! (니키타 이바느이치에게) 내가 보기
에 자넨 지나칠 만큼 날 따라다니는 것 같은데."

니키타 이바느이치 "왕자님, 그 모든 것이 왕자님에 대한 애정과 전
하를 위한 충심에서 비롯된 것임을 믿어주십시오."

스베틀로비도프 "그런데 어쩐지 전혀 이해가 되지 않는군. 뭐든 연주해보아라!"

니키타 이바느이치 "못합니다, 왕자님."

스베틀로비도프 "부탁하네."

니키타 이바느이치 "정말 못합니다, 왕자님!"

스베틀로비도프 "제발, 연주해봐!"

니키타 이바느이치 "정말로 플루트를 조금도 불 줄 모릅니다."

스베틀로비도프 "거짓말하는 것만큼이나 쉬운 일인데. 플루트를 잡아봐. 입술을 여기다 대고, 손가락은 거기에. 이제 불어보거라!"

니키타 이바느이치 "전혀 배우지 못했습니다."

스베틀로비도프 "이제 네 스스로 판단하라. 날 어떻게 생각하는 게냐? 너는 내 영혼을 놀리고자 한다. 하지만 너는 이 피리조차 제대로 불지 못한다. 그런데 내가 이 피리보다 못하고, 더 단순하단 말이냐? 편할 대로 날 생각해도 좋다. 나를 괴롭힐 수는 있지만, 나를 데리고 놀지는 못한다!"(큰 소리로 웃으며 박수를 친다) 브라보! 앙코르! 브라보! 빌어먹을, 여기에 무슨 노년이야! 노년은 없어. 모든 게 난센스고 헛소리야! 모든 혈관에서 힘이 철철 솟아 넘쳐. 이건 젊음, 신선함, 생이야! 니키투쉬카, 재능이 있는 곳엔 노년도 없어! 내가 미쳤나, 니키투쉬카? 취했나? 잠깐만, 정신을 차리게 해줘……. 오, 하느님 맙소사! 자, 들어보게! 얼마나 부드럽고 우미한 음악인지! 쉿…… 조용!

우크라이나의 밤은 고요하다.
하늘은 투명하고, 별은 빛난다.
대기는 밀려드는 잠을
이겨내고 싶지 않다. 아주 조금
은빛의 고리버들 이파리가 흔들린다.

열린 문을 두드리는 소리가 들린다.

이게 무슨 소리지?

니키타 이바느이치 분명히 페트루쉬카와 예고르카가 돌아왔을 겁니
다⋯⋯. 대단하세요, 바실리 바실리이치! 멋져요!

스베틀로비도프 (소리 난 쪽을 돌아보면서 소리친다) 송골매들이
여, 이리로들 오게! (니키타 이바느이치에게) 옷을 입으러 가
세⋯⋯. 노년은 없어. 이 모든 게 난센스고 허튼 소리야⋯⋯. (쾌
활하게 큰 소리로 웃는다) 자넨 왜 우나? 이런 착한 바보 같으
니. 왜 흐느껴 울고 있나? 어, 좋지 않아! 좋지 않다니까! 자,
자, 이보게. 그런 얼굴 하지 말게! 어째서 그런 표정인가? 자,
자⋯⋯ (눈물을 글썽이며 그를 끌어안는다) 울지 말게⋯⋯. 예
술이 있는 곳에, 재능이 있는 곳에는 노년도, 고독도, 질병도 없
고, 죽음 자체도 절반은⋯⋯ (운다) 아닐세, 니키투쉬카. 우리
노래는 이미 끝났어. 나한테 무슨 재능? 물이 다 빠진 레몬, 고
드름, 녹슨 못이지. 그리고 자넨 극장의 늙은 쥐이자 프롬프터
지⋯⋯. 가세!

두 사람은 걸어간다.

나한테 재능은 무슨 재능? 심각한 희곡에서도 고작 포틴브라
스*의 종자 역이 고작이었는데⋯⋯. 그것도 이제 이미 늙어
서⋯⋯. 그래⋯⋯ 〈오셀로〉에서 이 대목 생각나나, 니키투쉬카?

---

* 윌리엄 셰익스피어의 비극 〈햄릿〉에 등장하는 인물로 햄릿을 둘러싼 숱한 죽음과 비극을
마무리하는 역할을 한다.

안녕, 평온이여. 안녕, 나의 만족이여!
안녕히 그대들, 깃털로 장식한 부대여,
야심마저 용기로 생각되는
오만한 회전(會戰)이여, 안녕.
모두, 모두가 안녕히! 나의 울부짖는 말이여, 안녕.
나팔소리도, 북의 요란한 굉음도,
플루트의 소리도, 왕의 깃발도,
모든 존경, 온갖 영광, 모든 위엄도,
영광스러운 전쟁의 폭풍우 같은 경보도, 안녕히!

니키타 이바느이치 멋져요! 대단합니다!
스베틀로비도프 아니면 하나 더.

모스크바를 떠나리다! 더 이상 이곳에 오지 않으리.
뒤도 돌아보지 않고 달려가서 세상을 떠돌며 찾으러 가리다.
모욕 받은 감정이 쉴 수 있는 작은 모퉁이를!
마차, 마차를!*

그가 니키타 이바느이치와 함께 나간다.

천천히 막이 내려간다.

* 여기서 스베틀로비도프가 암송하는 대목은 알렉산드르 그리보예도프의 사회 세태 희극
〈지혜의 슬픔〉(1824) 마지막 장면에서 주인공 차쓰키가 분노와 절망, 그리고 슬픔을 안고
파무소프와 소피아를 향해 내뱉는 절창이다.

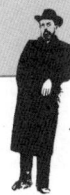

담배의 해독에 관하여

| 단막 스쎄나-모놀로그 |

누구에게나 가장 빛나는 시절이 있다. 이효석의 〈메밀꽃 필 무렵〉에 나오는 허 생원의 젊은 날 추억 한 자락 또한 누구에게도 뒤지지 않는 대단한 것이었다. 그것으로 인해 그는 평생 홀로 버틸 수 있었다. 〈담배의 해독에 관하여〉의 뉴힌은 홀연히 사라져버린 날들을 뒤로 하고, 퇴색한 채 축 늘어져버린 인생의 뒤안길에서 홀로 몸부림치는 공처가다. 이 작품은 세상의 숱한 공처가들과 영락해버린 남성들을 위한 우울하고 구슬픈 조곡이다.

등장인물

이반 이바노비치 뉴힌 음악학교와 여자 기숙학교 교장의 남편한 지방 클럽의 무대.

뉴힌 (긴 볼수염에 콧수염은 없다. 오래되고 낡은 연미복을 입고 위풍당당하게 들어와 인사하더니 윗옷을 매만진다) 친애하는 숙녀 여러분, 그리고 어느 정도 친애하는 신사 여러분. (볼수염을 빗질하듯 쓰다듬는다) 이곳에서 자선 목적의 대중 강연을 해 보는 게 어떠냐 하는 제안을 아내가 받았습니다. 어떻습니까? 강연은 강연이고, 저는 그야말로 매한가집니다. 물론 저는 교수도 아니고, 학위와도 무관합니다. 하지만 그러나 그럼에도 불구하고 저는 이미 30년 동안 쉬지 않고, 이렇게 말씀드려도 괜찮을지 모르겠습니다만, 건강과 기타 등등을 손해 보면서 엄격한 학문적 속성에 대해 연구하고 사유하고 있습니다. 그리고 심지어 때로는 학문적인 논문, 다시 말씀드려 학문적이라기보다는, 그래서 이런 표현은 죄송합니다만, 학문적인 것과 비슷한 것을 쓰고 있습니다. 그건 그렇고 근자에 저는 〈몇몇 곤충의 해독에 관하여〉라는 제목 아래 방대한 논문을 집필했습니다. 딸년들은 특히 빈대에 관한 것을 무척 좋아했습니다만, 저는 통독한 다음 찢어버렸습니다. 어떻게 쓰든 마찬가집니다. 살충제 없이는 안 되니까요. 우리 집 피아노에도 빈대가 있으니까 말입니다……. 제가 고른 오늘 강연 제목은, 말하자면, 담배 소비가 인간에게 가져오는 해독입니다. 저는 담배를 피웁니다. 하지만 아내가 담배의 해독에 관하여 강연하라고 명령했습니다. 그래서 사실 여기서 할 말이라곤 없습니다. 담배에 대한 것이면 담배에 대한 것이고 저는 그야말로 매한가집니다. 하지만 여러분, 저는 오늘 강연에 대해 여러분이 신중하게 대해주실 것을 제안하고자 합니다. 그렇지 않다면 아무것도 기대할 수 없기 때문입니다. 건조하고 학문적인 강연이 놀랍거나, 마음에 들지 않는 분들은 듣지 않고 나가셔도 무방합니다. (윗옷을 매만진다) 이곳에 자리하신 의사 선생님들은 특히 주목해주시기 바랍니다. 그분들은 제 강의에서 유용한 정보를 많이 얻을 수 있을 텐데, 그것은 담배가 해로운 작용을 하기도 하지만, 의학적인 면도 있기 때문입니다. 그래서 예컨대, 파리를 담뱃갑에 넣으면 필시 신경장애 때문에 죽게 될 것입니다. 담배는 주로 식물성입니다…… 강의를 할 때 저는 통상적으로 오른쪽 눈을 깜빡거립니다. 하지만 흥분 때문에 그런 것이니 신경 쓰지 마십시오. 흔히 하는 말로 저는 신경이 매우 예민한 편입니다. 1889년 9월 13일부터 눈을 깜빡거리기 시작했는데, 바로 그날 아내가 어떤 방법으로 네 번째 딸인 바르바라를 낳았습니다. 제 딸들은 모두 13일에 태어났습니다. 그러나 (시계를 들여다 본 다음) 시간이 부족하기 때문에 강연의 주제를 벗어나지는 않을 것입니다. 아내는 음악학교와 기숙학교의 교장이라는 것을 말씀드려야겠습니다. 말하자면 기숙학교가 아니라, 그러니까 그 비슷한 것입니다. 우리끼리 얘기지만, 아내는 가난하다고 푸념하는 걸 좋아합니다만, 이것저것 숨겨둔 게 있어서 그러니까 4, 5만 루블쯤 됩니다. 저는 정말 단 한 푼도 없습니다. 하기야 말해서 무엇하겠습니까! 저는 기숙학교 회계주임을 맡고 있습니다. 식료품을 사고, 일꾼을 점검하고, 경비를 기록하며, 공책을 기워 만들고, 빈대를 잡고, 아내의 개를 산보시키고, 쥐도 잡습니다…… 어제 저녁부터는 하녀에게 밀가루와 버터를 내주는 일이 의무로 추가되었습니다. 왜냐하면 블린* 만드는 일이 하달되었기 때문입니다. 한 마디로 말씀드려 그렇게 된 것입니다요. 오늘 블린이 다 구워졌을 때 아내가 부엌에 와서 말하기를 여학생 세 사람이 편도선이 부어 블린을 먹을 수 없다고 하더군요. 우리는 얼마간 잉여의 블린을 구운 꼴이 되고 만 것입니다. 블린을 어디로 가져가야 합니까? 처음에 아내는 그걸 지하실로 가져가라고 명령하더니, 그다음엔 생각하고 또 생각한 끝에 말하더군요. "네가 이 블린을 먹어, 허수아비야." 기분이 언짢을 때면 아내는 저를 허수아비 아니면 독사, 혹은 사탄이라고 부릅니다. 제가 무슨 사탄입니까? 아내는 언제나 기분이 언짢습니다. 그래서 저는 먹는 게 아니라, 씹지도 않고 그냥 삼켜버렸습니다. 왜냐하면 언제나 배가 고프기 때문입니다. 이를테면 어제 아내는 저에게 밥을 주지 않았습니다. 그리고 말하기를 "너 같은 허수아비를 무엇때문에 먹여야 하니……" 그러더군요. 그렇지만, (시계를 들여다본다) 정신없이 지껄이다보니 주제에서 다소 벗어났군요. 계속하겠습니다. 물론 여러분께서는 요즘 로맨스나 어떤 그런 교향곡이나 아리아를 즐겨 들으셨을 겁니다……. (노래한다) "전투가 한창 치열할 때에도 우리는 주저하지 않는다네……." 이게 어디서 나온 건지 기억나지 않는군요……. 그건 그렇고 여러분께 말씀드린다는 걸 깜빡했군요. 저는 아내의 음악학교에서 회계주임 말고도 수학, 물리학, 화학, 지리학, 역사학, 성악, 문학 기타 등등의 과목을 가르치고 있습니다. 춤과 노래 그리고 그림 과목은 아내가 특강료를 챙깁니다. 춤과 노래는 제가 가르치고 있는데도 말입니다. 우리 음악학교는 퍄치소바치** 골목 13번지에 자리하고 있습

* 팬케이크의 일종.
** 다섯 마리의 개라는 뜻.

니다. 13번지에 살고 있어서인지 저의 인생도 성공적이지 못한 듯합니다. 딸들도 13일에 태어났고, 집에도 창문이 13개 있습니다……. 하기야 말해서 무엇하겠습니까! 절충을 위해서 어느 때라도 집에서 아내를 만나실 수 있으며, 학교의 프로그램을 원하신다면 수위한테서 안내 책자를 30코페이카에 구할 수 있습니다. (주머니에서 몇 권의 소책자를 꺼낸다) 그리고 저 역시 원하신다면 함께할 수 있습니다. 안내 책자는 권당 30코페이캅니다! 필요하신 분 있습니까?

사이.

필요하신 분 없으세요? 그렇다면, 20코페이캅니다!

사이.

유감스럽군요. 그렇습니다, 13번지입니다! 저는 되는 일이라곤 없이 늙고 우둔합니다……. 강연을 하는 제 모습이 즐거워 보이지만, 사실 목청껏 소리를 지르거나 아주 멀리 날아가고 싶습니다. 하소연할 사람도 하나 없고, 심지어 울고 싶습니다……. 딸이 있지 않느냐고 말씀하시는군요……. 딸이 뭡니까? 그 아이들한테 말을 합니다만, 걔들은 그저 웃을 뿐입니다……. 우리 부부에게는 일곱 명의 딸이 있습니다……. 아닙니다, 미안합니다. 아마 여섯인 것 같습니다……. (활기 있게) 일곱입니다! 맏딸 안나는 스물일곱 살이고, 막내는 열일곱 살입니다. 여러분! (주위를 돌아본다) 저는 불행하고, 바보가 되어 영락하고 말았습니다. 하지만 본질적으로 여러분은 가장 행복한 아버지를 눈앞에서 보고 계십니다. 그걸 여러분이 알아주신다면! 저는 아내와 33년을 살았습니다. 그리고 그것은 제 인생에서 가장 좋은 시기였다고 말씀드릴 수 있습니다. 가장 좋다기보다는 대체로 좋은 시기였습니다. 한마디로 말해서 그 시간은 행복한 순간처럼 흘러가 버렸습니다. 터놓고 말씀드리면 그 시간들은 완전히 빌어먹어라. (주위를 돌아본다) 그런데 아내가 아직 도착하지 않은 것 같군요. 아내는 여기 없습니다. 그래서 무엇이든 말할 수 있는 겁니다……. 전 정말로 두렵습니다……. 아내가 저를 바라볼 때면 두렵습니다. 그렇습니다. 바로 말씀드리겠습니다. 제 딸년들은 오래도록 출가하지 못했습니다. 그것은 아마 걔들이 수줍어하기 때문일 것이고, 그리고 남정네들이 걔들을 보지 못해서 그럴 겁니다. 아내는 야회를 베풀고 싶어 하지 않으며, 어느 누구도 식사에 초대하지 않습니다. 그 여자는 매우 인색하고, 화도 잘 내며, 트집을 잘 잡습니다. 그래서 어느 누구도 우리 집에 오지 않습니다. 하지만…… 여러분께 몰래 알려드리겠습니다……. (각광 쪽으로 다가간다) 아내의 딸들은 걔들의 큰어머니인 나탈리야 세묘노브나가 베푸는 대규모 잔치에서나 볼 수 있습니다. 그런데 류머티즘으로 고생하고 있는 나탈리야 세묘노브나는 바퀴벌레를 박아놓은 것처럼 검정 반점이 들어 있는 노란 원피스를 입고 다닙니다. 거기에서는 안주도 내놓습니다. 거기 아내가 없을 때에는 이것도 가능합니다……. (자기 목을 손끝으로 탁 소리 나게 튕긴다) 여러분이니까 드리는 말씀이지만, 한 잔 마시고 취하면 기분이 좋아집니다. 그리고 동시에 말로 다하지 못할 정도로 우울해집니다. 어쩐 일인지 젊은 날들이 떠오르고, 어쩐 일인지 달아나고 싶어집니다. 얼마나 달아나고 싶은지, 여러분이 알아주신다면! (열중해서) 달아나는 겁니다. 모든 것을 버리고 뒤도 돌아보지 않고 달아나는 겁니다……. 어디로? 어디든 괜찮습니다……. 저를 늙고 불쌍한 바보, 늙고 불쌍한 천치로 만든 이런 어리석고 속되며 값싼 삶에서 달아날 수 있다면. 어리석고 저급하며 사악하고 또 사악하며 다시 사악한 수전노이자 나를 33년 동안 괴롭혔던 아내에게서 달아날 수만 있다면. 음악과 부엌, 아내의 돈과 모든 잡다한 것들과 속물근성으로부터 벗어날 수만 있다면…… 그래서 어디 멀고도 먼 들판에 멈춰서 나무처럼, 말뚝처럼, 채소밭의 허수아비처럼 드넓은 하늘 아래 서서 온밤 내내 고요하고 맑은 달이 우리 머리 위에 떠 있음을 바라보고, 그리고 잊을 수 있다면, 잊을 수 있다면…… 오오, 정말로 저는 아무것도 기억하고 싶지 않습니다! 30년 전에 결혼식에서 입었던 이 속되고 낡은 연미복을 얼마나 찢어버리고 싶었는지…… (연미복을 찢는다) 자선 목적으로 강연을 할 때면 입었던 연미복을……. 이거나 먹어라! (연미복을 짓밟는다) 이거나 먹으라고! 낡아빠지고 털이 빠진 등판을 가진 바로 이 윗도리처럼 나는 늙고 가난하며 보잘것없습니다……. (등판을 보여준다) 아무것도 필요 없어요! 난 이것보다 고상하고 순수합니다. 그 옛날, 난 젊었고 똑똑했으며, 대학교에서 공부했고, 꿈을 꾸었으며, 스스로를 인간이라고 생각했습니다……. 이젠 아무것도 필요 없습니다! 평온 말고는 아무것도……. 평온 말고는! (한쪽을 바라보고 나서 서둘러 연미복을 입는다) 하지만 무대 뒤에 아내가 서 있군요……. 도착해서 저기서 저를 기다리고 있습니다……. (시계를 들여다본다) 벌써 시간이 됐군요……. 만일 아내가 강연이 어땠냐고 물으면, 제발 말씀 좀 해주세요……. 그러니까 허수아비, 그러니까 제가 품위 있게 행동했노라고 말씀 좀 해주세요. (한쪽을 바라보고는 목을 가다듬는다) 방금 전에 제가 말씀드린 것처럼 담배가 무시무시한 독성을 품고 있다는 명제에 근거하여 어느 경우라도 담배를 피워서는 안 됩니다. 그리고 '담배의 해독에 관하여'라는 이 강연이 어느 정도 쓸모가 있었으면 하는 바람을 가져봅니다. 모두 마치겠습니다. Dixi et animam levavi!* (인사하고서 위풍당당하게 나간다)

막.

* [원주] 말해서 영혼을 가볍게 했노라!(라틴어)

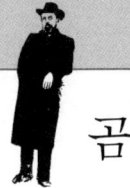

곰

| 단막 슈트카 |

N. N. 솔로프쏘프에게 바칩니다.

고집불통의 근육질 지주 스미르노프와 활화산처럼 뜨거운 여인 포포바의 불꽃 튀기는 한판 대결. 채권자와 채무자 관계로 시작하여 남녀의 성대결을 가까스로 모면하면서 끝내는 기나긴 키스로 막을 내리는 전형적인 오락 희극. 그런 와중에도 재기발랄한 체호프는 '토비'라는 말을 대하는 포포바의 완전히 상반되는 태도를 통해서 마음의 변화를 간결하고 상큼하게 포착하는 기막힌 재능을 선보인다. 참으로 즐겁고 재미나는 희극이다.

등장인물

엘레나 이바노브나 포포바 두 뺨에 보조개가 있는 과부, 여지주

그리고리 스테파노비치 스미르노프 젊은 지주

루카 포포바의 하인, 노인

포포바 저택의 객실.

| 1장 |

포포바는 상복을 입고서 사진에서 눈을 떼지 않고 있다. 그리고 루카.

루카 좋지 않습니다, 마님…… 몸만 상하실 겁니다……. 하녀와 요리사는 딸기를 따러 갔고, 숨 쉬는 모든 것이 즐거워하고 있어요. 심지어 저 고양이마저 즐거움을 알아서 마당을 돌아다니며 작은 새를 잡고 있습니다. 그런데 마님께서는 마치 수도원에 계신 것처럼 아무런 즐거움도 없이 온종일 방 안에만 앉아 계십니다. 그렇습니다, 정말로! 어림잡아 이미 한 해가 지났는데, 마님께서는 문밖출입을 아니 하시다니!

포포바 절대 나가지 않을 거야……. 왜 나가? 내 인생은 이미 끝났어. 그이는 무덤에 누워 있고, 나는 사면 벽에 날 묻은 거야……. 우린 둘 다 죽었어.

루카 아니, 저런! 듣지 말 걸 그랬습니다, 정말. 니콜라이 미하일로비치가 돌아가신 건 하느님의 뜻이 그리 돼서 그런 겁니다. 하늘의 왕국이 주인나리에게……. 슬퍼하셨으니까 그만 됐습니다. 체면이라는 것도 아셔야 합니다. 한평생을 울면서 상복을 입고 다니실 수는 없으니까요. 저 또한 옛날에 할멈이 죽었습니다……. 어떻게 합니까요? 한동안 슬퍼하고, 한 달을 울었습니다. 그걸로 된 거죠. 평생 운명을 한탄할 만한 그런 할멈도 아니었습니다. (한숨 쉰다) 마님은 모든 이웃 사람들을 잊으셨어요……. 마님 자신이 나들이라곤 하시지 않고, 손님 받는 걸 금하셨어요. 죄송합니다만, 우리는 거미처럼 살면서 세상을 보지 않고 있습니다. 쥐란 놈들이 제복을 갉아먹는데…… 선량한 사람들이 없다면 또 모르지만, 이 고장에는 신사들로 가득합니다……. 르이블로보에는 부대가 주둔하고 있고, 그래서 깨끗한 사탕 같은 장교들은 아무리 봐도 물리지 않는답니다! 병영에서는 금요일마다 무도회가 열리고, 거의 날마다 군악대가 음악을 연주하고 있습니다……. 거참, 마님도! 젊고, 예쁘시고, 혈색 좋으시니 즐겁게 사셔도 되련만……. 아름다움이 영원한 건 아니잖아요! 한 10년쯤 지나면 마님께서 아무리 우쭐대며 걸으면서 장교 신사들을 낚아채려 해도 때가 늦을 겁니다.

포포바 (단호하게) 나한테 절대로 그런 말 하지 말아라! 너도 알다시피 니콜라이 미하일로비치가 세상을 뜨신 이후로 내게 삶은 모든 의미를 상실했으니 말이다. 너한테는 내가 살아 있는 걸로 보일지 모르겠다만, 그건 단지 그렇게 보일 뿐이야! 죽을 때까지 이 상복을 벗지 않을 것이며, 빛을 보지 않겠노라고 나는 스스로에게 맹세했어……. 듣고 있느냐? 내가 얼마나 그이를 사랑하는지, 그이의 망령이 보도록 할 거야……. 그래, 나도 알아. 너한테 비밀이 아니라는 걸. 그이가 자주 나한테 부당했고 가혹했으며…… 그리고 심지어는 배신했다는 걸 말이야. 하지만 난 죽을 때까지 그이한테 충실할 거고, 내가 어떻게 사랑할 수 있는지 증명해보일 거야. 거기서, 저승에서 그이는 생전에 보았던 나와 똑같은 나를 보게 될 거라니까…….

루카 그런 말씀보다는 마당을 거닐거나, 토비나 벨리칸을 마차에 매서 이웃에라도 다녀오시는 게 나을 텐데요…….

포포바 아아! (운다)

70

루카 마님! 이를 어째……! 무슨 일이세요? 웬일이세요!

포포바 그이는 토비를 무척 사랑하셨어! 언제나 토비를 타고 코르 차긴 집안과 블라소프 집안을 다니곤 하셨지. 말을 기막히게 부리셨어! 힘껏 고삐를 당길 때 그이 풍채가 얼마나 우아했던지! 생각나느냐? 토비, 토비! 토비에게 오늘 귀리 8분의 1파운드*를 더 주라고 해라.

루카 알겠습니다!

격렬한 종소리.

포포바 (몸을 떤다) 누구지? 누구도 들이지 않겠노라고 말해라!

루카 알겠습니다요! (나간다)

| 2장 |

포포바 (사진을 보면서) 니콜라스, 당신은 보게 될 거예요. 내가 얼마나 사랑할 수 있고, 용서할 수 있는지 말이죠……. 내 사랑은 가련한 내 심장이 멈추는 날, 나와 함께 꺼질 거예요. (웃는다. 눈물을 글썽이며) 당신은 부끄럽지도 않아요? 행실 좋고 정숙한 아내인 나는 스스로에게 자물쇠를 채웠고, 죽을 때까지 당신한테 충실할 거예요. 그런데 당신은…… 당신은 부끄럽지도 않니, 이 뚱보 녀석아? 날 배신하고, 그럴 듯하게 꾸며대고, 몇 주일 씩이나 날 혼자 내팽개치고…….

---

* 약 57그램.

3장

포포바와 루카.

루카 (불안한 얼굴로 들어온다) 마님, 저기서 누군가가 마님을 뵙
고자 청합니다…….

포포바 바깥주인이 세상 뜨신 이후로 어느 누구도 들이지 않겠노
라고 말하지 않았느냐?

루카 말씀드렸지만, 들으려고 하시질 않습니다. 이르시기를, 매우
중요한 일이라 합니다.

포포바 나는 들-이-지 않겠어!

루카 말씀드렸습니다만…… 무슨 도깨비처럼…… 욕설을 퍼붓고
방으로 곧바로 밀고 들어와서…… 이미 식당에 서 있습니다…….

포포바 (흥분해서) 좋아, 이리 모셔라……. 교양이라곤 손톱만큼도
없군!

루카, 나간다.

정말로 불쾌한 인간들이야! 나한테 뭘 원하는 거야? 대체 왜 평
온을 깨뜨리는 거지? (한숨 쉰다) 아니야. 정말 수녀원으로 가
야할까 봐…… (생각에 잠긴다) 그래, 수녀원으로…….

4장

포포바, 루카, 스미르노프.

스미르노프 (들어오면서 루카에게) 바보 녀석, 말이 많기는…… 멍청이! (포포바를 보고 나서 품위 있게) 부인, 인사드리겠습니다. 퇴역 육군 포병 중위이며 지주인 그리고리 스테파노비치 스미르노프입니다! 매우 중요한 일로 부득이하게 부인을 번거롭게 해드리게 됐습니다…….

포포바 (악수를 청하지 않으면서) 무슨 일이십니까?

스미르노프 저와 알고 지냈던 고인이 되신 부군이 어음 두 장으로 1200루블 채무를 저에게 지셨습니다. 내일 토지은행에 이자를 변제해야 하기 때문에 부인께 부탁드리오니, 오늘 그 돈을 돌려주셨으면 합니다.

포포바 1200루블이라고요? 무슨 일로 남편이 빚을 지셨나요?

스미르노프 저에게 귀리를 사셨습니다.

포포바 (한숨 쉬면서 루카에게) 그러니까 루카, 잊지 말고 시키도록 해. 토비에게 귀리 8분의 1파운드를 더 주라고 말이다. (루카, 나간다. 스미르노프에게) 만일 니콜라이 미하일로비치가 당신께 빚을 졌다면, 제가 갚는 게 당연한 일이겠지요. 그러나 미안합니다만, 오늘 저에겐 여윳돈이 없습니다. 내일 모레 청지기가 도시에서 돌아오면 당신이 받으실 금액을 돌려드리라고 말하겠습니다. 하지만 지금으로선 당신의 바람을 충족시켜드릴 수가 없군요……. 게다가 오늘은 남편이 세상 떠난 지 꼭 일곱 달이 되는 날이어서 지금 돈 문제에 전혀 관여하고 싶지 않은 그런 기분입니다.

스미르노프 하지만 나는, 만일 내일 이자를 갚지 못한다면, 곤두박 질치면서 파산해야 한다는 그런 기분입니다. 영지를 차압당할 테니 말이오!

포포바 내일 모레 돈을 받으실 겁니다.

스미르노프 돈이 필요한 건 모레가 아니라 오늘입니다.

포포바 미안합니다만 오늘은 돈을 드릴 수 없습니다.

스미르노프 모레까지 기다릴 수 없습니다.

포포바 지금 돈이 없는데, 어떻게 합니까!

스미르노프 그러니까 돈을 줄 수 없다는 겁니까?

포포바 그래요…….

스미르노프 흐음! 그게 마지막 말씀입니까?

포포바 네, 그래요.

스미르노프 마지막이라? 정말입니까?

포포바 정말이에요.

스미르노프 대단히 감사합니다. 그렇게 적어둡시다. (어깨를 으쓱 한다) 이런데도 사람들은 내가 냉정하기를 바라니! 방금 길에 서 세무서원을 만났더니 그가 묻더군요. "그리고리 스테파노비 치, 어째서 그렇게 내내 화를 내시는 겁니까?" 무슨 당치도 않 은 말씀을. 어떻게 화가 나지 않겠습니까? 돈이 절실하게 필요 한데……. 어제 아침 동트기가 무섭게 집에서 나와 모든 채무자 들을 찾아갔습니다. 그들 가운데 한 사람만이라도 빚을 갚지나 않을까 해서 말이죠! 개처럼 기진맥진해서 어처구니없는 곳에 서 밤을 보냈습니다. 유태 놈 여인숙에 있는 보드카 술통 옆에 서……. 마침내 집에서 70킬로미터나 떨어진 이곳에 왔습니다. 돈을 받을 거라고 기대하면서. 그런데 '기분' 운운하면서 나를 환대해주더군요! 어떻게 화가 나지 않겠습니까?

포포바 분명하게 말씀드린 것 같은데요. 청지기가 도시에서 돌아오면 그때 받으시라고 말이죠.

스미르노프 청지기가 아니라, 당신한테 온 거요! 이런 표현은 미안합니다만, 당신의 그 빌어먹을 청지기가 나한테 무슨 소용이 있소!

포포바 미안하지만요, 나리 양반. 난 그런 표현과 어조를 잘 모릅니다. 더 이상 당신 말을 듣지 않겠습니다. (빠른 걸음으로 나간다)

| 5장 |

스미르노프 혼자서.

스미르노프 말씀 좀 해주세요! 기분이라니요……. 일곱 달 전에 남편이 죽었다! 그러니까 내가 이자를 갚아야 합니까, 안 갚아도 됩니까? 여러분께 묻는 겁니다. 이자를 갚아야 하나요, 아니면 안 갚아도 되나요? 자, 당신 남편이 죽었는데, 거기에 기분과 온갖 속임수가……. 청지기가 어디론가 갔는데, 빌어먹을, 그게 나하고 무슨 상관이 있단 말입니까? 기구를 타고 채권자들한테서 달아나기라도 해야 합니까, 그래요? 아니면 이리저리 내달리다가 머리통을 벽에다 꽝하고 부딪쳐야 합니까? 그루즈데프에게 갔더니, 집에 없더군요. 야로셰비치는 숨어버렸고, 쿠리쓰인하고는 죽도록 욕지거리를 해댄 나머지 하마터면 그자를 창으로 내던져버릴 뻔했습니다. 마주토프는 콜레라에 걸렸고, 이 여자는 기분이 어쩌고. 단 한 명의 사기꾼도 갚지 않다니! 이 모든 것이 내가 지나치게 너그러워서 그런 거고, 내가 겁쟁이, 넝마, 계집애 같아서 그런 겁니다! 저자들에게 내가 얼마나 정중합니까! 자, 기다려주십시오! 내가 어떤 인간인지 여러분은 알게 될 겁니다! 나를 놀리는 걸 놔두지 않을 겁니다, 빌어먹을! 여자가 돈을 줄 때까지 여기 남아서 뻗대고 있겠어요! 부르르! 오늘 정말로 기분 나쁩니다, 정말 기분 나빠요! 기분 나빠서 온 무릎이 덜덜 떨리고 숨이 막힙니다……. 휴우, 맙소사. 현기증까지 나는군요! (소리친다) 이봐!

| 6장 |

스미르노프와 루카.

루카 (들어온다) 무슨 일이십니까?
스미르노프 크바스*나 물 가져와!

루카, 나간다.

아니, 이런 법이 어디 있나요! 목매서 죽을 만큼 그렇게 절실하게 돈이 필요하다는데, 여자는 돈을 갚지 않습니다. 왜냐하면, 여러분이 보신 것처럼 돈 문제에 관여하고 싶지 않아서 그런 거랍니다! 이것이 바로 진정한 여자의 치맛자락 논립니다! 그런 이유로 저는 여자들과 말하는 걸 즐기지도 좋아하지 않습니다. 여자와 말하는 것보다는 화약통 위에 앉아 있는 편이 훨씬 쉽거든요. 부르르! 저 긴 치맛자락이 소름끼칠 만큼 날 분노하게 했습니다! 저는 멀리서 여자로 보이는 사람을 보기만 해도 악의

* 주로 보리와 엿기름으로 만드는 러시아 특유의 청량음료.

때문에 장딴지에 경련이 일기 시작하거든요. 사람 살리라고 소리칠 정도까지 된다니까요.

| 7장 |

스미르노프와 루카.

루카 (들어와서 물을 건넨다) 마님이 편찮으셔서 손님을 받지 못하십니다.

스미르노프 꺼져!

루카, 나간다.

편찮으셔서 손님을 받지 못한다! 필요 없어. 받지 말라고…….
돈을 줄 때까지 여기 남아서 죽치고 있을 테니까. 일주일 아프면,
나도 여기서 일주일 죽칠 거고…… 1년 아프면, 나도 1년…….
내 몫을 가져갈 거라고, 이 양반아! 상복과 두 뺨의 보조개로는
날 감동시키지 못해……. 우린 그런 보조개를 알고 있어! (창문
으로 소리친다) 세묜, 말을 풀어줘라! 금방 떠나지 않을 테니!
난 여기 머물겠다! 말들한테 귀리를 주라고 거기 마구간에 말해
라! 이 새끼야, 왼쪽 곁마가 다시 고삐에 걸렸잖아! (흥분한다)
관찮다고*…… 그냥 두지 않겠어. 관찮다고! (창문에서 물러난

---

* 스미르노프의 마부인 세묜이 러시아어를 올바르게 발음하지 못해서 이상한 표현이 나온 것이다.

다) 께름칙하군…… 견디기 어려울 만큼 덥고, 돈 주는 인간 하나 없고, 밤엔 잠을 설쳤지. 그런데 여기선 기분 타령하는 상복 치맛자락까지…… 머리가 아프군…… 보드카나 마셔, 그럴까? 마시지 뭐. (소리친다) 이봐!

루카 (들어온다) 무슨 일이십니까?

스미르노프 보드카 한 잔 줘!

루카, 나간다.

아아! (앉아서 자신을 돌아본다) 할 말이 없네. 꼴좋다! 온몸은 먼지투성이고, 장화는 더럽고, 세수도 빗질도 하지 않았고, 조끼에는 지푸라기가 붙어 있군…… 부인이 나를 강도로 생각했을지도 모를 일이야. (하품한다) 이런 몰골로 객실에 나타난 것은 조금 무례한 일이야. 뭐, 하지만 괜찮아…… 난 손님이 아니라 채권자야. 채권자한테 무슨 정장이 필요하겠나……

루카 (들어와서 보드카를 준다) 너무 허물없이 구시네요, 나리……

스미르노프 (화를 내며) 뭐라고?

루카 저는…… 아무것도……. 저는, 본래…….

스미르노프 누구와 말하는 게냐?! 닥쳐!

루카 (방백으로) 도깨비 같은 놈, 우리 머리에 착 달라붙었군……. 귀신한테 홀렸어…….

루카, 나간다.

스미르노프 아아, 정말 기분 나빠! 너무나 기분 나빠서 온 세상을 혼내 주고 싶군……. 어지럽기도 하고……. (소리친다) 이봐!

8장

포포바와 스미르노프.

포포바 (들어온다. 두 눈을 내리깔고서) 나리, 고독하게 사느라고 사람 목소리를 잊은 지 오래여서 고함 소리를 참을 수 없군요. 간절하게 부탁드리오니 저의 평온을 깨뜨리지 마세요!

스미르노프 돈을 주시면 떠나겠습니다.

포포바 러시아어로 말씀드렸어요. 지금은 여윳돈이 없으니 모레까지 기다리시라고요.

스미르노프 저 역시 러시아어로 말씀 드릴 명예를 가졌습니다. 돈이 필요한 건 모레가 아니라 오늘이라고요. 만일 오늘 돈을 갚지 않으신다면 저는 내일 목매 죽어야 합니다.

포포바 하지만 돈이 없는데 어떻게 하겠어요? 참 이상하시네요!

스미르노프 그러니까 지금 돈을 갚지 않으시겠다는 거죠? 그렇습니까?

포포바 갚을 수 없어요…….

스미르노프 그렇다면 돈을 받을 때까지 여기 남아서 죽칠 수밖에 없습니다……. (앉는다) 모레 갚으시겠어요? 좋습니다! 모레까지 이렇게 앉아 있겠습니다. 바로 이렇게 앉아 있을 겁니다……. (벌떡 일어난다) 묻겠습니다. 내일 제가 이자를 갚아야 합니까, 갚지 않아도 됩니까? 혹시 제가 농담한다고 생각하시나요?

포포바 나리, 제발 소리치지 마세요! 여기는 마구간이 아닙니다!

스미르노프 마구간에 대해서 물어본 것이 아니라, 내일 제가 이자를 갚아야 하는지, 아닌지를 물었는데요?

포포바 여자들 있는 데서 제대로 처신할 줄 모르시는군요!

스미르노프 아닙니다. 여자들 있는 데서 제대로 처신할 줄 압니다!

포포바 아니, 모르세요! 당신은 교양 없고 거친 분입니다! 고상한 사람들은 여자들과 그렇게 말하지 않거든요!

스미르노프 아아, 참 놀라운 일입니다! 당신과 어떻게 말해야 하나요? 프랑스어로 할까요? (울화통을 터뜨리며 쇳소리를 낸다) 마담, Je vous pris*…… 당신이 돈을 갚지 않아서 저는 정말로 행복합니다……. 아아, 당신을 불안하게 해서 파르동**! 오늘 정말 기막힌 날씨군요! 그리고 상복도 부인 얼굴과 잘 어울립니다! (한 발을 뒤로 빼고 인사한다)

포포바 어리석고 거칠어요.

스미르노프 (자극한다) 어리석고 거칠어요! 내가 여자들 있는 데서 제대로 처신할 줄 모른다고요! 부인, 나는 평생 부인이 본 참새보다 더 많은 여자를 봤습니다! 여자 때문에 결투에서 세 번 총질을 했고, 열두 명의 여자를 버렸으며, 아홉 명의 여자에게 버림을 받았습니다! 그렇다니까요! 옛날에는 바보인 척하기도 했고, 여자들을 지나치게 너그럽게 대하기도 했으며, 감언이설을 늘어놓기도 했고, 아첨하기도 했으며, 예의도 발랐지요……. 사랑하기도 하고, 괴로워하기도 하고, 달을 보고 한숨 쉬기도 하고, 나른해지기도 하고, 황홀해 하기도 하고, 냉담해지기도 했어요……. 온갖 수단과 방법을 동원하여 뜨겁고 미친 듯이 사랑했고, 빌어먹을, 수다스런 여자처럼 여성 해방에 대해 재잘재잘 대기도 했으며, 온유한 감정으로 재산의 절반을 써버렸습니다. 하지만 지금은 절대 사절입니다! 이젠 속아 넘어가지 않아요! 됐어요! 검은 눈동자, 열정적인 두 눈, 빨간 입술, 두 뺨의 보조개, 달, 속삭임, 수줍어하는 숨소리. 부인, 이 모든 것에 난 이제 단

---

* [원주] 미안합니다만(프랑스어).
** Pardon. '실례'라는 뜻의 프랑스어.

한 푼의 동전도 주지 않을 겁니다! 나는 이 자리에 있는 사람들에 대해서 말하는 것은 아닙니다. 하지만 모든 여자들은 노소를 불문하고 새침데기에, 잘난 척하고, 수다 떨고, 사람을 미워하고, 뼛속까지 거짓말쟁이에다가, 공연히 안달하고, 속 좁고, 무자비하며, 선동적인 논리를 폅니다. 이것에 관한 것이라면 (자기 이마를 탁 소리 나게 친다), 너무 노골적이어서 죄송합니다만, 치마 입은 철학자보다는 참새가 열 배는 나을 겁니다! 옥양목, 에테르, 반신(半神), 엄청난 환희로 가득 찬 다른 매혹적인 존재를 보도록 합시다. 하지만 영혼을 들여다보면 가장 평범한 악어에 지나지 않아요! (의자 등받이를 잡는다. 의자가 소리를 내면서 갈라지더니 부서진다) 그러나 가장 불쾌한 것은 어쩐 일인지 이 악어가 부드러운 감정을 자신의 걸작이자 특권이며 독점이라고 생각한다는 겁니다! 그래, 완전히 빌어먹어라! 만일 여자가 삽살개 말고 누군가를 사랑할 수 있다면 나를 이 못에 거꾸로 매다세요……. 사랑하면서 여자들은 오직 흐느껴 울거나 끝없이 넋두리하는 것 말고는 할 줄 아는 게 없습니다! 남자들이 괴로워하고 희생하는 곳에서 여자들의 사랑은 치맛자락을 휘날리고 더욱 단단하게 남자의 코뚜레를 움켜잡는 것으로 표현됩니다. 당신은 불행하게 여자가 되었으니 여자의 본성을 잘 알고 있을 겁니다. 양심에 따라 말해보세요. 평생 당신은 충실하고 정숙하며 한결같은 여자를 본 적이 있습니까? 못 봤을 겁니다! 오직 노파들과 못생긴 여자들만이 정숙하고 한결같아요! 한결같은 여자를 만나기보다는 뿔 달린 고양이나 하얀 멧도요를 만나는 게 더 빠를 겁니다!

포포바 잠깐만, 그러니까 사랑에 충실하고 한결같은 게 누구라고 생각하세요? 남자라는 건가요?

스미르노프 그렇습니다, 남자죠!

포포바 남자라고! (악의를 품은 웃음) 남자가 사랑에 충실하고 한결같으시다! 별 소릴 다 듣겠네! (격렬하게) 그래, 무슨 권리로 그런 말씀을 하시는 거죠? 남자들이 충실하고 한결같다고요! 이렇게 된 이상 말씀드리죠. 내가 알았고 알고 있는 모든 남자들 가운데 가장 뛰어난 남자는 고인이 된 남편입니다……. 젊고 사려 깊은 여자가 사랑하는 것처럼 난 그이를 뜨겁게 온몸으로 사랑했습니다. 나는 그이에게 젊음과 행복, 인생과 재산을 바쳤고, 그이로 인해 숨을 쉬었으며, 마치 이교도처럼 그이를 신처럼 숭배했어요. 근데 이게 뭐죠? 가장 뛰어난 이 남자는 가장 비열한 방법으로 끊임없이 나를 속였다고요! 그이가 죽은 다음에 나는 그이 책상에서 연애편지를 한 상자 찾아냈습니다. 기억하기도 끔찍하지만 살아생전에 그이는 몇 주일이고 날 혼자 내버려두질 않나, 나의 면전에서 다른 여자들을 따라다니면서 날 배신하질 않나, 내 돈을 함부로 쓰고, 내 감정을 조롱했어요……. 그래도, 이 모든 것에도 난 그이를 사랑했고, 그 사람한테 충실했습니다……. 그뿐이 아니에요. 그 사람은 죽었지만 난 여전히 그이에게 충실하고 한결같습니다. 난 영원히 스스로를 사면 벽에 매장했고, 죽을 때까지 이 상복을 벗지 않을 겁니다…….

스미르노프 (멸시하는 웃음) 상복이라! 이해가 안 가는군요. 당신은 날 어떤 인간이라 생각하는 겁니까? 정말 알 수가 없군요. 무엇 때문에 당신은 이 검정색 가면무도회 옷을 입고 있으며, 자신을 사면 벽에 파묻은 겁니까? 그렇다마다! 이거야말로 은밀하고 매혹적입니다! 어떤 사관생도나 되다 만 시인이 저택 옆을 지나가다가 창문을 들여다보고 생각할 겁니다. "남편에 대한 사랑 때문에 자신을 사면 벽에 묻어버린 신비한 타마라가 여기 살고 있어." 우린 그런 속임수를 알고 있습니다!

포포바 (얼굴을 붉히고서) 뭐라고요? 어떻게 그런 말을 할 수 있나요?

스미르노프 당신은 스스로를 생매장했지만 얼굴에 분칠하는 것을 잊지는 않았네요!

포포바 어떻게 그런 식으로 말할 수 있나요?

스미르노프 제발 소리치지 마세요. 난 당신 청지기가 아닙니다! 솔직하게 말할 수 있도록 허락해주세요. 여자가 아니기 때문에 견해를 직접적으로 말하는 습관이 있거든요! 소리치지 마세요!

포포바 내가 소리치는 게 아니라, 당신이 소리치는 거예요! 날 내버려둬요!

스미르노프 돈을 주시면 떠날 겁니다.

포포바 드리지 않겠어요!

스미르노프 안 됩니다. 주세요!

포포바 안됐지만 단 한 푼도 받지 못할 겁니다! 날 내버려둬요!

스미르노프 유감이지만 난 당신의 남편도, 약혼자도 되지 못했습니다. 그러니까 연극하지 마세요. (앉는다) 그걸 좋아하지 않으니까요.

포포바 (분노 때문에 숨을 헐떡이면서) 앉았군요?

스미르노프 그렇습니다.

포포바 나가주세요!

스미르노프 돈을 돌려주세요……. (방백으로) 아아, 얼마나 화가 나는지! 정말 화가 치미는군!

포포바 철면피한 인간들과는 말하고 싶지 않아요! 나가세요!

사이.

가지 않았나요? 안 갈 거예요?

스미르노프 안 갑니다.

포포바 그래요?

스미르노프 네!

포포바 좋아요! (종을 울린다)

| 9장 |

그들 두 사람과 루카.

포포바 루카, 이분을 끌어내라!

루카 (스미르노프에게 다가간다) 나리, 나가라고 할 때 나가주세
요! 여기서 이러실⋯⋯.

스미르노프 (벌떡 일어나면서) 닥쳐! 누구한테 지껄이는 거냐? 작
살을 내주마!

루카 (가슴을 움켜쥔다) 이거 큰일 났네⋯⋯! 성자여! (안락의자
에 쓰러진다) 아아, 어지러워, 어지러워! 숨이 막혀!

포포바 다샤, 어디 있느냐? 다샤! (소리친다) 다샤! 펠라게야! 다
샤! (종을 친다)

루카 아아! 모두 딸기 따러 갔습니다⋯⋯. 집에는 아무도 없습니다
요⋯⋯. 어지러워! 물!

포포바 나가라니까요!

스미르노프 좀 더 예의 바르게 하면 안 됩니까?

포포바 (두 주먹을 쥐고 발을 구르면서) 촌뜨기! 난폭한 곰! 졸부!
괴물!

스미르노프 뭐요? 뭐라고 했소?

포포바 곰, 괴물이라고 했어요!

스미르노프 (다가서면서) 실례지만, 대체 무슨 권리가 있어서 날 모욕하는 거요?

포포바 그래요, 모욕했어요……. 그래서, 어쨌다는 거죠? 당신을 무서워할 거라고 생각하세요?

스미르노프 당신이 매혹적인 존재라서 제멋대로 다른 사람을 모욕해도 된다고 생각합니까? 그래요? 결투합시다!

루카 큰일 났네……. 성자여! 물!

스미르노프 총으로 합시다!

포포바 굳센 주먹과 황소 같은 목을 가졌다고 해서 내가 당신을 두려워할 거라고 생각하세요? 네? 당신은 정말로 졸부야!

스미르노프 결투합시다! 나를 모욕하는 사람은 누구도 용서하지 않겠소. 당신이 설령 허약한 존재인 여자라도 어쩔 수 없소!

포포바 (자기 목소리로 상대방의 소리를 억누르려고 애쓰면서) 곰! 곰! 곰!

스미르노프 오직 남자들만 모욕받은 것을 되갚아야 한다는 편견을 드디어 버릴 때가 되었군! 권리 평등이라면 권리 평등이니까, 빌어먹을! 결투합시다!

포포바 총을 쏘자는 거죠? 좋아요!

스미르노프 지금 당장!

포포바 그래요, 당장! 죽은 남편이 권총을 남겼는데……. 당장 그것을 가져오겠어요……. (서둘러 가다가 되돌아온다) 큰 기쁨을 가지고 당신의 구리 이마빼기에 총알을 쏘아 넣을 겁니다! 빌어먹을! (나간다)

스미르노프 병아리를 쏘듯 저 여잘 쏘아버릴 테야! 난 어린애도 아니고, 감상적인 풋내기도 아니야. 나한테 연약한 존재는 없으니까!

루카 이보게, 자네! (무릎을 꿇는다) 제발 이 늙은이를 불쌍히 여겨 여기서 나가주게! 그렇게 사람을 놀라게 하더니, 그것도 모자라 총질을 하려고!

스미르노프 (그의 말을 듣지 않고서) 총질하는 것. 바로 이것이 권리 평등이고, 해방이야! 여기에 양성평등이 있는 거라고! 이런 원칙으로 저 여잘 쏘겠어! 하지만 어떻게 된 여자지? (놀린다) "빌어먹을…… 구리 이마빼기에 총알을 쏘아 넣을 겁니다……." 어떻게 된 여자야? 얼굴이 새빨개져서 두 눈이 반짝이고…… 결투나 받아들이고! 정말로 저런 여자는 평생 처음이야.

루카 이보게, 가라고! 하느님께 영원히 기도하지!

스미르노프 이건 여자야! 이제 알겠어! 진짜 여자야! 까다롭지도 않고, 우유부단하지도 않은 불, 화약, 불꽃이야! 죽이는 게 아까울 지경이야!

루카 (운다) 이보게……. 제발 가주게!

스미르노프 정말로 마음에 드는 여자야! 정말로! 뺨에 보조개가 있어도 좋아! 빚을 면제해줄 수도 있어……. 독한 마음도 사라졌고……. 놀라운 여자야!

| 10장 |

그들 두 사람과 포포바.

포포바 (총을 들고 들어온다) 여기 총 있어요……. 하지만 싸우기 전에 어떻게 쏘는지 보여주세요……. 평생 한 번도 총을 잡아본 적이없거든요.

루카 살려주세요 하느님. 자비를 베푸세요……. 가서 정원사와 마부를 찾아봐야지……. 어디서 이런 변이 우리 머리 위로 떨어졌

는지……. (나간다)

스미르노프 (권총을 살펴보면서) 아시겠지만, 권총에는 여러 종류가 있습니다……. 결투 전용으로 만들어진 모르티메르 권총이 있는데, 뇌관이 달려 있습니다. 부인이 가지고 있는 권총은 스미스와 베손 방식의 탄피 추출 장치가 달린 중앙 타격 삼연발식입니다……. 멋진 권총입니다! 두 자루에 최소한 90루블은 나가겠는데요……. 총은 이렇게 잡아야 합니다……. (방백으로) 두 눈, 눈하며! 자극적인 여자야!

포포바 이렇게요?

스미르노프 네, 그렇게……. 그다음에 공이치기를 올리고…… 그리고 겨냥하는 겁니다……. 머리를 조금 뒤로! 팔은 충분히 뻗으시고…… 바로 그렇게…… 그다음에 이 손가락으로 이걸 가볍게 누르시면 됩니다. 그게 답니다……. 한 가지 중요한 것은 흥분하지 말고, 겨냥을 서둘러서는 안 된다는 것입니다……. 손이 떨리지 않도록 주의해야 합니다.

포포바 알았어요……. 방 안에서 총을 쏘는 건 적절치 않으니까 정원으로 나가요.

스미르노프 그러시죠. 미리 알려드립니다만, 나는 공중에다 쏠 겁니다.

포포바 그러시면 안 돼요! 왜죠?

스미르노프 왜냐하면…… 왜냐하면……. 그건 내 문젭니다, 어쨌든!

포포바 겁이 나신 모양이군요? 그래요? 아-아-아-아! 안 됩니다, 나리. 둘러대지 마세요! 저를 따라 오세요! 당신 이마를 꿰뚫기 전에는 진정할 수 없어요……. 내가 그토록 증오하는 바로 그 이마 말이에요! 겁나세요?

스미르노프 네, 겁납니다.

포포바 거짓말! 왜 싸우려 하지 않는 거죠?

스미르노프 왜냐하면…… 왜냐하면 당신이…… 좋기 때문입니다.

포포바 (악의 있는 웃음) 내가 좋다고요! 내가 좋다고 감히 말하다니요! (문을 가리킨다) 가세요!

스미르노프 (말없이 권총을 내려놓는다. 모자를 들고 걸어간다. 문가에 멈춰 선다. 잠시 말없이 두 사람은 서로를 바라본다. 그다음에 그는 망설이는 걸음걸이로 포포바에게 다가가면서 말한다) 들어보세요……. 아직도 화가 나셨나요? 저 또한 무지하게 화가 났지만, 아시겠지만…… 어떻게 말씀드려야 할지……. 문제는, 아시겠지만…… 이런 종류의 이야기는, 사실대로 말하면……. (소리친다) 그래, 당신이 좋아졌다는 게 내 잘못입니까? (의자 등받이를 잡는다. 의자가 소리를 내면서 갈라지더니 부서진다) 당신네 가구는 정말로 잘 부서지는군요! 당신이 좋습니다! 아시겠어요? 나는…… 사랑에 빠졌습니다!

포포바 물러나세요. 당신을 증오해요!

스미르노프 맙소사, 대단한 여자야! 평생 이런 여자는 한 번도 본 적이 없어! 걸렸어! 망했다고! 쥐처럼 쥐덫에 걸린 거라고!

포포바 저리 물러나요. 안 그러면 쏴버릴 테니까!

스미르노프 쏴요! 이 놀라운 두 눈의 눈길 아래서 죽는다는 것이, 이 작고 비단결 같은 손이 쥐고 있는 권총에 죽는다는 것이 얼마나 큰 행복인지 당신은 모릅니다……. 난 미쳤습니다! 생각하고 당장 결정하세요. 왜냐하면 내가 여기서 나가게 되면 우리는 절대로 만나지 못할 테니까! 결정해요……. 나는 귀족이며 반듯한 인간입니다. 연수입이 1만 루블이고…… 던져진 동전을 권총으로 맞출 수 있습니다…… 멋진 말이 있고……. 내 아내가 돼주시겠습니까?

포포바 (성을 내면서 권총을 휘두른다) 차라리 총을 들고 결투해요!

스미르노프 난 미쳤어……. 아무것도 모르겠군……. (소리친다) 이봐, 물 가져와!

포포바 (소리친다) 결투해요!

스미르노프 난 미쳤어. 어린애처럼, 바보처럼 사랑에 빠지고 말았어! (그녀의 손을 잡는다. 포포바는 아파서 비명을 지른다) 사랑합니다! (무릎을 꿇는다) 전에는 한 번도 이렇게 사랑한 적이 없습니다! 열두 명의 여자를 버렸고, 아홉 명의 여자가 나를 버렸지만, 그 가운데 당신만큼 사랑한 여자는 하나도 없었습니다……. 완전히 취하고, 자존심도 없어지고, 맥이 풀려버렸어…… 바보처럼 무릎을 꿇고 청혼을 하다니……. 부끄럽고 치욕스럽군! 5년 동안 사랑에 빠지지 않았고, 사랑에 빠지지 않겠다고 스스로 맹세했어. 그런데 느닷없이 사랑에 빠진 거야. 마치 수레 채가 남의 마차에 넋을 잃은 것처럼! 청혼합니다. 동의합니까, 아닙니까? 싫어요? 필요 없나요! (일어나서 빠른 걸음으로 문 쪽으로 걸어간다)

포포바 잠깐만요…….

스미르노프 (멈춰 선다) 네?

포포바 아닙니다, 가세요……. 아니, 잠깐만요…… 아니에요. 가세요, 가시라고요! 당신을 증오해요! 아니, 아니에요…… 가지 마세요! 아아, 당신이 안다면. 내가 얼마나 화가 났는지! 얼마나 내가 화가 났는지! (탁자 위로 권총을 던진다) 이 불쾌한 것 때문에 손가락이 부어올랐네……. (화가 나서 손수건을 찢어버린다) 왜 서 있는 거죠? 가세요!

스미르노프 안녕히 계세요.

포포바 네, 네. 가세요! (소리친다) 어디 가요? 잠깐만요…… 아니, 가세요. 아아, 얼마나 화가 났는지! 다가오지 말아요! 다가오지 말래두요!

스미르노프 (그녀에게 다가오면서) 정말로 나한테 화가 나는군!

풋내기처럼 사랑에 빠져 무릎을 꿇다니…… 소름이 끼쳐…….
(거칠게) 당신을 사랑합니다! 당신을 사랑하지 않을 수 없었어
요! 내일 이자를 갚고, 풀베기를 시작해야 하는데, 여기서 당
신은…… (그녀의 허리를 안는다) 절대로 나를 용서하지 않겠
어…….
포포바 저리 물러서요! 손 치워! 당신을…… 증오해! 결-투해요!

길게 이어지는 키스.

| 11장 |

그들 두 사람과 도끼를 든 루카, 쇠스랑을 든 정원사, 갈퀴를 든 마부 그리고
몽둥이를 든 일꾼들.

루카 (키스하고 있는 두 사람을 본 다음) 이런!

사이.

포포바 (눈을 내리깔고서) 루카, 마구간에 말해. 토비한테 오늘 귀
리를 조금도 주지 말라고.

막.

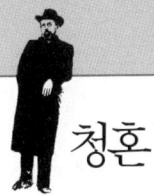

청혼

| 단막 슈트카 |

인간이 소유욕에 사로잡히면, 자기 과시욕에 사로잡히면 무슨 일이 일어날 수 있을까, 하는 문제를 해학적인 코드로 풀어낸 작품이다. 지주의 입장에서 보면 거의 하찮은 땅뙈기에 지나지 않는 토지에 집착하는 러시아 지주들의 끝 모를 탐욕. 각자 소유하고 있는 '개'의 우수성을 놓고 설전을 벌이는 제정 러시아의 어리석은 지주들의 대결이 자못 우스꽝스럽다.

등장인물

스테판 스테파노비치 추부코프 지주

나탈리야 스테파노브나 그의 딸, 25세

이반 바실리예비치 로모프 추부코프의 이웃, 건강하고 통통하게 살이 오른 몸과는 다르게 매우

　　소심한 지주

사건은 추부코프의 저택에서 일어난다.

추부코프 집의 응접실.

1장

추부코프와 로모프가 연미복에 하얀 장갑을 끼고 들어온다.

추부코프 (그를 맞이하러 나가면서) 아니, 이게 누구시오! 이반 바
실리예비치! 정말 기뻐요! (손을 잡는다) 정말이지 놀라운 일입
니다. 거참…… 어떻게 지내시오?

로모프 감사합니다. 어떻게 지내십니까?

추부코프 당신의 기도와 기타 등등 덕분에 우리는 그럭저럭 지내고
있어요. 앉으세요, 부탁합니다……. 바로 그렇소. 이웃사람들을
잊어버리는 건 좋지 않은 일이오. 그런데 왜 그렇게 격식을 갖춘
거요? 연미복에 장갑에 기타 등등. 필시 어딜 가시는 모양이구
려, 소중한 양반?

로모프 아닙니다. 당신을 뵈러 왔습니다, 존경하는 스테판 스테파
느이치.

추부코프 그런데 어째서 연미복을 입은 게요? 마치 의례적인 새해
인사처럼 말이오!

로모프 아시겠지만, 문제가 있어서요. (그의 팔을 잡는다) 존경하
는 스테판 스테파느이치, 부탁 하나 드리고자 당신을 찾아왔습
니다. 저는 이미 여러 차례 당신께 도움을 청할 명예를 가졌으
며, 그래서 당신은 언제나, 말하자면…… 하지만 저는, 미안합니

다만, 흥분됩니다. 물을 마시겠습니다, 존경하는 스테판 스테파느이치. (물을 마신다)

추부코프 (방백으로) 돈을 빌리러 왔구먼! 빌려주나 봐라! (로모프에게) 무슨 일이오, 잘생긴 양반?

로모프 아시겠지만, 존경하는 스테파느이치……. 죄송합니다, 스테판 존경하는…… 말하자면 저는 몹시 흥분하고 있습니다. 보시는 것처럼…… 한마디로 당신만이 유일하게 저를 도와주실 수 있습니다. 비록, 물론 그럴 자격이 없습니다만……. 그리고 당신의 도움을 기대할 권리도 없습니다만…….

추부코프 아아, 그렇게 과장하지 말아요! 즉시 말해보시오! 어서!

로모프 지금…… 즉시. 문제는 제가 당신의 따님이신 나탈리야 스테파노브나에게 청혼하러 왔다는 것입니다.

추부코프 (기뻐하며) 저런! 이반 바실리예비치! 다시 한 번 말해보구려. 제대로 듣지 못했소!

로모프 청혼할 영광을 가지고자…….

추부코프 (말을 가로채면서) 이런 사람하고……. 정말 기쁘오, 기타 등등…… 바로 그렇소, 기타 등등. (끌어안고 키스한다) 오래도록 기다렸다오. 그건 내가 늘 바라던 거였소. (눈물을 떨어뜨린다) 그리고 언제나 자네를 친아들처럼 사랑했지. 천사 같은 사람아. 원컨대 자네들 두 사람에게 충고와 사랑 기타 등등이 함께 하기를. 정말이지 소망했다네……. 근데 난 왜 바보처럼 서 있는 거지? 기뻐서 정신이 나갔군. 완전히 정신이 나갔다니까! 아아, 진심으로…… 가서 나타샤와 기타 등등을 불러와야겠어.

로모프 (감동하여) 존경하는 스테판 스테파느이치, 제가 따님의 동의를 받을 수 있을 거라고 생각하십니까?

추부코프 바로 이렇게 잘생긴 청년인데다. 그리고…… 그 아이가 느닷없이 거절한다고! 그 아인 필시 고양이처럼 사랑에 빠질 거

요, 기타 등등…… 당장에! (나간다)

| 2장 |

로모프 혼자서.

로모프 춥네……. 시험을 앞둔 것처럼 온몸이 떨리는군. 중요한 것
은 결심한다는 거지. 만일 오래 생각하고, 망설이며, 말만 많이
하고, 이상이나 진정한 사랑을 기다린다면, 절대로 결혼하지 못
할 거니까……. 우우우! 추워! 나탈리야 스테파노브나는 뛰어난
살림꾼이고, 상당한 미인인데다가, 교양이 있어……. 뭐가 더 필
요하겠어? 하지만 흥분하면 내 귀에서는 벌써 소리가 나기 시작
해. (물을 마신다) 난 반드시 결혼해야 돼……. 첫째, 나는 벌써
서른다섯 살이야. 말하자면 위험한 나이야. 둘째, 균형 잡히고
규칙적인 생활이 필요해……. 나에겐 심장 장애가 있어서 늘 가
슴이 뛰는데다가, 성미가 급해서 언제나 몹시 흥분하거든…….
지금도 입술이 떨리고, 오른쪽 눈꺼풀이 바르르 떨린단 말이
야……. 하지만 가장 무시무시한 것은 꿈이야. 잠자리에 누워서
막 잠이 들라치면 무엇인가가 갑자기 왼쪽 옆구리에서 잡아당
겨! 그리곤 곧바로 오른쪽 어깨와 머리를 때린다니까……. 미친
사람처럼 벌떡 일어나서 잠시 돌아다니다가 다시 자리에 누워.
하지만 잠들기 시작하자마자 옆구리에서 다시 잡아당긴다니까!
그렇게 스무 번 정도…….

| 3장 |

나탈리야 스테파노브나와 로모프.

나탈리야 스테파노브나 (들어온다) 아니, 저런! 당신이군요. 아빠가 "물건 때문에 상인이 왔으니 가보거라" 하셨거든요. 안녕하세요, 이반 바실리예비치!

로모프 안녕하십니까, 존경하는 나탈리야 스테파노브나!

나탈리야 스테파노브나 용서하세요, 앞치마에 평상복 차림이라서……. 말릴 완두콩을 썰고 있었답니다. 어째서 그토록 오랫동안 저희 집에 오시지 않았나요? 앉으세요…….

자리에 앉는다.

아침 드시겠어요?

로모프 아닙니다, 감사합니다. 벌써 먹었습니다.

나탈리야 스테파노브나 담배 피우세요…… 여기 성냥 있습니다……. 기막힌 날씨네요. 하지만 어제는 비가 오는 바람에 일꾼들이 온종일 아무것도 하지 못했답니다. 몇 낟가리나 베셨나요? 저는 욕심 사납게 굴어서 목초지 전부를 베었죠. 근데 지금은 별로 기쁘지 않아요. 건초가 썩지나 않을까 걱정돼서요. 좀 더 기다리는 게 나을 뻔했어요. 그런데 무슨 일이죠? 연미복을 입으신 것 같네요! 어떻게 이런 일이! 무도회라도 가시나요, 그래요? 그건 그렇고, 멋있어지셨어요……. 농담이 아니라, 어떻게 이런 멋쟁이가 되신 거죠?

로모프 (흥분하면서) 아시다시피, 존경하는 나탈리야 스테파노브나……. 문제는 제 말씀에 귀 기울여 주시기를 당신께 부탁하기로 결심했다는 것입니다……. 물론 놀라시고 심지어 화를 내시겠지만, 그러나 저는…… (방백으로) 무지하게 춥네!

나탈리야 스테파노브나 무슨 일인데요? 네?

로모프 간단하게 말씀드리도록 노력해보겠습니다. 존경하는 나탈리야 스테파노브나, 당신도 잘 아시다시피 저는 어릴 적부터, 그러니까 유년 시절부터 당신 가족을 아는 영광을 얻었습니다. 돌아가신 제 큰어머니와 큰아버지께서는, 당신도 잘 아시겠지만, 언제나 깊은 존경심을 가지고 당신 아버님과 고인이 되신 어머님을 대하셨습니다. 저는 그분들에게 유산으로 땅을 받았습니다. 로모프 가문과 추부코프 가문은 언제나 매우 우호적으로 지내왔으며, 따라서 친척 관계라고 말할 수도 있을 것입니다. 더욱이, 당신도 잘 아시다시피, 제 땅은 당신 땅과 밀접하게 붙어 있습니다. 떠올려 보시면 아시겠지만, 나의 볼로비* 초지는 당신의 자작나무 숲과 인접하고 있습니다.

나탈리야 스테파노브나 미안합니다만, 끼어들어야겠네요. 당신은 '나의 볼로비 초지'라고 말씀하셨어요……. 근데 그게 당신 땅인가요?

로모프 제 땅입니다요…….

나탈리야 스테파노브나 아니, 또 그러시네! 볼로비 초지는 우리 거예요, 당신 게 아니라!

로모프 아닙니다요, 제 겁니다. 존경하는 나탈리야 스테파노브나

나탈리야 스테파노브나 저는 처음 듣는 얘기예요. 어째서 당신 거죠?

로모프 어째서라뇨? 당신의 자작나무 숲과 고렐로예* 습지 사이에 쐐기 모양으로 들어간 볼로비 초지에 대해 말하는 겁니다.

---

* 러시아어로 '매우 튼튼한', '강인한'이라는 의미를 가진 형용사.

나탈리야 스테파노브나 네, 그래요, 맞아요……. 그건 우리 거예요…….

로모프 아닙니다, 당신이 틀렸습니다. 존경하는 나탈리야 스테파노브나, 그건 제 땅입니다.

나탈리야 스테파노브나 정신 차리세요, 이반 바실리예비치! 당신 소유가 된 게 오래된 일인가요?

로모프 오래됐냐고요? 제가 기억하는 한 그건 언제나 우리 땅이었습니다.

나탈리야 스테파노브나 설사 그렇다 해도 전혀 그렇지 않아요!

로모프 서류상으로도 명확합니다. 존경하는 나탈리야 스테파노브나. 볼로비 초지가 한때는 논쟁의 여지가 있었죠. 그건 사실입니다. 하지만 그것이 제 소유란 사실은 지금 누구나 알고 있습니다. 게다가 논쟁할 것도 없습니다. 제 큰어머니의 할머니께서 당신 아버님의 할아버지의 농부들이 할머니께 벽돌을 구워주는 대신 이 초지를 무기한 그리고 무상으로 쓰도록 빌려주신 겁니다. 당신 아버님의 할아버지의 농부들은 40년 정도 초지를 무상으로 이용하면서 그 땅이 마치 자기네 것이라고 여기게 되었습니다만, 그 후에 규정이 만들어……

나탈리야 스테파노브나 당신 말씀하고는 전혀 달라요! 나의 할아버지도, 증조할아버지도 그분들의 땅이 고렐로예 습지까지 이른다고 생각하셨어요. 그러니까 볼로비 초지는 우리 땅인 겁니다. 여기에 무슨 논란거리가 있나요? 이해할 수 없어요. 화가 치미는군요!

로모프 당신께 서류를 보여드리겠습니다, 나탈리야 스테파노브나.

나탈리야 스테파노브나 아니에요. 당신은 정말로 농담하시거나 아니면 날 놀리는 거예요……. 참 놀라운 일이에요! 거의 300년 동안

---

* 러시아어로 '썩은'이라는 의미를 가진 형용사.

98

땅을 소유하고 있었는데, 느닷없이 그 땅이 우리 소유가 아니라니! 미안합니다, 이반 바실리예비치. 저는 제 귀를 믿을 수가 없답니다……. 그 초지가 저한테 소중한 건 아니에요. 거기 땅이라야 다해서 5헥타르에 대강 300루블 정도니까요. 하지만 부당한 처사 때문에 화가 치미는 겁니다. 원하는 대로 말씀하세요. 하지만 부당함은 참을 수 없습니다.

로모프 제 말씀을 들어주세요, 부탁드립니다! 제가 이미 당신께 말씀드릴 영광을 가진 것처럼 당신 아버님의 할아버지의 농부들은 제 큰어머니의 할머니를 위해서 벽돌을 구웠습니다. 큰어머니의 할머니는 그 사람들에게 고마움을 표시하려고…….

나탈리야 스테파노브나 할아버지, 할머니, 큰어머니……. 난 아무것도 몰라요! 초지는 우리 거예요, 그게 답니다.

로모프 제 것입니다요!

나탈리야 스테파노브나 우리 거예요! 설령 당신이 이틀 동안 증거를 대고, 열다섯 벌의 연미복을 입는다 해도 그 땅은 우리 거야, 우리 거, 우리 거라니까! 어쩐지 이 모든 게 이상하네요, 이반 바실리예비치! 지금까지 우리는 당신을 선량한 이웃이자 친구로 생각했고, 작년에는 탈곡기까지 빌려드렸어요. 그 탓에 우리는 11월에야 타작을 끝낼 수 있었답니다. 그런데도 당신은 우릴 마치 집시 대하듯 하시는군요. 나에게 나의 땅을 주세요. 미안합니다만, 이건 이웃끼리의 도리는 아닙니다! 제가 보기에 이건 파렴치한 짓이에요, 만일 원하신다면…….

로모프 당신 생각에는, 그러니까, 내가 약탈자란 겁니까? 아가씨, 나는 결코 남의 땅을 탈취한 적도 없고, 어느 누구도 그런 이유로 나를 비난하도록 놔두지 않을 겁니다……. (유리병 쪽으로 빨리 걸어가더니 물을 마신다) 볼로비 초지는 내 겁니다!

나탈리야 스테파노브나 아니에요, 우리 거예요!

로모프 내 거라니까!

나탈리야 스테파노브나 아니에요! 증거를 보여드리죠! 오늘 당장 풀 베는 사람들을 그 초지로 보내겠어요!

로모프 뭐라 굽쇼?

나탈리야 스테파노브나 오늘 그곳으로 풀 베는 사람들을 보내겠다고요!

로모프 내 그자들의 모가지를!

나탈리야 스테파노브나 그렇게는 못할 걸요!

로모프 (가슴을 움켜잡는다) 볼로비 초지는 내 거요! 알겠소? 내 거라고!

나탈리야 스테파노브나 소리치지 마세요, 제발! 당신 집에서는 악감정 때문에 소리 지르고, 목쉰 소리를 낼 수도 있겠지만, 여기서는 정도를 지켜주시기 부탁드려요!

로모프 아가씨, 만일 이런 무시무시하고도 고통스러운 심장의 고동이 없었다면, 만일 혈관이 관자놀이를 두드리지 않았다면, 당신과 다른 방식으로 이야기했을 겁니다. (소리친다) 볼로비 초지는 내 거야!

나탈리야 스테파노브나 우리 거야!

로모프 내 거라니까!

나탈리야 스테파노브나 우리 거야!

로모프 내 거라고!

4장

두 사람과 추부코프.

추부코프 (들어오면서) 무슨 일이지? 왜 소리를 치는 거요?

나탈리야 스테파노브나 아빠, 이 신사 분께 제발 말씀 좀 해주세요. 볼로비 초지가 누구네 거죠? 우리 거예요, 저분 거예요?

추부코프 (로모프에게) 이 양반아, 초지는 우리 거요!

로모프 그게 말씀이세요, 스테판 스테파느이치. 어째서 그 땅이 당신들 겁니까? 당신만이라도 신중하게 판단하셔야 합니다! 제 큰어머니의 할머니가 초지를 일시적이며 무상으로 당신 할아버지의 농부들에게 빌려주셨습니다. 농부들은 40년 동안 초지를 이용하면서 그 땅이 마치 자기네 것이라고 여기게 되었습니다만, 그 후에 규정이 만들어져…….

추부코프 이보시오, 잠깐만……. 당신이 지금 잊고 있는 게 있는데……. 농부들이 당신 할머니와 기타 등등에게 돈을 내지 않은 것은 초지가 그 당시 시비와 기타 등등에 휘말렸기 때문이오……. 하지만 지금은 바로 그 땅이 우리 거란 사실을 개란 개도 다 알고 있소. 그러니까 당신은 지도도 보지 않은 거요!

로모프 그 땅이 내 거란 걸 입증하겠습니다!

추부코프 이 양반아, 입증하지 못할 거요.

로모프 아닙니다. 입증하겠어요!

추부코프 이 사람이, 어째 그리 고함을 지르시는가? 고함친다고 해서 입증되는 건 아무것도 없다, 그 말이오. 난 당신 걸 바라지도 않거니와 내 것을 빼앗길 생각도 없소. 무엇 때문에 그러겠소? 이보시오, 일이 이렇게 된 마당에 당신이 초지와 기타 등등에 시비를 걸 요량이라면, 난 그걸 당신이 아니라, 차라리 농부들에게 선사할 거요. 그렇다마다!

로모프 알 수가 없군요! 도대체 무슨 권리가 있어서 남의 물건을 선물한단 말입니까?

추부코프 나한테 권리가 있는지 없는지, 당신이 좀 가르쳐주시구려. 바로 그렇소, 젊은이. 나는 그런 어투와 기타 등등으로 사람들이 나에게 이야기하는 데 익숙하지 않소. 젊은이, 나는 자네보다 두 배는 나이가 많아. 그러니 흥분이나 기타 등등 없이 말하기를 부탁하오.

로모프 아닙니다. 당신은 그저 절 바보로 생각하시고 놀리시는 겁니다! 당신은 제 땅을 당신 땅이라 하시고, 게다가 절더러 냉정해질 것과 인간적으로 이야기할 것을 주문하십니다! 선량한 이웃은 그렇게 행동하지 않습니다, 스테판 스테파느이치! 당신은 이웃이 아니라 약탈잡니다!

추부코프 뭐라고? 뭐라고 그랬소?

나탈리야 스테파노브나 아빠, 초지에 당장 풀 베는 사람들을 보내세요!

추부코프 (로모프에게) 뭐라고 그랬소, 젊은 양반?

나탈리야 스테파노브나 볼로비 초지는 우리 거야. 난 물러서지 않아, 물러서지 않아, 물러서지 않을 거라고!

로모프 두고 봅시다. 재판을 해서 그것이 내 땅이란 걸 입증할 겁니다.

추부코프 재판? 재판에 넘길 수도 있을 거요, 귀하. 기타 등등! 그렇고말고! 당신을 알아. 당신은 그저, 바로 그거야. 당신은 소송할 기회만을 기다린 거야. 기타 등등……. 중상모략하는 게 천성이니까! 당신 집안사람들은 하나같이 소송을 좋아하거든! 하나같이!

로모프 내 집안을 모욕하지 마세요! 로모프 집안사람들은 모두 정직하고, 그래서 당신 아저씨처럼 공금횡령 때문에 재판에 회부된 사람은 하나도 없어요!

추부코프 로모프 집안사람들은 모두가 미치광이야!

나탈리야 스테파노브나 모두, 모두, 모두!

추부코프 당신 할아버지는 폭음을 일삼았고, 작은어머니, 바로 그래, 나스타시야 미하일로브나는 건축가와 달아났어. 기타 등등…….

로모프 당신 어머니는 꼽추였어요. (가슴을 움켜잡는다) 옆구리를 잡아당기네…… 머리를 후려갈기고……. 아이고!…… 물!

추부코프 당신 아버지는 도박에 걸신들린 자였지.

나탈리야 스테파노브나 큰어머니는 비할 데 없는 수다쟁이였어요!

로모프 왼쪽 다리가 마비됐어……. 당신은 간악한 사람입니다……. 아아, 가슴이! 누구나 다 알고 있어요. 선거 전에 당신이 무슨 일을 했는지……. 두 눈에 불꽃이…… 모자 어디 있지?

나탈리야 스테파노브나 저급해! 더러워! 추악해!

추부코프 바로 당신이야말로, 바로 그거야, 교활하고, 위선적이고, 음모를 꾸미는 인간이야! 그렇고말고!

로모프 바로 여기에 모자가…… 가슴이…… 어디로 가야 하지? 문이 어디 있지? 아아! 죽을 것 같아……. 걷기도 힘이 드는군……. (문 쪽으로 걸어간다)

추부코프 (그의 뒤를 따라가서) 더 이상 우리 집에 오지 마시오!

나탈리야 스테파노브나 재판에 넘겨요! 두고 봅시다!

로모프가 비틀거리면서 나간다.

| 5장 |

추부코프와 나탈리야 스테파노브나.

추부코프 빌어먹을! (흥분해서 돌아다닌다)

나탈리야 스테파노브나 정말로 못된 인간이죠? 이런 일이 있는데도 착한 이웃을 믿으라고!

추부코프 더러운 자식! 콩밭의 허수아비!

나탈리야 스테파노브나 추악한 인간! 남의 땅을 슬쩍 해먹고 나서 욕지거리까지 하다니.

추부코프 이 도깨비 같은 놈, 바로 그렇지. 야맹증 걸린 놈이 감히 청혼과 기타 등등을 하다니! 감히 청혼이라니!

나탈리야 스테파노브나 청혼이요?

추부코프 그렇다니까! 너한테 청혼하러 온 거였어.

나탈리야 스테파노브나 청혼이요? 나한테? 왜 미리 말씀하시지 않았어요?

추부코프 그래서 연미복을 차려입은 거야! 소시지 같은 놈! 주름이 쪼글쪼글한 놈!

나탈리야 스테파노브나 나한테? 청혼을? 아아! (소파에 쓰러져 신음한다) 그 사람을 데려와요! 데려와! 아아! 데려오세요!

추부코프 누굴 데려오라는 거냐?

나탈리야 스테파노브나 빨리, 빨리요! 기분 나빠요! 데려오세요! (극도로 흥분한 상태)

추부코프 무슨 일이냐? 왜 이러는 거야? (자기 머리를 움켜쥔다) 난 불행한 인간이야! 권총으로 자살할 거야! 목을 맬 거야! 이렇게 괴롭히다니!

나탈리야 스테파노브나 나 죽어요! 데려오세요!

추부코프 에이! 당장 가마. 울부짖지 마라! (달려 나간다)

나탈리야 스테파노브나 (혼자서 신음한다) 우리가 무슨 일을 저지른 거지? 데려와요! 데려와!

추부코프 (달려 들어온다) 곧 올 거다, 기타 등등. 빌어먹을! 아아! 네가 그자와 말해라. 나는 바로 그렇지. 원하지 않으니까…….

나탈리야 스테파노브나 (신음한다) 데려와요!

추부코프 (소리친다) 그자가 오고 있다고 말했잖아. 오, 하느님! 장성한 딸의 아비가 된다는 것은 얼마나 어려운 일인가!* 목을 매어 자살할 거야! 반드시 그렇게 할 거야! 욕을 퍼붓고 비방하고 쫓아냈는데, 이 모든 게 너…… 너 때문이야!

나탈리야 스테파노브나 아니에요, 아빠 때문이에요!

추부코프 내 잘못이다. 바로 그렇지!

문가에 로모프가 모습을 드러낸다.

자, 네가 저자와 이야기해! (나간다)

| 6장 |

나탈리야 스테파노브나와 로모프.

---

* 그리보예도프의 희곡 〈지혜의 슬픔〉에서 주인공 파부소프가 하는 대사로, 성년이 된 딸의 심사를 헤아리기 어렵다는 의미를 담고 있다.

로모프 (들어온다. 기진맥진해서) 심장이 지독하게 뛰고…… 다리가 마비됐어……. 옆구리를 잡아당기는군…….

나탈리야 스테파노브나 미안해요, 이반 바실리예비치. 우리가 흥분했어요……. 이제야 생각납니다. 볼로비 초지는 사실 당신 거예요.

로모프 심장이 엄청스레 뛰는군요……. 내 겁니다, 초지는……. 두 눈이 바르르 떨리네요…….

나탈리야 스테파노브나 당신, 당신 거예요, 초지는……. 앉으세요…….

그들이 앉는다.

우리가 틀렸어요.

로모프 저는 원칙적으로…… 땅이 아니라, 원칙이 소중하기…….

나탈리야 스테파노브나 그래요, 원칙이……. 뭔가 다른 이야길 하도록 해요.

로모프 더욱이 제겐 증거가 있습니다. 제 큰어머니의 할머니가 당신 아버지의 할아버지의 농부들에게 주셨는데…….

나탈리야 스테파노브나 됐어요, 그 문제 됐어요……. (방백으로) 어디서부터 시작해야 할지 모르겠네……. (로모프에게) 곧 사냥하러 가실 생각이신가요?

로모프 수확을 마치면 멧닭을 사냥할까 생각합니다, 존경하는 나탈리야 스테파노브나. 아아, 들으셨나요? 제게 어떤 불행이 닥쳤는지, 생각해보세요! 당신도 아시겠지만, 우가다이*가 다리를 절기 시작했어요.

나탈리야 스테파노브나 정말 안됐군요! 왜 그런 거죠?

로모프 모르겠습니다……. 필시 탈골됐거나 다른 개들이 물었기 때문이겠죠……. (한숨 쉰다) 비싼 개라서가 아니라 최고의 갭니다! 미로노프에게 125루블을 주고 샀지요.

나탈리야 스테파노브나 너무 많이 주셨네요, 이반 이바느이치!

로모프 제가 보기엔 너무 싼 가격입니다. 놀라운 개니까요.

나탈리야 스테파노브나 아빠는 오트카타이*를 85루블 주고 사셨는데, 오트카타이가 당신의 우가다이보다 훨씬 낫잖아요!

로모프 오트카타이가 우가다이보다 낫다고요? 무슨 말씀이세요! (웃는다) 오트카타이가 우가다이보다 낫다고!

나탈리야 스테파노브나 낫고말고요! 사실 오트카타이는 아직 다 자리지 않았죠. 하지만 체격 면에서나 움직임 면에서 볼차네쓰코예 마을에서는 최고라니까요.

로모프 잠깐만요, 나탈리야 스테파노브나. 그 개는 아래턱이 위턱보다 짧은데, 아래턱이 위턱보다 짧은 개는 언제나 짐승을 잘 잡지 못한다는 걸 잊으셨군요!

나탈리야 스테파노브나 아래턱이 위턱보다 짧다고요? 처음 듣는 소리군요!

로모프 분명 아래턱이 위턱보다 짧습니다.

나탈리야 스테파노브나 재보셨나요?

로모프 그렇습니다. 사냥감을 모는 데는 물론 괜찮지만, 그걸 잡는 데는 아닐 겁니다…….

나탈리야 스테파노브나 우리 오트카타이는 자프랴가이**와 스타메스카***의 자식이고, 순종인데다가 목 주위에 긴 털이 짙게 나 있

---

* '재빨리 해치우다' 혹은 '호되게 후려갈기다'는 뜻을 가진 러시아어 동사 '오트카타치'의 명령어.
** '무리하게 심한 일을 시키다' 혹은 '힘든 노동으로 괴롭히다'는 뜻의 러시아어 동사 '자프랴가치'의 명령어.
*** 조각용 칼이나 끌을 뜻한다.

어요. 그런데 당신의 적갈색 반점이 있는 개는 족보고 뭐고 없잖아요……. 게다가 여윈 말처럼 늙고 몰골이 사납잖아요…….

로모프 늙었죠. 그래도 당신네 오트카타이 다섯 마리하고도 바꾸지 않을 겁니다……. 그럴 수 있을까요? 우가다이는 개지만, 오트카타이는…… 논쟁하는 것도 우스워요……. 모든 사냥개 주인들은 당신의 오트카타이 같은 개를 가지고 있어요. 얼마든지 널려있다고요. 구매 가격의 4분의 1도 비싼 겁니다.

나탈리야 스테파노브나 이반 이바느이치, 오늘 당신에게는 무슨 반대하는 악마라도 자리를 잡았나 보군요. 초지가 당신 거라고 꾸며내더니, 우가다이가 오트카타이보다 낫다고 하시니까요. 누군가 자기가 생각하고 있는 대로 말하지 않을 때 전 언짢습니다. 오트카타이가 당신의…… 그 멍청한 우가다이보다 훨씬 낫다는 걸 당신도 아시잖아요. 근데 왜 반대로 말씀하시는 거죠?

로모프 제가 보기에 나탈리야 스테파노브나, 당신은 저를 장님이나 바보로 생각하시는군요. 그래도 당신의 오트카타이가 아래턱이 위턱보다 짧다는 걸 아셔야 합니다!

나탈리야 스테파노브나 아니에요!

로모프 아래턱이 위턱보다 짧아요!

나탈리야 스테파노브나 (소리친다) 아니라니까요!

로모프 왜 소리를 지르는 겁니까, 아가씨?

나탈리야 스테파노브나 왜 당신은 말도 안 되는 소리를 하는 거죠? 정말로 불쾌해요! 당신의 우가다이는 총으로 쏴서 죽일 때가 됐는데, 그걸 오트카타이와 비교해요!

로모프 미안합니다만, 이 논쟁을 더 할 수가 없습니다. 심장이 뛰어서 말입니다.

나탈리야 스테파노브나 이해하는 게 가장 적은 사냥꾼이 누구보다도 많이 논쟁한다는 걸 알았어요.

로모프 아가씨, 제발 부탁합니다. 그만하세요⋯⋯. 심장이 터지고
　　　있어요⋯⋯. (소리친다) 그만하세요!

나탈리야 스테파노브나 그만두지 않겠어요. 오트카타이가 당신의 우
　　　가다이보다 훨씬 낫다는 걸 당신이 인정할 때까지는.

로모프 훨씬 못하지! 당신의 오트카타이가 죽어버렸으면! 관자놀
　　　이가⋯⋯ 두 눈이⋯⋯ 어깨가⋯⋯.

나탈리야 스테파노브나 당신의 바보 같은 우가다이는 죽을 필요도
　　　없죠. 그러지 않아도 이미 죽은 거나 마찬가지니까!

로모프 (운다) 그만! 심장이 터진다니까!

나탈리야 스테파노브나 그럴 수 없죠!

| 7장 |

두 사람과 추부코프.

추부코프 (들어온다) 또 뭐지?

나탈리야 스테파노브나 아빠, 깨끗한 양심에 따라 솔직하게 말씀하
　　　세요. 어떤 개가 낫죠? 우리 오트카타이예요, 아니면 저 사람의
　　　우가다이예요?

로모프 스테판 스테파노비치, 제발 딱 한 가지만 말씀해주세요. 당
　　　신의 오트카타이가 아래턱이 위턱보다 짧은가요, 아닌가요? 그
　　　래요 안 그래요?

추부코프 그러면 어떻다는 거요? 대수롭지 않아요! 그래도 현 전체
　　　에서 그 개보다 나은 개는 없으니까, 기타 등등.

로모프 하지만 나의 우가다이가 낫죠? 솔직히 말해서!

추부코프 흥분하지 말아요, 이 양반아……. 제발…… 당신의 우가
다이는, 바로 그렇소, 나름 좋은 자질을 가지고 있소……. 그 개
는 순종이고, 다리도 튼튼하고, 넓적다리도 탄탄하고 기타 등등.
하지만 이 잘생긴 양반아, 이 개한테는 두 가지 본질적인 결함이
있어요. 꼭 설명하자면 늙었고 콧등이 짧아요.

로모프 미안합니다만, 심장이 뛰어서……. 사실을 들어봅시
다……. 마루시킨 들판에서 우가다이는 백작의 라즈마하이*와
나란히 달렸지만, 당신네 오트카타이는 1킬로미터나 뒤쳐졌다
는 걸 기억하십시오.

추부코프 뒤쳐진 것은 백작의 사냥개 감독이 채찍으로 개를 때렸기
때문이오.

로모프 이유가 있었죠. 모든 개가 여우를 뒤쫓고 있는데, 오트카타
이는 양을 물어뜯기 시작했거든요!

추부코프 아니올시다! 이보시오, 난 성미가 급한 사람이오. 바로
그렇소. 제발 이 논쟁을 그만둡시다. 모든 사람들이 우리 개를
보고 부러워했기 때문에 때린 거요……. 그렇다니까요! 모두가
증오에 가득 찬 사람들이었소! 그리고 나리, 당신도 잘못이 있
소! 바로 그렇소. 남의 개가 당신의 우가다이보다 낫다는 걸 알
게 되자마자 즉시 당신은 그, 이…… 바로 그…… 기타 등등을
시작했어요……. 난 모조리 기억해요!

로모프 저도 기억합니다!

추부코프 (약을 올린다) 저도 기억합니다……. 대체 뭘 기억하는
거요?

로모프 심장이 뛰어서…… 다리가 마비돼서…… 참을 수가 없어요.

나탈리야 스테파노브나 (약을 올린다) 심장이 뛰어서……? 당신이

* '흔들다' 혹은 '휘두르다'는 뜻의 러시아어 동사 '라즈마하치'의 명령어.

무슨 사냥꾼이라고? 여우를 몰아서 잡을 게 아니라, 부엌 난로 위에 누워 바퀴벌레나 눌러 잡으시지! 심장이 뛰어서…….

추부코프 아닌 게 아니라, 당신이 무슨 사냥꾼이오? 바로 그렇소. 당신처럼 심장이 뛰는 사람은 집에나 앉아 있을 일이지, 안장 위에서 흔들리지는 못할 테니 말이오. 시비나 걸고 남의 개나 방해하고 기타 등등 하려고 말을 타고 다닌다니 사냥 참 잘하겠소. 난 성질이 급한 사람이니 이 대화는 그만둡시다. 바로 그렇소. 당신은 절대 사냥꾼이 아니오!

로모프 그러면 당신은 사냥꾼입니까? 그저 백작에게 아부나 하고 음모나 꾸미려고 말을 타고 다니시는 겁니다……. 아, 가슴이! 당신은 간악한 사람입니다!

추부코프 뭐라고요? 내가 간악하다고? (소리친다) 닥쳐!

로모프 간악한 인간!

추부코프 풋내기! 애송이!

로모프 늙은 쥐! 교활한 인간!

추부코프 닥쳐. 그렇지 않으면 불쾌한 장총으로 네놈을 자고새 쏘듯 쏴버릴 테다. 알건달!

로모프 누구나 다 알고 있어요. 아아, 가슴이! 당신의 죽은 아내가 당신을 때렸다는 걸……. 다리가…… 관자놀이가…… 불꽃이…… 쓰러진다, 쓰러져!

추부코프 관리인 궁둥이에 깔려 사는 주제에!

로모프 저런, 저런, 저런…… 가슴이 터졌네! 어깨가 떨어져 나갔어……. 어깨가 어디 있지? 나 죽는다! (소파에 쓰러진다) 의사를! (실신)

추부코프 풋내기! 젖비린내 나는 놈! 알건달! 기분 나빠! (물을 마신다) 기분 나쁘다고!

나탈리야 스테파노브나 당신이 무슨 사냥꾼? 당신은 말 위에 앉지도 못해! (아버지에게) 아빠! 저 사람 무슨 일이죠? 아빠! 보세요, 아빠! (큰 소리로 외친다) 이반 바실리예비치! 그가 죽었어요!

추부코프 기분 나빠…… 숨이 막혀! 공기를!

나탈리야 스테파노브나 죽었어! (로모프의 옷소매를 잡아당긴다) 이반 바실리치! 이반 바실리치! 우리가 무슨 짓을 한 거야? 저 사람이 죽었어! (소파에 쓰러진다) 의사, 의사를! (극도의 흥분 상태)

추부코프 아아! 무슨 일이야? 왜 그러냐?

나탈리야 스테파노브나 (신음한다) 저 사람이 죽었어요……! 죽었어!

추부코프 누가 죽어? (로모프를 보고나서) 정말 죽었네! 이거 큰일 났네! 물! 의사! (로모프의 입에 컵을 가져온다) 마셔요! 아니, 안 마시네…… 그러니까, 죽었고 기타 등등……. 난 정말로 불행한 인간이야! 어째서 난 이마빡에 총알을 쑤셔 박지 않은 거지? 어째서 난 지금까지도 목을 매어 자살하지 않았지? 뭘 기다리는 거야? 칼을 주세요! 권총을 주세요!

로모프가 살짝 움직인다.

되살아나는 모양이군……. 물을 마셔요! 그렇지…….

로모프 불꽃이…… 안개……. 여기가 어딥니까?

추부코프 빨리 결혼하시오. 빌어먹을! 딸도 승낙했소! (로모프의 손과 딸의 손을 포갠다) 동의했다니까, 기타 등등. 축복을 하겠소, 기타 등등. 날 가만히 내버려두시오!

로모프 예? 뭐라고요? (일어나면서) 누구를 말입니까?

추부코프 딸이 동의했다니까! 그렇지? 키스하시오…… 빌어먹을!

나탈리야 스테파노브나 (신음한다) 저 사람이 살아 있네……. 네, 네, 동의해요…….

추부코프 키스해요!

로모프 네? 누구하고요? (나탈리야 스테파노브나와 키스한다) 정
말 유쾌합니다……. 미안합니다만, 무슨 일이죠? 아아, 그렇군
요. 알겠습니다……. 가슴이…… 불꽃이…… 행복합니다, 나탈
리야 스테파노브나…… (손에 키스한다) 다리가 마비돼서…….

나탈리야 스테파노브나 저…… 저도 행복합니다…….

추부코프 무거운 짐을 벗었군……. 아아!

나탈리야 스테파노브나 하지만…… 어쨌거나 이제라도 동의하세요.
우가다이가 오트카타이보다 못하다는 걸.

로모프 나아요!

나탈리야 스테파노브나 못해요!

추부코프 자, 가정의 행복이 시작되는군! 샴페인을!

로모프 낫다니까!

나탈리야 스테파노브나 못해! 못해! 못해!

추부코프 (자기 목소리로 두 사람의 소리를 누르려고 애쓰면서) 샴
페인! 샴페인을!

막.

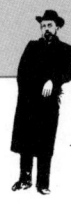

싫든 좋든 비극배우 (별장 생활에서)

| 단막 슈트카 |

'믿는 도끼에 발등 찍힌다'는 속담을 적절하게 구현하는 단막극이다. 19세기 말 러시아에 등장한 '별장족'의 이야기가 적나라하게 펼쳐진다. 아내와 가정에 완전히 묶여버린 소시민 가장의 우울한 일상이 가감 없이 드러난다. 그런데 어쩌랴! 하소연하러 찾아간 막역한 친구마저 견딜 수 없을 만큼 배신을 때리는 기막힌 현실을 어떻게 극복할 것인가! 작은 인간의 소소한 일상에 담긴 끝 모를 넋두리의 결정판이다.

등장인물

이반 이바노비치 톨카초프 집안의 가장
알렉세이 알렉세예비치 무라쉬킨 그의 친구

사건은 페테르부르크에 있는 무라쉬킨의 아파트에서 일어난다.

무라쉬킨의 서재. 편안한 가구. 무라쉬킨이 책상에 앉아 있다. 두 손에 램프용 유리전구, 장난감 자전거, 모자가 들어 있는 세 개의 상자, 커다란 옷 꾸러미, 맥주가 담긴 봉지와 많은 작은 꾸러미를 들고 톨카초프가 들어온다. 그는 실없이 사방을 둘러보며 기진맥진해서 소파에 앉는다.

무라쉬킨 어서 오게, 이반 이바느이치! 정말 반가워! 어디서 오는 길인가?

톨카초프 (힘들게 숨쉬며) 이보게, 친구…… 자네한테 청이 있네……. 내일까지 권총을 빌려주게. 부탁이야. 제발!

무라쉬킨 권총은 뭐하려고?

톨카초프 필요하네……. 아아, 이런! 물 좀 주게…… 빨리 물! 필요해……. 밤에 어둑한 숲으로 가야 해. 그래서 난…… 어떤 경우라도. 빌려줘, 제발!

무라쉬킨 오오, 거짓말하는구먼. 이반 이바느이치! 거기 무슨 놈의 어둑한 숲이 있다는 거야? 필시 뭔가 꿍꿍이속이 있는 거지? 얼굴을 보자니까 뭔가 좋지 않은 걸 꾸민 거지? 그래, 무슨 일이야? 기분 나쁜가?

톨카초프 잠깐, 숨 좀 돌리세……. 아아, 이런. 개처럼 지쳐버렸어. 온몸과 머리가 샤슐릭*이 된 것 같은 느낌이 들어. 더 이상 못 참아. 제발 아무것도 묻지 말게. 꼬치꼬치 따지지도 말고…… 권

---

* 쇠고기나 돼지고기 혹은 양고기를 작게 썰어 꼬치에 여러 개를 끼워 구운 러시아 음식.

총을 줘! 부탁이야!

무라쉬킨 자, 그만두게! 이반 이바느이치, 왜 그리 무기력한가? 집 안의 가장이자 5등관이 말이야! 부끄럽지도 않나.

톨카초프 내가 무슨 가장인가? 수난자지! 짐을 나르는 가축, 깜둥이, 노예이자 아직도 무엇인가 기다리며 저승으로 가지 못한 비열한 인간이야! 쓰레기, 바보, 천치야! 내가 왜 살지? 무엇 때문이냐고? (벌떡 일어난다) 자, 말해보게. 내가 무엇 때문에 살고 있나? 이 끝없는 도덕적이고 육체적인 고통은 무엇 때문인가? 이상의 수난자가 되는 건 나도 이해해. 그래! 하지만 빌어먹을, 여자 치맛자락과 램프 전구의 수난자가 되는 건, 안 돼! 절대로 싫어! 안 돼, 안 돼, 안 된다니까! 나한텐 충분해! 됐다니까!

무라쉬킨 소리치지 말게. 이웃 사람들에게 들리겠어!

톨카초프 그들더러 들으라고 해. 난 매일반이야! 자네가 권총을 주지 않으면 다른 사람이 줄 거야. 어쨌든 난 이미 죽은 사람이니까! 결정된 거야!

무라쉬킨 잠깐, 자네가 내 단추를 잡아 뜯었구먼. 냉정하게 말해보게. 전혀 알 수가 없군. 무엇 때문에 자네 인생이 졸렬한지?

톨카초프 무엇 때문에? 왜 그러냐고 이유를 묻고 있나? 좋아, 말해주겠네! 좋다고! 자네 앞에서 털어놓으면 필시 내 마음도 가벼워질 거야. 앉자고. 자, 들어봐……. 아아, 이런. 숨이 막혀! 예컨대 오늘만 생각해보세. 생각해보자고. 10시부터 4시까지 사무실에서 지껄이며 돌아다녀야 한다는 걸 자네가 어찌 알겠나. 무덥고 숨이 막히는데다가, 파리는 들끓고, 자네는 도저히 상상할 수 없는 혼란 상태야. 비서는 휴가를 냈고, 흐라포프는 결혼하러 갔고, 사무실 사환 아이는 별장과 연애 그리고 아마추어 연극에 정신이 나갔거든. 모두가 잠이 덜 깬 얼굴에 몹시 지쳐 있고 바싹 말라서 요령부득이야……. 비서의 일은 왼쪽 귀가 먹고 사랑에 **빠진** 놈이 대신하고 있네. 청원자들은 하나같이 종종걸음치고 서두르며 화를 내고 협박하는 거야. 너무도 원초적인 혼란이라서 도움을 청하고 싶을 지경이라니까. 혼란과 큰 소동이야. 일은 끔찍해. 하나같이 똑같거든. 증명서, 왕복문서, 증명서, 왕복문서. 바다의 잔물결처럼 천편일률적이라고. 알겠나. 두 눈이 정말로 이마에서 튀어나갈 지경이라니까. 물을 좀 주겠나…… . 녹초가 되고 완전히 지쳐서 일터에서 나와 저녁을 먹고 잠자리에 들어 뒹굴고 싶은데, 하지만 안 되는 거야! 그래, 기억해야 해. 난 별장에 사는 인간, 말하자면 노예, 쓰레기, 수세미, 고드름이야. 그렇다마다. 심부름하러 뛰어다녀야 하는 망할 자식이라니까. 우리 별장에는 좋은 관습이 만들어졌어. 만일 별장 거주자가 시내로 가면, 그의 아내는 물론이고 별장의 온갖 별 볼일 없는 인간들도 그에게 무수한 심부름을 시킬 힘과 권리를 가지는 거야. 아내는 여성용품 제작자한테 가서 허리 부분은 넓은데 어깨 쪽은 좁다고 나더러 욕을 하라는 거야. 소네츠카*는 구두를 교환해야 하고, 처제는 견본에 맞춰서 선홍색 비단을 20코페이까어치, 그리고 3아르신**의 끈을 사야 해…… . 바로 여기 있군. 잠깐만 당장 읽어줄게. (주머니에서 쪽지를 꺼내 읽는다) 램프용 전구, 햄 소시지 1푼트***, 5코페이카어치 못과 계피, 미샤에게 필요한 아주까리기름, 굵은 설탕 10푼트, 집에서 꿀단지와 설탕용 작은 절구를 가져와야 하고, 석탄산과 구충제, 10코페이카어치 가루약, 맥주 20병, 초산원액과 마드무아젤 샨소를 위한 82호 코르셋과…… 아아! 집에서 미샤의 가을 외투와 덧신을 가져

* 소냐의 애칭.
** 1아르신은 대략 71 센티미터.
*** 옛날 러시아 무게 단위로 0.41킬로그램에 해당한다.

와야 해. 이것이 아내와 가족의 명령이라니까. 이제 사랑하는 친지들과 이웃사람들의 심부름이야, 빌어먹을. 블라신 집안의 볼로쟈가 내일 명명일(命名日)이어서 자전거를 사줘야 해. 비흐리나 중령부인은 임신 중이어서 내가 날마다 산파한테 들러서 와주십사고 청을 넣어야 하지. 기타 등등, 기타 등등. 주머니에는 쪽지가 다섯 개 있고, 꾸러미란 꾸러미엔 온통 스카프야. 여보게, 이런 식으로 근무 마치고 열차 타기 전 사이에 온 시내를 싸돌아다니는 거지. 마치 개처럼 혀를 빼물고 말이야. 달리고 달리면서 인생을 저주하는 거야. 상점에서 약국으로, 약국에서 여성용품 제작자로, 여성용품 제작자에서 식료품 가게로, 거기서 다시 약국으로. 여기서 넘어지고, 저기서 돈을 잃어버리고, 세 번째 장소에서는 돈 내는 걸 잊어버려서 소동을 일으키며 추격당하고, 네 번째 장소에서는 숙녀의 치맛자락을 밟게 돼서…… 쳇! 이런 산보 때문에 흉포해져서 자신을 파괴하게 되면 온밤 내내 뼈마디가 쑤시고 악어가 꿈에 보이는 거야. 자, 심부름을 잘 끝내서 모든 걸 샀다면, 이 모든 골치 아픈 것을 이제 어떻게 포장해야 하지? 이를테면 자네 같으면 무거운 꿀단지와 망치를 램프용 전구와, 그리고 석탄산과 차를 어떻게 포장하겠나? 맥주병과 이 자전거를 어떻게 하나로 결합하겠냐고? 무지하게 어려운 일이고, 머리를 써야 하는 숙제이자 풀기 어려운 수수께끼야! 아무리 골머리를 써도, 아무리 해봐도 결국에는 역시 무엇인가 깨뜨리고 흩어지게 마련이지. 정거장에서나 열차 안에서 두 팔과 다리를 벌리고 턱으로 꾸러미를 받치고 서 있으면, 작은 부대와 종이상자 그리고 기타 잡동사니로 온몸이 뒤덮이게 될 거라고. 열차가 움직이기 시작하면 사람들은 자네의 짐을 사방으로 내던지기 시작할 거야. 왜냐하면 짐 때문에 다른 사람들의 자리를 차지했기 때문이지. 사람들은 소리치고 승무원을 부르고 하차시키겠다고 협박하지만 어떻게 하겠나! 얻어맞은 당나귀처럼 서서 두 눈만 깜박이고 있는 거지. 이제 좀 더 들어보게. 나는 별장에 도착하네. 여기서는 정당한 노동의 대가로 충분히 마시고 큰 소리를 내면서 먹을 수 있지. 안 그런가? 그런데 그렇지 않아. 여편네가 이미 오래전부터 지켜보고 있어. 죽을 먹자마자 아내는 신이 창조한 노예를 붙잡는 거지. 아마추어 공연이나 춤 동아리에 가시는 게 어떠세요? 거절은 꿈도 꾸지 마. 자네는 남편이고, '남편'이란 단어는 별장의 언어로 번역하면, 동물애호협회의 간섭을 두려워하지 않고 원하는 대로 짐을 싣거나 사람을 태우고 다니는 고분고분한 동물이니까. 극장에 가서 〈고상한 집안의 스캔들〉이나 그 무슨 〈모짜〉를 보면서 두 눈을 휘둥그레 뜨고는 아내가 시키는 대로 손뼉을 치면 점점 힘이 빠져나가는 거야. 그래서 매 순간 기다리게 되지. 이제 바야흐로 기절하게 되기를 말이야. 그리고 춤 동아리에 가서는 춤추는 사람들을 보다가 아내를 위해 파트너를 찾아줘야 해. 만일 파트너가 없다면 몸소 카드릴을 춰야 해. 한밤중이 지나 극장이나 무도회에서 돌아오면 이미 인간이 아니라 버려도 아깝지 않은 죽은 짐승이지. 하지만 드디어 목적을 달성한 거야. 옷을 벗고 침대에 누웠으니까. 아주 좋아. 눈을 감고 잠을 자……. 모든 게 참 좋고, 시적이며 따뜻해. 알겠나. 아이들도 벽 뒤에서 아무 소리도 내지 않고, 아내도 없는데다가 양심도 순수해. 더 이상 바랄 나위가 없지. 잠이 드는 판인데 느닷없이…… 그래 느닷없이 '앵앵!' 하는 소리가 들리는 거야……. 모기야! (벌떡 일어난다) 모기, 세 번이나 저주받고 빌어먹을 모기라니까! (두 주먹을 휘두른다) 모기라고! 이건 참을 수 없는 고통이자 비정한 심문이야! 앵앵……! 마치 이별을 고하는 것처럼 불만스럽고 애처롭게 앵앵거리다가 이 녀석이 깨물고 나면 한 시간 내내 가렵지. 담배를 피우고, 모기를 때리고, 머리를 감싸보지만 방법이 없어! 마침내 침을 뱉고는 고통에 몸을 맡기는 거야. 빌어먹을 모기들아, 먹어치워라! 모기한테 익숙해지기도 전에 또 다른 새로운 고통이 시작되는 거야. 아내가 홀에서 테너 가수들과 함께 로맨스를 연습하기 시작하는 거지. 낮에는 자고 밤마다 아마추어 음악회 준비를 한다니까. 오오, 맙소사! 테너 가수, 이건 너무도 고통스러워서 모기하고는 비교도 안 돼. (노래한다) "청춘이 망가졌다고 말하지 마오……", "나 다시 그대 앞에 서 있다오, 넋을 잃고서……." 아아, 얼마나 저속해! 정말이지 진절머리가 나! 조금이나마 소음을 줄여보려고 꾀를 써보는 거야. 귀 부근의 관자놀이를 손가락으로 치는 거야. 그렇게 4시까지 두드리지. 그들이 헤어질 때까지 말이야. 아아, 이보게. 물을 좀 더 주게…… 견딜 수가 없어……. 그렇게 잠도 제대로 못 자고 6시에 일어나서 열차를 타러 정거장으로 달려가는 거야. 열차를 놓칠까 봐 걱정하면서 달려가면 거기는 더럽고 연기 많고 추워. 부르르! 그렇게 시내에 도착하면 귀찮은 부탁이 다시 시작되지. 그렇다니까, 여보게. 그야말로 인생이란 게 더할 나위 없이 속되서, 적에게도 그런 삶을 바라지 않아. 알겠나, 병이 났다니까! 숨이 차고, 가슴이 아프고, 무엇인가가 계속 두렵고, 소화도 안 되고, 눈이 몽롱하고……. 믿기는가, 정신병자가 됐다니까……. (주위를 돌아본다) 이건 우리들끼리니까 하는 얘긴데……. 체초트나 메르제예프스키한테 갔다 왔으면 해. 이보게, 어떤 이상한 사건이 나한테 일어나고 있거든. 모기가 깨물거나 테너 가수들이 노래하는 짜증나고 망연자실한 그 순간에 갑자기 두 눈이 몽롱해지고, 갑자기 벌떡 일어나서 미친 사람처럼 온 집안을 뛰어다니면서 소리친다니까. "피에 굶주렸다! 피!" 그리고 사실 그때는 칼로 누군가를 찌르거나 의자로 머리를 쾅 소리 나게 내려치고 싶어. 별장 생활이 그 지경까지 몰고 간 거라니까! 그런데도 어느 한 사람 동정하거나 공감하지 않아. 마치 그런 일이 당연한 것처럼 말이지. 심지어는 웃기까지 한다고. 하지만 바보 같기는 해도 난 살고 싶어! 이건 보드빌이 아니라 비극이야! 잘 있게. 만일 권총을 주지 않을 거라면 동정이라도 해주게!

무라쉬킨 동정하네.

톨카초프 자네들이 동정하는 걸 알아⋯⋯. 잘 있게. 정어리와 소시지를 사러 가야겠네⋯⋯. 치약도 더 필요하고, 그다음엔 정거장으로.

무라쉬킨 어디 있는 별장에서 지내나?

톨카초프 도흘랴야*강가에 있네.

무라쉬킨 (기뻐하며) 정말인가? 자네 혹시 올가 파블로브나 핀베르크라는 별장 거주자를 모르나?

톨카초프 알지. 친분이 있는 사이야.

무라쉬킨 그래? 이런 경우가 다 있다니! 마침 잘됐네. 자네 편에서도 기분 좋은 일이고⋯⋯.

톨카초프 무슨 일인데?

무라쉬킨 이보게, 친구. 작은 부탁 하나만 들어주게! 제발! 자, 그러마고 약속하게!

톨카초프 뭔가?

무라쉬킨 제발 부탁이야! 부탁하네, 이보게. 우선, 올가 파블로브나에게 인사를 전하고 이렇게 말하게. 나는 건강하게 지내고 있으며, 당신 손에 키스를 보낸다고. 둘째로, 그녀에게 작은 물건 하나 전해주게. 그 여자가 손재봉틀을 사달라고 했는데, 그녀에

---

* '죽은' 혹은 '생기 없는'을 뜻하는 단어.

게 보내줄 사람이 없었거든……. 전해주게! 그리고 말 나온 김에 카나리아 새장도 부탁하네……. 하지만 조심하게. 안 그러면 문이 부서지니까……. 자네, 왜 그런 눈으로 날 보는 건가?

톨카초프 재봉틀…… 카나리아 새장…… 화계…… 파리새…….

무라쉬킨 이반 이바느이치, 무슨 일인가? 어째서 얼굴이 새빨개진 거야?

톨카초프 (발을 구르면서) 재봉틀 이리 가져와! 새장은 어디 있나? 등에 올라타! 사람을 먹으라니까! 잡아 찢으라고! 죽여 버려! (주먹을 꽉 쥐면서) 피에 굶주렸다! 피! 피!

무라쉬킨 자네 미쳤나!

톨카초프 (그에게 덤벼들면서) 피에 굶주렸다! 피!

무라쉬킨 (겁에 질려서) 이 자가 미쳤네! (소리친다) 페트루쉬카! 마리야! 어디들 있나? 사람 살려!

톨카초프 (방 안을 돌아다니며 그를 뒤쫓으면서) 피에 굶주렸다! 피!

막.

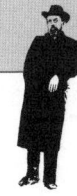

결혼피로연

| 단막 슈트카 |

세상은 이미 저만큼 나아갔는데 어떤 사람들은 과거의 빛바랜 추억이나 관습에 함몰된 채 그 시간대에 유폐되어 있다. 〈결혼 피로연〉의 등장인물들이 그러하다. 명망가나 저명인사를 초대하여 피로연을 빛내려는 소시민의 어리석은 욕망과 거기 초대받은 소박한 늙은이의 바람이 충돌하여 풍자적인 음조를 가지는 희극이다.

등장인물

예브도킴 자하로비치 쥐갈로프 퇴역 14등관
나스타샤 티모페예브나 그의 아내
다셴카 그들의 딸
에파미논트 막시모비치 아플롬보프 그녀의 신랑
표도르 야코블레비치 레부노프-카라울로프 퇴역 해군중령
안드레이 안드레예비치 뉴닌 보험회사 직원
안나 마르트이노바 즈메유키나 산파, 30세, 새빨간 원피스를 입고 있다
이반 미하일로비치 야치 전신기사
하를람피 스피리도노비치 드임바 그리스인 과자상인
드미트리 스테파노비치 모즈고보이 의용함대 출신 선원
들러리, 여자들의 춤 상대, 하인과 그 밖의 인물들

사건은 식당 주인 안드로노프의 홀에서 일어난다.

휘황찬란한 조명이 설치된 홀. 저녁식사가 준비되어 있는 커다란 식탁. 연미복을 입은 하인들이 식탁 주위를 돌며 분주하게 일하고 있다. 무대 뒤에서 4인 1조로 추는 춤곡인 카드릴의 마지막 경쾌한 선율 부분이 연주되고 있다.

즈메유키나, 야치 그리고 들러리가 무대를 가로질러 걸어간다.

즈메유키나 안 돼요, 안 돼, 안 된다니까요!

야치 (그녀의 뒤를 따라 걸어가면서) 꼭 부탁합니다! 부탁드려요!

즈메유키나 안 돼요, 안 돼, 안 된다니까요!

들러리 (그들의 뒤를 따라 서두르면서) 여러분, 그러시면 안 됩니다! 어디 가십니까? 그랑 롱은요? 그랑 롱, 시-부-플레!

나스타샤 티모페예브나와 아플롬보프가 들어온다.

나스타샤 티모페예브나 이런저런 말로 나를 괴롭히느니 춤을 추러 가는 게 나을 걸세.

아플롬보프 저는 갈지자걸음으로 걸어 다니는 변변찮은 스피노자가 아닙니다. 저는 긍정적이고 강직한 인간이며, 공허한 오락거리에서 그 어떤 위로도 구하지 않습니다. 그러나 문제는 춤이 아닙니다. 죄송합니다만, 어머님. 어머님의 행동을 이해할 수가 없습니다. 이를테면 생활필수품 말고도 따님 몫으로 두 장의 복권을 제게 주시겠노라고 약속하셨습니다. 대체 복권은 어디 있습니까?

나스타샤 티모페예브나 왜 그런지 머리가 몹시 아프구먼……. 아무래도 날씨가 안 좋아서…… 눈이 녹는 날씨잖아!

아플롬보프 달콤한 말로 저를 속이지 마세요. 복권이 저당 잡혀 있다는 걸 오늘에야 비로소 알았습니다. 용서하십시오, 어머님. 그러나 이런 건 착취자들에게나 어울리는 행동이에요. 아시다시피 이것은 이기주의 때문이 아닙니다. 저는 복권이 필요 없습니다. 하지만 원칙 때문에 그런 것이고, 저는 누구든 절 속이는 걸 용납하지 않습니다. 따님을 행복하게 했지만, 만일 오늘 복권을 주시지 않는다면 따님을 그냥 놔두지 않을 겁니다. 저는 고결한 인간입니다!

나스타샤 티모페예브나 (식탁을 둘러보고 식기를 헤아리면서) 하나, 둘, 셋, 넷, 다섯…….

하인 아이스크림을 어떻게 내놓을지 요리사가 여쭙는데요. 럼주를 넣을지, 마데이라 포도주를 넣을지, 아니면 아무것도 넣지 않을지요.

아플롬보프 럼주를 넣어라. 그리고 집주인께 포도주가 모자란다고 말씀드려라. 소테른*을 더 주문하시라고 여쭙게. (나스타샤 티모페예브나에게) 오늘 저녁식사 자리에 장군을 초대하실 거라고 약속하셨죠? 그분은 어디 계시죠?

나스타샤 티모페예브나 이보시게, 그건 내 잘못이 아닐세.

아플롬보프 그럼 누구의 잘못인가요?

나스타샤 티모페예브나 안드레이 안드레이치 잘못이야……. 어제만 해도 그가 와서 하는 말이 진짜 장군을 데려오겠다고 약속했거든. (한숨 쉰다) 필시 아무데서도 찾지 못한 게야. 그렇지 않으

---

* 프랑스 보르도 부근에 위치한 소테른(Sauternes) 지방에서 생산되는 백포도주.

면 데려왔을 텐데……. 우리가 아까울 게 뭐 있겠나? 내 딸을 위해서라면 아무것도 아까울 게 없지. 장군이라 해도 마찬가지야…….

아플롬보프 하지만…… 어머님을 포함해서 모든 사람들이 알고 있듯이, 제가 청혼하기 전까지 전신기사 야치가 다셴카를 쫓아다녔습니다. 무엇 때문에 그자를 초대하셨나요? 제가 불쾌할 거란 사실을 정말 모르셨습니까?

나스타샤 티모페예브나 아아, 어떻게 자네를? 에파미논트 막시므이치, 결혼한 지 하루도 지나지 않았는데 벌써 나와 다셴카를 그런 말로 괴롭힐 수 있나. 그러니 1년 후엔 어찌 되겠나? 정말 염증 나는군, 염증 나!

아플롬보프 진실을 듣고 싶지 않으신 거죠? 그렇죠? 그게 문젭니다. 고상하게 행동하세요. 어머님께 바라는 건 한 가지밖엔 없습니다. 고상해지세요!

그랑 롱쪽 추는 사람들이 짝을 이루어 홀을 가로질러 한쪽 문에서 나와 다른 쪽 문으로 지나간다. 앞의 짝은 들러리와 다셴카, 뒤의 짝은 야치와 즈메유키나. 뒤의 짝은 뒤쳐져서 홀에 남는다. 쥐갈로프와 드임바가 들어와서 식탁으로 걸어간다.

들러리 (소리친다) 산책합시다! 무슈, 산책합시다! (무대 뒤에서) 산책합시다!

몇몇 사람이 밖으로 나간다.

야치 (즈메유키나에게) 꼭 부탁합니다! 부탁드려요, 매혹적인 안나 마르트이노브나!

즈메유키나 아아, 당신 정말로……. 이미 말씀드렸잖아요. 오늘은 목소리가 별로라니까요.

야치 제발 부탁드립니다, 노래 불러 주세요! 딱 한 곡만요! 부탁입니다! 딱 한 곡만요!

즈메유키나 귀찮아요. (앉아서 부채질을 한다)

야치 안 됩니다. 정말로 무정하시네요! 이렇게 말씀드려 죄송합니다만, 그토록 잔인한 사람이 그렇게 아름다운 목소리를 가지고 있다니요! 이렇게 말씀드려 죄송합니다만, 그런 목소리를 가지고 산파 일을 하실 게 아니라, 관객을 모아서 음악회를 하셔야 합니다! 당신의 그 장식음은 얼마나 기막히게 흘러나오는지요……. 바로 이렇게…… (노래한다) "당신을 사랑했어요. 사랑은 아직도 헛되이……." 놀라워요!

즈메유키나 (노래한다) "당신을 사랑했어요. 아마 사랑은 아직도……" 이거요?

야치 바로 그겁니다! 놀라워요!

즈메유키나 아니에요. 오늘은 목소리가 별로예요. 자, 부채질 좀 해주세요……. 덥군요! (아플롬보프에게) 에파미논트 막시므이치, 왜 그렇게 우울하세요? 신랑이 그래도 되나요? 부끄럽지도 않으세요! 싫군요. 그런데 무슨 생각을 하셨나요?

아플롬보프 결혼은 신중한 선택입니다! 모든 걸 철저하고 세밀하게 생각해야 합니다.

즈메유키나 당신은 정말로 꺼림칙한 회의주의자예요! 당신 옆에 있으니 숨이 막히는군요……. 나한테 공기를 주세요! 들으셨어요? 나한테 공기를 달라고요! (노래한다)

야치 놀라워요! 놀랍습니다!

즈메유키나 부채질을 해주세요. 해달라고요. 안 그러면 당장에 심장이 터질 것 같은 느낌이에요. 말씀 좀 해주세요. 어째서 이렇게 숨이 막히는 거죠?

야치 땀을 흘려서 그런 것입니다요…….

즈메유키나 흥, 정말 저속하군요! 그런 식으로 말하지 말아요!

야치 미안합니다! 이런 표현을 써서 미안합니다만, 당신은 물론 귀족 사회에 익숙하고 그래서…….

즈메유키나 아아, 날 내버려둬요! 시와 환희를 주세요! 부채질, 부채질을 해줘요!

쥐갈로프 (드임바에게) 한 잔 더 합시다, 어떠세요? (술을 따른다) 어느 때든 술은 마실 수 있습니다. 하를람피 스피리도느이치, 중요한 것은 자신의 일을 잊어버리지 않는 겁니다. 마셔요. 그러면 일을 이해할 거요……. 왜 안 마시는 거죠? 마실 수 있는데……. 당신의 건강을 위해! (마신다) 그리스에는 호랑이가 있나요?

드임바 있습니다.

쥐갈로프 사자는?

드임바 사자도 있습니다. 러시아에는 아무것도 없지만, 그리스엔 모든 게 다 있어요. 거기엔 아버지도, 삼촌도, 형제들도 있는데, 여긴 아무것도 없어요.

쥐갈로프 흐음…… 그리스에 향유고래가 있나요?

드임바 없는 게 없습니다.

나스타샤 티모페예브나 (남편에게) 왜 쓸데없이 술을 마시고 안주를 먹는 거예요? 모두가 자리에 앉을 때라고요. 포크로 왕새우를 찌르지 말아요……. 장군님을 위해 준비한 거니까. 벌써 오셨을지도 몰라요…….

쥐갈로프 그리스에 왕새우도 있나요?

드임바 있어요……. 모든 게 다 있습니다.

쥐갈로프 흐음…… 그러면 14등관도 있나요?

즈메유키나 그리스의 공기가 어떨지 상상해요!

쥐갈로프 그렇다면 속임수도 분명히 많을 거야. 그리스 사람이나 아르메니아 사람이나 집시나 모두 똑같으니까. 해면이나 금붕어를 팔고서는 더 나은 걸 뺏으려고 노릴 테니까. 한잔합시다, 어떻소?

나스타샤 티모페예브나 쓸데없이 왜 또 마셔? 모두가 자리에 앉을 땐데. 11시가 넘었네…….

쥐갈로프 앉으라면 앉는 거지. 여러분, 부탁드립니다! 이리들 오십시오! (소리친다) 저녁 드세요! 젊은 분들!

나스타샤 티모페예브나 손님 여러분, 부탁드립니다! 앉으세요!

즈메유키나 (식탁에 앉으면서) 시를 주세요! 격정적인 그는 폭풍을 찾는다네. 폭풍 속에 평안이 있는 것처럼. 폭풍을 주세요!

야치 (방백으로) 기막힌 여자야! 사랑에 빠졌어! 홀딱 반해버렸어!

다셴카, 모즈고보이, 들러리들, 여자들의 춤 상대자들, 아가씨들이 들어온다. 모두가 시끌벅적하게 식탁에 앉는다. 잠시 사이. 음악이 행진곡을 연주한다.

모즈고보이 (일어서면서) 여러분! 다음과 같은 말씀을 드려야겠습니다……. 매우 많은 건배사와 말씀이 마련되어 있습니다. 기다릴 것 없이 당장 시작합시다. 여러분, 신혼부부를 위해 건배를 제안합니다!

음악이 행진곡을 연주한다. 환호성. 술잔 부딪치는 소리.

고리코!*

모든 사람들 고리코! 고리코!

* 러시아에서 신랑과 신부가 키스할 것을 재촉하면서 외치는 소리.

아플롬보프와 다셴카가 키스한다.

야치 좋아요! 좋습니다! 여러분, 저는 이 홀과 집이 대단하다는 사
실을 인정하지 않을 수 없다는 것을 말씀드리고자 합니다! 아주
뛰어나고 매혹적입니다! 다만, 완전한 승리에 무엇이 부족한지
알고 계십니까? 이렇게 말씀드려 죄송합니다만, 전등입니다!
모든 나라에 전등이 도입되었습니다만, 아직 러시아에는 도입되
지 않았습니다.

쥐갈로프 (생각이 깊은 표정으로) 전등이라…… 흐음……. 하지만
내가 보기에 전등은 그저 사기에 지나지 않아……. 저기에 석탄
부스러기를 넣고는 눈속임을 하는 거지! 아니야, 이 사람아. 만
일 자네가 조명을 하고 싶다면, 석탄 부스러기가 아니라, 어떤
본질적인 것, 그러니까 붙잡을 수 있는 어떤 특별한 것을 내놓으
라고! 불을 달란 말이야, 알겠나? 머리로 생각해낸 불이 아니라,
자연의 불!

야치 만일 축전지가 무엇으로 만들어져 있는지 보신다면, 달리 생
각하실 겁니다.

쥐갈로프 보고 싶지도 않네. 사기라고. 순진한 사람들을 속이다
니…… 마지막 한 방울까지 고혈을 짜낸다니까……. 그런 자들
을 알아. 바로 그자들을……. 이보시오, 젊은 양반. 사기를 감싸
고도는 것보다는 한 잔 마시고 다른 분들에게도 따라드리는 것
이 나을 걸세. 그럼, 그렇다마다!

아플롬보프 아버님, 전적으로 동감입니다. 무엇 때문에 학문적인
이야기를 하는 겁니까? 저 또한 과학적인 의미의 온갖 발견에
대해 말하는 걸 꺼려하지 않습니다. 하지만 지금이 어디 그럴 땐
가요! (다셴카에게) 당신 생각은 어때, ma chere*?

다셴카 사람들은 교육받은 걸 보여주길 원해서** 언제나 알 수 없

는 걸 말하는 거예요.

나스타샤 티모페예브나 고맙기도 하시지. 평생 교육을 받지 않고 살았지만 벌써 셋째딸을 훌륭한 사람한테 시집보냈어요. 당신 생각에 따르면 우린 교육도 못 받은 사람들인데, 왜 우리 집에 들락거리는 거죠? 교육받은 사람들한테 가요!

야치 나스타샤 티모페예브나, 저는 늘 당신 가족을 존경해왔습니다. 전등에 관한 이야기라면 그건 제가 거만해서 그런 게 아닙니다. 술을 마실 수도 있습니다. 다리야 예브도키모브나에게 좋은 신랑감이 나타나기를 항상 충심으로 바라고 있었습니다. 나스타샤 티모페예브나, 요즘엔 좋은 사람에게 시집가기 어렵습니다. 요즘에는 누구나 이해관계 때문에, 돈 때문에 결혼하려고 기회를 엿보고 있어서…….

아플롬보프 이건 암시야!

야치 (겁을 먹고서) 어떤 암시도 없습니다……. 이 자리에 계신 분들을 두고 말한 게 아닙니다……. 이건 그러니까…… 말하자면…… 무슨 말씀을! 모두가 알고 있습니다. 당신은 사랑 때문에……. 지참금도 하찮고.

나스타샤 티모페예브나 아니, 하찮다니! 나리, 이야기하는 건 좋지만 너무 지껄이지는 말라고. 우리는 현금으로 1000루블, 외투 세 벌, 침대와 가구 일체를 줄 거예요. 다른 곳에서 이런 지참금을 찾을 수 있는 줄 알아요!

야치 저는 다만……. 가구는 정말 좋습니다만…… 그리고 외투도 물론 그렇습니다. 하지만 제가 암시했다고 화를 내는 분들이 있

---

* [원주] 여보(프랑스어).
** '원해서'가 맞지만, 다셴카는 러시아어 맞춤법에 맞지 않는 말을 함으로써 자신의 무지와 무교양을 드러내고 있기에 '원해서'로 표기했다.

다는 의미에서 말씀드린 겁니다.

나스타샤 티모페예브나 돌려서 말하시면 안 되죠. 당신 부모님 때문에 우린 당신을 존중하고 결혼 피로연에도 초대했는데, 이런저런 말을 하다니. 에파미논트 막시므이치가 이해관계 때문에 결혼한다는 걸 알았다면, 왜 전에는 아무 말도 하지 않았죠? (눈물을 글썽이며) 저 아일 기르고, 젖을 먹이고, 사랑으로 키웠고…… 에메랄드 금강석보다 더 아꼈는데…….

아플롬보프 어머님도 그렇게 생각하셨나요? 정말 감사드립니다! 정말 고맙습니다! (야치에게) 그런데 당신, 야치 씨. 비록 당신과 내가 친분이 있다고 해도 남의 집에서 이런 추태를 저지르는 걸 용납할 수는 없소! 나가 주시오!

야치 어떻게 이럴 수가?

아플롬보프 당신이 나처럼 순수한 인간이 되기를 바랍니다! 어서 나가시오!

음악이 행진곡을 연주한다.

여자들의 춤 상대자들 (아플롬보프에게) 그냥 놔둬! 그만하면 됐어! 뭐, 그래야 하나? 앉아! 놔두라니까!

야치 괜찮습니다……. 저는 다만…… 대체 이해할 수가 없군요……. 좋습니다, 가겠어요……. 다만 그전에 5루블을 돌려주세요. 이런 말을 해서 미안합니다만, 작년에 무명 조끼를 산다고 나한테 빌려간 돈 말입니다. 한 잔만 더 마시고…… 그리고 가겠어요. 다만 먼저 빚을 갚으세요.

여자들의 춤 상대자들 자, 됐어. 됐다니까! 충분해! 사소한 일 때문에 그래야 하나?

들러리 (소리친다) 신부의 부모님이신 예브도킴 자하르이치와 나스타샤 티모폐예브나의 건강을 위해!

음악이 행진곡을 연주한다. 환호성.

쥐갈로프 (감동하여 사방으로 인사한다) 감사합니다! 귀빈 여러
　분! 저희를 잊지 않으시고, 싫어하지 않으시고, 사랑해주셔서
　정말로 감사드립니다……. 그리고 제가 사기꾼이라거나 사기를
　친다고 생각하지 마십시오. 그저 느낀 대로 말씀드린 겁니다!
　솔직한 마음에서요! 선량한 분들에게 무엇을 아끼겠습니까? 깊
　이 감사드립니다! (키스한다)

다셴카 (어머니에게) 어머니, 왜 우시는 거예요? 이토록 행복한데!

아플롬보프 어머님은 눈앞의 이별 때문에 가슴 졸이시는 거야. 하
　지만 조금 전에 우리가 나눈 이야기를 떠올리시는 게 나을 거라
　고 어머님께 조언하고 싶어요.

야치 울지 마세요, 나스타샤 티모폐예브나! 인간의 눈물이 뭐라고
　생각하시나요? 소심한 정신병이에요. 그 이상은 아닙니다.

쥐갈로프 그리스에도 송이버섯이 있나요?

드임바 있습니다. 거기엔 다 있어요.

쥐갈로프 아마 느타리버섯은 없겠죠.

드임바 느타리버섯도 있습니다. 다 있어요.

모즈고보이 하를람피 스피리도노비치, 당신이 말씀할 차렙니다! 여
　러분, 한마디씩 합시다!

모든 사람들 (드임바에게) 한 말씀! 한 말씀! 당신 차렙니다!

드임바 왜 이러세요? 뭐가 뭔지 모르겠군요……. 대체 이게 뭔지?

즈메유키나 아니, 아닙니다! 거절하시면 안 됩니다! 당신 차례에
　요! 일어나세요!

드임바 (일어난다. 당황스러워 하면서) 말씀드릴 수 있는 것은 러

시아라는 것과 그리스라는 것이……. 지금 러시아에 있는 그 사람들과 그리스에 있는 사람들이…… 그리고 바다에는 버가, 그러니까 러시아말로 하면 배가 떠다닙니다. 땅에는 여러 종류의 철도가 있습니다. 잘 알고 있습니다……. 우리는 그리스 사람들이고, 당신들은 러시아인입니다. 그리고 나한텐 아무것도 필요 없어요……. 말씀드릴 수 있는 것은…… 러시아라는 것과 그리스라는 것.

뉴닌이 들어온다.

뉴닌 조금만 기다리세요, 여러분. 드시지 마세요! 기다려 주세요! 나스타샤 티모페예브나, 잠깐만요! 이쪽으로 오세요! (나스타샤 티모페예브나를 한쪽으로 데려간다. 숨을 헐떡이면서) 들어보세요……. 지금 장군이 도착할 겁니다……. 드디어 찾아냈습니다, 마침내……. 정말로 지쳐버렸습니다……. 진짜 장군입니다. 위풍이 있고, 나이 드신, 연세는 아마 여든 아니면 아흔 살 정도일 겁니다…….

나스타샤 티모페예브나 언제 오시는 거죠?

뉴닌 곧 도착하실 겁니다. 평생 제게 감사해야 할 겁니다. 그저 장군이 아니라, 대단한 분입니다. 불랑제*라니까요! 그 무슨 보병 나부랭이가 아니라 해군입니다! 계급은 중령인데, 그 사람들, 즉 해군 방식에 따르면 소장과 같습니다. 문관으로 치면 4등 문관입니다. 그야말로 똑같다니까요. 심지어 더 높습니다.

나스타샤 티모페예브나 우릴 속이는 건 아니지, 안드루셴카**?

---

* 1837년에 태어나 1891년에 사망한 프랑스의 장군이자 대중적인 인기를 끈 정치가.
** 안드레이의 애칭.

뉴닌 아니 제가 사기꾼이란 말입니까? 안심하십시오!

나스타샤 티모페예브나 (한숨 쉬면서) 헛되이 돈을 낭비하고 싶지 않아, 안드루셴카……

뉴닌 안심하십시오! 장군이 아니라, 대단한 인물입니다! (목소리를 높여서) 말씀드리겠습니다. 제가 이르기를, "저희를 완전히 잊으셨습니다, 각하! 오랜 지기들을 잊어버린다는 것은 좋지 않습니다, 각하! 나스타샤 티모페예브나가 각하께 불만이 이만저만 아닙니다!" 그렇게 말씀드렸어요. (식탁으로 걸어가서 앉는다) 그러자 그분이 말씀하셨지요. "미안하네, 친구. 신랑을 알지도 못하는데 어떻게 가겠나?" 그래서 말씀드렸습니다. "아니 무슨 말씀이십니까, 각하. 뭘 그리 따지십니까? 신랑은 아주 훌륭하고 솔직한 사람입니다. 전당포에서 가격 평가사로 일하고 있습니다. 하지만 각하, 그렇다고 해서 그 사람이 궁핍하다거나 사기꾼이라고 생각하시지 마십시오. 요즘은 고상한 숙녀들도 전당포에서 일하고 있으니까요." 그렇게 말씀드렸습니다. 각하께서 제 어깨를 가볍게 두드리셨고, 우리는 하바나 궐련을 피웠습니다. 이제 곧 그분이 오실 겁니다……. 기다려주세요, 여러분. 드시지 마세요…….

아플롬보프 언제 오신다는 거요?

뉴닌 곧 도착하십니다. 그분께서 출발할 때 이미 덧신을 신으셨거든요. 기다려주세요, 여러분. 잠깐만요.

아플롬보프 그렇다면 행진곡을 연주하라고 일러야 합니다…….

뉴닌 (소리친다) 이봐요, 악사 여러분! 행진곡!

음악이 지체 없이 행진곡을 연주한다.

하인 (알린다) 레부노프-카라울로프 씨가 오셨습니다!

쥐갈로프, 나스타샤 티모페예브나와 뉴닌이 맞이하러 달려간다. 레부노프-카라울로프가 들어온다.

나스타샤 티모페예브나 (인사하면서) 어서 오세요, 각하! 정말 기쁩니다!

레부노프 매우!

쥐갈로프 각하, 저희는 귀하거나 고상하지도 않은 평범한 사람들입니다. 그러나 저희들이 어떤 사기를 친다고는 생각하지 마십시오. 저희는 훌륭한 분들께 최고의 자리를 마련하고 있으며, 아무것도 아끼지 않습니다. 어서 오십시오!

레부노프 매우 기쁩니다!

뉴닌 소개해 올리겠습니다, 각하! 신랑 에파미논트 막시므이치 아플롬보프와 신생아…… 그러니까 신부입니다! 전신국에서 일하는 이반 미하일로비치 야치입니다! 과자와 관계된 일을 하는 그리스 사람 하를람피 스피리도노비치 드임바입니다! 오시프 루키치 자젤만데프스키입니다! 그리고 기타 등등입니다……. 남은 사람들은 모두 보잘것없는 자들입니다. 앉으십시오, 각하!

레부노프 정말 실례합니다만, 여러분. 안드루샤에게 두어 마디 하고 싶군요. (뉴닌을 한쪽으로 데리고 간다) 이보게, 조금 당황스럽군…… 자넨 어째서 각하라고 부르나? 알다시피 난 장군이 아니야! 중령이잖나. 그건 대령보다도 아래야.

뉴닌 (귀가 안 들리는 사람에게 그러는 것처럼 레부노프의 귀에 대고 말한다) 알고 있습니다. 하지만 표도르 야코블레비치. 각하라고 부르도록 제발 허락해주세요! 여기 있는 가족은 순박하고, 나이든 분들을 존경하며, 계급이 높은 사람에게 복종하는 걸 좋아합니다.

레부노프 그래. 그렇다면, 물론…… (식탁으로 걸어가면서) 매우!

나스타샤 티모페예브나 앉으세요, 각하! 제발요! 드십시오, 각하! 죄송합니다만, 댁에서야 우아하게 드실 테지만, 저희는 소박해서!

레부노프 (제대로 알아듣지 못하고) 뭐라고요? 흐음…… 그렇습죠. 그렇습니다요……. 옛날에 사람들은 언제나 소박하게 살았고 만족했습니다. 나는 관등을 가진 사람이지만 소박하게 살고 있습니다……. 오늘 안드루샤가 와서 이곳 결혼 피로연에 초대합디다. 그래서 말했지요. 알지도 못하는데 어떻게 가겠나? 거북한 일이다! 그랬더니, 소박하고 순박한 사람들이어서 모든 손님을 환대한다고…… 말하는 겁니다. 물론 그렇다면…… 왜 안 오겠어요? 매우 기쁩니다. 집에서는 혼자 무료한데다가, 만일 결혼 피로연에서 내가 누군가에게 만족을 줄 수 있다면, 좋다고 말했습니다…….

쥐갈로프 그러니까 진심이란 말씀이시죠, 각하? 존경합니다! 저 역시 소박한 인간이고, 어떤 사기도 치지 않습니다. 그래서 그런 분들을 존경합니다. 드십시오, 각하!

아플롬보프 오래전에 퇴역하셨습니까, 각하?

레부노프 예? 네, 네…… 옳습니다. 그렇습니다요……. 그런데 미안합니다만, 이게 어찌 된 일이요? 청어도 빵도 고리코 합니다. 먹을 수가 없군요!

모든 사람들 고리코! 고리코!

아플롬보프와 다셴카가 키스한다.

레부노프 하-하-하…… 여러분의 건강을 위해.

사이.

그렇습니다요……. 옛날에는 모든 것이 소박했고 모두가 만족했습니다……. 나는 소박한 걸 좋아합니다……. 나는 이미 늙었고, 1865년에 퇴역했습니다……. 올해 일흔두 살입니다……. 그래요. 물론 그랬을 겁니다. 옛날에도 사람들은 기회가 있으면 호사스러운 걸 보여주고 싶어 했지요. 하지만…… (모즈고보이를 보고 나서) 당신은 그러니까…… 수병인 거요?

모즈고보이 그렇습니다.

레부노프 아하…… 그렇군…… 그래요……. 해상 근무는 언제나 힘들었어요. 무엇인가 궁리하고 골치 아픈 일이 있게 마련이에요. 그러니까 어떤 사소한 말이라도 특별한 의미가 있는 겁니다! 예를 들어보죠. 장루 대원들은 앞 돛대의 큰 돛과 중앙 돛에 밧줄을! 이게 무슨 뜻이죠? 수병이라면 필시 알 거요! 하하! 수학처럼 정확해야 합니다!

뉴닌 표도르 야코블레비치 레부노프-카라울로프 각하의 건강을 위해!

축하 음악을 연주한다. 환호성.

야치 방금 각하께서는 해군 근무의 어려움에 관하여 말씀하셨습니다. 그렇다면 전신국 근무라고 쉬울까요? 지금은 각하, 프랑스어나 독일어로 읽고 쓰지 못하면 전신국에 취직할 수 없습니다. 그러나 전신국에서 제일 어려운 것은 전보를 보내는 것입니다. 정말로 어렵습니다! 한 번 들어보십시오. (전신기를 모방하면서 포크로 식탁을 두드린다)

레부노프 그게 무슨 뜻이오?

야치 덕행을 베푸시는 각하를 존경한다는 뜻입니다. 쉽다고 생각하십니까? 다시 한 번요. (두드린다)

레부노프 좀 더 크게…… 들리지 않아서…….

야치 이것은 마담, 당신을 끌어안는다면 얼마나 행복할까요, 그런 뜻입니다!

레부노프 어떤 마담을 말하는 거요? 그렇군요…… (모즈고보이에게) 그래서 말인데, 만일 순풍을 받고 달린다면 마땅히…… 마땅히 중간 돛과 최고 돛을 세워야 해요! 여기서 명령해야 합니다. 돛 버팀목을 중간 돛과 가장 높은 돛 위의 밧줄로…… 그리고 동시에 돛을 활대에 내리면서 아래에서는 밧줄과 뱃줄이 중간 돛과 가장 높은 돛 위에 자리 잡아야…….

들러리 (일어서면서) 여러분, 여러…….

레부노프 (끼어들면서) 그렇습니다요…… 여러 가지 명령이 있습니다……. 그래요…… 중간 돛과 가장 높은 돛을 잡아당기라고!! 좋습니까? 하지만 이게 무슨 말이고 어떤 뜻일까요? 무척 단순합니다! 말하자면 중간 돛과 가장 높은 돛을 잡아당기고, 밧줄을 위로 올리는 겁니다……. 한꺼번에! 게다가 끌어올릴 때에는 가장 높은 돛과 가장 높은 돛의 밧줄을 평평하게 해야 합니다. 그리고 동시에 돛에서 뱃줄을 늦춰야 합니다. 그래서 전범색이 당겨지고, 밧줄이 필요한 곳까지 모두 끌어올리려면 중간 돛과 가장 높은 곳의 뱃줄은 당겨지고, 활대는 바람의 방향에 따라 회전하게 됩니다…….

뉴닌 (레부노프에게) 표도르 야코블레비치, 뭔가 다른 것에 대해 말씀해 주십사고 안주인이 부탁드립니다. 손님들이 잘 모르는 얘기라 지루해서…….

레부노프 뭐라고? 누가 지루하다는 겁니까? (모즈고보이에게) 젊은이! 만일 배가 돛을 활짝 편 채 왼쪽과 뒤에서 바람을 받고 있는데 순풍의 도움을 받고자 한다고 칩시다. 그럴 땐 어떻게 명령해야 하나요? 바로 이겁니다. 모든 선원을 위로 불러 모으고, 순풍 쪽으로 회전! 하하…….

뉴닌 표도르 야코블레비치, 그만하세요! 드십시오.

레부노프 모두가 달려 나오자마자 즉시 명령합니다. 제자리에 서서
순풍 쪽으로 회전! 아아, 인생이란! 명령을 내리고 보는 겁니다.
수병들이 마치 번개처럼 제자리에서 사방으로 흩어져 밧줄을 여
기저기로 가져가도록 말입니다. 그리고 이렇게 고함치는 겁니
다. '잘했다, 병사들!' (사레가 들려서 기침한다)

들러리 (찾아온 사이를 이용하려고 서두른다) 그러니까 사랑하는
사람을 축하하려고 오늘 우리가 모인 것은…….

레부노프 (끼어들면서) 그렇습니다요! 그래서 이 모든 것을 기억해
야 해요! 그러니까 앞 돛대의 전범색과 중앙 전범색을 분리해야
합니다!

들러리 (모욕을 느끼면서) 대체 저분은 왜 끼어드는 거죠? 이러면
우린 한마디도 못할 거예요!

나스타샤 티모페예브나 각하, 저희는 까막눈이어서 아무것도 알아들
을 수 없네요. 뭔가 관계있는 걸로 말씀하시면 좋겠는데요…….

레부노프 (알아듣지 못하고) 벌써 먹었어요. 고마워요. 거위라고
그러셨나요. 고맙습니다……. 그래요. 옛일이 떠올랐어요…….
어쨌든 유쾌하군요, 젊은이! 고통도 잊은 채 바다를 떠돌아 다
녔어요, 그리고…… (떨리는 목소리로) 칸막이벽 주위로 회전할
때 그 기쁨을 회상해보세요! 어떤 수병이 이런 기동훈련을 떠올
리면서 흥분하지 않겠습니까! 모든 선원을 위로 불러 모으고 칸
막이벽 주위로 회전하라는 명령이 하달되자마자 마치 전기불꽃
이 모든 사람들을 관통한 것 같았어요. 함장에서부터 시작해서
마지막 수병에 이르기까지 모두 격동했다니까…….

즈메유키나 지루해요! 지루해!

모두가 투덜거리는 소리.

레부노프 (듣지 못한 채) 고맙습니다, 먹었어요. (열중하여) 모든 게 준비되면 선임 장교를 뚫어져라 바라보았어요……. 선임 장교는 명령합니다. 앞 돛대의 큰 돛과 중앙 돛의 뱃줄은 우현으로, 뒤쪽 돛대 두 번째 돛의 뱃줄은 좌현으로, 반대편 뱃줄은 좌현으로. 모든 게 순간적으로 이루어집니다……. 앞 돛대의 전범색과 삼각돛 전범색은 분리하고…… 우현으로! (일어난다) 배는 바람을 향해 달리고, 마침내 돛이 펄럭이기 시작하는 거예요. 선임 장교는 뱃줄을 보고 긴장해서 또 보라고 명령합니다. 자신도 상부 돛대의 돛을 뚫어져라 보다가 마침내 돛이 펄럭이기 시작하면, 다시 말해 회전하는 순간에 천둥 같은 명령이 전달되는 겁니다. 중앙 돛 장루 밧줄을 풀고, 뱃줄을 풀어라! 이쯤 되면 모든 게 날아다니고 소리를 내면서 찢어집니다. 엄청난 혼란입니다! 모든 것이 실수 없이 이뤄집니다. 회전은 성공입니다!

나스타샤 티모페예브나 (얼굴을 붉히고서) 장군님, 이 무슨 추탭니까……. 나이 먹었으면 부끄러워 하셔야죠!

레부노프 커틀릿 말이오? 아닙니다, 안 먹었어요……. 감사합니다.

나스타샤 티모페예브나 (큰 소리로) 나이 먹었으면 부끄러워 하셔야죠! 그 말입니다. 장군님, 이 무슨 추탭니까.

뉴닌 (당황해서) 여러분, 자…… 이럴 필요가……? 사실은…….

레부노프 첫째, 나는 장군이 아니라 해군 중령입니다. 군대의 계급 서열로 따지면 육군 중령과 같습니다.

나스타샤 티모페예브나 장군이 아니라면서 무엇 때문에 돈을 받은 거죠? 그리고 우린 추태나 부리라고 당신한테 돈을 지불한 게 아니에요!

레부노프 (어찌할 바를 모르고) 무슨 돈 말입니까?

나스타샤 티모페예브나 아시잖아요, 무슨 돈인지. 안드레이 안드레예비치를 통해서 25루블을 받으셨잖아요……. (뉴닌에게) 안드루셴카, 자네 잘못이야! 저런 사람을 고용하라고 부탁한 게 아니잖아!

뉴닌 자, 그러니까…… 그만하세요! 이럴 필요가……?

레부노프 고용했다니…… 돈을 지불했다니…… 이게 무슨 일이야?

아플롬보프 하지만, 잠깐만요…… 안드레이 안드레예비치에게서 25루블 받으셨잖아요?

레부노프 무슨 25루블? (생각하고 나서) 바로 그거야! 이제야 모두 알겠군……. 정말로 추악해! 얼마나 추악한가!

아플롬보프 돈을 받았잖아요?

레부노프 돈이라곤 한 푼도 받지 않았소. 비키시오! (식탁에서 물러난다) 참으로 추악해! 얼마나 저속한가! 늙은이를, 해군을, 공적이 있는 장교를 그토록 모욕하다니! 여기가 고상한 모임이라면 결투라도 신청할 텐데. 이제 내가 뭘 하겠소? (당황해서) 문이 어디요? 어느 쪽으로 가야 하는 거요? 이보게, 나를 내보내 줘! 이봐! (간다) 얼마나 저속한지! 얼마나 추악한지! (나간다)

나스타샤 티모페예브나 안드루셴카, 25루블은 대체 어디 있나?

뉴닌 그런 사소한 걸 말할 필요 있습니까? 별거 아닙니다! 모두가 기뻐하고 있는데, 무슨 말인지 알 수가 없네……. (소리친다) 젊은이들의 건강을 위해! 음악, 행진곡을! 음악!

행진곡을 연주한다.

젊은이들의 건강을 위해!

즈메유키나 숨이 막힐 것 같아요! 공기를 주세요! 당신 옆에 있으니 숨이 막히는군요.

야치 (환희에 차서) 놀라워요! 놀랍습니다!

소음.

들러리 (자기 소리로 남의 소리를 억누르려고 애쓰면서) 친애하는
신사 숙녀 여러분! 그러니까, 오늘…….

막.

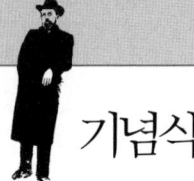

기념식

| 단막 슈트카 |

사람은 누구나 자기를 기준으로 판단하고 행동한다. 자신을 돌이키고 반성하면서 미래를 설계하는 사람을 지식인이라 하고, 그렇지 못한 사람들을 대중이라고 부른다. 〈기념식〉의 인물들은 하나같이 대중에 속한다. 그러기에 독자와 관객은 아낌없는 박수갈채를 보내며 그들의 행동에 전폭적인 동의를 표한다. 우리보다 못한 사람들의 저급한 욕망과 어리석은 행동에서 대리만족을 느끼면서 감정의 정화를 경험할 수 있는 작품이다.

등장인물

안드레이 안드레예비치 쉬푸친 모 상호신용은행 대표이사, 외알 안경을 쓴 중년 남자

타치야나 알렉세예브나 그의 아내, 25세

쿠지마 니콜라예비치 히린 은행 회계원, 노인

나스타샤 표도로브나 메르추트키나 구식 외투를 입은 노파

은행 대의원들

은행 직원들

사건은 모 상호신용은행에서 일어난다.

대표이사의 집무실. 왼쪽에는 은행 사무실로 통하는 문. 두 개의 책상. 세련되고 화려한 무대 장치. 벨벳 가구, 꽃, 조각상, 양탄자, 전화. 한낮.

겨울 장화를 신고 혼자 있는 히린.

히린 (문을 향해 소리친다) 약국에서 15코페이카 어치 쥐오줌풀 물약을 사오라고 사람을 보내시고, 신선한 물을 은행장실로 가져오라고 하세요! 대체 몇 번이나 말해야 알겠소! (책상으로 걸어간다) 완전히 지쳐버렸어. 벌써 나흘째 쓰느라고 눈도 못 붙였다니까. 아침부터 저녁까지는 여기서 쓰고, 저녁에서 아침까지는 집에서 쓰고. (기침한다) 게다가 온몸에 염증이 있어. 추위에 떨고, 열이 나고, 기침하고, 다리는 아프고, 두 눈은 이렇고…… 감탄할 지경이야. (앉는다) 우리의 잘난 척하는 인간, 파렴치한 인간, 대표이사가 오늘 총회에서 '우리 은행의 현재와 미래'라는 제목의 연설을 한다는군. (쓴다) 2…… 1…… 1…… 6…… 0…… 7……. 그다음에 6…… 0…… 1…… 6……. 자기는 사람들을 속이려고 하면서 나는 죄수처럼 자신을 위해 여기서 일이나 하고 있으려니! 그자의 연설문은 온통 시투성이일 뿐, 그 이상 아무것도 아니야. 그런데 나는 온종일 주판이나 튕기고 있으니, 빌어먹을 자식 같으니라고! (주판을 튕긴다) 참을 수 없어! (쓴다) 그러니까, 1…… 3…… 7…… 2…… 1…… 0……. 만일 오늘 모든 게 잘되고 사람들을 속이는 데 성공하면 금메달과 300루블을 보상금으로 주겠다고 약속했지……. 두고 보자. (쓴다) 만일 노동의 대가가 형편없다면, 미안하지만 이보게…… 난 성질 급한 인간이야……. 화나면 범죄도 저지를 수 있다니까…… 그렇다마다!

무대 뒤에서 소음과 박수갈채. 쉬푸친의 목소리. '감사합니다! 감사합니다! 감동받았습니다!' 쉬푸친이 들어온다. 연미복에 하얀 넥타이를 매고 있다. 방금 전에 전달된 앨범을 손에 들고 있다.

쉬푸친 (문가에 서서 사무실을 향하여) 사랑하는 직원 여러분! 내 삶의 가장 행복한 날들의 추억으로 여러분의 이 선물은 죽는 날까지 간직하겠습니다! 그렇습니다, 여러분! 다시 한 번 감사드립니다! (허공에 키스를 보내고 히린에게 걸어온다) 나의 사랑하는, 가장 훌륭한 쿠지마 니콜라예비치!

그가 무대에 있는 동안 내내 직원들이 서명을 받으러 서류를 들고 가끔씩 들어왔다가 나간다.

히린 (일어나면서) 안드레이 안드레이치, 은행의 15주년 기념일을 축하드립니다. 제가 바라는 것은…….
쉬푸친 (손을 꼭 잡는다) 고맙습니다! 고마워요! 오늘처럼 아주 좋은 날에는 기념식을 위해 키스해도 되겠지요!

두 사람이 키스한다.

정말, 정말 기쁩니다! 지금까지 일해줘서 정말 고맙습니다……. 모든 것, 모든 것에 감사드립니다! 내가 이 은행의 대표이사로서 명예를 가지고 있는 동안 무엇인가 유용한 일을 하게 된다면, 그건 무엇보다 동료들 덕분입니다. (한숨 쉰다) 이보세요, 그렇다니까요. 15년입니다! 15년 동안 이 쉬푸친이 없었다면! (활기 있게) 자, 연설문은 어떻습니까? 잘 돼갑니까?

히린 다섯 쪽밖에 안 남았습니다.

쉬푸친 좋습니다. 그러니까, 3시까지는 되는 거죠?

히린 누구도 방해하지 않는다면 마칠 수 있습니다. 잡다한 것만 남았으니까요.

쉬푸친 훌륭합니다. 훌륭해요. 이 쉬푸친이 없었다면! 총회는 4시에 있을 겁니다. 그렇습니다, 친구. 앞 부분을 줘보세요. 검토해볼게요…… 빨리 주세요……. (연설문을 받는다) 이 연설문에 엄청난 희망을 걸고 있습니다……. 이것은 profession de foi* 내지는 나의 불꽃이라고 말하는 편이 낫겠군요……. 불꽃, 이 쉬푸친이 없었다면! (앉아서 혼잣말로 보고서를 읽는다) 지쳐버렸어, 정말로 끔찍하게…… 밤에는 손발 통풍이 심해졌고, 아침 내내 여기저기 돌아다니면서 잡무로 시간을 보냈고, 그다음엔 이런 흥분과 박수갈채, 이런 불안이…… 피곤해!

히린 (쓴다) 2…… 0…… 0…… 3…… 9…… 2…… 0……. 숫자 때문에 눈이 어질어질할하군……. 3…… 1…… 6…… 4…… 5……. (주판을 튕긴다)

쉬푸친 불쾌한 일도 있습니다…… 오늘 아침에 당신 부인이 또다시 당신을 나쁘게 말하더군요. 부인 말씀으로는 어젯밤에 당신이 칼을 들고 부인과 처제를 쫓아다녔다면서요. 쿠지마 니콜라예비치, 이게 대체 무슨 일입니까? 어휴, 정말이지!

히린 (험상궂게) 안드레이 안드레이치, 기념일을 위해 감히 부탁

---

* [원주] 신앙 고백(프랑스어).

드립니다. 내가 하는 고역을 존중하신다면, 우리 가정생활에 끼어들지 마시기 바랍니다. 부탁입니다!

쉬푸친 (한숨 쉰다) 쿠지마 니콜라예비치, 참기 어려운 성격이군요! 당신은 훌륭하고 존경할 만한 사람입니다만, 여자들을 무슨 뱃사람처럼 대하잖아요. 사실입니다. 알 수가 없군요. 어째서 그토록 여자를 미워하는 겁니까?

히린 하지만 저도 모르겠습니다. 무엇 때문에 대표이사님은 그토록 여자를 밝히시나요?

사이.

쉬푸친 직원들이 방금 앨범을 가져왔는데, 들은 바에 따르면 은행 대의원들도 내게 축사와 은제 단지를 가져올 거랍니다……. (외알 안경으로 장난하면서) 좋습니다, 이 쉬푸친이 없었다면! 이것은 쓸모없는 게 아니에요……. 은행의 명성을 위해서는 어느 정도의 화려함이 필요합니다, 빌어먹을! 당신은 우리 직원이니까 물론 모든 걸 다 알고 있을 거요……. 축사도 내 손으로 썼고, 은제 단지도 내가 샀어요……. 그리고 축사를 제본하는데 45루블이 들었죠. 하지만 그렇게 하지 않으면 안 됩니다. 그들은 생각하지도 못했을 겁니다. (주위를 돌아본다) 대단한 가구로군요! 멋진 가구야! 사람들은 내가 사소한 일에 구애되고, 내게 필요한 것은 문에 자물쇠를 단단히 채우고, 직원들에게 최신 유행의 넥타이를 매도록 하고, 현관에 뚱뚱한 수위를 세워놓는 일이라고들 말하죠. 하지만 아닙니다, 여러분. 문의 자물쇠와 뚱뚱한 수위는 사소한 것이 아닙니다. 집에서 나는 소시민이 될 수 있습니다. 돼지처럼 잘 수도 있고, 폭음할 수도 있어요…….

히린 부탁입니다. 돌려서 말하지 마세요!

쉬푸친 아아, 누구도 돌려서 말하지 않습니다! 정말이지 당신은 참기 어려운 성격이군요……. 자, 말씀드리죠. 우리 집에서 나는 소시민이나 parvenu*가 될 수도 있고, 관습을 따를 수도 있습니다. 하지만 여기서는 모든 게 en grand** 합니다. 여기는 은행이잖아요! 여기서는 사소한 것 하나도 경탄을 불러일으켜야 합니다. 말하자면 화려한 외관을 가져야 한다는 겁니다. (바닥에 떨어진 종이를 주워 난로에 던진다) 내가 세운 공적은 은행의 명성을 끌어올렸다는 것입니다! 중요한 것은 품격이에요! 중요한 것은, 이 쉬푸친이 아니었다면. (히린을 눈여겨보고 나서) 이보세요, 은행 대의원 사절단이 언제 여기 도착할지 모릅니다. 그런데 당신은 겨울 장화에 이런 목도리나 두르고 있군요……. 조잡한 색깔의 정장 상의를 입고……. 연미복을 입거나, 검은색 프록코트를 입을 수도 있잖아요…….

히린 나한테는 건강이 은행 대의원들보다 더 중요합니다. 온몸에 염증이 있습니다.

쉬푸친 (흥분하면서) 하지만 무질서하다는 건 인정하세요! 앙상블을 파괴하고 있다니까요!

히린 사절단이 도착하면 몸을 감추겠습니다. 대단한 일도 아니니까요……. (쓴다) 7…… 1…… 7…… 2…… 1…… 5…… 0……. 저 역시 무질서를 좋아하지 않습니다……. 7…… 2…… 9……. (주판을 튕긴다) 무질서는 참을 수 없습니다! 대표이사님께서 오늘 기념식 만찬에 여성분들을 초대하지 않으셨다면 좋았을 텐데…….

쉬푸친 무슨 쓸데없는 얘기…….

---

* [원주] 무례한 인간(프랑스어).
** [원주] 호화로운(프랑스어).

히린 이사님은 모양새를 좋게 하려고 오늘 홀을 여성들로 가득 채우려 하시는 것으로 압니다. 하지만 그들이 모든 걸 망칠 테니 두고 보세요. 여자들 때문에 온갖 해악과 무질서가 생겨나는 겁니다.

쉬푸친 정반대로 여성 모임은 평판을 올려줍니다!

히린 그렇군요……. 사모님도 교육을 받으신 분 같더군요. 그런데 지난 주 월요일에 속사포를 쏘아대시는 바람에 그 후 이틀 동안 저는 너무도 당황스러웠습니다. 관계없는 사람들이 있는 자리에서 느닷없이 물으시더군요. "거래소에서 가격이 떨어진 드랴즈스코-프랴즈스키 은행 주식을 우리 남편이 샀다는데, 사실인가요? 아아, 남편이 몹시 걱정하고 있답니다!" 관계없는 사람들이 있는 자리에서 말이죠! 대표이사님이 왜 여자들과 그렇게 솔직하게 털어놓고 지내시는지 모르겠습니다! 여자들이 당신을 형사사건으로 처넣길 바라는 겁니까?

쉬푸친 자, 됐습니다. 됐어요! 기념식인데 이 모든 게 너무 음울하군요. 그건 그렇고 당신이 내게 상기시켜주었습니다. (시계를 본다) 곧 마누라가 당도할 겁니다. 사실 정거장으로 가서 아내를 맞이해야 하는데, 시간이 없기도 하고…… 피곤하기도 해서요. 솔직히 말씀드리면 아내가 그리 반갑지 않아요! 그러니까 기쁘긴 한데, 나로서는 그 사람이 이틀쯤 더 친정에 있는 편이 더 낫다는 얘깁니다. 아내는 오늘 저녁 내내 내가 함께 시간을 보냈으면 하고 바랄 겁니다. 사실 오늘은 식사를 마친 다음에 작은 소풍이 예정되어 있기도 하죠……. (몸을 떤다) 그런데 벌써 신경이 떨리기 시작했어요. 신경이 너무 예민해져 있어서 매우 사소한 일에도 울음을 터뜨릴 지경이라니까요! 안 됩니다. 강해져야 합니다. 이 쉬푸친이 없었다면!

여름 외투를 입고, 여행가방을 어깨에 맨 타치야나 알렉세예브나가 들어온다.

아니! 호랑이도 제 말하면 온다더니!

타치야나 알렉세예브나 여보! (남편에게 달려가더니 오래도록 키스한다)

쉬푸친 우린 방금 전에 당신 얘길 했어! (시계를 들여다본다)

타치야나 알렉세예브나 (숨을 헐떡이면서) 허전했죠? 건강한 거 맞아요? 집에도 들르지 않고 정거장에서 바로 이리로 왔어요. 당신한테 할 얘기가 정말 많아요, 많다니까요……. 참을 수가 없어요……. 잠시 있을 테니까 외투는 벗지 않겠어요. (히린에게) 안녕하세요, 쿠지마 니콜라이치! (남편에게) 집엔 전부 별일 없는 거죠?

쉬푸친 그렇다마다. 근데 일주일 동안 살도 좀 찌고 예뻐졌는걸……. 근데 다녀오는 길은 어땠어?

타치야나 알렉세예브나 아주 좋았어요. 엄마와 카챠가 당신한테 인사 전하래요. 바실리 안드레이치가 당신한테 키스하라고 분부하셨어요. (키스한다) 이모가 당신한테 잼을 한 통 보냈는데, 당신이 답장을 하지 않아서 모두 화가 났다고요. 지나가 당신한테 키스하라고 말했어요. (키스한다) 아아, 무슨 일이 있었는지 당신이 안다면! 무슨 일이 있었는지! 말하기조차 두려워요! 아아, 무슨 일이 있었는지! 근데 당신은 날 반기지 않는군요! 눈을 보니 알겠어요.

쉬푸친 정반대야…… 여보……. (키스한다)

히린이 화를 내며 기침한다.

타치야나 알렉세예브나 (한숨 쉰다) 아아, 불쌍한 카챠, 불쌍한 카챠! 그 아이가 안됐어요, 정말 안됐어!

쉬푸친 여보, 오늘 우리 은행 기념식이야. 은행 대의원 사절단이 언제 들이닥칠지 몰라. 그런데 당신은 옷도 제대로 입지 않고.

타치야나 알렉세예브나 정말 기념식이에요? 축하해요, 여러분…….
제가 바라는 것은…… 그러니까 오늘 모임과 만찬이…… 난 좋
아요. 은행 대의원들을 위해 당신이 그토록 오래 지어낸 그 멋진
축사 기억해요? 사람들이 그걸 오늘 당신한테 읽을 건가요?

히린이 화를 내며 기침한다.

쉬푸친 (당황해하면서) 여보, 그런 건 말하는 게 아니야……. 이제
집으로 가.

타치야나 알렉세예브나 알았어요, 갈게요. 1분만 이야기하고 가겠어
요. 모든 걸 처음부터 말하겠어요. 그러니까요…… 당신이 배
웅했을 때 난 그 뚱뚱한 부인 옆에 앉아서 책을 읽기 시작했어
요. 열차 안에서는 이야기하는 걸 좋아하지 않아서요. 세 정거장
을 지나는 동안 내내 책만 읽었고, 어느 누구하고 말 한마디 하
지 않았어요……. 근데 밤이 오니까, 당신도 알잖아요. 그런 우
울한 생각이 자꾸만 떠오르는 거예요! 맞은편에는 젊은 남자가
앉아 있었죠. 그럭저럭 괜찮게 생긴 갈색 머리였어요……. 그래
서 이야기를 하기 시작했죠……. 뱃사람이 다가왔고, 그다음엔
어떤 대학생이…… (웃는다) 그 사람들한테 난 처녀라고 말했어
요……. 얼마나 비위를 맞추던지! 우린 한밤중까지 이야기를 했
는데, 갈색 머리는 무지하게 재미난 이야기를 해댔고, 뱃사람은
계속해서 노랠 불렀어요. 너무 웃어서 가슴이 아프더라고요. 그
런데 뱃사람이, 아아 뱃사람들이란! 내 이름이 타치야나라는 걸
뱃사람이 우연히 알아냈을 때, 그 사람이 무슨 노랠 했는지 알아
요? (베이스로 노래한다) "오네긴, 난 감추지 않겠어요. 정신없
이 타치야나를 사랑해요!" (큰 소리로 웃는다)

히린이 화를 내며 기침한다.

쉬푸친 그런데, 타뉴샤.* 우리가 쿠지마 니콜라이치를 방해하고 있어. 집으로 가도록 해, 여보…… 나중에…….

타치야나 알렉세예브나 괜찮아요, 괜찮아. 들으시라고 하세요. 정말 재미나거든요. 곧 끝낼게요. 세료자가 정거장으로 마중 나왔어요. 거기서 과세조정관 일을 하는 어떤 젊은 남자를 만났는데, 아마…… 그럭저럭 괜찮은 멋진 남자였는데, 특히 두 눈이…… 세료자가 그 사람을 소개했고, 그래서 우리 셋이서 같이 갔어요……. 기막힌 날씨였어요…….

무대 뒤에서 목소리가 들린다. "안 됩니다! 안 돼요! 무슨 일이십니까?" 메르추트키나가 들어온다.

메르추트키나 (문가에서 뿌리치면서) 왜 붙잡는 거예요? 또 그 소리인가요! 저분을 만나야 해요! (들어온다. 쉬푸친에게) 영광입니다, 각하……. 12급 문관의 아내인 나스타샤 표도로브나 메르추트키나입니다요.

쉬푸친 무슨 일입니까?

메르추트키나 보아주십시오, 각하. 제 남편인 12급 문관 메르추트킨은 다섯 달 동안 아파서 집에 누워 치료 받았는데, 아무 이유도 없이 퇴직당했습니다, 각하. 그래서 그 사람 봉급을 받으러 갔더니, 보아주십시오, 봉급에서 24루블 36코페이카를 공제해서 징수하는 게 아닙니까. 왜 그렇죠? 하고 물었습니다. 그 사람들 말로는 "남편이 상호금고에서 돈을 가져갔고, 다른 사람들이

---

* 타치야나의 애칭.

남편 보증을 섰다"는 겁니다. 어떻게 된 일입니까? 정말 그 사람이 내 허락 없이 돈을 가져갈 수 있었을까요? 그건 불가능하지 않나요, 각하! 저는 가난한 여자고, 오직 세입자들 돈으로 살아가고 있답니다……. 의지할 데도 없어요. 온갖 사람들한테 모욕을 견디면서 선량한 말 한 마디 듣지 못합니다.

쉬푸친 잠깐만요……. (여자에게 청원서를 받아 선 채로 읽는다)

타치야나 알렉세예브나 (히린에게) 처음부터 시작해야겠어요……. 지난주에 친정 엄마로부터 갑자기 편지를 받았어요. 누이동생 카챠에게 그렌딜레프스키라는 사람이 청혼했다고 쓰셨더군요. 멋지고 겸손한 젊은인데, 재산도 명확한 지위도 없다는 거예요. 그런데 불행한 일은 카챠가 그 남자한테 빠져버렸다는 겁니다. 생각해보세요. 어떻게 해야 할까요? 즉시 와서 카챠를 설득하라고 쓰셨더라고요…….

히린 (험상궂게) 잠깐만요, 사모님 때문에 정신이 없습니다! 사모님, 친정엄마 그리고 카챠 때문에 헷갈려서 뒤죽박죽돼버렸습니다.

타치야나 알렉세예브나 별거 아니잖아요! 숙녀가 말할 때에는 좀 들으시라고요! 어째서 오늘 그렇게 화가 나셨나요? 사랑에 빠진 건가요? (웃는다)

쉬푸친 (메르추트키나에게) 잠깐만요, 그런데 어떻게 된 겁니까? 아무것도 모르겠는데요…….

타치야나 알렉세예브나 사랑에 빠졌나요? 어머, 얼굴이 빨개졌어요!

쉬푸친 (아내에게) 타뉴샤, 잠깐 사무실로 가 있어. 곧 갈게.

타치야나 알렉세예브나 알았어요. (나간다)

쉬푸친 이해할 수가 없군요. 분명히 부인께서는 엉뚱한 곳에 오신 겁니다. 부인의 청원은 본질적으로 우리와 전혀 관계가 없습니다. 바깥주인이 근무했던 관청으로 가서서 문의해 보십시오.

메르추트키나 저럴 수가. 이미 다섯 군데나 들렀지만, 아무 데서도 청원서를 받아주지 않았답니다. 어찌할 바를 모르고 있는데, 사위인 보리스 마트베이치가 여기로 가보라고 말해주더군요. "장모님, 쉬푸친 씨에게 가보세요. 영향력 있는 분이어서 뭐든지 할 수 있거든요……" 하고 사위는 말했습니다. 도와주세요, 각하!

쉬푸친 메르추트키나 여사, 부인을 위해 우리가 할 수 있는 일은 아무것도 없습니다. 이해해주세요. 제가 판단하기로 부군께서는 군 의료관청에서 근무하셨는데, 우리 기관은 완전히 사적인 상업은행입니다. 어떻게 이걸 모르십니까!

메르추트키나 각하, 제 남편은 아팠고, 의사 증명서도 있어요. 바로 이건데, 좀 봐주세요…….

쉬푸친 (흥분해서) 좋습니다, 부인을 믿습니다. 하지만 다시 말씀드리거니와 이건 우리와 상관없습니다.

무대 뒤에서 타치야나 알렉세예브나의 웃음소리가 들린다. 이어지는 남자의 웃음소리.

(문을 바라보고 나서) 저기서 직원들을 방해하고 있군. (메르추트키나에게) 이상하고 심지어 우스꽝스러운 일입니다. 당신이 어디로 가야할지, 정말 남편이 모르신단 말입니까?

메르추트키나 각하, 그 사람은 아무것도 몰라요. 같은 말만 되풀이합니다. "당신 일이 아니야! 꺼져!" 그래서 모든 걸 여기에서…….

쉬푸친 다시 말씀드립니다, 부인. 부군께서는 군 의료관청에서 근무하셨는데, 여기는 은행입니다. 사적인 상업기관이라고요.

메르추트키나 네, 그래요. 그렇군요…… 알았습니다. 그렇다면 각하, 제게 15루블이라도 주라고 명령하십시오! 한꺼번에 모든 걸 동의할 순 없으니까요.

쉬푸친 (한숨 쉰다) 아아!

히린 안드레이 안드레이치, 이러시면 연설문을 끝낼 수 없습니다!

쉬푸친 곧 끝내겠어요. (메르추트키나에게) 부인을 납득시킬 수가 없군요. 그런 청원을 가지고 우리한테 오시는 것은 이혼 서류를 약국이나 금은 시험소에 제출하는 것만큼이나 이상한 일이라는 걸 아셔야 합니다.

문 두드리는 소리. 타치야나 알렉세예브나의 목소리. "안드레이, 들어가도 돼요?"

(고함친다) 기다려, 여보. 곧 끝나! (메르추트키나에게) 부인이 돈을 덜 받은 게 여기 있는 우리하고 무슨 상관이죠? 더욱이 부인, 오늘 기념식이 있어서 바쁩니다……. 그래서 당장이라도 누군가가 이곳으로 들이닥칠 수도 있습니다……. 미안합니다만…….

메르추트키나 각하, 의지할 곳 없는 저를 동정해주세요! 의지할 데 없는 허약한 여잡니다……. 너무나 지쳐버렸어요……. 세입자들과 소송 중이고, 남편을 보살피고, 살림 때문에 이리저리 뛰어다니고, 거기다가 사위까지 무직이랍니다.

쉬푸친 메르추트키나 부인, 저는…… 아닙니다, 미안합니다만 부인과 말할 수 없습니다! 이미 머리가 돌기 시작했습니다……. 부인은 우리를 방해하고 있으며, 시간을 헛되이 낭비하고 있는 겁니다……. (한숨 쉰다, 방백으로) 꽉 막힌 여자로군! 이 쉬푸친이 없었다면! (히린에게) 쿠지마 니콜라이치, 당신이 메르추트키나 부인께 설명 좀 해주세요……. (손을 흔들고는 이사회로 나간다)

히린 (메르추트키나에게 다가간다. 험상궂게) 뭘 바라는 거요?

메르추트키나 의지할 데 없는 허약한 여잡니다……. 겉으로 보면 튼튼해 보여도, 잘 살펴보면 내 몸속의 실핏줄 하나 건강한 게 없다고요! 두 다리로 간신히 버티고 서 있고, 식욕도 잃어버렸어요. 오늘 커피를 마시긴 했는데, 아무 맛도 없었어요.

히린 뭘 바라느냐고 당신한테 물었잖소?

메르추트키나 15루블이라도 내주라고 말씀해주세요. 나머진 다음 달에 주더라도.

히린 당신한테 러시아어로 설명하지 않았소. 여긴 은행이라고요!

메르추트키나 그래요, 그래…… 필요하시다면 의사 증명서도 보여 드릴 수 있어요.

히린 당신 어깨 위에 있는 게 머리가 아니면 또 뭐요?

메르추트키나 이보세요, 난 법에 따라 부탁하는 거예요. 남의 것을 달라는 게 아닙니다.

히린 부인에게 묻겠소. 어깨 위에 있는 게 당신 머리요 뭐요? 이런 빌어먹을! 당신하고 이러쿵저러쿵 얘기할 시간이 없어요! 바빠요. (문을 가리킨다) 가세요!

메르추트키나 (놀라면서) 그러면 돈은 어떻게?

히린 한 마디로, 당신 어깨 위에 붙어 있는 건 머리가 아니라, 바로 이거로구먼……. (손가락으로 탁자를 두드리고, 그다음엔 자기 이마를 두드린다)

메르추트키나 (화를 내면서) 뭐요? 그러지 말아요, 그러지 말라고요……. 당신 마누라나 두드리시지……. 난 12급 문관의 아내야…… 날 가지고 그럴 순 없지!

히린 (발끈 성을 내더니 작은 목소리로) 여기서 꺼져!

메르추트키나 아니, 아니, 아니…… 그럴 순 없지!

히린 (작은 목소리로) 당장 안 나가면 수위를 부를 거야! 꺼져! (발을 구른다)

메르추트키나 그러지 마, 그러지 말라니까! 무섭지 않아! 너 같은 놈들을 알아……. 구멍 같은 놈!

히린 너보다 더 역겨운 것은 평생 보지 못했어……. 아아! 정신도 못 차릴 지경이야……. (힘들게 숨을 쉰다) 다시 한 번 말하겠어…… 듣고 있어? 이 늙은 요괴야, 만일 여기서 나가지 않으면, 아주 본때를 보여주겠어! 너를 평생 병신으로 만들 만큼 성깔이 있다니까! 범죄를 저지를 수 있단 말이야!

메르추트키나 발 없는 말이 천리를 가는 법이야. 놀라지 않아. 너 같은 놈들을 봤으니까.

히린 (절망적으로) 저 여잘 볼 수가 없군! 어지러워! 할 수 없다니까! (책상으로 가서 앉는다) 은행을 여자들로 가득 채워놔서 연설문을 쓸 수 없어! 할 수 없다니까!

메르추트키나 다른 사람 몫이 아니라, 내 몫을 달라는 거야. 법에 따라서. 이 염치없는 놈아! 관청에서 겨울 장화를 신고 있다니…… 촌뜨기…….

쉬푸친과 타치야나 알렉세예브나가 들어온다.

타치야나 알렉세예브나 (남편 뒤에서 들어오면서) 우리는 베레즈니쯔키의 야회에 갔어요. 카챠는 가벼운 레이스가 달린 목이 드러나는 하늘색의 얇은 실크 드레스를 입었죠……. 올린 머리가 어울리는 애라서 내가 손수 빗질을 해줬지 뭐예요……. 얼마나 멋지게 옷을 입고 빗질을 했는지, 정말이지 무척 매혹적이었어요!

쉬푸친 (이미 편두통에 시달리면서) 그래, 그렇군……. 매혹이라……. 지금이라도 도착할지 몰라.

메르추트키나 각하!

쉬푸친 (음울하게) 또 뭐요? 뭘 바라는 거요?

메르추트키나 각하! (히린을 가리킨다) 바로 이자, 바로 이놈이……
바로 이놈이 손가락으로 제 이마를 두드리더니, 그다음에 책상
을 두드렸습니다……. 각하께서 저자에게 제 일을 정리하라고
명령하셨지만, 저자는 온갖 말로 조롱하기만 했어요. 저는 의지
할 데 없는 허약한 여잡니다.

쉬푸친 좋습니다, 부인. 내가 처리하겠어요……. 조치를 취하리
다……. 나가세요……. 나중에! (방백으로) 통풍이 시작됐군!

히린 (쉬푸친에게 다가와서 나직하게) 안드레이 안드레이치, 수
위를 불러 저 여자 목덜미를 잡아 끌어내라고 명령하세요! 대체
이게 뭡니까?

쉬푸친 (놀라서) 아니, 안 됩니다! 저 여자가 째지는 소리를 지를
텐데, 이 건물엔 집이 많잖아요.

메르추트키나 각하!

히린 (우는 목소리로) 하지만 연설문을 써야 합니다! 다 못 쓸 겁
니다……. (책상으로 돌아간다) 할 수 없어!

메르추트키나 각하, 언제 돈을 받을 수 있나요? 당장 돈이 필요해
서요.

쉬푸친 (방백으로, 분노해서) 기-막-히-게 속된 여편네 같으니!
(그녀에게 부드럽게) 부인, 이미 말씀드렸잖아요. 여기는 은행,
사적인 상업기관이라니까요…….

메르추트키나 제발 부탁드립니다, 각하. 은혜를 베풀어주세요…….
만일 의사 증명서로 안 된다면, 관할 지역 증명서를 보여드릴 수
있어요. 저한테 돈을 주라고 명령하세요!

쉬푸친 (고통스럽게 한숨 쉰다) 아아!

타치야나 알렉세예브나 (메르추트키나에게) 할머니, 말씀드렸잖아
요. 지금 우릴 방해하고 계신다고. 왜 이러세요, 정말.

메르추트키나 아주 예쁘시네요. 누구 한 사람 날 보살펴주는 사람이

없어요. 먹고 마시는 것도 그저 이름뿐이에요. 오늘 커피를 마시긴 했는데, 아무 맛도 없었어요.

쉬푸친 (기진맥진해서, 메르추트키나에게) 얼마를 받고 싶은 거요?

메르추트키나 24루블 36코페이캅니다.

쉬푸친 좋아요! (지갑에서 25루블을 꺼내서 그녀에게 준다) 자, 여기 25루블입니다. 받으세요. 그리고…… 나가요!

히린이 화를 내며 기침한다.

메르추트키나 정말 감사합니다, 각하……. (돈을 감춘다)

타치야나 알렉세예브나 (남편 옆에 앉으면서) 집에 가야할 시각이네……. (시계를 보고 나서) 하지만 아직 얘길 끝내지 못했으니…… 곧 끝내고 가겠어요……. 무슨 일이 있었는지! 아아, 무슨 일이 있었는지! 그래서 우리는 베레즈니쓰키의 야회에 갔어요……. 그럭저럭 괜찮았어요, 유쾌했어요. 특별한 건 없었지만……. 카챠의 숭배자인 그렌딜레프스키도 물론 왔죠……. 그래서 나는 카챠와 이야기도 하고, 울기도 하면서 그 아일 설득했어요. 카챠는 바로 그 야회에서 그렌딜레프스키와 이야기를 나누더니 그의 청혼을 거절했어요. 그래서 모든 게 더할 나위 없이 잘됐다고 생각했죠. 엄마를 진정시켰고, 카챠를 구해냈으니, 이제 나 자신도 평온해지겠구나 생각한 거예요……. 근데 생각이나 했겠어요? 저녁식사 전에 카챠와 함께 오솔길을 따라 걷고 있는데, 느닷없이…… (흥분하면서) 갑자기 총소리가 나는 거예요……. 아니, 난 그 얘길 냉정하게 말할 수 없어요! (손수건으로 부채질한다) 아니, 못해요!

쉬푸친 (한숨 쉰다) 아아!

타치야나 알렉세예브나 (운다) 우린 정자로 달려갔어요. 그런데 거기…… 거기에 불쌍한 그렌딜레프스키가 누워 있는 거예요…….
한 손에 권총을 들고…….

쉬푸친 아니야, 참을 수 없어! 참을 수가 없다고! (메르추트키나에
게) 필요한 게 또 있소?

메르추트키나 각하, 제 남편을 다시 취직시켜주시면 안 될까요?

타치야나 알렉세예브나 (울면서) 자기 가슴을 정통으로 쏜 거예
요……. 바로 여기를…… 카챠는 의식을 잃고 쓰러졌어요, 불쌍
한 것……. 그런데 그 사람은 너무나도 놀라서 누워 있었죠……
그러고는 의사를 불러달라고 부탁하더군요. 곧 의사가 도착했고
그래서…… 그래서 불행한 사람의 목숨을 구했어요…….

메르추트키나 각하, 제 남편을 다시 취직시켜주시면…….

쉬푸친 안 돼, 참을 수 없어! (운다) 못 참겠어! (히린에게 두 손을
내밀고, 절망적으로) 저 여잘 내쫓아요! 제발 부탁입니다!

히린 (타치야나 알렉세예브나에게 다가가면서) 꺼져!

쉬푸친 그 여자 말고, 이 여자…… 이 무시무시한 여자 말이
오……. (메르추트키나를 가리킨다) 바로 이 여자!

히린 (알아듣지 못한 채 타치야나 알렉세예브나에게) 나가라니까!
(발을 구른다) 꺼져!

타치야나 알렉세예브나 뭐라고요? 왜 그래요? 미쳤어요?

쉬푸친 끔찍하군! 난 불행한 인간이야! 저 여잘 몰아내요! 쫓아내
라고!

히린 (타치야나 알렉세예브나에게) 꺼지라니까! 병신으로 만들어
주겠어! 박살낼 거야! 죄를 짓는 한이 있더라도!

타치야나 알렉세예브나 (히린을 피해 달아난다. 그는 그녀를 쫓는다)
어떻게 이럴 수가! 철면피 같으니라고! (소리친다) 안드레이!
살려줘! 안드레이! (큰 소리를 지른다)

쉬푸친 (그들의 뒤를 따라 달린다) 그만둬! 제발 부탁이오! 조용

히! 봐줘요!

히린 (메르추트키나를 추격한다) 여기서 꺼져! 붙잡아라! 세게 때려라! 저 여잘 베어버려라!

쉬푸친 (소리친다) 그만둬요! 부탁입니다! 간청합니다!

메르추트키나 맙소사……. 이런! (날카로운 소리로 고함친다) 이런 큰일 났네!

타치야나 알렉세예브나 (소리친다) 살려주세요! 살려줘요! 아아, 아아……. 어지러워! 어지러워! (의자 위로 뛰어오른다. 그다음에 소파 위로 쓰러져 기절한 것처럼 신음한다)

히린 (메르추트키나를 추격한다) 그 여잘 세게 때려! 한 대 치라고! 베어버려요!

메르추트키나 아아, 아아……. 큰일이네. 눈이 깜깜해! 아아! (의식을 잃고 쉬푸친의 팔 안으로 쓰러진다)

문을 두드리는 소리. 그리고 무대 뒤에서 목소리. "사절단입니다!"

쉬푸친 사절단…… 명성…… 점령…….

히린 (발을 구른다) 꺼져, 빌어먹을! (소매 자락을 걷어 올린다) 그 여잘 내게 넘겨요! 죄를 지을 수도 있습니다!

다섯 사람으로 이루어진 사절단이 들어온다. 모두가 연미복 차림이다. 한 사람의 손에는 공단으로 제본된 축사가 들려 있고, 다른 사람은 단지를 들고 있다. 직원들이 집무실 안을 들여다보고 있다. 타치야나 알렉세예브나는 소파 위에, 메르추트키나는 쉬푸친의 팔 안에 있는데, 두 사람 다 나직하게 신음한다.

은행 대의원 (큰 소리로 읽는다) 매우 존경하고 친애하는 안드레이 안드레이치! 우리 금융기관의 과거를 회고하고, 지성적인 눈길로 그것의 점진적인 발전 역사를 훑어보면서 우리는 더할 수 없이 깊은 감동을 받았습니다. 사실 은행이 설립된 초기에는 기본자산 규모도 크지 않았고, 주요한 업무도 없었으며, 목표 또한 불명확했기 때문에 "죽느냐 사느냐?"하는 햄릿의 문제가 노골적으로 제기되기도 했습니다. 그리고 한때나마 은행 문을 닫는 편이 더 나을 것이라는 목소리가 터져 나오기도 했습니다. 바로 그때 당신이 은행의 수뇌가 되었고, 당신의 지식, 에너지 그리고 당신만이 가지고 있는 재치가 비상한 성공과 드문 번영의 동인이 되었습니다. 은행의 명성은…… (기침한다) 은행의 명성은…….

메르추트키나 (신음한다) 아아! 아아!

타치야나 알렉세예브나 (신음한다) 물! 물!

은행 대의원 (계속 읽는다) 명성은…… (기침한다) 은행의 명성은 당신 덕분에 이제 외국의 최고 은행들과 경쟁할 수 있을 정도까지 향상되었습니다…….

쉬푸친 사절단…… 명성…… 점령……. 저녁 때 두 명의 친구가 찾아와서 우리들끼리 중요한 대화를 나누곤 했어……. 청춘을 망쳐버렸다고, 내 질투 때문에 괴로웠노라고 말하지 마오.

은행 대의원 (당황해서 계속 읽는다) 그런 연유로 현재에 객관적인 시선을 던지면서 우리는, 매우 존경하고 친애하는 안드레이 안드레이치…… (목소리를 낮춘 다음에) 그런 경우에 우리는 나중에…… 나중에 하는 편이 낫겠습니다…….

사절단이 당황해하면서 나간다.

막.

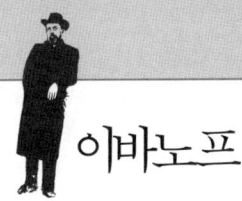

이바노프

| 4막 드라마 |

러시아 문학이 창조해낸 '쓸모없는 인간'의 19세기 말 전형이 바로 이바노프다. 젊은 날의 열정과 강력한 의지, 현실과 맞닥뜨리면서 보여준 불굴의 투지가 모두 소진되어 우수에 빠져버린 인간. 그를 구원할 수 있는 것은 이제 아무것도 없다. 이바노프를 향해 부나방처럼 달려드는 사샤의 청순하고 눈물겨운 사랑도 결단코 출구는 아니다. 이바노프가 최종적으로 선택할 수 있는 방안은 무엇인가. 누가 그에게 '쓸모없다'고 돌팔매질을 할 수 있겠는가!

등장인물

니콜라이 알렉세예비치 이바노프 관공서의 농민업무 분야 상임회원
안나 페트로브나 그의 아내, 결혼 전 이름은 사라 아브람손
마트베이 세묘노비치 샤벨스키 그의 외삼촌, 백작
파벨 키릴르이치 레베데프 지방자치회 의장
지나이다 사비쉬나 그의 아내
사샤 레베데프 집안의 딸, 20세
예브게니 콘스탄티노비치 리보프 젊은 시골의사
마르파 예고로브나 바바키나 젊은 과부, 부유한 상인의 딸이자 여지주
드미트리 니키티치 코스이흐 세무서 직원
미하일 미하일로비치 보르킨 이바노프의 먼 친척이자 재산 관리인
아브도티야 나자로브나 일정한 직업이 없는 노파
예고루쉬카 레베데프 집안의 식객
첫 번째 손님
두 번째 손님
세 번째 손님
네 번째 손님
표트르 이바노프의 하인
가브릴라 레베데프 집안의 하인

사건은 러시아 중부 지대의 어느 현에서 일어난다.

1막

이바노프 영지의 정원. 왼쪽으로는 테라스가 딸린 집의 전면. 창문 하나가 열려 있다. 테라스 앞에는 반원형의 넓은 마당이 있다. 그곳에서 정원을 향해 곧게 오른쪽으로 오솔길이 나 있다. 오른쪽에는 정원용의 작은 소파와 탁자들. 탁자 하나에 램프가 켜져 있다. 어두워지고 있다. 막이 오르면 집안에서 피아노와 첼로 이중주를 연습하는 소리가 들린다.

| 1장 |

이바노프와 보르킨.

이바노프가 탁자에 앉아 책을 읽고 있다. 커다란 장화를 신고 소총을 든 보르킨이 정원 한가운데 모습을 드러낸다. 그는 거나하게 취했다. 이바노프를 보더니 발끝으로 그에게 걸어간다. 이바노프와 나란히 서자 그의 얼굴을 향해 총을 겨눈다.

이바노프 (보르킨을 보고는 전율하더니 벌떡 일어난다) 미샤,* 정

---

* 미하일의 애칭.

말 몰랐어요……. 깜짝 놀라게 하는군요……. 정말로 낙담하
고 있는데, 당신은 여전히 어리석은 장난이나 치고 있으니…….
(앉는다) 놀라게 하고는 기뻐하고 있군요.

보르킨 (큰 소리로 웃는다) 자, 자…… 미안합니다, 미안해요. (옆
에 앉는다) 그만할게요, 그만하겠어요. (모자를 벗는다) 덥군요.
거의 세 시간 만에 17킬로미터를 단숨에 달려왔습니다. 믿을 수
있겠어요? 완전히 지쳤어요……. 심장이 뛰는 걸 만져보시라고
요…….

이바노프 (책을 읽으면서) 좋아요, 나중에…….

보르킨 아닙니다. 당장 만져보세요. (그의 손을 잡더니 가슴에 얹
는다) 들리죠? 쿵-쿵-쿵-쿵-쿵-쿵. 이건 심장장애가 있다는 겁
니다. 언제든 돌연사할 수 있다는 것이죠. 내가 죽으면 불쌍하게
여기실 건가요?

이바노프 지금 책을 읽고 있잖아요……. 나중에…….

보르킨 아닙니다. 심각합니다. 만일 내가 죽으면 불쌍하게 여기실
건가요? 니콜라이 알렉세예비치, 만일 내가 죽으면 불쌍하게 여
기실 건가요?

이바노프 귀찮게 하지 말아요!

보르킨 말씀해보세요. 불쌍하게 여기실 건가요?

이바노프 당신한테서 보드카 냄새가 나는 게 유감이오. 역겨워요,
미샤.

보르킨 (웃는다) 정말로 냄새납니까? 놀라운 일이네요……. 하지
만 놀랄 일도 아닙니다. 플레스니키에서 예심판사를 만났습니
다. 고백합니다만, 우린 여덟 잔씩 마셨어요. 본질적으로 말해서
술을 마시는 건 무척 해롭습니다. 그런데 정말로 해로운가요?
그래요? 해롭습니까?

이바노프 정말이지 참을 수가 없군……. 미샤, 이건 날 조롱하는 겁

니다…….

보르킨 자, 자…… 미안합니다, 미안해요! 안녕히 계세요. 앉으세
요……. (일어나서 걸어간다) 놀라운 사람들이야, 잠시나마 말
할 수조차 없다니. (되돌아온다) 아아, 그래요! 하마터면 잊어버
릴 뻔했습니다……. 82루블 주세요!

이바노프 무슨 82루블 말이오?

보르킨 내일 일꾼들에게 품삯을 줘야합니다.

이바노프 없어요.

보르킨 삼가 감사드립니다. (놀란다) 없어요……. 정말로 일꾼들에
게 품삯을 줘야 하잖아요? 안 그래요?

이바노프 모르겠어요. 오늘은 아무것도 없소. 내가 봉급을 받는 초
하루까지 기다리시오.

보르킨 이런 사람들과 이야기를 해야 하다니! 일꾼들은 돈을 받으
러 초하루가 아니라, 내일 아침에 온다니까요!

이바노프 그렇다면 대체 날더러 지금 어떻게 하라는 거요? 자, 날
잘라서 톱으로 켜시오……. 내가 책을 읽거나 글을 쓸 때면 당신
은 언제나 나한테 달라붙는 아주 고약한 버릇이 있어요…….

보르킨 하나 묻겠습니다. 일꾼들에게 품삯을 줘야합니까, 아닙니
까? 아니, 당신과 무슨 말을 하겠습니까! (손을 흔든다) 지주는
분명 지준데, 빌어먹을……. 합리적인 생산 시설에…… 1000헥
타르의 땅을 가지고 있는데, 주머니엔 한 푼도 없다니……. 술
저장소는 있는데, 병따개는 없다는 말……. 내일 트로이카를 가
져다 팔아넘길 겁니다! 그렇습죠! 귀리는 입도선매로 팔았으니,
내일은 호밀을 가져다 팔겠어요. (무대 위를 일정한 속도로 걷
는다) 그러지 않을 거라고 생각하시나요? 그래요? 아니, 아닙니
다요. 난 당신이 생각했던 사람이 아닙니다.

| 2장 |

같은 사람들, 안나 페트로브나와 (무대 뒤의) 샤벨스키. 창문 넘어 샤벨스키의 목소리. "정말 당신과 함께 연주하는 건 너무나도 어려워요⋯⋯. 당신의 청각은 다져진 꼬치고기보다 못 하고, 피아노 건반을 아주 불쾌하게 두드리니까 말이에요."

안나 페트로브나 (열린 창문으로 모습을 드러낸다) 누가 여기서 지금 이야기하는 거지? 당신이에요, 미샤? 왜 그렇게 서성대는 거죠?

보르킨 당신의 니콜라스와 함께라면 더 이상 이렇게 서성대진 않을 겁니다.

안나 페트로브나 미샤, 크로케 게임에 쓸 건초를 가져오라고 분부하세요.

보르킨 (손을 흔든다) 나를 내버려두세요, 제발⋯⋯.

안나 페트로브나 어머나, 말투가 어쩌면⋯⋯. 당신에겐 그런 말투가 어울리지 않아요. 여자들이 당신을 좋아하길 바란다면 절대로 화를 내거나, 건실한 척해서는 안 되는 법이에요⋯⋯. (남편에게) 니콜라이, 건초 위에서 공중제비 할까요!

이바노프 열린 창가에 서 있으면 위험해 아뉴타.* 들어가, 제발⋯⋯. (외친다) 창문 닫으세요, 외삼촌!

창문이 닫힌다.

보르킨 하나 더 잊지 마세요. 이틀 뒤에 레베데프에게 이자를 지불

* 안나의 애칭.

174

해야 합니다.

이바노프 기억하고 있소. 오늘 레베데프 집에 가서 기다려달라고 부탁할 참이오. (시계를 본다)

보르킨 언제 가실 생각인가요?

이바노프 지금.

보르킨 (생기 있게) 잠깐, 잠깐만요! 오늘이 혹시 슈로츠카*의 생일 아닌가요……. 쯧쯧쯧……. 잊어버렸네요……. 기억력이 이렇다니까요, 네? (뛰어오른다) 가야지, 가야지……. (노래한다) 가야지…… 가서 몸값을 내고 자유롭게 되리라. 서류를 씁고, 암모니아수 세 방울을 마시리. 그러니 비록 처음부터라 할지라도 시작하라……. 이보세요, 니콜라이 알렉세예비치. 엄마이자, 내 영혼의 천사여. 당신은 항상 신경질을 부리고, 끝없이 불평을 늘어놓으며, 언제나 우울합니다. 하지만 우리 둘이라면 무슨 일이든 다 할 수 있을 겁니다! 당신을 위해서라면 뭐든 준비돼 있습니다……. 당신을 위해 마르푸샤** 바바키나와 결혼하길 원하십니까? 지참금의 절반은 당신 겁니다……. 말하자면 절반이 아니라 전부 가지세요. 전부!

이바노프 쓸데없는 말을 많이 하는군요…….

보르킨 아니에요, 진정입니다! 내가 마르푸샤와 결혼하기를 바라십니까? 지참금은 절반씩……. 그런데 왜 이런 말을 하는 걸까요? 정말로 당신은 이해할까요? (놀린다) "쓸데없는 말을 많이 하는 군요." 당신은 훌륭하고 현명한 사람입니다. 하지만 당신에게는 이런 재능과 이런 대담성이 부족해요, 아시겠어요. 악마들도 속이 거북해질 만큼 대담하게 해야 하는데…… 당신은 정

---

* 레베데프의 딸 사사의 또 다른 애칭.
** 마르파의 애칭.

신병자고 겁쟁입니다. 만일 당신이 정상적인 인간이라면, 1년 뒤에 100만 루블을 벌 겁니다. 이를테면 지금 나한테 2300루블이 있다면, 2주 후에는 2만 루블을 벌게 될 겁니다. 믿지 못하시나요? 당신 생각엔 이게 쓸데없는 겁니까? 아닙니다. 쓸데없는 게 아니에요⋯⋯. 지금 2300루블을 주세요. 그러면 일주일 뒤에 2만 루블 드릴게요. 강 건너의 오프샤노프가 우리 맞은편 땅을 2300루블에 팔고 있습니다. 만일 우리가 그 땅을 산다면, 양쪽 강변이 우리 땅이 됩니다. 만일 양쪽 강변이 우리 땅이 된다면, 우리는 강에 제방을 만들 권리를 가지게 됩니다. 아닌가요? 우리는 방앗간을 세우는 겁니다. 제방을 만들겠노라고 알리기만 하면 강 아래쪽에 살고 있는 사람들은 모두 소동을 일으킬 거예요. 그러면 우리는 즉시 말하는 거죠. 어서 오십시오. 제방을 바라지 않으신다면, 돈을 내세요. 아시겠어요? 자레프 공장이 5000, 코롤리코프가 3000, 수도원이 5000을 낼 겁니다⋯⋯.

이바노프 미샤, 그건 다 속임수야⋯⋯. 나하고 싸우고 싶지 않으면, 그런 생각들은 속으로만 가지고 있어요.

보르킨 (탁자에 앉는다) 물론입니다! 이럴 줄 알았다고요! 당신은 아무것도 하지 않으면서, 나만 속박한다니까요⋯⋯.

| 3장 |

같은 사람들, 샤벨스키와 리보프.

샤벨스키 (리보프와 함께 집에서 나오면서) 의사와 변호사는 똑같은데, 한 가지 다른 점이 있어요. 변호사는 도둑질만 하는데, 의

176

사는 도둑질도 하고 사람도 죽이지요……. 여기 있는 사람들을
두고 하는 말은 아닙니다. (작은 소파에 앉는다) 사기꾼에 착취
자들이야……. 어떤 무릉도원에 예외가 있을지 모르지만…….
나는 평생 2만 루블을 치료비로 썼지만, 특허받은 사기꾼처럼
보이지 않는 의사는 한 명도 만나지 못했소.

보르킨 (이바노프에게) 그래요, 당신은 아무것도 하지 않으면서,
나만 속박한다니까요. 그래서 우리한테 돈이 없는 겁니다.

샤벨스키 되풀이하지만, 여기 있는 사람들을 두고 하는 말은 아니
에요. 혹시 예외도 있을 수 있으니까요. 하지만……. (하품한다)

이바노프 (책을 덮으면서) 의사 선생, 무슨 말을 하시려는 게요?

리보프 (창문을 돌아보면서) 아침에도 같은 말씀을 드렸지만, 부인
께서는 즉시 크림으로 가셔야 합니다. (무대 위를 왔다 갔다 한다)

샤벨스키 (웃음을 터뜨린다) 크림으로! 미샤, 어째서 우리가 치료
하지 않은 걸까? 저토록 단순한데 말이야……. 그 무슨 마담 안
고나 오필리어가 지루함 때문에 목구멍이 가려워 기침을 하거나
콜록거리면 즉시 종이를 가져와서 과학 법칙에 따라 처방하는
거야. 처음에는 젊은 의사, 다음에는 크림 여행, 크림에는 타타
르인…….

이바노프 (백작에게) 아아, 귀찮게 하지 마세요. 끈질기시네요!
(리보프에게) 크림으로 가려면 돈이 필요합니다. 돈을 구한다고
해도 아내가 여행을 단호하게 거부하고 있어요…….

리보프 그렇습니다. 가시지 않으려고 합니다.

사이.

보르킨 이보세요, 의사 양반. 크림으로 가지 않으면 안 될 만큼 안
나 페트로브나의 병세가 그렇게 심각한가요?

리보프 (창문을 돌아보면서) 네, 폐결핵입니다.

보르킨 쯧쯧! 좋지 않군요. 오래 살지 못할 거라는 건 오래전부터 얼굴을 보고 알았어요.

리보프 하지만…… 될 수 있는 대로 조용히 말하세요……. 집에서 듣겠어요…….

사이.

보르킨 (한숨을 쉬면서) 우리네 인생이란……. 인간의 삶이란 들판에서 화사하게 자라나는 꽃과 같습니다. 염소가 와서 다 먹어버리면 꽃조차 없어지는 거죠.

샤벨스키 모든 게 무의미하고, 무의미하고 또 무의미해……. (하품한다) 무의미에 사기야.

사이.

보르킨 하지만 여러분, 저는 여기서 니콜라이 알렉세예비치에게 돈 버는 방법을 전부 가르쳐드렸습니다. 기막힌 생각을 알려드렸는데도 성질이 불같은 양반께서는 여느 때처럼 눅눅한 땅 위에 쓰러져 있습니다. 저 양반을 납득시킬 수 없습니다……. 저분이 어떤지 좀 보세요. 멜랑콜리와 우울증, 우수에 잠기고, 침울하고 슬프죠…….

샤벨스키 (일어나서 기지개를 켠다) 모든 사람들에게 자넨 천재적인 인간이지. 그래서 모든 이에게 어떻게 살아야할 것인지 생각해내서 가르쳐주는 거야. 하지만 자넨 단 한 번도 나한테는 가르침을 주지 않았어……. 똑똑한 사람아, 가르쳐주게. 출구를 가르쳐줘…….

보르킨 (일어난다) 미역 감으러 갑니다……. 안녕히 계십시오, 여러분……. (백작에게) 어른께는 스무 개의 출구가 있습니다……. 제가 어르신의 입장이라면 일주일 후에 2만 루블은 손에 쥘 겁니다. (걸어간다)

샤벨스키 (그의 뒤를 따라 걸어간다) 대체 어떻게 말인가? 자, 가르쳐주게.

보르킨 가르쳐드리고 말고 할 게 없습니다. 무척 단순합니다……. (되돌아온다) 니콜라이 알렉세예비치, 1루블을 주세요!

이바노프가 말없이 그에게 돈을 준다.

메르시(Merci)! (백작에게) 당신 손아귀에는 아직도 좋은 패가 많이 있습니다.

샤벨스키 (그의 뒤를 따르면서) 그래, 어떤 패 말인가?

보르킨 제가 당신 입장이라면 일주일 후에 2만 루블은 손에 쥘 겁니다, 더 많진 않아도. (백작과 함께 나간다)

이바노프 (사이를 두고) 쓸모없는 사람들, 쓸데없는 말, 어리석은 문제에 대해 대답해야만 하는 것. 이 모든 것이 질병에 이르게 할 만큼 나를 지치게 했소, 의사 선생. 자신을 알아보지 못할 정도로 흥분 잘하고, 성미 급하고, 날카롭고, 소심해졌다오. 몇날 며칠 머리가 아프고, 잠을 못 자는 데다가, 귀에서는 소리가 나고……. 그런데 몸 둘 곳은 전혀 없어요…… 전혀…….

리보프 니콜라이 알렉세예비치, 당신과 진지하게 이야길 좀 해야겠습니다.

이바노프 말씀하시오.

리보프 안나 페트로브나에 대한 이야깁니다. (앉는다) 부인은 크림에 가려고 하지 않습니다. 하지만 당신과 함께라면 갈 겁니다.

이바노프 (잠시 생각한 다음) 둘이 가려면 돈이 필요하겠군요. 게다가 장기휴가를 받을 수 있는 형편도 아니고. 이미 올해 휴가를 다 써서 말이오.

리보프 그것이 사실이라고 해두죠. 조금 더 말씀드리겠습니다. 폐결핵을 치료하는 가장 중요한 약은 절대 안정입니다. 하지만 부인은 잠시도 안정이라는 걸 모릅니다. 부인에 대한 당신의 태도로 인하여 그분은 언제나 좌불안석입니다. 흥분한데다가 직선적으로 말씀드리게 돼서 죄송합니다. 당신의 행동이 부인을 죽이고 있습니다.

사이.

니콜라이 알렉세예비치, 당신을 좋게 생각할 수 있도록 해주세요!

이바노프 그 모든 것이 사실입니다, 맞는 말이오……. 아마 내가 몹시 잘못했을 거요. 하지만 생각은 뒤죽박죽 되어버렸고, 영혼은 어떤 게으름에 꽁꽁 묶여 있습니다. 그래서 나 자신을 이해할 힘조차 없어요. 사람들도, 나 자신도 이해하지 못합니다……. (창문을 돌아본다) 우리 말이 들릴지도 모르니 조금 걸읍시다.

두 사람은 일어난다.

의사 양반, 처음부터 이야기하고 싶어요. 하지만 길고도 너무 복잡한 이야기라서 아침까지도 다 이야기하지 못할 겁니다.

함께 걷는다.

아뉴타는 뛰어나고 특별한 여인입니다……. 나 때문에 신앙도 바꾸었고, 부모도 버렸으며, 부유함도 포기했습니다. 만일 내가 더 많은 희생을 요구한다 해도 아내는 조금도 주저하지 않고 그렇게 할 겁니다. 그런데 나는 전혀 뛰어나지도 않고, 아무것도 희생하지 않았어요. 그러나 이건 긴 이야깁니다……. 모든 본질은 말이오, 의사 선생. (망설인다) 간단히 말해서 나는 불같은 사랑 때문에 결혼했고, 영원히 사랑하겠노라고 맹세했습니다. 하지만…… 5년이 흐른 지금도 여전히 그녀는 날 사랑합니다만, 그런데 나는……. (두 팔을 벌린다) 방금 당신은 그녀가 얼마 지나지 않아 죽을 거라고 말했습니다. 그러나 나는 사랑이나 동정이 아니라, 어떤 공허함과 피로만을 느낄 따름입니다. 만일 옆에서 나를 본다면, 분명히 소름끼칠 겁니다. 나 자신도 영혼을 어떻게 해야 할지 모르니까요.

두 사람은 오솔길을 따라 모습을 감춘다.

| 4장 |

샤벨스키, 그 후에 안나 페트로브나.

샤벨스키 (들어오더니 큰 소리로 웃는다) 정말이지 그자는 사기꾼이 아니라 사상가야. 대단해! 그자에게 동상을 세워줘야 해. 온갖 종류의 현대적인 고름을 한 몸에 동시에 가지고 있거든. 변호사에, 의사에, 회계사에, 출납원까지 말이지. (테라스 아래쪽 계단에 앉는다) 보아하니 어디서고 학교를 마친 것 같지는 않은데, 정말로 놀라워……. 그러니까 만일 저자가 문화라든가 인문학을 습득했더라면, 대단히 천재적인 속물이 되었을 거라고! 그 자가 말하길, "일주일 후에 당신은 2만 루블을 손에 넣으실 수 있습니다. 그러고도 당신 손에는 여전히 백작 직함이라는 좋은 패의 에이스가 남아 있습니다. (큰 소리로 웃는다) 어떤 처녀라도 지참금을 가지고 당신한테 시집을 겁니다……."

안나 페트로브나가 창문을 열고 내려다본다.

그자가 말하기를 "마르푸샤를 소개해드릴까요?" 마르푸샤가 Qui est ce que c'est?* 아하, 그 여자로군. 발라발키나든가…… 바바칼키든가…… 세탁부(洗濯婦)를 닮은 여자.
안나 페트로브나 백작님이세요?
샤벨스키 무슨 일이죠?

안나 페트로브나가 웃는다.

(유태인 억양으로) 어째서 웃는 거지?
안나 페트로브나 백작님 말씀이 생각나서요. 식사 중에 말씀하신 거 기억하세요? 용서받은 도둑과 말…… 어떤 얘기였죠?
샤벨스키 세례받은 유태인 놈, 용서받은 도둑놈, 치료받은 말은 값이 같다는 얘기.
안나 페트로브나 (웃는다) 백작님은 평범한 말장난(Kalambur)**도 악의적으로 말씀하세요. 짓궂은 분이세요. (진지하게) 백작님, 농담이 아니에요. 백작님은 정말 짓궂은 분이시라니까요. 백작님

---

* [원주] 누구지?(프랑스어).
** 음이 같거나 비슷하지만, 뜻이 달리 쓰이는 단어를 이용한 말장난.

과 함께 사는 것은 무료하고도 무서운 일이에요. 백작님은 언제나 투덜대고 불평을 늘어놓아요. 당신 보시기에 모든 사람들은 비열하고 쓸모없는 인간들이죠. 솔직하게 말씀해주세요, 백작님. 누군가에 대해 좋게 말씀하신 적이 있으세요?

샤벨스키 그게 대체 무슨 뜻입니까?

안나 페트로브나 벌써 다섯 해예요. 우리가 함께 살기 시작한 게. 하지만 짜증을 내거나 비웃지 않고 평온하게 다른 사람들에 대해서 말씀하시는 걸 한 번도 듣지 못했어요. 사람들이 백작님께 나쁜 짓을 했나요? 정말로 백작님이 모든 사람들보다 더 낫다고 생각하시는 건가요?

샤벨스키 그렇게 생각한 적은 한 번도 없어요. 모든 사람들처럼 나도 파렴치한 인간이고, 모자 쓴 돼지일 뿐이죠. Mauvais ton*이고 낡아빠진 장화랍니다. 언제나 나는 스스로를 욕하곤 합니다. 나는 누군가? 나는 뭔가? 예전에는 부자였고, 자유로웠으며 얼마간 행복했지, 하지만 지금은…… 남의 밥이나 축내는 식객에다 개성도 없는 광대에 불과하다, 하고 말이죠. 분노하고 경멸하면 사람들은 그에 대한 보답으로 날 비웃어요. 내가 비웃으면 사람들은 우울하게 날 가리키며 말하곤 합니다. 늙은이가 미쳤구먼……. 하지만 대개 내 말은 듣지도 않고, 관심도 없어요…….

안나 페트로브나 (조용히) 또 고함을 치네요.

샤벨스키 누가 고함을 친단 말입니까?

안나 페트로브나 부엉이요. 매일 밤 고함을 치네요.

샤벨스키 그러라고 놔둬요. 이미 있는 것보다 더 나쁠 수는 없을 테니까요. (기지개를 켠다) 이런, 사라. 만일 10만이나 20만 루블을 땄다면, 네게 돈 버는 방법을 보여줬을 텐데 말입니다! 그랬

---

* [원주] 야비한 인간(프랑스어).

다면 날 보지 못했겠지요. 이런 구멍과 공짜 식사에서 벗어나 최후의 심판까지는 이곳에 발길을 하지 않았을 테니 말이에요.

안나 페트로브나 돈을 따면, 뭘 하시려 했나요?

샤벨스키 (잠시 생각하고 나서) 우선 모스크바로 가서 집시의 노래를 들었을 겁니다. 그다음엔…… 다음에는 단숨에 파리로 달려 갔겠지요. 집을 빌리고 러시아 교회에 다녔을 거예요…….

안나 페트로브나 그리고 또요?

샤벨스키 몇날 며칠이고 아내 무덤에 앉아 생각에 잠겼을 겁니다. 죽을 때까지 그렇게 무덤에 앉아 있었을 거예요. 아내가 파리에 묻혀 있거든요…….

사이.

안나 페트로브나 몹시 무료하군요. 이중주를 해볼까요, 어떠세요?

샤벨스키 좋아요. 악보를 준비하지요.

| 5장 |

샤벨스키, 이바노프 그리고 리보프.

이바노프 (리보프와 함께 오솔길에 모습을 드러낸다) 이보세요, 당신은 작년에야 학위 과정을 마쳤고, 아직도 젊고 원기왕성합니다. 난 서른다섯 살이니, 당신한테 몇 마디 할 수 있겠죠. 유태인 여자, 정신병자, 학자연하는 여자와는 결혼하지 마세요. 선명한 색깔도 없고, 불필요한 소리도 없는, 평범하고 범용한 것을 고르세요. 틀에 박힌 대로 삶을 꾸리세요. 배경이 평범하고 단조로울 수록 더 좋아요. 혼자 힘으로 수천 명과 싸우지 말아요. 풍차 방앗간과 싸우지도 말고, 이마를 벽에 부딪치지도 말아요……. 그러면 하느님이 온갖 종류의 합리적인 경제와 비범한 학파들과 격렬한 말로부터 당신을 지켜줄 겁니다……. 조그만 구멍에 틀어박혀서 하느님이 부여한 조그만 일을 하세요. 그것이 따뜻하고, 정직하며 건강한 겁니다. 그런데 내가 경험한 삶이란 얼마나 피곤한지! 아아, 정말로 피곤해요! 얼마나 많은 오류와 부당함과 어리석음이 있는지. (백작을 보더니 화내면서) 아저씨는 언제나 귀찮게 따라다니면서 둘이 얘기할 시간도 주지 않으시니!

샤벨스키 (우는 목소리로) 빌어먹을. 어디에고 안식처가 없으니! (벌떡 일어나더니 집으로 간다)

이바노프 (그의 뒤에다 소리친다) 저런, 용서하세요, 용서하세요! (리보프에게) 왜 저 양반께 화를 냈을까요? 아니에요, 정말로 난 기진맥진한 겁니다. 무엇인가 대책을 강구해야 합니다. 그렇다마다…….

리보프 (흥분하면서) 니콜라이 알렉세예비치, 당신 말씀을 충분히 들었습니다……. 그래서 미안합니다만, 솔직하고 거침없이 말씀드리겠습니다. 말씀의 내용은 그만둔다 해도, 당신 목소리와 어조에는 참으로 냉담한 이기주의와 차가운 무정함이 담겨 있습니다……. 당신에게 가까운 사람이 당신과 가깝다는 이유로 죽어 가며, 여생이 얼마 남지 않았는데 당신은…… 당신은 사랑할 수 없으면서도 나다니고 충고하고 잘난 체하고 있는 겁니다……. 말재주가 없어서 당신한테 말할 수는 없지만, 그러나…… 그러나 당신이 정말이지 싫습니다!

이바노프 그럴지도 몰라요, 그럴지도……. 옆에서 보는 당신이 더 잘 알 수 있겠죠…… 당신이 날 이해하는 것도 가능합니다…….

분명히 너무 잘못하고 있어요……. (귀를 기울인다) 말을 내놓은 모양이군. 옷을 갈아입으러 가야겠군요……. (집으로 가다가 걸음을 멈춘다) 의사 선생, 당신은 날 좋아하지도 않고, 그걸 감추지도 않습니다. 그렇게 하는 게 당신에겐 명예가 되는 모양이죠…….

집으로 간다.

리보프 (혼자서) 처치 곤란한 성격이라니……. 다시 기회를 놓쳐서 꼭 해야 할 말은 하지 못했군……. 저 사람하고는 냉정하게 말할 수가 없으니! 간신히 입을 열어 한마디라도 할라치면, 여기가 (가슴을 가리킨다) 답답하고 뒤죽박죽되기 시작하는 거야. 그래서 혀가 목구멍에 달라붙어버리는 거지. 고상한 사기꾼인 저 타르튀프*를 정말로 증오해……. 불행한 아내가 바라는 것이라곤 남편이 옆에 있어서 그 체취를 호흡하는 거야. 단 하룻밤이라도 자기와 함께 있어 달라고 아내는 애원하지만, 저자는…… 저자는 그럴 수 없는 거지……. 집에 있으면 저자는 숨이 막히고 답답한 것 같아. 만일 저자가 하룻밤이라도 집에 있을라치면, 우수 때문에 이마빼기에 총알을 쑤셔 박을 거라고…… 가련한 인간……. 어떤 새로운 비열한 짓을 꾸미려면 널찍한 공간이 필요하겠지……. 오, 난 알고 있어. 어째서 네놈이 밤마다 그 레베데프 집안을 찾아다니는지! 알고말고!

---

* 몰리에르의 대표적인 풍자극 〈타르튀프〉의 주인공 이름으로 위선자를 가리키는 보통명사로도 쓰인다.

리보프, 이바노프 (모자를 쓰고 외투를 입은), 샤벨스키와 안나 페트로브나.

샤벨스키 (이바노프와 안나 페트로브나와 함께 집에서 나오면서) 니콜라스, 이건 비인간적이야! 자넨 밤마다 외출하면서 우리만 남아 있으라고 하다니. 우린 무료해서 8시에 잠자리에 든단 말이야. 이건 예의범절도 없고, 사는 것도 아니야! 어째서 자넨 가도 되고, 우린 안 되는 거지? 왜냐고?

안나 페트로브나 백작님, 저 사람 하고 싶은 대로 놔두세요! 가게 두세요, 두시라고요…….

이바노프 (아내에게) 그래, 몸도 아픈 사람이 어딜 가려고 그래? 당신은 아파. 해지고 나면 바깥바람을 쐬면 안 된다고……. 의사 선생한테 물어봐. 당신은 어린애가 아니야, 아뉴타. 생각을 해야지……. (백작에게) 외삼촌은 왜 그곳에 가려고 하세요?

샤벨스키 여기 남지 않는다면, 지옥불인들 어떻고, 악어 주둥아리 속인들 어때. 무료하단 말이야! 무료한 나머지 멍청해졌다니까! 모든 게 진저리가 나. 아내 혼자 무료하지 말라고 자네는 날 집에 머물게 하는 거지. 하지만 난 자네 안사람을 괴롭히고 상처줄 거야!

안나 페트로브나 저이를 놔두세요, 백작님. 놔두시라고요! 거기서 즐거울 수 있다면 가라고 하세요.

이바노프 아냐, 무슨 말투가 그래? 즐거움을 찾자고 거기 가는 게 아니라는 걸 알잖아! 어음 이야기를 해야 한단 말이야.

안나 페트로브나 왜 변명을 하는지 모르겠군요. 가세요! 누가 당신을 붙잡겠어요?

이바노프 여러분, 서로 자극하지 맙시다! 정말로 그렇게까지 해야
하나요?!

샤벨스키 (우는 목소리로) 이보게, 니콜라스. 제발 부탁이야. 날 좀
데려가주게! 거기서 사기꾼들과 바보들을 보게 되면 기분전환
이 될 거야. 부활절 이후로는 아무 데도 못 갔잖아!

이바노프 (화내면서) 좋아요, 갑시다! 당신들은 정말로 넌더리나
요!

샤벨스키 그래? 메르시, 메르시……. (기쁘게 그의 팔을 잡더니 한
쪽으로 데리고 간다) 자네 밀짚모자를 써도 되겠나?

이바노프 그러세요. 하지만 서두르세요, 제발!

백작이 집으로 달려간다.

당신들은 정말로 넌더리나! 아니, 이런 맙소사. 무슨 말을 한 거
야? 아냐, 내가 심한 어투로 말했어. 예전엔 이런 일이 없었는
데. 어쨌든, 다녀올게 아냐. 1시까지 돌아올게.

안나 페트로브나 여보, 콜랴. 집에 있어요!

이바노프 (흥분하면서) 여보, 여보. 부탁이야. 밤마다 외출하는 걸
막지 마. 내가 봐도 그건 잔인하고 불공평해. 하지만 그런 불공
평한 일을 하도록 허락해줘! 집에 있으면 견딜 수 없을 만큼 괴
로워. 날이 저물면 이내 우수가 영혼을 짓누르기 시작해. 얼마
나 울적한지 몰라! 왜 그런지 묻지 마. 나도 몰라. 맹세컨대 모
른다니까! 여기가 울적해서 레베데프 집안에 가지만, 거기선 더
안 좋아. 거기서 돌아오면 여기서 다시 울적해지고, 그래서 밤
새……. 그저 절망뿐이야!

안나 페트로브나 콜랴…… 그래도 집에 있어요! 예전처럼 이야기도
하고 그래요……. 함께 저녁도 먹고, 책도 읽고……. 당신을 위

해 나와 저 불평가는 이중주 연습을 많이 했어요…… (그를 포옹한다) 가지 말아요!

사이.

당신을 이해할 수 없어요. 벌써 1년 내내 이렇잖아요. 왜 이렇게 변한 거예요?

이바노프 모르겠어, 모르겠어…….

안나 페트로브나 왜 당신은 밤마다 나와 함께 외출하고 싶어 하지 않나요?

이바노프 당신이 원한다면, 그래 말할게. 이걸 말하는 게 조금은 잔인하지만, 말하는 게 낫겠지……. 우수가 나를 괴롭힐 때면, 난…… 당신을 사랑하지 않게 되더라고. 그럴 때면 당신한테서 달아나는 거야. 한마디로 말하면 집에서 나가야 하는 거지.

안나 페트로브나 우수라고 했나요? 알아요, 알아……. 콜랴, 그거 아세요? 예전처럼 노래하고, 웃고, 화내고 그래 봐요……. 여기 있어요. 함께 웃고, 과실주를 마시고, 당신 우수를 한순간에 날려 버리자고요. 내가 노래 부르길 바라세요? 아니면 우리 함께 당신 서재로 가서 어둠 속에 앉아 있어요. 예전처럼 말이죠. 그리고 당신의 우수에 대해 이야기해요……. 당신 두 눈은 너무도 고통스러워 보여요! 내가 그 눈을 보고 울음을 터뜨리면 우리 둘 다 조금은 가벼워지겠죠……. (웃다가 운다) 아니면, 콜랴. 어떻게 할까요? 꽃은 봄마다 피어나는데, 기쁨은 사라져 버렸나요? 그래요? 그렇다면, 가세요, 가시라고요…….

이바노프 날 위해 기도해줘, 아냐! (걸어가다 멈춰 서서 생각한다) 아니야, 그럴 수 없어! (나간다)

안나 페트로브나 가시라고요……. (탁자에 앉는다)

리보프 (무대를 거닌다) 안나 페트로브나, 규칙을 지키세요. 6시가
되면 방으로 들어가서 아침까지는 나오시면 안 됩니다. 밤의 습
한 기운이 몸에 해롭습니다.

안나 페트로브나 알겠습니다요.

리보프 '알겠습니다요' 라니! 진지하게 드리는 말씀입니다.

안나 페트로브나 하지만 난 진지하고 싶지 않군요. (기침한다)

리보프 거 보세요. 벌써 기침하시잖아요⋯⋯.

| 7장 |

리보프, 안나 페트로브나 그리고 샤벨스키.

샤벨스키 (모자를 쓰고, 외투를 입고 집에서 나온다) 니콜라이는
어디 있지? 말은 준비됐고? (급히 다가와서 안나 페트로브나 손
에 키스한다) 편안한 밤 보내시오, 아름다운 여인이여! (얼굴을
찡그린다) 게발트!* 용서하시오, 제발! (서둘러 나간다)

리보프 광대 같으니!

사이. 아코디언 소리가 멀리서 들린다.

안나 페트로브나 참 무료하네! 저기서는 마부와 하녀들도 춤판을 벌
이고 있는데, 난⋯⋯ 나는 버려진 여인처럼⋯⋯. 예브게니 콘스

---

* 독일어 'Gewalt'를 음차한 것으로 권력이나 폭력을 뜻하며, 이 장면에서는 전후 연관관계
가 불분명하다. 그러나 최소한 샤벨스키가 고등교육을 받았음을 명시적으로 드러내는 도구
로 활용되고 있다.

탄티노비치, 왜 거기서 서성대는 거죠? 이리 와서 앉으세요!

리보프 앉을 수 없습니다.

사이.

안나 페트로브나 부엌에서 〈되새〉를 연주하네요. (노래한다) "되새야, 되새야, 어디 있었니? 산 아래서 보드카를 마셨지."

사이.

선생님, 부모님이 계신가요?

리보프 아버진 돌아가셨고, 어머닌 살아 계십니다.

안나 페트로브나 어머니가 그리우세요?

리보프 그럴 겨를이 없습니다.

안나 페트로브나 (웃는다) 꽃은 봄마다 피어나는데, 기쁨은 사라져 버렸다. 누가 이 구절을 말해줬더라? 생각나면 좋으련만……. 니콜라이가 말했던 것 같기도 하고. (귀를 기울인다) 다시 부엉이가 고함치네!

리보프 뭐, 고함치라고 하지요.

안나 페트로브나 의사 선생님, 운명이 나를 속였다는 생각이 드는군요. 아마 나보다도 못한 많은 사람들이 행복하고, 행복에 대한 대가를 치르지도 않아요. 난 모든 것에 돈을 냈어요. 정말로 모든 것에! 그것도 엄청 비싸게 말이죠! 왜 그렇게 무시무시한 이자를 내게서 뜯어가는 건가요? 당신은 언제나 나에 대해 세심하고, 친절하게 대하면서 진실을 말하기를 두려워하고 있어요. 하지만 내 병이 어떤지, 내가 모른다고 생각하시나요? 잘 알고 있어요. 하지만 이런 얘기하는 건 지루해요……. (유태인 억양으로) 용서하시오, 제발! 재미난 이야기 할 줄 아세요?

리보프 못합니다.

안나 페트로브나 니콜라이는 할 줄 아는데. 그리고 나는 사람들의 부당함에 대해 놀라기 시작했어요. 왜 사람들은 사랑을 사랑으로 보답하지 않고, 진실을 거짓으로 되갚는 것일까요? 언제까지 아버지와 어머니는 날 미워하실까요? 그분들은 여기서 50킬로미터쯤 떨어진 곳에 사세요. 낮이나 밤이나, 심지어는 꿈속에서도 그분들의 증오를 느낀답니다. 그런데 니콜라이의 우수는 어떻게 이해해야 하나요? 우수가 그이를 괴롭히는 밤이면 그이는 나를 사랑하지 않는다고 말하더군요. 나도 그걸 이해하고 인정합니다. 하지만 생각해보세요. 완전히 그이가 나를 싫어하게 됐다면! 물론 그건 불가능해요. 하지만 갑자기? 아니, 아니에요. 그건 생각할 필요조차 없어요. (노래한다) "되새야, 되새야, 어디 있었니?" (전율한다) 얼마나 무서운 생각일까! 선생님, 당신은 결혼하지 않아서 많은 걸 알지 못해요…….

리보프 놀라셨군요……. (나란히 앉는다) 아니, 제가…… 제가 놀랐습니다. 당신한테 놀랐어요! 자, 설명해보세요. 현명하고, 순수하며 거의 성녀 같은 분이 어떻게 그리 천연덕스럽게 자신을 속이고 이런 부엉이 둥지에 들어온 겁니까? 어째서 여기 계십니까? 냉담하고 비정한 둥지와 당신이 공유하는 게 뭔가요…….하지만 당신 남편은 건드리지 맙시다! 이런 공허하고 속된 환경과 당신이 공유하는 게 뭡니까? 오, 하느님 맙소사! 끝없이 불평하고, 녹슬어 버린 미치광이 백작, 추악한 낯짝을 가진 교활한 인간이자 사기꾼 중의 사기꾼 미샤……. 제발 말씀해주세요. 왜 여기 계신 겁니까? 어쩌다 여기 걸려든 겁니까?

안나 페트로브나 (웃는다) 언젠가 그이도 똑같은 말을 했는데……똑같은 말을……. 하지만 그이의 눈이 더 커요. 그이가 뭔가를 열정적으로 말하기 시작할 때면 두 눈이 마치 석탄처럼……. 말해요, 말해봐요!

리보프 (일어나서 손을 흔든다) 뭘 말하라는 겁니까? 어서 방으로 가세요.

안나 페트로브나 당신은 니콜라이에 대해서 이것저것 되는대로 이야기하는 군요. 어떻게 그이를 아는 거죠? 반년 정도면 한 사람에 대해 알 수 있나요? 선생님, 그이는 비범한 사람이에요. 당신이 그이를 이삼년 전에 알지 못한 게 안타까워요. 그이는 지금 우울해하고, 침묵하며 아무것도 하지 않아요. 하지만 전에는…… 얼마나 매력 있던지! 첫눈에 그이한테 반해버렸죠. (웃는다) 보는 순간 쥐덫에 탁 걸린 거예요! 그는 '갑시다' 하고 말했죠……. 난 모든 걸 잘라냈어요. 가위로 썩은 나뭇잎을 잘라내듯 말이죠. 그리고 떠나왔습니다…….

사이.

하지만 지금은 아니에요……. 지금 그이는 다른 여자들과 즐기려고 레베데프 집으로 가고 있어요. 그런데 난…… 정원에 앉아서 부엉이가 고함지르는 걸 듣고 있는 거죠…….

야경꾼의 딱딱이 두드리는 소리.

선생님, 형제들은 없나요?

리보프 없습니다.

안나 페트로브나가 흐느낀다.

아니, 왜 그러십니까? 무슨 일입니까?

안나 페트로브나 (일어선다) 견딜 수 없네요, 선생님. 그곳에 가겠어요…….

리보프 어디 말씀이세요?

안나 페트로브나 그이가 있는 그곳으로…… 가겠어요……. 말을 수레에 매라고 분부하세요. (집으로 달려간다)

리보프 아니야. 이런 상황에서는 정말이지 치료하지 않겠어! 돈 한 푼 주지 않는 것도 모자라서 마음을 거꾸로 뒤집어놓다니! 아니, 거절하겠어! 됐다니까! (집으로 간다)

막.

2막

레베데프 집안의 응접실. 정원으로 난 출구가 정면에 있고, 좌우에 문이 있다. 고풍스럽고 값비싼 가구. 샹들리에, 촛대와 그림들. 이 모든 것은 덮개로 덮여 있다.

| 1장 |

지나이다 사비쉬나, 코스이흐, 아브도티야 나자로브나, 예고루쉬카, 가브릴라, 하녀, 노파 손님들, 아가씨들과 바바키나.
지나이다 사비쉬나가 소파에 앉아 있다. 그녀의 양옆 안락의자에는 나이 든 손님들이 있고, 의자에는 젊은 사람들이 앉아 있다. 무대 안쪽, 정원으로 난 출구 부근에서는 사람들이 카드놀이를 한다. 코스이흐, 아브도티야 나자로브나, 예고루쉬카가 카드놀이 하는 사람들 무리에 끼어 있다. 가브릴라는 오른쪽 문 옆에 서 있고, 하녀는 쟁반에 과자를 받쳐 들고 사람들에게 나눠준다. 막이 진행되는 동안에 손님들이 정원에서 오른쪽 문으로, 그리고 그 반대로 계속해서 왔다갔다한다. 바바키나가 오른쪽 문에서 나와 지나이다 사비쉬나에게 간다.

지나이다 사비쉬나 (기쁨에 넘쳐) 사랑하는 마르파 예고로브나…….
바바키나 안녕하세요, 지나이다 사비쉬나! 따님 생일을 축하드립니다!

두 사람이 키스한다.

바라건대…….

지나이다 사비쉬나 고마워요, 참 기뻐요…… 그런데, 어떻게 지내세요?

바바키나 정말로 감사합니다. (소파에 나란히 앉는다) 안녕하세요, 젊은 분들!

손님들이 일어나서 인사한다.

첫 번째 손님 (웃는다) 젊은 분들이라니…… 그럼 당신은 늙었단 말인가요?

바바키나 (한숨 쉬면서) 어떻게 젊은 분들한테 끼어들겠어요…….

첫 번째 손님 (공손하게 웃으면서) 무슨 당치도 않은 말씀을…… 미망인이란 호칭만 그렇지, 여느 처녀보다 당신이 열 배는 나을 겁니다.

가브릴라가 바바키나에게 차를 내온다.

지나이다 사비쉬나 (가브릴라에게) 대체 뭘 내온 거냐? 무슨 잼이라도 가져와야지? 구스베리 잼이라도…….

바바키나 염려하지 마세요. 정말로 감사드립니다.

사이.

첫 번째 손님 마르파 예고로브나, 무쉬키노를 지나서 오셨습니까?

바바키나 아니에요, 자이미셰로 왔어요. 그쪽 길이 더 낫거든요.

첫 번째 손님 그렇습죠.

코스이흐 스페이드 2.

예고루쉬카 통과.

아브도티야 나자로브나 통과

두 번째 손님 통과.

바바키나 지나이다 사비쉬나, 채권이 다시 엄청나게 올랐다는군요. 이런 일은 지금까지 없었거든요. 첫 번째 공채가 270루블인데, 두 번째 공채는 250루블이 채 안 돼요……. 이런 적은 없었다니까요…….

지나이다 사비쉬나 (한숨 쉰다) 좋겠네요, 많이 갖고 있는 사람은…….

바바키나 그런 말씀 마세요. 채권이 아무리 비싸다 해도, 자본을 채권으로 가지고 있으면 손해랍니다. 보험료 하나로도 견딜 수 없거든요.

지나이다 사비쉬나 그건 그렇지만, 당신은 기대하고 있잖아요……. (한숨 쉰다) 하느님은 관대하시니까요…….

세 번째 손님 제가 보기에는, 마담 여러분. 오늘날 자본을 가지고 있다는 것은 무척 손해라고 생각합니다. 유가증권이 아주 적은 이익배당금을 주기는 하지만, 돈을 회전시키는 것은 지극히 위험합니다. 마담 여러분, 저는 그렇게 이해하고 있습니다. 오늘날 자본을 가지고 있는 사람은 훨씬 더 위험한 상황에 처해 있다는 겁니다. 마담 여러분, 그런 사람보다…….

바바키나 (한숨 쉰다) 맞는 말이에요!

첫 번째 손님이 하품한다.

숙녀들이 있는 데서 어떻게 하품할 수 있죠?

첫 번째 손님 Pardon, Mesdames.* 무심결에 그런 겁니다.

지나이다 사비쉬나가 일어나서 오른쪽 문으로 나간다. 오래 계속되는 침묵.

예고루쉬카 다이아몬드 2.

아브도티야 나자로브나 통과.

두 번째 손님 통과.

코스이흐 통과.

바바키나 (방백으로) 맙소사! 정말로 무료하군. 죽을 지경이야!

| 2장 |

같은 사람들, 지나이다 사비쉬나와 레베데프.

지나이다 사비쉬나 (레베데프와 함께 오른쪽 문에서 나오면서 나직하게) 왜 거기 앉아 있었죠? 자기가 뭐 프리마돈나라고! 손님들과 함께 앉아요! (아까 있던 자리에 앉는다)

레베데프 (하품한다) 아아, 우리 죄는 무겁나니! (바바키나를 보고 나서) 저런, 마멀레이드가 앉아 있군! 캐러멜! (인사말을 건넨다) 어떻게 지내십니까?

바바키나 정말 감사합니다.

* [원주] 마담 여러분, 미안합니다.(프랑스어).

레베데프 뭐, 덕택에! 고마운 일이오! (안락의자에 앉는다) 그래요, 그래…… 가브릴라!

가브릴라가 그에게 보드카 한 잔과 물 한 컵을 가져온다. 그는 보드카를 마시고 물로 입가심한다.

첫 번째 손님 건강을 위하여!
레베데프 건강은 무슨 건강! 죽지 않은 것만으로도 고맙지. (아내에게) 쥬쥬쉬카*, 우리 딸은 어디 있지?
코스이흐 (우는 목소리로) 말씀 좀 해주세요. 어째서 우리가 진 거죠? (벌떡 일어난다) 이런, 빌어먹을! 왜 우리가 잃은 겁니까?
아브도티야 나자로브나 (벌떡 일어나 화를 내며) 이봐, 카드 칠 줄 모르면 자리에 앉지 마. 남과 같은 패를 낼 권리가 당신한테 있나? 당신한텐 내지 않은 에이스가 있잖아!

두 사람이 탁자에서 앞쪽으로 달려 나간다.

코스이흐 (울먹이는 목소리로) 잠깐만요, 여러분…… 저한테는 다이아몬드 에이스, 킹, 퀸, 8 시퀀스, 스페이드 에이스와 한 장이 더 있었죠. 아실지 모르겠습니다만, 한 장의 작은 하트 말입니다. 하지만 젠장, 그것으론 상대방에게 1점만 갖게 할 수는 없었어요! 말했잖아요, 으뜸패가 없이…….
아브도티야 나자로브나 (끼어들면서) 으뜸패가 없다고 말한 건 나야! 당신은 으뜸패가 없는 2라고 말했어…….
코스이흐 정말로 불쾌합니다! 잠깐만요…… 당신한텐…… 나에게

* 지나이다의 애칭.

는…… 당신한테는……, (레베데프에게) 당신이 판단해주세요, 파벨 키릴르이치……. 저한테는 다이아몬드 에이스, 킹, 퀸, 8 시퀀스와…….

레베데프 (귀를 막는다) 그만둬, 제발……. 그만두라고…….

아브도티야 나자로브나 (소리친다) 으뜸패가 없다고 말한 건 나야!

코스이흐 (격렬하게) 언젠가 또다시 이 철갑상어와 함께 게임을 한 다면 내가 비열하고 저주받을 인간이야! (빠른 걸음으로 정원으로 나간다)

두 번째 손님이 그의 뒤를 따라 나가고, 탁자에는 예고루쉬카가 남는다.

아브도티야 나자로브나 아아! 저토록 열을 내다니……. 철갑상어라 고! 자기가 철갑상어면서!

바바키나 할머니도 화가 나셨군요…….

아브도티야 나자로브나 (바바키나를 보고 나서 두 손을 꼭 쥔다) 사 랑스럽고 아름다운 분! 여기 있었는데, 눈이 어두워 보질 못했 으니……. 귀여운 사람……. (그녀의 어깨에 키스하고 나란히 앉는다) 정말 기뻐요! 당신을 보게 해줘요, 하얀 고니! 쳇, 쳇, 쳇……. 당신에게 저주가 없기를!

레베데프 참, 열심히 노래하는군……. 신랑감을 찾아주는 편이 낫 지…….

아브도티야 나자로브나 그래, 찾을 거유! 저분과 사네츠카*를 시집보 내기 전에 이 죄 많은 여자는 관에 눕지 않을 거라우! 관에 눕지 않을 거라고……. (한숨) 그런데 요즘은 그 사람들을 어디서 찾 지? 신랑감들 말이에요. 저기 그 사람들, 우리 신랑감들이 얼굴

* 알렉산드라의 또 다른 애칭.

200

찌푸리고 앉아 있군요. 마치 젖은 수탉들처럼!

세 번째 손님 지극히 부적절한 비교입니다. 제가 보기에 마담 여러분, 만일 요즘 젊은이들이 독신생활을 좋아한다면, 그것에 대한 책임은, 말하자면, 사회적 조건이…….

레베데프 자, 자! 철학자연하지 말게! 싫거든!

| 3장 |

같은 사람들과 사샤.

사샤 (들어와서 아버지에게 온다) 정말 기막힌 날씨예요. 그런데 여러분들은 여기 무더위 속에 앉아 계시네요.

지나이다 사비쉬나 사셴카*, 마르파 예고로브나께서 오신 걸 보지 못한 게냐?

사샤 죄송해요. (바바키나에게 다가가 인사한다)

바바키나 오만해졌구나, 사네츠카. 오만해졌어. 한 번도 찾아오지 않았으니 말이다. (키스한다) 축하한다, 애야…….

사샤 고맙습니다. (아버지와 나란히 앉는다)

레베데프 그렇습니다, 아브도티야 나자로브나. 요즘엔 신랑감 구하기가 어렵습니다. 신랑감뿐 아니라, 분별 있는 들러리도 구할 곳이 없어요. 나쁘게 말하면 안 되지만, 하느님 보살피소서. 요즘 젊은 사람들은 어쩐 일인지 언짢은 표정에 기운이라곤 하나도 없습니다……. 춤도 못 추고, 말도 못 하고, 제대로 마시지도 못

---

* 알렉산드라의 또 다른 애칭.

한다니까요…….

아브도티야 나자로브나 하지만 그 사람들도 술은 잘 마셔요. 주기만
한다면야…….

레베데프 술 마시는 게 뭐 대순가요. 말도 술을 먹으니까요. 아닙니
다. 제대로 마셔야 합니다! 우리가 젊었을 땐 온종일 공부와 씨
름하다가 밤이 오기만 하면 불빛이 있는 곳을 찾아 가곤 했죠.
그러고는 동틀 때까지 팽이처럼 뱅글뱅글 돌았다니까요……. 춤
도 추고, 아가씨들을 즐겁게 해주고, 그게 문제예요. (자기 목을
소리 나게 튕긴다) 혀가 꼬일 때까지 거짓말을 늘어놓고, 철학
자인 척하고 그랬죠. 그런데 요즘 사람들은……. (손을 흔든다)
모르겠습니다……. 아무짝에도 쓸모가 없어요. 현 전체에 쓸모
있는 젊은이라곤 딱 하나밖에 없는데, 그자는 이미 결혼했어요.
(한숨 쉰다) 더욱이 미쳐버린 듯해요…….

바바키나 누군데요?

레베데프 니콜라샤* 이바노프입니다.

바바키나 그래요. 훌륭한 분이지요. (얼굴을 찌푸린다) 하지만 너
무 불행해요!

지나이다 사비쉬나 두말하면 잔소리죠. 그분이 행복하기를! (한숨
쉰다) 참으로 불쌍한 사람인데 실수했죠! 유태 계집과 결혼했는
데, 그 불쌍한 인간은 그 여자 몫으로 부모가 한 재산 크게 넘겨
줄 거라고 계산했어요. 하지만 정반대가 되고 말았죠. 여자가 개
종한 이후로 부모는 딸을 아는 척도 하지 않았고, 저주만 했으니
까요……. 결국 땡전 한 푼 못 받았어요. 지금 그자는 자기 잘못
을 후회하고 있지만, 너무 늦었다고요…….

사샤 엄마, 아니에요.

---

* 니콜라이의 애칭.

바바키나 (열렬하게) 슈로츠카, 왜 아니라는 거냐? 그건 모두가 알고 있는 사실이야. 만일 그런 속셈이 없었다면, 왜 그 사람이 유태 여자와 결혼한 거야? 러시아 여자가 없어서? 그 사람이 실수한 거야. 실수한 거라니까. (생기에 차서) 지금 그 여잔 그 사람한테 보복을 받고 있다는군요! 웃음밖엔 안 나와요! 어디 갔다가 돌아와선 여자한테 말했다죠. "당신 부모가 날 속였어! 내 집에서 당장 꺼져!" 그 여자가 어딜 가겠어요? 부모는 받아주지 않을 테고, 하녀가 되려고 해도, 일하는 걸 배웠어야 말이죠……. 백작이 두둔하기 전까지 그자는 계속해서 여자한테 잘난 척했다나 봐요. 백작이 없었다면 그자는 벌써 그 여잘 괴롭혀서 죽였을 거라고요…….

아브도티야 나자로브나 언젠가 지하실에 그 여잘 가두고 "이 지독한 년아, 마늘이나 먹어……" 그랬대요. 여자는 참을 수 없을 만큼 먹고 또 먹었다나 봐요.

웃음.

사샤 아빠, 이건 진짜 거짓말이에요!

레베데프 그래서 어쨌다는 거냐? 건강을 위해 지껄이게들 놔둬라……. (소리친다) 가브릴라!

가브릴라가 그에게 보드카와 물을 가져다준다.

지나이다 사비쉬나 그래서 가난뱅이가 그렇게 난폭하게 대했군요. 사업이 몽땅 망해버렸으니……. 만일 보르킨이 집안 살림을 챙기지 않았다면 그자와 유태 계집은 먹을 것도 없었을 거예요. (한숨 쉰다) 우리가 그 사람 때문에 얼마나 애를 먹었는지! 오직 하느님만이 아실 거예요. 얼마나 애를 먹었는지! 알고 계세요? 벌써 3년 동안 그자는 우리한테 9000루블을 빚지고 있다니까요!

바바키나 (두려워하며) 9000씩이나!

지나이다 사비쉬나 그렇다니까요……. 우리 그이 파쉔카*가 빌려주라고 했거든요. 그이는 돈을 빌려줘도 될 사람과 안 될 사람을 구별 못 한답니다. 돈에 대해선 더 말하지 않겠어요. 마음대로 하라 그러죠. 하지만 이자라도 정확하게 지불해야 하잖아요!

사샤 (격렬하게) 엄마, 이 얘긴 벌써 수천 번이나 했잖아요!

지나이다 사비쉬나 대체 왜 그러는 거냐? 무엇 때문에 역성드는 게야?

사샤 (일어선다) 여러분에게 아무 잘못도 하지 않은 사람에 대해 이렇게 얘기할 배짱이 어디서 나오는 거죠? 자, 그 사람이 여러분에게 뭘 했습니까?

세 번째 손님 알렉산드라 파블로브나, 두 마디만 할 수 있도록 해주십시오! 저는 니콜라이 알렉세이치를 존경하고, 언제나 그분이 정직하다고 생각해왔습니다. 하지만 Entre nous** 말이지만 어쩐지 투기꾼인 것 같아요.

사샤 만일 당신이 그런 생각을 갖고 있다면 축하드려요.

세 번째 손님 그의 수행원, 아니 말하자면, 안내자 보르킨이 나한테 이런 말을 했어요. 지금부터 2년 전, 가축 전염병이 돌았을 때 그자는 가축을 구입해서 보험에 들었다는 겁니다…….

지나이다 사비쉬나 그래, 그래, 맞아요! 나도 그 사건 기억해요. 나도 들었어요.

---

* 파벨의 애칭.
** [원주] 우리끼리(프랑스어).

세 번째 손님 그가 보험에 든 것은 가축을 페스트에 전염시켜서 나중에 보험료 타먹을 속셈이었던 겁니다.

사샤 아아, 정말 말도 안 돼요! 터무니없어요! 가축을 산 사람도, 가축을 전염시킨 사람도 없어요! 보르킨 혼자 꾸며내서 아무 데나 마구 떠들고 다닌 거라고요. 이바노프가 그 사실을 알고 난 다음에 보르킨은 2주일 동안 용서를 빌었어요. 이바노프의 잘못이 있다면 그건 성격이 모질지 못해서 보르킨 같은 자를 쫓아낼 배짱이 없다는 거예요. 그리고 다른 사람들을 지나치게 믿는 것도 잘못이에요! 모든 사람들은 그가 가지고 있던 모든 것을 훔치고 도둑질했어요. 누구든 원하기만 하면 그의 관대하고 거창한 계획을 틈타 돈을 벌었어요.

레베데프 슈라가 열이 난 게로구나! 그만하렴!

사샤 도대체 왜 사람들은 터무니없는 말을 하는 거죠? 아아, 이 모든 게 따분하고 또 따분해요! 이바노프, 이바노프, 이바노프. 다른 이야기는 없어요. (문으로 가다가 되돌아온다) 놀라워요! (젊은 사람들에게) 여러분, 당신들의 인내심은 정말로 놀라워요! 그렇게 앉아 있는 것이 정말이지 무료하지 않나요? 울적함 때문에 공기가 얼어붙을 지경이에요! 뭐든 이야기하고, 아가씨들을 즐겁게 해줘요. 서둘러요! 만일 이바노프 말고는 이야기거리가 없다면, 웃고, 노래하고, 춤을 춰요. 무엇이든…….

레베데프 (웃는다) 혼내줘라. 저 사람들을 멋지게 혼내라고!

사샤 자, 들어주세요. 제발 부탁드려요! 만일 춤추는 것도, 웃는 것도, 노래하는 것도 싫다면, 만일 이 모든 게 따분하다면, 정말로 부탁드립니다. 일생에 단 한 번이라도 좋으니, 심심풀이 삼아 사람들을 놀라게 하거나 웃기게 하도록 힘을 모아 재치 있고 빛나는 무엇인가를 생각해보세요. 뻔뻔스럽거나 속된 것이라도 좋으니 말해보세요. 다만 우스꽝스럽고 새로워야 합니다! 아니면 무엇이든 작은 것, 거의 눈에 띄지 않는 것을 단숨에 해보세요. 하지만 아가씨들이 당신들을 보고 평생에 한 번만이라도 "아하!"라고 말할 수 있을 만큼의 공적과 비슷해야 해요. 들어들 보세요. 여러분은 사람들 마음에 들고 싶어 해요. 그런데 왜 마음에 들도록 애쓰지 않나요? 아아, 여러분! 당신들 모두는 아니에요, 아닙니다, 아니라고요! 당신들을 보면서 파리가 죽어나가고 램프가 그을기 시작합니다. 아닙니다, 아니에요! 수천 번을 당신들에게 말했고, 말할 거예요. 당신들 모두는 아니에요, 아닙니다, 아니라고요!

| 4장 |

같은 사람들, 이바노프와 샤벨스키.

샤벨스키 (오른쪽 문으로 이바노프와 함께 들어서면서) 여기서 누가 연설을 하는 게요? 슈로츠카, 당신이? (큰 소리로 웃고는 그녀의 손을 잡는다) 축하해요, 나의 천사여. 부디 오래 살고, 두 번 다시 태어나지 않기를……

지나이다 사비쉬나 (기쁨에 넘쳐) 니콜라이 알렉세예비치, 백작님!

레베데프 아니! 이게 누군가…… 백작! (마중한다)

샤벨스키 (지나이다 사비쉬나와 바바키나를 보고 그들에게 손을 내민다) 두 분 물주가 한 자리에 앉아 계시네요! 보기 좋습니다! (인사한다. 지나이다 사비쉬나에게) 안녕하십니까, 쥬쥬쉬카! (바바키나에게) 안녕하십니까, 구슬 같은 분!

지나이다 사비쉬나 정말 기뻐요. 백작님, 왜 그리 저희 집에 오시지

206

않으세요! (소리친다) 가브릴라, 차 가져와! 자, 앉으세요! (일어선다. 오른쪽 문으로 나가려다가 이내 되돌아온다. 매우 근심어린 표정. 사샤는 이전 자리에 앉아 있다. 이바노프는 말없이 모든 사람들과 인사한다)

레베데프 (샤벨스키에게) 어디서 나타난 게야? 무슨 바람이 불어 여길 다 왔나? 놀라운 일일세! (그에게 키스한다) 백작, 자넨 정말 장난꾸러기야! 점잖은 사람들은 그렇게 하지 않아! (그의 손을 잡고 각광 쪽으로 데려간다) 어째서 우리 집에 오지 않았나? 화난 거야, 뭐야?

샤벨스키 뭘 타고 자네 집에 올 수 있단 말인가? 지팡이를 타고 오나? 내겐 말이 없잖아. 니콜라이는 날 데려오지 않고, 사라가 무료해 할까 봐 함께 있으라고 하지. 자네 말을 보내게. 그러면 옴세⋯⋯.

레베데프 (손을 흔든다) 그래, 그렇군! 쥬쥬쉬카는 말을 내주느니 차라리 자폭할 걸세. 이보게 친구. 자넨 가장 소중하고 가까운 사람이야! 늙다리들 가운데 자네와 나만 살아남았네! 자네에게 남아 있는 예전의 괴로움과 나의 영락해버린 청춘을 사랑해! 그건 그렇다 치고, 하마터면 울 뻔했군그래. (백작에게 키스한다)

샤벨스키 놔주게, 놔줘! 자네한테서 술 창고 냄새가⋯⋯.

레베데프 이 사람아, 친구들이 없어서 내가 얼마나 무료했는지 생각이나 할 수 있겠나! 너무나 우울해서 목을 맬 참이었다니까⋯⋯. (나직하게) 쥬쥬쉬카가 자기 전당포를 가지고 점잖은 사람들을 쫓아내는 바람에, 자네가 보다시피, 오직 줄루인들 밖에 남지 않았어⋯⋯. 두드킨이니 부드킨이니 하는 자들만⋯⋯. 자, 차나 마시게⋯⋯.

가브릴라가 백작에게 차를 가져온다.

지나이다 샤비쉬나 (근심스러운 표정으로 가브릴라에게) 저런, 가져 오는 게 그게 뭐냐? 무슨 잼이라도 가져와야지……. 구스베리든 지 뭐든지…….

샤벨스키 (큰 소리로 웃는다. 이바노프에게) 자, 내가 뭐라고 했나? (레베데프에게) 도중에 우린 내기를 했지. 우리가 도착하면 쥬쥬쉬카가 이내 구스베리 잼을 대접할 거라고 말이야…….

지나이다 샤비쉬나 백작님은 여전히 사람들을 조롱하시는군요……. (앉는다)

레베데프 스무 통이나 끓였으니, 그걸 다 어쩌겠나?

샤벨스키 (탁자 옆에 앉으면서) 저축하십니까, 쥬쥬쉬카? 그렇다 면 100만 루블 정도는 있으시겠죠, 아닙니까?

지나이다 샤비쉬나 (한숨 쉬면서) 그래요, 옆에서 보면 우리보다 돈 많은 사람은 없답니다. 하지만 돈이 어디서 나오나요? 그저 말 뿐이랍니다…….

샤벨스키 아, 그렇군요. 그래요! 알고 있습니다! 당신이 샤슈키*를 잘 못한다는 걸 알아요……. (레베데프에게) 파샤**, 솔직하게 말해보게. 100만 루블을 모은 거지?

레베데프 난 몰라. 쥬쥬쉬카한테 물어봐…….

샤벨스키 (바바키나에게) 통통한 구슬 같은 분도 곧 백만장자가 되 겠지요! 나날이가 아니라, 매시간 예뻐지고 살이 찌니 말입니 다! 그건 돈이 많다는 겁니다…….

바바키나 정말 감사합니다, 각하. 하지만 놀리시는 건 싫습니다.

---

* 연속하는 밝고 어두운 64개(때로는 100개 혹은 144개)의 격자로 나누어진 널판 위에서 정 해진 규칙에 따라 12(20 혹은 30)개의 하얀 원과 12(20 혹은 30)개의 검은 원 사이에서 하는 놀이.
** 파벨의 애칭.

샤벨스키 친애하는 나의 은행이시여. 이게 조롱하는 건가요? 이건 그저 영혼의 통곡이며, 넘치는 감정 때문에 입술이 말을 하는 겁니다……. 당신과 쥬쥬쉬카를 끝없이 사랑합니다……. (쾌활하게) 기쁨이여! 환희여! 당신 두 사람을 난 무심하게 바라볼 수 없습니다…….

지나이다 사비쉬나 당신은 예나 다름없으시군요. (예고루쉬카에게) 예고루쉬카, 촛불을 꺼! 어째서 공연히 불을 켜두는 게야? 카드 놀이도 하지 않는데. (예고루쉬카가 몸을 떨더니 촛불을 끄고 자리에 앉는다. 이바노프에게) 니콜라이 알렉세예비치, 부인 건강은 어떠신가요?

이바노프 좋지 않습니다. 폐결핵이라고 오늘 의사가 확진하더군요…….

지나이다 사비쉬나 정말요? 참 안됐네요! (한숨) 우리 모두가 그분을 그토록 사랑하는데…….

샤벨스키 말도 안 되는 헛소리야. 헛소리라니까! 폐결핵은 무슨 놈의 폐결핵. 의사의 협잡이자 속임수야. 하는 일 없이 돌아다니고 싶으니까 의사라는 작자가 폐결핵을 꾸며낸 거요. 더욱이 남편이 질투라곤 하지 않으니.

이바노프가 초조한 몸짓을 한다.

사라에 관한 것이라면 그 여자의 말 한마디도, 단 하나의 동작도 믿지 않아요. 살면서 나는 의사와 변호사, 여자는 단 한 번도 믿질 않았으니까. 헛소리, 헛소리고 협잡에 속임수야!

레베데프 (샤벨스키에게) 자넨 놀라운 사람이야, 마트베이! 무슨 인간혐오자인 척하면서 항상 시시한 말을 지껄이고 있으니 말이야. 사람처럼 보이기는 하는데, 말을 했다 하면 쓸데없는 소리를 하거나 카타르 걸린 사람처럼……

샤벨스키 그렇다면 사기꾼이나 비열한 놈들과 입이라도 맞추란 거야, 뭐야?

레베데프 대체 어디서 사기꾼이나 비열한 놈들을 봤나?

샤벨스키 물론 여기 있는 사람들 얘기는 아니야. 하지만……

레베데프 정말 뜻밖이야……. 모두 꾸며낸 거야.

샤벨스키 꾸며낸 거라고……. 자네한테 세계관이 없다는 건 좋은 일이야.

레베데프 나한테 무슨 세계관? 그저 뒈질 시각만을 기다리며 앉아 있는 판에. 그게 나의 세계관이야. 이보게, 자네와 난 세계관을 생각할 때가 아니야. 그렇다니까……. (소리친다) 가브릴라!

샤벨스키 어째 그리 가브릴라만 불러대나……. 얼마나 취했는지 보라고!

레베데프 (마신다) 괜찮네, 이 사람아. 내가 뭐 결혼하러 가는 것도 아니니까.

지나이다 사비쉬나 이미 오래전에 리보프 의사가 우리 집에 오질 않았어요. 완전히 잊었나 봐요.

사샤 그 사람이 싫어요. 걸어 다니는 정직이죠. 대단한 정직을 보여주지 않고서는 물 한 잔 청하지도 않고, 담배도 피우지 않으니까요. 걸어 다니거나 말을 할 때도 이마에 써놓았죠. '난 정직한 사람이다!' 그 사람과 함께 있으면 따분해요.

샤벨스키 그자는 협량하고 직선적인 약사야! (흉내 낸다) "정직한 노동에게 길을!" 마치 앵무새처럼 끊임없이 고함지르고, 자기가 제2의 도브롤류보프*라고 생각하고 있다니까. 고함지르지 않는

---

* 벨린스키와 체르느이셰프스키와 더불어 19세기 러시아의 대표적인 비판적 지식인이자 시민적 문예비평가.

사람은 비열한 인간인 거야. 나름대로 놀라울 만큼 깊이 있는 견해를 가졌다니까. 만일 어떤 농부가 부유한데다가 인간답게 살고 있다면, 그건 비열한 인간이며 구두쇠인 거야. 나는 벨벳 신사복을 입고 다니고, 하인이 옷을 입혀주니까, 비열한이자 농노제 옹호자인 거지. 너무도 정직하고 또 정직한 나머지 살이 쪘을 뿐이지만 말이야. 그자는 제자리를 찾지 못했어. 그자가 두렵기까지 해야……. 정말이야! 그자는 의무감 때문에 다른 사람 낯짝을 후려치거나 비열한 놈 취급을 하는 것 같아.

이바노프 그 사람은 저를 무지하게 지치게 하지만 여전히 호감이 갑니다. 그 사람 무척 진솔하거든요.

샤벨스키 진솔하다고! 어젯밤에 나한테 오더니 느닷없이 이러더라니까. "백작님, 정말로 당신이 싫습니다!" 정말로 감사합니다! 근데 괜히 그런 것이 아니라, 어떤 목적이 있더라고요. 목소리가 떨리고, 두 눈은 불타오르고, 무릎이 떨리고 있더군……. 그런 무감각한 진솔함은 악마나 가져가라고 그래! 어쨌든 그자가 싫어. 뻔뻔스러운 놈. 당연한 일이지……. 나도 그걸 알아. 하지만 어떻게 그런 걸 상대방 앞에서 말할 수 있단 말이냐? 난 쓸모없는 인간이야. 하지만 어찌 됐든 백발이 성성하다 그런 얘기지……. 졸렬하고 무정한 정직함이라니!

레베데프 자, 자, 자! 자네도 젊었을 때 그랬을 거야.

샤벨스키 그래. 나도 젊었고 어리석었어. 옛날에는 차쓰키*를 연기하기도 했고, 파렴치한 놈들과 사기꾼들을 폭로하기도 했어. 하지만 평생 나는 도둑 면전에 대고 도둑이라는 말을 하지 않았고, 목을 매 죽은 사람 집에서는 밧줄 얘긴 꺼내지도 않았어. 교육

* 19세기 러시아 극작가 알렉산드르 그리보예도프의 희극 〈지혜의 슬픔〉에 등장하는 주인공의 이름.

받았기 때문이야. 그런데 당신들의 저 약사는 자신이 맡은 과업에 더할 나위없는 만족과 커다란 행복을 느낄 거라고. 만일 원칙과 인류 공통의 이상이라는 이름으로 운명이 그에게 공개적으로 나의 면상을 후려치거나 옆구리를 갈길 기회를 준다면 말이지.

레베데프　젊은 사람들은 하나같이 고집이 세. 헤겔주의자 삼촌이 한 분 계셨는데……. 그 양반은 당신 집으로 손님들을 한가득 모아놓고는 의자 위에 올라서서 시작하곤 하셨지. "너희들은 불학무식한 놈들이야! 어둠의 힘이라고! 새로운 삶의 빛이여!" 타-타, 타-타, 타-타……. 그런 식으로 훈계하고 또 훈계하셨다니까…….

사샤　그럼 손님들은 어떻게 하죠?

레베데프　아무것도……. 그저 듣고 마시는 거지. 언젠가 한 번은 그분께 결투를 신청했지……. 친삼촌께 말이야. 베이컨* 때문이었어. 기억나는군. 나는 저기 마트베이처럼 앉아 있었고, 삼촌은 고인이 되신 게라심 닐르이치와 함께 바로 여기, 니콜라샤가 있는 곳쯤에 서 계셨지……. 그런데 자네 말이야, 하고 게라심 닐르이치가 문제를 내기 시작하셨어…….

보르킨이 들어온다.

| 5장 |

같은 사람들과 보르킨. 보르킨은 멋지게 옷을 차려입고, 두 손에 꾸러미를 들

---

* 프랜시스 베이컨(1561~1626) : 영국의 철학자이자 정치가.

고 뛰면서 노래하면서 오른쪽 문으로 들어온다. 칭찬하는 왁자지껄하는 소리.

아가씨들 미하일 미하일로비치!

레베데프 미셸 미셸리치! 감감 무소식이더니만…….

샤벨스키 모임의 중심인물이로군!

보르킨 저도 왔습니다! (사샤에게 달려간다) 고결한 아가씨, 당신
처럼 놀라운 꽃의 탄생을 실례를 무릅쓰고 우주에 축하하고자
합니다……. 기쁨의 공물로 제가 손수 제작한 꽃불과 오색 불꽃
을 감히 드리고자 (꾸러미를 내민다) 합니다. 당신이 어둠의 왕
국*의 암흑을 밝히시는 것처럼 이것들이 밤을 환하게 할 것입니
다. (연극적으로 인사한다)

사샤 고맙습니다…….

레베데프 (큰 소리로 웃는다. 이바노프에게) 어째서 자네는 이 유
다를 내치지 않았나?

보르킨 (레베데프에게) 파벨 키릴르이치! (이바노프에게) 보호자
시여……. (노래한다) Nicolas-voila**, 호-히-호! (모든 사람들
주위를 돌아다닌다) 존경하는 지나이다 사비쉬나여……, 아름
다운 마르파 예고로브나여……, 연로하신 아브도티야 나자로브
나여……, 백작 각하시여…….

샤벨스키 (큰 소리로 웃는다) 모임의 중심인물이야……. 저자가 들
어오자마자 분위기가 요동치기 시작하니 말이야. 여러분도 느끼
십니까?

보르킨 휴우, 지쳤습니다……. 모든 분들과 인사를 나눈 듯합니다.
그런데 뭐 새로운 거라도 있습니까, 여러분? 코를 찌르는 뭔가

---

* 알렉산드르 오스트롭스키의 장막희곡 〈우레 비〉에 대한 도브롤류보프의 비평문 〈어둠의
왕국을 비치는 한줄기 빛〉을 연상시키는 대사.
** [원주] 니콜라스, 어때(라틴어).

특별한 것이 있지 않나요? (생기 있게, 지나이다 사비쉬나에게) 아하, 들어보세요 아주머니……, 방금 댁에 오는 길에…… (가브릴라에게) 가브류샤*, 차 한 잔 주게. 구스베리 잼은 빼고 말이야! (지나이다 사비쉬나에게) 방금 댁에 오는 길에 보니까 강가에서 농부들이 버드나무 숲의 나무껍질을 벗기고 있던데요. 어째서 부인은 버드나무 숲을 독점 판매하지 않으시나요?

레베데프 (이바노프에게) 어째서 자네는 이 유다를 내치지 않았나?

지나이다 사비쉬나 (놀란 얼굴로) 맞아요. 어쩜 그런 생각이 떠오르지 않았을까!

보르킨 (팔 체조를 한다) 움직이지 않으면 견딜 수가 없어서……. 아주머니, 뭐 특별한 게 없을까요? 마르파 예고로브나, 저는 기분이 좋습니다……. 흥분했어요! (노래한다) "나는 다시 그대 앞에서……."

지나이다 사비쉬나 뭐든 해보세요. 안 그러면 모두가 무료할 테니까.

보르킨 여러분, 왜들 그렇게 의기소침한 겁니까? 꼭 배심원들처럼 앉아들 계시는군요! 무엇이든 한번 해봅시다. 뭘 바라십니까? 벌금놀이, 밧줄놀이, 술래잡기, 춤, 꽃불?

아가씨들 (손뼉을 친다) 꽃불, 꽃불! (정원으로 달려 나간다)

사샤 (이바노프에게) 오늘 어째서 그렇게 울적하세요?

이바노프 머리가 아파, 슈로츠카. 울적하기도 하고…….

사샤 객실로 가요.

두 사람은 오른쪽 문으로 간다. 지나이다 사비쉬나와 레베데프를 제외한 모든 사람들은 정원으로 나간다.

* 가브릴라의 애칭.

지나이다 사비쉬나 바로 저게 젊은 사람이에요. 잠시도 가만있지 못하고, 모든 사람을 들뜨게 하잖아요. (커다란 램프를 끈다) 모두 정원에 있는데, 쓸데없이 양초를 태울 필요는 없지. (양초를 끈다)

레베데프 (그녀의 뒤를 따라 걸으면서) 쥬쥬쉬카, 손님들에게 뭔가 먹을 걸 내놔야지…….

지나이다 사비쉬나 양초가 얼마나 비싼데……. 우리가 부자라고 사람들이 생각하는 데에는 다 까닭이 있다니까요. (끈다)

레베데프 (그녀의 뒤를 따라 걸으면서) 쥬쥬쉬카, 무엇이든 먹을 걸 사람들한테 줘야 한다니까……. 젊은 사람들이 필시 시장할 거라고. 불쌍한…… 쥬쥬쉬카…….

지나이다 사비쉬나 백작은 차를 다 마시지도 않았잖아. 괜히 설탕만 낭비했네. (왼쪽 문으로 걸어간다)

레베데프 쳇! (정원으로 나간다)

| 6장 |

이바노프와 사샤.

사샤 (이바노프와 함께 오른쪽 문으로 들어오면서) 모두 정원으로 나갔네요.

이바노프 사정이 그리 된 거요, 슈로츠카. 전에는 일도 많이 하고, 생각도 많았지만, 조금도 지치지 않았소. 지금은 일도 하지 않고, 아무 생각도 안 하는데, 몸과 마음이 다 피로해. 낮이고 밤이고 양심이 따갑고, 크게 잘못하고 있다는 생각이 들어요. 하지만 정말로 뭘 잘못하고 있는지는 모르겠어. 게다가 아내의 병과 자금난,

끝없는 말다툼과 거짓 소문, 쓸데없는 이야기하며 어리석은 보르킨까지……. 내 집이 싫어졌고, 거기 사는 건 고문받는 것보다 못하다오. 슈로츠카, 당신한테 솔직하게 말하지만, 나를 사랑하는 아내와 함께 하는 것도 견딜 수 없게 돼버렸어. 당신은 오랜 친구고, 그래서 이런 솔직함에 대해서 화를 내진 않을 거야. 마음을 좀 풀려고 당신 집에 왔는데, 여기서도 무료하군. 그래서 다시 집으로 가고 싶어졌어요. 잘 있어요. 조용히 떠날 테니까.

사샤 니콜라이 알렉세예비치, 당신을 이해해요. 고독하기 때문에 당신은 불행한 거예요. 당신이 사랑하고, 당신을 이해할 사람이 옆에 있어야 해요. 오직 사랑만이 당신을 새롭게 할 수 있어요.

이바노프 저런. 아직도 그 소리야, 슈로츠카! 늙고 젖어버린 나 같은 수탉이 새로운 사랑에 빠져야 한다고! 그런 불행으로부터 날 보호하소서! 당신은 영리하지만, 문제는 사랑에 있지 않아. 하느님 앞에서처럼 말하지만, 난 모든 걸 견딜 거야. 우수도, 정신 이상도, 파산도, 아내의 상실도, 조로도, 고독도 말이오. 하지만 나 자신을 스스로 조롱하는 것만은 견딜 수도 참을 수도 없어. 건강하고 강력한 인간인 내가 햄릿이나 만프레드* 혹은 잉여인간이 되지나 않았는가 하는 생각 때문에 부끄러워 죽어가고 있는 거야……. 뭐가 뭔지 뒤죽박죽이야! 햄릿이나 잉여인간이란 소릴 들으면 만족해할 가련한 인간들도 있지만, 내게 그것은 수치야! 그것 때문에 자존심이 상하고, 수치가 짓눌러오고 그래서 괴로운 거야…….

사샤 (흘려들으면서, 눈물을 글썽이며) 니콜라이 알렉세예비치, 미국으로 도망가요.

이바노프 문지방까지 가기도 귀찮은데 미국으로 가자고 하는군.

---

* 바이런의 낭만시극 〈만프레드〉에 등장하는 동명의 주인공.

두 사람은 정원으로 난 출구로 걸어간다.

사실 당신이 여기서 사는 건 어려운 일이오, 슈라! 당신을 둘러싸고 있는 사람들을 보노라면 무서워져요. 여기서 당신이 누구한테 시집을 가겠소? 지나가는 어떤 중위나 대학생이 당신을 납치해서 데려가는 한 가지 희망만 있을 뿐…….

| 7장 |

지나이다 사비쉬나가 잼이 든 단지를 들고 왼쪽 문에서 나온다.

이바노프 미안하오, 슈로츠카. 곧 따라가겠소…….

사샤는 정원으로 나간다.

지나이다 사비쉬나, 청이 하나 있습니다만…….
지나이다 사비쉬나 뭐죠, 니콜라이 알렉세예비치?
이바노프 (망설인다) 아시겠지만 모레가 어음 만기일입니다. 기한을 연기해주시거나, 이자를 원금에 포함시켜주신다면 정말로 감사하겠습니다. 지금은 돈이라곤 없으니 말입니다…….
지나이다 사비쉬나 (놀란 얼굴로) 니콜라이 알렉세예비치, 어떻게 그럴 수가! 그런 법이 어디 있어요? 안 됩니다. 제발이지 그런 생각은 하지도 마세요. 불쌍한 날 괴롭히지 말아요…….
이바노프 미안합니다, 미안해요……. (정원으로 나간다)
지나이다 사비쉬나 휴우, 저런. 이렇게 사람을 놀라게 하다니! 온몸

이 떨리네……. 온몸이 다 떨려……. (오른쪽 문으로 나간다)

| 8장 |

코스이흐 (왼쪽 문으로 나와서 무대를 가로질러 간다) 나한테는 다
이아몬드 에이스, 킹, 퀸, 8 시퀀스, 스페이드 에이스와 한 장이
더 있었지. 아실지 모르겠지만, 한 장의 작은 하트 말이야. 하지
만 젠장, 그것으로는 상대방에게 1점만 갖게 할 수는 없었지!
(오른쪽 문으로 나간다)

| 9장 |

아브도티야 나자로브나와 첫 번째 손님.

아브도티야 나자로브나 (첫 번째 손님과 함께 정원에서 들어오면서)
정말로 저 여잘 갈기갈기 찢어버렸으면. 저 구두쇠를…… 정말
로 갈기갈기 찢어버렸으면! 농담이 아니라, 5시부터 앉아 있었
는데, 하다못해 상한 청어라도 대접해야 하잖아……. 뭐, 이런
집구석이 다 있담! 참, 살림살이하고는!
첫 번째 손님 너무 무료해서 그냥 달려가서 벽에 머리를 부딪치고 싶
어요! 정말 사람들하고는. 당치도 않습니다! 지루하고 시장해서
늑대처럼 울부짖고, 욕지거리나 하게 된다니까요.
아브도티야 나자로브나 정말로 저 여잘 갈기갈기 찢어버렸으면. 죄

많은 여편네 같으니.

첫 번째 손님 할머니, 술이나 마시고 집으로 가겠어요! 신붓감은 이제 필요 없으니까요. 점심때부터 술 한 잔 못 했는데, 무슨 놈의 사랑 타령입니까? 내참 더러워서.

아브도티야 나자로브나 같이 가서 찾아보세, 혹시라도…….

첫 번째 손님 쉿! 조용히! 식당 찬장에 독주가 있는 것 같은데. 예고루쉬카를 다그치면……. 쉿!

두 사람이 왼쪽 문으로 나간다.

| 10장 |

안나 페트로브나와 리보프가 오른쪽 문으로 나온다.

안나 페트로브나 괜찮아요. 우릴 보고 기뻐할 겁니다. 아무도 없네요. 필시 정원에 있을 겁니다.

리보프 그런데 어째서 저를 이 솔개들한테 데려오셨습니까? 여기는 당신과 제가 있을 곳이 아닙니다! 순결한 사람들은 이런 분위기를 알면 안 됩니다!

안나 페트로브나 들어보세요, 순결한 사람 씨! 숙녀와 동행하면서 내내 자신의 순결에 대해서만 말하는 것은 공손하지 못한 짓이에요! 순결하다고 말할 수는 있을지 몰라도, 최소한 무료하거든요. 여자들한테는 절대 자기의 미덕을 말하지 마세요. 여자들 스스로 알아차리도록 놔둬요. 나의 니콜라이는 당신만 한 나이 때 여자들과 함께 있으면, 단지 노래를 부르거나, 꾸며낸 이야기를 하곤 했어요. 하지만 누구나 그이가 어떤 사람인지 알았다니까요.

리보프 아아, 당신의 니콜라이에 대해서는 말씀하지 마세요. 저도 아주 잘 아니까요!

안나 페트로브나 당신은 좋은 사람이에요. 하지만 아무것도 모른답니다. 정원으로 갑시다. 그이는 절대로 그렇게 말하지 않았어요. "난 순결해! 이런 분위기에서는 숨이 막혀! 솔개들! 부엉이 둥지! 악어들!" 그이는 동물 우리는 내버려두었어요. 괴로울 때면 그이는 이렇게 말하곤 했죠. "아아, 오늘 난 정말로 부당했어!" 혹은 "아뉴타, 그 사람 안됐어!" 그런데, 당신은······.

두 사람이 나간다.

| 11장 |

아브도티야 나자로브나와 첫 번째 손님.

첫 번째 손님 (왼쪽 문에서 나오면서) 식당에는 없군요. 그렇다면 창고 어딘가에 있을 겁니다. 예고루쉬카를 찾아야겠습니다. 객실을 질러갑시다.

아브도티야 나자로브나 정말로 저 여잘 갈기갈기 찢어버렸으면!

두 사람이 오른쪽 문으로 나간다.

바바키나와 보르킨이 웃으면서 정원에서 달려 들어온다. 그들 뒤를 따라 웃으면서 두 손을 비비며 샤벨스키가 종종걸음 친다.

바바키나 정말로 지루해! (큰 소리로 웃는다) 정말 지루해! 마치 거북살스러운 듯 모두가 어슬렁거리거나 앉아 있으니 말이에요! 지루한 나머지 모든 뼈가 굳어버렸네. (뛰어오른다) 근육을 풀어야겠어요!

보르킨이 그녀의 허리를 붙잡고 뺨에 키스한다.

샤벨스키 (큰 소리로 웃으며 손가락으로 딱 소리를 낸다) 빌어먹을! (꽥꽥거린다) 어느 정도…….
바바키나 놔요, 손을 놓으라고요. 뻔뻔스러운 인간 같으니. 백작님이 어떻게 생각하시겠어요! 저리 가라니까요!
보르킨 내 영혼의 천사여! 내 심장의 루비여! (키스한다) 2300루블만 빌려주세요!
바바키나 아니, 아니, 안 돼요……. 원하시는 대로 하세요. 하지만 돈 문제라면, 정말로 고맙습니다만…… 안 돼요, 안 돼요, 안 된다니까요! 아아, 손을 놔주세요!
샤벨스키 (주위를 종종걸음 친다) 구슬 같은 분……, 유쾌한 분.
보르킨 (진지하게) 됐습니다. 사업 이야기를 합시다. 솔직하게 논의해봅시다. 상업적으로 말이죠. 돌리거나 변덕부리지 말고 솔직하게 대답해주세요. 그러니까 들어보세요! (백작을 가리킨다) 이분은 돈이 필요합니다. 최소한 연 수입 3000루블이 필요해요.

당신은 남편이 필요합니다. 백작부인이 되고 싶으시죠?

샤벨스키 (큰 소리로 웃는다) 정말로 후안무치한 인간이야!

보르킨 백작부인이 되고 싶으시죠? 그래요, 안 그래요?

바바키나 (동요하면서) 그렇게 꾸며대다니요……. 미샤, 정말로…… 그리고 이런 일은 그렇게 되는 법이 아니에요. 느닷없이 말이죠……. 만일 백작님이 원하신다면, 그분 스스로 하실 수도……. 그리고 난 몰라요. 어떻게 이런 일이 갑작스럽게, 한꺼번에…….

보르킨 자, 자. 진실을 속일 셈이오! 상업적인 일입니다……. 그래요, 안 그래요?

샤벨스키 (웃으면서 두 손을 비비면서) 정말이야, 그래? 빌어먹을, 정말로 이런 추악한 짓을 할 셈이냐? 그래? 구슬 같은 분……. (바바키나의 뺨에 키스한다) 매력적이오! 상큼한 사람!

바바키나 잠깐 기다리세요, 기다리시라고요. 정말 날 놀라게 하는군요……. 가세요, 가시라고요! 안 돼요, 가지 마세요!

보르킨 빨리요! 그래요, 안 그래요? 우리한텐 시간이 없어요…….

바바키나 그런데요, 백작님? 저희 집에 한 사흘 손님으로 오시면……, 제 집에서는 여기와는 달리 유쾌할 겁니다……. 내일 오세요……. (보르킨에게) 그런데, 당신 농담하시는 거죠?

보르킨 (화를 내면서) 중대한 일에 누가 농담을 하겠어요?

바바키나 잠깐 기다리세요, 기다리시라고요……. 아아, 기분 나빠요! 기분이 나쁘다고요! 백작부인이라니…… 기분 나빠요! 쓰러지겠어요…….

보르킨과 백작이 그녀의 두 팔을 붙잡고는 뺨에 키스하면서 오른쪽 문으로 데리고 나간다.

이바노프, 사샤, 그다음에 안나 페트로브나. 이바노프와 사샤가 정원에서 달려 들어온다.

이바노프 (낙담한 나머지 머리를 움켜쥐면서) 그럴 수 없어! 그러면 안 돼, 안 된다고. 슈로츠카! 아아, 안 돼!

사샤 (몰두하면서) 당신을 미친 듯 사랑해요……. 당신 없는 제 삶은 의미도, 행복도, 기쁨도 없답니다! 당신은 모든 것…….

이바노프 왜, 왜 그런 거야! 맙소사, 정말이지 알 수가 없군…… 슈로츠카, 이러지 마!

사샤 어린 시절에 당신은 나의 유일한 기쁨이었어요. 당신을, 당신의 영혼을 나 자신처럼 사랑했습니다. 지금은…… 당신을 사랑합니다, 니콜라이 알렉세예비치……. 당신과 함께라면 세상 끝이라도 좋아요. 원하신다면 무덤 속이라도 정말로 좋습니다. 그렇지 않으면 질식해 죽을 거예요…….

이바노프 (행복한 웃음을 터뜨린다) 대체 무슨 말이야? 그러니까 다시 삶을 시작하란 거야? 슈로츠카, 그래? 나의 행복이여! (그녀를 끌어당긴다) 나의 청춘, 나의 싱싱함이여…….

안나 페트로브나가 정원에서 들어온다. 남편과 사샤를 보고 나서 장승처럼 멈춰 선다.

그러니까 살란 말이지? 그래? 다시 일을 시작하라고?

키스. 키스한 다음 이바노프와 사샤는 주위를 돌아보다가 안나 페트로브나를 본다.

(공포에 질려) 사라!

막.

3막

이바노프의 서재. 책상. 그 위에는 서류와 서책, 관청의 편지, 자질구레한 장식품들과 권총들이 어지럽게 놓여 있다. 서류 옆에는 램프와 보드카 병, 청어가 담긴 접시, 빵 조각과 오이가 있다. 벽에는 지도와 그림, 장총과 권총들, 낫과 가죽채찍 등이 걸려 있다. 한낮.

| 1장 |

샤벨스키, 레베데프, 보르킨, 표트르.

샤벨스키와 레베데프가 책상 옆에 앉아 있다. 보르킨은 무대 가운데서 말 탄 자세로 의자에 앉아 있다. 문 옆에 표트르가 서 있다.

레베데프 프랑스 정치는 분명하고 명확하지……. 프랑스인들은 무엇을 원하는지 알아. 그들은 도이치 놈들 껍데기를 벗기면 그만이야. 하지만 도이칠란트는 상황이 전혀 달라. 프랑스 말고도 도이칠란트에겐 눈엣가시가 많아서…….
샤벨스키 말도 안 되는 얘기! 내가 보기엔 도이치 사람이나 프랑스인이나 모두 겁쟁이들이야……. 상대방이 없는 곳에서만 서로가 큰소리치고 있거든. 허풍만 떨다가 끝날 거야. 싸우진 않을 거라고.

보르킨 제 생각엔, 왜 싸웁니까? 이 모든 무장과 국제회의, 경비가 왜 필요한가요? 저라면 어떻게 할까요? 온 나라의 개는 모두 모아서 적당량의 광견병 바이러스를 주사하여 적국에 풀어놓을 겁니다. 한 달이 지나면 모든 적들은 발광하게 될 겁니다.

레베데프 (웃는다) 자네 머린 작은데 그 안에 거대한 생각들이 수도 없이 많구먼. 마치 대양의 물고기들처럼 말이야.

샤벨스키 대단해!

레베데프 정말로 웃기는군, 미셸 미셸리치! (웃음을 멈추고서) 아니, 여러분. 조미니* 얘기만 하고 있었군요. 보드카에 대해서는 한마디도 하지 않았습니다. Repetatur!** (세 잔에 보드카를 따른다) 건강을 위해…….

그들은 보드카를 마시고 안주를 먹는다.

술안주 가운데서는 청어가 단연 으뜸이야.

샤벨스키 아니, 아니야. 오이가 낫지……. 천지창조 이래 학자들은 계속 생각하고 있지만, 절인 오이보다 지혜로운 건 생각해내지 못했어. (표트르에게) 표트르, 가서 오이를 더 가져와. 그리고 양파가 들어간 피로그*** 네 쪽을 구우라고 부엌에 이르게. 뜨거워야 할 것이야.

---

* 독일(Germany)을 우스꽝스럽게 발음한 것으로 보인다.
** [원주] 되풀이 합시다(라틴어).
*** 만두나 파이와 비슷한 러시아 고유 음식으로 그 안에는 야채와 과일 또는 육류가 들어 있다.

표트르가 나간다.

레베데프 보드카는 이크라와 함께 먹어도 좋지. 그런데 어떻게 먹
느냐? 생각을 해야 해……. 소금에 절인 이크라 네 쪽, 파릇파릇
한 쪽파 대가리 두 쪽, 최고급 올리브기름을 준비해서 이 모든
걸 섞는 거야. 그런 다음에…… 맨 위에다 레몬을 뿌리면…… 끝
내주지! 냄새만 맡아도 정신을 잃는다니까.

보르킨 보드카를 마신 다음에는 구운 꼬치고기를 먹어도 좋습니
다. 다만 잘 구워야 합니다. 깨끗하게 닦은 다음, 갈아서 으깬 건
빵을 뿌립니다. 그리고 씹으면 바삭바삭 소리가 날 만큼 충분히
구워야 합니다……. 바삭-바삭-바삭…….

샤벨스키 어제 바바키나 집에 멋진 안주가 나왔지. 흰 버섯이 나왔
더군.

레베데프 뜻밖이로군…….

샤벨스키 아주 특별하게 준비했더군. 양파와 월계수 이파리에 숱한
양념이 들어갔더라고. 냄비를 열자마자 김과 냄새가…… 정말
황홀하더군!

레베데프 아니 왜 이래? 여러분, 레페타투르!

그들은 보드카를 마신다.

건강을 위해……. (시계를 본다) 니콜라샤를 더 이상 기다릴 수
없겠군. 가야겠어. 자네 말로는 바바키나 집에서 버섯을 냈다고
했지. 그런데 우리 집에서는 아직 버섯을 보지도 못했어. 자, 말
해보게. 대체 무슨 이유로 마르푸트카*한테 자주 들락거리기 시

---

* 바바키나의 이름 마르파의 애칭.

작한 거야?

샤벨스키 (머리로 보르킨을 가리킨다) 그래, 저 친구 때문이야. 나를 그 여자와 혼인시키고 싶어 하거든…….

레베데프 혼인? 자네 몇 살인가?

샤벨스키 예순두 살이지.

레베데프 바야흐로 결혼 적령기로군. 마르푸트카도 자네한테 딱 어울리고 말일세.

보르킨 문제는 마르푸트카가 아니라, 마르푸트카의 재산입니다.

레베데프 원하는 게 마르푸트카의 재산이라고……? 거위의 차*를 바라는 게 아닌가?

보르킨 결혼해서 한 밑천 두둑하게 챙기고 나면 거위의 차를 보시게 될 겁니다. 입맛을 다시게 될 테니까요…….

샤벨스키 저 친구는 정말로 진지하다니까. 이 천재는 내가 자기 말을 듣고, 결혼할 거라고 확신하고 있어…….

보르킨 무슨 말씀입니까? 정말로 확신하지 못하시나요?

샤벨스키 그래, 자넨 미쳤어……. 언제 내가 확신했나? 쯧쯧…….

보르킨 감사합니다…… 정말로 감사드립니다! 그러니까 저를 난처하게 만들고 싶다, 그겁니까? 때로는 결혼하겠다고 하고, 때로는 하지 않겠다고 하시니…… 뭐가 뭔지 모르겠습니다. 정말 그렇다니까요! 그래 결혼하시지 않겠다는 겁니까?

샤벨스키 (어깨를 으쓱한다) 저 친구는 정말…… 놀라운 인간이야!

보르킨 (분개하면서) 그럴 것 같으면 왜 순정한 여자를 들쑤신 거예요? 그 여자는 백작의 지위에 정신이 나가버려 자지도 먹지도 못한다니까요……. 이렇게 장난을 쳐도 됩니까? 이것이 정당합니까?

---

* 매우 황당하고 이치에 닿지 않는다는 의미.

228

샤벨스키 (손가락으로 탁 소리를 낸다) 정말로 내가 이런 추악한 일을 해야 한단 말이야? 응? 악의를 가지고! 당장 가서 그렇게 하겠어. 정말로…… 거참 재미있겠군!

리보프가 들어온다.

| 2장 |

레베데프 아스클레피오스*여, 우리의 공손한 인사를……. (리보프와 악수하고 노래한다) "이보시오, 의사 양반. 살려주시오. 정말로 죽음은 두려우니……."
리보프 니콜라이 알렉세예비치는 아직 오시지 않았습니까?
레베데프 그래요, 오지 않았소. 나도 한 시간 넘게 그를 기다리는 참이오.

리보프가 초조하게 무대 위를 걸어 다닌다.

그런데 의사 양반. 안나 페트로브나의 건강은 어떻소?
리보프 나쁩니다.
레베데프 (한숨) 가서 인사를 해도 되겠소?
리보프 아닙니다. 지금은 가시지 않는 게 좋을 것 같습니다. 아마 주무실 겁니다…….

*그리스 신화에 등장하는 의술의 신. 아폴론과 님프인 코로니스의 아들로 죽은 사람까지도 살리는 능력을 소유했으나, 인간을 불멸의 존재로 만들까 봐 제우스가 벼락으로 죽였다고 한다.

사이.

레베데프 호감이 가고, 훌륭한 분인데……. (한숨 쉰다) 슈로츠카
의 생일날 우리 집에서 실신했는데, 그분 얼굴을 보니 이내 알겠
더라고. 불쌍한 그분이 오래 살지 못할 것이란 걸 말이야. 어째
서 그때 그분 기분이 나빠졌는지 알 수가 없다니까. 달려 들어와
서 보니까 창백한 얼굴의 그분은 마룻바닥에 누워 있고, 그 양
반 곁에서 니콜라샤가 무릎을 꿇고 있더라고. 똑같이 창백한 얼
굴로 말이지. 슈로츠카는 눈물로 범벅을 하고 있더군. 그 사건이
있은 다음에 나와 슈로츠카는 일주일 동안 미친 사람들처럼 돌
아다녔다니까.

샤벨스키 (리보프에게) 존경하는 과학의 신관이시여, 말씀 좀 해주
시오. 젊은 의사의 잦은 방문이 가슴앓이하는 부인들에게 효험이
있다는 걸 어떤 학자가 밝혀낸 거요? 그건 위대한 발견이오! 위
대한! 그건 대증요법과 관련된 거요, 동종요법과 관련된 거요?

대답하려다가 리보프는 멸시하는 몸짓을 하고 나가버린다.

경멸에 가득 찬 눈초리하며…….

레베데프 그렇게 어리석은 말을 하다니! 왜 저 사람을 모욕했나?

샤벨스키 (흥분해서) 왜 저자는 거짓말을 하는 거지? 폐결핵이니,
희망이 없다느니, 죽을 거라느니……. 거짓말이야! 그걸 참을
수 없다니까!

레베데프 왜 그 사람이 거짓말을 한다고 생각하나?

샤벨스키 (일어나서 돌아 다닌다) 살아 있는 사람이 아무런 이유
없이 느닷없이 죽는다는 생각을 도저히 받아들일 수 없어. 이런
얘긴 그만두세!

3장

코스이흐 (달려 들어온다. 숨을 헐떡이면서) 니콜라이 알렉세예비
치는 집에 계시나요? 안녕하십니까! (모든 사람들과 빠른 속도
로 악수한다) 집에 계십니까?

보르킨 안 계십니다.

코스이흐 (자리에 앉았다가 벌떡 일어선다) 그렇다면 안녕히 계십
시오! (보드카를 한 잔 들이키더니 재빨리 안주를 먹는다) 가야
합니다…… 일 때문에…… 지쳤습니다……. 간신히 서 있는 겁
니다…….

레베데프 어디서 오는 길인가?

코스이흐 바라바노프 집에서 왔습니다. 밤새워 카드놀이를 하다가
방금 전에 끝났습니다……. 몽땅 날렸습니다……. 바라바노프가
형편없이 카드를 치데요! (우는 목소리로) 들어들 보세요. 계속
해서 나는 하트를 들고 있었죠……. (자기에게 몸을 돌리자 보
르킨은 뛰듯이 코스이흐에게서 떨어져나간다) 그자는 다이아몬
드를 내고, 나는 다시 하트를, 그자는 다이아몬드를…… 자, 그
래서 필승패가 됐습니다. (레베데프에게) 네 장의 클로버를 쳤
습니다. 나한테는 에이스, 양손에는 퀸과 6을 들고, 스페이드 에
이스와 10, 6을…….

레베데프 (두 귀를 막는다) 그만, 그만해. 제발 그만둬!

코스이흐 (백작에게) 아시겠습니까. 클로버 에이스와 퀸, 6과 스페
이드 에이스와 10, 6을…….

샤벨스키 (두 손으로 그를 민다) 저리 가시오. 듣고 싶지 않소.

코스이흐 그런데 갑자기 불행이 닥쳤죠. 스페이드 에이스가 첫판에
죽은 겁니다…….

샤벨스키 (탁자에서 권총을 집어 든다) 물러서, 쏴버릴 테니!

코스이흐 (손을 내젓는다) 알 수가 없지…… 정말이지 이야기조차 나눌 사람이 없나요? 호주에 사는 것 같아요. 공통의 관심사도 없고, 단결도 안 되니까…… 모두가 따로따로 살고 있어요……. 하지만 가야겠군……. 때가 됐어. (모자를 집어 든다) 시간은 소중한 법이니……. (레베데프와 악수한다) 통과!

웃음. 코스이흐가 나가다가 문에서 아브도티야 나자로브나와 부딪친다.

| 4장 |

아브도티야 나자로브나 (고함친다) 개자식, 뒈져라. 날 넘어뜨려!

모든 사람들 아-아-아! 아무데나 나서는 여자로군…….

아브도티야 나자로브나 여기 다들 계셨네. 그런 걸 온 집안을 뒤지고 다녔으니. 안녕하십니까, 반짝이는 여러분. 어서 드시지요……. (인사를 나눈다)

레베데프 왜 왔어?

아브도티야 나자로브나 일 때문입니다, 나리! (백작에게) 백작님과 관련된 일입니다, 각하. (절한다) 절을 하고, 건강하신지 여쭤라고 명령하셨답니다……. 그리고 인형 같으신 분이 말씀하시기를, 만일 각하께서 오늘 밤 오시지 않는다면, 두 눈이 퉁퉁 부을 만큼 우시겠다고 합니다. 그리고 이르시기를, 그분을 한쪽으로 모시고 가서 은밀하게 귓속말로 속삭이라 하셨습니다. 근데 왜 은밀하게 해야 합니까? 여기 계신 모든 분들은 한집안 식구들인데요. 그리고 그런 일은 암탉을 훔치는 게 아니라, 법도와 사랑

에 따라, 내부의 동의에 따라 이루어지는 법이에요. 죄 많은 저
는 절대 술을 마시지 않지만, 이런 경우라면 마시겠어요!

레베데프 나도 마셔야지. (술을 따른다) 자네도 한 잔. 낡은 새장인
줄 알았는데, 여전히 튼튼하군. 근 30년을 자네가 노파라고 알
고 있었는데…….

아브도티야 나자로브나 나이가 너무 많아서 헤아릴 수가 없답니
다……. 남편을 둘씩이나 묻었고, 세 번째로 시집가려고 했지
만, 지참금이 없으니 데려가려는 사람이 없습니다. 자식도 여덟
이 있었는데……. (술잔을 잡는다) 제발 바라노니, 우리가 좋은
일을 시작했으니, 제발 잘 끝나게 해주소서! 그분들은 오래도록
잘 살 것이고, 우리는 그분들을 보고 기뻐할 겁니다. 그분들이
오순도순 사시기를……. (마신다) 독한 보드카로군!

샤벨스키 (큰 소리로 웃으면서 레베데프에게) 그런데 말이야, 자
넨 알고 있겠지. 무엇보다도 우스꽝스러운 것은 저들이 심각하
게 생각하고 있다는 거야. 마치 내가……. 놀라워! (일어선다)
정말이지, 파샤. 이런 추악한 일을 한 번 해볼까? 악의를 가지
고……. 그러니까, 말하자면, 자, 늙은 개야 먹어라! 어때 파샤?

레베데프 쓸데없는 소리를 지껄이는군, 백작. 이보게, 나와 자네가
할 일은 뒈지는 것을 생각하는 거야. 마르푸트카와 돈은 오래전
에 지나가버렸어…… 우리 시대는 지나갔다니까.

샤벨스키 아니야, 해보겠어! 정말이지 해볼 테야!

이바노프와 리보프가 들어온다.

5장

리보프 5분만 저에게 시간을 주셨으면 합니다.

레베데프 니콜라샤! (이바노프를 맞이하러 나가 그에게 키스한다) 잘 지내는가, 친구……. 한 시간 내내 자넬 기다렸네.

아브도티야 나자로브나 (절한다) 안녕하십니까, 나리!

이바노프 (비감스럽게) 여러분, 다시 내 서재에서 술집을 여셨군요! 그토록 여러 번 모든 사람들에게 이러지 말라고 간청했건만……. (탁자로 다가간다) 자, 보세요. 서류에 보드카를 흘렸군요…… 빵 조각에…… 오이에…… 정말 역겨워!

레베데프 미안하네, 니콜라샤. 미안해…… 용서하게. 이보게, 지극히 중요한 문제에 대해서 서로 이야기해야겠네.

보르킨 저도 그렇습니다.

리보프 니콜라이 알렉세예비치, 잠시 당신과 이야기할 수 있을까요?

이바노프 (레베데프를 가리킨다) 이 친구가 나를 필요로 하는군요. 기다려주세요. 당신은 나중에……. 무슨 일인가?

레베데프 여러분, 은밀하게 말하고 싶습니다. 부탁합니다.

백작이 아브도티야 나자로브나와 함께 나간다. 그들 뒤를 따라 보르킨, 그다음에 리보프가 나간다.

이바노프 파샤, 자넨 원하는 만큼 마셔도 좋겠지. 그게 자네 질병이니까. 하지만 부탁이니, 아저씨를 취하게 하지는 말게. 전에 아저씬 우리 집에서 술을 마시지 않았어. 해롭거든.

레베데프 (놀라서) 이보게, 난 몰랐네……. 주의조차 기울이지 않았어…….

이바노프 정말이지 저 늙은 어린애가 죽기라도 하면, 자네들이야 별일 아니지만, 나는…… 어쩌란 말인가?

사이.

레베데프 이보게, 친구. 알겠지만…… 이런 낯 뜨거운 얘기를 어떻게 시작해야 할지 모르겠네. 니콜라샤, 부끄러워서 얼굴이 붉어지고 혀가 꼬이는군. 하지만 이보게, 내 입장이 되어보게. 내가 예속된 인간이고, 깜둥이며, 넝마라는 걸 이해하게……. 날 용서하게…….

이바노프 무슨 일이야?

레베데프 아내가 보내서 왔네……. 제발 부탁이니 어서 이자를 갚도록 하게! 아내가 날 괴롭히고, 고통을 주고, 들볶고 있다네! 제발 그 여자한테서 빠져나가게!

이바노프 파샤, 지금 나한테 돈이 없다는 걸 자네도 알잖나.

레베데프 그럼 알고말고. 하지만 난 어쩌나? 그 사람은 기다리려 하지 않아. 만일 아내가 자네의 어음 미불에 이의를 신청하면 나나 슈로츠카는 어떻게 자네 얼굴을 보겠나?

이바노프 정말로 부끄럽네, 파샤. 쥐구멍에라도 들어가고 싶구먼. 하지만…… 하지만 어디서 구하지? 가르쳐주게. 어디서 구하냐고? 한 가지밖에 없네. 내가 곡물을 팔게 될 가을까지 기다리는 것이야.

레베데프 (소리친다) 그 사람은 기다리려 하지 않아!

사이.

이바노프 자네 처지가 불쾌하고 곤란하지만, 내 처지는 훨씬 더 어

렵네. (왔다 갔다 하면서 생각한다) 아무것도 떠오르지 않는
군……. 팔 게 아무것도 없어…….

레베데프 밀바흐한테 가서 부탁해보면 어떤가. 그자는 자네에게
1만 6000루블 빚이 있잖나.

이바노프가 절망적으로 손을 흔든다.

실은, 니콜라샤……. 자네가 욕설을 퍼부을 것이란 걸 알지만,
그러나…… 늙은 주정뱅일 존중해주게! 다정하게…… 날 친구
처럼 보아주게……. 나와 자네는 자유주의자 대학생이었지…….
같은 이상과 관심을 가지고 있었네……. 모스크바 대학교에서
수학했지……. Alma mater* (지갑을 꺼낸다) 이건 은밀한 걸세.
집에서는 아무도 모른다네. 빌려 쓰게……. (돈을 꺼내서 탁자
위에 놓는다) 자존심은 던져버리고, 다정하게 보아주게……. 자
넬 위해 가져왔네, 정말이야…….

사이.

여기 탁자 위에 있네. 1100루블이야. 오늘 그 사람한테 가서 직
접 돌려주게. 이렇게 말하라고. 받으십시오. 지나이다 사비쉬
나. 삼키다가 목구멍에 걸리세요! 한 가지만 조심하게. 나한테
서 빌렸다는 걸 알아차리지 못하게 하게. 하느님이 자넬 지켜줄
걸세! 안 그러면 내가 구스베리 잼한테 호되게 당하게 될 거야!
(이바노프의 얼굴을 눈여겨 살펴본다) 자, 자, 그러지 마! (탁자
에서 재빨리 돈을 챙겨서 주머니에 감춘다) 그러지 말게! 농담

* [원주] 모교(라틴어).

이야……. 용서하게, 제발!

사이.

가슴이 답답한가?

이바노프가 손을 흔든다.

그래, 일이……. (한숨 쉰다) 비탄과 슬픔의 시간이 자네에게 도
래했네. 자넨 형제야. 어쨌든 사모바르는 다 매한가지야. 늘 선
반 위 응달에 서 있는 건 아니거든. 사람들이 석탄을 그 안에 집
어넣기도 하잖아. 쉬…… 쉬! 이런 비유는 아무짝에도 쓸모가
없어. 그런데 더 나은 생각이 떠오르지 않는군…… (한숨 쉰다)
불행은 영혼을 단련시키는 법이지. 니콜라샤, 난 자네가 불쌍하
지 않아. 재난에서 벗어날 거니까. 고통도 줄어들 거야. 하지만
사람들에게 화가 나고 울화가 치밀어……. 어디서 유언비어가
생겨났는지, 제발 말해주게! 자네에 대한 유언비어가 온 군내에
퍼져 있어서, 당장이라도 검사 나리가 자네한테 들이닥칠 정도
라니까……. 자네가 살인자에, 흡혈귀에, 강도라는 거야…….

이바노프 모두 헛소리야. 머리가 아프구먼.

레베데프 너무 많이 생각해서 그런 거야.

이바노프 아무것도 생각하지 않아.

레베데프 이봐, 니콜라샤. 모든 걸 무시하고 우리 집으로 오게. 슈
로츠카는 자넬 사랑하고 이해하며 존중하고 있네. 니콜라샤, 그
아인 순정하고 훌륭한 사람이야. 그 아인 어머니도 아버지도 닮
지 않았어. 필시 지나가던 훌륭한 사람을 닮은 것 같아……. 이
보게, 어떤 땐 믿기지가 않아. 나한테, 이 주먹코 주정뱅이한테

그런 보물이 있다는 게 말이야. 와서 그 아이와 함께 현명한 이야길 나누게. 그리하면 기분도 전환될 테니까. 그 아인 믿을 만하고 진술해…….

사이.

이바노프 이 사람아 파샤. 날 혼자 내버려두게…….
레베데프 알아, 알고말고…… (서둘러 시계를 본다) 이해해. (이바노프에게 키스한다) 잘 있게. 학교 세례식에 가야 해. (문 쪽으로 가다가 멈춰 선다) 똑똑한 아이야……. 어제 슈로츠카와 함께 유언비어에 대해서 이야기를 시작했네. (웃는다) 그 아이가 경구로 말머리를 꺼내더군. "아빠, 반딧불이가 밤에 빛나는 건 밤새들이 그걸 쉽게 찾아내서 먹기 위한 것이고, 선량한 사람들이 존재하는 건 비방과 유언비어가 있기 위해서 그런 거래요." 어떤가? 천재야! 조르주 상드라니까!
이바노프 파샤! (그를 제지한다) 나한테 무슨 일이 생긴 걸까?
레베데프 그건 내가 자네한테 묻고 싶은 거야. 고백하거니와 그렇게 하기가 꺼려지더라고. 나도 몰라! 한편으로 보면 여러 가지 불행이 자넬 압도해버린 듯하고, 다른 한편으로 보면 자네가 그런 부류의 인간이 아니란 걸 알지만…… 자넨 고난 때문에 굴복할 사람이 아니야. 니콜라샤, 무엇인가 다른 게 있긴 한데, 그게 뭔지는 모르겠어!
이바노프 나도 모르겠어. 내 생각엔, 혹시…… 아니, 아니야!

사이.

내가 뭘 말하려는지 아는지 모르겠군. 세묜이란 일꾼을 데리고 있었는데, 자네도 기억할 거야. 언젠가 수확 철에 그자는 처녀들 앞에서 힘자랑을 하고 싶어서 호밀 두 가마니를 등에 실으려고 했다가 녹초가 됐어. 얼마 지나지 않아서 죽었지. 나 또한 녹초가 된 것 같아. 김나지움에 대학교, 그다음엔 경영, 학교에 프로젝트……. 여느 사람들과는 달리 신을 믿었고, 보통 사람들과 다르게 결혼했어. 자네도 알다시피 열을 내기도 했고 위험을 무릅쓰기도 했지. 여기저기에 돈을 뿌렸으며, 이 지역 누구보다도 행복했고 또한 괴로워했어. 파샤, 이 모든 게 나의 짐이야. 등에 무거운 짐을 실었는데, 등이 그만 부러져버린 거야. 스무 살 때 우리 모두는 영웅이었고, 모든 일을 하려고 했고, 모든 걸 할 수 있었어. 그런데 서른 살이 되자 우린 이미 지쳐버렸고 아무짝에도 쓸모가 없어진 거라고. 왜 그렇게 지쳐버렸는지, 무엇으로 설명할 건가? 하지만 어쩌면 그게 아닐지도 몰라……. 그게 아니야, 아니라고! 잘 가게, 파샤. 자네한테 물려버렸으니까.

레베데프 (생기 있게) 왠지 알겠나? 환경이 자넬 삼켜버린 거야!

이바노프 파샤, 어리석고 낡은 얘기야. 가라니까!

레베데프 정말이지 어리석은 얘기야. 이제 나도 어리석다는 걸 알겠어. 가야지, 가겠어! (나간다)

| 6장 |

이바노프 (혼자서) 나는 보잘것없고 쓸모없는 나쁜 인간이야. 다시 사랑받고 존경받으려면 파샤처럼 보잘것없고 방탕한 생활로 녹초가 되어야 해. 얼마나 나 자신을 경멸하는지, 맙소사! 나의 목소리, 발걸음, 두 손, 옷가지, 생각 따위를 정말로 혐오한다니까.

자, 우습지 않은가? 부끄럽지 않아? 불과 1년 전만 해도 난 무척이나 건강하고 강건했지. 원기왕성하고, 지치지 않았으며, 열성적이었어. 이 두 손으로 일했고, 무지한 자들마저 감동시킬 정도로 말했지. 고통을 보게 되면 울 수 있었고, 악과 마주치면 분개했지. 나는 영감이 무엇인지 알았고, 해질녘부터 새벽녘까지 책상에 앉아 있거나 열망으로 이성을 위로했던 그런 밤들의 매혹과 시를 알고 있었어. 신을 믿었고, 어머니의 두 눈을 보듯 미래를 바라보았지……. 그런데 지금은, 오 맙소사! 지쳐버린 데다가 믿음도 없고, 낮과 밤을 무위도식으로 보내고 있어. 머리도, 손도, 다리도 내 말을 듣지 않아. 영지는 쓰레기가 되어 가고, 숲은 도끼 아래서 파괴되고 있어. (운다) 나의 땅은 고아를 보듯 날 보고 있지. 아무것도 기다리지 않고, 아무것도 아쉽지 않지만, 영혼은 미래를 목전에 둔 공포로 떨리고 있어……. 사라의 일은 어떻게 되는 거지? 나는 영원한 사랑을 맹세했고, 행복을 예언했으며, 그녀가 꿈에도 생각해본 적 없는 미래를 그녀의 눈앞에 펼쳐보였어. 사라는 그걸 믿었지. 5년 내내 나는 그녀가 희생의 무거운 굴레 아래서 꺼져가고, 양심과 투쟁하면서 기진맥진하는 것만을 보았어. 하지만 정말이지 사라는 단 한 번의 싸늘한 눈길도, 한 마디의 비난도 보내지 않았지! 대체 왜 그럴까? 난 그 여잘 사랑하지 않게 됐어……. 어떻게? 왜? 무엇 때문에? 모르겠어. 사라는 저토록 괴로워하고, 여생은 얼마 남지 않았는데, 나는 최악의 겁쟁이처럼 그녀의 창백한 얼굴과 푹 꺼진 가슴, 애원하는 두 눈으로부터 도주하고 있으니……. 부끄러워, 부끄럽다고!

사이.

240

이바노프 내 불행은 사샤, 그 처녀를 감동시키고 있어. 거의 늙은 이나 다름없는 나에게 그녀는 사랑을 고백하고, 나는 마치 음악에 홀린 것처럼 세상의 모든 걸 잊어버리고 도취하여 소리 지르는 거야. "새로운 인생이여! 행복이여!" 하지만 다음 날이면 이런 삶과 행복에 대해서 집 귀신만큼이나 믿지 않게 되지……. 대체 내가 왜 이러는 거지? 어떤 벼랑으로 나 자신을 떠밀고 있는 걸까? 나의 내부에 있는 이런 허약함은 어디서 온 거지? 신경에 무슨 일이 생긴 것일까? 병든 아내가 자존심을 상하게 하거나, 하인이 불만족스럽다거나 또는 장총이 불발되면 나는 즉시 거칠고 사악해져서 다른 사람처럼 되어버려…….

사이.

알 수가 없군. 모르겠어. 모르겠다고! 그저 이마빼기에 총알을 한 방!

리보프 (들어온다) 니콜라이 알렉세예비치, 함께 의논해야 할 일이 있습니다!

이바노프 의사 선생, 만일 우리가 날마다 의논한다면, 그건 힘에 부치는 일이에요.

리보프 제 말씀을 들어주시겠습니까?

이바노프 매일 당신 말을 듣고 있지만, 지금까지도 전혀 이해할 수가 없어요. 대체 당신은 나한테 뭘 바라는 거요?

리보프 저는 분명하고 명확하게 말합니다. 가슴이 없는 사람만이 제 말을 이해하지 못하는 겁니다…….

이바노프 내게 죽어가는 아내가 있다는 건 압니다. 아내에게 돌이킬 수 없는 죄를 지었다는 것도 알아요. 당신이 순수하고 정직한 인간이란 것도 알고 있단 말이오! 대체 뭘 더 바라는 거요?

리보프 인간의 잔인성에 분노가 치밀어 오릅니다……. 여자가 죽어가고 있습니다. 그 여자에겐 아버지와 어머니가 있습니다. 그녀는 그들을 사랑하고, 죽기 전에 보고 싶어 합니다. 그 여자가 곧 죽을 것이며, 여전히 자기네를 사랑하고 있다는 걸 그들도 잘 알고 있습니다. 하지만 저주받을 잔인함이여! 그들은 종교적인 단련으로 사람들을 놀라게 하고 싶은가 봅니다. 그들은 여전히 그녀를 저주하고 있으니까요! 그녀는 모든 것을, 부모의 둥지도, 양심의 평안도 당신을 위해 희생했습니다. 그런데 당신은 가장 노골적으로, 지극히 노골적인 목적을 가지고 날마다 그 레베데프 집으로 마차를 타고 갑니다.

이바노프 아아, 난 이미 2주일이나 그곳에 가지 않았소…….

리보프 (그의 말을 듣지 않으면서) 당신 같은 사람들한테는 직선적으로 솔직하게 말해야 합니다. 제 얘길 듣고 싶지 않다면 듣지 마세요! 저는 사물을 그것들의 고유한 이름으로 부르는데 익숙합니다……. 당신에게는 이 죽음이 새로운 공적을 위해 필요할 겁니다. 그렇게 하세요. 하지만 조금은 기다릴 수 있는 것 아닙니까? 만일 당신이 부인을 자연스러운 순서에 따라 죽게 하고, 노골적인 냉소주의로 부인을 쪼아대지 않는다면, 레베데바*가 지참금을 가지고 달아나기라도 한답니까? 놀라운 타르튀프여, 당신은 지금이 아니라 1년이나 2년 후에 젊은 여자의 머리를 빙빙 돌게 하여 지금처럼 그 여자의 지참금을 가로챌 수 있을 겁니다……. 왜 그렇게 서두르십니까? 어째서 한 달 혹은 1년 후가 아니라, 지금 당신 아내가 죽어야 하는 건가요?

이바노프 고통스럽소……. 의사 선생, 인간이 무한정 자제할 수 있다고 생각한다면 당신은 무척이나 서툰 의사요. 당신의 모욕에

---

* 레베데프의 딸 사샤를 일컫는 말.

대거리하지 않으려면 나는 엄청나게 애써야 합니다.

리보프 그만두세요. 누굴 바보로 생각하십니까? 가면을 벗어던지 세요.

이바노프 똑똑한 양반아, 생각해보시오. 당신 보기엔 나를 이해하는 일보다 쉬운 건 없겠지! 그렇소? 내가 안나와 결혼한 건 많은 지참금을 받아낼 심산이었고……. 오판한 나머지 지참금을 받아 내지 못하자 그 여자를 괴롭혀서 죽이려는 거죠. 다른 여자와 결혼해서 지참금을 받아낼 목적으로…… 그렇죠? 참으로 간단하고 명료하군……. 인간이 그토록 단순하고 편리한 기계인가요……. 아닙니다, 선생. 우리들 각자에게는 너무도 많은 바퀴와 나사, 그리고 밸브가 있어서 첫 인상이나 두세 가지 외적인 특징만으로는 서로를 판단할 수 없습니다. 나는 당신을 이해하지 못하고, 당신은 날 이해하지 못합니다. 우리 자신도 스스로를 알지 못합니다. 당신은 뛰어난 의사일지는 모르나, 동시에 사람들은 전혀 알지 못합니다. 자기 확신에 빠지지 말고 내 말에 동의하시오.

리보프 당신이 그토록 순수하지 않고, 속물성과 순수함을 구별하지 못할 만큼 내가 모자란 인간이라고 생각하십니까?

이바노프 분명히 우리는 손발이 잘 맞지 않은 모양이오……. 마지막으로 당신에게 묻노니, 제발 거두절미하고 대답해주시오. 정말로 당신이 나한테 원하는 게 뭐요? 뭘 얻으려고 하는 거요? (분노하면서) 나는 누구와 이야기하는 영광을 가진 겁니까? 검사요, 아니면 아내의 의사요?

리보프 나는 의삽니다. 의사로서 당신의 품행을 바꿀 것을 요구합니다……. 그것 때문에 안나 페트로브나가 죽어가고 있으니까요!

이바노프 하지만 내가 뭘 하겠소? 무엇을 말이오? 만일 나보다 당신이 나를 더 잘 이해한다면 분명히 말해주시오. 내가 뭘 해야 하오?

리보프 최소한 그렇게 노골적으로 행동하지는 마십시오.

이바노프 아, 맙소사! 정말로 당신은 스스로를 이해하고 있는 거요? 날 내버려두시오. 천 번 내 잘못이고, 하느님 앞에서 보증하오. 하지만 어느 누구도 날마다 나를 괴롭힐 권리를 당신에게 주지 않았소…….

리보프 그렇다면 누가 당신에게 나의 진실을 모욕할 권리를 주었습니까? 당신은 내 영혼을 괴롭히고 독살했습니다. 이곳에 오기 전에도 나는 어리석고 미친 사람들과 넋 빠진 사람들이 있다는 걸 알고 있었습니다. 하지만 영리하게 의식적으로 자신의 의지를 악의 편으로 끌고 가는 범죄적인 인간들이 있다는 것을 결코 믿지 않았습니다……. 사람들을 존중하고 사랑했지만, 당신을 보고 나서는…….

이바노프 그 얘긴 벌써 들었소!

리보프 들었다고요? (승마복 차림으로 들어오는 사샤를 본다) 자, 이제 우리가 서로 잘 이해하기 바랍니다! (어깨를 으쓱하더니 나간다)

| 7장 |

이바노프 (놀라서) 슈라, 당신이오?

사샤 네, 저예요. 안녕하세요. 기다리지 않으셨어요? 어째서 그렇게 오랫동안 저희 집에 오시지 않았나요?

이바노프 슈라, 정말로 이건 경솔한 짓이야! 이렇게 오면 아내한테 큰 영향을 미칠 거야.

사샤 그분은 절 보시지 못할 거예요. 뒷문으로 들어왔거든요. 금방

갈게요. 불안해 죽겠어요. 건강하신 거죠? 왜 그렇게 오랫동안
안 오신 거죠?

이바노프 그렇지 않아도 아내는 모욕을 느껴 거의 죽어가고 있는
데, 여기에 오다니. 슈라, 슈라. 이건 경솔하고 비인간적인 짓이
야!

사샤 제가 뭘 해야 했나요? 당신은 2주 동안 저희 집에 오지 않았
고, 편지에 답장도 하지 않으셨어요. 괴로웠어요. 당신이 여기서
견딜 수 없을 정도로 괴로워하고 아파서 죽을지도 모른다는 생
각이 들었어요. 단 하룻밤도 평온하게 잠들지 못했어요……. 곧
가겠어요……. 최소한 말씀이라도 해주세요. 건강하신 거죠?

이바노프 아니야. 난 스스로를 괴롭혔고, 사람들도 날 끝도 없이 괴
롭히고 있어……. 정말이지 기력이 없어! 그런데 여기에 당신까
지! 이거야말로 정말 비건전하고 비정상적인 거야! 슈라, 내가
참 잘못한 거야, 내 잘못이야!

사샤 당신은 참 무섭고도 가련한 말씀을 하시는군요! 당신 잘못이
라고요? 그런가요? 자, 그렇다면 말씀해보세요. 뭘 잘못하셨나
요?

이바노프 모르겠어, 몰라…….

사샤 그건 대답이 아니에요. 모든 죄인은 자기가 무슨 잘못을 했는
지 알아야 해요. 위조지폐를 만들었나요, 그래요?

이바노프 기발한 생각은 아니군.

사샤 아내를 사랑하지 않게 된 죄인가요? 그럴지도 모르겠네요.
하지만 인간은 자기 감정의 주인이 아니고, 당신도 사랑하지 않
기를 바라진 않았어요. 제가 당신에게 사랑을 고백하는 걸 그분
이 보게 된 것이 당신 잘못인가요? 아니에요. 당신은 그녀가 보
기를 바라지 않았어요…….

이바노프 (말을 가로채면서) 기타 등등, 기타 등등……. 사랑했다,

사랑하지 않게 되었다, 자기 감정의 주인이 아니다. 그 모든 것은 아무짝에도 쓸모없는, 누구나 알고 있는 생각이고 진부한 구절이야…….

사샤 당신과 이야기하는 것은 피곤한 일이에요. (그림을 본다) 개를 아주 멋지게 그렸네요. 실물을 보고 그린 건가요?

이바노프 맞아. 그리고 이 모든 우리의 로맨스도 누구나 다 알고 있는 빤한 거야. 남자가 낙담한 끝에 토대를 잃어버렸다. 선량한 영혼을 가진 강한 여성이 등장하여 그에게 도움의 손길을 내민다. 장편소설에서 이건 멋지고 그럴 듯해 보이지만, 삶에서는…….

사샤 삶에서도 똑같아요.

이바노프 당신이 인생을 명민하게 이해하고 있다는 걸 알아! 나의 불평이 당신에게 경건한 공포를 일으켜 당신은 나의 내부에서 제2의 햄릿을 찾아냈다고 생각하는 거야. 하지만 내가 보기에 이건 온갖 액세서리를 동반한 정신병이며, 웃음을 위한 멋진 자료일 뿐, 그 이상 아무것도 아니라고! 내 찌푸린 얼굴을 보고 포복절도할 만큼 웃어야 할 텐데, 당신은 '사람 살려!' 하는 거야. 사람을 구원하여 공적을 완수하고 싶은 게지. 아아, 오늘은 정말 나한테 화가 나. 오늘의 긴장이 어떻게든 결말이 날 거란 느낌이야……. 내가 뭔가를 부수거나, 혹은…….

사샤 맞아요, 맞아. 바로 그게 필요해요. 무엇이든 부수고, 깨뜨리든지 소리 질러보세요. 당신은 나한테 화가 났잖아요. 여기 오는 어리석은 짓을 했기 때문이죠. 자, 그렇게 화를 내세요. 날 보고 고함치고, 발을 굴러 보세요. 네? 화를 내보시라니까요……. (잠시 기다렸다가) 네?

사이.

246

이바노프 우스꽝스럽군.

사샤 좋아요. 우리가 미소 짓는 것 같군요! 제발, 다시 한 번 웃어 보세요!

이바노프 (웃는다) 알겠어. 당신이 날 구원하고 분별과 지혜를 가르치려고 하면, 당신 얼굴은 너무도 순진무구해지고, 마치 별똥별을 보는 것처럼 눈동자가 커다랗게 된다는 걸 말이야. 잠깐만, 어깨에 먼지가 묻었군. (그녀의 어깨에서 먼지를 털어낸다) 천진난만한 남자, 그건 바보야. 당신네 여자들은 순진한 척 머리를 짜내도, 당신들은 사랑스럽고 건강하며 따뜻해. 그래서 보이는 것처럼 그렇게 어리석지 않아. 다만 당신네 모두가 가지고 있는 그 태도는 뭐지? 남자가 건강하고 강력하며 쾌활하면 당신들은 남자에게 아무런 관심도 보이지 않아. 하지만 남자가 급속도로 몰락해서 운명을 한탄하기 시작하면, 여자들은 성가실 정도로 남자를 따라다니는 거야. 건강하고 용감한 남자의 아내가 되는 게 변변찮고 눈물이나 짜는 실패자의 시중꾼이 되는 것보다 나쁜 일인가?

사샤 당연하죠!

이바노프 어째서 그렇지? (큰 소리로 웃는다) 다윈도 이걸 모르고 있어. 그렇지 않다면 그 사람이 당신들을 혼내 줬을 텐데! 당신들은 인간을 망치고 있어. 당신들 덕분에 세상에는 이제 불평분자들과 정신병자들만 태어나게 될 테니 말이야.

사샤 남자들은 많은 걸 몰라요. 모든 처녀는 행복한 남자보다 실패한 남자를 더 좋아해요. 그건 여자들이 적극적인 사랑의 유혹을 받기 때문이에요……. 아시겠어요? 적극적인 사랑. 남자들은 일에 몰두하고, 그래서 사랑은 뒷전이죠. 아내와 이야기하고, 정원을 거닐고, 유쾌하게 시간을 보내고, 아내의 무덤에서 울고, 그게 전부예요. 하지만 우리에게 사랑, 그것은 인생입니다. 내가 당신을 사랑한다는 것은 고통으로부터 당신을 치유하고, 세상의 *끄트머리*까지 당신과 함께 가기를 꿈꾼다는 겁니다……. 당신이 산에 오르면 나도 산에 오르고, 당신이 구덩이에 빠지면 나도 함께 빠지는 거죠. 이를테면 당신의 서류를 밤새워 고쳐 쓰거나, 누군가가 당신을 깨우지 못하도록 밤새 불침번을 서거나, 아니면 당신과 100킬로미터를 걷는 일이 나한테는 커다란 행복인 겁니다. 한 3년 전에 타작할 때 당신이 그을린 얼굴에 피로에 지친 모습으로 온통 먼지를 뒤집어 쓴 채 우리 집에 와서 마실 것을 달라고 하신 게 생각나요. 당신에게 물을 가져오니 이미 당신은 소파에 누워서 죽은 듯 잠들어 있었죠. 당신은 우리 집에서 반나절 주무셨고, 그동안 저는 누군가 들어오지나 않을까 해서 내내 문가에 서 있었죠. 그런데 그게 얼마나 좋았는지 몰라요! 힘이 들면 들수록 사랑은 더 멋지고, 더 강력하게 느껴지는 겁니다. 아시겠어요?

이바노프 적극적인 사랑이라…… 흐음……. 이건 타락이거나 처녀들의 철학이야. 혹은 뭐 그럴 수도 있겠지……. (어깨를 으쓱한다) 누가 알겠어! (쾌활하게) 슈라. 정말로 내가 고상한 사람인가! 당신이 판단해보라고. 난 언제나 추상적인 논의를 좋아했어. 하지만 인생에서 단 한 번도 '우리 여자들이 타락했다'라거나, 혹은 '여자들이 잘못된 길로 들어섰다'고 말한 적이 없어. 오로지 감사했을 따름이야. 그게 다야! 그게 다라니까! 나의 멋진 여자여, 당신은 정말로 위로가 되는 사람이야! 하지만 난 얼마나 우스꽝스러운 바보냔 말이야! 러시아 사람들을 당황하게 만들고, 날이면 날마다 운명을 한탄하고 있어. (웃는다) 우--우! 우--우! (재빨리 물러선다) 하지만 그만 가, 사샤! 우리가 잊어버리고 있었군…….

사샤 네, 갈 시각이에요. 안녕히 계세요! 제가 여기 왔다는 걸 당신의 정직한 의사가 의무감 때문에 안나 페트로브나에게 알리지나 않을까 저어돼요. 제 말씀을 들으세요. 당장 부인에게 가셔서 앉아 계세요. 계속 앉아 계시라고요. 앉아 계세요……. 1년을 앉아 있어야 한다면, 1년을 앉아 계세요. 10년이 필요하면 10년을 앉아 계세요. 당신의 도리를 다하세요. 슬퍼하세요. 그리고 부인께 용서를 구하시고, 우세요. 이 모든 걸 하셔야 해요. 하지만 중요한 것은 일하는 것을 잊지 않는 거예요.

이바노프 독버섯을 먹었다는 느낌이 다시 드는군. 다시 말이야!

사샤 하느님이 당신을 보호하실 거예요! 저에 대해선 조금도 생각하지 마세요! 두 주 정도 지나서 몇 자 써주시면 그걸로 감사해요. 아니면 제가 편지를 쓸게요…….

보르킨이 문으로 몰래 살핀다.

| 8장 |

보르킨 니콜라이 알렉세예비치, 들어가도 되겠습니까? (사샤를 보고 나서) 미안합니다, 보질 못해서……. (들어온다) 봉주르! (인사를 나눈다)

사샤 (당황해서) 안녕하세요…….

보르킨 약간 살이 찌고 좋아지셨네요…….

사샤 (이바노프에게) 그렇다면 가보겠습니다, 니콜라이 알렉세예비치. 가겠습니다. (나간다)

보르킨 기막힌 환상입니다! 산문을 찾아 나섰는데, 시와 만난 격입니다……. (노래한다) "작은 새가 세상에 모습을 드러낸 것처럼 그대는 나타났느니……."

이바노프가 흥분하여 무대 위를 왔다갔다한다.

(앉는다) 니콜라스, 그녀에게는 다른 사람들에게는 없는 그런 무엇인가가 있어요. 그렇지 않습니까? 무엇인가 특별한…… 환상과도 같은……. (한숨 쉰다) 사실 이 고장에서 가장 돈 많은 신붓감인데, 엄마가 너무도 고약해서 누구 한 사람 관계를 맺으려 하지 않아요. 그 여자가 죽고 나면 모든 게 슈로츠카에게 넘어갑니다. 하지만 죽기 전에는 그 여자가 1만 루블과 족집게와 다리미만 주고서 공손하게 인사하라고 명령할 겁니다. (주머니를 뒤적거린다) 델로스 마호로스를 피워야지. 피우시지 않으시겠어요? (담배 곽을 내민다) 좋은 겁니다……. 피우셔도 돼요.

이바노프 (분노로 인해 숨을 헐떡이면서 보르킨에게 다가간다) 당장 내 집에서 나가시오! 당장!

보르킨이 자리에서 일어나다가 담배를 떨어뜨린다.

당장 꺼져!

보르킨 니콜라스, 무슨 일입니까? 무엇 때문에 화를 내시나요?

이바노프 무슨 일? 당신, 이 담배 어디서 났어? 어디로 무엇 때문에 당신이 날마다 노인네를 모시고 다니는지 내가 모를 줄 알아?

보르킨 (어깨를 으쓱한다) 그래 그게 당신과 무슨 상관이죠?

이바노프 당신은 정말 무뢰한이야! 당신이 이 고장 전체에 뿌리고 다니는 속된 기획 때문에 사람들은 나를 정직하지 않은 인간으로 보고 있어! 우리에겐 그 어떤 공통점도 없고, 그래서 당신이 즉각 내 집에서 나갔으면 좋겠어! (빠른 속도로 돌아다닌다)

보르킨 당신이 흥분한 상태에서 말씀하신다는 걸 알기 때문에 화를 내지는 않겠습니다. 원하시는 만큼 욕을 보이세요……. (담배를 들어올린다) 하지만 이제 멜랑콜리는 던져버릴 땝니다. 중고등학생도 아니고…….

이바노프 내가 뭐라고 말했소? (몸을 떨면서) 날 놀리는 건가?

안나 페트로브나가 들어온다.

| 9장 |

보르킨 아니, 이런. 안나 페트로브나가 오셨군요……. 전 가보겠습니다. (나간다)

이바노프가 고개를 떨어뜨린 채 탁자 옆에 서 있다.

안나 페트로브나 (사이를 두고) 어째서 그 여자가 여기에 온 거죠?

사이.

당신한테 묻잖아요. 왜 그 여자가 여기 왔냐고?

이바노프 묻지 마, 아뉴타…….

사이.

이바노프 정말 미안해. 뭐든 원하는 벌을 생각해봐. 달게 받을 테니까. 하지만…… 질문은 참아줘……. 말할 힘도 없어.

안나 페트로브나 (화를 내면서) 어째서 그 여자가 여기 온 거냐고?

사이.

아, 정말 당신은 그런 사람이야! 이제야 당신을 알겠어. 당신이 어떤 사람인지 마침내 알게 됐어. 정직하지 않고 비열한……. 당신이 사랑한다고 거짓말했던 거, 기억하지……. 당신 말을 믿고 아버지, 어머니, 종교를 버리고 당신을 따라 왔어…… 당신은 내게 진실, 선, 순수한 계획에 대해 거짓말을 했고, 난 그 한 마디 한 마디를 다 믿었다니까…….

이바노프 아뉴타, 당신한테 한 번도 거짓말한 적 없어.

안나 페트로브나 당신과 5년을 살면서 지치고 아팠지만, 난 당신을 사랑했고, 한 순간도 당신을 홀로 버려두지 않았어……. 당신은 나의 우상이었어……. 그런데 이게 뭐야? 그 모든 시간 내내 당신은 너무도 뻔뻔스럽게 날 속인 거야…….

이바노프 아뉴타, 진실이 아닌 걸 말하지는 마. 그래 내가 잘못했어. 하지만 인생에서 한 번도 거짓말하지는 않았어……. 이 점에 대해서는 날 비난할 수 없어…….

안나 페트로브나 이제 모든 걸 알겠어……. 당신은 나와 결혼하면서 생각했겠지. 아버지와 어머니가 날 용서하고 돈을 주실 거라고……. 그렇게 생각했던 거야…….

이바노프 오 맙소사! 아뉴타, 그런 식으로 인내심을 시험하다니……. (운다)

안나 페트로브나 조용히! 하지만 돈이 없다는 걸 알게 되자 새로운 장난을 시작한 거야……. 이제야 모든 걸 알겠어. (운다) 당신은 한 번도 날 사랑하지도 않았고, 내게 충실하지도 않았어……. 한 번도!

이바노프 사라, 그건 거짓말이야! 뭐든 하고 싶은 대로 말해. 하지만 거짓말로 날 모욕하지는 마…….

안나 페트로브나 부정직하고 비열한 인간……. 당신은 레베데프에게 빚을 졌고, 그래서 지금 빚에서 빠져나가려고 그 사람의 딸을 어지럽게 해서 나한테 그랬던 것처럼 그 여잘 속이려는 거야. 그렇지 않아?

이바노프 (숨을 헐떡이면서) 제발 그만둬! 내가 어떻게 할지 보증하지 못하겠어……. 분노가 나를 짓누르고 있어. 그래서 난…… 당신을 모욕할 수도 있다고…….

안나 페트로브나 언제나 당신은 날 속였고, 그러니까 나 혼자만이 아니야……. 모든 부정직한 행위를 당신은 보르킨에게 전가했지만, 이제야 알겠어. 그게 누구 짓인지…….

이바노프 사라, 그만하고 가. 안 그러면 내 입에서 무심코 말이 튀어나올 거야! 당신에게 무언가 무시무시하고 모욕적인 말을 하고 싶어 견딜 수가 없어……. (소리친다) 닥쳐, 유태 년아!

안나 페트로브나 못 닥쳐……. 내가 침묵할 수 있었기 때문에 당신은 오래도록 날 속인 거야…….

이바노프 입 다물지 못한다는 거지? (자신과 싸운다) 제발…….

안나 페트로브나 이제 가서 레베데프를 속여…….

이바노프 그렇다면 알아둬. 당신은…… 곧 죽게 될 거야……. 당신이 곧 죽을 거라고 의사가 말했어.

안나 페트로브나 (앉는다. 쇠진한 목소리로) 언제 말했죠?

사이.

이바노프 (자신의 머리를 움켜쥐면서) 정말로 내 잘못이야! 아아,

내 잘못이라고! (흐느낀다)

막.

3막과 4막 사이에 대략 1년의 세월이 지난다.

4막

레베데프 집의 객실 가운데 하나. 앞에는 객실과 홀을 가르는 아치가 있고, 좌우에 문이 있다. 오래된 청동 세공품과 가족 사진. 축제 장식. 바이올린이 놓여있는 피아노. 피아노 옆에는 첼로가 있다. 막이 진행되는 동안 무도회 복장을 한 손님들이 계속해서 홀을 돌아다닌다.

| 1장 |

리보프 (들어와서 시계를 본다) 4시로군. 분명히 곧 축복이 시작되겠군……. 축복을 하고 결혼식을 진행할 거야. 선행과 진실의 축제라! 사라를 강탈하려다 실패하자 그녀를 괴롭혀 고통스럽게 죽이더니 이제 다른 여잘 찾아낸 거야. 강탈하기 전까지는 위선적으로 행동할 거고, 강탈을 하고 나면 불쌍한 사라가 누워 있는 곳으로 보내겠지. 부농들의 오래된 이야기야…….

사이.

더없는 행복을 느끼며 늙어 꼬부라질 때까지 멋지게 살다가 아무 거리낌 없이 죽을 테지. 안 돼! 네놈을 폭로하고 말거야! 너의 가면을 찢어내면 모두가 정체를 알게 될 것이고, 그러면 너는 행복의 절정에서 지하 감옥으로 곧장 추락하게 될 거야. 어떤 불순한 세력도 네놈을 꺼내주지 못하는 곳으로! 나는 순수한 인간이고, 내가 할 일은 앞장서서 눈먼 자들의 눈을 뜨게 하는 것이야. 의무를 수행하고 나는 내일 이 저주받을 고장을 떠나겠어! (생각에 잠긴다) 하지만 어떻게 하지? 레베데프 집안사람들과 의논하는 것은 헛수고일 테고. 결투를 신청해? 스캔들을 일으켜? 맙소사, 마치 어린애처럼 흥분하고 있군. 사리 분별하는 능력을 완전히 잃어버렸어. 어떻게 하지? 결투를 하나?

| 2장 |

코스이흐 (들어와서 유쾌하게 리보프에게) 어제 나는 클로버로 상대방에게 1점만 가지도록 했다가 전승을 거두었어요. 단지 그 바라바노프가 음악을 완전히 망쳐버렸지 뭐예요! 우리는 카드놀이를 했습니다. 난 으뜸패가 없다고 말했죠. 그는 패스했죠. 내가 클로버 2. 그가 패스. 내가 다이아몬드 2…… 클로버 3……. 그리고 생각해보세요. 생각할 수 있겠어요. 내가 승리를 선언했는데도 그는 에이스를 보여주지 않는 겁니다. 더러운 자식, 그자가 에이스를 보여줬다면 나는 으뜸패가 없어도 전승을 했을 텐데…….

리보프 미안합니다만, 나는 카드를 하지 않습니다. 그래서 당신의 환희를 공유할 수 없어요. 곧 축복이 있을 건가요?

코스이흐 당연하죠. 사람들이 쥬쥬쉬카를 정신이 들게 하고 있으니까요. 지참금이 아까워서 큰 소리로 울부짖고 있거든요.

리보프 딸이 아까운 게 아니고요?

코스이흐 지참금이 아까운 겁니다. 화가 나기도 한 거죠. 결혼하면 빚을 갚지 않아도 되니까요. 사위가 어음을 지불하지 않았다고 해서 항의할 수는 없잖아요.

| 3장 |

바바키나 (잘 차려입고 거만한 걸음걸이로 리보프와 코스이흐의 옆을 지나 무대를 가로질러 지나간다. 코스이흐가 웃음을 터뜨린다. 바바키나가 돌아본다) 바보!

코스이흐가 그녀의 허리를 손가락으로 건드리고는 큰 소리로 웃는다.

촌뜨기! (나간다)

코스이흐 (큰 소리로 웃는다) 여편네가 완전히 돌았군! 백작의 존칭을 얻기 전까지는 그저 여편네에 불과한데, 벌써 접근하기도 힘들다니. (놀린다) 촌뜨기!

리보프 (동요하면서) 이보세요, 솔직히 말씀해주세요. 이바노프를 어떻게 생각하세요?

코스이흐 무가치한 인간이죠. 카드 치는 솜씨도 형편없고. 작년 부활절 때 그런 사건이 있었어요. 카드를 치려고 나, 백작, 보르킨 그리고 그 사람이 자리에 앉았어요. 내가 카드를 돌렸지요…….

리보프 (말을 가로채면서) 좋은 사람입니까?

코스이흐 그 사람 말이오? 사기꾼이죠! 산전수전 다 겪은 교활한 놈이에요. 그자와 백작은 한통속입니다. 그들은 어디서 무엇을 털지 냄새로 알아챕니다. 유태 계집을 만나 실패하자 이제 쥬쥬쉬카의 궤짝을 향해 몰래 다가선 겁니다. 내기해도 좋아요. 만일 1년이 지나도록 그자가 쥬쥬쉬카를 거지로 만들지 않으면, 내가 세 번이나 저주를 받을 거요. 그자는 쥬쥬쉬카를, 백작은 바바키나를 말이오. 돈을 수중에 넣으면 어떻게든 살아갈 거고, 재물을 모을 겁니다. 의사 양반, 어째서 오늘 그렇게 창백한 거요? 낯빛이 좋지 않군요.

리보프 뭐, 괜찮습니다. 어제 너무 많이 마셨습니다.

| 4장 |

레베데프 (사샤와 들어오면서) 여기서 이야기하자. (리보프와 코스이흐에게) 줄루족 양반들, 홀에 있는 아가씨들한테 가보시오. 내밀하게 할 얘기가 있어서 그렇소.

코스이흐 (사샤 옆을 지나가면서 기쁘게 손가락들을 튕긴다) 그림 같구려! 으뜸패의 여왕!

레베데프 어서 가, 이 미개인아. 어서 가라고!

리보프와 코스이흐가 나간다.

앉아라, 사샤. 바로 그렇게……. (앉아서 주위를 돌아본다) 주의 깊고 경건한 마음으로 들어라. 문제는 바로 거기 있다. 너한테 다음과 같이 전하라고 네 어머니가 명령했단다……. 알아듣겠니? 내가 하는 말이 아니라, 어머니의 명령이야.

사샤 아빠, 짧게 말하세요!

레베데프 지참금은 은화 1만 5000루블로 결정했다……. 그래…… 나중에 말 나오지 않도록 유념해라! 잠깐만, 조용히! 이건 예고 편에 불과하고, 본론이 나올 게다. 지참금은 1만 5000루블로 결정했다만, 주목하기 바란다. 니콜라이 알렉세예비치가 어머니한테 9000루블 빚이 있어서 지참금에서 제하게 될 게다……. 그러니까, 그다음은, 그것 말고도…….

사샤 무엇 때문에 그런 말씀을 하시는 거예요?

레베데프 어머니 명령이다!

사샤 귀찮게 하지 말고 내버려두세요! 만일 저와 아버지를 조금이라도 존중하신다면, 그런 식으로 저와 말씀하시지 않았으면 합니다. 지참금은 필요 없어요! 부탁드리지도 않았고, 부탁드리지 않을 겁니다!

레베데프 왜 나한테 대드는 거냐? 고골의 두 마리 쥐*는 먼저 냄새를 맡고 그다음에 나갔는데, 해방주의자인 너는 냄새도 맡지 않고 대드는구나.

사샤 성가시게 하지 말고 내버려두세요. 하찮은 계산으로 제 귀를 모욕하지 마세요.

레베데프 (발끈해서) 쳇! 너나 네 엄마나 모두 내가 칼로 나를 찌르거나, 다른 사람을 찔러 죽이게 하고 있어! 그 여자는 온종일 목청껏 소리 지르고, 사람을 귀찮게 하고 괴롭히며, 마지막 한 푼까지 헤아리고 있지. 똑똑하고 인간적이며, 빌어먹을, 해방됐다는 이 여자는 생부도 이해하질 못하니 말이야! 내가 귀를 모욕한다고! 그래, 네 귀를 모욕하러 이곳에 오기 전에 난 저기서

---

*고골의 풍자극 〈감사관〉 가운데 시장의 꿈에 나타난 두 마리의 쥐에 대한 이야기에서 인용한 것이다.

(문을 가리킨다) 조각조각 잘려나갔고, 사지가 절단 났단다. 여자는 이해 못 해! 머리를 멍멍하게 만들고, 혼란스럽게 한다니까……. 어휴, 이것들을! (문 쪽으로 걸어가다가 멈춘다) 마음에 안 들어, 정말로 너희들 모두 마음에 안 들어!

사샤 뭐가 맘에 안 드세요?

레베데프 전부 맘에 안 들어! 전부!

사샤 전부 말이세요?

레베데프 그래, 네 앞에 앉아서 이야기를 시작하마. 아무것도 맘에 드는 게 없다. 너의 결혼식을 보고 싶지 않아! (사샤에게 다가가서 부드럽게) 용서해라, 슈로츠카. 너의 결혼은 원칙적으로 현명하고, 순수하며, 고상하지만 무엇인가 부적절해. 부적절하다니까! 이건 다른 결혼과 비슷하지도 않아. 넌 젊고 신선하며, 마치 유리처럼 맑고 아름다워. 하지만 그 사람은 홀아비에 해지고 닳았어. 그리고 난 그자를 이해할 수 없어. 맘대로 하라고 그래. (딸에게 키스한다) 슈로츠카, 미안하다. 하지만 뭔가 너무 찜찜해. 벌써 수많은 사람들이 말하고들 있다니까. 웬일인지 모르지만 사라가 죽었고, 그러고 난 후에 느닷없이 그자는 너와 결혼하고 싶어졌다는 거지……. (활기차게) 어쨌든 난 여자 같은 놈이야, 그렇다니까. 낡은 치마처럼 약해졌어. 내 말을 듣지 마라. 누구 말도 듣지 말고, 너 자신의 말만 들어라.

사샤 아빠, 저도 이건 아니다, 하는 느낌이 들어요……. 이게 아닌데, 아닌데, 아닌데. 제가 얼마나 괴로운지 아빠가 알아주신다면! 견딜 수가 없어요! 그걸 인정하는 게 거북하고 두려워요. 아빠, 절 격려해주세요, 제발……. 어떻게 할지 가르쳐주세요.

레베데프 무엇을 말이냐? 뭘?

사샤 이렇게까지 두려운 적이 전에는 없었어요! (주위를 돌아본다) 그 사람을 이해하지 못하고, 앞으로도 이해하지 못할 것 같아요.

그 사람 약혼자가 된 이후 계속해서 그이는 한 번도 웃지 않았고, 제 눈을 똑바로 바라본 적도 없어요. 끝없이 푸념하고, 무엇인가 후회하고, 어떤 죄를 암시하고, 몸을 떨고……. 전 지쳤어요. 제가…… 필요한 만큼 제가 그 사람을 사랑하지 않는다는 생각이 드는 때도 있어요. 그 사람이 우리 집에 오거나 저와 말할 때면 울적해져요. 아빠, 이 모든 게 무슨 뜻일까요? 무서워요!

레베데프 애야, 내 하나밖에 없는 딸아. 늙은 아버지의 말을 들어라. 그 사람을 단념하거라!

사샤 (놀라서) 무슨 말씀을, 무슨 말씀이세요!

레베데프 사실이다, 슈로츠카. 스캔들이 생겨날 거다. 온 고장에 소문이 퍼지기 시작할 게야. 하지만 평생 자신을 망치는 것보다는 스캔들을 참는 게 낫다.

사샤 그런 말씀 마세요, 하지 마세요. 아빠! 듣고 싶지도 않아요. 음울한 생각과는 싸워야 합니다. 그이는 훌륭하고, 불행하며 이해할 수 없는 사람이에요. 전 그이를 사랑하고, 이해하고, 회복시킬 거예요. 저한테 부여된 과업을 수행하겠어요. 결정됐어요!

레베데프 이건 과업이 아니라 정신병이야.

사샤 됐어요. 제 자신에게조차 인정하고 싶지 않은 걸 아빠한테 고백했어요. 아무한테도 말씀하지 마세요. 잊어버리기로 해요.

레베데프 이해할 수가 없구나. 내가 늙어서 멍청해졌거나, 너희들 모두가 똑똑해졌거나. 그런데 나만 아무것도 모르고 있으니.

| 5장 |

샤벨스키 (들어오면서) 나를 포함해서 모두 빌어먹어라! 정말로 불

쾌해!

레베데프 무슨 일인가?

샤벨스키 아니야, 심각해. 나뿐만 아니라, 모든 사람들에게 역겨운 추악하고 저속한 짓을 어떤 일이 있어도 하지 않으면 안 돼. 난 할 거야. 정말이라니까! 이미 보르킨에게 말해놨어. 내가 결혼할 것이란 사실을 오늘 발표하라고 말이지. (웃는다) 모두가 저속하니까 나도 저속해질 거야.

레베데프 정말 자넨한테 물려버렸네! 이보게, 마트베이. 이런 표현은 미안하지만, 자넨 말이 지나쳐서 노란 집*에 입원시켜야 할 지경이야.

샤벨스키 그런데 노란 집이 하얀 집이나 붉은 집보다 뭐가 나쁜 거지? 제발 부탁이니 당장 그리로 날 보내주게. 모든 사람들이 속악하고, 하찮고, 보잘것없고, 재능도 없어. 나 자신도 혐오스러워서 내 스스로도 내가 한 말을 한마디도 믿지 않는다니까…….

레베데프 자네, 혹시 알고 있나? 아마 찌꺼기를 입에 넣고 불을 붙인 다음 사람들한테 숨을 내쉬어보게. 아니, 더 나은 방법이 있어. 모자를 쓰고 집으로 돌아가게. 여기는 결혼식이 있어서 모두가 기쁜데, 자네는 까마귀처럼 깍깍 거리니 말이야. 그래, 사실…….

샤벨스키가 피아노 쪽으로 몸을 숙이더니 흐느껴 운다.

이런! 마트베이! 백작! 무슨 일인가? 저런, 사람하곤……. 이보게…… 내가 자넬 모욕했군. 자, 이 늙은 개를 용서하게……. 모주꾼을 용서해……. 물 한 잔 들게나…….

샤벨스키 필요 없어. (고개를 든다)

레베데프 왜 우는 건가?

샤벨스키 괜찮아. 그러니까…….

레베데프 이봐, 안 돼. 거짓말하지 마……. 왜 그래? 이유가 뭐야?

샤벨스키 방금 이 첼로를 보니까…… 유태 계집이 생각나서…….

레베데프 뭐라고? 때가 어느 땐데 그걸 생각해냈나! 하늘의 왕국
　　과 영원한 평화가 그녀와 함께 하기를. 하지만 회상할 때는 아니
　　야…….

샤벨스키 나는 그 여자와 이중주를 연주했어……. 더없이 뛰어나고
　　대단한 여자야!

　　사샤가 흐느껴 운다.

레베데프 넌 또 왜 그러니? 그만둬! 하느님, 둘 다 울부짖고 있는
　　데, 난…… 나는…… 여기서 나가기라도 해. 손님들이 보잖아!

샤벨스키 파샤, 태양이 빛나면 묘지에도 기쁨이 돌아. 희망이 있으면
　　늙어도 좋아. 하지만 내겐 아무런 희망도 없어. 전혀 없어!

레베데프 그래, 정말이지 자네 형편은 좋지 않아……. 자식도, 돈
　　도, 일거리도 없으니까……. 그렇다고 어쩌겠나! (사샤에게) 아
　　니 넌 왜 그런 거냐?

샤벨스키 파샤, 내게 돈을 좀 주게. 저승에서 청산하는 걸로 하고
　　서. 파리로 가서 아내의 무덤을 보겠네. 난 평생 많은 걸 아내에
　　게 나눠줬고, 재산의 절반을 넘겨주었지. 그러니까 부탁할 권리
　　가 있는 셈이야. 게다가 친구한테 부탁하는 거니까…….

레베데프 (당황해서) 이보게, 난 한 푼도 없어! 하지만, 좋아, 좋다
　　고! 그러니까, 약속은 못하지만, 알겠지……. 좋아, 좋다니까!
　　(방백으로) 번거롭게들 하는구먼!

바바키나 (들어온다) 내 기사 양반 어디 계시죠? 백작님, 어떻게 절 혼자 버려두실 수가 있나요? 아, 정말 싫어요! (부채로 백작의 팔을 때린다)

샤벨스키 (꺼리는 표정으로) 날 그냥 내버려두시오! 당신을 증오해요!

바바키나 (망연자실하여) 뭐라고요? 네?

샤벨스키 저리 가시오!

바바키나 (소파에 쓰러진다) 아아! (운다)

지나이다 사비쉬나 (울면서 들어온다) 저기 누가 왔어요……. 신랑 들러리 같은데. 축복할 시각이야……. (흐느껴 운다)

사샤 (간청하는 표정으로) 엄마!

레베데프 이런, 모두가 울부짖다니! 사중창이야! 그만들 우세요! 마트베이! 마르파 예고로브나! 정말 이런 식이라면 나도…… 나도 울 테야……. (운다) 하느님!

지나이다 사비쉬나 만일 네게 이 엄마가 필요 없고, 순종하지 않겠다면…… 네가 기뻐하도록 축복해주마…….

이바노프가 들어온다. 그는 연미복 차림에 장갑을 끼고 있다.

| 7장 |

레베데프 정말 야단났군! 무슨 일이야?

사샤 왜 그래요?

이바노프 죄송합니다, 여러분. 사샤와 단 둘이서 이야기하게 해주십시오.

레베데프 예식 전에 신부에게 오는 것은 법도가 아니야! 자넨 성당에 가야 해!

이바노프 파샤, 부탁하네…….

레베데프가 어깨를 으쓱한다. 레베데프, 지나이다 사비쉬나, 백작 그리고 바바키나가 나간다.

| 8장 |

이바노프 (험상궂게) 악의가 나를 누르지만 냉정하게 말할 수 있어. 잘 들어. 방금 결혼 예복을 입고 거울에 비친 내 모습을 보니까 관자놀이에…… 흰머리가 있더군. 이러지 마, 슈라! 아직 늦지 않을 때 이런 무의미한 희극은 그만둬야 해……. 당신은 젊고 순수해. 당신 앞엔 인생이 있지만, 난…….

사샤 새로운 건 하나도 없네요. 벌써 수천 번이나 들었어요. 지겨워요! 성당에 가세요. 사람들 기다리게 하지 말고.

이바노프 이제 집으로 갈 테야. 당신은 식구들에게 결혼식은 없을 거라고 알려. 어떻게든 설명을 해봐. 정신을 차려야 한다니까. 난 햄릿을 연기했고, 당신은 고상한 처녀를 연기했던 거야. 이것으로 충분해.

사샤 (화를 내면서) 무슨 말투가 그래요? 듣지 않겠어요.

이바노프 하지만 난 말하고 또 말할 거야.

사샤 왜 오셨어요? 당신의 끝없는 불평이 조롱으로 바뀌었네요.

이바노프 아니야. 불평하는 게 아니야. 조롱이라고? 그래, 조롱하고 있어. 그래서 만일 천 배나 더 강력하게 나 자신을 조롱하고, 온 세상을 큰 소리로 웃게 할 수만 있다면, 그렇게 하겠어! 거울에 비친 내 자신을 보니까 양심 속에서 포탄이 터지는 듯해! 자신을 조롱했고, 수치심 때문에 하마터면 미칠 뻔했어. (웃는다) 우울증이야! 고귀한 애수! 영문 모를 비애! 시를 쓰기에는 아직도 부족해. 불평을 늘어놓고, 신세를 한탄하며, 사람들에게 우수를 불러일으키는 것. 인생의 에너지가 영원히 소진됐으며, 이미 녹슬고, 인생의 주어진 시간을 다 살았으며, 비겁함에 굴복하여 꼼짝달싹하지 못하고 이런 혐오스러운 우울증에 걸려들었다는 것을 인정하는 것. 이런 것은 태양이 생생하게 빛날 때, 개미도 무거운 짐을 끌고 가서 만족을 느낄 때 인정하는 것이지만, 아니야. 정말로 싫어! 보라고. 어떤 사람들은 너를 사기꾼으로 생각하고, 다른 사람들은 동정하고, 세 번째 사람들은 도움을 손길을 내밀고, 네 번째 사람들은, 이게 가장 나쁘지만, 존경하는 마음을 가지고 너의 탄식에 귀를 기울이면서 마치 제2의 무하마드를 보듯 너를 보고, 이제 네가 바야흐로 새로운 종교라도 선언하는 걸 기다리는 거야……. 아니야, 고마운 일이지만 아직도 내겐 자존심과 양심이 있어! 내가 여긴 온 건 나 자신을 비웃기 위해서야. 그리고 새나 나무도 나를 비웃고 있는 것 같아…….

사샤 그건 악의가 아니라 광기예요!

이바노프 그리 생각해? 아니야, 난 미치지 않았어. 지금 나는 진짜 세상의 사물을 보고 있고, 내 생각은 당신 양심처럼 순수해. 우린 서로 사랑하지만 결혼은 안 돼! 내가 하고 싶은 만큼 미쳐 날뛸 수도 있고, 우울한 표정을 지을 수도 있지만, 다른 사람들을 죽일 권리는 없어! 나의 끝없는 불평이 아내 인생의 마지막 해를 중독시켰어. 내 약혼자로 있는 동안 당신은 웃는 것도 잊어버렸고 5년은 늙어버렸어. 인생의 모든 것이 분명했던 당신 아버지도 내 덕택에 사람들을 이해하는 걸 그만뒀지. 집회에 가든, 누구를 찾아가든, 사냥을 하러 가든, 어디를 가도 나는 권태롭고 무료했으며 불만족했어. 잠깐, 끼어들지 마! 나는 신랄하고 잔인해. 하지만 미안해. 악의가 날 짓누르고 있어. 그래서 다른 방식으로는 말할 수 없어. 단 한 번도 거짓말을 하지 않았고, 인생을 비난하지도 않았어. 하지만 투덜거리는 인간이 되고 나서 나는 의지와 무관하게, 눈치 채지도 못한 채 인생을 비난하고, 운명을 한탄하며 푸념을 늘어놓았지. 그래서 내 말을 듣는 사람들은 누구나 인생에 대한 혐오에 전염되어 나처럼 비난하기 시작하는 거야. 그런 태도라니! 마치 내가 자연에게 부탁을 하는 것 같아. 살겠다고 말이지. 그래 빌어먹을!

사샤 잠깐만요……. 방금 당신이 말한 걸 보면 당신도 불평하는 것에 물렸다는 것이고, 새로운 인생을 시작할 때라는 거죠! 잘됐어요!

이바노프 잘된 건 없어. 거기 무슨 새로운 인생이 있다는 거야? 나는 돌이킬 수 없이 파멸한 거야! 우리 둘 다 이걸 알아야 해. 새로운 인생이라니!

사샤 니콜라이, 다시 생각해요! 당신이 파멸했다고 어디 쓰여 있죠? 그런 냉소주의가 어디 있어요? 아니에요. 말하고 싶지도, 듣고 싶지도 않아요……. 성당으로 가세요!

이바노프 파멸했어!

사샤 그렇게 소리치지 마세요. 손님들이 들어요!

이바노프 만일 어리석지 않고 교양 있으며 건강한 인간이 그 어떤 명백한 이유도 없이 운명을 한탄하기 시작하고, 비탈진 언덕길을 굴러 내려온다면, 그래서 끝도 없이 구른다면 그에게 구원도 없는 거야! 자, 어디에 구원이 있는 거지? 어디 있냐니까? 포도주 때문에 머리가 아파서 술을 마실 수도 없어. 서툰 시조차 쓸수 없어. 정신적인 태만을 경배할 수도, 거기서 지고지순한 어떤 것도 찾을 수 없어. 태만은 태만이며, 나약함은 나약함일 뿐, 다른 이름은 없어. 파멸했어, 파멸했다니까. 더 이상 대화는 불가능해. (주위를 돌아본다) 사람들이 우릴 방해할지도 몰라. 들어봐. 만일 날 사랑한다면, 날 도와줘. 지금 즉시, 지체 없이 날 포기해! 빨리…….

사샤 아아, 니콜라이. 당신이 날 얼마나 지치게 하는지! 내 영혼을 얼마나 괴롭히는지! 선량하고 현명한 당신, 판단해봐요. 그런 문제를 정말로 내줄 수 있나요? 단 하루라도 문제가 없는 날이 없고, 하나가 풀리면 더 어려운 문제가 생기고……. 살아 움직이는 사랑을 원했지만, 이건 정말이지 고통스러운 사랑이에요!

이바노프 당신이 내 아내가 되면 문제는 훨씬 더 복잡해질 거야. 당장 포기해! 당신 내부에 있는 건 사랑이 아니라, 순수한 본성의 고집이란 걸 알아둬! 당신은 어떤 일이 있어도 나의 내부에서 인간을 되살려내서 구원하겠다는 목표를 세웠어. 공훈을 완수하고 있다는 생각이 당신을 기쁘게 했지……. 지금 당신은 뒷걸음칠 준비가 돼 있지만 거짓된 감정이 당신을 방해하고 있어. 이해하라니까!

사샤 정말로 이상하고 기괴한 논리군요! 그러니까 내가 당신을 포기할 수 있다는 말인가요? 어떻게 포기하죠? 당신한테는 어머니도, 누이도, 친구도 없어요……. 당신은 몰락한데다, 영지는 다 뺏겼고, 주위에서는 모두들 당신을 비방하고 있어요…….

이바노프 여기에 오다니, 바보 같은 짓을 했어. 내가 하고 싶은 대로 행동했어야 하는데…….

레베데프가 들어온다.

| 9장 |

사샤 (아버지를 향해 달려 나간다) 아빠, 제발요. 그이가 미친 사
람처럼 이리로 달려 들어와서 저를 괴롭혀요! 절더러 자기를 포
기하라는 거예요. 저를 파멸시키고 싶지 않다고 하네요. 저는 그
분의 아량을 바라는 게 아니라고 말씀해주세요! 뭘 하고 있는지
나도 알거든요.

레베데프 아무것도 모르겠구나⋯⋯. 무슨 아량 말이냐?

이바노프 결혼하는 일은 없을 거야!

사샤 할 거예요! 저분에게 말씀하세요. 결혼할 거라고!

레베데프 잠깐, 잠깐만! 어째서 결혼식을 원하지 않는 겐가?

이바노프 사샤에게 이유를 설명했지만, 들으려고 하지 않아.

레베데프 아니, 저 아이한테가 아니라, 나한테 설명해보게. 내가 알
아먹도록 그렇게 설명해보라고! 아아! 니콜라이 알렉세예비치!
하느님이 자넬 심판하실 거야! 자넨 우리의 삶을 너무나도 기만
해서 난 이상한 사람들 속에서 사는 것 같아. 봐도 뭐가 뭔지 알
수가 없어⋯⋯. 이건 벌이야⋯⋯. 자, 나에게 설명해보게. 이봐,
자넬 어떻게 해야 하는 거야? 결투라도 신청할까, 그래?

이바노프 결투는 필요 없네. 잘 판단하고 러시아어를 이해하면 돼.

사샤 (흥분해서 무대를 왔다갔다한다) 무서운 일이야, 무서워! 꼭
어린애 같아!

레베데프 두 팔을 벌리는 일만 남았군. 더 이상은 없어. 들어보게,
니콜라이! 자네 생각에 이 모든 것은 현명하고 정확하네. 심리

학의 규칙에 따른 것이겠지. 하지만 내가 보기에 이건 스캔들이고 불행이야. 이보게, 내 말을 들어봐. 마지막으로! 내가 말하고 싶은 건 바로 그거야. 이성을 진정시키라고! 모든 사람들이 보는 것처럼 사물을 그렇게 보란 말이야! 세상의 모든 것은 단순해. 천장은 하얗고, 장화는 검으며, 설탕은 달아. 자넨 사샤를 사랑하고, 사샤는 자넬 사랑해. 사랑하면 남아 있고, 사랑하지 않으면 떠나게. 불평하지 않을 테니까. 이토록 단순하다니까! 둘 다 건강하고, 똑똑하며, 도덕적이야. 그리고 고마운 일이지만, 배부르고 잘 입고 있어⋯⋯. 뭐가 더 필요한가? 돈이 없나? 별거 아니야! 행복이 돈에 있는 건 아니니까⋯⋯. 물론 이해하네⋯⋯. 자네 영지가 저당 잡혀 있고, 이자를 갚지도 못하고. 하지만 난 아버지이고, 알고 있어⋯⋯. 어머니가 원하는 대로 그냥 내버려둬. 그 여자가 돈을 주지 않는다는 건 돈이 필요 없다는 거야. 슈르카*는 지참금이 필요 없다는 거야. 원칙, 쇼펜하우어⋯⋯. 이 모든 것은 실없는 소리야⋯⋯. 은행에 숨겨놓은 돈 1만 루블이 있어. (주위를 돌아본다) 이것에 대해서는 집안 누구도 몰라⋯⋯ 할머니 돈이었거든⋯⋯. 이걸 너희 둘이⋯⋯ 가져가라고. 다만 조건이 하나 있네. 마트베이에게 2000루블을 줘⋯⋯.

홀에 손님들이 모여든다.

이바노프 파샤, 아무짝에도 쓸데없는 말이야. 양심이 명령하는 대로 행동하겠네.

사샤 그러면 나도 양심이 명령하는 대로 행동하겠어요. 원하는 대

---

* 사샤의 또 다른 애칭.

로 말하세요. 당신을 놔주지 않을 테니까요. 가서 엄마를 부르겠
어요. (나간다)

| 10장 |

레베데프 도대체 모를 일이야…….

이바노프 들어보게, 불쌍한 사람……. 내가 어떤 인간인지는 설명
하지 않겠네. 순수한지 속된지, 건강한지 혹은 정신질환인지.
이해하지 못할 테니까. 난 젊고 열렬했으며, 성의 있고 어리석
지 않았네. 사랑하고 미워했으며, 다른 사람들과는 다르게 믿었
지. 열심히 일을 했고, 열 사람에게 희망을 걸었지. 풍차 방앗간
과 싸웠고, 벽에 이마를 부딪쳤지. 내 힘이 어떤지 가늠하지 않
은 채, 인생을 판단하지도 알지도 못하고 무거운 짐을 짊어졌어.
그 때문에 이내 등이 갈라지는 소리가 났고, 온몸이 고통스러웠
네. 서둘러서 오직 젊음 하나만을 소모한 거야. 취하고 흥분했으
며 일했지. 한도(мера)라는 걸 몰랐거든. 말해보게. 달리 방법이
있었을까? 우린 수가 적었고, 일은 많았네. 많았다니까! 맙소사,
얼마나 일이 많았는지! 내가 투쟁했던 바로 그 삶이 내게 보복
을 하더라니까. 난 지쳐버렸어! 나이 서른에 이미 숙취에 절은
데다, 늙고 실내복을 입었다니까. 묵직한 머리와 게으른 영혼을
가진 나는 지치고, 과로로 몸을 상하고, 녹초가 돼버렸지. 마치
그림자처럼 믿음도 없이, 사랑도 없이, 목표도 없이 사람들 사이
에서 어슬렁거리며 내가 누군지, 왜 사는지, 무엇을 원하는지도
몰라! 그래서 사랑은 어리석고, 애무는 느끼하며, 노동에도 의
미가 없는 것처럼 보여. 노래도 열렬한 말도 속되고 낡아빠진 느

낌이야. 그래서 나는 도처에 우수와 냉담한 권태, 불만족, 삶에 대한 혐오를 불러일으키고 있는 거야……. 돌이킬 수 없이 파멸해버렸네! 자네 앞에 서 있는 인간은 나이 서른다섯 살에 자신의 하잘것없는 공적 때문에 이미 지치고, 환멸한 데다가 짓눌렸다니까. 그자는 부끄러워 얼굴이 붉어지고, 자신의 허약함을 비웃고 있지……. 오, 나의 내부에서 자존심이 얼마나 분개하고 있는지, 광기가 얼마나 나를 질식시키고 있는지! (비틀거리면서) 아아, 얼마나 나는 스스로를 괴롭혔는지! 심지어 비틀거리기까지 하다니……. 허약해졌어. 마트베이는 어디 있지? 그 사람더러 날 집으로 데려가라고 하게.

홀에서 사람들 목소리 "신랑의 들러리가 도착했소!"

| 11장 |

샤벨스키 (들어오면서) 남이 입던 낡아빠진 연미복을 입고…… 장갑도 없이…… 이 얼마나 조소하는 눈길과 어리석은 빈정거림에 속된 미소인가……. 역겨운 쓸모없는 인간들 같으니!

보르킨 (꽃다발을 들고 서둘러 들어온다. 그는 들러리의 꽃을 들고 연미복을 입고 있다) 아아! 그 양반 어디 있죠? (이바노프에게) 당신을 성당에서 오래전부터 기다리고들 있습니다. 그런데 당신은 여기서 철학을 논하고 계시는군요. 희극배우 같아요! 정말로 희극배우라니까! 당신은 신부와 함께 가면 안 됩니다. 나와 함께 따로따로 가야 해요. 교회에서 신부를 데리고 오는 사람은 접니다. 정말로 이런 것조차 모르시나요? 확실히 희극배우야!

리보프 (들어와서, 이바노프에게) 아, 여기 계셨군? (큰 소리로)

272

니콜라이 알렉세예비치 이바노프, 모든 사람들이 다 듣도록 선언한다. 당신은 비열한 인간이야!

이바노프 (냉담하게) 정말로 감사드립니다.

모두가 당황해한다.

보르킨 (리보프에게) 이보세요, 이건 비열한 짓입니다! 당신에게 결투를 신청합니다!

리보프 보르킨 씨. 당신과 싸우는 것뿐만 아니라, 당신과 말하는 것조차 굴욕적인 일이라고 생각합니다! 하지만 이바노프 씨라면 원하시는 때에 배상을 받을 수 있을 겁니다.

샤벨스키 이보시오, 내가 당신과 싸우리다!

사샤 (리보프에게) 왜 그래요? 무엇 때문에 저이를 모욕하신 거죠? 여러분, 저 사람이 나한테 말하도록 해주세요. 왜 그런 거죠?

리보프 알렉산드라 파블로브나, 저는 근거 없이 모욕하지 않았습니다. 당신의 눈을 뜨도록 해드리고자 순정한 인간으로 여기 왔습니다. 그러니 제 말씀을 들어주시기 바랍니다.

사샤 당신이 무슨 말을 할 수 있나요? 당신이 순정한 인간이라고요? 그건 온 세상이 다 알아요. 순수한 양심에 따라 당신은 차라리 이렇게 말하는 게 나을 걸요. 당신은 자신을 알고 있나요, 아니면 모르시나요? 순정한 인간으로 당신은 이곳에 들어오자마자 나를 거의 죽일 정도로 그이를 모욕했어요. 예전에 당신은 그림자처럼 그이를 따라다니면서 살아가는 것을 방해했어요. 그때 당신은 자신의 의무를 다하고 있고, 자신이 순정한 인간이라고 확신했어요. 당신은 그이의 사생활에 끼어들어, 험담을 해대고 비난했습니다. 가능하다면 어디든 가리지 않고 나와 모든 아는 사람들에게 익명으로 숱하게 편지질을 해댔죠. 그리고 언제나 당신은 순정한 사람이라고 확신했어요. 의사 선생님, 당신은 이 것이 순수한 일이라고 생각하면서 그이의 병든 아내마저 소중히 여기지 않았어요. 당신이 계속 의심했기 때문에 그분은 평안을 얻지 못했던 겁니다. 그 어떤 폭력과 어떤 잔인하고 비열한 짓을 했든 당신은 언제나 정말로 순정하고 진보적인 인간이라고 생각 해왔던 거예요!

이바노프 (웃으면서) 결혼식이 아니라, 의회로군! 브라보, 브라보!

사샤 (리보프에게) 자 이제 생각해보세요. 당신 자신을 이해하고 있는지 아닌지 말이죠! 우둔하고 무정한 사람들 같으니! (이바 노프의 손을 잡는다) 여기서 나가요, 니콜라이! 아버지, 가요!

이바노프 어디로 가자는 거지? 잠깐만, 이 모든 걸 곧 끝내겠어! 나 의 내부에서 젊음이 눈을 떠서 예전의 이바노프가 말을 하기 시 작했어! (권총을 꺼낸다)

사샤 (비명을 지른다) 저이가 뭘 하려는지 알아! 니콜라이, 제발!

이바노프 날 내버려둬! (한쪽으로 달려가서 권총으로 자살한다)

막.

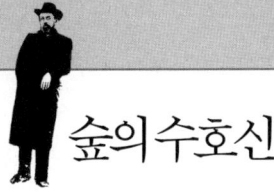

숲의 수호신

| 4막 희곡 |

성숙한 극작가 체호프의 면모가 드러나지 않는, 화장기 없는 초창기 체호프를 볼수 있는 희곡이 〈숲의 수호신〉이다. 낭만성과 사실주의, 이상과 현실, 소설과 드라마의 요소가 상호 충돌하면서 불협화음을 내는 희곡이다. 죽을 때까지도 출간이나공연을 고려하지 않았던 극작가의 완강한 태도가 작품을 바라보는 그의 입장을 웅변한다. 그럼에도 훗날 〈바냐 외삼촌〉의 골간 가운데 상당 부분을 차지하게 되는작품이다.

등장인물

알렉산드르 블라디미로비치 세레브랴코프 퇴직 교수

엘레나 안드레예브나 그의 아내, 27세

소피야 알렉산드로브나 (소냐) 첫 번째 결혼에서 태어난 딸, 20세

마리야 바실리예브나 보이니쓰카야 3등관의 미망인, 교수 전처의 어머니

예고르 페트로비치 보이니쓰키 그녀의 아들

레오니드 스테파노비치 졸투힌 과정을 마치지 않은 공학 기술자, 매우 부유한 청년

율리야 스테파노브나 (율랴) 그의 누이, 18세

이반 이바노비치 오를로프스키 지주

표도르 이바노비치 그의 아들

미하일 리보비치 흐루쇼프 의과대학 과정을 마친 지주

일리야 일리치 쟈진

바실리 졸투힌의 하인

세몬 방앗간 일꾼

1막

졸투힌 영지의 정원. 테라스가 딸린 집. 집 앞마당에 두 개의 식탁이 있다. 커다란 식탁에는 아침식사가 준비되어 있고, 조금 작은 식탁에는 안주가 준비되어 있다. 오후 2시가 넘은 시각.

| 1장 |

졸투힌과 율랴가 집에서 나온다.

율랴 오빠 회색 정장을 입는 게 낫겠어. 이건 안 어울려.

졸투힌 마찬가지야. 하찮은 일이다.

율랴 레네츠카*, 왜 그렇게 침울해? 생일인데 그래도 되는 거야? 오빠 정말이지 나빠! (그의 가슴에 머리를 기댄다)

졸투힌 조금만 덜 사랑해주렴, 제발!

율랴 (눈물을 글썽이며) 레네츠카!

졸투힌 나한테 아무짝에도 쓸모없는 이런 언짢은 키스나 애정 어

---

* 레오니드의 애칭.

린 눈길, 그리고 시계 케이스 대신에 부탁이나 들어주었으면 좋았을 텐데! 어째서 세레브랴코프 집안사람들에게 편지를 쓰지 않은 게냐?

율랴 레네츠카, 편지했어!

졸투힌 누구한테 보냈다는 거야!

율랴 소네츠카*한테. 오늘 오후 1시에 꼭 오라고 부탁했어. 정말로 편지했다니까!

졸투힌 하지만 2시가 넘었는데 그분들은 오시지 않았어. 물론 그분들 마음이지! 필요하지도 않아! 모든 걸 내버려둬야 해. 아무것도 나오지 않을 테니까……. 모욕과 비굴한 감정 말고는 더 이상 아무것도 없어……. 그녀는 나에게 관심이 없어. 미남도 아니고, 매력도 없고, 낭만적인 데라곤 아무것도 없으니 말이야. 만약 그녀가 나와 결혼한다면, 그건 오직 이익 때문일 거야……. 돈 때문일 거야!

율랴 미남이 아니라고……. 오빠 자기를 잘 몰라.

졸투힌 그래, 맞아. 난 장님이야! 턱수염은 다른 사람들과 달리 여기, 목에서부터 자라고…… 콧수염이란 건, 빌어먹을…… 코는…….

율랴 뺨은 왜 누르고 있어?

졸투힌 눈 아래쪽이 다시 아파.

율랴 그래, 조금 부어올랐네. 내가 키스하면 나아질 거야.

졸투힌 바보 같은 소리!

오를로프스키와 보이니쓰키가 들어온다.

*소피야의 애칭.

| 2장 |

같은 사람들, 오를로프스키와 보이니쓰키.

오를로프스키 언제 식사하는 거지? 벌써 2시가 넘었는데!

율랴 대부님, 세레브랴코프 집안사람들이 아직 안 오셨어요!

오를로프스키 언제까지 그 사람들을 기다릴 참이냐? 얘야, 난 먹고 싶구나. 예고르 페트로비치도 마찬가지고.

졸투힌 (보이니쓰키에게) 집안 식구들은 오시는 겁니까?

보이니쓰키 집에서 나올 때 엘레나 안드레예브나는 옷을 갈아입고 있었소.

졸투힌 그러니까 분명히 오신다는 얘기군요?

보이니쓰키 분명하다고는 말할 수 없어요. 느닷없이 우리 장군의 통풍이나 변덕이 있으면, 모두들 주저앉을 테니까요.

졸투힌 그렇다면 식사하도록 합시다. 뭘 기다리겠어요! (소리친다) 일리야 일리치! 세르게이 니코디므이치!

자진과 두세 사람의 손님이 들어온다.

| 3장 |

같은 사람들, 쟈진과 손님들.

졸투힌 드십시오, 여러분. 이리로 오세요. (안주 옆에서) 세레브랴코프 집안사람들은 오시지 않았고, 표도르 이바느이치도 그렇고, 숲의 수호신도 오지 않았어요……. 우릴 잊은 겁니다!

율랴 대부님, 보드카 드시겠어요?

오를로프스키 아주 조금만. 그래 됐어……. 충분해.

쟈진 (냅킨을 목에 감싸면서) 정말로 뛰어난 살림살이로군요, 율리야 스테파노브나! 들판을 걷거나, 정원의 그늘 아래를 산책하거나, 이 식탁을 볼 때에도 도처에서 당신의 마법 같은 손의 강력한 힘을 봅니다. 당신의 건강을 위하여!

율랴 불쾌한 일이 많았답니다, 일리야 일리치! 세상에 어제 나자르카가 새끼 칠면조를 우리에 몰아넣지 않아서 그것들이 정원에서 이슬을 맞은 채 밤을 보냈지 뭐예요. 그래서 오늘 새끼 칠면조 다섯 마리가 죽었답니다.

쟈진 그러면 안 됩니다. 칠면조는 약한 샙니다.

보이니쓰키 (쟈진에게) 와플, 햄 좀 잘라주게!

쟈진 그렇게 함세. 기막힌 햄이로군.《천일야화》의 마술 가운데 하나야. (자른다) 죠르젠카, 예술적으로 잘라주겠네. 베토벤과 세익스피어도 그렇게는 못 자를 거야. 그런데 칼이 무디군그래. (칼을 다른 칼에 대고 간다)

졸투힌 (몸을 떨면서) 으으으! 그만둬, 와플! 견딜 수가 없어!

오를로프스키 말씀 좀 하세요, 예고르 페트로비치! 댁에 무슨 일이 있습니까?

보이니쓰키 아무 일도 없습니다.

오를로프스키 새로운 일은요?

보이니쓰키 없습니다. 모든 게 그대롭니다. 작년에 있었던 것이 지금도 있으니까요. 여느 때처럼 저도 말은 많지만, 행동은 하지 않습니다. 저의 늙은 까마귀 엄마는 여전히 여성 해방에 대해 지껄이고 있습니다. 한눈으로는 무덤을 바라보고 있으면서, 다른 눈으로는 새로운 삶의 여명을 지혜로운 책자에서 구하고 있으니까요.

오를로프스키 그럼 사샤*는요?

보이니쓰키 유감스럽지만 좀이 아직 교수를 다 먹어치우지 못했습니다. 전과 마찬가지로 아침부터 한밤중까지 서재에 앉아서 쓰고 있습니다. "지혜를 다하고, 미간을 찌푸리면서 송시란 송시는 쓰고 또 쓰지만, 그도 송시도 어디서 칭찬하는 소릴 들은 적이 없네." 종이만 아까워요! 소네츠카는 전과 다름없이 지혜로운 책을 읽고 무척 현명한 일기를 쓰고 있습니다.

오를로프스키 사랑스럽고 소중한 것…….

보이니쓰키 제가 관찰한 것만 가지고도 소설을 쓸 수 있습니다. 줄거리도 종이를 고대하고 있다니까요. 퇴직 교수, 늙은 말라깽이, 학식 있는 물고기……. 관절염, 류머티즘, 편두통, 간장과 온갖 것들……. 오셀로처럼 질투심이 많고요. 어쩔 도리 없이 전처의 영지에서 살고 있죠. 왜냐하면 도시에서 살 만한 돈이 없기 때문입니다. 본인이 엄청나게 행복할 때조차도 끝없이 불행을 하소연한다니까요.

오를로프스키 그렇군요!

보이니쓰키 물론입니다! 얼마나 대단한 행복인지 생각 좀 해보세요! 비천한 불목하니의 아들이자 신학생이 학위와 교수 자리를 얻었다는 사실, 고위직에 오르고 원로원 의원의 사위가 되었다는 등등의 사실은 말하지 않도록 합시다. 그 모든 건 중요하지 않으니까요. 하지만 그것만은 아셔야 합니다. 예술에 대해서 전혀 알지 못하는 인간이 꼬박 25년 동안 예술에 대해 읽고 쓰고 했다는 사실 말입니다. 꼬박 25년 동안 그자는 사실주의와 문예

---

* 알렉산드르의 애칭.

사조, 그리고 온갖 종류의 무의미한 것들에 대해 지루하게 늘어놓았던 겁니다. 똑똑한 사람들은 이미 잘 알고 있는 것에 대해서, 어리석은 인간들은 무관심한 것에 대해서 그자는 25년 동안 읽고 썼다는 겁니다. 말하자면 25년 동안 그자는 쓸데없는 일을 해왔다는 겁니다. 그리고 동시에 대단한 성공을 거둔 거예요! 얼마나 유명합니까! 무엇 때문에? 왜 그런 거죠? 무슨 권리가 있어서요?

오를로프스키 (큰 소리로 웃는다) 질투요, 질투!

보이니쓰키 맞습니다. 질툽니다! 여자들에게 얼마나 큰 성공을 거두었습니까! 그 어떤 돈 주앙도 그 같은 완전한 성공을 알지 못합니다! 그자의 첫 번째 아내인 내 누이동생은 아름답고 온화하며, 마치 저 푸른 하늘처럼 순수한 사람이었습니다. 그가 거느린 생도들보다 더 많은 숭배자들이 따랐던 고상하고 관대한 누이는 마치 순수한 천사들이 자기들처럼 순수하고 아름다운 사람들을 사랑할 수 있는 것처럼 그자를 사랑했습니다. 그자의 장모인 내 어머니는 지금까지도 그자를 숭배하고 있어서 지금까지도 그자는 어머니에게 신성한 두려움을 불러일으키고 있습니다. 보셨겠습니다만, 그자의 두 번째 아내는 미인이며 현명합니다. 그 여잔 이미 늙어버린 그자와 혼인해서 젊음, 아름다움, 자유, 광채를 그자에게 바쳤습니다……. 무엇 때문입니까? 왜 그런 거죠? 뛰어난 재능을 가진 예술갑니다! 얼마나 기막히게 피아노를 연주하는지!

오를로프스키 대체로 재능 있는 집안입니다. 보기 드문 집안이에요.

졸투힌 그렇습니다. 이를테면 소피야 알렉산드로브나의 목소리는 정말 기막힙니다. 놀라운 소프라놉니다. 페테르부르크에서도 그런 목소리는 듣지 못했습니다. 그러나 아실 테지만, 고음에서 음색이 지나치게 강합니다. 정말이지 유감입니다! 제게 고음을 주세요! 제게 고음을 주시라고요! 아아, 만일 고음만 해결된다면, 그녀는 놀라운 사람이 될 수 있었을 거라고 목숨을 걸고 보증합니다…… 여러분, 죄송합니다만 율랴에게 할 얘기가 있습니다. (율랴를 한쪽으로 데려간다) 그분들께 심부름꾼을 보내거라. 만일 지금 오실 수 없다면, 점심식사 때라도 오시라고 쓰렴. (나직하게) 바보처럼 굴지 말고, 날 망신시키지 말아라. 문법에 맞게 편지를 쓰도록 해…… 까막눈은 아니잖니……. (큰 소리로 상냥하게) 제발, 애야.

율랴 알았어. (나간다)

쟈진 내가 아직 만나 뵐 수 있는 영광을 가지지 못한, 교수님의 부인이신 엘레나 안드레예브나는 정신적인 아름다움뿐 아니라, 외모까지도 출중하다고들 말하더군요.

오를로프스키 그래, 뛰어난 부인이야.

졸투힌 부인은 남편한테 충실합니까?

보이니쓰키 유감이지만, 그렇습니다.

졸투힌 어째서 유감이란 겁니까?

보이니쓰키 왜냐면 그 충실함이란 게 처음부터 끝까지 거짓된 것이기 때문입니다. 그 안에 미사여구는 많지만, 논리는 없어요. 견딜 수 없는 늙은 남편을 배신하는 것은 부도덕하고, 자신의 내부에 있는 젊음과 살아 있는 감정을 억누르려 애쓰는 것은 부도덕하지 않다는 겁니다. 빌어먹을, 대체 여기에 어떤 논리가 있다는 겁니까?

쟈진 (흐느끼는 목소리로) 죠르젠카, 자네가 그런 말을 하는 게 싫어. 그러니까, 사실…… 몸까지 떨리는군……. 여러분, 제게는 재능도 미사여구도 없습니다. 꾸밈없이 양심에 따라 한 말씀드려도 될까요. 여러분, 아내나 남편을 배신하는 사람은 불성실한 인간이며, 그런 사람은 조국도 배신할 수 있습니다!

보이니쓰키 닥쳐!

쟈진 잠깐만, 죠르젠카……. 이반 이바느이치, 레네츠카, 사랑하는 친구 여러분. 저의 무상한 운명에 주목해주시기 바랍니다. 매력적이지 못한 저의 외모 때문에 아내가 결혼식 다음 날 저를 버리고 사랑하는 남자와 함께 달아났다는 사실은 비밀도 아니고, 누구나 다 알고 있습니다.

보이니쓰키 그 여자가 멋지게 해치운 거지.

쟈진 잠깐만요, 여러분! 그런 사건이 있은 후에도 저는 의무를 소홀히 하지 않았습니다. 지금까지도 저는 그 여자를 사랑하고, 그녀에게 충실하며, 할 수 있는 한 돕고 있습니다. 그리고 그 여자가 사랑하는 남자와 낳은 딸들에게 저의 재산을 넘겨주라는 유언도 해두었습니다. 저는 의무를 소홀히 하지 않았고, 그래서 자랑스럽습니다. 자랑스러워요! 행복은 잃었지만, 제게는 자부심이 남았습니다. 그런데 그 여자는요? 젊음은 이미 사라져버렸고, 아름다움도 자연법칙의 영향을 받아 시들어버렸으며, 사랑하는 남자도 세상을 떠났습니다. 천국이 그와 함께 하기를! 그 여자한테 남은 게 대체 뭐가 있습니까? (앉는다) 저는 진지하게 말씀드리는데, 여러분은 웃고 계시군요.

오를로프스키 자넨 선량한 사람이자, 뛰어난 영혼의 소유자야. 하지만 매우 장황하게 말하면서 두 팔까지 흔들어대다니…….

집에서 표도르 이바노비치가 나온다. 그는 고급 양복지로 만들어진 반코트를 입고, 굽이 높은 장화를 신고 있다. 훈장과 메달 그리고 장식품이 달린 묵직한 금줄을 가슴에 주렁주렁 달고 있으며, 손가락에는 값비싼 반지를 여러 개 끼고 있다.

4장

같은 사람들, 표도르 이바노비치.

표도르 이바노비치 안녕, 친구들!

오를로프스키 (기쁨에 넘쳐) 귀여운 페듀샤*, 내 아들!

표도르 이바노비치 (졸투힌에게) 생일 축하해……. 큰 인물이 되라
　고……. (모든 사람들과 인사를 나눈다) 아버지! 와플, 안녕하신
　가! 많이들 드세요. 어서 드세요.

졸투힌 어딜 돌아다닌 거야? 이렇게 늦으면 안 되잖아.

표도르 이바노비치 더워! 보드카를 마셔야 돼.

오를로프스키 (아들을 대견스레 바라보면서) 애야, 수염이 아주 멋
　지구나……. 여러분, 아주 미남이죠? 보세요. 미남이죠?

표도르 이바노비치 생일 축하해! (마신다) 세레브랴코프 집안사람들
　은 안 온 거야?

졸투힌 안 오셨어.

표도르 이바노비치 흐음……. 율랴는 어디 있는 거지?

졸투힌 저기서 뭘 하느라 꾸물거리는지 모르겠군. 벌써 피로그를
　내올 시각인데. 당장 불러와야겠어. (나간다)

오를로프스키 생일을 맞은 우리 레네츠카가 오늘 웬일인지 기분이
　언짢구먼. 무뚝뚝한 걸 보니.

보이니쓰키 그냥 개새끼죠.

오를로프스키 신경이 뒤죽박죽되면 어쩔 도리가 없으니…….

보이니쓰키 자존심이 너무 강해서 신경이 그 모양입니다. 그자가

* 표도르의 애칭.

있는 곳에서 이 청어가 훌륭하다고 말씀하시면, 그자는 즉시 화를 낼 겁니다. 자기를 칭찬하지 않았기 때문입니다. 대단한 건달이에요. 그자가 오는군요.

율랴와 졸투힌이 들어온다.

| 5장 |

같은 사람들, 졸투힌과 율랴

율랴 안녕, 페젠카*! (표도르 이바노비치와 키스한다) 들어요. (이반 이바노비치에게) 보세요, 대부님. 제가 오늘 레네츠카에게 어떤 선물을 했는지 말이에요. (시계 케이스를 보여준다)

오를로프스키 사랑스러운 내 딸아. 케이스로구나! 대단하구나…….

율랴 금줄 하나가 8루블 50코페이카입니다. 가장자리를 보세요. 진주, 진주 또 진주예요……. 여기 글자가 있습니다. 레오니드 졸투힌. 여기에는 "사랑하는 이에게 드립니다" 하고 비단에 새겨 넣었답니다…….

쟈진 나도 좀 봅시다! 멋지군요!

표도르 이바노비치 그만들 두세요……. 됐습니다! 율랴, 샴페인을 내오라고 해!

율랴 페젠카, 그건 저녁에!

표도르 이바노비치 아니, 또 저녁에! 당장 가져와! 안 그러면 가겠

* 표도르의 또 다른 애칭.

어. 정말로 갈 거라고. 어디 둔 거지? 내가 가서 가져올게.

율랴 폐챠, 당신은 언제나 집안 살림을 엉망으로 만든다니까. (바실리에게) 바실리, 열쇠 받아! 샴페인은 창고에 있어. 알지. 건포도가 들어 있는 가마니 옆 구석에 있는 바구니 속에 있어. 아무것도 깨뜨리지 않게 조심해라!

표도르 이바노비치 바실리, 세 병 가져와!

율랴 페젠카, 당신은 좋은 집주인이 되지 못할 거야……. (모든 사람들에게 피로그를 나눠준다) 여러분, 많이 드세요……. 점심을 먹으려면 아직 멀었어요. 5시는 지나야 하니까요……. 페젠카, 당신은 아무것도 될 수 없을 거야……. 구제불능이라고.

표도르 이바노비치 훈계하러 오셨구먼!

보이니쓰키 누군가 도착한 것 같은데…… 들리세요?

졸투힌 그렇습니다……. 세레브랴코프 집안사람들입니다……. 마침내!

바실리 세레브랴코프 주인어른 가족들께서 오셨습니다!

율랴 (소리친다) 소네츠카! (달려 나간다)

보이니쓰키 (노래한다) 마중 나갑시다, 마중하러 가십시다……. (나간다)

표도르 이바노비치 정말로 좋아들 하는군!

졸투힌 정말이지 절도라곤 없는 사람이야. 교수 부인과 함께 살면서도 그걸 감추지 못하니 말이야.

표도르 이바노비치 누구 말인가?

졸투힌 조르쥬* 말이야. 자네가 오기 전에 무례하다 싶을 만큼 침이 마르도록 그 여자를 칭찬하더라니까.

표도르 이바노비치 그자가 그 여자와 산다는 건 어떻게 알았지?

---

* 죠르젠카와 더불어 예고르의 프랑스식 이름.

졸투힌 장님이라도 된 것 같군……. 마을 전체에 이미 다 퍼졌는데.

표도르 이바노비치 말도 안 돼. 아직은 그 여자와 함께 지내는 사람은 없어. 하지만 조만간 내가 그럴 생각이야…… 알겠어? 나라니까!

| 6장 |

같은 사람들, 세레브랴코프, 마리야 바실리예브나, 엘레나 안드레예브나와 팔장을 낀 보이니쓰키, 소냐와 율랴가 들어온다.

율랴 (소냐에게 키스하면서) 사랑스러운 소냐!

오를로프스키 (마중하러 나가면서) 사샤, 잘 지냈나. 이보게, 잘 지냈지. 저런! (교수와 키스한다) 건강하지? 다행이야!

세레브랴코프 그래, 자넨 어떤가? 괜찮구먼, 기력이 왕성하군 그래! 자넬 만나게 돼서 정말 기쁘네. 도착한 지 오래됐나?

오를로프스키 금요일에 왔다네. (마리야 바실리예브나에게) 마리야 바실리예브나! 어떻게 지내십니까, 각하? (손에 키스한다)

마리야 바실리예브나 친애하는……. (그의 머리에 키스한다)

소냐 대부님!

오를로프스키 소네츠카, 얘야! (그녀에게 키스한다) 귀여운 것, 카나리아…….

소냐 여전히 선량하고 다정다감하며 유쾌한 얼굴이시네요…….

오를로프스키 키도 커지고, 예뻐지고, 어른이 다 됐구나, 얘야…….

소냐 그런데 어떠세요? 건강하신 거죠?

오를로프스키 더할 나위 없이 건강하구나!

소냐 훌륭해요, 대부님! (표도르 이바노비치에게) 그런데 가장 중
요한 분을 못 보고 지나쳤네. (그와 키스한다) 햇볕에 타고 텁수
룩해……. 진짜 거미야!

율랴 소냐!

오를로프스키 (세레브랴코프에게) 자넨 요즘 어떻게 지내는가?

세레브랴코프 뭐 그럭저럭……. 자넨 어떤가?

오를로프스키 무슨 일이 있냐고? 살아가고 있네! 영지는 아들에게
넘겼고, 딸들은 좋은 사람들에게 시집보냈지. 그래서 지금 나보
다 더 자유로운 사람은 없어. 태평스럽게 빈들거리고 있다네!

쟈진 (세레브랴코프에게) 각하께서 다소 늦게 도착하셨습니다. 이
미 피로그의 온도가 현저하게 하락했습니다. 제 소개를 허락해
주십시오. 일리야 일리치 쟈진입니다. 혹은 몇몇 사람들은 제 얼
굴에 마마 자국이 있다는 이유 때문에 몹시 재치 있게 와플이라
는 표현을 쓰고 있습니다.

세레브랴코프 대단히 유쾌하오.

쟈진 마담! 마드무아젤! (엘레나 안드레예브나와 소냐에게 인사한
다) 여기 있는 분들은 모두 저의 친구들입니다, 각하. 언젠가 저
는 큰 재산을 소유했습니다. 그러나 가정 사정 때문에 혹은 지적
인 분들이 표현하시는 것처럼 편집과 무관한 사정 때문에 저는
어떤 불운한 사건으로 인해 7만 루블의 공금을 잃어버린 동생에
게 제몫을 넘겨줘야만 했습니다. 제가 하는 일은 폭풍 같은 자연
의 힘을 개발하는 것입니다. 제 친구인 숲의 수호신에게 빌린 제
분소의 바퀴를 폭풍 같은 파도로 돌리게 하는 것입니다.

보이니쓰키 와플, 닥쳐!

쟈진 우리 조국의 지평선을 장식하시는 학계의 거성들에게 언제나
존경심을 가지고 경탄하고 있습니다. (인사한다) 각하를 방문하
여 학문의 최근 결과에 대한 담화로 영혼을 즐겁게 하고자 열망

하는 저의 불손함을 용서해주시기 바랍니다.

세레브랴코프 그렇게 하세요. 나도 기쁠 겁니다.

소냐 그런데 대부님, 말씀 좀 해보세요. 겨울을 어디서 보내셨나요? 어디로 모습을 감추신 거예요?

오를로프스키 흐문덴과 파리, 니스와 런던에도 갔더랬다, 애야……

소냐 멋지군요! 행복한 분이에요!

오를로프스키 나와 함께 가을에 가자꾸나! 그러고 싶니?

소냐 (노래한다) "괜히 날 유혹하지 마세요."

표도르 이바노비치 식사 때는 노래하지 마. 안 그러면 당신 남편의 아내는 바보가 될 테니.

쟈진 이 식탁을 지금 a vol d'oiseau* 내려다본다면 흥미로울 겁니다. 참으로 매혹적인 꽃다발입니다! 우아함, 아름다움, 깊이 있는 학식과 영광의 조합이라고나……

표도르 이바노비치 참으로 매혹적인 언변이로군! 대체 무슨 말을 하는 건지! 마치 누군가가 자네 등을 대패로 밀기라도 하는 것처럼 말하는군……

웃음.

오를로프스키 (소냐에게) 그런데 여태 시집을 가지 않았구나……

보이니쓰키 미안합니다만, 소냐가 누구한테 시집가겠어요? 훔볼트는 이미 죽었고, 에디슨은 아메리카에 있고, 라쌀레도 죽어버렸는데……. 얼마 전에 탁자에서 소냐의 일기장을 봤는데, 대단하더군요. 펴서 읽어봤습니다. "아니야, 난 결코 사랑하지 않을 거야……. 사랑, 그것은 다른 성을 가진 대상에게 나의 자아가 이기

* [원주] 새가 날아가는 높이에서(프랑스어).

적으로 끌리는 거야……." 더욱이 거긴 온갖 게 다 있더라고요!
선험적인 것과 적분 원리의 꼭짓점……. 쳇! 어디서 배운 거냐?

소냐 다른 사람이 절 비꼴 수는 있지만, 조르쥬 삼촌은 아니에요.

보이니쓰키 어째서 화내는 거냐?

소냐 만약 한마디라도 더 말하시면 우리 두 사람 가운데 한 사람은
집으로 가야합니다. 저나 삼촌이나…….

오를로프스키 (큰 소리로 웃는다) 저런, 성질하고는!

보이니쓰키 그래요, 성질하고는. 그것 참……. (소냐에게) 자, 손!
손을 주렴! (손에 키스한다) 화목과 화합…… 더 말하지 않으
마…….

| 7장 |

같은 사람들과 흐루쇼프.

흐루쇼프 (집에서 나오면서) 어째서 나는 화가가 아닐까요? 기막
힌 조합입니다.

오를로프스키 (기쁨에 넘쳐) 미샤!* 나의 대자!

흐루쇼프 생일 축하해! 안녕하세요, 율레츠카. 오늘 무척 좋아보이
세요! 대부님! (오를로프스키와 키스한다) 소피야 알렉산드로
브나…… (모든 사람들과 인사한다)

졸투힌 아니, 이렇게 늦게 와도 되나? 어디 있었나?

흐루쇼프 환자에게 갔었네.

* 미하일의 애칭.

율랴 피로그가 오래전에 식어버렸어요.

흐루쇼프 괜찮아요, 율레츠카. 조금 식어도. 어디 앉을까요?

소냐 이리 앉으세요……. (그에게 옆자리를 준다)

흐루쇼프 날씨가 엄청스레 좋습니다. 내 식욕도 대단하고……. 잠 깐만요, 보드카를 마시고……. (마신다) 생일 축하해! 피로그도 먹고……. 율레츠카, 이 피로그에 키스해주세요. 더 맛있어질 겁니다……. (율랴가 키스한다) 메르시. 대부님, 어떻게 지내십니까? 오랫동안 뵙지 못했습니다.

오를로프스키 그래, 오랜만에 보는군. 외국에 다녀왔다네.

흐루쇼프 들었습니다, 들었어요……. 부럽습니다. 그런데 표도르, 자넨 어찌 살고 있나?

표도르 이바노비치 괜찮네. 마치 기둥에 의지하듯 자네들 기도에 의지하고 있다네…….

흐루쇼프 일은 잘돼가나?

표도르 이바노비치 불평할 수 없다네. 잘 살고 있어. 다만, 이보게, 많이 돌아다니는 게 문제야. 지쳐버렸어. 여기서 카프카스로, 카프카스에서 여기로, 여기서 다시 카프카스로. 그렇게 끝도 없이 미친 사람처럼 돌아다니고 있거든. 알다시피 그곳에 영지가 두 곳 있잖아!

흐루쇼프 알고 있네.

표도르 이바노비치 소유지를 넓혀가면서 독거미와 전갈을 잡고 있어. 사업은 대체로 잘되고 있지. 하지만 "진정하세요, 정열의 파도여"에 이르면 모든 건 예전과 똑같은 상태야.

흐루쇼프 사랑에 빠진 거겠지, 물론?

표도르 이바노비치 숲의 수호신, 이럴 땐 마셔야 해. (마신다) 여러분, 결혼한 여자는 절대로 사랑하지 마세요! 정말이지 결혼한 여자를 사랑하느니 여러분의 충실한 하인처럼 어깨와 다리에 관통상을 입는 게 낫습니다……. 너무나도 불행한 일이니까요…….

소냐 희망이 없나요?

표도르 이바노비치 아니, 무슨 말을! 희망이 없다니……. 이 세상에 희망이 없는 경우는 없죠. 희망이 없다거나, 불행한 사랑이라. 오오, 아아, 그 모든 건 장난질이야. 오직 바라기만 하면 돼요……. 총이 불발하지 않기를 바라면, 총은 불발하지 않아요. 어떤 부인이 날 사랑하기를 바라면, 그녀는 날 사랑하게 된다니까요. 그렇게 되는 거야, 소냐 형제. 만일 내가 어떤 여자를 찍으면, 그 여자는 내게서 벗어나는 것보다 달 위로 뛰어오르는 것이 더 쉽다고 생각하는 것 같아.

소냐 정말이지 당신은 무서운 사람이에요!

표도르 이바노비치 내게서 못 벗어나지, 그렇고말고! 그 여자와 몇 마디도 나누지 않았는데, 그녀는 이미 내 손아귀에 있다니까……. 그래요……. 난 다만 이렇게 말하죠. "부인, 창문을 내다보실 때에는 언제나 날 생각하셔야 합니다. 그러시길 바랍니다……." 그러면 그녀는 하루에도 날 천 번이나 생각하게 되는 거죠. 더욱이 매일 난 그녀에게 편지질을 해대는 겁니다.

엘레나 안드레예브나 편지는 미덥지 못한 수단이에요. 편지를 받는다 해도 읽지 않을 수 있으니까요.

표도르 이바노비치 그렇게 생각하세요? 흐음……. 지금껏 35년을 살았지만 편지를 뜯어보지 않을 정도로 용기 있는 그런 보기 드문 여자는 왜 그런지 만나지 못했습니다.

오를로프스키 (아들을 대견스레 바라보면서) 어떻소? 내 아들, 참 미남이야! 나도 저랬지. 한 치도 어긋남 없이 저랬다니까! 다만 전쟁에 나가지 않았고, 보드카를 마시며 돈을 낭비했지. 무서운 일이야!

표도르 이바노비치 그녀를 사랑한다네, 미샤. 진지하고 지독하게……. 그녀가 원하기만 한다면, 모든 걸 주고 싶어……. 그녀를 카프카스 산맥에 있는 내 집으로 납치해서 속 편히 살았으면 한다니까……. 엘레나 안드레예브나, 저는 충실한 개처럼 그녀를 지킬 테고, 그녀는 마치 우리 두목이 노래하는 것처럼 될 겁니다. "나의 충실한 여인이여, 그대는 세계의 여왕이 되리라." 하지만 그 여잔 자신의 행복을 모릅니다!

흐루쇼프 그 행복한 여인은 누군가?

표도르 이바노비치 많은 걸 알려고 하면 빨리 늙는 법이야……. 하지만 이 문제는 이 정도로 해두세. 이제 다른 얘길 시작해봄세. 한 10년 전인가, 그때 레냐*가 아직 중학생이었는데, 우리가 그 친구 생일을 축하해줬던 게 기억나는군. 여기서부터 집까지 말을 타고 갔는데, 오른팔에는 소냐를, 왼팔에는 율카**를 안고 갔지. 둘 다 내 수염을 붙잡고 있었다네. 여러분, 내 청춘의 벗들인 소냐와 율랴의 건강을 위해 마십시다!

쟈진 (큰 소리로 웃는다) 멋져요! 멋집니다!

표도르 이바노비치 언젠가 전쟁이 끝난 다음 트라페존트에서 어느 터키 대신과 흠뻑 취했는데……. 그가 묻기를…….

쟈진 (말을 가로채면서) 여러분, 훌륭한 관계를 위하여 건배합시다! 우정 만세! 만세!

표도르 이바노비치 정지, 정지, 정지! 소냐, 내 말 잘 들어! 빌어먹을, 내기하겠어! 식탁 위에 300루블을 두겠어! 식사한 다음 크로케를 하러 가자고. 단 한 번에 모든 문을 통과해서 돌아오는 데에 걸겠어.

소냐 좋아요, 하지만 나한텐 300루블이 없군요.

표도르 이바노비치 만일 당신이 지면, 나한테 마흔 번 노래를 불러줘.

소냐 알았어요.

자진 멋져요! 멋집니다!

엘레나 안드레예브나 (하늘을 바라보면서) 날아가는 저 새가 뭐죠?

졸투힌 매군요.

표도르 이바노비치 여러분, 매의 건강을 위해!

소냐가 큰 소리로 웃는다.

오를로프스키 저런, 우리 소냐 웃음보가 터졌구나! 무슨 일이냐?

흐루쇼프가 큰 소리로 웃는다.

마리야 바실리예브나 소피, 무례하구나!

흐루쇼프 아아, 미안합니다. 여러분...... 이제 그만하겠습니다, 이제.......

오를로프스키 이런 걸 두고 정신없이 웃는다고 하지.

보이니쓰키 저 두 사람한테 손가락을 보여주면 즉시 웃기 시작할 거야. 소냐! (손가락을 보여준다) 자, 보라니까…….

흐루쇼프 됐습니다, 여러분! (시계를 본다) 이런, 수호자 미하일이여, 먹고 마셨으니 이제 체면을 아셔야지. 가야할 시각입니다.

소냐 어디로요?

흐루쇼프 환자에게 갑니다. 난 의학이 싫어요. 역겨운 아내처럼, 기나긴 겨울처럼 말이죠…….

세레브랴코프 미안합니다만, 의학은 당신 직업이자 일이잖아요. 말하자면…….

보이니쓰키 (비꼬면서) 저 친구에겐 다른 직업도 있지요. 자기 땅에서 이탄을 캡니다.

세레브랴코프 뭐?

보이니쓰키 이탄. 어떤 기술자가 정확하게 계산해보니까 저 사람 땅에는 72만 루블 어치의 이탄이 매장돼 있다는 겁니다. 무시하지 말라고요.

흐루쇼프 돈 때문에 이탄을 캐는 건 아닙니다.

보이니쓰키 대체 무엇 때문에 이탄을 캐는 거요?

흐루쇼프 여러분이 숲을 벌목하지 못하게 하려고 그러는 겁니다.

보이니쓰키 왜 벌목하지 말라는 거요? 당신 말에 따르면, 숲은 그 안에서 처녀 총각들이 야호 소리나 지르라고 있는 것 같군요.

흐루쇼프 그런 말은 한 적 없습니다.

보이니쓰키 숲을 보호해야 한다는 말을 지금까지 당신한테서 듣는 영광을 가졌지만, 그 모든 것은 낡고, 시시하며, 편파적인 겁니다. 정말로 미안합니다. 근거 없이 판단하는 건 아닙니다. 당신의 모든 변론은 거의 기억할 만큼 알고 있으니 말이오……. 예를 들어…… (높아진 언성으로, 그리고 마치 흐루쇼프를 모방하는 것처럼 몸짓을 하면서) 오오, 여러분. 당신들은 숲을 파괴하고 있습니다. 하지만 숲은 대지를 장식하고, 인간에게 아름다움을 이해하도록 가르치며, 인간에게 훌륭한 영혼을 고취합니다. 숲은 혹독한 기후를 완화합니다. 기후가 온화한 곳에서는 자연과 투쟁하는데 힘이 적게 소모되며, 그래서 그곳에서는 사람들도 더 부드럽고 선량합니다. 기후가 온화한 나라에서는 사람들이 아름답고, 유연하며, 쉽사리 감동받으며, 언어도 세련되고, 행동도 우아합니다. 거기서는 과학과 예술이 꽃을 피우고, 철학도 음울하지 않으며, 여성을 대하는 태도 또한 세련되고 고상합니다. 그리고 기타 등등, 기타 등등……. 이 모든 것은 멋집니다만, 유력한 증거가 되기엔 부족합니다. 그러니 내가 계속해서 장작으로 난로를 피우고, 나무로 헛간을 만들도록 허락해주시오.

흐루쇼프 필요해서 벌목하는 건 가능하지만, 숲을 파괴하는 것은 그만둬야 합니다. 모든 러시아의 숲은 도끼에 찢겨져나가고, 엄청난 수의 나무가 죽어가고 있어요. 길짐승과 날짐승의 보금자리는 황폐화되고, 하천은 얕게 말라가고 있으며 기막힌 풍경은 돌이킬 수 없이 사라지고 있습니다. 이 모든 것은 게으른 인간이 몸을 숙여 땅에서 땔감을 주워 올릴 생각을 하지 않기 때문입니다. (나무를 보여준다) 이렇게 아름다운 걸 난로에 태워버리고, 창조할 수 없는 것을 파괴하는 것은 무분별한 야만인이나 하는 짓이에요. 자신에게 주어진 것을 증가시키려고 인간은 이성과 창조력을 부여받았습니다. 그러나 지금까지 인간은 창조가 아니라, 파괴만 일삼아 왔습니다. 숲은 점점 더 줄어들고, 강은 말라가고, 야생동물은 사라지고, 기후는 망가져 버렸습니다. 그래서 대지는 나날이 점점 더 빈곤하고 추해지고 있는 겁니다. 당신들은 나를 빈정거리는 눈으로 바라보고, 내가 하는 모든 말은 낡고 시시한 것으로 생각합니다. 그러나 벌목으로부터 내가 구한 농부들의 숲을 지나갈 때나, 혹은 내 두 손으로 심은 어린 숲이 내는 사각사각 하는 소리를 들을 때면 기후도 어느 정도 내 수중에 있으며, 만일 천년 뒤의 인간이 행복해진다면, 나도 거기에 다소 기여할 것이란 사실을 의식하게 됩니다. 자작나무를 심고, 나중에 그것이 푸르러져서 바람에 흔들리는 걸 볼 때면, 하느님이 유기체를 창조하시는 걸 내가 돕고 있구나, 하는 자긍심으로 영혼이 충만해지곤 합니다.

표도르 이바노비치 (말을 가로채면서) 숲의 수호신, 자네의 건강을 위해!

보이니쓰키 이 모든 게 기막히지만, 사태를 흥미본위의 관점이 아니라 과학적인 관점으로 본다면…….

소냐 조르쥬 삼촌, 삼촌 말씀은 사람을 콕콕 찔러요. 그만두세요!

흐루쇼프 정말로 예고르 페트로비치, 이 문제에 대해서는 그만합시다! 부탁입니다.

보이니쓰키 그렇게 합시다.

마리야 바실리예브나 아아!

소냐 할머니, 왜 그러세요?

마리야 바실리예브나 (세레브랴코프에게) 자네한테 말하는 걸 잊었네, 알렉산드르……. 기억력이 안 좋아서……. 하리코프에서 파벨 알렉세예비치가 보낸 편지를 오늘 받았는데…… 자네한테 인사를 전하라고…….

세레브랴코프 고맙습니다, 정말 기쁘군요.

마리야 바실리예브나 새로운 팸플릿을 보내고는 자네한테 보여주라고 부탁했다네.

세레브랴코프 재미있습니까?

마리야 바실리예브나 재미는 있는데, 어째 조금 이상해. 7년 전에 자기가 옹호했던 걸 반박하고 있으니 말일세. 그건 우리 시대에 정말로 전형적인 것이야. 그토록 쉽사리 자신의 확신을 바꾼 적은 일찍이 없었으니까. 무서운 일이야!

보이니쓰키 무서울 거 없어요. 붕어나 드세요, 어머니.

마리야 바실리예브나 하지만 난 말을 하고 싶구나.

보이니쓰키 하지만 우리는 이미 50년 동안 경향과 진영에 대해서 말했어요. 이젠 그만둘 때가 된 겁니다.

마리야 바실리예브나 어쩐지 넌 내가 말하는 걸 듣고 싶지 않은 게로구나. 미안하다, 조르쥬. 하지만 넌 작년에 너무도 변해서 나도 널 전연 알아보지 못할 지경이 돼버렸구나. 넌 확고한 신념과 빛나는 개성을 가지고 있었는데…….

298

보이니쓰키 오, 그래요! 저는 빛나는 개성을 가지고 있었지만, 어느 누구도 비추지 못했어요. 일어나서 말씀드릴게요. 저는 빛나는 개성의 소유자였습니다······. 가시 돋친 말로 비꼬시면 안 되죠. 저는 이제 마흔일곱 살입니다. 작년까지만 해도 저도 어머니처럼 온갖 추상적인 것과 스콜라 철학으로 눈을 흐리게 하려고 무던히 애썼어요. 진짜 삶을 보지 않으려고 말입니다. 그리고 나는 잘하고 있다고 생각했죠······. 근데 지금은 나 스스로가 얼마나 어처구니없는 바보처럼 생각되는지 어머니가 알아주신다면······. 지금 이렇게 늙어버린 건 불가능한 모든 걸 가질 수도 있었던 시간을 어리석게 허비했기 때문입니다.

세레브랴코프 잠깐. 조르쥬, 자넨 마치 이전에 가지고 있던 확신이 틀렸다고 비난하는 것 같은데······.

소냐 그만하세요, 아빠! 지루해요!

세레브랴코프 잠깐. 자네는 마치 이전에 가지고 있던 확신이 틀렸다고 비난하는 것 같아. 하지만 비난받아야 하는 건 그게 아니라, 자네 자신이야. 자넨 일하지 않는 확신이란 죽은 거란 사실을 잊은 거야. 자넨 일을 해야만 했어.

보이니쓰키 일이라고 했나? 모든 사람이 글을 쓰는 Perpetuum Mobile*가 될 수는 없어.

세레브랴코프 대체 무슨 말을 하고 싶은가?

보이니쓰키 아무것도 아니야. 이런 이야긴 그만두세. 집에 있는 것도 아니니까.

마리야 바실리예브나 기억력이 다 바닥나버렸어······. 식사하기 전에 물약을 먹으라고 말한다는 걸 잊어버렸구먼, 알렉산드르. 약은 가져왔는데, 말하는 걸 잊어버렸어.

* [원주] 영원한 기계(라틴어).

세레브랴코프 필요 없습니다.

마리야 바실리예브나 하지만 자넨 병자야, 알렉산드르! 자넨 몹시 아프다니까!

세레브랴코프 어째서 그걸 그렇게 떠벌리시는 겁니까? 늙었다, 아프다, 늙었다, 아프다……. 만날 하는 소리가 그거니! (졸투힌에게) 레오니드 스테파느이치, 나는 자리에서 일어나 방으로 들어가야겠어요. 여기는 조금 덥고, 모기가 깨무는군요.

졸투힌 그렇게 하십시오. 식사는 끝났습니다.

세레브랴코프 감사합니다. (집으로 들어간다. 마리야 바실리예브나가 그의 뒤를 따라 걸어간다)

율랴 (오빠에게) 교수님 뒤를 따라가! 난처해지잖아!

졸투힌 (그녀에게) 빌어먹을! (나간다)

쟈진 율리야 스타파노브나, 충심으로 감사드리도록 허락해주십시오. (손에 키스한다)

율랴 별 말씀을요, 일리야 일리치. 많이 드시지도 않았는데…….

사람들이 그녀에게 감사의 뜻을 표한다.

괜찮습니다, 여러분! 여러분 모두 너무 적게 드셨어요!

표도르 이바노비치 자, 여러분. 이제 뭘 할까요? 이제 내기 크로케를 하러 갑시다……. 그런데 그다음엔?

율랴 그다음엔 먹어야죠.

표도르 이바노비치 그다음엔?

흐루쇼프 그다음엔 모두 저한테 오세요. 저녁에 호수에서 낚시를 합시다.

표도르 이바노비치 기막히군.

쟈진 멋집니다.

소냐 그렇다면, 여러분……. 이제 내기 크로케를 하러 가도록 해
요……. 그다음엔 조금 일찍 율랴 집에서 식사를 하고, 7시쯤에
숲의…… 그러니까 바로 그 미하일 리보비치 댁으로 가도록 해
요. 좋아요. 가요, 율레츠카. 공을 가지러. (율랴와 함께 집으로
간다)

표도르 이바노비치 바실리, 크로케 경기장으로 포도주를 가져오너
라! 승자들의 건강을 위해 마실 테니. 자, 아버지, 고상한 경기
를 하러 가실까요.

오를로프스키 잠깐만, 애야. 나는 교수와 5분 정도 함께 있어야겠
다. 난처하게 됐잖니. 예의는 지켜야 하는 법이니까. 그동안 내
공으로 경기하렴. 곧 내가……. (집으로 간다)

쟈진 박학다식한 알렉산드르 블라디미로비치의 말씀을 들으러 가
야지. 고상한 향락을 미리 즐기면서…….

보이니쓰키 자네한테 질렸어, 와플. 가라고.

쟈진 갑니다요! (집으로 간다)

표도르 이바노비치 (정원으로 걸어가면서 노래한다) "그래서 당신
은 세계의 여왕이 되리니, 나의 영원한 여친이여……." (나간다)

흐루쇼프 나도 이제 조용히 가야겠군요. (보이니쓰키에게) 예고르
페트로비치, 앞으로는 절대로 숲이나 의학에 대해서 말하지 않
기를 간절하게 부탁드립니다. 왜 그런지 모르지만, 당신이 그것
에 대해 말을 하고 나면, 마치 도금하지 않은 그릇으로 식사를
했다는 느낌이 온종일 들거든요. 안녕히 계십시오. (나간다)

8장

엘레나 안드레예브나와 보이니쯔키.

보이니쯔키 협량한 인간입니다. 누구나 어리석은 말을 할 수는 있겠습니다만, 나는 사람들이 열정적으로 말하는 걸 좋아하지 않습니다.

엘레나 안드레예브나 하지만 조르쥬. 당신은 또 참을 수 없이 행동하셨어요! 마리야 바실리예브나와 알렉산드르와 논쟁하고, 영원한 기계라고 말할 필요가 있었나요! 정말 그릇이 작군요!

보이니쯔키 하지만 그 사람을 증오한다면!

엘레나 안드레예브나 다른 사람들과 같다는 이유로 알렉산드르를 증오하는 거예요…….

소냐와 율랴가 크로케용의 공과 방망이를 들고 정원을 지나간다.

보이니쯔키 만일 당신이 자신의 얼굴과 동작을 볼 수 있다면…….
당신은 얼마나 나태하게 살고 있는지! 아아, 얼마나 나태한지!

엘레나 안드레예브나 아아, 나태하기도 하고 지루하기도 하죠!

사이.

내가 있는데도 모든 사람들이 아무런 거리낌 없이 남편을 욕하고 있어요. 모두가 동정하는 눈으로 나를 봅니다. 불행한 여자 같으니, 늙은 남편과 살다니! 모든 사람들, 심지어 선량한 사람들조차 내가 알렉산드르 곁을 떠나길 바란다니까요……. 나에 대한 이런 동정, 측은해 하는 눈길과 동정어린 한숨은 하나를 향하고 있어요. 방금 전에 숲의 수호신이 말한 것처럼 당신들 모두는 무분별하게 숲을 파괴하고 있어서, 이제 곧 지상에는 아무것도 남지 않을 겁니다. 그것과 마찬가지로 당신들은 무분별하게 인간을 파괴하고 있으며, 그래서 곧 당신들 덕분에 지상에는 어떤 성실성도, 순수함도, 자신을 희생할 능력도 남지 않을 거예요. 자기 아내도 아닌데, 어째서 당신들은 한 남자의 충실한 아내를 무심하게 바라볼 수 없는 건가요? 숲의 수호신이 옳게 말한 것처럼 당신들 모두의 내부에는 파괴의 악령이 도사리고 있기 때문일 거예요. 당신들은 숲도, 새도, 여자도, 누구에 대해서도 동정하지 않아요.

보이니쓰키 그런 철학을 좋아하지 않습니다!

엘레나 안드레예브나 그 사람의 뻔뻔스러움 때문에 질려버렸다고 표도르 이바느이치한테 말씀해주세요. 정말이지 역겨워요. 내 두 눈을 들여다보고는 모든 사람들이 있는 곳에서 결혼한 여자에 대한 자신의 사랑을 큰 소리로 떠들어대잖아요. 정말로 재치가 넘친다니까요!

정원에서 "브라보! 브라보!" 하는 목소리.

하지만 그 숲의 수호신은 얼마나 사랑스러운지요! 그분은 우리 집에 자주 오셨지만, 나는 수줍어서 한 번도 그 사람과 충분히 말하지도 못했고, 친절하게 대해주지도 못했어요. 그 사람은 내가 못되거나 오만한 여자라고 생각할 거예요. 조르쥬, 우리가 친구로 지내는 건 필시 우리 두 사람 다 따분하고 지루한 인간들이기 때문일 거예요! 따분한 인간들! 날 그렇게 쳐다보지 말아요. 그런 거 싫어요.

보이니쓰키 당신을 사랑하는데 어떻게 다른 눈길로 당신을 바라볼 수 있겠어요? 당신은 나의 행복이고, 인생이며, 청춘입니다! 당신이 나를 사랑할 가능성은 전혀 없다는 것을 압니다. 하지만 아무것도 필요하지 않습니다. 그저 당신을 바라보고, 당신 목소리를 듣게 해주시면 됩니다…….

| 9장 |

같은 사람들과 세레브랴코프.

세레브랴코프 (창문에서) 레노츠카*, 당신 거기 있어?
엘레나 안드레예브나 네.
세레브랴코프 이리 와서 우리와 함께 있어, 여보……. (모습을 감춘다)

엘레나 안드레예브나가 집으로 걸어간다.

보이니쓰키 (그녀의 뒤를 따라 가면서) 내 사랑에 대해서 말하도록 허락하시고, 나를 멀리 쫓아내지 말아요. 그러면 그 하나가 나에겐 가장 커다란 행복이 될 테니까요.

막.

* 엘레나의 애칭.

2막

세레브랴코프 집의 식당. 찬장, 방 한가운데에 식탁이 있다. 새벽 1시가 넘은 시각. 정원에서는 파수꾼이 두드리는 딱따기 소리가 들린다.

| 1장 |

열린 창문 앞에 있는 안락의자에 앉아서 졸고 있는 세레브랴코프. 엘레나 안드레예브나도 그의 옆에 앉아서 졸고 있다.

세레브랴코프 (잠에서 깨어나) 누구냐, 여기? 소냐, 너냐?

엘레나 안드레예브나 저예요…….

세레브랴코프 레노츠카, 당신이로군……. 견딜 수 없을 정도로 너무 아파!

엘레나 안드레예브나 담요가 마룻바닥으로 떨어졌네요……. (그의 다리를 감싸준다) 창문을 닫을게요, 알렉산드르.

세레브랴코프 아니야, 숨이 막혀……. 방금 졸다가 꿈을 꿨는데, 왼쪽 다리가 내 다리가 아닌 것 같아서……. 너무 아파서 잠에서 깼어. 아니야, 이건 통풍이 아니라, 외려 류머티즘이야. 지금 몇 시지?

엘레나 안드레예브나 12시 20분이에요.

사이.

세레브랴코프 아침에 서재에서 바튜슈코프* 좀 찾아줘. 우리 집에 있는 것 같아.

엘레나 안드레예브나 네?

세레브랴코프 아침에 바튜슈코프 좀 찾아달라고. 내 기억으론 우리 집에 있었어. 그런데 어째서 이렇게 숨 쉬기가 힘든 거지?

엘레나 안드레예브나 피곤해서 그래요. 이틀 밤이나 못 주무셨잖아요.

세레브랴코프 투르게네프는 통풍이 협심증이 되었다고들 하더군. 나도 그렇게 될까 봐 걱정이야. 늙는다는 건 역겹고 저주받을 노릇이야. 빌어먹을. 늙어지니 내 자신이 역겨워지는군. 분명 당모두들 날 바라보는 게 역겨울 거야.

엘레나 안드레예브나 당신이 늙은 게 마치 우리 모두의 잘못인 것처럼 말씀하시네요.

세레브랴코프 당신한테 제일 역겨울 테지.

엘레나 안드레예브나가 물러나서 조금 떨어진 곳에 앉는다.

세레브랴코프 물론 당신이 맞아. 나도 어리석지 않아서 알고 있다니까. 당신은 젊고, 건강하며, 아름답게 살고 싶을 거야. 하지만 난 늙은이고 반송장이나 다름없어. 왜? 정말 내가 모르고 있을까? 그래, 지금껏 내가 살아 있다는 건 물론 어리석은 짓이야. 하지만 조금만 기다려줘. 얼마 안 있어 당신들 모두 해방시켜줄 테니

17871855

306

까. 얼마 동안은 그래도 근근이 살아야 해.

엘레나 안드레예브나 사샤, 난 지쳐버렸어요. 만일 잠 못 자는 밤에 대해 내가 보상받을 가치가 있다면, 딱 한 가지만 부탁해요. 아무 말 마세요! 더 이상 아무것도 필요 없어요.

세레브랴코프 나 때문에 모두가 지치고, 따분하며, 젊음을 망치고 있는데, 오직 나 한 사람만 인생을 향락하고 만족하고 있다는 얘기로군. 그럼. 그래, 물론이야!

엘레나 안드레예브나 그만해요! 날 괴롭히고 있잖아요!

세레브랴코프 모든 사람들을 괴롭히고 있지. 그렇다마다!

엘레나 안드레예브나 (울면서) 견딜 수 없어! 나한테 바라는 게 뭐죠?

세레브랴코프 없어.

엘레나 안드레예브나 그렇다면 입 다무세요. 부탁이에요.

세레브랴코프 이상한 일이야. 조르쥬나 늙은 천치 마리야 바실리예브나가 말하기 시작하면 아무렇지도 않고, 모두가 귀를 기울이는데, 내가 한 마디만 하면 모든 사람들이 불행하다고 느끼기 시작하니 말이야. 내 목소리마저 역겨운 모양이야. 그래, 내가 역겹고, 이기주의자고, 폭군이라고 해두자. 그런데 정말로 늙어서까지 이기주의에 대한 약간의 권리도 없단 말이야? 정말이지 그럴 자격이 없다고! 내 삶은 고달팠어. 나와 이반 이바느이치는 같은 시기에 대학에 다녔지. 그 친구한테 물어봐. 방탕하고 집시들을 찾아다녔던 그 친구는 내 은인이었어. 그때 난 값싸고 더러운 방에서 살았고, 황소처럼 밤낮으로 일했으며, 배고팠고, 남의 돈으로 살아가고 있다는 생각에 괴로웠지. 그다음에 난 하이델베르크에 갔지만 하이델베르크를 보지 못했어. 파리에 갔지만 파리를 보지 못했다니까. 언제나 사면 벽에 갇힌 채 일을 했으니까 말이야. 대학에 자리를 얻고 난 다음 나는 평생을 학문에 바쳤어. 충실하고 진실하게 말이야. 지금도 그러고 있어. 묻겠어.

정말이지 그 모든 것에 대한 대가로 평온한 노년을 누릴 권리가, 사람들의 주목을 받을 권리가 내겐 없는 거냐고?

엘레나 안드레예브나 누구도 당신의 권리에 반대하지 않아요.

바람 때문에 창문이 덜컹거린다.

바람이 부는군요. 창문 닫을 게요. (닫는다) 이제 비가 올 거예요. 누구도 당신의 권리에 반대하지 않아요.

사이. 파수꾼이 딱따기를 두드리고 노래를 부른다.

세레브랴코프 평생 학문을 위해 일했고, 서재와 강의실, 존경할 만한 동료들과 함께 했는데, 느닷없이 이렇다 할 이유도 없이 이런 무덤 속에 갇혀서 날이면 날마다 속된 인간들을 보고, 하잘것없는 얘기나 듣고 있다니까. 난 즐겁게 살고 싶고, 성공을 사랑하며, 명성과 소음을 좋아해. 그런데 여기는 마치 유배지 같아. 매 순간 지난날을 동경하고, 다른 사람들의 성공을 지켜보며 죽음을 두려워하고 있다니……. 견딜 수 없어! 정말이지! 여기서는 누구 한 사람 내가 늙었다는 걸 용서하려고 하지 않는다니까!

엘레나 안드레예브나 기다리세요. 인내심을 가져요. 오륙 년만 지나면 나도 늙을 테니까.

소냐가 들어온다.

2장

같은 사람들과 소냐.

소냐 어째서 그토록 오랫동안 의사가 오지 않는지 모르겠어요. 만일 지역 의사를 만나지 못하면 숲의 수호신에게 다녀오라고 스테판에게 말했어요.

세레브랴코프 네 숲의 수호신이 나한테 무슨 소용이냐? 그자의 의학 지식이란 건 내가 가진 천문학 지식이나 매한가지야.

소냐 아버지 통풍 때문에 의과대학 전부를 이리로 부르진 마세요.

세레브랴코프 그런 어리석은 자들과는 말하기도 싫다.

소냐 마음대로 하세요. (앉는다) 마찬가지니까요.

세레브랴코프 지금 몇 시냐?

엘레나 안드레예브나 2시 다 돼가요.

세레브랴코프 무덥구나……. 소냐, 식탁에서 물약 좀 다오!

소냐 여기 있어요. (물약을 준다)

세레브랴코프 (화를 내면서) 아아, 이게 아니잖아! 뭘 부탁할 수도 없으니!

소냐 떼쓰지 마세요, 제발. 혹시 누군가는 그런 걸 좋아할지 모르지만, 절 내버려두세요. 제발요. 그런 거 좋아하지 않아요.

세레브랴코프 이 아가씨 성질 한 번 고약하네. 왜 화를 내는 거냐?

소냐 그러면 아빠는 왜 그런 불행한 어투로 말씀하세요? 아빠가 정말로 불행하다고 생각하는 사람도 있을 거예요. 하지만 세상에 아빠처럼 행복한 사람은 거의 없어요.

세레브랴코프 그래, 그렇고말고! 정말로 무지무지 행복하다!

소냐 당연히 행복하시죠……. 아빠도 잘 아시겠지만, 설령 통풍이라 해도 아침나절이면 발작도 끝나잖아요. 근데 왜 신음 소리를 내시는 거죠? 대단한 것도 아닌데!

실내복을 입고 촛불을 든 보이니쓰키가 들어온다.

| 3장 |

같은 사람들과 보이니쓰키.

보이니쓰키 마당에 우레 비가 오려고 해…….

번개.

저것 봐! 헬레네와 소냐는 가서 자도록 해. 교대하러 왔으니까.

세레브랴코프 (놀라서) 아니, 안 돼. 날 저 친구와 함께 남겨두지 마! 안 돼! 자꾸 말을 해서 나를 피곤하게 만들 거야!

보이니쓰키 하지만 저 사람들도 쉬어야 하잖아! 벌써 이틀 밤이나 못 잤어.

세레브랴코프 자러들 가라고 해. 하지만 자네도 가. 고마워. 부탁일세. 우리의 예전 우정을 생각해서 반대하지 말게. 나중에 이야기하세.

보이니쓰키 예전의 우리 우정이라……. 솔직히 말해서 처음 듣는 소리로군.

엘레나 안드레예브나 그만두세요, 조르쥬.

세레브랴코프 여보, 날 저 사람과 함께 있게 하지 마! 자꾸 말을 해서 피곤하게 만들 거야.

보이니쓰키 우스꽝스럽기까지 하군.

무대 뒤에서 흐루쇼프의 목소리. "식당에 계신다고요? 여기 말입니까? 말을 좀 돌봐달라고 해주세요!"

보이니쓰키 의사가 오셨구먼.

흐루쇼프가 들어온다.

| 4장 |

같은 사람들과 흐루쇼프.

흐루쇼프 날씨가 대체 왜 이렇죠? 비가 쫓아오는 바람에 간신히 피했습니다. 안녕하십니까. (인사한다)
세레브랴코프 번거롭게 해서 미안합니다. 그럴 마음은 아니었는데요.
흐루쇼프 그만두십시오, 괜찮습니다! 하지만 알렉산드르 블라디미로비치, 대체 왜 그러십니까? 이렇게 아프시다니, 부끄럽지도 않으십니까? 에이, 별룹니다. 무슨 일입니까?
세레브랴코프 어째서 의사 양반들은 언제나 으스대는 어투로 환자들과 말하는 겁니까?
흐루쇼프 (웃는다) 관찰력이 너무 좋으시군요. (부드럽게) 침대로 가십시다. 여기는 불편하실 겁니다. 침대가 더 따뜻하고 더 편안할 테니까요. 가십시다……. 거기서 청진을 하고, 그리고…… 그러면 모든 게 잘될 겁니다.

엘레나 안드레예브나 사샤, 제발 선생님 말씀대로 하세요.

흐루쇼프 걷는 게 힘드시면 휠체어로 모시고 가겠습니다.

세레브랴코프 아닙니다. 괜찮아요……. 걸어가리다……. (자리에서 일어난다) 사람들이 괜히 당신을 번거롭게 했습니다.

흐루쇼프와 소냐가 그를 부축해서 데리고 간다.

게다가 나는 전연 믿지 않습니다……. 약 말이에요. 왜 날 부축하는 거요? 혼자 갈 수 있어요. (흐루쇼프와 소냐와 함께 나간다)

| 5장 |

엘레나 안드레예브나와 보이니쓰키.

엘레나 안드레예브나 저이 때문에 지쳤어요. 서 있기도 힘드네요.

보이니쓰키 당신은 저 사람 때문에, 나는 나 자신 때문에 지친 겁니다. 벌써 사흘 밤이나 자지 못했어요.

엘레나 안드레예브나 이 집은 불행해요. 당신 어머니는 팸플릿과 교수를 제외하면 모든 걸 미워하시죠. 교수는 화를 내고, 날 믿지 않고, 당신을 두려워해요. 소냐는 아버지한테 화를 내고, 나와는 말도 하지 않아요. 당신은 내 남편을 증오하고, 당신 어머니를 공개적으로 경멸하고 있어요. 나는 따분하기도 하고, 화가 나기도 해서 오늘 스무 번이나 울었지 뭐예요. 한마디로 만인의 만인에 대한 투쟁입니다. 이런 싸움에 무슨 의미가 있고, 대체 왜 싸우는 건지 묻고 싶군요.

보이니쓰키 철학은 그만둡시다!

엘레나 안드레예브나 이 집은 불행해요. 조르쥬, 당신은 교양 있고 현명하니까 분명 알고 계실 거예요. 세상은 강도나 도적 때문에 파멸하는 게 아니라, 감춰진 증오, 선량한 사람들 사이의 적대감, 우리 집을 인텔리들의 둥지라고 부르는 사람들이 보지 못하는 온갖 사소한 말다툼 때문에 파멸한다는 사실을 말이죠. 모든 사람들을 화해시킬 수 있도록 날 도와줘요! 나 혼자는 힘이 없어요.

보이니쓰키 나부터 나 자신과 화해하도록 도와주세요! 소중한…….

(그녀의 팔에 매달린다)

엘레나 안드레예브나 그만둬요! (팔을 빼낸다) 나가세요!

보이니쓰키 이제 비가 지나가면 자연의 모든 것은 원기를 되찾고 가볍게 숨을 쉴 테죠. 오직 나만 우레 비로도 원기를 회복하지 못합니다. 내 인생은 돌이킬 수 없이 상실되었다는 생각이 낮이고 밤이고 간에 집 귀신처럼 나를 질식시키고 있어요. 과거는 없다, 그것은 하잘것없는 것들에 어리석게 소모되었고, 현재는 나의 어리석은 생각 때문에 무시무시합니다. 바로 그것이 나의 인생이고 사랑입니다. 그것들을 어디로 보내야 합니까? 그것들을 어떻게 해야 할까요? 구멍으로 떨어진 햇살처럼 나의 감정은 헛되이 죽어가고 있으며, 나 자신도 죽어가고 있습니다…….

엘레나 안드레예브나 당신이 사랑을 말하시면 난 어쩐지 둔해져서 무슨 말을 해야 할지 모르겠어요. 미안합니다만, 당신에게 드릴 말씀이 없네요. (가려고 한다) 안녕히 주무세요!

보이니쓰키 (길을 가로막으면서) 나와 더불어 이 집에서 다른 인생이 파멸하고 있다는 생각 때문에 내가 얼마나 괴로운지 알아주신다면 좋겠어요. 바로 당신 인생 말입니다! 뭘 기다리는 거죠?

어떤 저주받을 철학이 당신을 방해하는 겁니까? 최고의 도덕은 자신의 젊음에 족쇄를 씌우고, 삶의 열망을 죽이려고 애쓰는 데 있는 게 아니라는 걸 아셔야 합니다…….

엘레나 안드레예브나 (그를 뚫어져라 바라본다) 조르쥬, 취했군요!

보이니쓰키 그럴지도, 그럴지도 모릅니다…….

엘레나 안드레예브나 표도르 이바노비치가 왔나요?

보이니쓰키 내 방에서 자고 갈 겁니다. 그럴지도, 그럴지도 몰라요. 모든 게 그럴지도 모릅니다!

엘레나 안드레예브나 오늘도 한바탕 노신 거예요? 대체 왜 그러는 거죠?

보이니쓰키 어쨌거나 사는 것 같으니까요……. 방해하지 말아요, 헬렌!

엘레나 안드레예브나 예전에 당신은 술을 마시지 않았고, 지금처럼 그렇게 말을 많이 하지도 않았어요. 가서 주무세요! 당신과 있으면 답답해요. 그리고 당신 친구 표도르 이바노비치에게 말씀하세요. 계속해서 날 괴롭히면 조치를 취하겠다고요. 가세요!

보이니쓰키 (그녀의 손에 매달리면서) 나의 소중한…… 참으로 아름다운!

흐루쇼프가 들어온다.

| 6장 |

같은 사람들과 흐루쇼프.

흐루쇼프 엘레나 안드레예브나, 알렉산드르 블라디미로비치가 찾
으십니다.

엘레나 안드레예브나 (보이니쓰키에게서 손을 빼면서) 알았어요!
(나간다)

흐루쇼프 (보이니쓰키에게) 당신들에겐 성스러운 것이 없군요! 방
금 전에 나간 아름다운 부인과 당신은, 그녀의 남편이 언젠가 당
신 친누이의 남편이었으며, 한 젊은 처녀가 당신들과 한 지붕 아
래 살고 있다는 걸 생각해야 합니다! 이미 온 고을에서 당신들
의 로맨스에 대해 떠들어 대고 있어요. 얼마나 수치스러운 일입
니까! (환자가 있는 곳으로 나간다)

보이니쓰키 (혼자서) 그녀는 가버렸군…….

사이.

10년 전에는 그녀를 죽은 누이 집에서 만나곤 했지. 그때 그녀
는 열일곱 살이었고, 난 서른일곱 살이었어. 어째서 그때 난 그
녀를 사랑하지 않았을까, 왜 청혼하지 못했을까? 그건 정말이지
가능한 일이었는데! 그랬으면 그녀는 지금 내 아내가 되었을 텐
데……. 그래…… 그럼 지금쯤 우리는 우레 비 때문에 잠에서 깨
어나겠지. 그녀는 천둥소리에 놀라고, 나는 그런 그녀를 안고서
속삭이겠지. "두려워하지 마. 내가 여기 있잖아." 오오, 기막힌
생각이야. 얼마나 좋아. 웃음까지 나는군……. 하지만 맙소사.
머릿속에서 생각들이 뒤죽박죽으로 얽히는군……. 어째서 난 늙
은 거야? 왜 그녀는 나를 이해하지 못하는 걸까? 그녀의 수사(修
辭), 게으른 도덕, 세계의 파멸에 관한 말도 안 되는 게으러터진
생각. 모든 게 너무도 혐오스러워…….

사이.

어째서 난 추하게 만들어진 것일까? 머리가 이상한 표도르나 어리석은 숲의 수호신이 정말로 부러워! 그들은 본능적이고 진솔하며 어리석어……. 그들은 이런 저주받고 독살스러운 아이러니를 알지 못하니까…….
담요를 두른 표도르 이바노비치가 들어온다.

| 7장 |

보이니쓰키와 표도르 이바노비치.

표도르 이바노비치 (문에서) 당신 혼자 있는 겁니까? 여자들은 없나요? (들어온다) 천둥번개 때문에 잠에서 깼어요. 대단한 비로군요. 지금 몇 십니까?
보이니쓰키 알게 뭐야!
표도르 이바노비치 엘레나 안드레예브나의 목소리가 들리는 것 같았는데.
보이니쓰키 방금 전에 여기 있었어.
표도르 이바노비치 멋진 여자야! (식탁 위의 작은 유리병들을 본다) 이게 뭐야? 박하 과잔가! (먹는다) 그래, 멋진 여자야……. 교수는 아프신가, 그래?
보이니쓰키 그래, 아파.
표도르 이바노비치 그런 인간은 알 수가 없다니까. 고대 그리스인들은 허약하고 병약한 어린애들을 몽블랑에서 벼랑으로 던져버렸

316

다는군. 그런 애들은 당연히 던져버려야지!

보이니쓰키 (짜증을 내면서) 몽블랑이 아니라, 타르페이아 절벽이야. 정말 지독하게 무식하군!

표도르 이바노비치 뭐, 어쨌든 절벽은 절벽이잖나……. 뭐 그리 대수라고. 근데 자네는 오늘 왜 그렇게 우울한가? 교수가 불쌍해서 그래, 그런 거야?

보이니쓰키 날 내버려둬.

사이.

표도르 이바노비치 그게 아니면, 필시 교수 부인을 사랑하게 됐나? 그래? 아니! 그럴 수도 있지……. 애타게 그리워하게……. 하지만 잘 들으라고. 만일 이 고을에 떠도는 소문 가운데 100분의 1이라도 사실이고, 그걸 내가 알게 된다면 자비를 구하진 말게. 타르페이아 절벽에서 자넬 던져버릴 테니까…….

보이니쓰키 그 여잔 친구야.

표도르 이바노비치 벌써?

보이니쓰키 '벌써'라니, 그게 무슨 뜻이지?

표도르 이바노비치 여자는 오직 다음과 같은 조건에서만 남자의 친구가 될 수 있다네. 처음에는 아는 사람, 그다음엔 애인, 그러고 난 다음에 친구.

보이니쓰키 비천한 철학이로군.

표도르 이바노비치 이런 경우에는 술을 마셔야 해. 가세. 나한테 아직 샤르트 루즈*가 남아 있을 거야. 마시자고. 날이 밝으면 우리 집에 가세. 가겠나? 우리 집 청지기 루카는 언제나 '가다'라

* 향기로운 프랑스 리큐어의 일종.

고 하지 않고, '거다'라고 하거든. 대단한 협잡꾼이야……. 그래, 가겠나? (들어오는 소냐를 보고 나서) 이건 큰일이군. 미안합니다, 넥타이를 매지 않아서! (달려 나간다)

| 8장 |

보이니쓰키와 소냐.

소냐 조르쥬 삼촌, 폐쟈와 또다시 샴페인을 드시고, 트로이카를 타셨군요. 멋진 분들이 친해지셨네요. 그래 저 사람이야 어쩔 수 없는 인간이고, 방탕아로 태어났지만, 삼촌은 왜 그러세요? 삼촌 나이에 이건 정말 어울리지 않아요.

보이니쓰키 나이가 무슨 상관이냐. 진정한 삶이 없으면, 환상으로라도 사는 게지. 아무것도 없는 것보다는 나으니까.

소냐 우리는 건초를 거두지 못했어요. 비 때문에 건초가 썩어간다고 오늘 게라심이 말하더군요. 그런데도 삼촌은 환상에 매달리고 있군요. (놀라서) 삼촌, 두 눈에 눈물이!

보이니쓰키 눈물은 무슨 눈물? 아무것도 아니다……. 쓸데없는 소리……. 넌 지금 죽은 너의 어머니처럼 날 바라보았다……. (그녀의 팔과 얼굴에 뜨겁게 키스한다) 누이야……. 사랑스런 누이야……. 지금 갠 어디 있지? 그 아이가 알 수만 있다면! 아아, 그 아이가 알 수만 있다면!

소냐 뭘요? 삼촌, 어머니가 뭘 안다는 거예요?

보이니쓰키 괴롭구나, 기분이 좋지 않아……. 아무것도 아니다…….

흐루쇼프가 들어온다.

나중에……. 아무것도 아니다……. 가야겠다……. (나간다)

| 9장 |

소냐와 흐루쇼프.

흐루쇼프 아버님은 전혀 말을 들으시려 하지 않습니다. 통풍이라고 말씀드리면 류머티즘이라 하시고, 누우시라고 하면 앉아 계십니다. (모자를 집어 든다) 신경이 곤두 서 있어요.

소냐 응석받이가 되셨어요. 모자는 내려놓으세요. 비가 그칠 때까지 기다리세요. 뭐 좀 드시겠어요?

흐루쇼프 네, 주십시오.

소냐 전 밤에 먹는 걸 좋아한답니다. 찬장에 뭔가 있을 거예요……. (찬장을 뒤진다) 아버지는 의사가 필요한 게 아니에요? 한 다스의 여자들이 아버지 곁에 앉아서 두 눈을 들여다보면서 "교수님!" 하고 신음 소리를 내는 게 필요한 거예요. 자, 치즈 받으세요…….

흐루쇼프 사람들은 친아버지에 대해서 그런 어조로 말하지 않습니다. 아버님이 까다로운 분이라는 데에는 동의합니다. 하지만 그분을 다른 사람들과 비교하면, 조르쥬 삼촌과 이반 이바느이치 같은 사람들은 비교가 되지 않습니다.

소냐 이 병에는 무엇인가 들어 있네요. 저는 아버지가 아니라, 위대한 사람들에 대해서 얘기하는 거예요. 아버지를 사랑하지만, 위대한 사람들은 너무도 의식을 갖추기 때문에 진저리가 나거든요.

두 사람은 앉는다.

대단한 비로군요! 저런!

번개.

흐루쇼프 우레 비가 지나가는군요. 거의 끝나갑니다.

소냐 (술을 따른다) 드세요.

흐루쇼프 건강하시기를. (마신다)

소냐 한밤중에 수고를 끼쳐드려서 우리한테 화가 나신 거죠?

흐루쇼프 정반댑니다. 당신이 나를 부르시지 않았으면, 지금쯤 잠들어 있었을 겁니다. 하지만 꿈속에서가 아니라, 실제로 당신을 보게 되어 훨씬 유쾌합니다.

소냐 그런데 어째서 그렇게 화난 얼굴이세요?

흐루쇼프 화가 났기 때문입니다. 여기엔 아무도 없으니까 터놓고 말씀드릴 수 있겠네요. 소피야 알렉산드로브나, 나는 당장이라도 이곳에서 당신을 데리고 나갔으면 합니다. 이 집에서 나는 숨을 쉴 수 없고, 그 공기가 당신을 중독시키고 있다는 생각이 듭니다. 당신 아버지는 통풍과 서책에만 몰두한 채 아무것도 알고 싶어 하지 않고, 저 조르쥬 삼촌과 당신 계모는······.

소냐 계모가 뭘요?

흐루쇼프 모든 걸 다 말할 수 없습니다······. 안 돼요! 나는 사람들에 대해서 아는 게 많지 않습니다. 사람은 모든 게 아름다워야 합니다. 얼굴도, 옷도, 영혼도, 생각도······. 아름다운 얼굴과 열광한 나머지 머리가 빙글빙글 돌 정도로 화사한 옷을 자주 보곤 합니다만 영혼과 생각은, 맙소사! 어떤 백색 안료로도 지워지지 않는 그런 시커먼 영혼이 때로는 아름다운 외모 안에 감춰져 있

습니다……. 용서하세요, 흥분하고 있군요……. 당신은 한없이
소중한 분입니다…….

소냐 (칼을 떨어뜨린다) 떨어뜨렸네요.

흐루쇼프 (줍는다) 괜찮습니다…….

사이.

깜깜한 한밤중에 숲을 걸어갈 때가 있습니다. 그런데 만일 그때
멀리서 등불이 반짝이면 피로도, 어둠도, 얼굴을 때리는 가시 많
은 나뭇가지도 알아차리지 못할 정도로 왠지 기분이 좋아집니
다. 나는 아침부터 한밤중까지 일합니다. 겨울과 여름에도 평안
을 알지 못하고, 나를 이해하지 못하는 사람들과 싸우고, 때로는
견딜 수 없을 만큼 괴로워하죠……. 하지만 마침내 나의 등불을
찾았습니다. 세상 그 누구보다도 당신을 사랑한다고 자만하지
않을 겁니다. 사랑은 내게 인생의 전부가 아닙니다……. 그것은
포상이죠! 일하고, 투쟁하고, 괴로워하는 사람에게 그보다 나은
포상은 없습니다, 아름답고 소중한 소냐…….

소냐 (흥분해서) 미안합니다만…… 한 가지 질문이 있어요, 미하
일 리보비치.

흐루쇼프 뭡니까? 어서 말씀하세요…….

소냐 아시겠지만요……. 당신은 자주 우리 집에 오시고, 저 또한
이따금 식구들과 함께 당신 댁에 갑니다. 당신은 이것이 결코 용
납이 안 되는 것 아닌가요…….

흐루쇼프 그래서요?

소냐 제가 말씀드리고자 하는 것은, 당신이 우리와 친밀해졌기 때
문에 당신의 민주주의적인 감정이 상하고 있다는 거예요. 저는
기숙학교에 다녔고, 엘레나 안드레예브나도 귀족이에요. 우린

유행에 따라 옷을 입는데, 당신은 민주주의자잖아요…….

흐루쇼프 뭐…… 그것에 대해서는 말하지 맙시다! 좋은 때가 아니니까요!

소냐 중요한 건, 당신이 이탄을 몸소 캐내고, 숲을 가꾸는 건데요……. 어쩐지 이상해요. 한 마디로 당신은 나로드니키*…….

흐루쇼프 민주주의자, 나로드니키라……. 소피야 알렉산드로브나, 정말이지 그걸 그토록 심각하게 목소리까지 떨면서 말해야 합니까?

소냐 그럼요, 그렇고말고요. 심각해요. 정말로 심각한 문제라고요.

흐루쇼프 아니, 아닙니다…….

소냐 만일 제게 누이동생이 있어서 당신이 그 아일 사랑하게 되어 청혼을 한다고 해도, 당신은 그걸 결코 용납하지 못하실 거고, 그래서 동료 의사들과 여의사들의 눈에 띨까 봐 부끄러워하실 테고, 대학에 다니지도 않은데다가 유행에 따라 옷을 입고 구식 교육을 받은 기숙학교 출신 여자를 사랑하게 된 걸 부끄러워하실 거예요. 그 무엇을 걸고서라도 맹세할 수 있어요. 정말 잘 알고 있어요……. 당신 눈을 보면 그게 사실이란 걸 알 수 있다니까요! 한마디로 짧게 말씀드리면, 당신의 숲, 이탄, 수놓아진 셔츠, 그 모든 것은 자만이자 잘난 척하는 것, 거짓이며 그 이상 아무것도 아니라는 거예요.

흐루쇼프 왜 그런 겁니까? 이봐요, 어째서 날 모욕하는 겁니까? 내가 바봅니다. "남의 자리엔 앉지 마라!" 그걸 알아야 했습니다. 안녕히 계세요! (문으로 걸어간다)

소냐 안녕히 가세요…… 제가 지나쳤어요. 용서하세요.

19

흐루쇼프 (되돌아오면서) 당신 집이 얼마나 괴롭고 답답한지 당신이 알았으면 합니다! 누구든지 옆으로 다가가서 사람을 곁눈질로 살펴보고는 나로드니키인지 정신병잔지, 요설가인지 찾아내는 그런 환경에서는 뭐든 좋겠지만, 사람 할 짓은 아닙니다! "오, 이건 정신병자로군!" 하고 말하고는 기뻐들 합니다. "이건 요설간데!" 그러고는 마치 아메리카를 발견한 것처럼 만족스러워하죠. 나를 이해하지 못하고, 내 이마빼기에 어떤 상표를 붙여야 할지 모르는 때는, 그게 자기들 탓이 아니라, 내 탓인양 이렇게 말합니다. "이건 이상한 족속이야, 이상해!" 당신은 아직 스무 살밖에 되지 않았지만, 당신 아버님과 조르쥬 삼촌처럼 조숙하고 신중합니다. 그래서 만일 당신이 통풍을 치료해달라고 나를 부른다 해도 조금도 놀라지 않을 겁니다. 그렇게 살면 안 됩니다! 내가 어떤 인간이든 사악한 생각 없이, 계획 없이 내 눈을 똑바로 분명하게 바라보고, 나에게서 무엇보다도 인간을 찾도록 하세요. 그렇지 않으면 사람들과 당신의 관계는 결코 평온하지 않을 겁니다. 안녕히 계세요! 그리고 내 말을 기억하세요. 그렇게 교활하고 의심하는 눈을 가지고는 절대로 사랑하지 못할 테니까요!

소냐 거짓말!

흐루쇼프 사실입니다!

소냐 거짓말이에요! 악의를 가지고 계시군요……. 난 사랑하고 있어요! 사랑하고 있다고요. 그래서 괴롭고 또 괴로워요! 날 내버려두세요! 가세요, 부탁이에요……. 우리 집에 오지 마세요……. 오지 마시라고요…….

흐루쇼프 안녕히 계십시오! (나간다)

소냐 (혼자서) 단단히 화가 나셨네. 저런 성격은 딱 질색이야.

사이.

저이는 멋지게 말하지만, 그게 미사여구가 아니라고 누가 장담하겠어! 오로지 숲에 대해서만 생각하고 말하면서 나무나 심고 있는데…… 좋은 일이기는 하지만 정신병일 가능성도 많잖아……. (두 손을 얼굴을 감싼다) 모르겠어! (운다) 의과대학에서 공부해놓고선 의학은 거들떠보지도 않으니…… 전부 이상해, 이상하다니까……. 하느님, 이 모든 걸 깊이 생각할 수 있도록 도와주소서!

엘레나 안드레예브나가 들어온다.

| 10장 |

소냐와 엘레나 안드레예브나.

엘레나 안드레예브나 (창문을 연다) 우레 비가 지나갔어요! 공기가 참 좋네요!

사이.

숲의 수호신은 어디 계시죠?
소냐 가셨어요.

사이.

엘레나 안드레예브나 소피!

소냐 네?

엘레나 안드레예브나 언제까지 나한테 화를 낼 거예요? 서로에게 나쁜 짓을 하지도 않았는데 말이죠. 어째서 우리가 적이 되어야 하는 거죠? 그만둬요…….

소냐 제가 바라던 거예요……. (그녀를 포옹한다) 좋아요!

엘레나 안드레예브나 정말 좋군요…….

두 사람은 흥분한다.

소냐 아빠 잠자리에 드셨나요?

엘레나 안드레예브나 아니에요. 객실에 앉아 계세요. 우린 한 달 내내 말을 하지 않았어요. 이유도 모른 채 말이죠. 이젠 그만둘 때가 된 거죠……. (식탁을 바라본다) 이게 뭐죠?

소냐 숲의 수호신이 식사를 하셨어요.

엘레나 안드레예브나 포도주도 있군요……. 우리의 우정을 위해 마시도록 해요.

소냐 그래요.

엘레나 안드레예브나 술잔 하나로……. (술을 따른다) 이렇게 하는 게 나아요. 자, 이제 '너'라고 해도 되는 거지?

소냐 물론이죠.

그들은 술을 마시고 키스한다.

이미 오래전부터 화해하고 싶었어요. 그런데 어쩐지 부끄러웠어요……. (운다)

엘레나 안드레예브나 대체 왜 우는 거야?

소냐 아니에요. 제가 좀 그래요.

엘레나 안드레예브나 자, 그만. 됐어……. (운다) 이상한 사람이야.
나도 울고 말았잖아!

사이.

그동안 내가 재산 때문에 네 아버지와 결혼했다고 생각해서 내
게 화를 낸 거지? 만일 네가 맹세를 믿는다면, 사랑 때문에 그이
와 결혼했다고 맹세할 수 있어. 학자이자 저명인사이기 때문에
그이한테 끌렸던 거야. 진정한 사랑이 아니라 인위적인 사랑이
었지만, 그땐 그것이 진정한 사랑이라고 믿었던 거지! 내 잘못
이 아니야. 그런데 결혼 당일부터 넌 교활하고 의심하는 눈길로
나를 괴롭힌 거야…….

소냐 자, 화해, 화해해요! 잊기로 해요. 교활하고 의심하는 눈을
가졌다는 말을 오늘 벌써 두 번이나 듣는군요.

엘레나 안드레예브나 그렇게 교활하게 사람을 바라보면 안 돼. 그건
네게 어울리지 않아. 모든 사람을 믿어야 해. 안 그러면 살아갈
수 없어.

소냐 자라 보고 놀란 가슴 솥뚜껑 보고 놀란다잖아요. 정말 자주
실망해야 했거든요.

엘레나 안드레예브나 누구한테? 네 아버진 훌륭하고 순수한 분이야.
부지런한 분이지. 넌 오늘 아버지의 행복을 비난했어. 그분이 설
령 진짜 행복하다고 해도, 일 때문에 그분은 당신의 행복을 깨닫
지 못하셔. 난 아버지에게도 네게도 고의적으로 나쁜 일은 하지
않았어. 조르쥬 삼촌은 매우 선량하고 순정한 분이지만, 불행하
고 만족을 모르는 사람이야……. 누굴 믿지 못하는 거지?

326

사이.

소냐 친구로서 솔직하게 말해주세요……. 행복하세요?

엘레나 안드레예브나 아니.

소냐 알고 있었어요. 하나만 더 물어볼게요. 솔직하게 말씀해주세요. 젊은 남편이 있었으면 하고 바라시진 않나요?

엘레나 안드레예브나 아직도 어린애 같구나……. 물론, 바라지! (웃는다) 자, 뭐든지 물어보렴. 물어봐…….

소냐 숲의 수호신이 좋으세요?

엘레나 안드레예브나 그럼, 아주 좋아.

소냐 (웃는다) 내 얼굴 바보 같죠……. 네? 그이는 가셨는데 여전히 그이의 목소리와 발소리가 들려요. 어두운 창문을 바라보아도 거기에 그이 얼굴이 나타나는 거예요……. 모두 말하도록 해주세요……. 하지만 그렇게 큰 소리로 말할 순 없어요. 부끄러워요. 내 방으로 가요. 거기서 이야기해요. 바보처럼 보이죠? 이야기해보세요……. 그이는 좋은 사람인가요?

엘레나 안드레예브나 아주, 아주…….

소냐 그이의 숲과 이탄 같은 것들이 이상하기도 해요…… .이해할 수가 없어요.

엘레나 안드레예브나 정말로 숲이 문제인 거야? 이봐, 소냐. 그건 재능이란 걸 알아야 해! 재능이 뭔지 알고 있지? 대담성, 자유로운 머리, 드넓은 활동 범위……. 나무를 심거나 대략 1푸드*의 이탄을 캐고는, 그것으로부터 천년 뒤에 무슨 일이 일어날지 이미 헤아리는 거야. 이미 그분은 인간의 행복을 꿈꾸고 있는 거라니까. 그런 사람들은 소중하고, 그런 사람들을 사랑해야 해. 정말이야.

* 러시아의 무게 단위로 약 16.38킬로그램에 해당한다.

너희 두 사람은 순수하고, 대담하며, 순결해. 그분은 무분별하지만, 넌 신중하고 현명해……. 서로서로를 훌륭하게 보완할 거야……. (일어난다) 나는 따분하고 삽화적인 인간이야……. 음악에서도, 남편의 집에서도, 모든 로맨스에서도, 어디서든 난 그저 삽화적인 인간이었어. 솔직히 말하면 소냐, 깊이 생각해보면 난 정말 너무너무 불행해! (흥분해서 무대를 왔다 갔다 한다) 이 세상에 행복이란 없어! 없다니까! 왜 웃는 거지?

소냐 (얼굴을 가리고 웃는다) 난 정말 행복해요! 얼마나 행복한지 몰라요!

엘레나 안드레예브나 (두 손을 비비면서) 정말이지 난 너무 불행해!

소냐 난 행복해요……. 행복해.

엘레나 안드레예브나 연주하고 싶구나. 지금 뭐든 연주하고 싶어…….

소냐 연주하세요. (그녀를 포옹한다) 잠을 잘 수가 없어요……. 연주하세요.

엘레나 안드레예브나 그래. 아버지가 아직 주무시지 않아. 그이는 몸이 아플 땐 음악 소리 듣는 걸 싫어해. 가서 물어보렴. 그이가 괜찮다고 하면 연주할게……. 가봐…….

소냐 알았어요. (나간다)

정원에서 파수꾼이 딱따기를 두드린다.

엘레나 안드레예브나 벌써 오래도록 연주하지 않았어. 연주하고 울고 또 울어야지. 바보처럼……. (창문으로) 예핌, 네가 두드리는 거냐?

"네!" 하는 파수꾼의 목소리.

그만 두드리거라, 나리께서 편찮으시니.

"이제 갑니다!" 하는 파수꾼의 목소리. 휘파람을 분다. "쥬치카, 트레조르! 쥬치카!"

사이.

소냐 (돌아와서) 안 된대요!

막.

3막

세레브랴코프 집의 객실. 왼쪽과 오른쪽 그리고 가운데에 세 개의 문이 있다. 〈예브게니 오네긴〉 가운데서 결투를 앞두고 렌스키의 아리아를 엘레나 안드레예브나가 피아노로 연주하는 소리가 무대 뒤에서 들린다.

| 1장 |

오를로프스키, 보이니쓰키. 그리고 검은 정장을 입고 두 손에 체르케스의 털모자를 든 표도르 이바노비치.

보이니쓰키 (음악을 들으면서) 엘레나 안드레예브나가 연주하고 있군요……. 내가 좋아하는 곡입니다.

무대 뒤에서 음악 소리가 잦아든다.

그래요…… 좋은 곡인데……. 우리 집이 이토록 따분했던 적은 없었던 것 같습니다…….
표도르 이바노비치 이보게, 자넨 진짜 따분한 걸 보지 못한 게로군.

세르비아에 의용군으로 갔을 땐 정말로 따분했지! 무덥고, 숨
막히고, 더럽고, 숙취 때문에 머리는 깨질 듯 아프고⋯⋯. 한번
은 더러운 헛간에 앉아 있었는데⋯⋯ 카슈키나지 대위가 나와
함께 있었지⋯⋯. 이미 할 얘긴 다했고, 갈 곳은 없지, 할 일도
없고, 술도 마시고 싶지 않더라고. 괴롭기 그지없는데 어쩔 도
리 없더라니까! 우린 독사처럼 앉아서 서로 마주 보았지⋯⋯.
왜 그런지도 알지 못한 채 바라보기만 했다니까⋯⋯. 알겠나. 한
시간이 지나가고, 두 시간이 흘렀지만 우린 여전히 바라보고 있
었어. 느닷없이 그자가 벌떡 일어나더니 검을 꺼내들고 나를 겨
누더라니까⋯⋯. 안녕하십니까⋯⋯. 물론 나도 즉시 검을 꺼내
들었지. 정말로 날 죽일 태세였으니까. 그래서 대단한 사건이 벌
어진 거야. "쟁강, 쟁강, 쟁강⋯⋯." 가까스로 우린 떨어졌지. 난
괜찮았지만, 카슈키나지 대위의 뺨에는 지금까지 상처가 남아
있어. 어느 순간에 이르자 인간들도 광대 짓을 하더라니까⋯⋯.
오를로프스키 그래, 그렇다마다.

소냐가 들어온다.

| 2장 |

같은 사람들과 소냐.

소냐 (방백으로) 내가 낄 자리가 아니네⋯⋯. (걸어가면서 웃는다)
오를로프스키 귀염둥이야, 어디 가는 게냐? 이리 와서 앉아라.
소냐 페쟈, 이리 와봐요⋯⋯. (표도르 이바노비치를 한쪽으로 데리

고 간다) 이리로…….

표도르 이바노비치 무슨 일인데? 웬일로 얼굴에서 빛이 나네?

소냐 하겠다고 약속해요, 페쟈.

표도르 이바노비치 뭘?

소냐 다녀오세요……. 숲의 수호신에게!

표도르 이바노비치 왜?

소냐 그러니까……. 그냥 다녀와요……. 어째서 우리 집에 그렇게 오래도록 오지 않는지 물어보세요……. 벌써 2주가 지났어요.

표도르 이바노비치 얼굴이 빨개졌네! 부끄럽지! 여러분, 소냐가 사랑에 빠졌어요!

모든 사람들 부끄러워라! 부끄러워!

소냐는 얼굴을 가리고 달려 나간다.

표도르 이바노비치 그림자처럼 이 방 저 방 어슬렁거리다가 제 자리를 찾지 못한 거죠. 숲의 수호신을 사랑하게 된 겁니다.

오를로프스키 멋진 처녀야……. 소냐가 좋아. 페듀샤, 나는 네가 저 아이와 혼인하기를 꿈꿔왔다. 쉽사리 더 나은 신붓감을 찾을 수 없을 게야. 그리고 하느님도 그걸 바라실 게다……. 그러면 난 정말 기쁘고 감동스러울 거야! 내가 너를 찾아올 때, 네게 젊은 아내와 가정이 있고, 사모바르가 끓고 있다면…….

표도르 이바노비치 전 그 방면에 젬병이에요. 만일 언젠가 머릿속에 결혼하겠다는 변덕이 찾아오면 꼭 율랴와 결혼할 겁니다. 그 아인 적어도 작잖아요. 궂은 일이 여럿이라면 작은 걸 택하란 말이 있잖아요. 게다가 살림꾼이기도 하고요……. (이마를 소리 나게 친다) 바로 그거야!

오를로프스키 무슨 일이냐?

표도르 이바노비치 샴페인을 마시도록 합시다!

보이니쓰키 아직 일러. 무덥기도 하고……. 기다려…….

오를로프스키 (대견스레 바라보면서) 내 아들, 미남이야……. 샴페인을 마시고 싶다고, 녀석 하곤…….

엘레나 안드레예브나가 들어온다.

| 3장 |

같은 사람들과 엘레나 안드레예브나. 엘레나 안드레예브나가 무대를 가로질러 걸어온다.

보이니쓰키 넋을 잃을 지경입니다. 걸어오는 모습과 게으름에 겨워 흔들거리는 모습이…… 정말로 사랑스러워요! 정말!

엘레나 안드레예브나 그만두세요, 조르쥬. 당신이 떠들어대지 않아도 따분하니까요.

보이니쓰키 (그녀의 길을 가로막으면서) 재인이자 예술가여! 그런데 예술가 비슷하기라도 한가요? 권태, 오블로모프*, 둔한 인간……. 어찌나 덕행이 넘치시는지 바라보기조차 싫군요…….

엘레나 안드레예브나 보지 마세요……. 놔 주세요…….

보이니쓰키 뭘 괴로워하세요? (생기 있게) 자, 소중하고 화려한 이여. 영리해지세요! 당신 혈관 속에는 루살카**의 피가 흐르고 있

---

* 이반 곤차로프의 장편소설《오블로모프》(1859)의 주인공 이름.
** 고대 슬라브족 전설에 등장하는 숲과 물의 요정.

어요. 루살카가 되어 보세요!

엘레나 안드레예브나 놔 달라니까요!

보이니쓰키 일생에 한 번만이라도 마음대로 해보세요. 어떤 물의 정령과 조속히 흠뻑 사랑에 빠져보시라고요……

표도르 이바노비치 교수님과 우리 모두가 깜짝 놀랄 정도로 그 친구와 함께 소용돌이 속으로 깊숙이 풍덩 빠지세요!

보이니쓰키 루살카, 네? 사랑할 수 있을 때 사랑하라!

엘레나 안드레예브나 그래 나한테 뭘 가르치는 거죠? 마치 당신들이 없으면 어떻게 살지 내가 모르는 것 같군요. 의지만 있다면! 자유로운 새처럼 당신들 모두로부터, 당신들의 졸린 얼굴들로부터, 따분하고도 역겨운 대화로부터 보다 멀리 날아갈 수 있다면, 당신들 모두가 세상에 존재하고 있다는 걸 잊어버릴 수 있다면, 그러면 누구도 감히 나를 가르치려 들지 않을 거예요. 하지만 내겐 의지가 없어요. 겁 많고 수줍어서 만일 내가 남편을 배신하면 모든 아내가 나를 본받아 남편을 버릴 것 같고, 하느님이 벌을 주실 것 같고, 양심의 가책을 받을 것 같아요. 안 그러면 자유롭게 산다는 것이 무엇인지 당신들한테 보여줄 수 있을 거예요!

(나간다)

오를로프스키 사랑스럽고 아름다운 이여……

보이니쓰키 얼마 안 있어 나는 필시 저 여잘 경멸하기 시작할 겁니다! 소녀처럼 수줍어하고, 선행으로 미화된 나이 든 불목하니처럼 철학을 늘어놓다니! 시큼해! 시어 터졌다니까!

오를로프스키 됐어요, 됐어……. 지금 교수는 어디 있소?

보이니쓰키 서재에 있습니다. 글을 쓰고 있어요.

오를로프스키 무슨 일 때문인지 편지로 나를 이리로 불렀소. 무슨 일인지 모르시나?

보이니쓰키 그 사람한텐 아무 일도 없습니다. 쓸데없는 거나 쓰고,

불평이나 늘어놓고, 질투하는 거 말곤 아무것도 없어요.

졸투힌과 율랴가 오른쪽 문에서 들어온다.

| 4장 |

같은 사람들, 졸투힌과 율랴.

졸투힌 안녕하십니까, 여러분. (인사한다)
율랴 안녕하세요, 대부님! (키스한다) 안녕, 페젠카! (키스한다) 안녕하세요, 예고르 페트로비치! (키스한다)
졸투힌 알렉산드르 블라디미로비치는 댁에 계십니까?
오를로프스키 그래. 서재에 계셔.
졸투힌 그분께 가봐야 합니다. 무슨 일인지 편지를 써 보내셨더군요……. (나간다)
율랴 예고르 페트로비치, 어제 주문하신 보리는 잘 받으셨나요?
보이니쓰키 고마워요, 받았습니다. 얼마를 드려야 하죠? 봄에도 당신한테 무엇인가 가져왔는데, 기억이 나질 않는군요……. 셈을 해야 합니다. 헷갈리고 계산하지 않는 건 견딜 수 없거든요.
율랴 봄에 호밀 8체트베르치*를 가져가셨어요, 예고르 페트로비치. 송아지 두 마리와 황소 한 마리도요. 그리고 당신 농가에서 버터도 가져갔답니다.
보이니쓰키 그렇다면 얼마를 드려야 하죠?

* 러시아의 전통적인 부피 단위로 209.21리터에 해당한다.

율랴 어떻게 알겠어요? 주판 없이는 알 수 없답니다, 예고르 페트로비치.

보이니쯔키 주판을 가져다드리지요, 필요하다면요…….(나간다. 이내 주판을 들고 돌아온다)

오를로프스키 얘야, 오빠 건강하냐?

율랴 덕분에요. 대부님, 그 넥타이가 어디서 사셨어요?

오를로프스키 읍내의 키르피쵸프 집에서 샀다.

율랴 아주 멋져요. 레네츠카에게도 그런 넥타이를 사줘야겠어요.

보이니쯔키 여기 주판 있습니다.

율랴가 자리에 앉아 주판을 튕긴다.

오를로프스키 하느님이 레냐에게 대단한 살림꾼을 보내신 게야! 인형 같이 작아서 잘 보이지도 않지만, 잘 보면 일을 하고 있다니까! 세상에!

표도르 이바노비치 그래요. 그런데 그 사람은 뺨이나 누른 채 돌아다니고 있어요. 빈둥거리는 인간이라니까요…….

오를로프스키 사랑스러운 가난한 처자 같으니……. 보다시피 저 앤 낡아빠진 외투를 걸치고 다니잖니. 금요일에 시장에 갔더니만, 저애가 짐수레 주위를 돌아다니고 있더라고…….

율랴 절 헷갈리게 하셨어요.

보이니쯔키 가십시다, 여러분. 어디로든지 다른 곳으로요. 응접실 어떠세요? 여기 있으니 지겹군요……. (하품한다)

오를로프스키 응접실로 가자면 응접실로 가지……. 마찬가지니까.

사람들이 왼쪽 문으로 나간다.

율랴 (혼자, 사이를 두고) 페젠카는 체첸 사람처럼 옷을 차려입었
어……. 저런 건 부모님이 교육을 시키지 않아서 그래……. 이
고을에서 가장 잘생겼고, 똑똑한데다, 부유하지만 아무 데도 쓸
모가 없어……. 천치 바보니까……. (주판을 튕긴다)

소냐가 들어온다.

| 5장 |

율랴와 소냐.

소냐 우리 집에 오셨네요, 율레츠카? 그것도 모르고…….
율랴 (키스한다) 소냐!
소냐 여기서 뭐 하세요? 계산하세요? 정말로 대단한 살림꾼이세
요. 보기만 해도 부러울 지경이에요……. 율레츠카, 어째서 결혼
하지 않는 거예요?
율랴 그러니까……. 중신하러들 오긴 하는데 거절했어요. 진실한
남자가 나한테 구혼한 적은 없어요! (한숨 쉰다) 없을 거예요!
소냐 왜죠?
율랴 난 제대로 교육을 받지 못했잖아요. 김나지움 2학년 과정에
서 그만두었으니까요.
소냐 왜 그만두게 되었나요, 율레츠카?
율랴 능력이 없었거든요.

소냐가 웃는다.

왜 웃으시는 거죠, 소네츠카?

소냐 머리가 어쩐지 이상해진 것 같아요······. 율레츠카, 난 오늘
너무도 행복하고 또 행복해서, 행복 때문에 물려버릴 지경이에
요······. 어디로 가야할지 모르겠어요······. 자, 무엇이든 이야기하
도록 해요. 말해봐요······. 예전에 사랑에 빠진 적이 있었나요?

율라가 긍정적으로 고개를 끄덕인다.

그래요? 재미있는 분이었나요?

율라가 그녀의 귀에 대고 속삭인다.

누구요? 표도르 이바노비치를?

율라 (긍정적으로 고개를 끄덕인다) 당신은요?

소냐 나도 그래요······. 하지만 표도르 이바노비치를 사랑하진 않
았어요. (웃는다) 자, 뭐든 더 이야기해보세요.

율라 벌써 오래전에 당신과 이야기해야 했어요, 소네츠카.

소냐 어서요.

율라 의논하고 싶어요. 아시겠지만요······. 난 당신에게 진정으
로 호감을 가지고 있어요······. 알고 지내는 여자 친구들은 많지
만, 당신이 최고예요······. 만일 당신이 "율레츠카, 말 열 마리만
주세요, 혹은 양 200마리만 주세요" 하고 말하면, 기꺼이 드릴
거예요······. 당신을 위해서라면 아무것도 아깝지 않을 테니까
요······.

소냐 왜 그렇게 얼굴을 붉히는 거죠, 율레츠카?

율라 부끄러워서······. 나는······ 당신한테 진정으로 호감을 가지고
있어요······. 모든 사람들 가운데 당신이 최고라니까요······. 잘

난 척하지도 않고……. 정말로 멋진 사라사를 입었네요!

소냐 사라사 얘긴 나중에 하고……. 말해보세요…….

율랴 (흥분하면서) 어떻게 해야 옳은 건지 모르겠어요……. 당신한테 제안하도록 해주세요……. 행복해지도록……. 그러니까…… 말하자면…… 그래서…… 레네츠카와 결혼하세요. (얼굴을 감싼다)

소냐 (일어나면서) 그건 말하지 말도록 해요, 율레츠카……. 그러시면 안 돼요, 안 됩니다…….

엘레나 안드레예브나가 들어온다.

| 6장 |

같은 사람들과 엘레나 안드레예브나.

엘레나 안드레예브나 정말이지 갈 곳이 없네. 오를로프스키 부자와 조르쥬가 방마다 돌아다니고 있어서, 어딜 들어가든 그 사람들이 있으니 말이야. 우울해질 지경이야. 여기서 뭘 하려는 건지. 어디 다른 곳으로나 가면 좋으련만.

율랴 (눈물을 글썽이며) 안녕하세요, 엘레나 안드레예브나. (키스하려고 한다)

엘레나 안드레예브나 안녕하세요, 율레츠카. 미안합니다만, 자주 키스하는 건 좋아하지 않아요. 소냐, 아버진 뭐하시지?

사이.

소냐, 왜 대답하지 않는 거야? 아버지 뭐하시냐고 묻잖아?

사이.

소냐, 왜 대답하지 않는 거야?
소냐 알고 싶으세요? 이리로 오세요……. (그녀를 한쪽 구석으로 데리고 간다) 좋아요, 말씀드리겠어요……. 어머니와 이야기를 나누고 계속 감춰두기엔 오늘 제 영혼이 지나치게 순수하답니다. 자, 받으세요! (편지를 건네준다) 정원에서 찾았어요. 율레츠카, 가요! (율랴와 함께 왼쪽 문으로 나간다)

| 7장 |

엘레나 안드레예브나, 그다음에 표도르 이바노비치.

엘레나 안드레예브나 (혼자서) 이게 뭐지? 조르쥬가 나한테 편지를! 하지만 나한테 무슨 허물이 있다는 거야? 아, 이건 너무도 신랄하고 파렴치해! 자기 영혼이 참으로 맑아서 나와는 이야기하지도 못하겠다고……. 맙소사, 그렇게까지 모욕하다니! 머리가 빙빙 도네. 금방이라도 쓰러질 듯해…….
표도르 이바노비치 (왼쪽 문에서 나와 무대를 가로질러 걸어간다) 나를 볼 때마다 몸을 떠시는 이유가 뭡니까?

사이.

흐음…… (그녀의 손에서 편지를 낚아채더니 잘게 찢어버린다)
이런 건 던져버려요. 오직 나에 대해서만 생각해야 합니다.

사이.

엘레나 안드레예브나 이게 무슨 뜻이죠?

표도르 이바노비치 내가 누군가를 지목하면, 그 사람은 결코 내 손아
귀에서 빠져나가지 못한다, 그런 얘깁니다.

엘레나 안드레예브나 아니, 당신이 어리석고 뻔뻔스럽단 얘기겠죠.

표도르 이바노비치 오늘 저녁 7시 반에 정원 뒤에 있는 작은 다리 부
근에서 날 기다리도록 하세요……. 알겠소? 더 이상 당신한테
할 말이 없습니다……. 그러니까, 천사여. 7시 반까집니다. (그
녀의 손을 잡으려고 한다)

엘레나 안드레예브나가 그의 뺨을 후려친다.

강력한 표현이군요…….

엘레나 안드레예브나 썩 나가요!

표도르 이바노비치 알겠습니다요……. (가다가 되돌아온다) 감동했
습니다……. 조용히 생각해봅시다. 아시다시피…… 저는 이 세
상에서 산전수전 다 겪었습니다. 심지어 금붕어 수프도 두 번이
나 먹었다니까요……. 기구를 아직 못 타봤고, 박식한 교수님의
아내를 여태까지 한 번도 유괴하지 못했군요…….

엘레나 안드레예브나 나가요…….

표도르 이바노비치 곧 갑니다……. 모든 걸 해봤다니까요……. 그리
고 나는 몸 둘 바를 모를 정도로 그렇게 뻔뻔한 인간입니다. 그
래서 내친김에 말씀드리죠, 만일 친구나 충직한 개가 필요하시

면 언제든 나한테 부탁하세요……. 감동했습니다…….

엘레나 안드레예브나 어떤 개도 필요 없어요……. 나가요…….

표도르 이바노비치 알겠습니다……. (매우 감동해서) 그럼에도 불구하고 정말로 감동했습니다……. 그렇습니다, 감동했어요……. 그렇습니다……. (머뭇거리면서 나간다)

엘레나 안드레예브나 (혼자서) 머리가 아프네……. 매일 밤 나쁜 꿈을 꾸고, 뭔가 무서운 일이 일어날 것 같은 예감이 들어……. 그런데 얼마나 불쾌한지! 젊은 사람들이 함께 태어나서 교육을 받고 서로에게 '너'라고 부르고, 언제나 키스하고, 평화롭게 살기로 의견을 모은 듯해. 하지만 그들 모두는 곧 서로를 잡아먹을 것처럼 보여……. 숲의 수호신은 숲을 지키지만, 사람들을 구할 사람은 아무도 없어. (왼쪽 문으로 걸어간다. 그러나 마주 오는 졸투힌과 율랴를 보고서는 가운데 문으로 나간다)

| 8장 |

졸투힌과 율랴.

율랴 우린 정말 불행해, 레네츠카. 아아, 얼마나 불행한지 몰라!

졸투힌 그녀와 이야기하라고 누가 너한테 시키더냐? 청하지도 않은 매파 노릇을 하다니, 여편네처럼! 모든 일을 망쳐버렸잖아! 내가 말할 자신이 없어서 그랬다고 생각할 거잖아. 그리고…… 그리고 얼마나 속된 짓이냐! 모든 걸 그냥 놔두라고 골백번 말했잖아. 모욕과 온갖 암시, 저급함과 속물근성 말고는 아무것도 없어…… 노인은 내가 그녀를 사랑하고 있다는 걸 필시 알아챘을 거야. 그리고 이미 내 감정을 이용해먹고 있다니까! 내가 이 영지를 샀으면 하고 바라고 있어.

율랴 얼마를 달라고 하는데?

졸투힌 쯧쯧⋯⋯. 사람들이 오는구나!

왼쪽 문으로 세레브랴코프, 오를로프스키 그리고 마리야 바실리예브나가 들어온다. 마리야 바실리예브나는 걸으면서 팸플릿을 읽고 있다.

| 9장 |

같은 사람들과 세레브랴코프, 오를로프스키 그리고 마리야 바실리예브나.

오를로프스키 이보게, 나 역시 웬일인지 전혀 건강하지 않다네. 벌써 이틀 동안이나 머리도 아프고, 온몸이 아프구먼⋯⋯.

세레브랴코프 나머지 사람들은 어디 있지? 이 집이 싫어. 무슨 미궁 같다니까. 커다란 방이 스물여섯 개나 되고, 모두가 흩어져 있어서 도대체 찾을 수가 없다니까. (종을 친다) 예고르 페트로비치와 엘레나 안드레예브나를 이리로 오시라고 하시오.

졸투힌 율랴야, 할 일이 없으면, 가서 예고르 페트로비치와 엘레나 안드레예브나를 찾으렴.

율랴가 나간다.

세레브랴코프 어딜 가든 몸이 아픈 것은 견딜 수가 있지만, 참을 수 없는 건 바로 지금과 같은 분위기야. 마치 내가 이미 죽었거나 혹은 어떤 낯선 행성에 떨어진 그런 느낌이야.

오를로프스키 어떤 관점에서 그걸 본다면…….

마리야 바실리예브나 (읽으면서) 연필을 주세요……. 또다시 모순이
야! 표시해야겠군요.

오를로프스키 각하, 여기 있습니다! (연필을 주고 손에 키스한다)

보이니쓰키가 들어온다.

| 10장 |

같은 사람들과 보이니쓰키, 그다음에 엘레나 안드레예브나.

보이니쓰키 나한테 무슨 볼일이 있나요?

세레브랴코프 그래, 조르쥬.

보이니쓰키 당신에게 내가 무슨 소용이란 말이오?

세레브랴코프 당신이라니……. 대체 왜 화를 내나?

사이.

자네한테 뭔가 잘못한 일이 있다면, 용서하게. 부탁일세…….

보이니쓰키 그런 어투는 치우게. 본론으로 들어감세……. 대체 무
슨 일인가?

엘레나 안드레예브나가 들어온다.

세레브랴코프 레노츠카도 왔군……. 앉으세요, 여러분.

사이.

여러분, 제가 여러분을 오시라고 한 것은 이곳에 감사관이 온다는 걸 알려드리고자 함입니다. 그러니까 농담은 그만둡시다. 중요한 문제니까요. 여러분을 오시라고 한 것은 여러분께 도움과 충고를 청하고자 함이며, 여러분의 변함없는 친절함을 알고 있기에 그것을 얻으리라 희망하기 때문입니다. 저는 학문을 연구하는 사람으로, 실생활에 어두워서 언제나 실제적인 삶을 몰랐습니다. 달통한 분들의 지시 없이는 해나갈 수가 없기에 자네, 이반 이바느이치, 그리고 레오니드 스테파느이치, 그리고 조르쥐에게 부탁하는 겁니다……. 문제는 manet omnes una nox*입니다. 말하자면 우리 모두는 하느님 아래서 살아가고 있는 것입니다. 저는 늙고 병들었습니다. 그래서 가족과 관련된 재산 문제를 정리할 적절할 시기를 찾고 있습니다. 제 삶은 끝났고, 나 자신에 대해서는 생각하지 않습니다. 하지만 제게는 젊은 아내와 출가하지 않은 딸이 있습니다. 이 사람들이 계속해서 시골에서 사는 건 불가능합니다.

엘레나 안드레예브나 전 괜찮아요.

세레브랴코프 우리는 시골에서 살도록 만들어지지 않았습니다. 이 영지에서 우리가 얻는 수입으로 도시에서 사는 것은 불가능합니다. 그저께 4000루블을 받고 숲을 팔았습니다만, 그것은 특단의 조치이기에 해마다 쓸 수는 없습니다. 많든 적든 일정한 수입을 보장할 수 있는 그런 방편을 찾아야만 합니다. 그런 하나의 조치를 생각해냈기에 여러분께서 심사해주실 것을 제안하고자 합니다. 자세한 것은 제외하고, 요점만 말씀드리겠습니다. 우리 영지

---

* [원주] 밤이 한결같이 모든 사람을 기다린다(라틴어).

는 평균 2퍼센트 이상의 수입을 얻지 못합니다. 그래서 영지를 팔 것을 제안합니다. 영지 판매 대금을 유가증권으로 바꾸면 4내지 5퍼센트의 수입을 얻게 됩니다. 몇 천 루블의 잉여금도 생길 테니, 그 돈으로 핀란드에 자그마한 별장을 살 수 있을 겁니다……

보이니쓰키 잠깐만, 내가 잘못 들은 것 같아. 다시 한 번 말해주게…….

세레브랴코프 돈을 유가증권으로 바꿔서 핀란드에 별장을 사자고…….

보이니쓰키 핀란드 말고…… 뭔가 다른 말을 했잖아.

세레브랴코프 영지를 팔자고 제안했네.

보이니쓰키 바로 그거야……. 자네가 영지를 판다고……! 대단해. 훌륭한 생각이야……. 그런데 나와 연로하신 어머니는 어디로 가라는 건가?

세레브랴코프 그건 적절한 때 논의하세……. 당장은 말고…….

보이니쓰키 잠깐만…… 지금까지 내겐 조금치의 상식도 없었던 게 분명해. 지금까지 난 바보처럼 이 영지가 소냐 것이라고 생각해 왔으니까 말이야. 고인이 되신 아버지께서 이 영지를 누이의 지참금으로 사셨지. 지금까지 난 순진했고, 법률을 터키식으로 이해하지 못하고, 영지가 누이에게서 소냐에게 넘어갔다고 생각했어.

세레브랴코프 그래, 영지는 소냐 소유야……. 누가 뭐라고 그랬나? 소냐가 동의하지 않으면 영지를 팔 수 없어. 하지만 소냐를 위해서 영지를 팔자는 거야.

보이니쓰키 알 수가 없군, 알 수가 없어! 아니면 내가 미쳤나. 아니면…… 아니면…….

마리야 바실리예브나 조르쥬, 교수의 말에 반대하지 마라! 뭐가 좋고 뭐가 나쁜지 그 사람이 우리보다 잘 알고 있으니까.

보이니쓰키 아니에요, 물 좀 주세요……. (물을 마신다) 하고 싶은 대로 말씀하세요! 하고 싶은 대로!

세레브랴코프 어째서 자네가 흥분하는지 모르겠군, 조르쥬. 내 계획이 이상적이라고 말하지는 않았네. 만일 모든 사람들이 부적절하다고 한다면, 고집부리지 않을 걸세.

자진이 들어온다. 그는 연미복을 입고, 하얀 장갑을 끼고, 차양이 넓은 실크해트를 쓰고 있다.

| 11장 |

같은 사람들과 쟈진.

쟈진 인사드립니다. 알려드리지도 않고 불쑥 들어오게 된 것을 용서하시기 바랍니다. 잘못은 인정합니다만, 정상참작의 여지는 있습니다. 현관에 domestique* 한 사람도 없거든요.

세레브랴코프 (당황해하면서) 환영합니다. 어서오세요.

쟈진 (발을 뒤로 빼고 인사하면서) 각하! 마담! 여러분의 영역에 침입한 데에는 두 가지 목적이 있습니다. 제가 여기 온 것은 우선, 이곳을 방문하여 저의 경건한 존경을 입증하기 위해서이며, 두 번째로, 날씨가 좋을 때 여러분 모두를 초대하여 제가 거주하는 곳으로 와주십사 권유하기 위함입니다. 저는 우리 모두의 친구인 숲의 수호신에게 임차한 물레방앗간에 거주하고 있습니다.

---

* [원주] 하인(프랑스어).

그곳은 밤이면 루살카가 물장구치는 소리가 들리는 한적하고 시적인 곳이며, 낮에는······.

보이니쓰키 잠깐, 와플. 우린 얘기 중이야······. 기다려, 나중에······. (세레브랴코프에게) 이 친구에게 물어보게······. 영지는 이 친구 아저씨한테 샀으니까.

세레브랴코프 아아, 왜 그걸 물어봐야 하지? 무엇 때문에?

보이니쓰키 영지는 당시 9만 5000루블이었네. 아버지는 고작 7만 루블을 지불하셨고, 따라서 2만 5000루블이 빚으로 남았지. 자, 들어봐······. 이 영지는 만약 내가 사랑하는 누이동생을 위해 유산을 거부하지 않았다면 살 수 없었을 거야. 게다가 나는 10년 동안 황소처럼 일해서 모든 빚을 갚았어.

오를로프스키 이보시오, 대체 무얼 바라는 거요?

보이니쓰키 빚을 청산하고, 영지가 무질서하게 되지 않은 것은 오직 나의 개인적인 노력 덕분이라고. 그런데 내가 늙으니까 목덜미를 잡아채서 여기서 끌어내려고 하다니!

세레브랴코프 자네가 무슨 말을 하려는 건지 알 수 없군.

보이니쓰키 25년 동안 나는 이 영지를 관리하고, 땅을 일구면서 가장 양심적인 청지기로서 자네에게 송금했어. 하지만 자넨 그동안 단 한 번도 내게 고맙다고 하지 않았지! 나는 젊을 때나 지금이나 계속해서 자네에게 1년에 500루블밖에 받지 않았어. 하찮은 돈이지! 자넨 단돈 1루블이라도 올려주려 한 적이 없어!

세레브랴코프 조르쥬, 내가 어찌 알았겠나! 난 실제적인 인간이 못 돼서 아는 게 없다니까. 자네 스스로 가져갈 수도 있었잖나. 원하는 만큼 말이야.

보이니쓰키 왜 훔치지 않았느냐 얘기야? 어째서 여러분 모두는 내가 훔치지 않았다고 나를 경멸하지 않는 겁니까? 그게 정당했다면, 난 지금 거지가 되진 않았을 텐데!

마리야 바실리예브나 (엄격하게) 조르쥬!

쟈진 (흥분하면서) 조르젠카, 그러지 마. 그러지 말라고…… 떨려……. 왜 우리의 좋은 관계를 망치려고 하는 거야? (그에게 키스한다) 그러지 마…….

보이니쯔키 25년 동안 나는 바로 이 여인, 어머니와 함께 두더지처럼 사면 벽 속에 앉아 있었어. 우리의 모든 생각과 감정은 자네 한 사람에게 쏠려 있었지. 낮에 우리는 자네에 대해서, 자네의 논문에 대해서 말했고, 자네의 명성을 자랑스러워했으며, 경건한 마음으로 자네 이름을 불렀지. 지금은 그토록 경멸하는 잡지와 서적을 읽으면서 밤을 허비한 적도 있었다니까!

쟈진 그러지 마, 조르젠카. 그러지 말라고……. 견딜 수 없어…….

세레브랴코프 알 수가 없군. 대체 바라는 게 뭔가?

보이니쯔키 우리에게 자넨 가장 높은 곳에 있던 존재였고, 우린 자네 논문을 외울 정도로 알고 있었어……. 하지만 이제 내가 눈을 뜬 거야. 모든 게 보인다니까! 자넨 예술에 관한 글을 쓰면서도 정작 예술에 대해 아는 게 아무것도 없어! 내가 사랑했던 자네의 모든 저작은 동전 한 닢의 가치도 없다고!

세레브랴코프 여러분! 제발 저 사람 좀 진정시켜주세요! 난 가겠습니다!

엘레나 안드레예브나 조르쥬, 입 좀 다무세요! 네?

보이니쯔키 못 해! (세레브랴코프의 길을 막아서면서) 잠깐, 아직 내 말이 끝나지 않았어! 자넨 내 인생을 망쳤어! 난 산 게 아니야, 산 게 아니라고! 자네 때문에 난 인생의 가장 좋은 시기를 망치고 파멸시켰던 거야! 자넨 최악의 원수야!

쟈진 참을 수 없어……. 참을 수가 없다니까……. 다른 방으로 가야겠어……. (몹시 흥분하여 오른쪽 문으로 나간다)

세레브랴코프 나한테 원하는 게 뭔가? 그리고 그런 식으로 말할 권리가 자네한테 있나? 쓸모없는 인간 같으니! 만일 영지가 자네 것이라면, 가져가. 난 필요 없으니까!

졸투힌 (방백으로) 이런, 소동이 시작됐구면……. 가야지! (나간다)

엘레나 안드레예브나 만일 조용하지 않으면, 난 당장 이 지옥에서 나갈 거예요! (소리친다) 더 이상 못 견디겠어요!

보이니쓰키 내 인생은 끝났어! 나는 재능 있고, 현명하며, 대담해……. 만일 내가 정상적으로 살았다면 쇼펜하우어나 도스토예프스키가 되었을지도 몰라……. 쓸데없는 말을 지껄였군! 미치겠어……. 어머니, 절망스러워요! 어머니!

마리야 바실리예브나 교수님 말씀을 들어라!

보이니쓰키 어머니! 어떻게 해야죠? 필요 없어요. 말씀하지 마세요! 어떻게 해야 하는지, 알아요! (세레브랴코프에게) 날 기억하게 될 거다! (중문으로 나간다)

마리야 바실리예브나가 그의 뒤를 따라간다.

세레브랴코프 여러분, 이게 대체 뭡니까? 저 미치광이에게서 날 데려가 주세요!

오를로프스키 괜찮아, 괜찮다고 사샤. 저 사람 마음이 가라앉도록 하게. 너무 흥분하지 말라고.

세레브랴코프 저 인간과 한 지붕 아래서 살 수 없어요! 그자가 바로 여기 (중문을 가리킨다) 내 옆에서 살잖아요……. 그자를 마을이나 별채로 옮기도록 하든지, 내가 여길 떠나든지. 여하튼 그자와 함께 있을 순 없어요…….

엘레나 안드레예브나 (남편에게) 만일 이런 비슷한 일이 다시 일어난다면 난 떠나겠어요!

세레브랴코프 아아, 놀라게 하지 마. 제발!

엘레나 안드레예브나 놀라게 하는 게 아니에요. 당신들은 내 인생을 지옥으로 만들려고 약속이나 한 것 같아요……. 난 갈 거예요…….

세레브랴코프 당신은 젊고 나는 늙었어. 당신이 커다란 은혜를 베풀고 있다는 것도, 당신이 여기 살고 있다는 것도 모든 사람들이 알고 있어…….

엘레나 안드레예브나 계속해요, 계속하세요…….

오를로프스키 자, 자, 자…… 여러분…….

흐루쇼프가 빠른 걸음으로 들어온다.

| 12장 |

같은 사람들과 흐루쇼프.

흐루쇼프 (흥분해서) 집에서 만나 뵙게 돼서 매우 기쁩니다, 알렉산드르 블라디미로비치……. 미안합니다만, 혹시 제가 적당하지 않은 때에 와서 방해가 되지는 않았는지 모르겠습니다……. 하지만 그게 문제가 아닙니다. 안녕하십니까…….

세레브랴코프 무슨 일입니까?

흐루쇼프 미안합니다만, 제가 흥분했습니다. 서둘러 말을 타고 왔더니만……. 알렉산드르 블라디미로비치, 그저께 쿠즈네쏘프에게 벌채용으로 숲을 파셨다고 들었습니다. 만일 그게 헛소문이 아니라 사실이라면 부탁입니다만, 그렇게 하지 마십시오.

엘레나 안드레예브나 미하일 리보비치, 남편은 지금 일에 대해 말할 기분이 아닙니다. 정원으로 가시죠.

흐루쇼프 하지만 저는 지금 말해야 합니다!

엘레나 안드레예브나 아시는 것처럼…… 참을 수가 없군요……. (나 간다)

흐루쇼프 제가 쿠즈네쏘프를 찾아가서 교수님이 생각을 바꾸셨다 고 말할 수 있도록 허락해 주십시오……. 네? 허락하시는 거죠? 고작 이삼 천 루블 때문에, 여자들의 넝마나 변덕스러움, 호사를 위해서 허다한 나무를 베어내고 파괴하다니요……. 미래에 후손 들이 우리의 야만성을 저주하도록 파괴하다니요! 학자이자 저 명인사인 교수님이 그런 잔인한 일을 결행하신다면, 교수님보 다 훨씬 낮은 곳에 있는 사람들은 대체 어떻게 해야 한단 말입니 까! 얼마나 무서운 일인가요!

오를로프스키 미샤, 그 얘긴 나중에 하게.

세레브랴코프 가세, 이반 이바노비치. 이건 결코 끝나지 않을 게야.

흐루쇼프 (세레브랴코프의 길을 막아서면서) 그렇다면 이건 어떻 습니까, 교수님…… 기다려주세요. 석 달 후에 돈이 생기면 제가 그 영지를 사겠습니다.

오를로프스키 미안하네, 미샤. 하지만 이건 좀 이상하구먼……. 그 래, 자네가 이념에 투철한 사람이라고 해두세……. 그 때문에 우 린 자네에게 정말로 감사하고, 공손하게 인사하네. (인사한다) 그런데 왜 소동을 일으키는 건가?

흐루쇼프 (얼굴을 붉히고서) 모든 이의 대부님! 이 세상에는 선량 한 분들이 많이 있습니다만, 그게 언제나 제겐 미심쩍게 보였 죠! 그들 모두는 무관심하기 때문에 선량한 겁니다!

오를로프스키 이보게, 자넨 싸우러 여기 온 게로군……. 좋지 않아! 이념도 이념이지만, 이것 또한 가지고 있어야 하지 않겠나……. (가슴을 가리킨다) 이게 없다면, 자네의 숲도 이탄도 동전 한 닢

가치밖엔 없어…… 화내지 말게. 하지만 자넨 아직 애송이야. 진짜 애송이라니까!

세레브랴코프 (단호하게) 다음엔 아무 예고도 없이 들어오지 않도록 하시오. 그리고 당신의 정신병자 같은 당돌한 행동에서 벗어날 수 있게 해주시오! 당신들 모두가 나를 괴롭히고 싶어 하더니, 당신이 해냈구려…… 날 그냥 내버려두시오! 당신의 숲과 이탄에 관한 모든 것을 나는 잠꼬대이거나 정신병이라고 생각하오. 그게 내 생각이오! 가세, 이반 이바노비치. (나간다)

오를로프스키 (그의 뒤를 따라가며) 사샤, 이건 너무…… 어째 그리 강퍅한가? (나간다)

흐루쇼프 (혼자서, 사이를 두고) 잠꼬대, 정신병이라…… 그러니까 저명한 학자이자 교수의 생각에 따르면 난 미치광이로군…… 교수의 권위에 탄복하고, 이제 집으로 가서 머리나 깎아야겠군. 아니야, 미쳐버린 대지가 당신을 아직도 지탱하고 있는 거야! (오른쪽 문으로 신속하게 걸어간다. 12장이 진행되는 동안 처음부터 끝까지 문가에서 엿듣고 있던 소냐가 왼쪽 문으로 들어온다)

| 13장 |

흐루쇼프와 소냐.

소냐 (그의 뒤를 따라 뛰어간다) 잠깐만요…… 다 들었습니다…… 말해주세요…… 빨리 말해주세요. 안 그러면 제가 참지 못하고 말하기 시작할 테니까요!

흐루쇼프 소피야 알렉산드로브나, 해야 할 말은 벌써 다했습니다. 당신 아버님께 숲을 소중히 여겨 주십사 부탁드렸습니다. 내가 옳았지만 그분은 날 미치광이라 불렀습니다……. 난 미친놈입니다!

소냐 그만, 그만하세요…….

흐루쇼프 그렇습니다. 자기의 냉혹하고 무자비한 가슴을 학식 아래 감추고, 자신의 비정함을 깊이 있는 현명함으로 사칭하는 자들은 미친 사람들이 아닙니다! 모든 사람들이 보는 데서 늙은 남편을 속이고, 숲을 벌목해서 번 돈으로 최신 유행의 세련된 옷을 사려고 그들과 결혼한 인간은 미치광이가 아닙니다!

소냐 제 말을 들어보세요, 들어보시라고요……. (그의 손을 꼭 쥔다) 제가 이야기할 수 있게 해주세요…….

흐루쇼프 그만둡시다. 끝냅시다. 난 당신들에게 남이고, 나에 대한 당신들의 견해도 이미 알고 있으니 여기서 내가 할 수 있는 일은 아무것도 없습니다. 안녕히 계십시오. 내가 그토록 소중히 여겼던 우리의 짧은 만남 후에 내 기억 속에 남을 것이라곤 고작 당신 아버지의 통풍과 민주주의에 대한 당신의 판단밖에 없다는 사실이 유감입니다……. 하지만 그건 내 잘못이 아닙니다……. 내가 아니라…….

소냐가 울면서 얼굴을 가리고 왼쪽 문으로 빠른 걸음으로 나간다.

신중하지 못하게 여기서 사랑하게 되었지만, 그건 내게 교훈이 되겠지! 이 소굴에서 나가라! (오른쪽 문으로 걸어간다. 왼쪽 문에서 엘레나 안드레예브나가 나온다)

| 14장 |

흐루쇼프와 엘레나 안드레예브나.

엘레나 안드레예브나 아직 여기 계셨어요? 잠깐만요……. 방금 전에 이반 이바노비치께서 이르시길, 남편이 당신께 무례했다고 하더 군요……. 용서하세요. 오늘 그이는 화가 나서 당신을 이해하지 못했어요……. 한 말씀 드리자면, 미하일 리보비치. 제 영혼은 당신 것입니다! 저의 진실한 존경을 믿어주세요. 저는 공감하고 감동했습니다. 순수한 마음에서 우러나오는 저의 우정을 받아주 세요. (두 손을 내민다)
흐루쇼프 (꺼리는 투로) 물러나세요……. 당신의 우정을 경멸합니 다! (나간다)
엘레나 안드레예브나 (혼자서 신음한다) 도대체 왜? 왜 그런 거냐고?

무대 뒤에서 총소리.

| 15장 |

엘레나 안드레예브나, 마리야 바실리예브나. 그다음에 소냐, 세레브랴코프, 오를로프스키 그리고 졸투힌.

마리야 바실리예브나가 가운데 문에서 비틀거리며 나오다가 비명을 지르더니 실신한다. 소냐가 나오더니 가운데 문으로 달려간다.

세레브랴코프 무슨 일이지?

오를로프스키 대체 무슨 일이야?

졸투힌 무슨 일입니까?

소냐의 비명이 들린다. 그녀가 돌아와서 소리친다. "조르쥬 삼촌이 권총으로 자살했어요!" 그녀와 오를로프스키, 세레브랴코프와 졸투힌이 옆문으로 달려간다.

엘레나 안드레예브나 (신음한다) 왜 그런 거지? 왜 그런 거냐고?

오른쪽 문에서 쟈진이 모습을 드러낸다.

ㅣ 16장 ㅣ

엘레나 안드레예브나, 마리야 바실리예브나 그리고 쟈진.

쟈진 (문가에서) 무슨 일입니까?

엘레나 안드레예브나 (그에게) 여기서 날 데려가주세요! 깊은 벼랑으로 날 던져버려요. 날 죽이라고요! 하지만 여기 있을 순 없어요. 빨리요, 부탁이에요! (쟈진과 함께 나간다)

막.

4막

쟈진이 흐루쇼프에게 빌린 방앗간이 딸린 집과 숲.

| 1장 |

엘레나 안드레예브나와 쟈진. 그들은 창문 아래 벤치에 앉아 있다.

엘레나 안드레예브나 일리야 일리치, 내일도 우체국에 다녀오세요.
쟈진 네, 그렇겠습니다.
엘레나 안드레예브나 사흘 더 기다릴 겁니다. 만일 오빠한테 답장을 받지 못하면 당신께 돈을 빌려서 혼자 모스크바에 가겠어요. 당신의 방앗간에서 영원히 살 수는 없잖아요.
쟈진 물론 그렇습니다…….

사이.

제가 감히 부인을 가르칠 수는 없겠지요. 하지만 당신이 쓰는 모든 편지와 그걸 부치기 위해 매일 우체국에 다녀오는 일, 이 모

든 것은, 미안합니다만, 헛수고입니다. 오빠가 어떤 편지를 보내
오든 부인은 결국 부군께 돌아가셔야 합니다.

엘레나 안드레예브나 돌아가지 않겠어요⋯⋯. 냉정하게 생각해야 해
요, 일리야 일리치. 저는 남편을 사랑하지 않습니다. 내가 사랑
했던 젊은 사람들도 처음부터 끝까지 저한테 공정하지 않았어
요. 어째서 그곳으로 돌아가야 하나요? 의무라고 당신은 말씀하
실 테죠⋯⋯. 그건 저도 잘 압니다. 하지만 다시 말씀드리면, 따
져봐야겠어요⋯⋯.

쟈진 그렇군요⋯⋯. 위대한 러시아 시인 로모노소프는 아르한겔스
크 현에서 도망쳐 모스크바에서 행운을 찾았습니다. 그의 입장
에서 보면 그것은 물론 잘된 일입니다⋯⋯. 그런데 부인은 왜 달
아난 겁니까? 솔직하게 생각해보면 아시다시피 부인의 행복은
어디에도 없습니다⋯⋯. 카나리아는 새장 안에서 다른 사람의
행복을 바라보도록 결정된 겁니다. 그렇다면 평생 그렇게 살아
야하는 거예요.

엘레나 안드레예브나 하지만 나는 카나리아가 아니라 자유로운 참새
입니다!

쟈진 뭐라고요! 행동하는 걸 보면 어떤 사람인지 알 수 있습니다,
부인⋯⋯. 다른 여자 같았으면 2주 동안 여러 도시를 돌아다니
면서 모든 사람을 속이며 살았을 겁니다. 그런데 부인은 고작 방
앗간으로 도망쳤고, 그나마 몹시 괴로워했습니다⋯⋯. 아닙니
다, 어딜 가시겠어요! 우리 집에서 얼마간 더 지내시고 가슴을
진정시키세요. 그런 연후에 부군께 가도록 하세요. (귀를 기울
인다) 누군가 마차를 타고 오고 있군요. (일어난다)

엘레나 안드레예브나 가겠어요.

쟈진 더 이상 폐를 끼치지 않겠습니다. 방앗간으로 가서 조금 더
자겠습니다⋯⋯. 오늘은 오로라보다 일찍 일어났거든요.

엘레나 안드레예브나 일어나시면 오세요. 함께 차를 마시도록 해요. (집으로 간다)

쟈진 (혼자서) 만일 내가 지적인 사람들 속에서 살았다면, 사람들은 엄청스레 우스꽝스러운 표제가 딸린 캐리커처를 잡지에 그렸을지도 몰라. 당치도 않게 이미 나이도 들었고 잘생기지도 못한 내가 저명한 교수의 젊은 아내를 유괴했으니 말이지! 이거 정말 멋지구먼! (나간다)

| 2장 |

통을 나르고 있는 세묜, 율랴가 들어온다.

율랴 안녕, 센카. 하느님이 도와주시기를! 일리야 일리치는 댁에 계셔?

세묜 계십니다. 방앗간에 계세요.

율랴 가서 모셔 오너라.

세묜 알겠습니다. (나간다)

율랴 (혼자서) 아마 주무시겠지……. (창문 아래 있는 벤치에 앉아 깊이 한숨 쉰다) 어떤 사람들은 잠자고, 어떤 이들은 산보하는데, 난 온종일 이리저리 떠돌아다니고 있으니……. 하느님은 죽음조차 보내주시지 않고. (한층 더 깊이 한숨 쉰다) 하느님, 이런 와플 같은 어리석은 사람들도 있다니! 방금 그 사람 창고를 지나오는데 검은색이 도는 새끼돼지 한 마리가 나오지 뭐야……. 돼지들이 남의 자루를 찢어버리면 그제야 알게 되겠지…….

쟈진이 들어온다.

| 3장 |

율랴와 쟈진.

쟈진 (프록코트를 입는다) 율리야 스테파노브나, 당신이군요? 미
  안합니다, 내복 차림이라서…… 한숨 자려던 참이라서.
율랴 안녕하세요.
쟈진 미안합니다만, 당신을 방 안으로 들어오게 할 수 없어서…….
  정돈되지 않았을 뿐더러, 그밖에도…… 만일 괜찮으시다면 방앗
  간으로 가는 게…….
율랴 여기 앉겠습니다. 당신께 일이 있어서 왔으니까요, 일리야 일
  리치. 기분 전환 삼아 레네츠카와 교수님이 여기 방앗간으로 소
  풍 와서 차를 마셨으면 하거든요…….
쟈진 정말 기쁩니다.
율랴 제가 먼저 왔습니다……. 곧 그분들도 오실 거예요. 여기에
  식탁을 차리고 사모바르도 준비하라고 분부해주셨으면 합니다.
  물론…… 음식물이 담긴 바구니를 제 마차에서 꺼내오라고 센카
  에게 분부하시고요.
쟈진 알았습니다.

사이.

그런데 어떻습니까? 거기 계신 분들은 어떤가요?
율랴 좋지 않습니다, 일리야 일리치……. 믿으실지 모르겠지만, 걱

정이 너무 많아서 병이 날 지경이라니까요. 아시다시피 교수님
과 소네츠카는 지금 우리 집에서 살고 있거든요!

쟈진 알고 있습니다.

율랴 예고르 페트로비치가 자살하고 난 다음에 그분들은 자기네
집에서 살 수 없게 거예요……. 두려워들 하세요. 낮에는 그럭저
럭 괜찮은데, 밤이 되면 모두가 한 방에 모여서 동틀 때까지 앉
아 있답니다. 모두가 무서운 거예요. 어둠 속에서 예고르 페트로
비치가 나타나지나 않을까, 두려워하는 거죠.

쟈진 편견입니다……. 그런데 엘레나 안드레예브나에 대해서는 생
각들 하시나요?

율랴 물론 생각하고 있답니다.

사이.

떠나버린 거죠!

쟈진 그렇습니다. 아이바조프스키*의 눈길을 사로잡을 만한 광경
이죠……. 갑자기 떠난 거예요.

율랴 지금도 어디 계신지 모릅니다……. 필시 떠나셨을 겁니다. 아
마 절망한 나머지…….

쟈진 하느님은 너그러우세요, 율리야 스테파노브나! 모든 게 잘될
겁니다.

그림을 그리는데 필요한 마분지와 화구 상자를 들고 흐루쇼프가 들어온다.

1817190019

4장

같은 사람들과 흐루쇼프.

흐루쇼프 어이! 여기 누구 있소? 세묜!

쟈진 이쪽을 보게!

흐루쇼프 아! 안녕하세요, 율레스카!

율랴 안녕하세요, 미하일 리보비치!

흐루쇼프 일리야 일리치, 일을 하려고 다시 자네한테 왔네. 집에 가만히 앉아 있을 수가 없어서 말이야. 어제처럼 이 나무 아래 내 탁자를 가져다 놓으라고 이르게. 그리고 두 개의 램프를 준비하라고 말하게. 벌써 어두워지기 시작하는군…….

쟈진 알겠네, 나리 양반. (나간다)

흐루쇼프 어떻게 지내십니까, 율레츠카?

율랴 그럭저럭요…….

사이.

흐루쇼프 세레브랴코프 집안사람들이 댁에서 사신다고요?

율랴 그래요.

흐루쇼프 흐음……. 레네츠카는 뭘 하고 있나요?

율랴 집에 있답니다……. 언제나 소네츠카와 함께요…….

흐루쇼프 저런!

사이.

오빠가 그녀와 결혼할 모양이군요.

율랴 뭐라고요? (한숨 쉰다) 제발 그랬으면! 오빠는 교양 있고 고상한 사람이고, 그녀도 좋은 집안 출신이니까요……. 언제나 저는 그녀가…….

흐루쇼프 그녀가 바보로군요…….

율랴 저, 그렇게 말하지 마세요.

흐루쇼프 당신 오빠도 똑똑한 사람이죠……. 요컨대 당신들 모두는 똑같은 사람들입니다. 매우 현명한 분들입니다!

율랴 분명히 오늘 식사를 하지 못하신 게로군요.

흐루쇼프 어째서 그렇게 생각하십니까?

율랴 몹시 화를 내시니까 그렇죠.

자진과 세몬이 들어온다. 두 사람은 크지 않은 탁자를 운반한다.

| 5장 |

같은 사람들, 자진과 세몬.

쟈진 미샤, 자넨 눈이 높아. 작업 장소로 이렇게 아름다운 곳을 골랐으니 말이야. 이건 오아시스야! 진짜 오아시스라고! 상상해보라고. 주위에는 온통 야자나무고, 율레츠카는 온순한 사슴, 자네는 사자, 나는 호랑이.

흐루쇼프 자넨 훌륭하고 선량한 사람이야, 일리야 일리치. 하지만 자네의 그 태도는 뭔가? 들척지근한 말에, 다리는 질질 끌며 걷고, 어깨는 떨어대고……. 만일 다른 사람이 본다면 자네는 인간

이 아니라, 뭐랄까 알 수 없는 존재로 생각할 거야……. 기분 나
쁜…….

쟈진 말하자면 날 때부터 그렇게 돼 있었다는 거지……. 피할 수
없는 숙명이야.

흐루쇼프 그래 맞아. 피할 수 없는 숙명. 그런 것은 던져버려. (도
면을 탁자에 고정시킨다) 오늘은 자네 집에서 밤을 보내야겠네.

쟈진 정말로 기쁘구먼……. 이보게, 미샤. 자넨 화가 나 있지만, 난
정말이지 말로 표현할 수 없을 정도로 기쁘다네! 마치 가슴에
작은 새가 내려앉아서 노래를 부르는 것 같아.

흐루쇼프 기뻐하게나.

사이.

자네 가슴엔 작은 새가 앉아 있지만, 내 가슴엔 두꺼비가 앉아
있어. 2만 가지의 스캔들뿐이야! 쉬만스키가 벌목용으로 숲을
팔아넘겼어……. 그게 하나야! 엘레나 안드레예브나가 남편에
게서 달아났는데 지금도 그녀가 어디 있는지 아무도 아는 사람
이 없어. 그게 둘이지! 날이면 날마다 내가 점점 더 어리석고,
소심하며, 무능해지고 있다는 걸 느껴……. 그게 셋이야! 어제
자네한테 말하려고 했는데, 용기가 나지 않아서 그러지 못했어.
축하해주게. 고인이 된 예고르 페트로비치가 일기를 남겼어. 이
일기는 처음에 이반 이바느이치 손에 들어왔는데 그 양반 집에
서 열 번 정도 읽어보았지…….

율랴 우리도 읽었어요.

흐루쇼프 온 고을에 퍼졌던 조르쥬와 엘레나 안드레예브나의 로맨
스는 속되고 추악한 거짓 소문이라는 게 드러났어……. 난 그 거
짓 소문을 믿었고, 다른 사람들과 한통속이 돼서 비방하고, 증오

하고, 경멸하고, 모욕했지.

쟈진 물론 그건 좋지 않은 거였어.

흐루쇼프 내가 믿은 첫 번째 사람은 당신 오빠였습니다, 율레츠카! 나 역시 훌륭했죠! 존경하지도 않는 당신 오빠를 믿고, 내가 보는 앞에서 스스로를 희생한 여인을 믿지 않았으니까요. 나는 선보다 악을 믿은 것이고, 코앞도 제대로 보지 못한 겁니다. 이것이야말로 모든 사람들처럼 내가 무능하단 걸 의미하는 겁니다.

쟈진 (율라에게) 방앗간으로 갑시다, 아가씨. 성질 고약한 저 친구는 여기서 일하도록 하고, 우리는 함께 산책하러 갑시다. 자, 갑시다……. 일하게나, 미셴카. (율랴와 함께 나간다)

흐루쇼프 (혼자 남아 작은 접시 안에 물감을 갠다) 어느 날 밤에 난 그가 그 여자 손에 얼굴을 밀착시키는 걸 봤어. 그 사람 일기에는 그날 밤이 상세하게 묘사되어 있었고, 내가 거기 가서 그 사람한테 무슨 말을 했는지도 기록되어 있었어. 그는 내 말을 인용하고는 나를 어리석고 속 좁은 인간이라 불렀어.

사이.

너무 진하군……. 좀 더 밝아야 해. 그리고는 소냐가 날 사랑한다는 이유로 그녀를 꾸짖었지……. 그녀는 결코 날 사랑하지 않았는데……. 얼룩이 생겼네……. (칼로 종이 표면을 긁어낸다) 그것이 어느 정도 믿을 만하다고 할지라도 어쨌든 이젠 그것에 대해서는 생각할 게 없어. 어리석게 시작했다가, 어리석게 끝난 거니까…….

세몬과 일꾼이 커다란 탁자를 운반한다.

뭐하는 것인가? 어디에 쓰려고?

세묜 일리야 일리치 명령입니다. 졸투힌 댁 나리들께서 차를 드시러 오신답니다.

흐루쇼프 정말 고맙네. 그러니까 일을 그만두라는 얘기로군…….
다 정리해서 집으로 가야지.

졸투힌이 소냐의 손을 잡고 들어온다.

| 6장 |

흐루쇼프, 졸투힌과 소냐.

졸투힌 (노래한다) "불가사의한 힘이 우연히 이 구슬픈 강변으로
날 이끄네……."

흐루쇼프 저기 누구요? 아! (화구를 서둘러 화구 상자에 담는다)

졸투힌 하나만 더 묻겠습니다, 소피……. 생일 날 우리 집에서 식
사하신 거 기억나세요? 그때 내 모습을 보고 당신은 큰 소리로
웃었지요. 그렇죠?

소냐 그만하세요, 레오니드 스테파느이치. 그런 걸 말할 수 있나
요? 이유 없이 웃었어요.

졸투힌 (흐루쇼프를 보고) 아니, 이게 누구신가! 자네도 여기 있었
나? 잘 지내고 있나?

흐루쇼프 안녕하신가.

졸투힌 일하고 있나? 훌륭해……. 와플은 어디 있나?

흐루쇼프 저기…….

졸투힌 저기 어디?

흐루쇼프 분명히 말한 것 같은데……. 저기, 방앗간에.

졸투힌 그 사람을 부르러 가야지. (걸어가면서 노래한다) "우연히
이 구슬픈 강변으로……." (나간다)

소냐 안녕하세요…….

흐루쇼프 안녕하십니까.

사이.

소냐 뭘 그리고 계시나요?

흐루쇼프 그러니까…… 재미없는 겁니다.

소냐 설계돈가요?

흐루쇼프 아닙니다. 우리 고을 숲의 지도예요. 내가 만든 겁니다.

사이.

초록색은 우리 할아버지 시대와 그 이전에 숲이 있던 곳을 뜻
합니다. 연초록은 지난 25년 동안 숲이 벌목된 곳을 의미하죠.
그리고 하늘색은 숲이 아직도 무사히 살아남은 곳을 뜻합니
다……. 그렇습니다…….

사이.

그런데, 어떠세요? 행복합니까?

소냐 미하일 리보비치, 지금은 행복을 생각할 때가 아니에요.

흐루쇼프 그러면 무엇을 생각해야 합니까?

소냐 우리가 행복만을 생각하기 때문에 고통도 생겨나는 거예

요…….

흐루쇼프 그렇군요.

사이.

소냐 선이 없으면 악도 없는 법이죠. 고통으로 배웠어요. 미하일 리보비치. 자기 행복을 잊고 오직 다른 사람들의 행복을 생각해야 합니다. 모든 인생은 희생으로 이루어져야 하니까요.

흐루쇼프 네, 그렇군요…….

사이.

마리야 바실리예브나는 아들이 자살했지만 자신은 여전히 팸플릿에서 모순되는 것을 찾고 있습니다. 불행이 당신들을 덮쳤지만, 당신들은 자존심을 위로하고 있는 겁니다. 왜냐하면 인생을 망치려고 애쓰면서 그것이 무슨 희생이나 되는 것처럼 생각하고 있으니까요……. 누구도 동정하지 않아요……. 당신도 그렇고, 나도 그렇고…… 필요한 것은 아무것도 아닌 것이 되어버리고, 그래서 모든 게 수포로 돌아가는 거죠……. 이제 그만 가겠어요. 당신과 졸투힌을 방해하지 않겠습니다. 왜 우는 겁니까? 그런 건 전혀 바라지 않았는데요.

소냐 아니에요, 아닙니다……. (눈을 닦는다)

율랴, 자진 그리고 졸투힌이 들어온다.

같은 사람들, 율랴, 쟈진, 졸투힌. 그다음에 세레브랴코프와 오를로프스키.
"어이! 여러분, 어디 계십니까?" 하는 세레브랴코프의 목소리.

소냐 (소리친다) 여기예요, 아빠!
쟈진 사모바르를 가져올 겁니다! 멋집니다! (율랴와 함께 탁자 주
변에서 분주히 움직인다)

세레브랴코프와 오를로프스키가 들어온다.

소냐 여기예요, 아빠!
세레브랴코프 그래, 알았다…….
졸투힌 (큰 소리로) 여러분, 회의 개막을 알려드립니다! 와플, 과
실주 뚜껑을 열어!
흐루쇼프 (세레브랴코프에게) 교수님, 우리한테 일어났던 건 모두
잊도록 합시다! (손을 내민다) 용서하시기 바랍니다…….
세레브랴코프 고맙소. 매우 기쁩니다. 당신도 날 용서하시오. 그 사
건이 있고 난 다음 날 모든 사건을 곰곰이 생각해보려고, 우리의
대화를 떠올려보았더니 정말 아쉬운 점이 많더군요……. 친구가
되어봅시다. (그의 손을 잡고 탁자로 간다)
오를로프스키 진작 그랬어야지, 친구. 나쁜 평화가 좋은 불화보다
나은 법이니까.
쟈진 각하, 제 오아시스에 왕림해주셔서 정말 행복합니다. 말할 수
없이 기쁩니다!
세레브랴코프 고맙습니다. 여긴 정말로 아름답군요. 그야말로 오아

시스가 따로 없군요.

오를로프스키 그런데, 사샤. 자네는 자연을 사랑하나?

세레브랴코프 그렇다마다.

사이.

여러분, 침묵하지 말고 이야기합시다. 지금 상황에서는 그게 제일 나으니까요. 불행한 일들을 대담하고 똑바로 응시해야 합니다. 여러분보다 내가 원기 있게 응시하는 것은 내가 어느 누구보다 더 불행하기 때문입니다.

율랴 여러분, 설탕을 넣지 않을 테니까 잼을 넣어서 드세요.

쟈진 (손님들 주위에서 공연히 분주하게 돌아다닌다) 정말 기쁘군. 정말 기뻐!

세레브랴코프 미하일 리보비치, 근자에 나는 너무나 많은 것을 경험했고, 그래서 생각하고 또 생각해보았소. 그랬더니 어떻게 살아야 할 것인지에 대해, 후손들에게 교훈이 될 만한 완전한 논문을 쓸 수 있겠다는 생각이 들더군요. 평생 살아라, 평생 배워라. 그러나 불행이 우리를 가르치는 법이다.

쟈진 지난 일을 말하는 자의 눈은 뽑아 버려라, 하는 말이 있습니다. 하느님은 자비로우시니까 모든 게 잘될 겁니다.

소냐가 몸을 떤다.

졸투힌 왜 그렇게 몸을 떠시나요?

소냐 누군가 소리를 질렀어요.

쟈진 강에서 농부들이 가재를 잡고 있습니다.

사이.

졸투힌 여러분, 마치 아무 일도 일어나지 않은 것처럼 오늘밤을 지내자고 우리는 약속한 겁니다……. 사실, 다소간 긴장이 됩니다만…….

쟈진 각하, 저는 학문에 대해 존경심뿐만 아니라 육친의 정까지 가지고 있습니다. 형수님의 오라버니는, 혹시 아실지 모르겠습니다만, 콘스탄틴 가브릴로비치 노보숄로프라고 하는데 외국문학 석사입니다.

세레브랴코프 면식은 없지만 알고는 있습니다.

사이.

율랴 내일은 예고르 페트로비치께서 세상을 뜨신 지 꼭 보름째 되는 날입니다.

흐루쇼프 율레츠카, 그 일에 대해서는 말하지 맙시다.

세레브랴코프 힘을 냅시다, 힘을!

사이.

졸투힌 그래도 긴장감이 느껴지는 건 어쩔 수 없습니다…….

세레브랴코프 자연은 공허를 경험하지 않습니다. 자연은 내게서 가까운 두 사람을 앗아갔습니다만, 그 손실을 보충하듯 바로 새로운 친구를 보내주었습니다. 당신의 건강을 위해 마시겠어요, 레오니드 스테파느이치!

졸투힌 감사합니다, 존경하는 알렉산드르 블라디미로비치! 처음으로 교수님의 풍요로운 학문 활동을 위해 마실 수 있도록 허락해주셨으면 합니다.

이성, 선, 영원의 씨를 뿌리십시오.
뿌리십시오! 당신께 충심의 감사를 드릴 것입니다.
러시아 민중이!

세레브랴코프 당신의 인사말을 높이 평가합니다. 우리의 친근한 관
계가 훨씬 도타운 관계로 발전하는 시기가 보다 빨리 도래하기
를 진심으로 바랍니다.

표도르 이바노비치가 들어온다.

| 8장 |

같은 사람들과 표도르 이바노비치.

표도르 이바노비치 아니, 이게 뭡니까! 소풍이잖아요!
오를로프스키 아들아……. 역시 잘생겼어!
표도르 이바노비치 안녕하세요. (소냐와 율랴와 키스한다)
오를로프스키 2주일 동안이나 못 만났구나. 어디 있었느냐? 뭘 보
았느냐?
표도르 이바노비치 방금 전에 레나한테 갔더니 여기들 계신다고 하
더군요. 그래서 이리로 온 겁니다.
오를로프스키 어디를 돌아다닌 게냐?
표도르 이바노비치 사흘 동안 자지 못했어요……. 아버지, 어제는 카

드놀이에서 5000루블을 잃었어요. 마시기도 했다가 카드도 쳤다가, 시내에는 다섯 번이나 들락날락거렸어요……. 완전히 멍청한 짓을 한 겁니다.

오를로프스키 잘했다! 그래 지금도 취한 거냐?

표도르 이바노비치 완전히 말짱합니다. 율카, 차 한 잔 줘! 레몬만 넣어서, 약간 신맛 나게……. 그런데 조르쥬는 어떻게 된 거죠? 그렇게 느닷없이 이마에다 총을 쏘다니 말입니다! 도대체 라포세*는 어떻게 손에 넣은 거지? 스미스나 베손**도 구하기 힘든데!

흐루쇼프 닥쳐, 이 개자식아!

표도르 이바노비치 개자식이긴 하지만 그래도 순종이야. (수염을 고른다) 수염 하나만은 가치가 있어……. 나는 개자식이고 바보인데다가 사기꾼이지만, 내가 원하기만 하면 어떤 신붓감도 나한테 시집오려고 하거든. 소냐, 나에게 시집와! (흐루쇼프에게) 이런, 미안하네……. 파르동…….

흐루쇼프 바보 짓 그만둬.

율랴 당신은 구제불능이에요, 파젠카! 온 고을에서 당신 같은 술꾼이자 방탕한 인간은 없다니까요. 당신을 보는 것조차 유감이에요. 진짜 파라오처럼 구는군요. 징벌이 따로 없어요!

표도르 이바노비치 저런, 운명을 한탄하는군! 이리 와서 내 옆에 앉아……. 그래, 그렇게. 2주일 동안 당신 집에 가서 지낼게……. 쉬어야겠어. (그녀에게 키스한다)

율랴 당신 때문에 사람들한테 부끄러워요. 나이 드신 아버님을 즐겁게 해드려야 하는 데도, 당신은 아버님을 부끄럽게 만들고 있

---

* 프랑스제 권총 이름.
** 미국제 권총 이름.

으니까요. 어리석은 인생, 그 자체예요.

표도르 이바노비치 술을 끊겠어! 이것으로 끝이야! (과실주를 따른다) 이건 살구 술이야 버찌 술이야?

율랴 마시지 말아요. 마시지 말라고!

표도르 이바노비치 한 잔은 괜찮아. (마신다) 이보게 숲의 수호신, 자네한테 한 쌍의 말과 장총을 선물하겠네. 율랴한테 가서 살겠어……. 거기서 2주일 동안 살 거야.

흐루쇼프 자넨 군기가 엄격한 부대에서 지내야 해.

율랴 대신 차를 마셔요!

쟈진 건빵과 함께 마셔, 페젠카.

오를로프스키 (세레브랴코프에게) 이보게, 사샤. 마흔 살까지는 나도 표도르처럼 살았다네. 한번은 얼마나 많은 여자를 내가 평생 불행하게 만들었는지 헤아리기 시작했지. 세고 또 셌지. 70에 이르러서 그만두었다네. 그런데 마흔 살이 되자마자 느닷없이 무엇인가가 나타나더라고. 우수에 사로잡히고, 자기 자리를 찾지 못하겠더구만. 한마디로 영혼이 뒤죽박죽 되어버린 거야. 그리고는 그만이더라고. 난 이리저리 쏘다니고, 책도 읽고, 일도 하고, 여행도 했지만 효과가 없었네. 그래서 한번은 지금은 고인이 되신 대부 드미트리 파블로비치 대공작님을 찾아갔지. 술과 함께 이것저것 먹고 식사를 했어……. 식사를 하고 난 다음 잠이 오지 않아서 우리는 마당에서 과녁 쏘아 맞추기 시합을 했지. 사람들이 구름처럼 모여들었어. 우리 와플도 거기 있었지.

쟈진 그럼요, 그렇다마다요……. 생각납니다.

오를로프스키 얼마나 큰 우수에 사로잡혔던지, 맙소사! 견딜 수가 없었다네! 두 눈에서 갑자기 눈물이 솟구쳐 나왔고, 비틀거리며 돌아다니다가 마당이 떠나가라 고래고래 고함쳤지. "친구들이여, 선량한 사람들이여, 제발 저를 용서해주세요!" 그때 내 영혼은 순수하고, 부드럽고, 따뜻해졌어. 그 이후로 온 고을에서 나보다 더 행복한 사람은 없었다네, 이 사람아. 자네도 그렇게 해야 하네.

세레브랴코프 뭘?

하늘에 저녁노을이 붉게 물들어 있다.

오를로프스키 바로 그렇게 해야 해. 항복해야 한다고.

세레브랴코프 지방철학의 전형이로군. 자넨 날더러 용서를 구하라고 충고하고 있네. 무엇 때문에? 사람들더러 나한테 용서를 빌라고 하게!

소냐 아빠, 하지만 우리가 잘못했잖아요!

세레브랴코프 그래? 여러분, 분명히 이 순간 당신들 모두는 나와 아내의 관계를 염두에 두고 있습니다. 여러분들이 보시기에 정말로 내가 잘못했습니까? 그건 우스꽝스럽군요, 여러분. 아내는 자신의 의무를 파기했고, 인생의 고통스러운 순간에 나를 버린 겁니다…….

흐루쇼프 알렉산드르 블라디미로비치, 제 말씀을 들어보십시오……. 당신은 25년 동안 교수로서 학문에 종사했으며, 저는 숲을 가꾸고 의료 사업에 매진했습니다. 그러나 만일 우리가 일하는 목적이 되는 그 사람들을 소중히 여기지 않는다면, 이 모든 것이 무슨 소용이란 말입니까? 우리는 사람들에게 봉사한다고 말합니다만, 동시에 서로를 죽이고 있습니다. 예컨대 조르쥬를 구하기 위해 저와 교수님은 무엇을 했나요? 우리 모두가 모욕한 교수님의 부인은 어디 있습니까? 교수님의 평안은 어디 있으며, 따님의 평안은 어디 있나요? 모든 것이 파멸되었고, 파괴되어 수포로 돌아가고 있습니다. 여러분은 저를 숲의 수호신이라 부릅니다만, 저는 혼자가 아닙니다. 여러분 모두에게도 숲의 수호신이 깃들어 있고, 여러분 모두는 어두운 숲속에서 배회하고 있으며, 손으로 더듬으면서 살아가고 있습니다. 여러분의 지혜와 지식, 그리고 가슴은 자신과 다른 사람들의 삶을 망치는 데에만 능숙합니다.

엘레나 안드레예브나가 집에서 나와 창문 아래 있는 벤치에 앉는다.

| 9장 |

같은 사람들과 엘레나 안드레예브나.

흐루쇼프 저는 스스로를 관념적이고 인도적이라 생각하며, 그와 동시에 사람들의 아주 사소한 실수도 용서하지 않았고, 소문을 믿었으며, 다른 사람들과 함께 비방하기도 했습니다. 그래서 교수님 부인께서 제게 우정의 손길을 내미셨을 때에도 거들먹거리면서 불쑥 이렇게 내뱉고 말았습니다. "물러나세요⋯⋯. 당신의 우정을 경멸합니다!" 저는 바로 그런 인간입니다. 저의 내부에는 숲의 수호신이 자리하고 있지만, 저는 보잘것없고, 재능도 없으며, 장님이나 진배없습니다. 하지만 교수님, 당신도 뛰어난 인물은 못 됩니다! 그와 동시에 온 고을의 모든 여자들은 저를 영웅이자 선각자로 생각하고, 교수님은 러시아 전역에서 유명하신 분이지요. 하지만 만일 사람들이 저 같은 인간을 진정으로 영웅으로 생각하고, 교수님 같은 분을 진짜로 저명하다고 생각한다면, 그것은 사람이 없다는 것과 포마*가 귀족이란 것을 의미합니다. 그것은 이런 어두운 숲에서 우리를 데리고 나갈 수 있는, 우리가 망쳐버린 것을 바로잡아줄 진정한 영웅과 재능 있는 사람들이 없다는 것을, 존경할 만한 명성을 정당하게 향유할 수 있는 진정으로 뛰어난 인물들이 없다는 것을 의미합니다…….

세레브랴코프 미안합니다만…… 나는 당신과 논쟁해서 명성에 대한 나의 권리를 옹호하려고 이곳에 온 것이 아닙니다.

졸투힌 미샤, 이런 이야기는 이제 그만두세.

흐루쇼프 곧 마치고 가겠네. 그렇습니다. 저는 보잘것없지만, 교수님도 뛰어난 인물은 못 됩니다! 자기 이마에 총알을 쑤셔 박는 일 말고는 더 나은 해결책을 찾지 못한 조르쥬도 보잘것없습니다. 모두가 보잘것없어요! 여자들에 대해 말하면…….

엘레나 안드레예브나 (말을 가로막으면서) 여자들에 대해 말하면, 그들도 더 나을 게 없어요. (탁자로 걸어간다) 엘레나 안드레예브나가 남편에게서 달아났고, 그래서 여러분은 그 여자가 자유를 가지고 무엇인가 의미 있는 것을 할 거라고 생각하시나요? 걱정하지 마세요……. 그 여자는 돌아올 테니까요……. (탁자에 앉는다) 보세요, 벌써 돌아왔잖아요…….

모든 사람들이 혼란에 빠진다.

자진 (큰 소리로 웃는다) 멋집니다! 여러분, 비난하지 마시고, 한 말씀 드리도록 허락해주십시오! 각하, 제가 사모님을 납치했습니다. 그 옛날 파리스가 아름다운 헬레네를 납치한 것처럼 말씀이죠! 물론 마마 자국이 있는 파리스는 없겠습니다만, 호라티우스여, 이 세상에는 현자들마저 꿈도 꾸지 못한 허다한 일들이 일

* 평범한 러시아인을 일컫는 일반화된 고유명사.

어나는 법입니다!

흐루쇼프 뭐가 뭔지 모르겠습니다……. 엘레나 안드레예브나, 당신 맞습니까?

엘레나 안드레예브나 지난 2주일 동안 저는 일리야 일리치 댁에서 지 냈습니다……. 어째서 모두 저를 그런 눈으로 바라보시는 거죠? 자, 잘들 지내셨죠……. 창가에 앉아 모든 얘길 들었습니다. (소 냐를 끌어안는다) 화해하자. 잘 지냈지, 사랑하는 소냐……. 화 목과 화합!

쟈진 (두 손을 비비면서) 멋집니다!

엘레나 안드레예브나 (흐루쇼프에게) 미하일 리보비치. (손을 내민 다) 지난 일을 말하는 자의 눈은 뽑아 버려라, 하는 말이 있습니 다. 안녕하세요, 표도르 이바느이치…… 율레츠카…….

오를로프스키 우리 교수 부인은 훌륭하시고 미인이시죠……. 그분 이 돌아오셨소. 우리에게 다시 오셨어요…….

엘레나 안드레예브나 당신을 그리워했답니다. 잘 지냈죠, 알렉산드 르! (남편에게 손을 내밀지만 그는 외면해버린다) 알렉산드르!

세레브랴코프 당신은 의무를 저버리셨습니다.

엘레나 안드레예브나 알렉산드르!

세레브랴코프 당신을 보게 돼서 그리고 당신과 이야기하게 돼서 매 우 기쁘다는 것을 감추진 않겠습니다만, 여기가 아니라, 집에 서……. (탁자에서 물러난다)

오를로프스키 사샤!

사이.

엘레나 안드레예브나 그래요……. 그러니까, 알렉산드르. 우리 문제 는 아주 단순하게 해결되는 거죠. 아무리 해도 안 되는 걸로 말이죠. 그래요, 그렇게 되는 거죠! 난 시시한 사람이고, 나의 행복은 카나리아의 행복이자 여자의 행복일 뿐…… 평생 집안에 틀어박힌 채 먹고 마시고 잠자고 사람들이 얘기하는 통풍과 권리와 공적에 대해 날마다 듣기만 하죠. 대체 왜 모두 당황한 것처럼 고개를 떨어뜨리고 있는 거죠? 과실주를 마셔요, 어때요? 아아!

쟈진 모든 게 해결되고 좋아질 겁니다. 모든 게 순조롭게 잘될 겁니다.

표도르 이바노비치 (세레브랴코프에게 다가간다. 흥분해서) 알렉산드르 블라디미로비치, 저는 감동했습니다……. 부탁드리오니, 사모님을 귀여워해주시고, 단 한 마디라도 좋으니 다정하게 건네주세요. 고상한 인품의 순수한 말씀을 말입니다. 저는 평생 교수님의 믿을 만한 친구가 될 것이며, 최고로 좋은 트로이카를 선물로 드리겠습니다.

세레브랴코프 고맙습니다만, 미안합니다. 무슨 말씀인지 모르겠군요…….

표도르 이바노비치 흐음…… 모르시겠다고요……. 언젠가 사냥하러 나갔다가 나무에 큰 부엉이가 앉아 있는 걸 보았어요……. 저는 부엉이를 향해 탕 하고 산탄을 날렸습니다! 부엉이는 앉아 있습니다……. 9호 산탄총으로 쐈습니다……. 부엉이는 앉아 있습니다……. 녀석을 결코 잡을 수가 없었죠. 눈만 깜박이며 계속 앉아 있는 겁니다.

세레브랴코프 대체 그게 무슨 상관이란 말이오?

표도르 이바노비치 큰 부엉이와 상관있습니다. (탁자로 되돌아온다)

오를로프스키 (귀를 기울인다) 잠깐만, 여러분…… 조용……. 어디선가 경종을 울리는 것 같아요…….

표도르 이바노비치 (저녁노을을 바라본다) 오오-오오-오오! 하늘을 보세요! 기막힌 노을입니다!

오를로프스키 저런, 우린 여기 앉아서도 보지 못했어요!

쟈진 절묘합니다.

표도르 이바노비치 저런-저런-저런! 꼭 조명이라도 단 것 같습니다! 알렉세예프스코예 부근입니다.

흐루쇼프 아니야. 알렉세예프스코예는 좀 더 오른쪽이야⋯⋯. 노보-페트로프스코예 같아.

율랴 정말 무서워요! 화재가 날까 두렵군요!

흐루쇼프 확실히 노보-페트로프스코예입니다.

쟈진 (소리친다) 세묜, 제방 위로 달려가서 무엇이 타고 있는지 보아라. 아마 보일 게다!

세묜 (소리친다) 텔리베예프 숲이 불타고 있습니다.

쟈진 뭐라고?

세묜 텔리베예프 숲입니다!

쟈진 숲이라고⋯⋯.

기나긴 사이.

흐루쇼프 저는 가봐야겠습니다⋯⋯. 화재 현장으로. 안녕히 계세요⋯⋯. 죄송합니다, 제가 지나쳤습니다. 오늘처럼 그렇게 우울한 느낌을 경험한 적이 없었던 탓입니다⋯⋯. 마음이 아픕니다. 하지만 이 모든 것이 재난은 아닙니다⋯⋯. 인간이 되어야 하고 두 다리로 확고하게 서야 하니까요. 저는 권총으로 자살하지도, 물레방아 바퀴 아래로 몸을 던지지도 않을 겁니다⋯⋯. 저는 영웅이 아니지만, 영웅이 될 겁니다! 저에게 독수리의 날개를 자라나게 할 것이며, 그래서 그 어떤 불빛도 악마도 저를 놀라게 하지 못할 겁니다! 숲이 불탄다면, 숲에 새로운 씨를 뿌릴 겁니다! 사람들이 나를 사랑하지 않는다 해도, 나는 다른 사람을 사

랑할 겁니다! (서둘러 나간다)

엘레나 안드레예브나 정말로 대단한 분이에요!

오를로프스키 그래요…… "사람들이 나를 사랑하지 않는다 해도, 나는 다른 사람을 사랑할 겁니다." 이 말을 어떻게 이해해야 합니까?

소냐 저를 여기서 데리고 나가주세요…… 집에 가고 싶어요…….

세레브랴코프 그래, 벌써 가야할 시각이다. 이곳의 습기는 참을 수가 없구나. 어딘가에 망토와 외투가 있을 텐데…….

졸투힌 망토는 마차에 있고, 외투는 여기 있습니다. (외투를 건네준다)

소냐 (몹시 흥분해서) 절 여기서 데리고 나가주세요……. 제발…….

졸투힌 시키는 대로 하겠습니다…….

소냐 아니에요, 대부님과 함께 가겠어요. 저를 데리고 나가주세요, 대부님…….

오를로프스키 가자, 얘야. 가자꾸나. (그녀가 옷 입는 것을 도와준다)

졸투힌 (방백으로) 대체 알 수가 없다니까……. 정말이지 아니꼽고 더러워서.

표도르 이바노비치와 율랴가 식기와 냅킨을 바구니에 담는다.

세레브랴코프 왼쪽 발바닥이 아파……. 분명 류머티즘이야……. 다시 밤새 잠을 이루지 못하겠군.

엘레나 안드레예브나 (남편의 외투 단추를 채우면서) 친절하신 일리야 일리치, 집에서 제 모자와 윗도리를 가져다주시겠어요!

쟈진 알겠습니다! (집으로 가서 모자와 윗도리를 가지고 돌아온다)

오를로프스키 얘야, 화재 불빛 때문에 놀란 게로구나! 두려워하지 마라. 잦아들기 시작했으니까. 불은 꺼질 게야…….

율랴 산사나무 잼이 반통 남았어요……. 자, 이건 일리야 일리치가 드시도록 하세요. (오빠에게) 레네츠카, 바구니를 가져가.

엘레나 안드레예브나 차비했어요. (남편에게) 자, 날 데려가요. 석상 기사단장님*. 나와 함께 스물여섯 개의 음울한 방으로 모습을 감추어요! 내가 그렇게 되는 것은 당연한 일이니까요!

세레브랴코프 석상 기사단장이라……. 그런 비유는 웃어줘야 하는 데, 발이 아파서 그럴 수가 없어. (모든 사람들에게) 안녕히 계세요, 여러분! 환대해주시고, 유쾌한 모임을 만들어주셔서 감사드립니다……. 훌륭한 야회에 기막힌 차, 모든 게 좋았습니다. 그러나 미안합니다만, 여러분이 가지고 계신 것 가운데 한 가지는 인정할 수 없습니다. 그것은 여러분의 지방철학과 인생에 대한 관점입니다. 여러분, 일을 해야 합니다. 이러시면 안 됩니다! 일을 해야 한다니까요…… 그렇습니다요…… 안녕히 계세요. (아내와 함께 나간다)

표도르 이바노비치 갑시다, 낡은 옷을 입은 처녀여! (아버지에게) 안녕히 계세요, 아버지! (율랴와 함께 나간다)

졸투힌 (바구니를 들고 그들 뒤를 따라가면서) 바구니가 무겁네, 빌어먹을……. 이런 소풍은 참을 수가 없다니까. (나가더니 무대 뒤에서 소리친다) 알렉세이, 말을 내놓아라!

---

* 푸쉬킨의 단막극 〈돌 손님〉에 등장하는 석상.

| 10장 |

오를로프스키와 소냐, 그리고 쟈진.

오를로프스키 (소냐에게) 왜 앉아 있는 게냐? 자, 가자……. (소냐
와 함께 걸어간다)

쟈진 (방백으로) 누구도 나에게 작별인사를 하지 않는군……. 멋
져! (촛불을 끈다)

오를로프스키 (소냐에게) 왜 그러느냐?

소냐 걸을 수가 없습니다, 대부님……. 힘이 없어요! 절망스러워
요, 대부님…… 절망스럽다고요! 견딜 수 없을 만큼 괴로워요!

오를로프스키 (근심스럽게) 무슨 일이냐? 애야, 예쁜 아이야…….

소냐 여기 남아 있어요……. 여기 조금만 있어요.

오를로프스키 데려가 달라고 하더니, 남아 있자고 하는구나……. 알
다가도 모르겠다…….

소냐 여기서 오늘 행복을 잃어버렸어요…… 견딜 수가 없어요……
아아, 대부님. 왜 전 아직 죽지 않은 걸까요! (그를 끌어안는다)
아아, 대부님이 알아주신다면, 알아주신다면!

오를로프스키 물을 마셔야겠구나. 가서 앉자꾸나……. 가자…….

쟈진 무슨 일입니까? 소피야 알렉산드로브나, 이런…… 이걸 어쩐
다지, 온몸이 떨리는군……. (눈물을 머금고) 이런 장면은 볼 수
가 없어요……. 이봐요…….

소냐 일리야 일리치, 제발 저를 화재 현장으로 데려가주세요! 부
탁입니다!

오를로프스키 왜 그곳에 가려는 거냐? 거기서 뭐 할 게 있다고?

소냐 부탁이에요, 데려가주세요. 안 그러면 혼자라도 가겠어요. 절

망스러워요……. 대부님, 괴로워요. 견딜 수 없을 만큼 고통스러워요. 절 화재 현장에 데려가주세요.

흐루쇼프가 서둘러 들어온다.

| 11장 |

같은 사람들과 흐루쇼프.

흐루쇼프 (소리친다) 일리야 일리치!
쟈진 여기야. 왜 그러나?
흐루쇼프 걸어갈 수 없으니 말을 주게.
소냐 (흐루쇼프를 보고 나서 기뻐서 비명을 지른다) 미하일 리보비치! (그에게 걸어간다) 미하일 리보비치! (오를로프스키에게) 나가세요, 대부님. 저 사람과 이야기를 좀 해야겠어요. (흐루쇼프에게) 미하일 리보비치, 당신은 다른 사람을 사랑할 거라고 말씀하셨어요……. (오를로프스키에게) 나가세요, 대부님. (흐루쇼프에게) 나는 이제 다른 사람이에요……. 오로지 진실만을 바랍니다…… 진실 말고는 상관없어요, 상관없다고요. 사랑합니다, 당신을 사랑합니다……. 사랑해요…….
오를로프스키 이건 전연 엉뚱한 일이로구나. (큰 소리로 웃는다)
쟈진 멋집니다!
소냐 (오를로프스키에게) 나가세요, 대부님. (흐루쇼프에게) 그래요. 오직 하나의 진실만 있을 뿐, 다른 건 아무것도 아니에요……. 말씀하세요, 말하시라고요……. 저는 다 말했어요.

흐루쇼프 (그녀를 포옹하면서) 내 사랑!

소냐 나가지 마세요, 대부님……. 당신이 사랑을 고백했을 때 난 너무 기쁜 나머지 숨이 막힐 지경이었죠. 하지만 나는 편견에 사로잡혀 있었어요. 당신에게 진실을 말하려 했지만, 아버지가 엘레나에게 미소 짓는 것을 방해했던 것과 똑같은 것이 나를 방해했어요. 지금 나는 자유로워요…….

오를로프스키 (큰 소리로 웃는다) 마침내 장단이 맞게 됐구나. 강변으로 겨우 기어 나온 셈이야! 진정으로 축하한다! (공손하게 인사한다) 정말로 당신들은 뻔뻔스러운 사람들이야. 뻔뻔스럽다니까! 시간을 질질 끌면서, 서로 소맷자락만 잡아당기더니!

쟈진 (흐루쇼프를 포옹하면서) 미셴카, 이보게. 자네 덕에 정말 기쁘네! 미셴카!

오를로프스키 (소냐를 끌어안고 키스하면서) 애야, 나의 카나리아야…… 나의 대자야…….

소냐가 큰 소리로 웃는다.

저런, 웃음보가 터진 게로구나!

흐루쇼프 미안합니다만, 도대체 정신을 차릴 수가 없습니다……. 소냐와 잠시 더 이야기를 할 수 있게 해주십시오……. 방해하지 마시고요……. 부탁드립니다, 나가주세요…….

표도르 이바노비치와 율랴가 들어온다.

12장

같은 사람들, 표도르 이바노비치와·율랴.

율랴 하지만 페젠카, 당신은 늘 거짓말만 하잖아요! 거짓말쟁이!
오를로프스키 쉿! 여러분, 조용! 내 장난꾸러기가 오고 있어요. 여러분, 숨도록 합시다. 어서! 제발.

오를로프스키, 쟈진, 흐루쇼프와 소냐가 몸을 감춘다.

표도르 이바노비치 여기에 채찍과 장갑을 두고 갔어.
율랴 당신은 늘 거짓말뿐이죠.
표도르 이바노비치 그래, 거짓말이라……. 그래서 어쨌다는 건데? 지금은 당신 집에 가고 싶지 않아……. 잠시 걷다가 그다음에 가자고.
율랴 당신 때문에 정말 귀찮아요. 정말 고통스러워요! (두 손을 꼭 쥔다) 저런, 와플은 진짜 바보 아니야! 아직도 탁자를 치우지 않았네! 사모바르를 도둑맞으면 어쩌려고…… 아아, 와플, 와플. 이제는 너무 늙어서 그 지혜는 어린애만도 못하다니!
쟈진 (방백으로) 정말 고맙습니다.
율랴 우리가 왔을 때 여기서 누군가 웃고 있었는데…….
표도르 이바노비치 여자들이 미역 감는 거였어……. (장갑을 주워든다) 누구 장갑이지……. 소냐 장갑이로군……. 오늘 소냐의 행동은 이상했어. 숲의 수호신을 사랑하고 있다니. 소냐는 그 친구한테 완전히 반해버렸는데, 바보 같은 그자는 보질 못하니.
율랴 (화내면서) 어디로 가는 건데요?

표도르 이바노비치 제방으로…… 가서 조금만 산책하자니까……. 이 마을에서 그보다 나은 곳은 없어……. 멋지다니까!

오를로프스키 (방백으로) 내 아들은 미남이야. 수염도 풍성하고…….

율랴 방금 누군가의 목소리가 들렸는데.

표도르 이바노비치 여기는 불가사의한 곳. 여기는 숲의 수호신이 돌아다니고, 루살카가 나뭇가지에 앉아 있는 곳……. 그렇다니까, 이 친구야! (그녀의 어깨를 소리 나게 때린다)

율랴 난 친구가 아니에요.

표도르 이바노비치 평화적으로 의논해보자. 잘 들어, 율랴. 나는 산전수전 공중전을 다 겪은 사람이야……. 이미 서른다섯 살이지만, 세르비아 군대에서 중위와 러시아 예비군 하사관 말고는 관직도 없어. 하늘과 땅 사이를 빈둥거리며 돌아다니고 있을 뿐…… 생활방식을 변화시켜야 해. 알겠지만…… 만일 결혼하게 되면 인생에서 일대 전환이 일어날 거라는 그런 환상이 지금 내 머릿속에 있는 거야……. 나한테 시집올래, 응? 더 나은 여잔 필요 없어…….

율랴 (당황해하면서) 으음…… 알겠지만요…… 먼저 고쳐야 해요, 페젠카.

표도르 이바노비치 자, 조롱하지 마! 똑바로 말해!

율랴 부끄러워요……. (주위를 둘러본다) 잠깐만. 누군가 들어오거나 엿듣는 것 같아요. 와플이 창문으로 내다보는 것 같기도 하고.

표도르 이바노비치 아무도 없어.

율랴 (그의 목에 매달린다) 페젠카!

소냐가 큰 소리로 웃는다. 오를로프스키, 자진 그리고 흐루쇼프도 큰 소리로 웃으며 손뼉을 치고 소리친다. "브라보! 브라보!"

표도르 이바노비치 쳇! 놀랐잖아! 어디서 나타난 겁니까?

소냐 율레츠카, 축하해! 나도, 나도!

　웃음, 키스, 소음.

쟈진 멋집니다! 멋져요!

　　　　　　　　　　　　　　　　　　막.

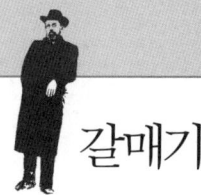

갈매기

| 4막 희곡 |

누군가는 반드시 상대방의 등만 바라보고 살아가야 하는 인물들의 엇갈린 사랑 이야기가 애처롭게 펼쳐진다. 여기에 문학과 예술을 둘러싼 논쟁이 곳곳에서 전개된다. 웃음과 한숨, 인생에 담긴 거대한 희비극적 요소에 우리의 사유와 인식 그리고 성찰이 다가선다. 삶에 내재한 비의와 본래적인 함의를 끝까지 숙고하도록 인도하는 희곡이다.

등장인물

이리나 니콜라예브나 아르카지나 남편의 성을 따르면 트레플료바, 여배우

콘스탄틴 가브릴로비치 트레플료프 그녀의 아들, 청년

표트르 니콜라예비치 소린 그녀의 오빠

니나 미하일로브나 자레츠나야 젊은 처녀, 부유한 지주의 딸

일리야 아파나시예비치 샤므라예프 퇴역 육군 중위, 소린의 청지기

폴리나 안드레예브나 그의 아내

마샤 그의 딸

보리스 알렉세예비치 트리고린 소설가

예브게니 세르게예비치 도른 의사

세묜 세묘노보치 메드베젠코 교사

야코프 일꾼

요리사

하녀

사건은 소린의 영지에서 일어난다. 3막과 4막 사이에 2년의 시간이 흐른다.

1막

소린 영지에 있는 공원의 일부. 객석으로부터 공원 안쪽을 지나 호수를 향해 나 있는 드넓은 가로수 길은 집안 공연을 위해 급히 만들어진 무대로 인해 차단되어 있다. 그 결과 호수는 전혀 보이지 않는다. 무대 좌우에는 관목 숲이 있다. 의자 몇 개와 작은 탁자.

방금 전에 해가 저물었다. 무대 위로 드리워진 장막 뒤에 야코프와 몇 사람의 일꾼들. 기침하는 소리와 쿵쿵거리는 소리가 들린다. 산보 갔다가 돌아오는 마샤와 메드베젠코가 왼쪽에서 걸어온다.

메드베젠코 어째서 당신은 늘 검은 옷을 입고 다니는 거죠?

마샤 이건 내 인생의 상복이에요. 불행하니까요.

메드베젠코 왜요? (생각에 잠겨서) 알 수가 없군요……. 당신은 건강하고, 부친은 비록 부자는 아니지만 유복한 분입니다. 나는 당신보다 훨씬 더 힘들게 살고 있어요. 한 달에 고작 23루블밖에 벌지 못합니다. 게다가 퇴직적립금까지 공제하고 있지만, 그렇다고 상복을 입고 다니지는 않습니다.

두 사람이 자리에 앉는다.

마샤 돈이 문제가 아니에요. 가난한 사람도 행복할 수 있으니까요.

메드베젠코 그건 이론에서나 그렇지 실제로는 다릅니다. 나와 어머니, 그리고 누이동생 둘과 남동생이 있는데, 봉급은 겨우 23루블입니다. 먹고 마셔야죠, 차와 설탕도 필요하죠, 담배도 있어야죠, 그래서 여기가 빙글빙글 도는 겁니다.

마샤 (무대를 돌아보면서) 공연이 곧 시작되겠군요.

메드베젠코 그렇습니다. 자레츠나야가 연기하고, 희곡은 콘스탄틴 가브릴로비치가 썼습니다. 그들은 서로 사랑하고 있죠. 오늘 두 사람의 영혼은 동일한 예술적인 형상을 만들어내면서 하나가 될 겁니다. 하지만 내 영혼과 당신의 영혼에는 공통의 접점이 없군요. 당신을 사랑하고, 집에 있기가 울적해서 매일 6베르스타*를 걸어서 여기 왔다가 돌아갑니다만, 매번 당신의 무관심과 마주치곤 합니다. 그건 당연합니다. 재산도 없는데, 딸린 식구는 많고……. 먹을 것조차 없는 사람과 결혼하고 싶은 사람이 어디 있겠어요?

마샤 쓸데없는 말이에요. (담배 냄새를 맡는다) 당신의 사랑은 고맙지만, 그것에 보답할 수는 없어요. 그뿐이에요. (그에게 담뱃갑을 내민다) 하시겠어요?

메드베젠코 싫습니다.

사이.

마샤 무덥네요. 밤에 우레 비가 올 것 같아요. 당신은 내내 추상적인 이야기를 하거나 돈에 대해서만 말하시죠. 당신 생각대로라면 가난보다 더한 불행은 없어요. 하지만 내 생각엔 누더기를 걸치고 빌어먹는 게 천 배는 더 쉬울 것 같아요……. 물론 당신은 이걸 이해하지 못하겠지만요…….

오른쪽에서 소린과 트레플료프가 들어온다.

소린 (지팡이에 의지하면서) 얘야, 어쩐 일인지 나는 시골과 잘 맞지 않는 듯하구나. 이곳은 절대로 익숙해지지 않을 게야. 어젯밤 10시에 잠자리에 들었다가 오늘 아침 9시에 눈을 떴는데, 너무 많이 자서 그런지 뇌가 두개골에 들러붙은 것 같지 뭐냐. (웃는다) 점심을 먹고 나서 깜빡 다시 잠들었는데, 그래서 지금 온몸이 녹초가 되어버렸지 뭐냐. 악몽을 맛보는 중이란다. 결국…….

트레플료프 맞아요. 삼촌은 도시에서 생활하셔야 해요. (마샤와 메드베젠코를 보고 나서) 여러분, 공연이 시작되면 부르겠습니다. 지금 여기 있으면 안 됩니다. 나가주세요, 부탁입니다.

소린 (마샤에게) 마리야 일리니츠나, 개를 좀 풀어놓으라고 아버님께 부탁을 좀 해주시겠소. 안 그러면 개가 정신없이 짖어 대기 때문이오. 누이동생이 밤새 잠을 못 잤다오.

마샤 직접 제 아버지와 이야기하시죠. 용서하세요. (메드베젠코에게) 가요!

메드베젠코 (트레플료프에게) 그러면 시작하기 전에 사람을 보내 말씀해주세요.

두 사람이 나간다.

소린 그렇다면 다시 밤새 개가 짖겠구나. 사건은 바로 이런 거야. 난 시골에서 원하는 대로 지내본 적이 한 번도 없단다. 쉬고 싶은 마음에 28일간 휴가를 내서 이리로 온 적이 있는데, 온갖 종류의 황당한 일들이 괴롭히는 바람에 도착한 첫날부터 여길 떠나고 싶어졌단다. (웃는다) 나는 언제나 기꺼운 마음으로 여길 떠났단다⋯⋯. 그런데 지금은 퇴직한 형편이라, 결국 갈 곳도 없으니 말이다. 싫든 좋든 살아야지⋯⋯.

야코프 (트레플료프에게) 콘스탄틴 가브릴로비치, 저희는 미역 감으러 가겠습니다.

트레플료프 좋아요. 10분 후에는 제자리에 있어야 합니다. (시계를 본다) 곧 시작될 겁니다.

야코프 알겠습니다. (나간다)

트레플료프 (무대를 둘러보면서) 자, 이것이 극장입니다. 막이 있고, 그다음엔 첫 번째 무대 장치, 그다음엔 두 번째 무대 장치, 그다음엔 빈 공간이에요. 무대 장식은 없습니다. 호수와 수평선이 그대로 보입니다. 막은 달이 떠오르는 시각인 8시 반 정각에 올라갈 겁니다.

소린 멋지구나.

트레플료프 만일 자레츠나야가 늦으면 모든 효과는 물거품이 되고 맙니다. 벌써 그녀가 올 시각입니다. 아버지와 계모가 감시하고 있어서 집에서 빠져나오는 일이 감옥에서 빠져나오는 것처럼 어렵다고 하네요. (삼촌의 넥타이를 바로잡는다) 머리와 수염이 헝클어졌어요. 이발을 좀 하시는 게 어떠세요⋯⋯.

소린 (수염을 쓰다듬으면서) 내 인생의 비극이다. 젊었을 때에도 언제나 흠뻑 취한 것 같은 그런 외모였단다. 여자들은 한 번도 날 사랑하지 않았지. (앉으면서) 어째서 누이는 기분이 언짢은 게냐?

트레플료프 왜냐고요? 지루해서 그러시는 겁니다. (나란히 앉으면서) 질투하는 거예요. 어머니는 저에 대해서도, 공연에 대해서도, 희곡에 대해서도 못마땅하신 것 같아요. 왜냐하면 어머니가 아닌 자레츠나야가 연기하기 때문입니다. 희곡을 알지도 못하면서 벌써 미워하고 있어요.

소린 (웃는다) 네가 꾸며낸 이야기겠지, 실은…….

트레플료프 이 작은 무대에서 성공을 거두는 이가 어머니가 아닌 자레츠나야라는 사실에 울화가 치미신 겁니다. (시계를 들여다 보고 나서) 제 어머니의 심리는 참 기묘합니다. 의심할 나위 없이 재능 있고, 똑똑하며, 책을 보다가 흐느껴 울 수도 있고, 삼촌께 네크라소프*를 통째로 외워드릴 수 있고, 천사처럼 환자들을 보살펴주기도 하시죠. 하지만 어머니 면전에서 두세**를 칭찬해보세요. 오호-호! 오직 어머니 한 사람만을 찬미하고, 어머니에 대해서만 써야 하고, 〈La Dame aux camélias〉***나 〈속세의 아귀다툼〉**** 같은 작품에서 어머니의 기막힌 연기에 소리 지르고 열광해야 합니다. 하지만 이곳 시골에서는 그런 마취제가 없기 때문에 어머니는 무료하고 화가 나신 겁니다. 그래서 우리 모두 어머니의 적이고, 모두 우리 잘못이죠. 어머니는 미신을 믿기 때문에 세 자루의 촛불과 13이란 숫자를 두려워합니다. 또 어머니는 인색하시죠. 확실히 알고 있습니다만, 오데사에 있는 은행에 7만 루블을 가지고 계세요. 하지만 돈을 빌려 달라고 하면 울기 시작하실 겁니다.

소린 어머니가 네 희곡을 좋아하지 않는다고 생각하기 때문에 넌 그렇게 계속해서 흥분하고 있는 게야. 진정하렴. 어머닌 널 열렬하게 사랑하시니까.

트레플료프 (꽃잎을 뜯으면서) 사랑한다, 사랑하지 않는다, 사랑한

* 19세기 러시아의 대표적인 사실주의 시인.
** 엘레오노라 두세(1858~1924) : 이탈리아의 전설적인 여배우. 〈춘희〉로 폭발적인 인기를 누렸다.
*** [원주] 〈춘희〉. 프랑스의 극작가 뒤마(1824~1895)의 희곡.
**** 러시아의 극작가 마르케비치(1822~1884)의 희곡.

다, 사랑하지 않는다, 사랑한다, 사랑하지 않는다. (웃는다) 보세요, 어머닌 절 사랑하지 않습니다. 그렇고말고요. 어머닌 살고, 사랑하고, 화사한 재킷을 입고 싶어 합니다. 그런데 저는 벌써 스물다섯 살이고, 그래서 어머니가 이젠 젊지 않다는 사실을 제가 항상 일깨우고 있는 꼴이죠. 제가 없으면 어머닌 고작해야 서른두 살인데, 제가 있으면 마흔세 살이 되는 겁니다. 그러니 저를 싫어할 수밖에요. 제가 연극을 인정하지 않는다는 걸 어머니도 알고 있습니다. 어머니는 연극을 사랑하고, 당신이 인류와 성스러운 예술에 복무하고 있다고 생각합니다만, 제가 보기에 현대연극은 판박이에 편견입니다. 막이 오르면 저녁 조명 아래서 세 벽을 가진 방 안에서 위대한 재주꾼들과 성스러운 예술의 봉사자들은 사람들이 어떻게 먹고 마시고 사랑하고 돌아다니고 옷을 입고 다니는지 그려냅니다. 속된 장면과 구절에서 도덕, 가정생활에서나 쓸모 있고, 이해하기 쉬운 작은 도덕을 얻어내려고 애쓰는 겁니다. 수천 가지의 변종을 보여주지만, 그것은 제겐 언제나 똑같고 한결같고 같은 것으로 보입니다. 모파상이 속물근성으로 자신의 뇌를 눌렀던 에펠탑으로부터 달아난 것처럼 저는 도망치고 다시 도망치는 것입니다.

소린 연극 없이는 살 수 없단다.

트레플료프 새로운 형식이 필요합니다. 새로운 형식이 필요해요. 만일 새로운 형식이 없다면, 숫제 아무것도 없는 편이 낫습니다. (시계를 본다) 저는 어머니를 사랑합니다. 무척 사랑해요. 하지만 어머니는 무의미한 생을 살면서 그 소설가와 항상 돌아다니고, 신문에서는 언제나 어머니의 이름을 들먹거리곤 합니다. 저는 그것 때문에 지쳐버렸어요. 때로는 평범한 인간의 이기주의가 제 안에서 말하곤 합니다. 어머니가 유명한 배우라서 안됐구나. 만일 어머니가 평범한 여인이라면 나는 더 행복했을 텐데,

라고 말이죠. 삼촌, 이보다 더 절망적이고 어리석은 상황이 있을까요. 완전히 저명인사들, 그러니까 배우와 작가들이 어머니를 찾아오는데, 그 사람들 가운데 저 혼자만 아무것도 아닙니다. 그런데 그들이 저를 참아준 것은 제가 어머니의 아들이기 때문입니다. 저는 누굽니까? 제가 뭐냐고요? 사정 때문에 학부 3학년 때 대학을 그만두었습니다. 꾸미지 않고 있는 그대로 말씀드리면, 저는 아무 재능도 없고, 돈도 한 푼 없고, 여권에는 키예프의 소시민이라고 돼 있습니다. 아버지도 유명한 배우였습니다만 키예프의 소시민이었거든요. 그래서 어머니의 객실에서 유명한 배우와 작가들이 제게 호의적인 관심을 보일라치면, 그들이 저의 하잘것없음을 나름대로 재단하고 있다는 생각이 드는 것입니다. 그들의 생각을 짐작하고 저는 모욕감 때문에 괴로워하곤 했어요…….

소린 말이 나온 김에 하는 말이지만, 그 소설가는 어떤 사람이냐? 모를 사람이더구나. 늘 말이 없으니 말이다.

트레플료프 똑똑하고 소박한 사람이에요. 조금은 우울한 편이고요. 아주 고상한 인간이죠. 아직 마흔 살이 되지도 않았는데 이미 유명하고 배가 부른 사람입니다……. 그 사람 작품은……. 뭐라고 해야 할까요? 괜찮고, 재능도 있고…… 하지만…… 톨스토이나 졸라를 읽고 나면 트리고린을 읽고 싶지는 않을 겁니다.

소린 얘야, 난 문사를 사랑한단다. 언젠가 난 두 가지 일을 정말로 하고 싶었단다. 결혼하고 싶었고, 문사가 되고 싶었다. 하지만 이도 저도 못했구나. 그래. 그래서 결국에 보잘것없는 작가라도 된다면 기쁘겠구나.

트레플료프 (귀를 기울인다) 발소리가 들리네요……. (삼촌을 끌어안는다) 그녀 없으면 살 수 없습니다……. 그녀는 발소리마저 아름다워요……. 미칠 듯이 행복합니다. (들어오는 니나 자레츠나야를 맞이하러 서둘러 걸어간다) 마법사, 나의 꿈이여…….

니나 (흥분해서) 늦지 않았나요……. 물론, 늦진 않은 거죠…….

트레플료프 (그녀의 두 손에 키스하면서) 아니, 아닙니다, 아니에
요…….

니나 온종일 불안했답니다. 너무나 무서웠어요! 아버지가 절 붙잡
아두면 어쩌나 걱정했어요……. 그런데 방금 전에 아버지는 계
모와 함께 마차를 타고 외출하셨어요. 하늘엔 홍조가 돌고, 달은
벌써 떠오르더군요. 그래서 난 말을 몰고 또 몰았어요. (웃는다)
하지만 기뻐요. (소린의 손을 꼭 잡는다)

소린 (웃는다) 울어서 눈이 부은 듯한데……. 에헤! 좋은 일이 아
니오!

니나 이건 그러니까……. 제가 얼마나 힘들게 숨 쉬는지, 보세요.
30분 뒤에는 가야 하니까 서둘러야 해요. 아니, 안 돼요. 제발
붙잡지 마세요. 제가 여기 온 걸 아버진 모르세요.

트레플료프 이제 시작할 시각입니다. 모두 불러와야 합니다.

소린 내가 다녀오마. 당장. (오른쪽으로 걸어가면서 노래한다) "프
랑스로 두 명의 척탄병을……." (주위를 둘러본다) 언젠가 한 번
이렇게 노래 불렀더니, 어느 검사의 동료가 말하더구나. "각하,
목소리가 아주 우렁차시군요……." 그러고는 잠시 생각한 다음
에 한 마디 더하더구나. "하지만…… 영 아닙니다." (웃으며 나
간다)

니나 아버지와 계모는 내가 이곳에 오지 못하도록 하세요. 여기엔
보헤미안들이 있다고들 하면서…… 내가 혹여 배우라도 될까 봐
걱정하시는 거죠……. 그런데 난 여기 호수에 끌려요, 마치 갈매
기가 그렇듯…… 내 가슴은 당신으로 가득 차 있습니다. (주위
를 둘러본다)

트레플료프 우리뿐입니다.

니나 누군가 저기 있는 것 같아요…….

트레플료프 아무도 없어요. (키스한다)

니나 이건 무슨 나무죠?

트레플료프 느릅나뭅니다.

니나 어째서 저렇게 검은 거죠?

트레플료프 밤이라서 모든 물체가 검게 보이는 겁니다. 일찍 가지 말아요. 부탁입니다.

니나 안 돼요.

트레플료프 내가 당신한테 가면 어때요, 니나? 밤새도록 정원에 서서 당신 창문을 바라볼 겁니다.

니나 안 돼요. 야경꾼이 당신을 찾아낼 테니까요. 트레조르가 아직 당신을 잘 모르기 때문에 짖어댈 거예요.

트레플료프 당신을 사랑합니다.

니나 쉿…….

트레플료프 (발자국 소리를 듣고서) 거기 누구요? 야코프, 당신이오?

야코프 (무대 뒤에서) 그렇습니다.

트레플료프 각자 제자리로 가세요. 때가 됐습니다. 달은 떴나요?

야코프 그렇습니다.

트레플료프 알코올은 있나요? 유황도 있어요? 붉은 두 눈이 나타나면 유황 냄새가 나야 합니다. (니나에게) 갑시다. 저쪽에 모든 게 준비돼 있으니까요. 흥분되세요?

니나 그럼요, 많이요. 당신 어머닌 괜찮아요. 두렵지 않습니다. 하지만 트리고린은…… 그분이 있는 곳에서 연기하는 게 두렵고 부끄러워요……. 유명 작가잖아요……. 젊은 분인가요?

트레플료프 네.

니나 그분 작품은 정말 대단해요!

트레플료프 (냉담하게) 난 모릅니다. 읽어보지 않아서.

니나 당신 희곡은 연기하기 어려워요. 살아 있는 사람이 없어서요.

트레플료프 살아 있는 사람! 인생은 있는 그대로나 당위적인 것으로 그려내면 안 됩니다. 꿈속에 드러나는 것처럼 그려내야 합니다.

니나 당신 희곡에는 움직임이 거의 없고, 낭송뿐이죠. 내 생각엔 희곡에는 반드시 사랑이 있어야 해요…….

두 사람이 무대 뒤로 나간다. 폴리나 안드레예브나와 도른이 들어온다.

폴리나 안드레예브나 공기가 차군요. 돌아가서 덧신을 신으세요.

도른 더워요.

폴리나 안드레예브나 당신은 스스로를 돌보지 않아요. 고집이나 부리고. 당신은 의사니까 습한 공기가 해롭다는 걸 잘 알고 있으면서도 내가 괴로워하길 바라며 그렇게 하지 않는 거죠. 어젯밤에도 일부러 테라스에 앉아 있었잖아요…….

도른 (노래한다) "청춘을 망쳤다고 말하지 마라."

폴리나 안드레예브나 이리나 니콜라예브나와 이야기하는 것에 넋이 빠져서…… 추운 것도 모르시고. 그 여자가 좋은 거죠, 고백하세요…….

도른 난 쉰다섯 살이오.

폴리나 안드레예브나 그건 아무것도 아니에요. 남자에게는 많은 나이가 아니니까요. 젊게 보이기 때문에 여자들은 아직 당신을 좋아해요.

도른 그렇다면 당신이 바라는 게 뭐요?

폴리나 안드레예브나 여배우 앞이라면 당신들 모두는 엎드릴 준비가 돼 있어요. 하나같이!

도른 (노래한다) "나는 다시 그대 앞에서……." 세상 사람들이 배

400

우를 사랑하고, 그들을, 이를테면 상인들과 다르게 대하는 것은 당연한 일이에요. 이상주의라고요.

폴리나 안드레예브나 여자들은 언제나 당신을 사랑해서 당신한테 목을 맸어요. 그것도 이상주의인가요?

도른 (어깨를 으쓱하고서) 뭐요? 여자들과 나의 관계는 많은 점에서 좋았소. 여자들이 날 좋아하는 이유는 내가 뛰어난 의사였기 때문이오. 기억하고 있겠지만 10년, 15년 전에 현 전체에서 제대로 된 산부인과 의사는 오직 나 혼자였으니 말이오. 게다가 난 언제나 성실했지.

폴리나 안드레예브나 (그의 손을 잡는다) 내 사랑!

도른 조용. 사람들이 옵니다.

소린의 손을 잡은 아르카지나, 트리고린, 샤므라예프, 메드베젠코 그리고 마샤가 들어온다.

샤므라예프 1873년 폴타바 대목장에서 그 여자는 기막히게 연기했습니다. 황홀했어요! 더할 나위없는 연기였습니다! 희극배우인 파벨 세묘느이치 차진이 지금 어디 있는지, 혹시 아십니까? 라스플류예프 배역은 타의 추종을 불허하는 것이었습니다. 부인께 맹세합니다만, 사도프스키*보다 낫더라고요. 지금 그 사람 어디 있습니까?

아르카지나 당신은 늘 케케묵은 사람들에 대해서만 물어보는군요. 내가 어떻게 알아요! (앉는다)

샤므라예프 (한숨 쉬고 나서) 파슈카 차진! 그런 배우들이 이젠 없습니다. 무대가 몰락한 겁니다, 이리나 니콜라예브나! 예전엔

* 19세기 중반 러시아의 대표적인 희극배우.

강성한 참나무들이 있었는데, 이제 우리는 그저 그루터기들만 보고 있을 따름입니다.

도른 사실 요즘은 뛰어난 재능을 가진 사람들이 적습니다. 하지만 중간 수준의 배우는 훨씬 우수해졌습니다.

샤므라예프 당신 말씀에 동의할 수 없습니다. 그렇지만 그건 취향의 문젭니다. De gustibus aut bene, aut nihil.*

트레플료프가 무대에서 모습을 드러낸다.

아르카지나 (아들에게) 사랑하는 아들아, 언제 시작하는 게냐?

트레플료프 곧 시작합니다. 조금만 참으세요.

아르카지나 (〈햄릿〉을 인용하여 말한다) "아들아! 너는 내 영혼의 내부로 눈길을 돌렸구나. 그렇게 피투성이가 된, 그토록 치명적인 궤양 속에서 난 영혼을 보았구나. 구원은 없다!"

트레플료프 (〈햄릿〉을 인용하여 말한다) "그리하오니 무엇 때문에 어머닌 악덕에 굴복하였으며, 죄의 수렁 속에서 사랑을 구하셨나이까?"

무대 뒤에서 뿔피리를 분다.

여러분, 시작합니다! 주목해주세요!

사이.

시작합니다. (작은 막대기를 두드리며 큰 소리로 말한다) 오 그대들, 밤이면 밤마다 이 호수 위를 배회하는 존경하고 나이 든 그림자들이여. 우리를 잠들게 하고, 20만 년 뒤에 있을 세상을 꿈꾸게 해주시오!

소린 20만 년 뒤에는 아무것도 없을 거야.

트레플료프 바로 그 아무것도 없는 세상을 그려달라는 겁니다.

아르카지나 그러럼. 우린 잘 테니까.

막이 오른다. 호숫가의 전경이 펼쳐진다. 달은 수평선 위로 떠올라 물에 비친다. 커다란 바위 위에 새하얀 옷을 입은 니나 자레츠나야가 앉아 있다.

니나 사람, 사자, 독수리, 그리고 뿔 달린 사슴, 거위, 거미, 물속에 사는 말 없는 물고기, 불가사리, 그리고 눈으로 볼 수 없는 것들, 한마디로 생명을 가진 모든 것들, 생명체들, 목숨 가진 모든 것들은 슬픈 순환을 마치고 나서 죽어버렸다……. 이미 수천 세기 동안 지구는 단 하나의 살아 있는 존재도 가지고 있지 않은데, 이 가련한 달은 자신의 등불을 헛되이 밝히고 있다. 풀밭에서는 학들이 울면서 잠을 깨지도 않으며, 보리수 숲에서는 5월의 쇠똥구리 소리가 들리지 않는다. 춥고, 춥고 또 춥다. 공허하고, 공허하며 또 공허하다. 무섭고, 무서우며 또 무섭다.

사이.

살아 있는 존재들 몸은 먼지 속에서 사라졌고, 영원한 물질은 그것들을 돌로, 물로, 구름으로 바꾸었지만, 그 모든 것들의 영혼은 하나로 합류하였다. 세계 공통의 영혼, 그것이 나…… 나다……. 알렉산더 대왕의 영혼도, 카이사르의 영혼도, 셰익스피어의 영혼도, 나폴레옹의 영혼도, 가장 열등한 거머리의 영혼도 나의 내부에 들어 있다. 나의 내부에서 인간들의 의식이 동물들의 본능과 결합했으며, 따라서 나는 모든 것, 모든 것, 모든 것을 기억한다. 그리고 내 자신의 내부에서 나는 각각의 삶을 새롭게 경험한다.

늪지대의 등불들이 모습을 드러낸다.

아르카지나 (나직하게) 어쩐지 데카당하구나.
트레플료프 (간청하듯 그리고 비난하는 어조로) 엄마!
니나 나는 고독하다. 100년에 한 번 나는 말하려고 입을 연다. 내 목소리는 이 공허 속에서 쓸쓸하게 울려 퍼지지만, 누구에게도 들리지 않는다……. 그리고 그대들, 창백한 등불들이여. 그대들도 내 말을 듣지 않는다…… 아침나절에 썩은 늪이 그대들을 잉태했고, 그대들은 저녁 무렵까지 배회하지만, 생각도, 의지도, 삶의 전율도 없다. 그대들의 내부에서 생명이 눈을 뜨지나 않을까 걱정하면서 영원한 물질의 아버지인 악마는 마치 돌과 물에서 그러하듯이 그대의 내부에서 원자들의 교환을 행하고 있다. 그리하여 그대들은 끊임없이 변하고 있는 것이다. 오직 영혼만이 우주에서 언제나처럼 변화하지 않은 채 남아 있다.

사이.

공허하고 깊은 우물에 던져진 포로처럼 나는 내가 어디 있으며, 무엇이 날 기다리는지 알지 못한다. 내가 알고 있는 단 한 가지, 그것은 물질적인 힘의 토대인 악마와 벌이는 완강하고도 무자비한 투쟁에서 내가 승리하여, 그 결과 물질과 영혼이 아름다운

조화 속에서 합류할 것이고, 세계 의지의 왕국이 도래할 것이라는 사실이다. 하지만 이것은 길고도 긴 수천수만 년이 조금씩 지나서 달도, 빛나는 시리우스도, 지구도 먼지로 변하게 될 때에야 그렇게 될 것이다……. 하지만 그때까지는 공포, 공포…….

사이. 호수를 배경으로 두 개의 붉은 점이 나타난다.

바로 저기 나의 강력한 적대자인 악마가 다가오고 있다. 그의 무시무시하고 자줏빛 눈이 보인다…….

아르카지나 유황 냄새가 나는구나. 이렇게 해야 하는 거냐?

트레플료프 네.

아르카지나 (웃는다) 그래, 효과라는 거지.

트레플료프 엄마!

니나 악마는 인간이 없어서 무료하다…….

폴리나 안드레예브나 (도른에게) 모자를 벗으셨네요. 모자 쓰세요. 안 그러면 감기 들어요.

아르카지나 의사 선생님이 영원한 물질의 아버지인 악마 앞에서 모자를 벗으셨군요.

트레플료프 (화를 내고는 큰 소리로) 연극은 끝났어요! 그만둬요! 막 내려!

아르카지나 왜 그리 화를 내는 게냐?

트레플료프 그만둬요! 막 내려요! 막 내리라니까! (발을 구르면서) 막!

막이 내려진다.

미안합니다! 오직 소수의 선택받은 사람들만이 희곡을 쓰고 무

대에서 연기한다는 사실을 잊었습니다. 독점을 파괴한 거죠! 저
로서는…… 저는……. (무엇인가 더 말하려다가 한 손을 흔들더
니 왼쪽으로 나가버린다)

아르카지나 무슨 일이래요?

소린 이리나, 그러면 안 된다. 젊은 사람 자존심을 존중해야지.

아르카지나 제가 뭐라고 했나요?

소린 그 아일 모욕했잖아.

아르카지나 그 아이가 이것은 슈트카*라고 미리 말했기에 저도 그
아이 희곡을 슈트카로 대한 거예요.

소린 그렇기는 하다만…….

아르카지나 그 아이가 대작을 썼다는 게 확인된 셈이군요! 말씀해
보세요! 그러니까 저 아이가 이런 공연을 하고, 유황을 뿌린 건
슈트카가 아니라, 시위하기 위한 거예요……. 그 아인 어떻게 희
곡을 쓰고, 무엇을 연기해야 하는지를 우리한테 가르치고 싶었
던 겁니다. 이것마저 따분해졌어요. 나에 대한 이런 끊임없는 공
격과 비꼬는 짓은 오빠 생각처럼 정말이지 사람을 지긋지긋하게
하는 거예요! 변덕스럽고 자존심 강한 어린애 같으니.

소린 그 아인 널 기쁘게 해주고 싶었던 거야.

아르카지나 그래요? 하지만 저 아인 평범한 희곡을 고르지 않고,
우리더러 이런 데카당한 헛소릴 들으라고 강요했어요. 슈트카를
위해서라면 헛소리라도 들어줄 준비가 되어 있어요. 하지만 여
기서는 예술의 새로운 형식과 새로운 시대를 요구하고 있잖아
요. 제가 보기에 여기에는 새로운 형식은 없고, 그저 불쾌한 성

---

* 무겁지 않은 주제를 가벼운 웃음과 농담으로 버무린 희곡의 일종. 체호프는 보드빌 장르에
속하는 자신의 단막극, 예컨대 〈곰〉, 〈청혼〉, 〈결혼 피로연〉, 〈기념식〉 등을 '슈트카'라고 규정
하기도 했다.

질만 있을 뿐이에요.

트리고린 누구나 쓰고 싶은 대로, 쓸 수 있는 대로 쓰는 겁니다.

아르카지나 그 아이더러 쓰고 싶은 대로, 쓸 수 있는 대로 쓰라고 하세요. 대신 날 평안하게 내버려두라고 하세요.

도른 주피터여, 화가 나셨구려…….

아르카지나 난 주피터가 아니라, 여자예요. (담배를 피우기 시작한다) 화가 난 게 아니라, 다만 젊은 사람이 저렇게 무료하게 시간을 보내는 게 짜증날 뿐이죠. 저 아일 모욕하고 싶은 생각은 없었어요.

메드베젠코 어느 누구도 영혼과 물질을 분리할 근거를 가지고 있지 않습니다. 왜냐하면 영혼 자체도 물질적인 원자들의 총합일지도 모르니까요. (생기 있게, 트리고린에게) 그런데요, 우리 형제들, 즉 교사들이 어떻게 살고 있는지 희곡에서 그려내고, 그다음엔 무대에서 연기하면 어떻겠습니까. 정말로 힘들게 생활하고 있거든요!

아르카지나 옳은 말씀입니다. 하지만 희곡에 대해서도, 원자에 대해서도 말하지 맙시다. 정말 기막힌 밤이잖아요! 여러분, 들리세요. 노래하고 있잖아요? (귀를 기울인다) 정말 좋아요!

폴리나 안드레예브나 건너편 호숫가네요.

사이.

아르카지나 (트리고린에게) 내 옆에 앉으세요. 10년, 15년 전에 여기 호수에는 음악과 노래가 거의 매일 밤 끊임없이 들려왔어요. 여기 호숫가에 지주들의 저택이 여섯 채 있었죠. 생각나요. 웃음소리, 소음, 사격 소리, 그리고 계속되는 로맨스, 로맨스……. 그당시 모든 여섯 채 저택의 Jeune premier'om*이자 우상으로 바

로 (머리로 도른을 가리킨다) 예브게니 세르게이치 의사 선생님
을 소개합니다. 지금도 매력적이지만, 그땐 천하무적이었죠. 그
런데 양심의 가책이 몰려오기 시작하네요. 무엇 때문에 나는 불
쌍한 아이를 모욕했을까요? 불안합니다. (큰 소리로) 코스챠!
아들아! 코스챠!

마샤 제가 가서 찾아보겠어요.

아르카지나 제발 부탁해요.

마샤 (왼쪽으로 걸어간다) 어이! 콘스탄틴 가브릴로비치! 어이!
(나간다)

니나 (무대에서 나오면서) 분명 계속하진 않을 테니 나가도 되겠죠.
안녕하세요! (아르카지나와 폴리나 안드레예브나와 키스한다)

소린 브라보! 브라보!

아르카지나 브라보! 브라보! 우린 반해버렸어요. 이런 외모와 기막
힌 목소리를 가지고 촌구석에 처박혀 있으면 안 돼요. 죄악이에
요. 당신에겐 분명 재능이 있어요. 듣고 있나요? 반드시 큰 무대
로 진출해야 합니다!

니나 오, 그게 제 꿈이에요! (한숨 쉬고 나서) 하지만 꿈은 절대로
실현되지 않을 거예요.

아르카지나 누가 알겠어요? 소개하겠어요. 보리스 알렉세예비치
트리고린이에요.

니나 아아, 정말 기뻐요……. (당황해하더니) 언제나 당신 작품을
읽고 있답니다…….

아르카지나 (그녀를 옆에 앉히면서) 당황해하지 말아요. 저명인사
이기는 하지만, 소박한 영혼을 가진 분이니까요. 보세요, 저이도
당황해하는군요.

도른 이제 막을 올려도 되지 않을까요. 기분이 안 좋아요.
샤므라예프 (큰 소리로) 야코프, 이보게. 막을 올리라고!

막이 올라간다.

니나 (트리고린에게) 연극이 이상하지는 않았나요?
트리고린 잘 모르겠습니다. 하지만 재미있게 봤습니다. 진지하게
연기하시더군요. 장식도 아름다웠고요.

사이.

필시 이 호수엔 물고기가 많겠죠.
니나 네.
트리고린 나는 낚시를 좋아합니다. 저녁나절에 물가에 앉아 찌를
들여다보는 것이 가장 큰 기쁨이거든요.
니나 하지만 창작의 기쁨을 경험하신 분에게는 다른 어떤 기쁨도
없을 것 같은데요.
아르카지나 (웃으면서) 그렇게 말하지 마세요. 이분은 듣기 좋은
소릴 들으면 갑자기 자취를 감추어버리니까요.
샤므라예프 생각납니다. 모스크바 오페라 극장에서 언젠가 유명한
실바가 낮은 '도' 음을 냈습니다. 바로 그때 짜기라도 한 것처럼
우리 종무원 성가대의 베이스 한 사람이 객석에 앉아 있었죠. 그
런데 느닷없이 객석에서 "브라보, 실바!" 하는 소리가 들리는
겁니다. 우리가 얼마나 놀랐는지 생각해보세요. 완전히 한 옥타
브 낮은 소리였다니까요……. 바로 이렇게 말하죠. (낮은 베이
스로) "브라보, 실바……." 극장은 쥐 죽은 듯 고요해졌습니다.

사이.

도른 갑자기 조용해졌군요.

니나 가야겠어요. 안녕히 계세요.

아르카지나 어디로요? 어디로 이렇게 일찍 가는 거죠? 조금 더 있다 가요.

니나 아빠가 기다리세요.

아르카지나 그분도 참…….

두 사람이 키스한다.

어떻게 하겠어요. 정말 유감이에요, 당신을 보내야 한다니.

니나 떠나는 것이 얼마나 힘든지, 알아주신다면 좋겠어요!

아르카지나 작은 아가씨, 누가 당신을 바래다주면 좋으련만.

니나 (놀라면서) 오, 아니에요, 아닙니다!

소린 (그녀에게, 간청하듯이) 더 계세요!

니나 안 됩니다, 표트르 니콜라예비치.

소린 딱 한 시간만 더 있어요. 이건, 뭐, 사실…….

니나 (잠시 생각하고 나서, 눈물을 글썽이며) 안 돼요! (손을 잡고는 서둘러 나간다)

아르카지나 정말 불행한 아가씨예요. 사람들 말로는 저 아가씨의 죽은 어머니가 막대한 재산을 한 푼도 남김없이 남편에게 상속했다는군요. 그래서 지금 저 아가씨한테는 아무것도 남은 게 없대요. 왜냐하면 그녀 아버지가 전 재산을 두 번째 아내한테 넘겨주라고 벌써 유언했다는 거예요. 정말 불쾌한 일이에요.

도른 그렇습니다. 그녀 아버지란 자는 아주 대단한 후레자식이고, 그자도 이런 사실을 정당하게 인정해야 할 겁니다.

소린 (언 손을 비비면서) 가십시다, 여러분. 안 그러면 찬 공기에 젖을 겁니다. 다리가 아파요.

아르카지나 오빠 다리는 마치 나무 같아서 간신히 걸을 수 있어요. 자, 가요. 불행한 노인네 같으니. (그의 팔짱을 낀다)

샤므라예프 (아내에게 손을 내밀면서) 마담?

소린 다시 개 짖는 소리가 들리는군. (샤므라예프에게) 일리야 아 파나시예비치, 제발 부탁이니 개를 좀 풀어놓으시오.

샤므라예프 안 됩니다, 표트르 니콜라예비치. 창고에 도둑이 들까 저어됩니다. 창고에 수수가 있거든요. (나란히 걷고 있는 메드 베젠코에게) 그렇다마다. 완전히 한 옥타브 낮은 소리였소. "브 라보, 실바!" 정식 가수도 아니고, 그저 종무원 성가단원이었는 데 말이오.

메드베젠코 그런데 종무원 성가단원은 봉급이 얼마나 됩니까?

도른을 제외하고 모두가 나간다.

도른 (혼자서) 모르겠어. 필시 내가 아무것도 이해하지 못했거나 정신이 나간지도 몰라. 하지만 연극은 마음에 들었어. 거기엔 무 엇인가 있었어. 그 처녀가 고독에 대해서 말했을 때, 그리고 다 음에 악마의 붉은 눈이 나타났을 때 흥분해서 두 손이 다 떨렸 어. 신선하고 천진했어……. 보아하니 그 친구가 오는군. 저 친 구에게 조금 유쾌한 얘기를 해주고 싶구먼.

트레플료프 (들어온다) 벌써 아무도 없군.

도른 여기 있소이다.

트레플료프 마셴카가 온 정원을 저를 찾으러 다니고 있습니다. 견딜 수 없는 인간이에요.

도른 콘스탄틴 가브릴로비치, 당신 희곡이 정말 마음에 듭니다. 조

금 이상하고, 끝까지 보지는 못했지만, 그래도 어쨌든 강력한 인
상을 받았어요. 당신은 재능 있는 사람이니, 계속 써야 합니다.

트레플료프가 그의 손을 단단히 잡더니 돌발적으로 포옹한다.

아니, 이렇게 예민해서야. 두 눈에 눈물까지……. 내가 말하고자
하는 게 뭐죠? 당신은 추상적인 사유의 영역에서 주제를 포착했
어요. 당연히 그래야 했던 겁니다. 왜냐하면 예술 작품은 반드시
어떤 거대한 사상을 표현해야 하기 때문이에요. 진지한 것만이
아름다운 법이오. 안색이 너무 창백하군요!

트레플료프 계속하라고 말씀하시는 겁니까?

도른 그렇소……. 그러나 중요하고 영원한 것만 그려내시오. 당신
도 알다시피 나는 평생을 다채로운 취향을 가지고 살아왔고, 그
것에 만족하고 있소. 하지만 만일 창작의 순간에 예술가들에게
찾아오는 영혼의 고양을 경험해야 한다면, 나는 물질적인 껍데
기와 그런 껍데기를 타고 난 모든 것을 경멸하고, 지상으로부터
훨씬 높은 곳으로 사라져버릴 것만 같소.

트레플료프 미안합니다만, 자레츠나야는 어디 있습니까?

도른 한 가지 더 있소. 작품에는 분명하고 명백한 생각이 들어 있
어야 해요. 무엇 때문에 글을 쓰는지 당신은 알아야만 합니다.
그렇지 않고 이 그림 같은 길을 명백한 목적도 없이 걸어간다면,
당신은 길을 잃을 것이고, 재능이 당신을 파멸시킬 겁니다.

트레플료프 (초조하게) 자레츠나야는 어디 있습니까?

도른 집으로 갔소.

트레플료프 (낙담하여) 이제 어떻게 하지? 그녀를 보고 싶은데……
그녀를 꼭 봐야 하는데…… 내가 가야겠어…….

마샤가 들어온다.

도른 (트레플료프에게) 진정하시오, 친구.

트레플료프 하지만 어쨌든 가겠습니다. 가야 합니다.

마샤 콘스탄틴 가브릴로비치, 집으로 가세요. 당신 어머니께서 기
다리고 계세요. 불안해하세요.

트레플료프 나갔다고 말씀해주세요. 그리고 여러분 모두에게 부탁
합니다. 날 내버려두세요! 놔두세요! 날 따라다니지 말아요!

도른 아니…… 그러면 안 되오…… 좋지 않아요.

트레플료프 (눈물을 글썽이며) 안녕히 계세요, 선생님. 감사합니
다……. (나간다)

도른 (한숨 쉬고 나서) 청춘, 청춘이라!

마샤 할 말이 없으면 사람들은 '청춘, 청춘……' 하고 말하죠. (담
배 냄새를 맡는다)

도른 (그녀에게서 담뱃갑을 빼앗아 관목 숲으로 던져버린다) 추악
한 짓이오!

사이.

집에서 카드놀이를 하는 것 같군. 가야겠소.

마샤 잠깐만요.

도른 왜 그러시오?

마샤 다시 한 번 말씀드리고 싶어요. 잠시 말씀드리고 싶어요…….
(흥분하면서) 저는 아버지를 사랑하지 않습니다……. 하지만 선
생님께는 좋은 감정이 있어요. 왠지는 모르겠지만 선생님이 제
게 가까운 분이라는 것을 온 영혼으로 느끼고 있답니다……. 저
를 좀 도와주세요. 도와주세요. 안 그러시면 어리석은 짓을 할

지도 몰라요. 제 인생을 비웃고, 그걸 망쳐버릴 겁니다……. 더
이상은 안 되겠어요…….

도른 무슨 일이오? 뭘 도와 달라는 거요?

마샤 괴로워요. 누구도 어느 누구도 이 고통을 알지 못해요! (그의
가슴에 머리를 기댄다. 나직하게) 콘스탄틴을 사랑해요.

도른 모두가 너무 예민해! 다들 얼마나 예민한지! 얼마만큼의 사
랑인지……. 오, 마법의 호수여! (부드럽게) 하지만 내가 뭘 할
수 있겠습니까? 뭘? 뭘?

막.

2막

크로케 경기장. 오른쪽 안으로 커다란 테라스가 딸린 집. 왼쪽으로는 태양이 반사되어 반짝이는 호수가 보인다. 꽃밭. 정오. 덥다. 경기장 옆의 오래된 보리수 나무 그늘 아래 있는 벤치에 아르카지나, 도른 그리고 마샤가 앉아 있다. 도른의 무릎에는 책이 펼쳐져 있다.

아르카지나 (마샤에게) 일어나 볼까요.

두 사람이 일어난다.

나란히 서 봐요. 당신은 스물두 살이고, 난 거의 두 배가 많아요. 예브게니 세르게이치, 누가 더 젊어 보이나요?

도른 물론, 당신이죠.

아르카지나 그렇죠……. 근데 왜 그런 거죠? 왜냐하면 나는 일하고, 느끼고, 언제나 정신없이 살아요. 하지만 당신은 늘 한 곳에 앉아만 있기 때문이에요……. 게다가 내겐 미래를 엿보지 말라는 규칙이 있어요. 노년도 죽음도 절대로 생각하지 않아요. 운명을 피할 수는 없으니까요.

마샤 저는 마치 아주 오래전에 태어났다는 그런 느낌이 들어요. 마치 끝도 없는 치맛자락처럼 제 인생을 질질 끌고 다닙니다…….

그리고 살고 싶다는 욕망도 자주 사라져버리죠. (앉는다) 물론 이 모든 건 아무것도 아니에요. 원기를 회복하고, 모든 걸 내던 져버려야죠.

도른 (나지막하게 노래한다) "그녀에게 말해다오, 나의 꽃들이 여……."

아르카지나 그리고 나는 영국인처럼 예절이 바르죠. 말하자면 긴 장을 유지하고 사는 거예요. 그래서 언제나 comme il faut* 옷 을 잘 차려입고, 빗질하는 거예요. 바로 여기 정원에 나올 때도 내가 블라우스 차림이거나, 머리를 산발한 적이 있었나요? 전 혀 없어요. 뚱뚱하고 못생긴 여자가 되지 않으려고 버티고 있기 때문에 다른 사람들처럼 제멋대로 굴지 않아요……. (몸을 뒤로 젖히고 두 손을 허리에 대고는 정원을 조금 돌아다닌다) 자, 어 때요. 귀엽죠. 열다섯 살짜리 소녀 배역도 연기할 수 있어요.

도른 그렇군요. 하지만 어쨌든 계속하겠습니다. (책을 집어 든다) 우린 곡물상과 쥐가 나오는 데서 멈췄는데…….

아르카지나 쥐 맞아요. 읽으세요. (앉는다) 아니, 주세요. 내가 읽겠 어요. 내 차렙니다. (책을 받아들고는 눈으로 읽을 곳을 찾는다) 그러니까 쥐가…… 바로 여기로군……. (읽는다) "그리고 상류 사회 사람들이 소설가들을 방종하게 하고, 그들을 끌어들이는 것은 곡물상이 창고에서 쥐를 키우는 것처럼 두말할 나위 없이 위험하다. 그럼에도 그들은 여전히 사랑받고 있다. 그래서 여성 이 매료시키고 싶은 작가를 고를 경우, 그녀는 칭찬과 아첨 그리 고 비위 맞추기 같은 수단으로 그를 포위하는 것이다……." 이 건 필시 프랑스 사람들의 경우일 겁니다. 우린 전혀 다르고, 프 로그램 같은 건 전혀 없어요. 대개 우리나라 여자들은 작가를 매

---

* [원주] 당연한 것처럼(프랑스어).

료시키기 전에 자기가 먼저 '제발 부탁이에요' 하는 식으로 사랑에 빠져들지요. 멀리 갈 필요도 없죠. 나와 트리고린을 보세요…….

지팡이에 의지한 소린이 걸어온다. 그와 나란히 니나가 걸어오고, 메드베젠코는 그들 뒤에서 빈 휠체어를 밀고 온다.

소린 (아이들을 달래는 어조로) 그래요? 즐거운 일이죠? 어쨌든 오늘 우린 유쾌한 거죠? (누이에게) 즐거운 일이 있구나! 아버지와 계모가 트베리로 떠나서 지금부터 사흘 내내 자유롭다는구나.

니나 (아르카지나 옆에 앉아서 그녀를 포옹한다) 행복해요! 이제 저는 당신 거예요.

소린 (휠체어에 앉는다) 니나가 오늘은 더 예쁘구나.

아르카지나 잘 차려입고 매력적이에요……. 똑똑하기도 하고. (니나에게 키스한다) 하지만 너무 칭찬하면 안 돼요. 해가 되니까요. 보리스 알렉세예비치는 어디 있나요?

니나 낚시하고 계세요.

아르카지나 싫증도 안 나는 모양이야! (계속 읽으려고 한다)

니나 무엇인가요?

아르카지나 모파상의 《물 위에서》랍니다. (몇 줄을 소리 내지 않고 읽는다) 그런데, 그 이상은 재미도 없고 맞지도 않아요. (책을 덮는다) 마음이 편하지 않군요. 말해봐요. 내 아들이 왜 저러는 거죠? 어째서 저 애가 저토록 울적하고 험상궂은 건가요? 며칠 동안 계속해서 호수에서 시간을 보내고 있어서 도통 보지 못했다니까요.

마샤 마음이 언짢은 거예요. (니나에게 소심하게) 부탁합니다. 그 사람 희곡을 조금이라도 읽어주세요!

니나 (어깨를 으쓱한 다음) 듣고 싶으세요? 정말 재미없어요!

마샤 (기쁨을 억제한 다음) 그 사람이 무엇인가를 읽으면, 그의 두 눈은 빛나고 얼굴은 창백해집니다. 아름답고 슬픈 목소리, 꼭 시인 같아요.

소린이 코 고는 소리가 들린다.

도른 안녕히 주무세요!

아르카지나 페트루샤!

소린 왜?

아르카지나 주무세요?

소린 천만에.

사이.

아르카지나 오빠는 치료받지 않았죠. 그건 좋지 않아요, 오빠.

소린 치료받으면 나도 좋겠구나. 헌데 이 의사가 그러고 싶어 하지 않으니.

도른 예순 살에 치료받으시겠다니!

소린 그 나이에도 살고 싶은 법이오.

도른 (화를 내며) 예! 그렇다면, 신경안정제를 드세요.

아르카지나 어디 온천에라도 가시면 좋을 것 같은데요.

도른 글쎄요? 가셔도 그만이고, 안 가셔도 그만입니다.

아르카지나 하지만 이해하세요.

도른 이해할 게 뭐가 있나요. 빤한 거지.

사이.

메드베젠코 표트르 니콜라예비치는 담배를 끊으셔야 합니다.

소린 쓸데없는 소리.

도른 아닙니다. 쓸데없는 소리가 아니에요. 술과 담배는 개성을 빼앗아갑니다. 담배를 피우거나 보드카를 한 잔 마시고 나면 당신은 이미 표트르 니콜라예비치가 아니라, 표트르 니콜라예비치 더하기 누군가가 되는 겁니다. 당신의 '자아'가 당신에게서 무너져버리고, 그래서 당신은 이미 당신 자신을 마치 제삼자, 즉 '그'로 대하게 되는 겁니다.

소린 (웃는다) 논리가 정연하구려. 선생은 평생을 마음대로 살았겠지만, 나는? 28년을 법무부에서 근무했지만, 나는 그렇게 살지 못했소. 결국 아무것도 경험한 게 없단 말이오. 그래서 잘 아시겠지만, 나는 제대로 살고 싶소. 선생은 배가 부르고 무심하기 때문에 철학을 좋아하오. 나는 살고 싶기 때문에 식사할 때 셰리주를 마시고 담배를 피우는 거요. 그게 다요. 그게 전부라고.

도른 인생은 진지하게 대해야 합니다. 그런데 예순 살에 치료받는 일이나, 젊어서 즐기지 못했다는 걸 아쉬워하는 것은, 미안합니다만, 경박한 짓입니다.

마샤 (일어난다) 아침식사 시간이 된 것 같습니다. (늘어진 걸음걸이로 나태하게 걸어간다) 한쪽 다리가 저리네……. (나간다)

도른 마샤는 가서 아침식사 전에 두 잔의 보드카를 마실 겁니다.

소린 불쌍한 인간에게 개인적인 행복은 없는 거요.

도른 공허한 얘깁니다.

소린 선생은 배부른 인간처럼 판단하는 거요.

아르카지나 아아, 이 사랑스러운 시골의 권태보다 더 울적한 것은 아마 없을 거예요! 무덥고 조용한데 어느 누구도 일하지 않고,

추상적인 이야기만 하고…… 여러분과 함께 있는 것이 좋고, 여러분 이야기를 듣는 것도 유쾌합니다. 하지만…… 자기 방에 처박혀서 배역을 공부하는 편이 훨씬 나아요!

니나 (열광하면서) 멋져요! 당신을 이해해요.

소린 물론 도시가 낫지. 서재에 앉아 있으면, 하인이 무단으로 아무나 들이지 않고, 전화도 있고…… 거리에는 마차들이 있어서 모든 게…….

도른 (노래한다) "그녀에게 말해다오, 나의 꽃들이여……."

샤므라예프가 들어온다. 그의 뒤에 폴리나 안드레예브나.

샤므라예프 여기들 계셨군요. 안녕하십니까! (아르카지나의 손에, 그다음에는 니나의 손에 키스한다) 여러분이 건강하신 걸 보니 매우 기쁩니다. (아르카지나에게) 집사람 말로는, 부인께서 오늘 그녀와 함께 시내로 가실 거라던데, 맞습니까?

아르카지나 네, 그럴 생각입니다.

샤므라예프 흐음…… 그거 멋진 일입니다. 근데 뭘 타고 가시렵니까, 부인? 오늘은 호밀을 운반하는 날이라서 모든 일꾼이 분주합니다. 그런데 어떤 말을 타실 건지, 여쭤 봐도 되겠습니까?

아르카지나 어떤 말이라뇨? 내가 어떻게 알아요, 어떤 말인지!

소린 외출용 말이 있잖아.

샤므라예프 (흥분하면서) 외출용 말입니까? 그러면 멍에는 어디서 구하죠? 멍에는 어디서 구하냐고요? 놀라운 일입니다! 이해가 되지 않는군요! 가장 존경하는 부인! 부인 재능에 공경을 표하고, 부인을 위해서라면 제 목숨의 10년도 바칠 수 있습니다. 허나, 미안합니다만, 말만은 드릴 수 없습니다!

아르카지나 그런데도 내가 가야만 한다면 어쩌실래요? 이상한 일이군요!

샤므라예프 가장 존경하는 부인! 부인은 경영이란 게 무엇인지 모릅니다!

아르카지나 (울화통을 터뜨리고서) 또 그 얘기로군요! 그렇다면 오늘 당장 모스크바로 가겠어요. 마을에서 말을 빌리지 않으면, 걸어서 정거장으로 가겠어요!

샤므라예프 (울화통을 터뜨리고서) 그러시다면 저는 사직하겠습니다! 다른 청지기를 찾아보십시오! (나간다)

아르카지나 여름철마다 이렇다니까. 여름마다 여기서 모욕을 당한다니까! 더 이상 여기 오지 않을 거야! (낚시터가 있는 왼쪽으로 나간다. 잠시 후에 그녀가 집으로 걸어가는 모습이 보인다. 그녀 뒤에는 낚싯대와 양동이를 든 트리고린이 걸어간다)

소린 (화를 내면서) 이건 뻔뻔스러운 짓이야! 대체 이게 뭐냔 말이야! 정말로 나도 이젠 물려버렸어. 당장 이리로 모든 말을 데려와!

니나 (폴리나 안드레예브나에게) 이리나 니콜라예브나 같은 유명한 배우의 청을 거절하시다니요! 그분의 모든 요구, 심지어 변덕마저도 당신네 경영이란 것보다 중요하지 않나요? 정말로 믿을 수가 없네요!

폴리나 안드레예브나 (절망적으로) 내가 뭘 할 수 있겠어요? 내 입장이 돼 봐요. 내가 뭘 할 수 있겠어요?

소린 (니나에게) 누이에게 가봅시다……. 떠나지 말아달라고 우리 모두 간청해봅시다. 안 그러겠소? (샤므라예프가 나간 방향을 보면서) 견딜 수 없는 인간이야! 폭군이라니까!

니나 (그가 일어나는 것을 막으면서) 앉으세요, 앉으세요……. 우리가 모시고 가겠어요……. (그녀와 메드베젠코가 휠체어를 밀고 간다) 오, 정말로 무서운 일이야!

소린 그래요, 그래. 무서운 일이고말고……. 저 친군 떠나진 않을 거요. 당장 이야기를 좀 해야겠소.

그들이 나간다. 도른과 폴리나 안드레예브나만 남는다.

도른 인간들이 따분해요. 사실 당신 남편만 여기서 몰아내면 그만
인 거잖아요. 저 늙은 여편네 같은 표트르 니콜라예비치와 그의
누이가 그자에게 용서를 구하는 걸로 모든 게 끝날 겁니다. 두고
보세요!
폴리나 안드레예브나 그 사람은 외출용 말들도 들판으로 내보냈어
요. 허구한 날 이런 말썽이 생겨나다니. 이런 일로 내가 얼마나
불안한지 당신이 알아주시면 좋으련만! 병이 났다니까요. 보세
요, 떨고 있잖아요……. 그 사람의 난폭함을 견딜 수가 없어요.
(간청하듯이) 예브게니, 소중하고 어여쁜 사람. 나를 데려가 주
세요……. 우리 시대는 저물고 있어요. 우린 이제 젊지 않아요.
인생 말년만이라도 남의 눈을 피하거나 거짓말하지 말아요…….

사이.

도른 난 쉰다섯 살이오. 인생을 바꾸기엔 너무 늦었소.
폴리나 안드레예브나 알고 있어요. 당신이 날 거부하는 건 나 말고도
당신과 가까운 여자들이 있기 때문이라는 것도요. 모든 여자를
다 받아줄 수는 없죠. 이해해요. 미안해요, 귀찮게 해서.

니나가 집 부근에서 나타난다. 그녀는 꽃을 따고 있다.

도른 아니, 괜찮소.
폴리나 안드레예브나 질투 때문에 괴롭습니다. 물론 당신은 의사니

까 여자들을 피할 수 없겠죠. 이해해요⋯⋯.

도른 (다가오는 니나에게) 저쪽은 어떻소?

니나 이리나 니콜라예브나는 울고 계시고, 표트르 니콜라예비치는 천식 증세가 있습니다.

도른 (일어난다) 가서 두 사람에게 신경안정제를 줘야겠소⋯⋯.

니나 (그에게 꽃을 준다) 받으세요!

도른 Merci bien!* (집으로 걸어간다)

폴리나 안드레예브나 (그와 함께 걸어가면서) 정말 예쁜 꽃이로군요! (집 근처에서 공허한 목소리로) 그 꽃 이리 주세요! 꽃을 이리 달라고요! (꽃을 받고는 잡아 뜯은 다음 한쪽으로 던져버린다. 두 사람이 집으로 간다)

니나 (혼자서) 유명한 여배우가 우는 걸 본다는 건 참 이상한 일이야. 그것도 그렇게 하찮은 이유 때문에! 대중의 사랑을 받고, 모든 신문에 이름이 오르내리며, 외국어로 작품이 번역되는 유명한 작가가 온종일 낚시나 하고, 잉어 두 마리 잡았다고 좋아하는 것 또한 이상한 일 아닐까. 저명인사들은 오만하고 가까이하기 어려우며, 군중을 경멸하고, 군중이 고귀한 혈통과 재산을 무엇보다도 중시하기 때문에 자기들의 명성과 빛나는 이름으로 군중에게 복수하는 게 아닌가 생각했어. 하지만 바로 그런 사람들이 울고, 낚시하고, 카드놀이하고, 다른 사람들처럼 웃고 화를 내고 있으니⋯⋯.

트레플료프 (소총과 죽은 갈매기를 들고 모자를 쓰지 않은 채 들어온다) 당신 혼잔가요?

니나 그래요.

---

* [원주] 정말 감사합니다(프랑스어).

트레플료프는 그녀 발치에 갈매기를 내려놓는다.

이게 뭐예요?

트레플료프 오늘 비겁하게 이 갈매기를 죽이고 말았습니다. 당신 발치에 놓겠습니다.

니나 무슨 일이죠? (갈매기를 들고 들여다본다)

트레플료프 (사이를 두고) 조만간 나는 이런 식으로 자살할 겁니다.

니나 당신을 이해할 수가 없군요.

트레플료프 그래요. 내가 당신을 이해하지 못하게 된 그 이후로 그렇게 됐죠. 나에 대한 당신의 태도는 변했어요. 당신의 눈은 냉랭하고, 내가 있으면 당신은 괴로워합니다.

니나 요즘 당신은 곧잘 흥분하고, 모든 걸 이해할 수 없도록, 어떤 상징으로 표현하고 있어요. 그리고 바로 이 갈매기만 해도 분명 상징이에요. 그러나 미안하지만 난 이해할 수 없어요. (갈매기를 벤치 위에 놓는다) 당신을 이해하기에는 내가 너무 단순한 거죠.

트레플료프 그건 내 연극이 어리석게 실패한 바로 그날 밤부터 시작된 겁니다. 여자들은 실패를 용서하지 않아요. 나는 모두, 마지막 한 조각까지 모두 태웠습니다. 내가 얼마나 불행한지 당신이 알아준다면! 마치 잠에서 깨어나 보니 이 호수가 느닷없이 말라버렸거나 땅속으로 사라져버린 것처럼, 당신의 냉담함은 무시무시하고 믿기지가 않습니다. 나를 이해하기에는 당신이 너무 단순하다고 방금 전에 말했어요. 오, 여기에 이해할 게 뭐가 있습니까! 희곡이 마음에 들지 않았기 때문에 당신은 나의 영감을 무시하고, 나를 다른 많은 사람들처럼 진부하고 보잘것없는 인간으로 생각하고 있는 겁니다······. (발을 구른 다음) 나도 잘 알고 있어요, 알고 있다고요! 나의 뇌수에는 못이 박혀 있는 것 같아요. 내 피를 빨아대는, 마치 뱀처럼 피를 빠는 내 자존심과 함께 그것이 저주받았으면……. (책을 읽으면서 걸어오는 트리고린을 보고 나서) 바로 저기 진짜 재능 있는 인간이 오고 있군요. 마치 햄릿처럼 걸어오네요. 마침 책도 가지고. (조롱한다) "말, 말, 말……." 태양이 당신에게 아직 다가오지도 않았는데, 당신은 벌써 미소 짓고, 당신의 시선은 그의 빛 속에서 녹아버렸군요. 방해하지 않겠어요. (서둘러 나간다)

트리고린 (책자에 적어 넣으면서) 담배 냄새를 맡고 보드카를 마신다……. 언제나 검은색 옷을 입는다. 선생이 그녀를 사랑한다…….

니나 안녕하세요, 보리스 알렉세예비치!

트리고린 안녕하십니까. 상황이 예기치 않게 복잡해져서 우리는 오늘 떠나게 될 것 같아요. 우리는 두 번 다시 만날 수 없을 겁니다. 유감이에요. 젊은 여성들, 젊고 매력적인 여성들을 만날 기회가 많지 않은데다가, 열여덟이나 열아홉 살에 어떻게 느꼈는지 이미 잊어버려서 생생하게 떠올릴 수 없어요. 그런 까닭에 내 중편소설과 단편소설에 나오는 젊은 여성들은 대개 거짓이랍니다. 단 한 시간만이라도 당신 입장이 되어 당신이 어떤 생각을 하고, 당신이 어떤 사람인지 알았으면 좋겠어요.

니나 하지만 저는 당신 입장이 되었으면 하는데요.

트리고린 왜요?

니나 유명하고 재능 있는 작가의 기분이 어떤지 알고 싶어요. 유명하다는 건 어떻게 느껴지나요? 당신이 유명하다는 사실을 어떻게 느끼시나요?

트리고린 어떻게요? 그런 적 전혀 없는데요. 한 번도 그걸 생각해본 일이 없습니다. (잠시 생각하고 나서) 두 가지 가운데 하나일 겁니다. 내가 유명하다는 걸 당신이 과장하고 있거나, 유명하다는 게 전혀 느껴지지 않거나.

니나 하지만 신문에서 자기에 대한 걸 읽게 되면요?

트리고린 칭찬하면 유쾌하지만, 욕을 해대면 이틀 정도는 기분이 좋지 않아요.

니나 기막힌 세계예요! 제가 당신을 얼마나 부러워하는지 당신은 모르실 겁니다! 사람들의 운명은 가지가지예요. 어떤 사람들은 지루하고도 보잘것없는 삶을 근근이 이어가고, 서로 비슷하고 모두가 불행한데, 어떤 사람들한테는, 예들 들어 100만 명 가운데 한 사람인 당신 같은 분에게는 흥미롭고 산뜻하며 의미로 가득한 인생이 주어진 겁니다……. 당신은 행복한 거예요…….

트리고린 내가요? (어깨를 으쓱하면서) 흐음…… 당신은 명성, 행복, 어떤 산뜻하고 흥미로운 인생에 대해 말하는데, 미안하지만 나한테는 그 모든 멋진 말들이 내가 먹어보지 못한 마멀레이드와 똑같아요. 당신은 무척 젊고 매우 선량합니다.

니나 당신의 인생은 멋져요!

트리고린 대체 뭐가 멋지다는 겁니까? (시계를 본다) 이제 그만 가서 글을 써야 합니다. 미안해요, 시간이 없어서……. (웃는다) 말하자면 당신은 가장 아픈 곳을 찌른 겁니다. 그래서 난 동요하고 얼마간 화가 나기 시작한 거요. 나의 멋지고 산뜻한 인생에 대해 이야기해봅시다……. 자, 어디서부터 시작할까요? (잠시 생각하고 나서) 사람이 밤이고 낮이고 간에 생각하면, 예컨대 달에 대해 생각하면 강제된 표상이 생겨나게 됩니다. 내게도 나름의 그런 달이 있어요. 하나의 성가신 생각, 즉 나는 써야 한다, 써야 한다, 써야 한다는 생각이 밤낮으로 나를 괴롭힙니다……. 중편소설 하나를 끝내자마자 무슨 일인지 벌써 다른 중편소설을 써야 하고, 그다음엔 세 번째, 그 후엔 네 번째 중편을…… 역마차를 타고 가는 것처럼 끝도 없이 쓰는 겁니다. 다른 방도는 없어요. 대체 여기에 무슨 멋지고 산뜻한 게 있다는 건지, 묻고 싶군요. 오, 얼마나 소름끼치는 인생입니까! 당신과 함께 있어서 흥분하고 있지만, 나는 매 순간 끝내지 못한 소설이 있다는 걸 떠올리고 있습니다. 저기 피아노를 닮은 구름을 보면서 생각합니다. 피아노를 닮은 구름이 흘러가고 있었다는 걸 소설 어디선가 써먹어야지, 하고 말이오. 헬리오트로프* 냄새가 나는군요. 얼른 기억해둬야지. 달콤한 향기, 과부의 꽃, 여름날 저녁을 묘사할 때 써먹어야지. 나 자신과 당신을 각각의 구절과 단어로 포착하고, 이 모든 구절과 어휘를 문학 창고에 서둘러 가두는 겁니다. 필시 쓸모가 있을 테니까요! 작품을 마치고 나면 극장에 가거나 낚시하러 달려갑니다. 거기서 쉬면서 잊어버렸으면 하는 거죠. 그런데, 아닙니다. 머릿속에 이미 묵직한 철제 포탄이 굴러다니는 겁니다. 새로운 주제가 떠올라서 나를 책상으로 잡아당기고, 그러면 서둘러서 다시 쓰고 써야 합니다. 그런 식으로 언제나 늘 자신으로부터 편안하지 못한 거예요. 그래서 나는 자신의 인생을 파먹고 있다는 걸 느끼고, 어딘가 있는 누군가에게 줄 꿀을 얻으려고 가장 좋은 꽃에서 꽃가루를 모으고, 꽃잎을 따고, 꽃의 뿌리를 짓밟고 있다는 걸 느낍니다. 정말로 미친 게 아닌가요? 정말로 가까운 사람들과 지인들이 나를 건강한 사람으로 대하고 있는 건가요? "뭘 쓰고 있소? 우리에게 뭘 선물할 거요?" 지인들의 이런 주목과 칭찬과 감탄이 나한테는 똑같고 한결같아 보입니다. 이 모든 것은 기만이고, 사람들은 마치 환자를 속이듯 나를 속이는 것 같아요. 그래서 이따금 사람들이 내 등 뒤로 다가와서 포프리쉰**처럼 나를 잡아서 정신병원으로 데려

---

* 페루 원산의 여러해살이풀로 허브의 일종. 높이는 1미터 정도이며, 여름과 가을에 노란색을 띤 자주색 또는 흰색의 꽃이 핀다.
** 니콜라이 고골의 소설 〈광인일기〉에 등장하는 주인공.

가지나 않을까 두려운 겁니다. 내가 글쓰기를 시작했던 젊고 좋았던 그 시절에도 글을 쓰는 일은 끊임없는 고통의 연속이었어요. 하찮은 작가는 특히 운이 없을 경우엔 자기가 꼴불견에 재주 없고 쓸모없다고 여겨져서 신경이 예민해지고 초조하게 됩니다. 돈 없는 노름꾼처럼 당당하게 두 눈을 바라보는 걸 꺼려하면서도 누구에게 인정받지도, 주목받지도 못한 채 문학과 예술 관계자들 주변을 억제하지 못하고 배회하는 겁니다. 내 작품의 독자들을 보지는 못했지만, 내 상상 속에서 그들은 어쩐 일인지 적대적이고 의심 많은 사람들처럼 생각되었어요. 나는 관객을 무서워했고, 그들은 내게 두려운 존재였어요. 그래서 새로운 희곡을 상연할라치면, 갈색머리들은 적대감을 가지고 있고, 금발머리들은 차갑고 냉담하다고 느끼곤 했죠. 오, 얼마나 무서운 일인가요! 이 얼마나 고통스러운 일이겠어요!

니나 그렇지만 필시 영감과 창작 과정 자체는 고상하고 행복한 순간을 줄 것 같은데요?

트리고린 그렇습니다. 글을 쓸 때는 유쾌합니다. 교정쇄를 읽는 것도 유쾌하죠. 하지만…… 출판되자마자 견딜 수가 없어지고, 저건 그게 아니고, 잘못되었구나, 저건 절대로 쓰면 안 될 것이었구나, 하는 걸 깨닫게 됩니다. 그래서 울화가 치밀고 기분 나빠지는 겁니다……. (웃는다) 대중은 작품을 읽고 말하죠. "그래, 재능이 있구면……. 괜찮아, 하지만 톨스토이에 비하면 아직 멀었어." 혹은 "멋진 작품이로군. 하지만 투르게네프의 《아버지와 아들》이 훨씬 낫지." 그들은 죽을 때까지 괜찮아, 재능 있어, 라는 말만 되풀이 할 겁니다. 그게 다예요. 내가 죽고 나면 아는 사람들이 무덤 옆을 지나가면서 "트리고린이 여기 누워 있군. 훌륭한 작가였어. 하지만 투르게네프보단 못 썼지"라고 말할 겁니다.

니나 미안합니다만, 당신을 이해하지 않겠어요. 당신은 그저 성공에 도취돼 있으니까요.

트리고린 어떤 성공 말이오? 한 번도 나 자신을 좋아한 적이 없소. 작가로서 나는 자신을 사랑하지 않아요. 무엇보다 나쁜 것은 내가 어떤 혼란에 빠져 있어서, 무엇을 쓰고 있는지도 종종 이해하지 못한다는 겁니다……. 나는 바로 이 물과 나무, 하늘을 사랑하고, 자연을 느낍니다. 자연은 글을 쓰고 싶다는 욕망과 억제할 수 없는 바람을 불러일으켜요. 하지만 나는 단순히 풍경화가가 아니라 조국과 민중을 사랑하는 한 사람의 시민입니다. 만일 내가 작가라면 민중과 그들의 고통, 그들의 미래에 대해서 써야 하고, 인간의 권리와 과학, 기타 등등에 대해서 써야 한다고 생각합니다. 그래서 내가 모든 것에 대해 말하고 서두르면 사방에서 사람들이 나를 몰아대고 화를 내서 마치 사냥개들한테 쫓기는 여우처럼 나는 이리저리로 허우적대는 겁니다. 인생과 과학은 계속해서 앞으로 나아가고 있는데, 나는 열차 시각에 대지 못한 농부처럼 계속해서 뒤처지고 늦어지고 있다는 것을 압니다. 그리하여 종당에는 내가 쓸 수 있는 것은 단지 풍경뿐이며, 나머지 모든 것에서 내가 틀렸다는 것을, 속속들이 틀렸다는 것을 느끼게 되는 겁니다.

니나 당신은 너무 많이 일해서 지친 거예요. 그래서 자신의 의미를 인식할 시간도 열망도 없는 거예요. 당신 스스로 만족하지도 못하죠. 하지만 다른 사람들에게 당신은 위대하고 멋진 분인걸요! 만일 제가 당신과 같은 작가라면, 나는 군중에게 모든 인생을 바쳤을 거예요. 군중들이 자신의 행복이 오직 내 수준까지 올라오는 것에 있다는 걸 알게 된다면, 그들은 나를 전차에 태우고 다닐 거예요.

트리고린 저런, 전차라니……. 내가 뭐 아가멤논이란 말이오?

두 사람이 미소 짓는다.

니나 작가나 배우가 되는 행복을 위해서라면 저는 가까운 사람들의 미움, 가난, 환멸도 견디겠어요. 다락방에 살면서 호밀 빵만 먹고, 자신에 대한 불만과 스스로가 모자란다는 고통도 감수할 거예요. 하지만 그 대신 저는 영광을 요구할 거예요……. 진정한, 세상을 떠들썩하게 할 영광 말이에요……. (두 손으로 얼굴을 감싼다) 머리가 빙빙 돌아요……. 아아!

집에서 아르카지나의 목소리가 들린다. "보리스 알렉세예비치!"

트리고린 나를 부르는군요……. 짐을 정리하는 모양입니다. 떠나고 싶지 않아요. (호수를 돌아본다) 대단한 행운입니다! 기가 막혀요!
니나 저쪽 강변에 집과 정원 보이시죠?
트리고린 네.
니나 그건 돌아가신 어머니의 저택이에요. 저는 저기서 태어났죠. 평생 이 호수 주변에서 살아서 호수에 있는 작은 섬 하나하나까지 다 안답니다.
트리고린 여긴 참 좋은 곳입니다! (갈매기를 보고 나서) 이건 뭡니까?
니나 갈매기예요. 콘스탄틴 가브릴로비치가 죽였어요.
트리고린 아름다운 새로군요. 정말로 이곳을 떠나고 싶지 않습니다. 여기 머물라고 이리나 니콜라예브나를 설득 좀 해주세요. (책자에 적어 넣는다)
니나 뭘 적으시나 봐요?
트리고린 그래요. 써 넣는 거죠……. 줄거리가 떠올라서요……. (책자를 감추면서) 작은 이야기를 위한 줄거립니다. 한 호숫가 마

430

을에 마치 당신 같은 젊은 아가씨가 어릴 적부터 살고 있어요. 갈매기처럼 호수를 사랑하고, 갈매기처럼 행복하고 자유롭죠. 그런데 우연히 한 사내가 와서 보고는 이유도 없이 그녀를 파멸시킵니다. 마치 이 갈매기처럼 말이죠.

사이.

창문에 아르카지나가 모습을 드러낸다.

아르카지나 보리스 알렉세예비치, 어디 계세요?
트리고린 갑니다! (걸어간다. 니나를 돌아본다. 창가에서 아르카지나에게) 무슨 일이죠?
아르카지나 남아 있기로 했어요.

트리고린이 집으로 들어간다.

니나 (각광 쪽으로 다가온다. 잠시 생각에 잠긴 다음) 꿈이야!

막.

3막

소린 집의 식당. 오른쪽과 왼쪽에 문. 찬장. 약품을 넣는 장. 방 한가운데 식탁. 떠날 채비를 확실히 보여주는 여행가방과 몇 개의 상자. 트리고린이 아침 식사를 하고 있다. 마샤는 식탁 옆에 서 있다.

마샤 작가이시니까 전부 말씀드린 거예요. 다른 데 쓰셔도 좋아요. 솔직하게 말씀드리면, 그 사람이 심하게 상처를 입었다면 전 잠시도 살 수 없었을 겁니다. 하지만 저는 용감해요. 확실하게 결정을 내렸어요. 이 사랑을 제 가슴에서 뽑아버리기로, 뿌리째 뽑아내기로 했어요.

트리고린 어떻게 말입니까?

마샤 시집갈 거예요. 메드베젠코에게.

트리고린 그 교사 말이오?

마샤 네.

트리고린 꼭 그래야 하는 건지 모르겠군요.

마샤 희망도 없이 사랑하고, 숱한 날들을 막연히 기다리기만 하는 것은……. 하지만 결혼하게 되면, 더 이상 사랑할 겨를은 없어질 거고, 새로운 근심 걱정이 예전의 모든 것을 죽여 버릴 테죠. 어쨌든, 아시겠지만 변화가 생기는 겁니다. 한 잔 더 할까요?

트리고린 과하지 않을까요?

마샤 자, 여기요! (술잔에 따른다) 그렇게 쳐다보지 마세요. 당신이 생각하는 것보다 여자들은 더 자주 마십니다. 저처럼 드러내놓고 마시는 사람은 적지만, 은밀하게 마시는 사람은 많아요. 그렇다니까요. 더욱이 보드카 아니면 코냑이죠. (술잔을 들어 건배한다) 위하여! 당신처럼 솔직한 분과 헤어지는 게 서운하군요.

두 사람이 마신다.

트리고린 나도 떠나고 싶지 않소.

마샤 더 머물자고 부탁해보시지요.

트리고린 아닙니다. 더 이상 있으려고 하지 않을 겁니다. 아들이 극단적으로 우둔하게 행동하고 있거든요. 권총으로 자살하려고 하더니, 이제는 나한테 결투를 신청할 거라고들 말하더군요. 왜 그런 건지 모르겠습니다. 화를 내고, 으르렁거리질 않나, 새로운 형식을 설교하지요……. 하지만 새로운 형식이든 낡은 형식이든 자리는 충분해요. 근데 왜 떠미는 걸까요?

마샤 뭐랄까, 질투 때문이죠. 어찌 됐든 제가 나설 일은 아니지만요.

사이.

야코프가 여행가방을 들고 왼쪽에서 오른쪽으로 지나간다. 니나가 들어와서 창가에 멈춰 선다.

결혼하려는 그 교사는 뭐 그렇게 똑똑하진 않지만, 선량한 사람이고 가난뱅이지만 저를 무척 사랑한답니다. 그 사람이 불쌍해요. 그 사람의 나이 드신 어머니도 불쌍하고요. 여하튼 안녕히 가세요. 나쁜 기억은 잊으시고요. (손을 꼭 잡는다) 선량한 호

의에 정말 감사드립니다. 자필 서명이 든 당신 책을 꼭 보내주
세요. "매우 존경하는"이라고 쓰지 마시고 이렇게만 써주세요.
"부모가 누구인지도 모르고, 무엇 때문에 이 세상에 살고 있는
지도 모르는 마리야에게." 안녕히 가세요! (나간다)

니나 (주먹을 쥔 한쪽 손을 트리고린 쪽으로 내밀면서) 짝수일까
요, 홀수일까요?

트리고린 짝수.

니나 (한숨 쉬고서) 틀렸어요. 내 손에는 한 알의 완두콩이 있을
뿐이에요. 배우가 될 수 있을 것인지, 아닌지 점을 쳐본 거예요.
누가 조언이라도 해주면 좋으련만.

트리고린 그건 도와줄 수 있는 게 아니오.

사이.

니나 우린 작별이군요……. 아마 더 이상은 만나지 못할 테죠. 기
념으로 이 작은 메달을 받아주셨으면 해요. 당신 이름의 머리글
자를 새겨 넣으라고 했어요……. 이쪽에는 《밤과 낮》이라는 당
신 책의 제목을 새겨 넣었어요.

트리고린 정말 우아하군요! (메달에 키스한다) 매혹적인 선물이오!

니나 가끔 저를 생각해주세요.

트리고린 그럴 겁니다. 그 눈부시게 빛나던 날의 당신을 생각할 거
요. 기억해요? 일주일 전에 밝은 색 옷을 입었던 그때…… 우린
이야기를 나누었죠……. 그때 벤치 위에 하얀 갈매기가 놓여 있
었어요.

니나 (생각에 잠겨) 네, 갈매기가…….

사이.

434

더 이상 이야기할 수 없겠어요. 사람들이 이리로 오는군요……. 떠나시기 전에 2분만 시간을 주세요. 부탁이에요……. (왼쪽으로 나간다. 동시에 아르카지나, 훈장이 달린 연미복을 입은 소린, 그다음에는 행장에 여념이 없는 야코프가 오른쪽으로 들어온다)

아르카지나 영감님은 집에 계세요. 류머티즘을 달고 살면서 어딜 가시겠다는 거예요? (트리고린에게) 누가 방금 여기서 나갔죠? 니나예요?

트리고린 네.

아르카지나 미안, 우리가 방해했군요……. (앉는다) 다 챙긴 것 같군요. 지쳤어요.

트리고린 (메달에 적힌 것을 읽는다) 《밤과 낮》 121쪽, 11에서 12행.

야코프 (식탁을 치우면서) 낚싯대도 챙길까요?

트리고린 그래. 아직 필요하니까. 책은 아무한테나 줘버리라고.

야코프 알겠습니다.

트리고린 (혼잣말로) 121쪽, 11에서 12행. 거기에 뭐가 있었더라? (아르카지나에게) 이 집에 내가 쓴 책이 있나요?

아르카지나 오빠 서재 모퉁이에 있는 책장에 있어요.

트리고린 121쪽이라……. (나간다)

아르카지나 정말로 페트루샤, 집에 계세요…….

소린 너희들이 떠나면, 너희들 없이 집에서 지내는 게 괴로울 게야.

아르카지나 근데 시내에는 무슨 일이에요?

소린 특별한 일은 없지만, 그래도. (웃는다) 지방자치 건물 기공식도 있고, 뭐 그런 거지……. 비록 한두 시간만이라도 이런 꼬치고기 같은 생활에서 벗어나고 싶구나. 안 그래도 마치 오래된 파이프처럼 자리에 오래 누워 있었으니 말이다. 1시에 말을 내라고 얘길했으니, 같이 나가도록 하자.

아르카지나 (사이를 두고) 자, 여기서 살아요. 울적해 하지 말고. 감기에도 걸리지 말고. 아들을 감독하세요. 돌봐주고 가르쳐줘요.

사이.

이렇게 떠나게 돼서 콘스탄틴이 왜 권총으로 자살하려는지 그이유도 모르겠어요. 제 생각엔 질투가 주된 원인인 것 같아요. 트리고린을 여기서 빨리 데려가면 갈수록 더 나아요.

소린 어떻게 말해야 하겠냐? 다른 까닭도 있긴 있었지. 당연한 일이지만, 젊고 똑똑한 사람이 이런 시골, 궁벽한 곳에서 돈도, 지위도, 미래도 없이 살고 있으니. 하는 일도 없고. 놀고먹는 것이 부끄럽고 두려운 거야. 난 그 아일 지극히 사랑하고, 개도 나를 따르고는 있다만, 결국에 여전히 그 아인 이 집에서 쓸모없는 식객이자 손님이라고 여기는 것 같아. 당연한 일이지만, 자존심이란 게…….

아르카지나 그 아이가 안됐어요! (생각에 잠겨) 취직이라도 하면 어떨까요…….

소린 (휘파람을 분다. 그다음에는 주저하면서) 내가 보기엔 가장 좋은 것은 네가…… 그 아이한테 돈을 주는 거야. 무엇보다도 사람답게 옷을 입어야 하니 말이야. 보렴. 3년이나 똑같은 프록코트를 입고 다니고, 외투도 없이 돌아다니고 있잖아……. (웃는다) 젊은 녀석이 흥취 있게 노는 걸 막을 일은 아니잖니……. 외국으로 나가도 좋고…… 돈도 많이 들지 않으니까.

아르카지나 하지만…… 옷이라면 어떻게 해보겠지만, 외국으로 내보내는 건…… 아니에요. 지금은 옷도 안 됩니다. (단호하게) 나한텐 돈이 없어요!

소린이 웃는다.

없다니까요!

소린 (휘파람을 분다) 그렇구나. 미안하다, 애야. 화를 내진 마라.
널 믿는다……. 넌 관대하고 선량한 여자야.

아르카지나 (눈물을 글썽이며) 돈이 없다니까요!

소린 당연한 일이지만, 나한테 돈이 있으면 그 아이한테 줄 텐데,
5코페이카짜리 동전 한 푼도 없구나. (웃는다) 연금은 청지기가
모조리 가져다가 농사일과 목축, 양봉에 써버려서 헛되이 사라
져버렸어. 벌도 죽고, 암소도 죽어나가는데, 말은 내주지도 않
고…….

아르카지나 그래요. 돈은 있어요. 하지만 저는 배우예요. 몸을 치장
하는 것만으로도 파산할 지경이라고요.

소린 넌 선량하고 사랑스러워……. 널 존경한다……. 그래…… 그
런데 왜 또 이러는 거지……. (조금 비틀거린다) 머리가 빙빙 도
는구나. (식탁을 붙잡는다) 너무 어지러워.

아르카지나 (놀라서) 페트루샤! (그를 부축하려고 애쓰면서) 페트
루샤, 오빠……. (소리친다) 도와주세요! 도와줘요!

머리에 붕대를 감은 트레플료프와 메드베젠코가 들어온다.

어지러우신가 봐!

소린 괜찮아, 괜찮대도……. (미소 짓고 물을 마신다) 벌써 지나갔
다…… 괜찮아…….

트레플료프 (어머니에게) 놀라지 마세요, 엄마. 위험한 건 아니에요.
요새 삼촌은 자주 이러세요. (삼촌에게) 조금 누우셔야겠어요.

소린 조금만, 그래…… 그래도 시내엔 가야겠어……. 조금 누워 있

다가 가마……. 당연한 일이지만……. (지팡이에 의지하면서 걸어간다)

메드베젠코 (그의 팔을 잡는다) 수수께끼입니다. 아침에는 네 발로, 낮에는 두 발로, 저녁에는 세 발로…….

소린 (웃는다) 맞아. 저녁에는 등으로. 고맙소, 나 혼자 걸을 수 있어요…….

메드베젠코 아니 저런, 사양하시기는! (그와 소린이 나간다)

아르카지나 정말로 삼촌 때문에 놀랐구나!

트레플료프 시골에서 사는 게 삼촌께는 해로워요. 우울해 하시거든요. 만일 엄마가 큰마음 먹고 삼촌한테 1500이나 2000루블쯤 빌려드리면 삼촌은 1년 내내 도시에서 사실 수 있을 거예요.

아르카지나 돈이 없다니까. 나는 배우지, 은행가가 아니잖니.

사이.

트레플료프 엄마, 붕대를 좀 갈아주세요. 잘하시잖아요.

아르카지나 (약장에서 붕대가 든 상자와 요오드를 꺼낸다) 의사 선생님이 늦으시는구나.

트레플료프 10시에 오시겠다고 하셨는데, 벌써 한낮이에요.

아르카지나 앉아보거라. (그의 머리에서 붕대를 푼다) 두건을 쓴 것 같구나. 어제 어떤 행인이 부엌에서 네가 어느 나라 사람인지 묻더구나. 상처가 거의 아물었네. 아주 조금만 남았구나. (그의 머리에 키스한다) 내가 없다고 다시 탕탕 하는 건 아니지?

트레플료프 아니에요, 엄마. 그땐 자제할 수 없을 정도로 엄청나게 절망적인 순간이었어요. 더 이상 되풀이하지 않을 거예요. (그녀의 손에 키스한다) 엄만 솜씨가 뛰어나세요. 생각나요. 아주 오래 전에, 엄마가 아직 국립극장에서 일하실 때였는데, 저는 그때 꼬마였어요. 우리 집 마당에서 싸움이 일어났는데, 세 들어 살던 세탁부가 몹시 얻어맞았어요. 생각나세요? 사람들이 기절한 그 여자를 일으켜 세웠고, 엄마는 그 여자한테 약도 주시고, 그 여자 아이들을 씻겨주기도 하셨죠. 정말 생각 안 나세요?

아르카지나 생각 안 나는구나. (새로운 붕대를 감는다)

트레플료프 발레리나 두 명이 우리가 살던 바로 그 집에서 살았는데……. 커피를 마시러 엄마한테 오곤 했잖아요…….

아르카지나 그건 생각난다.

트레플료프 그 사람들은 아주 믿음이 깊었어요.

사이.

요 며칠 동안 저는 어렸을 때 그랬던 것처럼 엄마를 그렇게 부드럽고 무조건적으로 사랑하고 있어요. 지금 나한테는 엄마 말고는 아무도 없어요. 그런데 왜, 어째서 엄만 그 사람을 더 원하시는 거죠?

아르카지나 넌 그분을 모른다, 콘스탄틴. 아주 고상한 분이란다…….

트레플료프 하지만 제가 그 사람에게 결투를 신청할 거라는 말을 듣고는 고상함도 겁쟁이가 되는 것을 막지 못했어요. 떠난다잖아요. 수치스럽게 도망가는 겁니다!

아르카지나 말도 안 되는 소리! 내가 몸소 그분께 여기를 떠나자고 부탁드렸다.

트레플료프 고상한 분이라고요! 저와 엄마는 그 사람 때문에 거의 매일 다투는 지경인데, 그 사람은 지금 객실 어디선가 혹은 정원에서 우릴 조롱하고 있을 겁니다……. 니나를 성숙시켜, 자기가 천재라는 사실을 확신시키려 애쓰고 있다니까요.

아르카지나 나한테 불쾌한 말을 하는 게 네겐 즐거운가 보구나. 그
분을 존경하니까, 내가 있는 곳에서는 그분에 대해 제발 나쁘게
말하지 말아다오.

트레플료프 나는 존경하지 않아요. 엄마는 저도 그 사람을 천재라
고 생각했으면 하지만, 미안해요. 저는 거짓말은 못하겠어요. 저
는 그 사람 작품을 혐오해요.

아르카지나 그건 질투야. 재능은 없고 불평만 하는 사람들은 진짜
재능 있는 사람들을 비난하는 것 말고는 할 수 있는 게 없거든.
그렇고말고, 그게 위안거리지!

트레플료프 (비꼬는 어투로) 진짜 재능 있는 사람들이라고요! (화
를 내며) 말이 나온 김에 하는 말이지만, 나야말로 누구보다도
재능이 있어요! (머리에서 붕대를 뜯어낸다) 당신들, 고집불통
들은 예술에서 첫 번째 자리를 차지하고는 당신들이 만든 것만
을 합법적이고 진정한 것으로 생각하고, 나머지는 억압하고 질
식시키고 있다고요! 난 당신들을 인정하지 않아요! 엄마도, 그
사람도 인정하지 않는다고요!

아르카지나 데카당!

트레플료프 엄마가 사랑하는 극장에 가서 보잘것없고 졸렬한 희곡
이나 연기하세요!

아르카지나 한 번도 그런 희곡을 연기한 적 없어. 날 내버려두거
라! 넌 보잘것없는 보드빌조차 쓰지 못하잖니. 키예프의 속물!
식충이!

트레플료프 수전노!

아르카지나 부랑자!

트레플료프는 앉아서 나직하게 흐느낀다.

쓸모없는 놈! (흥분해서 돌아다니면서) 울지 마라. 그럴 필요 없다……. (운다) 그러지 마……. (그의 이마와 두 뺨과 머리에 키스한다) 사랑하는 내 아이야, 용서하렴……. 죄 많은 어미를 용서해라. 불행한 날 용서하렴.

트레플료프 (그녀를 끌어안는다) 엄마가 아신다면! 전 모든 걸 잃었어요. 그녀는 저를 사랑하지 않아요. 이제 글을 쓸 수도 없어요……. 모든 희망이 사라졌다고요…….

아르카지나 낙심하지 마라……. 다 잘될 게다. 그 사람이 떠나면 그 아이도 다시 널 사랑하게 될 게야. (그의 눈물을 닦아준다) 그렇고말고. 우리 이제 화해한 거다.

트레플료프 (그녀의 손에 키스한다) 네, 엄마.

아르카지나 (부드럽게) 그분과 화해하렴! 결투는 필요 없다……. 그렇지 않니?

트레플료프 좋아요……. 다만 엄마, 그 사람과 마주치지 않게 해주세요. 고통스러워요……. 제 힘에 부쳐요…….

트리고린이 들어온다.

저기 오는군요……. 가겠어요……. (신속하게 약을 약장에 넣는다) 붕대는 의사 선생님이 해주실 거예요…….

트리고린 (책을 뒤적인다) 121쪽…… 11에서 12행……. 여기로군……. (읽는다) "언제라도 내 목숨이 필요하면 와서 가져가."

트레플료프가 마룻바닥에 떨어진 붕대를 치우고 나간다.

아르카지나 (시계를 보고 나서) 곧 말을 내주겠군.

트리고린 (혼잣말로) 언제라도 내 목숨이 필요하면 와서 가져가.

아르카지나 짐은 다 챙긴 거지?

트리고린 (초조하게) 그럼, 그럼……. (생각에 잠겨서) 순수한 영혼의 이런 호소가 어째서 내겐 슬픔으로 들리고, 가슴은 이토록 아프게 조여 오는 걸까? 언제라도 내 목숨이 필요하면 와서 가져가. (아르카지나에게) 하루만 더 머무릅시다!

아르카지나가 부정적으로 머리를 흔든다.

머물러요!

아르카지나 당신을 여기 붙들어 매는 것이 뭔지 알아. 스스로를 통제해! 당신은 조금 취한 거야. 깨어나.

트리고린 당신도 진지하고 신중해져. 부탁인데, 이 모든 걸 진정한 친구의 눈으로 바라보라고……. (그녀의 손을 잡는다) 당신은 희생할 수 있잖아……. 친구가 돼서 날 놓아줘.

아르카지나 (크게 동요하면서) 그렇게까지 매혹됐어?

트리고린 나도 모르게 끌리는 거야! 아마 바로 이것이 내게 필요한 것인지도 몰라.

아르카지나 시골 계집애의 사랑이? 아, 당신은 자신을 너무도 몰라!

트리고린 때때로 사람들은 걸으면서도 잠을 자. 바로 그런 식으로 나는 당신과 이야기하지만, 나 자신은 마치 잠을 자고 꿈속에서 그녀를 보는 것 같아……. 달콤하고도 경이로운 꿈이 나를 사로잡았어……. 나를 놓아줘…….

아르카지나 (몸을 떨면서) 아니, 안 돼……. 난 평범한 여자야. 그런 식으로 말하지 마……. 날 괴롭히지 마, 보리스……. 무서워…….

트리고린 원한다면 당신은 특별한 여자가 될 수 있어. 환상의 세계로 데려가는 젊고 매혹적이며 시적인 사랑, 오직 그것만이 세상에서 행복을 줄 수 있어! 그런 사랑을 아직 난 경험하지 못했어……. 젊어서는 시간이 없었어. 편집실을 자주 들락거리며 가난과 싸웠으니까……. 지금 바로 그것, 그 사랑이 마침내 찾아와서 손짓하고 있어…… 그걸 피하는 게 무슨 의미가 있지?

아르카지나 (분노하면서) 미쳤구나!

트리고린 그래 봐줘!

아르카지나 너희들 모두가 오늘 나를 괴롭히기로 작정을 했구나! (운다)

트리고린 (자기 머리를 움켜쥔다) 이해하지 못하는군! 이해하고 싶어 하지 않아!

아르카지나 나한테 거리낌 없이 다른 여자 이야기를 할 만큼 내가 벌써 그렇게 늙고 추한 거야? (그를 끌어안고 키스한다) 아, 당신은 정신을 잃은 거야! 나의 멋지고 경이로운 사람! 당신은 내 인생의 마지막 페이지야! (무릎을 꿇는다) 나의 기쁨, 나의 긍지, 나의 열락……. (그의 무릎을 끌어안는다) 만일 당신이 한 시간만이라도 나를 버리면, 난 견디지 못하고 미쳐버릴 거야. 나의 멋지고 훌륭한 국왕이시여…….

트리고린 사람들이 들어올지도 몰라. (그녀가 일어나도록 도와준다)

아르카지나 그러라고 해. 난 당신을 향한 사랑이 부끄럽지 않아. (그의 손에 키스한다) 소중한 사람, 분별없는 사람. 당신은 분별없이 행동하고 싶겠지만, 난 아니야. 놓아줄 수 없어……. (웃는다) 당신은 내 거야, 내 거라고……. 이 이마도 내 거고, 눈도 내 거고, 이 비단결 같은 머리털도 내 거야……. 당신의 모든 게 내 거야. 당신은 재능 있고, 현명하며, 현대 작가들 가운데 가장 뛰어나. 당신은 러시아의 유일한 희망이야……. 당신에겐 진솔성과 소박함, 신선함과 건강한 유머가 있어……. 당신은 단 한 줄로 사람이나 풍경의 특징을 전달할 수 있어. 또 당신이 그려낸 사람들은 살아 있는 것 같아. 오, 경탄하지 않고서는 당신 작품을 읽을 수가 없어! 이게 아첨이라고 생각해? 내가 비위 맞추는 거야? 자, 내 눈을 봐…… 보라니까…… 내가 거짓말쟁이 같아? 자, 보라고. 나 혼자만이 당신을 평가하고, 나 혼자만이 당신한테 진실을 말할 수 있어. 사랑스럽고 뛰어난 나의 사람…… 갈 거지? 그렇지? 날 버리지 않을 거지?

트리고린 내겐 의지가 없어……. 내겐 단 한 번도 의지가 없었어……. 무기력하고, 허약하며, 언제나 고분고분했지. 정말로 이런 걸 여자들이 좋아하는 걸까? 날 데려가, 데려가라고. 한 걸음도 자기한테서 떼어놓지 마…….

아르카지나 (혼잣말로) 이제 저 사람은 내 거야. (거리낌 없이, 마치 아무 일도 없었던 것처럼) 하지만 만일 원한다면 남아 있어도 좋아. 나 혼자 갈 테니, 일주일 후에 와. 사실 당신은 서둘 이유가 없잖아?

트리고린 아니야, 함께 가자고.

아르카지나 좋도록 해. 함께 가자면, 그래 함께 가자고…….

사이.

트리고린이 책자에 무엇인가를 써넣는다.

뭐하는 거야?

트리고린 아침에 좋은 표현을 들었거든. "처녀의 침엽수림……" 쓸모 있을 거야. (기지개를 켠다) 그러니까, 가는 거지? 다시 열차, 정거장, 식당, 커틀릿, 대화…….

샤므라예프 (들어온다) 말이 준비되었다는 사실을 비통한 심정으로 알려드리는 바입니다. 존경하는 부인, 정거장으로 출발하실 시각

입니다. 열차는 2시 5분에 도착합니다. 그리고 이리나 니콜라예
브나, 제발 부탁드리오니 잊지 마시고 조사를 좀 해주십시오. 배
우인 수즈달쎄프가 지금 어디 있는지 말입니다. 살아 있는지,
건강한지. 언젠가 우린 어울려서 몇 차례 술을 마셨습니다…….
〈강탈당한 우체국〉에서 그 친군 기막히게 연기했습니다……. 그
때 옐리사베트그라트에는 그 친구와 함께 비극배우인 이즈마일
로프가 있었는데, 그 사람도 뛰어난 배우였죠……. 서두르지 마
세요, 존경하는 부인. 아직 5분 여유가 있습니다. 한번은 멜로드
라마에서 공모자들 가운데 한 사람으로 나왔는데 그들을 덮치는
장면에서 "우린 덫에 걸렸어"라고 해야 하는데, 이즈마일로프가
"우린 더세 걸렸어"라고 했지 뭡니까……. (큰 소리로 웃는다)
더세!…….

샤므라예프가 말하는 동안에 야코프는 여행가방 주변에서 분주히 움직이고,
하녀는 아르카지나에게 모자, 망토, 우산, 장갑을 가져다준다. 모든 사람들이
아르카지나가 옷 입는 것을 도와준다. 왼쪽 문에서 들여다보던 요리사가 잠시
후 쭈볏거리며 들어온다. 폴리나 안드레예브나, 그다음에는 소린과 메드베젠
코가 들어온다.

폴리나 안드레예브나 (작은 바구니를 들고) 가시는 길에 드시라고
　자두를…… 무척 달아요. 가다가 출출하실 것 같아서…….
아르카지나 정말 마음이 넓으시군요, 폴리나 안드레예브나.
폴리나 안드레예브나 안녕히 가세요, 부인. 만일 좋지 않은 점이 있
　었더라도 용서해주세요. (운다)
아르카지나 (그녀를 포옹한다) 모든 게 좋았어요. 전부 좋았어요.
　울지 마세요.
폴리나 안드레예브나 우리 시대가 떠나가고 있답니다!

아르카지나 어떻게 하겠어요!

소린 (어깨 망토가 달린 외투를 입고, 모자를 쓰고, 지팡이를 들고 왼쪽 문에서 나온다. 방을 가로질러 지나오면서) 누이야, 가자. 안 그러면 늦을지도 몰라. 나는 가서 앉아야겠다. (나간다)

메드베젠코 저는 걸어서 정거장으로 가서…… 배웅하겠습니다. 서둘러서……. (나간다)

아르카지나 잘들 있어요, 여러분……. 우리가 살아 있고 건강하다면 여름에 다시 만나요…….

하녀, 야코프 그리고 요리사가 그녀의 손에 키스한다.

날 잊지 말아요. (요리사에게 1루블을 준다) 여러분 세 사람 몫이에요.

요리사 정말로 감사드립니다, 마님. 여행 중에 무사하십시오! 마님 덕에 즐거웠습니다!

야코프 무사히 여행하십시오!

샤므라예프 짧은 편지라도 주시면 기쁠 겁니다! 안녕히 가세요, 보리스 알렉세예비치!

아르카지나 콘스탄틴은 어디 있죠? 떠난다고 전해주세요. 작별인사를 해야 하는데. 나에 대한 나쁜 기억은 잊어주세요. (야코프에게) 요리사에게 1루블을 줬어. 세 사람 몫이야.

모든 사람들이 오른쪽으로 나간다. 무대가 빈다. 무대 뒤에서 전송할 때 생겨나는 소음이 들린다. 자두가 든 바구니를 가지러 하녀가 돌아왔다가 다시 나간다.

트리고린 (돌아오면서) 단장을 잊어버렸어. 필시 저쪽 테라스에 있을 거야. (걸어가다가 왼쪽 문 옆에서 들어오는 니나와 마주친

다) 당신이오? 우린 떠납니다.

니나 우리가 다시 만날 거라고 느꼈어요. (흥분해서) 보리스 알렉세예비치, 확실히 결정했어요. 결정했다고요. 무대로 진출하겠어요. 내일이면 저는 이미 여기 없을 거예요. 아버지를 떠나서 모든 걸 버리고 새로운 인생을 시작할 거예요……. 저는 떠날 거예요. 당신처럼…… 모스크바로. 거기서 만나도록 해요.

트리고린 (주위를 돌아보며) '슬라뱐스키 바자르'에 머물도록 하시오……. 도착하면 즉시 나한테 알리도록 하고……. 몰차노프카 거리, 그로홀스키 건물이오……. 서둘러야 하오…….

사이.

니나 1분만 더…….

트리고린 (낮은 목소리로) 당신은 정말 아름다워요……. 오, 우리가 곧 만날 거라고 생각하니 얼마나 행복한지!

그녀가 그의 가슴에 기댄다.

이렇게 아름다운 눈과 말로 표현할 수 없이 예쁘고 부드러운 미소를 다시 볼 수 있다니……. 이 온순한 얼굴과 천사 같은 순수한 표정을…… 내 사랑…….

길게 이어지는 키스.

막.

3막과 4막 사이에는 2년의 시간이 흐른다.

4막

콘스탄틴 트레플료프가 작업실로 개조한, 소린의 집에 있는 객실 가운데 하나. 왼쪽과 오른쪽에는 내실로 통하는 문. 정면에는 테라스로 나가는 유리문. 통상적인 객실 가구 이외에 왼쪽 모퉁이에는 책상이 있고, 왼쪽 문 옆에는 터키식 소파와 책장이 있으며, 창과 의자 위에는 책이 놓여 있다. 저녁. 갓 아래서 램프 하나가 불타고 있다. 어둑하다. 나무들이 흔들리며 내는 소리와 굴뚝에서 바람이 울부짖는 소리가 들린다. 야경꾼이 딱따기를 두드린다. 메드베젠코와 마샤가 들어온다.

마샤 (부른다) 콘스탄틴 가브릴르이치! 콘스탄틴 가브릴르이치! (주위를 둘러보면서) 아무도 없네. 코스챠는 어디 있니, 코스챠는 어디 있어, 하고 노인네가 계속해서 물어보시니……. 그 사람 없으면 사실 수 없나 봐요…….

메드베젠코 고독이 두려우신 게지. (귀를 기울이면서) 정말이지 무시무시한 날씨야! 벌써 이틀째라고.

마샤 (램프의 불을 키우면서) 호수에 파도가 일어요. 엄청나군요.

메드베젠코 정원이 어둡군. 정원에 있는 저 무대를 치우라고 말해야 하는데. 해골처럼 벌거벗은 채 흉하게 서 있는데다가, 바람 때문에 장막이 소리를 내는구먼. 어젯밤에 그 옆을 지나는데 거기서 누군가가 울고 있는 것 같더라고.

마샤 자, 그러니까…….

448

사이.

메드베젠코 갑시다, 마샤. 집으로!

마샤 (부정적으로 고개를 젓는다) 여기 남아서 밤을 보내겠어요.

메드베젠코 (간청하듯) 마샤, 가자고! 우리 어린것이 필시 배고플
거야.

마샤 별거 아니에요. 마트료나가 젖을 먹일 거예요.

사이.

메드베젠코 애가 안됐어. 벌써 사흘 밤이나 엄마가 곁에 없었으니.

마샤 당신은 따분해졌어요. 예전에는 그래도 철학적인 얘기라도
하더니, 요즘엔 계속해서 어린애, 집으로, 어린애, 집으로 타령
만 하니. 더 이상 다른 말은 들을 수가 없어요.

메드베젠코 갑시다, 마샤!

마샤 당신 혼자 가요.

메드베젠코 당신 아버지가 나한테 말을 주시지 않을 거야.

마샤 주실 거예요. 부탁하면 주실 거예요.

메드베젠코 좋아, 부탁해보지. 그러니까, 당신은 내일 오는 거야?

마샤 (담배 냄새를 맡는다) 그래요, 내일. 귀찮게 따라다니기
는……

트레플료프와 폴리나 안드레예브나가 들어온다. 트레플료프는 베개와 담요,
폴리나 안드레예브나는 침대 시트를 가져와서 터키식 소파에 내려놓는다. 그
다음에 트레플료프는 자신의 탁자로 가서 앉는다.

이건 왜, 엄마?

폴리나 안드레예브나 표트르 니콜라예비치가 코스챠 옆에 자리를 펴 달라고 하셨거든.

마샤 쥐요, 내가……. (이부자리를 편다)

폴리나 안드레예브나 (한숨을 쉬고 나서) 나이 들면 어린애 같아져 서……. (책상으로 다가간다. 그리고 팔꿈치를 괸 채 원고를 들여다본다)

사이.

메드베젠코 그렇다면 가겠어. 잘 있어, 마샤. (아내의 손에 키스한다) 안녕히 계세요, 어머님. (장모의 손에 키스하려고 한다)

폴리나 안드레예브나 (기분 나쁘게) 뭐야! 잘 가게.

메드베젠코 안녕히 계세요, 콘스탄틴 가브릴르이치.

트레플료프가 말없이 손을 내민다. 메드베젠코가 나간다.

폴리나 안드레예브나 (원고를 보면서) 코스챠, 당신이 진짜 작가가 될 거라고는 누구도 생각하지 못했죠. 그런데 고맙게도 잡지사에서 이렇게 돈을 부쳐오다니요. (한 손으로 그의 머리를 쓰다듬는다) 멋쟁이가 되었어요……. 사랑스런 코스챠. 나의 마센카를 조금만 정답게 대해줘요.

마샤 (자리를 펴면서) 그 사람 놔두세요, 엄마.

폴리나 안드레예브나 (트레플료프에게) 괜찮은 아이예요.

사이.

코스챠, 여자들한텐 아무것도 필요 없어요. 그저 다정하게 봐주면 그만이죠. 경험으로 알아요.

트레플료프가 탁자에서 일어나 말없이 나가버린다.

마샤 화나게 했잖아요. 귀찮게 따라다녀야 했나요!
폴리나 안드레예브나 네가 불쌍해서 그래, 마셴카.
마샤 그렇기도 하겠죠!
폴리나 안드레예브나 너 때문에 내 마음이 찢어질 듯 아파. 다 보고, 다 알고 있어.
마샤 모두 바보 같은 짓이에요. 희망 없는 사랑, 그건 소설에서나 있는 거예요. 쓸데없는 짓이에요. 자기 자신을 망쳐도, 계속 무엇인가를 기다려도, 좋은 기회를 바라는 것도 안 돼요……. 가슴속에 사랑이 생겨나면 쫓아버려야 해요. 남편을 다른 곳으로 보내주겠다고 약속했대요. 그리로 가면 모든 걸 잊게 되겠죠……. 가슴에서 뿌리째 뽑아버릴 거예요.

다른 방에서 음울한 왈츠가 연주된다.

폴리나 안드레예브나 코스챠가 연주하는구나. 괴로워하는 거야.
마샤 (왈츠에 맞춰 소리 나지 않게 두 세 바퀴 돈다) 중요한 건, 엄마. 눈앞에 보이지 않는 거예요. 세묜을 전근시켜주기만 하면 거기서 한 달 안에 잊어버릴 테니까, 믿어주세요. 이 모든 건 쓸데없는 짓이에요.

왼쪽 문이 열리고 도른과 메드베젠코가 소린이 탄 휠체어를 밀고 온다.

메드베젠코 우리 식구는 모두 여섯이에요. 그런데 밀가루는 1푸드에 70코페이카나 한다니까요.

도른 또 시작이군.

메드베젠코 만족해서 웃으시는군요. 암탉들이 선생님 돈을 쪼아 먹지 않으니까요.

도른 돈 말이오? 이보시오, 밤이고 낮이고 가리지 않고 30년 동안 사람들을 치료한 대가로 고작 2000루블을 저축했다오. 그것도 얼마 전에 외국에서 모조리 써버렸소. 아무것도 남은 게 없다, 그 말이오.

마샤 (남편에게) 가지 않았어요?

메드베젠코 (미안한 얼굴로) 그러게? 도통 말을 줘야 말이지!

마샤 (쓰라리게 울화가 치민 얼굴로, 속삭이듯) 당신을 보지 않았으면!

휠체어가 방의 왼쪽 가운데서 멈춘다. 폴리나 안드레예브나, 마샤 그리고 도른이 그 옆에 앉는다. 서글픈 표정의 메드베젠코가 한쪽으로 물러난다.

도른 여기도 무척 변했군요! 객실을 서재로 만들다니.

마샤 콘스탄틴 가브릴르이치가 여기서 일하는 게 더 편하대요. 원할 때면 정원으로 나가서 생각할 수도 있고요.

야경꾼이 딱따기를 두드린다.

소린 누이는 어디 있나?

도른 트리고린을 맞이하러 정거장에 갔습니다. 곧 돌아올 겁니다.

소린 의사 양반이 누이를 이곳으로 불러오라고 한 걸 보면 내 병이 위중한 모양이오. (잠시 침묵한 다음) 내 병이 위중한데도 아무 약도 주지 않으니, 무슨 일인지.

도른 뭘 바라세요? 신경안정제? 소다? 키니네를 드릴까요?

소린 저런, 또 철학이 시작되는군. 오, 이 무슨 형벌이란 말인가! (머리로 소파를 가리킨다) 내가 누울 자리를 편 거요?

폴리나 안드레예브나 그렇습니다, 표트르 니콜라예비치.

소린 고마워요.

도른 (노래한다) "달은 밤하늘을 떠가고……"

소린 코스챠에게 이야깃거리를 주고 싶군. 제목은 '무엇인가 하고 싶었던 인간' 그러니까 'L'homme, qui a voulu'라고 해야 할 거야. 언젠가 젊었을 때 나는 문사가 되고 싶었지만 되지 못했소. 멋지게 말하고 싶었지만 혐오스럽게 말했어요. (자신을 놀린다) "그래서 모든 게 그렇고 그런 게 아니라……." 몇 가지만 생각해도 땀이 날 지경이오. 결혼하고 싶었는데 결혼하지 못했어. 언제나 도시에서 살고 싶었는데, 바로 여기 시골에서 생을 마치고 있으니, 그것 참.

도른 4등관이 되려고 하셨는데, 되셨잖아요.

소린 (웃는다) 노력해서 그리 된 게 아니에요. 저절로 그렇게 된 겁니다

도른 예순두 살의 나이에 인생에 대한 불만을 드러내는 것은 협량한 겁니다.

소린 고집불통이시군. 나는 살고 싶다, 그 말이오!

도른 그건 경박한 짓입니다. 자연법칙에 따라 모든 생명 있는 것은 끝이 있게 마련이에요.

소린 선생은 배부른 사람처럼 생각해요. 배가 부르니까 인생에 냉담한 거요. 선생한텐 모든 게 마찬가지니까 말이오. 하지만 죽는다는 건 아무리 선생이라도 두려울 거요.

도른 죽음의 공포, 그것은 동물의 공포입니다……. 그걸 억눌러야 합니다. 자기가 지은 죄 때문에 두려워하는, 영생을 믿는 자들만

이 의식적으로 죽음을 두려워하는 거예요. 그런데 당신은 우선 믿음이 없고, 둘째로 당신한테 무슨 죄가 있습니까? 25년 동안 법무부에서 근무한 게 전부잖아요.

소린 (웃는다) 28년이오…….

트레플료프가 들어와서 소린의 발치에 놓인 의자에 앉는다. 마샤는 한시도 그에게서 눈을 떼지 않는다.

도른 우리가 콘스탄틴 가브릴로비치가 일하는 걸 방해하고 있군요.

트레플료프 아닙니다, 괜찮습니다.

사이.

메드베젠코 물어봐도 되겠습니까, 선생님. 외국의 어느 도시가 가장 마음에 드십니까?

도른 제노바요.

트레플료프 어째서죠?

도른 그곳의 거리에는 군중이 뛰어납니다. 저녁에 호텔에서 나가면 거리 전부가 인파로 넘쳐 납니다. 그래서 군중 속에서 아무런 목적도 없이 이리저리로, 굽이진 길을 따라 움직이고, 군중과 함께 생활하며, 군중과 함께 심리적으로 결합하면 언젠가 당신 희곡에서 니나 자레츠나야가 연기했던 바로 그런 세계 영혼이 실제로 가능하다는 사실이 믿어지기 시작하는 겁니다. 그건 그렇고, 지금 자레츠나야는 어디 있나요? 어디서 어떻게 지내나요?

트레플료프 아마 건강할 겁니다.

도른 사람들 말로는 특별한 인생을 살았다고 하던데요. 어떻게 된 겁니까?

트레플료프 선생님, 그건 긴 이야깁니다.

도른 짤막하게 말해봐요.

사이.

트레플료프 그 여자는 집을 나가서 트리고린과 동거했습니다. 이건 선생님도 아시죠?

도른 알아요.

트레플료프 아이가 있었어요. 아이는 죽었습니다. 트리고린은 그녀가 싫증났고, 그래서 예전에 사랑하던 사람들에게로 돌아갔죠. 충분히 예견된 일이었지만요. 그는 예전 사람들을 결코 정리한 게 아니었습니다. 다만 의지박약 때문에 교묘하게 이쪽과 저쪽 모두를 갈무리했던 겁니다. 제가 알고 있는 것에서 유추하건대 니나의 생활은 완전한 실패였습니다.

도른 연극은요?

트레플료프 더 안 좋은 것 같습니다. 모스크바 근교에 있는 별장 극장에서 데뷔했고, 그다음에 지방으로 갔습니다. 그때 저는 그녀를 놓치지 않으려고 한동안은 그녀가 가는 곳이면 어디든 따라갔습니다. 그녀는 계속해서 비중 있는 배역을 맡았지만, 거칠고 무미건조하게, 우는 소리와 격한 몸짓으로 연기했어요. 재능 있게 소리 지르고, 재능 있게 죽는 순간들도 있었지만, 그건 어쩌다 한 번에 지나지 않았습니다.

도른 그러니까 어쨌든 재능이 있긴 있군요?

트레플료프 이해하기 어려웠습니다. 필시, 있겠지요. 저는 그녀를 보았지만, 그녀는 저를 보고 싶어 하지 않았습니다. 하녀가 저를 그녀의 방으로 들여보내지 않았어요. 그 여자의 기분을 이해했기 때문에 만나달라고 고집 피우지는 않았습니다.

사이.

더 무슨 말을 할까요? 그다음에 저는 집으로 돌아와서 그녀가 보낸 편지를 받았어요. 똑똑하고 따뜻하며 재미있는 편지였죠. 그녀는 불평하지 않았지만, 그녀가 몹시 불행하다는 걸 느낄 수 있었어요. 글마다 병적이고, 팽팽하게 긴장된 감정이 느껴졌으니까요. 상상력도 다소 무뎌졌고요. 그녀는 '갈매기'라고 서명했습니다. 〈류살카〉에서 방앗간 주인은 자기가 까마귀라고 말하는데, 그런 식으로 그녀는 편지에서 자기가 갈매기라고 계속 되풀이했습니다. 지금 그녀는 이곳에 있어요.

도른 아니 어떻게 이곳에 있죠?

트레플료프 시내 여인숙에 있습니다. 벌써 닷새째 여인숙에서 지내고 있습니다. 저도 그녀에게 갔고, 마리야도 다녀왔습니다만, 그녀는 아무도 들이지 않아요. 세묜 세묘노비치도 어제 점심시간이 지난 시각에 여기서 2베르스타 떨어진 들판에서 그녀를 보았다고 하더군요.

메드베젠코 네, 봤습니다. 시내 쪽으로 걸어가고 있었지요. 저는 인사를 하고 왜 우리를 찾아오지 않느냐고 물었습니다. 그랬더니 한번 들르겠다고 말하더군요.

트레플료프 오지 않을 겁니다.

사이.

아버지와 계모는 그녀를 무시하고 있습니다. 심지어 그녀가 집 근처에 오지 못하게 하려고 도처에 야경꾼들까지 풀어놨으니까요. (의사와 함께 책상 쪽으로 간다) 종이 위에서 철학자가 되는 건 정말 쉬운데, 실제로 철학자가 되는 건 너무도 어렵습니다,

선생님!

소린 매혹적인 아가씨였는데.

도른 뭐라굽쇼?

소린 매혹적인 아가씨였다고 말했소. 4등 문관인 이 소린조차도
얼마 동안은 그 아가씨를 사랑했으니까 말이오.

도른 늙은 호색한이로군요.

샤므라예프의 웃음소리가 들린다.

폴리나 안드레예브나 집안사람들이 정거장에서 돌아오셨나 봐요.

트레플료프 네, 엄마 목소리가 들리네요.

아르카지나와 트리고린이 들어온다. 그들 뒤를 따라서 샤므라예프가 들어온다.

샤므라예프 (들어오면서) 우리 모두가 늙어가고 자연의 영향력 아
래 사라져가고 있는데, 존경하는 부인께서는 여전히 젊으시군
요……. 밝은 코트에 생기가 넘치고…… 우아하시니…….

아르카지나 다시 나를 저주하고 싶은 거죠, 따분한 양반 같으니!

트리고린 (소린에게) 안녕하십니까, 표트르 니콜라예비치! 왜 이렇
게 늘 아프신 겁니까? 좋지 않습니다! (마샤를 보고 나서, 기쁜
표정으로) 마리야 일리니츠나!

마샤 알아보시겠어요? (그의 손을 잡는다)

트리고린 결혼했나요?

마샤 오래됐어요.

트리고린 행복하세요? (도른과 메드베젠코와 인사를 나눈다. 그다
음에 주저하는 걸음으로 트레플료프에게 다가온다) 이리나 니
콜라예브나 말씀으로는 당신이 이미 옛일은 잊어버렸고, 화도

내지 않는다고 하더군요.

트레플료프가 그에게 손을 내민다.

아르카지나 (아들에게) 보리스 알렉세예비치가 너의 신작 단편이
실린 잡지를 가져오셨단다.
트레플료프 (책을 받으면서 트리고린에게) 감사합니다. 정말 친절
하시군요.

사람들이 앉는다.

트리고린 숭배자들이 당신에게 인사를 보냅니다……. 페테르부르
크와 모스크바에서 사람들은 온통 당신에 대해 관심을 갖고, 사
람들은 계속해서 나한테 당신에 관해 물어보곤 합니다. 어떤 사
람이냐, 나이는 얼마냐, 갈색머리나 금발이냐 하는 것들을 물어
요. 무슨 영문인지 몰라도 사람들은 당신이 젊지는 않을 거라고
생각하고 있더군요. 그리고 당신 본명을 아는 사람은 아무도 없
습니다. 그도 그럴 것이 당신은 필명으로 책을 내고 있으니 말입
니다. 당신은 철가면처럼 비밀에 싸여 있는 겁니다.
트레플료프 오래 머무실 예정인가요?
트리고린 아닙니다. 내일 모스크바로 갈 생각입니다. 가야 합니다.
중편을 서둘러서 끝내야 하거든요. 그다음엔 모음집에 무엇인가
써주기로 약속했어요. 한마디로 빤한 얘깁니다.

그들이 이야기를 나누는 동안 아르카지나와 폴리나 안드레예브나가 카드용 탁
자를 방 가운데로 가져와 펼친다. 샤므라예프는 촛불을 켜고, 의자 몇 개를 가
져다 놓는다. 책장에서 로토를 꺼낸다.

날씨가 나를 무뚝뚝하게 맞이하는군요. 바람이 대단합니다. 내일 아침에 바람이 멎으면 호수로 낚시하러 가렵니다. 정원과 당신의 희곡이 공연됐던 그곳도 살펴봐야겠어요. 기억하시죠? 모티프가 무르익었지만, 사건 장소를 기억 속에 새롭게 해야 하기 때문이죠.

마샤 (아버지에게) 아빠, 남편에게 말을 내주세요! 저이는 집에 가야 해요.

샤므라예프 (놀린다) 말을…… 집에……. (엄격하게) 너도 봤잖니. 방금 전에 정거장에 다녀온 걸 말이다. 다시 내몰 수는 없어.

마샤 하지만 다른 말도 있잖아요……. (아버지가 침묵하는 걸 보면서 손을 내젓는다) 아버지와 말하는 것은…….

메드베젠코 마샤, 걸어가겠어. 사실…….

폴리나 안드레예브나 (한숨 쉬고 나서) 걸어서, 이런 날씨에……. 카드용 탁자에 앉는다) 자, 여러분.

메드베젠코 그래 봐야 겨우 6베르스타니까요……. 안녕히……. (아내의 손에 키스한다) 안녕히 계세요, 장모님.

장모는 그에게 키스하라고 마지못해 손을 내민다.

누구도 번거롭게 하고 싶지 않지만, 어린애가……. (모두에게 인사한다) 안녕히 계십시오……. (미안한 걸음걸이로 나간다)

샤므라예프 아마 걸어갈 수 있을 겁니다. 장군도 아니니까요.

폴리나 안드레예브나 (탁자를 두드린다) 자, 여러분. 시간을 낭비하지 맙시다. 곧 저녁 먹으라고 부르러 올 테니까요.

샤므라예프, 마샤 그리고 도른이 탁자에 앉는다.

아르카지나 (트리고린에게) 기나긴 가을밤이 찾아오면 여기서는 로토게임을 한답니다. 자, 보세요. 어머니가 살아계셨을 때 썼던 낡은 로토예요. 저녁식사 전까지 우리와 함께 한 게임 하지 않으시겠어요? (트리고린과 함께 탁자에 앉는다) 지루한 게임이지만, 일단 익숙해지면 그런대로 괜찮습니다. (모두에게 세 장씩 카드를 나눠준다)

트레플료프 (잡지를 넘겨보면서) 자기 소설은 다 읽었으면서도, 내 작품은 표시도 해놓지 않았군. (잡지를 책상에 내려놓는다. 그리고 왼쪽 문으로 걸어간다. 어머니 옆을 지나가다가 그녀의 머리에 키스한다)

아르카지나 근데 코스챠, 넌?

트레플료프 미안하지만, 어쩐지 하고 싶지 않네요……. 조금 걷다 올게요. (나간다)

아르카지나 판돈은 10코페이캅니다. 제 것도 좀 대주세요, 선생님.

도른 알겠습니다요.

마샤 다들 거셨어요? 시작합니다……. 22!

아르카지나 있어요.

마샤 3!

도른 좋습니다!

마샤 3에 거셨죠? 8! 81! 10!

샤므라예프 서둘지 마라.

아르카지나 여러분, 하리코프에서 사람들이 날 어찌나 환대하던지, 지금까지 머리가 빙글빙글 돌 지경이에요!

마샤 34!

무대 뒤에서 음울한 왈츠가 연주된다.

아르카지나 대학생들이 박수를 치고…… 바구니 세 개와 두 개의 화환 그리고 바로 이것도……. (가슴에서 브로치를 빼내서 탁자 위로 던진다)

샤므라예프 그렇군요. 진짜 좋은데요.

마샤 50!

도른 정확히 50인가요?

아르카지나 기막힌 옷차림이었어요……. 어쨌거나 내가 옷 입는 건 잘하잖아요.

폴리나 안드레예브나 코스챠가 연주하는군요. 울적한가 봐요, 불쌍한 사람.

샤므라예프 신문에서는 아주 혹평을 해대고 있습니다.

마샤 77!

아르카지나 관심 있으신가 봐요.

트리고린 저 사람은 운이 없어요. 지금껏 자신의 진정한 어조를 찾아내지 못하고 있습니다. 무엇인가 이상하고, 불명확하며, 때로는 헛소리 비슷하기도 합니다. 살아 있는 사람이라곤 하나도 없습니다.

마샤 11!

아르카지나 (소린을 돌아보면서) 페트루샤, 무료해요?

사이.

주무시네.

도른 4등 문관이 주무시네요.

마샤 7! 90!

트리고린 만일 내가 호숫가에 있는 이런 집에서 살았다면 소설을 썼을까요? 나의 내부에 있는 그런 욕망을 억누르고 오로지 낚시나 했을 겁니다.

마샤 28!

트리고린 잉어나 농어를 잡는다는 건 엄청난 행복이니까요!

도른 근데 나는 콘스탄틴 가브릴르이치를 믿습니다. 뭔가가 있어요! 뭔가 있다고요! 그는 형상으로 생각하고, 그의 소설은 그림 같고 생생합니다. 난 그것을 강력하게 느낍니다. 다만 아쉬운 것은 그가 명확한 과제를 가지고 있지 않다는 겁니다. 인상을 만들어내기는 하는데, 더 이상은 없어요. 아시다시피 인상만 가지고는 멀리 가지 못하잖아요. 이리나 니콜라예브나, 작가 아드님을 두셔서 기쁘시겠어요.

아르카지나 근데요, 아직 작품도 못 읽었어요. 시간이 없어서.

마샤 26!

트레플료프가 조용히 들어와서 책상으로 걸어간다.

샤므라예프 (트리고린에게) 보리스 알렉세예비치, 여기에 당신 물건이 남아 있습니다.

트리고린 어떤 물건 말입니까?

샤므라예프 언젠가 콘스탄틴 가브릴르이치가 갈매기를 총으로 쏘아서 잡았는데, 당신이 그걸 박제로 만들어달라고 부탁하셨어요.

트리고린 기억이 안 나는데요. (망설이면서) 생각나지 않아요!

마샤 66! 1!

트레플료프 (창문을 열고 귀를 기울인다) 정말로 어둡군! 왜 이렇게 불안한지 모르겠네.

아르카지나 코스챠, 창문을 닫아. 바람 불잖아.

트레플료프가 창문을 닫는다.

마샤 88!

트리고린 다 됐습니다, 여러분.

아르카지나 (유쾌하게) 브라보! 브라보!

샤므라예프 브라보!

아르카지나 이분은 언제 어디서나 운이 좋아요. (일어선다) 이제 뭘 좀 먹으러 가십시다. 우리 저명인사께서는 점심도 안 드셨으니까요. 저녁식사 후에 계속합시다. (아들에게) 코스챠, 원고는 놔두고 저녁 먹으러 가자.

트레플료프 먹고 싶지 않아요, 엄마. 배불러요.

아르카지나 좋도록 해라. (소린을 깨운다) 페트루샤, 저녁 드세요! (샤므라예프의 팔짱을 낀다) 하리코프에서 어떤 대접을 받았는지 얘기해드리죠…….

폴리나 안드레예브나가 탁자 위의 촛불을 끈다. 그다음에 그녀와 도른은 휠체어를 밀고 간다. 모든 사람이 왼쪽 문으로 나간다. 무대에는 오직 트레플료프만이 남아 있다.

트레플료프 (쓰려고 하다가 이미 써 놓은 것을 훑어본다) 새로운 형식에 대해 그토록 많은 말을 해놓고는, 이제 나 스스로가 점점 판에 박힌 형식에 빠져드는 느낌이야. (읽는다) "담장 위의 포스터에 적혀 있기를…… 검은 머리털에 둘러싸인 창백한 얼굴은……." 적혀 있기를, 둘러싸인…… 이건 졸렬해. (지운다) 빗소리가 주인공을 깨우는 것으로 시작하고, 나머지는 전부 없애야겠군. 달밤에 대한 묘사가 길지만 세련됐어. 트리고린은 자신만의 기법을 터득해서 쉽사리…… 그 사람 경우에는 깨진 병의 모가지가 제방 위에서 빛나고, 물레방아 바퀴의 그림자가 어둑해진다고 하면 달밤이 준비되는 거야. 그런데 내 경우에는 흔들리는 빛과 별들의 고요한 반짝임, 그리고 고요하고 향기로운 대기 속에서 사라져가는 피아노의 머나먼 소리…… 이건 참을 수 없어. 그래, 문제는 낡은 형식이나 새로운 형식에 있는 것이 아니라, 인간이 쓴다는 것에 있어. 어떤 형식인지 생각하지 않고서 쓴다는 것이 문제야. 왜냐하면 그것은 글쓴이의 영혼에서 자유롭게 흘러나오기 때문이야.

누군가가 책상 가까운 곳에 있는 창문을 두드린다.

이건 뭐지? (창문을 본다) 아무것도 안 보이는데…… (유리문을 열고 정원을 바라본다) 누군가 계단 아래로 뛰어가는군. (소리친다) 누구요? (나간다. 그가 테라스 쪽으로 서둘러 걸어가는 소리가 들린다. 잠시 후에 그가 니나 자레츠나야와 함께 돌아온다) 니나! 니나!

니나가 그의 가슴에 머리를 묻고 숨죽여 흐느낀다.

(감동해서) 니나! 니나! 당신…… 당신이……. 당신을 보려고 온종일 내 마음이 무섭도록 괴로웠나 봅니다. (그녀의 모자와 재킷을 벗긴다) 오, 내 사랑, 내 연인, 그녀가 돌아왔어! 울지 말아요, 울지 말아요.

니나 여기 누군가 있는 거죠.

트레플료프 아무도 없어요.

니나 문을 잠그세요. 누가 들어올지 모르니까요.

트레플료프 아무도 들어오지 않을 겁니다.

니나 이리나 니콜라예브나가 여기 계시다는 거 알아요. 문을 잠그세요…….

트레플료프 (열쇠로 오른쪽 문을 걸고 왼쪽 문으로 다가간다) 여긴 자물쇠가 없어요. 안락의자로 막겠어요. (문 앞에 안락의자를 가져다 놓는다) 아무도 들어오지 않을 테니 두려워하지 말아요.

니나 (그의 얼굴을 뚫어져라 들여다본다) 당신 얼굴을 보게 해주세요. (주위를 둘러보면서) 따뜻하고, 좋아요……. 그때 여긴 객실이었어요. 나, 많이 변했죠?

트레플료프 그래요……. 조금 말랐고, 그래서 눈이 커졌군요. 니나, 당신을 보고 있으니 어쩐지 이상하군요. 왜 당신은 날 만나주지 않은 겁니까? 어째서 지금까지 찾아오지 않은 건가요? 당신이 거의 일주일 동안이나 이곳에서 지내고 있다는 걸 알고 있어요……. 매일 몇 번이고 당신한테 가서 마치 거지처럼 창문 아래 서 있었습니다.

니나 당신이 날 미워하지나 않을까 두려웠어요. 당신이 나를 보고도 알아보지 못하는 꿈을 매일 밤 계속 꾸었어요. 당신이 알아주신다면! 도착하던 날부터 줄곧 이리로…… 호수 근처로 오곤 했죠. 당신 집 근처에도 여러 번 왔지만 들어올 결심을 못했어요. 우리 앉아요.

자리에 앉는다.

앉아서 말하고 또 말해요. 여긴 좋아요. 따뜻하고, 안락하고…… 들리세요, 바람 소리? 투르게네프 작품에 이런 대목이 있죠. "이런 밤에 지붕 아래 앉아 있는 사람과 따뜻한 모퉁이를 가진 사람은 행복하다." 난 갈매기예요…… 아니, 그게 아니에요. (이마를 문지른다) 무슨 말을 했죠? 그래요…… 투르게네프……. "그리하여 하느님께서는 갈 곳 없는 모든 방랑자들을 도와주실 터이니……" 괜찮아요. (흐느낀다)

트레플료프 니나, 당신 또······. 니나!

니나 괜찮아요. 이러면 마음이 훨씬 가벼워요······. 벌써 2년 동안 이나 울지 못했어요. 어젯밤 늦게 정원을 보러, 우리 무대가 온 전한지 보려고 왔어요. 지금까지도 서 있더군요. 2년 만에 처음 으로 울었더니 편해졌어요. 마음도 훨씬 밝아졌고요. 보세요, 이 제 울지 않아요······. (그의 손을 잡는다) 그러니까, 당신은 이제 작가가 된 거죠······. 당신은 작가, 난 배우······. 나와 당신은 순 환 속으로 빠져든 거예요······. 아침에 일어나 노래하는 어린아 이처럼 난 즐겁게 살았죠. 당신을 사랑했고, 명성을 꿈꾸었는데, 지금은? 내일 아침 일찍 삼등열차로 옐레쓰로 가야 해요······. 농부들과 함께. 옐레쓰에서는 교양 있는 상인들이 아침을 해대 며 귀찮게 따라다닐 거예요. 생활이 거칠죠!

트레플료프 옐레쓰에는 왜 가죠?

니나 겨우내 고용됐거든요. 이제 가야해요.

트레플료프 니나, 나는 당신을 저주하고 미워했으며, 당신의 편지 와 사진을 찢어버렸어요. 하지만 내 영혼은 영원히 당신과 동여 매어져 있다는 것을 한 번도 잊은 적 없어요. 당신을 미워할 수 없어요, 니나. 당신을 잃어버린 그때부터, 작품이 출판되기 시작 한 그때부터 인생은 견딜 수 없이 괴로웠습니다······. 느닷없이 내 젊음이 뜯겨져나가서 난 벌써 이 세상에서 900년은 산 것 같 아요. 나는 당신을 부르고, 당신이 다녔던 땅에 키스합니다. 어 디를 보든 당신의 얼굴과, 내 인생의 좋았던 시절에 나를 비추었 던 이 부드러운 미소가 떠오르는 겁니다······.

니나 (당황해하면서) 어째서 이 사람은 이렇게 말하는 거지, 왜 이 렇게 말하는 거야?

트레플료프 나는 고독합니다. 그 어떤 애착도 나를 데우지 못하고, 지하 동굴에 있는 것처럼 추워요. 그래서 무엇을 쓰든 그 모든 것은 메마르고 냉담하며 음울합니다. 여기 남아주세요, 니나. 제발 부탁합니다. 아니면 당신과 함께 떠나게 해주세요!

니나가 서둘러 모자를 쓰고, 재킷을 입는다.

니나, 왜 그래요? 제발, 니나……. (그녀가 옷 입는 것을 바라본다)

사이.

니나 곁문에 말이 있어요. 나오지 마세요. 혼자 가겠어요…… (눈물을 글썽이며) 물 좀 주세요…….
트레플료프 (그녀가 충분히 마시도록 한다) 이제 어디로 갈 건가요?
니나 시내로요.

사이.

이리나 니콜라예브나는 여기 계세요?
트레플료프 네……. 목요일부터 삼촌 건강이 안 좋으셨어요. 어머니께서 전보를 쳐서 오시라고 했어요.
니나 내가 다녔던 땅에 키스했다고 왜 말한 거죠? 나를 죽여야 하는데요. (책상에 기댄다) 너무나 지쳤어요! 쉬었으면…… 쉬었으면! (머리를 든다) 난 갈매기예요. 아니에요. 난 배우예요. 그래, 맞아요! (아르카지나와 트리고린의 웃음소리를 듣고 나서 귀를 기울인다. 그리고는 왼쪽 문으로 달려가더니 자물쇠 구멍으로 들여다본다) 그이도 여기 있군요……. (트레플료프에게 돌아오면서) 네, 그래요…… 괜찮아요…… 그래요…… 그이는 연극을 믿지 않았고, 항상 나의 열망을 비웃었어요. 그래서 점점 나도 믿지 않게 되었고, 의기소침해졌죠……. 게다가 사랑의 심려, 질투, 어린애에 대한 끊임없는 두려움……. 나는 점점 소심하고 하잘것없는 인간이 돼버렸고, 어리석게 연기했어요……. 두 손을 어떻게 해야 할지 몰랐고, 무대에 제대로 서 있지도 못했으며, 목소리를 제어하지도 못했어요. 끔찍하게 연기하고 있다는 걸 느끼는 그런 상황을 당신은 이해하지 못할 겁니다. 난 갈매기예요. 아니, 아니에요……. 당신이 갈매기를 총으로 쏜 거 기억해요? 우연히 한 사내가 와서 보고는 아무런 할 일이 없어서 파멸시키는 거예요……. 작은 이야기를 위한 줄거리죠……. 이게 아닌데……. (이마를 문지른다) 무슨 말을 했더라? 연극에 대해 말하겠어요. 난 이제 진짜 배우예요. 기쁨과 희열을 가지고 연기하고, 무대에서 도취하며, 나 자신이 아름답다고 느낍니다. 그리고 지금, 내가 여기 살아 있는 동안에 나는 계속 걷고 또 걸으며 생각하고 또 생각해요. 그리고 날마다 나의 정신적인 힘이 성장하는 걸 느껴요……. 이제 난 알아요, 코스챠. 우리가 하는 일에서, 그것이 무엇이든 간에, 무대에서 연기를 하든, 글을 쓰든 간에 중요한 것은 영광이나 광채가 아니에요. 내가 열망했던 것이 아니라, 참을 수 있는 능력이에요. 자신의 운명을 지고 나가거라. 그리고 믿어라. 난 믿어요. 그래서 난 그렇게 아프지 않아요. 나의 사명을 생각할 때면, 난 삶이 두렵지 않아요.

트레플료프 여기 있어요. 저녁식사를 내올 테니까…….

니나 아니에요, 아닙니다…… 나오지 말아요. 혼자 갈 테니까요……. 말이 가까이 있어요……. 그러니까 그녀가 그이를 데려온 거로군요? 뭐 마찬가지죠. 트리고린을 보게 되면 아무 말도 하지 마세요…… 그이를 사랑해요. 예전보다 훨씬 더 강렬하게 그이를 사랑해요……. 작은 이야기를 위한 줄거리죠……. 사랑해요. 열렬하게 사랑하고, 필사적으로 사랑합니다. 예전엔 좋았어요, 코스챠! 기억나요? 얼마나 선명하고 따뜻하며 행복하고 순수한 삶이었나요! 부드럽고 우아한 꽃과 같은 그런 감정이었죠…… 생각나요? (낭독한다) "사람, 사자, 독수리 그리고 뿔 달린 사슴, 거위, 거미, 물속에 사는 말 없는 물고기, 불가사리, 그리고 눈으로 볼 수 없는 것들, 한 마디로 생명을 가진 모든 것들, 생명체들, 목숨 가진 모든 것들은 슬픈 순환을 마치고 나서 죽어버렸다……. 이미 수천 세기 동안 지구는 단 하나의 살아 있는 존재도 가지고 있지 않은데 이 가련한 달은 자신의 등불을 헛되이 밝히고 있다. 풀밭에서는 학들이 울면서 잠을 깨지도 않으며, 보리수 숲에서는 5월의 쇠똥구리 소리가 들리지 않는다……." (돌발적으로 트레플료프를 포옹하고는 유리문으로 달려 나간다)

트레플료프 (사이를 두고) 만일 누군가 정원에서 그녀를 보고 나중에 엄마한테 말하면 좋지 않을 거야. 엄마는 괴로워할 거야……. (2분 동안 그는 말없이 자신의 모든 원고를 찢고서 책상 아래로 던져버린다. 그다음에 오른쪽 문을 열고 나간다)

도른 (왼쪽 문을 열려고 애쓰면서) 이상하군. 문이 잠긴 것 같은데……. (들어와서 안락의자를 제자리에 가져다 놓는다) 장애물 경주로구먼.

아르카지나, 폴리나 안드레예브나가 들어온다. 그 뒤로 몇 개의 술병을 든 야코프와 마샤, 샤므라예프와 트리고린이 들어온다.

아르카지나 보리스 알렉세예비치를 위한 붉은 포도주와 맥주는 이리로, 식탁으로 가져와요. 게임하면서 마실 테니까요. 앉으세요, 여러분.

폴리나 안드레예브나 (야코프에게) 차도 즉시 내오너라. (촛불을 켜고 카드용 탁자에 앉는다)

샤므라예프 (트리고린을 책장으로 데리고 간다) 바로 이게 얼마 전에 말씀드린 물건입니다……. (책장에서 갈매기 박제를 꺼낸다) 당신이 주문한 겁니다.

트리고린 (갈매기를 들여다보며) 기억나지 않아요! (잠시 더 생각한 다음) 기억 안 나요!

무대 뒤 오른쪽에서 총성. 모두가 전율한다.

아르카지나 (놀라서) 이게 뭐죠?

도른 아무것도 아닙니다. 필시 왕진 가방에서 뭔가가 터진 모양입니다. 불안해하지 마세요. (오른쪽 문으로 나간다. 잠시 후에 돌아온다) 바로 그렇습니다. 에테르가 들어 있던 유리병이 터졌군요. (노래한다) "나는 다시 그대 앞에 매혹되어 서 있나니……."

아르카지나 (탁자에 앉으면서) 휴우, 놀랐어요. 옛날 일이 떠올라서……. (두 손으로 얼굴을 감싼다) 눈앞이 캄캄해졌다고요…….

도른 (잡지를 넘기면서 트리고린에게) 두 달 전에 여기 어떤 기사가 났는데요…… 미국에서 온 편진데 말입니다. 그런데 당신한테 묻고 싶은 것은……. (트리고린의 허리를 잡고 각광 쪽으로 데려간다) 왜냐하면 이 문제에 매우 흥미를 느끼고 있기 때문에……. (어조를 낮추어 낮은 목소리로) 이리나 니콜라예브나를 데리고 이곳을 떠나세요. 콘스탄틴 가브릴로비치가 권총으로 자살했습니다…….

막.

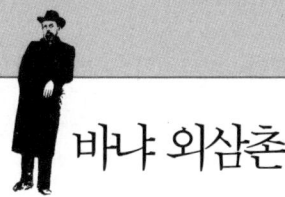

바냐 외삼촌

| 농촌생활에서 취재한 4막극 |

〈바냐 외삼촌〉은 1889년에 체호프가 집필한 〈숲의 수호신〉을 개작한 것이다. "어떻게 당신은 지난 25년 동안 남을 위해서 살아올 수 있었는가?" 독자는 질문할 것이다. 바냐는 왜 한 번도 자신의 삶에 대해 문제를 제기하지 않았을까. 나는 누굴 위해 살고, 왜 이런 일을 하고 있으며, 삶의 끝에서 나를 기다리는 것은 무엇일까. 〈바냐 외삼촌〉은 한 인간의 현실로부터 이토록 많은 철학적 질문을 이끌어내는 사실주의 작품이다.

등장인물

세레브랴코프 알렉산드르 블라디미로비치 퇴직 교수

엘레나 안드레예브나 그의 아내, 27세

소피야 알렉산드로브나(소냐) 첫 번째 결혼에서 태어난 그의 딸

보이니쓰카야 마리야 바실리예브나 3등관의 미망인, 교수 전처의 어머니

보이니쓰키 이반 페트로비치 그녀의 아들

아스트로프 미하일 리보비치 의사

텔레긴 일리야 일리치 몰락한 지주

마리나 늙은 유모

일꾼

사건은 세레브랴코프의 집에서 일어난다.

1막

정원. 테라스가 딸린 정원의 일부가 보인다. 가로수 길의 오래된 버드나무 아래 차가 준비되어 있는 탁자. 몇 개의 벤치와 의자. 벤치 하나에 기타가 놓여 있다. 탁자에서 멀지 않은 곳에 그네. 오후 2시가 넘은 시각. 흐린 날씨. 뚱뚱하고 움직임이 굼뜬 마리나가 사모바르 옆에 앉아 양말을 뜨고 있고 아스트로프는 그 옆에서 왔다 갔다 하고 있다.

마리나 (차를 찻잔에 따른다) 드세요.
아스트로프 (마지못해 찻잔을 받으면서) 어쩐지 마시고 싶지 않아.
마리나 보드카라면 드실 테요?
아스트로프 아니. 매일 보드카를 마시는 건 아니니까. 게다가 후텁지근하잖아.

사이.

유모, 우리가 알고 지낸 게 얼마나 됐지?
마리나 (주저하면서) 얼마나 됐냐고요? 글쎄요…… 당신이 여기, 이곳으로 온 게…… 언제더라? 소네츠카*의 어머니 베라 페트로

* 소냐의 애칭.

브나가 아직 살아계실 때였지. 그분이 살아계실 때 이태 동안 우리 집에 들락거렸죠⋯⋯. 흐음, 그러니까 11년쯤 됐나 봐요. (잠시 생각하더니) 어쩌면 더 됐을지도 모르고⋯⋯.

아스트로프 그 이후로 난 많이 변했지?

마리나 그렇다마다. 그때 당신은 젊고 고왔죠. 하지만 지금은 늙어버렸어요. 아름다움도 그때만 못 하고. 더욱이 보드카까지 마시니까요.

아스트로프 그래⋯⋯. 10년 동안에 다른 사람이 되어버렸어. 왜 그렇게 됐을까? 과로 때문이야, 유모. 아침부터 밤까지 계속 서 있고, 휴식이라곤 알지 못하고, 밤에도 이불 아래 누워서 혹시 환자에게 끌려가지나 않을까 전전긍긍하니 말이야. 우리가 알고 지낸 이후로 계속해서 내겐 단 하루도 한가한 날이 없었어. 어떻게 늙지 않겠나? 게다가 삶 자체도 따분하고 어리석으며 추악하고⋯⋯. 이런 인생이 조여 대고 있으니. 주변에는 하나같이 괴짜들뿐이고, 예외 없이 모두 괴짜들 밖에 없고. 그런 자들과 한 이삼 년 같이 살다보면 자기도 모르는 사이에 점점 괴짜가 되는 거야. 피할 수 없는 운명이지. (긴 콧수염을 비틀면서) 아니, 콧수염만 자랐구먼⋯⋯. 어리석은 콧수염 같으니. 난 괴짜가 되고 말았어, 유모⋯⋯. 우둔해지긴 했지만, 아직 바보가 된 건 아니야. 하느님 덕분에 머리가 제자리에 붙어 있으니까. 하지만 웬일인지 감정은 무뎌졌어. 아무것도 바라지 않고, 아무것도 필요하지 않고, 아무도 사랑하지 않아⋯⋯. 그래도 유모만큼은 사랑하고 있어. (그녀의 머리에 키스한다) 어릴 적에 내게도 당신 같은 유모가 있었지.

마리나 그래, 뭐 좀 드시겠수?

아스트로프 아니. 사순절 세 번째 주에 전염병이 도는 말리쓰코예 마을에 갔어⋯⋯. 발진티푸스였지⋯⋯. 농가에는 사람들이 득시글거리더군……. 진창에 악취와 연기, 바닥에는 송아지가 환자들과 함께…… 게다가 새끼돼지들도 있고……. 온종일 앉지도 못하고 아무것도 먹거나 마시지도 못한 채 환자들한테 매달렸어. 그러다가 집으로 왔는데 쉬게 해주질 않더군. 철도에서 역무원을 데려 왔더라고. 수술하려고 그자를 탁자 위에 눕혔는데, 그자는 클로로포름 냄새를 맡더니 갑자기 죽어버리더군. 그런데 쓸데없이 나의 내부에서 감정이 눈을 떠서, 양심이 괴로운 거야. 내가 고의로 그 사람을 죽인 것처럼 말이지……. 나는 앉아서 이렇게 두 눈을 감고 생각했지. 우리보다 100년이나 200년 뒤에 살게 될 사람들은 그들을 위해 지금 길을 닦고 있는 우리를 좋은 말로 기억할까? 유모, 아마 기억하지 않겠지?

마리나 사람들은 기억하지 않아도, 하느님은 기억하실 거유.

아스트로프 고마워. 좋게 말해줘서.

보이니쓰키가 들어온다.

보이니쓰키 (집에서 나온다. 아침식사 후에 푹 잔 그는 아직 잠에서 덜 깬 모습이다. 벤치에 앉아서 세련된 넥타이를 고쳐 맨다) 그래…….

사이.

그렇군…….

아스트로프 푹 잤나?

보이니쓰키 그래…… 잘 잤네. (하품한다) 교수가 부인이랑 여기 살기 시작한 날부터 삶이 탈선해버렸어……. 아무 때나 잠을 자고, 아침식사와 점심식사에 여러 가지 소스를 먹고 포도주를 마시고…… 모든 게 불건전해! 전에는 한가로운 짬이라곤 없었어. 나와 소냐는 엄청나게 일했지. 그런데 지금은 소냐 혼자 일하고, 난 자고, 먹고, 마시고…… 안 좋아!

마리나 (머리를 흔든 다음) 말도 못 해요! 교수님은 12시에 일어나시는데, 사모바르는 아침부터 끓으면서 계속 교수님을 기다려요. 그분들 오시기 전에는 남들처럼 언제나 12시쯤 점심을 먹었는데, 그분들 오시고 나서는 6시나 되어야 점심을 먹는다니까요. 밤에 교수님은 책을 읽으시고 글을 쓰시는데, 느닷없이 새벽 1시에 종을 치기도 하시고……. 나리, 무슨 일이십니까! 차 가져와! 교수님을 위해서 사람들을 깨우고, 사모바르를 올리고……. 말도 못 해요!

아스트로프 그분들은 여기서 오래 지내실 건가?

보이니쓰키 (휘파람을 분다) 한 100년. 교수는 여기에 정착하기로 결심했어.

마리나 지금만 해도 그래요. 사모바르는 벌써 두 시간이나 탁자에 있는데, 그분들은 산보하러 가셨다니까요.

보이니쓰키 오는군, 오고 있어……. 흥분하지 마.

사람들의 목소리가 들린다. 산보 갔다가 정원 안쪽에서 세레브랴코프, 엘레나 안드레예브나, 소냐 그리고 텔레긴이 걸어온다.

세레브랴코프 멋지군, 멋져……. 기막힌 경치야.

텔레긴 훌륭합니다, 각하.

소냐 내일은 산림국에 가요, 아빠. 어떠세요?

보이니쓰키 여러분, 차 드세요!

세레브랴코프 친구 여러분, 서재로 차를 좀 보내주시오! 오늘은 할 일이 좀 있습니다.

소냐 산림국도 아빠 맘에 드실 거예요…….

엘레나 안드레예브나, 세레브랴코프 그리고 소냐가 집으로 간다. 텔레긴이 탁
자 쪽으로 와서 마리나 옆에 앉는다.

보이니쓰키 무덥고 답답하군. 그런데 우리의 위대한 학자께서는 외
투와 덧신에 우산을 들고 장갑까지 끼셨구먼.

아스트로프 그러니까 자기를 보호하는 거지.

보이니쓰키 근데 그 여잔 멋져! 정말 대단해! 평생 그 여자보다 더
예쁜 여잔 못 봤어.

텔레긴 마리나 티모페예브나, 들판을 걷거나 그늘진 정원을 산보
하거나 혹은 이런 탁자를 보면 나는 말로 표현할 수 없는 기쁨을
느껴요! 날씨는 매혹적이고, 새들은 노래하고, 우린 평화와 화
합 안에서 살고 있는 겁니다. 뭐가 더 필요하죠? (찻잔을 받으면
서) 진심으로 감사드립니다!

보이니쓰키 (꿈꾸는 것 같은 표정으로) 두 눈하며…… 더없이 아름
다운 여자야!

아스트로프 뭐든 얘길 좀 해봐, 이반 페트로비치.

보이니쓰키 (무기력하게) 뭘 얘기해?

아스트로프 뭐 새로운 소식 없나?

보이니쓰키 없어. 모든 게 그대로야. 나도 예전과 똑같은 인간이야.
어쩌면 더 나빠졌을지도 몰라. 아무것도 하지 않으면서 늙다리
처럼 불평이나 하면서 게을러졌기 때문이지. 늙은 까마귀 같은
우리 엄마는 끊임없이 여성 해방에 대해 떠들고 계셔. 한쪽 눈으
로는 무덤을 보고 있으면서, 다른 눈으로는 그 잘난 책자에서 새
로운 인생의 여명을 찾고 있거든.

아스트로프 교수는?

보이니쓰키 교수는 전과 다름없이 아침부터 한밤중까지 서재에 앉아 쓰고 있어. "지혜를 다하고, 미간을 찌푸리면서 우리는 송시란 송시는 쓰고 또 쓰지만, 우리도 송시도 어디서 칭찬하는 소릴들은 적이 없네." 종이만 아까워! 차라리 자서전을 쓰는 게 나을 게야. 얼마나 멋진 주제냐 말이야! 퇴직 교수에 늙은 말라깽이, 학식 있는 물고기라니까……. 통풍과 류머티즘, 편두통을 앓고, 질투와 선망으로 간이 부었다니까……. 이 물고기가 첫 번째 아내의 영지에 살고 있어. 어쩔 도리 없어서 살고 있다고. 왜냐면 도시에서 살 돈이 없기 때문이야. 끝도 없이 자기의 불행을 한탄하고 있어. 사실 따지고 보면 정말로 행복한 사람인데 말이야. (신경질적으로) 얼마나 행복한 인간인지, 생각해보게! 비천한 불목하니의 아들이자 신학생이 학위와 교수 자리를 얻어서, 고위직에 오르고 원로원 의원의 사위 기타 등등, 기타 등등이 되었잖아. 하지만 바로 그것은 알아야 해. 예술에 대해서 전혀 알지 못하는 인간이 꼬박 25년 동안 예술에 대해 읽고 쓰고 했다는 사실 말이야. 25년 동안 그자는 사실주의와 자연주의, 그리고 온갖 종류의 무의미한 것들에 대한 남의 생각을 되풀이해서 말하고 있는 거야. 똑똑한 사람들은 이미 잘 알고 있는 것에 대해서, 어리석은 인간들은 무관심한 것에 대해서 그자는 25년 동안 읽고 쓰고 있다는 얘기야. 말하자면 25년 동안 그자는 쓸데없는 일을 해왔다는 거지. 그리고 동시에 자부심은 얼마나 대단한지! 불평은 또 얼마나 늘어놓는지! 은퇴했지만, 그자를 아는 사람은 하나도 없어. 전혀 알려지지 않은 거라고. 그러니까 그는 25년 동안 남의 자리를 차지하고 있었던 거야. 그런데 보라고. 거의 신이나 되는 것처럼 걸어가는 품새라니!

아스트로프 저런, 보아하니 질투하는 것 같은데.

보이니쓰키 그래, 질투해! 여자들에게 얼마나 큰 성공을 거두었나!

어떤 돈 주앙도 그 같은 완전한 성공은 거두지 못했어! 그자의 첫 번째 아내인 내 누이동생은 아름답고 온화하며, 마치 저 푸른 하늘처럼 순수한 아이였어. 그가 거느린 생도들보다 더 많은 숭배자들을 가졌던 고상하고 관대한 누이는 마치 순수한 천사들이 자기들처럼 순수하고 아름다운 사람들을 사랑할 수 있는 것처럼 그자를 사랑했지. 그자의 장모인 내 어머니는 지금까지도 그 자를 숭배하고 있어서 지금까지도 그자는 어머니에게 신성한 두려움을 불러일으키고 있다네. 자네들이 방금 전에 보았겠지만, 그자의 두 번째 아내는 미인이며 현명해. 그 여잔 이미 늙어버린 그자와 혼인해서 젊음, 아름다움, 자유, 광채를 그자에게 바쳤지……. 무엇 때문인가? 왜 그런 거냐고?

아스트로프 부인은 교수에게 충실한가?

보이니쓰키 유감스럽지만, 그래.

아스트로프 왜 유감스럽다는 건가?

보이니쓰키 왜냐면 그 충실함이란 게 처음부터 끝까지 거짓된 것이기 때문이야. 그 안에 미사여구는 많지만, 논리는 없어. 견딜 수 없는 늙은 남편을 배신하는 것은 부도덕하고, 자신의 내부에 있는 젊음과 살아 있는 감정을 억누르려 애쓰는 것은 부도덕하지 않다는 거야.

텔레긴 (흐느끼는 목소리로) 바냐, 자네가 그런 말을 하는 게 싫어. 그러니까, 사실…… 아내나 남편을 배신하는 사람은 불성실한 인간과, 그런 사람은 조국도 배신할 수 있어!

보이니쓰키 (화를 내며) 닥쳐, 와플!

텔레긴 잠깐만, 바냐. 나의 아내는 결혼식 다음날 애인과 함께 나를 버리고 달아났어. 매력적이지 못한 나의 외모 때문에 말이야. 그런 다음에도 나는 의무를 게을리 하지 않았어. 지금까지도 난 그녀를 사랑하고 그녀에게 충실해. 할 수 있는 한 도와주고, 그 여자가 애인과 낳은 딸들의 양육을 위해 재산도 주었지. 난 행복을 잃었지만, 자부심은 남았어. 그런데 그 여자는? 젊음은 이미 지나갔고 아름다움은 자연법칙의 영향 아래 빛을 잃었지. 애인은 세상을 떠났고…… 그 여자한테 남은 게 대체 뭐야?

소냐와 엘레나 안드레예브나가 들어온다. 얼마 뒤에 마리야 바실리예브나가 책을 들고 들어온다. 그녀는 앉아서 책을 읽는다. 차를 내주자 보지도 않고 마신다.

소냐 (조급하게 유모에게) 유모, 저기 농부들이 왔어. 가서 그 사람들과 얘기해. 차는 내가 준비할게……. (차를 따른다)

유모가 나간다. 엘레나 안드레예브나가 그네에 앉아 차를 마신다.

아스트로프 (엘레나 안드레예브나에게) 보시다시피 남편께 왔습니다. 류머티즘과 여타의 것 때문에 매우 편찮으시다고 쓰셨는데, 건강하시군요.

엘레나 안드레예브나 어젯밤에는 우울해하고, 다리가 아프다고 괴로워했는데, 오늘은 괜찮으시네요…….

아스트로프 그런데 저는 또 30베르스타를 쏜살같이 달려왔군요. 뭐, 괜찮습니다. 이런 일이 처음도 아니고. 대신에 댁에서 아침까지 머물겠습니다. 최소한 잠이라도 Quantum satis* 자겠습니다.

소냐 잘됐어요. 선생님이 저희 집에서 주무시는 건 정말 드문 일이니까요. 점심 아직 안 드셨죠?

아스트로프 네, 안 먹었습니다.

* [원주] 실컷(라틴어).

480

소냐 그러면 식사도 하세요. 요즘 저희는 6시에 점심을 먹으니까요. (마신다) 차가 식었네!

텔레긴 사모바르의 온기가 다 식어버렸어.

엘레나 안드레예브나 괜찮습니다, 이반 이바느이치. 우리는 차가운 차도 마시니까요.

텔레긴 미안합니다요……. 이반 이바느이치가 아니라, 일리야 일리칩니다요……. 일리야 일리치 텔레긴입니다만, 어떤 사람들은 제 얼굴에 마마 자국이 있다고 해서 와플이라고 부릅니다. 일찍이 소냐의 대부 노릇을 했고요, 부군이신 각하께서도 저를 아주 잘 아십니다. 지금은 당신 댁에, 이 영지에서 살고 있습니다요……. 알고 계시겠지만, 저는 매일 여러분과 함께 식사하고 있습니다.

소냐 일리야 일리치는 우리를 도와주시는 오른팔이세요. (부드럽게) 주세요, 대부님. 한 잔 더 따라드릴게요.

마리야 바실리예브나 아아!

소냐 왜 그러세요, 할머니?

마리야 바실리예브나 알렉산드르에게 말한다는 걸 잊어버렸구나……. 기억력이 나빠졌어……. 오늘 하리코프에서 파벨 알렉세예비치가 보낸 편지를 받았는데…… 새 팸플릿을 보냈더구나…….

아스트로프 재미있던가요?

마리야 바실리예브나 재미있긴 하지만 어쩐지 이상해요. 7년 전에 자기가 옹호했던 것을 반박하고 있거든요. 무서운 일이에요!

보이니쓰키 무서울 게 뭐가 있어요. 차나 드세요.

마리야 바실리예브나 하지만 나는 말을 하고 싶구나!

보이니쓰키 우리는 이미 50년 동안 말하고, 또 말하고, 팸플릿을 읽고 있잖아요. 이제 끝낼 때도 됐어요.

마리야 바실리예브나 내가 말하는 걸 어째 듣고 싶지 않은 모양이로 구나. 미안하다, 쟌. 하지만 지난 1년 동안 넌 알아보지도 못할 만큼 너무 변했어……. 확실한 신념과 빛나는 개성을 가진 인간 이었는데…….

보이니쓰키 오, 그래요! 저는 빛나는 개성의 소유자였지만, 저로 인해 누구도 빛나지는 않았습니다…….

사이.

나는 빛나는 개성의 소유자였습니다……. 독살스럽게 비꼬시면 안 되죠! 지금 난 마흔일곱 살입니다. 작년까지 나는 어머니처럼 스콜라 철학으로 두 눈을 흐리게 하려고 애썼지요. 진짜 삶을 보지 않으려고 말입니다. 난 잘하고 있다고 생각했어요. 근데 지금은, 만일 그걸 아신다면! 모든 걸 가질 수 있었던 시간을 너무 어리석게 놓쳐버렸기 때문에 울분과 증오로 밤에 잠을 이룰 수 없어요. 지금은 늙어서 그럴 수 없단 말입니다!

소냐 바냐 외삼촌, 지루해요!

마리야 바실리예브나 (아들에게) 무슨 이유인지 모르지만 넌 예전의 신념을 비난하고 있어……. 하지만 잘못된 것은 신념이 아니라, 너 자신이야. 신념은 그 자체로는 아무것도 아니고, 죽어버린 문자라는 걸 잊은 게야……. 일을 해야 했어.

보이니쓰키 일이요? 어머니의 교수님처럼 누구나 글을 쓰는 Perpetuum Mobile(영원한 기계)가 될 수는 없어요.

마리야 바실리예브나 무슨 말을 하고 싶은 게냐?

소냐 (간청하듯) 할머니! 바냐 외삼촌! 부탁이에요!

보이니쓰키 입 다무마. 침묵하고 용서를 비마.

사이.

엘레나 안드레예브나 오늘 날씨가 좋네요……. 덥지도 않고…….

사이.

보이니쯔키 이런 날씨엔 목을 매기 좋지요…….

텔레긴이 기타 줄을 고른다. 마리나는 집 주위를 돌아다니면서 암탉을 불러들인다.

마리나 구구, 구구, 구구…….
소냐 유모, 농부들은 왜 온 거야?
마리나 늘 같은 얘기지. 황무지 때문에 또 왔어. 구구, 구구, 구구…….
소냐 뭘 부르는 거야?
마리나 얼룩암탉이 병아리를 데리고 나가버렸어……. 까마귀들이 채 갈까 봐……. (나간다)

텔레긴이 폴카를 연주한다. 모두 말없이 듣는다. 일꾼이 들어온다.

일꾼 의사 선생님이 여기 계십니까? (아스트로프에게) 미하일 리보비치, 선생님을 모시러 왔습니다.
아스트로프 어디서 왔나?
일꾼 공장에서 왔습니다.
아스트로프 (화가 나서) 정말 고맙네. 어찌 하겠나, 가야지……. (눈으로 모자를 찾는다) 화가 나는군, 빌어먹을…….
소냐 정말 안되셨네요……. 공장에서 이곳으로 식사하러 오세요.

아스트로프 아닙니다. 늦어질 겁니다. 어디 있더라…… 어디 갔나…… (일꾼에게) 저, 이보게. 보드카 한 잔만 가져다주게. (일꾼이 나간다) 어디 있나…… 어디로 갔나……. (모자를 발견한다) 오스트롭스키의 어떤 희곡에 콧수염은 큰데 능력은 별로 없는 사람이 나옵니다…… 제가 바로 그 짝이죠. 자, 여러분. 실례하겠습니다……. (엘레나 안드레예브나에게) 소피야 알렉산드로브나와 함께 언제든 저희 집에 한번 들러주시면 정말 기쁘겠습니다. 제가 가진 영지는 고작해야 30헥타르 정도로 크진 않습니다. 그러나 흥미로울지 모르겠습니다만, 훌륭한 정원과 근방 1000베르스타 안에서는 찾을 수 없는 묘목장이 있습니다. 저의 영지 옆에는 국영산림국이 있습니다……. 그곳 산림관은 늙었고 언제나 아파요. 그래서 사실 제가 모든 일을 관리하고 있답니다.

엘레나 안드레예브나 사람들 말로는 선생님이 숲을 무척 사랑하신다더군요. 물론 커다란 이익을 가져다줄 수도 있겠지만, 그것이 당신의 본직을 방해하진 않나요? 당신은 의사시잖아요.

아스트로프 우리의 본직이 무엇인지는 오직 신만이 아실 겁니다.

엘레나 안드레예브나 재미도 있나요?

아스트로프 그렇습니다. 재미있는 일입니다.

보이니쓰키 (비꼬면서) 무척이나 그렇겠지!

엘레나 안드레예브나 (아스트로프에게) 당신은 아직 젊은 분입니다…… 아마 서른여섯 아니면 서른일곱 살쯤 보이네요……. 그러니까 말씀하시는 것처럼 그렇게까지 재미있을 것 같진 않군요. 계속해서 숲 얘기만 하시니. 단조롭다는 생각이 듭니다.

소냐 아니에요, 이건 정말 재미있어요. 미하일 리보비치는 해마다 새로운 숲을 가꾸세요. 그래서 이미 동메달과 상장도 받으셨어요. 선생님은 오래된 숲이 파괴되지 않도록 보살피고 계세요. 여러분이 선생님 말씀에 귀를 기울이면 완전히 동의하실 겁니다.

선생님 말씀에 따르면, 숲은 대지를 장식하고, 인간으로 하여금 아름다움을 이해하도록 가르치고, 인간에게 위대한 감정을 불어넣는다는 거예요. 숲은 혹독한 기후를 완화시켜요. 기후가 온화한 나라에서는 자연과 투쟁하느라 기운을 더 적게 소모하죠. 그 결과 사람들이 더 온화하고 부드럽답니다. 그곳 사람들은 아름답고, 유연하며, 쉽게 자극을 받고, 말도 고상하며, 움직임은 우아합니다. 그들에게서는 학문과 예술이 융성하고, 철학은 음울하지 않으며, 여자들을 대하는 태도도 우아한 고상함으로 가득 차 있고요…….

보이니쓰키 (웃으면서) 브라보, 브라보! 모든 게 멋지지만 설득력은 없어. 그러니까 (아스트로프에게) 친구, 내가 계속해서 난로에 장작을 때고, 나무로 헛간을 만들도록 해주게.

아스트로프 이탄을 연료로 쓰고, 돌로 헛간을 지으면 되잖아. 뭐, 필요하다면 숲을 벌목할 수도 있어. 하지만 무엇 때문에 숲을 파괴하려는 거지? 러시아의 숲은 도끼 때문에 찢겨져나가고, 엄청난 수의 나무가 죽어가고 있어요. 길짐승과 날짐승의 집은 황폐화되고, 하천은 말라가고 있고, 기막힌 풍경은 돌이킬 수 없이 사라지고 있습니다. 이 모든 것은 게으른 인간이 몸을 숙여 땅에서 땔감을 주워 올릴 생각을 하지 않기 때문입니다. (엘레나 안드레예브나에게) 그렇지 않습니까, 부인? 이렇게 아름다운 걸 난로에서 태워버리고, 창조할 수 없는 것을 파괴하는 것은 무분별한 야만인이나 하는 짓이에요. 자신에게 주어진 것을 증가시키려고 인간은 이성과 창조력을 부여받았습니다. 그러나 지금까지 인간은 창조가 아니라, 파괴만 일삼아 왔습니다. 숲은 점점 더 줄어들고, 강은 말라가고, 야생동물은 사라지고, 기후는 망가져버렸습니다. 그래서 나날이 대지는 점점 더 빈곤하고 추해지고 있는 겁니다. (보이니쓰키에게) 자넨 나를 빈정거리는 눈으로 바라보고, 내가 하는 모든 말은 자네한텐 대수롭지 않을 거야, 그리고…… 그리고 사실 이것은 별난 짓일 수도 있어. 그러나 벌목으로부터 내가 구한 농부들의 숲을 지나갈 때나, 혹은 내 두 손으로 심은 어린 숲이 사각사각 하는 소리를 내는 걸 들을 때면 기후도 어느 정도 내 수중에 있으며, 또 천 년 후 사람이 행복해진다면, 나도 거기에 다소 기여했을 것이란 사실을 의식하게 되지. 자작나무를 심고, 나중에 그것이 푸르러져서 바람에 흔들리는 걸 볼 때면, 내 영혼은 자긍심으로 충만해지곤 해. 그래서 나는…… (쟁반에 보드카 잔을 가져온 일꾼을 보고 나서) 하지만…… (마신다) 가야겠어. 아마 이 모든 게 결국은 별난 짓이겠지. 안녕히 계세요! (집 쪽으로 걸어간다)

소냐 (그의 팔짱을 끼고 함께 걸어간다) 언제 다시 오시겠어요?

아스트로프 모르겠습니다…….

소냐 또 한 달 뒤인가요?

아스트로프와 소냐가 집으로 들어간다. 마리야 바실리예브나와 텔레긴은 탁자 주변에 남는다. 엘레나 안드레예브나와 보이니쓰키는 테라스 쪽으로 걸어간다.

엘레나 안드레예브나 하지만 이반 페트로비치. 당신은 또 참을 수 없이 행동하셨어요! 마리야 바실리예브나를 화나게 하고, '영원한 기계'라고 말할 필요가 있었나요! 정말 그릇이 작군요!

보이니쓰키 하지만 그 사람을 증오한다면!

엘레나 안드레예브나 다른 사람들과 같다는 이유로 알렉산드르를 증오하는 거예요. 그이는 당신보다 못하지 않아요.

보이니쓰키 만일 당신이 자신의 얼굴과 동작을 볼 수 있다면…… 얼마나 당신은 나태하게 살고 있는지! 아아, 얼마나 나태한지!

엘레나 안드레예브나 아아, 나태하기도 하고 지루하기도 하죠! 모든 사람들이 남편을 욕하고 있어요. 모두가 동정하는 눈으로 나를 봅니다. 불행한 여자 같으니, 늙은 남편과 살다니! 나에 대한 이런 동정. 아, 나도 잘 알고 있어요! 방금 전에 아스트로프가 말한 것처럼 당신들 모두는 무분별하게 숲을 파괴하고 있어서, 이제 곧 지상에는 아무것도 남지 않을 겁니다. 그것과 마찬가지로 당신들은 무분별하게 인간을 파괴하고 있으며, 그래서 곧 당신들 덕분에 지상에는 어떤 성실도, 순수함도, 자신을 희생할 능력도 남지 않을 거예요. 자기 아내도 아닌데 어째서 당신들은 여자를 무심하게 바라볼 수 없는 건가요? 그 의사가 옳게 말한 것처럼 당신들 모두의 내부에는 파괴의 악령이 도사리고 있기 때문이에요. 당신들은 숲도, 새도, 여자도, 누구에 대해서도 동정하지 않아요.

보이니쓰키 그런 철학을 좋아하지 않습니다!

사이.

엘레나 안드레예브나 그 의사의 얼굴은 지치고 신경질적이더군요. 흥미로운 얼굴이에요. 분명히 소냐는 그분이 마음에 있고, 그분을 사랑하고 있어요. 소냐를 이해합니다. 내가 있는 동안에 그분은 벌써 여기에 세 번이나 왔지만, 나는 수줍어서 한 번도 그 사람과 충분히 말하지도 못했고, 친절하게 대해주지도 못했어요. 그 사람은 내가 못된 여자라고 생각했을 거예요. 이반 페트로비치, 우리가 친구로 지내는 건 필시 우리 둘 다 따분하고 지루한 사람이기 때문이에요! 따분한 인간들! 날 그렇게 쳐다보지 말아요. 그런 거 싫어요.

보이니쓰키 당신을 사랑하는데 어떻게 다른 눈길로 당신을 바라보겠어요? 당신은 나의 행복이고 인생이며 청춘입니다! 당신이

나를 사랑할 가능성은 전혀 없다는 것을 압니다. 하지만 아무것
도 필요하지 않아요. 그저 당신을 바라보고, 당신 목소리를 듣게
해주시면 됩니다…….

엘레나 안드레예브나 조용히 하세요. 누가 듣겠어요!

두 사람은 집으로 걸어간다.

보이니쓰키 (그녀의 뒤를 따라가면서) 사랑에 대해 말하게 해줘요.
나를 내치지 말아요. 그러면 그것이 나에겐 가장 커다란 행복이
될 테니까요…….

엘레나 안드레예브나 괴로워요…….

텔레긴은 줄을 튕기면서 폴카를 연주한다. 마리야 바실리예브나는 팸플릿의
여백에 무엇인가를 기록한다.

막.

2막

세레브랴코프 집의 식당. 밤. 밖에서 야경꾼이 두드리는 딱따기 소리가 들린다. 열려진 창문 앞에 있는 안락의자에 앉아서 졸고 있는 세레브랴코프. 엘레나 안드레예브나 역시 그의 옆에 앉아서 역시 졸고 있다.

세레브랴코프 (잠에서 깨어나) 누구냐, 여기? 소냐, 너냐?

엘레나 안드레예브나 저예요.

세레브랴코프 레노츠카, 당신이로군⋯⋯ 견딜 수 없을 정도로 너무 아파!

엘레나 안드레예브나 담요가 마룻바닥으로 떨어졌네요⋯⋯. (그의 다리를 감싸준다) 창문을 닫을게요, 알렉산드르.

세레브랴코프 아니야, 숨이 막혀⋯⋯ 방금 졸다가 꿈을 꿨는데, 왼쪽 다리가 내 다리가 아닌 것 같아서⋯⋯ 너무 아파서 잠에서 깼어. 아니야, 이건 통풍이 아니라, 외려 류머티즘이야. 지금 몇 시지?

엘레나 안드레예브나 12시 20분이에요.

사이.

세레브랴코프 아침에 서재에서 바튜슈코프 좀 찾아줘. 우리 집에 있는 것 같아.

엘레나 안드레예브나 네?

세레브랴코프 아침에 바튜슈코프 좀 찾아달라고. 내 기억으론 우리 집에 있었다고. 그런데 어째서 이렇게 숨 쉬기가 힘든 거지?

엘레나 안드레예브나 피곤해서 그래요. 이틀 밤이나 못 주무셨어요.

세레브랴코프 투르게네프는 통풍이 협심증이 되었다고들 하더군. 나도 그렇게 될까 봐 걱정이야. 늙는다는 건 역겹고 저주받을 노릇이야. 빌어먹을. 늙어지니 내 자신이 역겨워지는군. 그러니까 분명 당신들도 모두 날 바라보는 게 역겨울 거야.

엘레나 안드레예브나 당신이 늙은 게 마치 우리 모두의 잘못인 것처럼 말씀하시네요.

세레브랴코프 당신한테 제일 역겨울 테지.

엘레나 안드레예브나가 물러나서 조금 떨어진 곳에 앉는다.

물론 당신이 맞아. 나도 어리석지 않아서 알고 있다니까. 당신은 젊고 건강하며 아름답게 살고 싶을 거야. 하지만 난 늙은이이고 거의 송장 같아. 왜? 정말 내가 모르고 있을까? 그래, 지금껏 내가 살아 있다는 건 물론 어리석은 짓이야. 하지만 조금만 기다려주세요. 얼마 안 있어 당신들 모두를 해방시켜줄 테니까. 얼마 동안은 그래도 근근이 살아야 해.

엘레나 안드레예브나 사샤, 난 지쳐버렸어요. 제발 아무 말 마세요.

세레브랴코프 나 때문에 모두가 지쳐버렸고 따분하며 젊음을 망치고 있는데, 오직 나 한 사람만 인생을 향락하고 만족하고 있다는 얘기로군. 그럼. 그래, 물론이야!

엘레나 안드레예브나 그만해요! 날 괴롭히고 있잖아요!

세레브랴코프 모든 사람들을 괴롭히고 있지. 그렇다마다!

엘레나 안드레예브나 (울면서) 견딜 수 없어! 나한테 바라는 게 뭐죠?

세레브랴코프 없어.

엘레나 안드레예브나 그렇다면 입 다무세요. 부탁이에요.

세레브랴코프 이상한 일이야. 이반 페트로비치나 늙은 천치 마리야 바실리예브나가 말하기 시작하면 아무렇지도 않고 모두가 귀를 기울이는데, 내가 한 마디만 하면 모든 사람들이 불행하다고 느끼기 시작하니 말이야. 목소리마저 역겨운 모양이야. 그래, 내가 역겹고 이기주의자고 폭군이라고 해두자. 그런데 정말로 늙어서까지 이기주의에 대한 약간의 권리도 없단 말이야? 정말이지 그럴 자격이 없냐고? 묻겠어. 정말이지 평온한 노년의 권리가, 사람들의 주목을 받을 권리가 내겐 없는 거냐고?

엘레나 안드레예브나 누구도 당신의 권리에 반대하지 않아요.

바람 때문에 창문이 덜컹거린다.

바람이 부는군요. 창문 닫을 게요. (닫는다) 이제 비가 올 거예요. 누구도 당신의 권리에 반대하지 않아요.

사이.

파수꾼이 딱따기를 두드리고 노래를 부른다.

세레브랴코프 평생 학문을 위해 일했고, 서재와 강의실, 존경할 만한 동료들과 함께 했는데, 느닷없이 이렇다 할 이유도 없이 이런 무덤 속에 갇혀서 날이면 날마다 속된 인간들을 보고, 하잘것 없는 얘기나 듣고 있다니……. 난 살고 싶고 성공을 사랑하며 명성과 소음을 좋아해. 그런데 여기는 마치 유배지 같아. 매 순간 지난날을 동경하고, 다른 사람들의 성공을 지켜보며 죽음을

두려워하고 있다니…… 견딜 수 없어! 정말이지! 여기서는 누구
한 사람 내가 늙었다는 걸 용서하려고 하지 않는다니까!
엘레나 안드레예브나 기다리세요. 인내심을 가져요. 오륙 년만 지나
면 나도 늙을 테니까.

소냐가 들어온다.

소냐 아빠, 아스트로프 선생님을 불러오라고 하시고는 그분이 오
니까 만나지 않으시네요. 그건 무례한 일이에요. 쓸데없이 사람
을 번거롭게 하시다니…….
세레브랴코프 너의 아스트로프가 나한테 무슨 소용이냐? 그자의 의
학 지식이란 건 내가 가진 천문학 지식이나 매한가지야.
소냐 아버지 통풍 때문에 의과대학 전부를 이리로 불러오진 마세요.
세레브랴코프 그런 어리석은 자들과는 말하기도 싫다.
소냐 마음대로 하세요. (앉는다) 마찬가지니까요.
세레브랴코프 지금 몇 시냐?
엘레나 안드레예브나 1시 다 돼가요.
세레브랴코프 무덥구나…… 소냐, 식탁에서 물약 좀 가져다주렴.
소냐 여기요. (물약을 준다)
세레브랴코프 (화를 내면서) 아아, 이게 아니잖아! 뭘 부탁할 수도
없으니!
소냐 떼쓰지 마세요, 제발. 혹시 누군가는 그런 걸 좋아할지 모르
지만, 전 아니에요. 제발요. 그런 거 좋아하지 않아요. 저는 시간
도 없어요. 내일 아침 일찍 일어나서 풀을 베야 해요.

실내복을 입고 촛불을 든 보이니쓰키가 들어온다. ·

보이니쓰키 밖에 우레 비가 오려고 해⋯⋯.

번개.

저것 봐! 헬레네와 소냐는 가서 자도록 해. 교대하러 왔으니까.

세레브랴코프 (놀라서) 아니, 안 돼! 날 저 친구와 함께 남겨두지 마! 안 돼. 자꾸 말을 해서 나를 피곤하게 만들 거야!

보이니쓰키 하지만 저 사람들도 쉬어야 하잖아! 벌써 이틀 밤이나 못 잤어.

세레브랴코프 자러들 가라고 해. 하지만 자네도 가. 고마워. 부탁일세. 우리의 예전 우정을 생각해서 반대하지 말게. 나중에 이야기하세.

보이니쓰키 (냉소를 지으면서) 예전의 우리 우정이라⋯⋯ 예전의⋯⋯.

소냐 그만두세요, 바냐 외삼촌.

세레브랴코프 (아내에게) 여보, 날 저 사람과 함께 있게 하지 마! 자꾸 말을 해서 피곤하게 만들 거야.

보이니쓰키 우스꽝스럽기까지 하군.

마리나가 촛불을 들고 들어온다.

소냐 유모는 가서 자, 벌써 늦었어.

마리나 탁자에서 사모바르를 치우지 않았어요. 그러니 누울 수가 있나.

세레브랴코프 모두가 잠도 못 자고 지쳤는데, 나 혼자만 더없이 행복하구먼.

마리나 (세레브랴코프에게 다가가서, 부드럽게) 어때요, 나리? 아프세요? 제 두 다리도 욱신욱신, 그렇게 욱신욱신 아프답니다.
(담요를 바르게 놓는다) 그건 나리의 오랜 병이에요. 고인이 되
신, 소냐의 어머니 베라 페트로브나도 밤마다 못 주무시고, 슬퍼
하곤 하셨지요……. 마님은 나리를 무척이나 사랑하셨는데…….

사이.

늙은이들도 애들처럼 누군가 동정해주길 바라지만, 누구도 늙은
이를 동정하지 않아요. (세레브랴코프의 어깨에 키스한다) 가십
시다, 나리. 침대로…… 가십시다, 소중한 양반……. 보리수 차
를 충분히 드세요. 다리를 따뜻하게 해드리겠어요……. 나리를
위해 하느님께 기도도 해드리고…….
세레브랴코프 (감동하여) 갑시다, 마리나.
마리나 제 두 다리도 욱신욱신, 그렇게 욱신욱신 아프답니다! (소
냐와 함께 그를 데리고 간다) 베라 페트로브나는 늘 슬퍼하며
울곤 하셨어요…… 가요, 가세요, 나리…….

세레브랴코프, 소냐 그리고 마리나가 나간다.

엘레나 안드레예브나 저이 때문에 지쳤어요. 서 있기도 힘드네요.
보이니쓰키 당신은 저 사람 때문에, 나는 나 자신 때문에 지친 겁니
다. 벌써 사흘 밤을 자지 못했어요.
엘레나 안드레예브나 이 집은 불행해요. 당신 어머니는 팸플릿과 교
수를 제외하면 모든 걸 미워하시죠. 교수는 화를 내고, 날 믿지
않고, 당신을 두려워해요. 소냐는 아버지한테 화를 내고, 내게도
화를 내서 나와는 벌써 2주일씩이나 말도 하지 않아요. 당신은
내 남편을 증오하고, 당신 어머니를 공개적으로 경멸하고 있어

요. 나는 화가 나서 오늘 스무 번이나 울었지 뭐예요…… 이 집
은 불행해요.

보이니쯔키 철학은 그만둡시다!

엘레나 안드레예브나 이반 페트로비치, 당신은 교양 있고 현명하니
까 분명 알고 계실 거예요. 세상은 강도나 화재 때문에 파멸하
는 게 아니라, 증오, 적대감, 온갖 사소한 말다툼 때문에 파멸한
다는 사실을 말이죠……. 당신의 일은 불평하는 게 아니라, 모든
사람들을 화해시키는 겁니다.

보이니쯔키 나부터 나 자신과 화해하도록 도와주세요! 소중한……
(그녀의 팔에 매달린다)

엘레나 안드레예브나 그만둬요! (팔을 빼낸다) 나가세요!

보이니쯔키 이제 비가 지나가면 자연의 모든 것은 원기를 되찾고
가볍게 숨을 쉴 테죠. 우레 비로도 나 혼자만이 원기를 회복하지
못합니다. 내 인생은 돌이킬 수 없이 상실되었다는 생각이 낮이
고 밤이고 간에 집 귀신처럼 나를 질식시키고 있어요. 과거는 없
다, 그것은 하잘것없는 것들에 어리석게 소모되었고, 현재는 나
의 어리석은 생각 때문에 겁이 납니다. 바로 그것이 나의 인생이
고 사랑입니다. 그것들을 어디로 보내야 합니까? 그것들을 어떻
게 해야 할까요? 구멍으로 떨어진 햇살처럼 나의 감정은 헛되이
죽어가고 있으며, 나 자신도 죽어가고 있습니다…….

엘레나 안드레예브나 당신이 사랑을 말하시면 난 어쩐지 둔해져서
무슨 말을 해야 할지 모르겠어요. 미안합니다만, 당신에게 드릴
말씀이 없네요. (가려고 한다) 안녕히 주무세요!

보이니쯔키 (길을 가로막으면서) 나와 더불어 이 집에서 다른 인생
이 파멸하고 있다는 생각 때문에 내가 얼마나 괴로운지 알아주
신다면 좋겠어요. 바로 당신 인생 말입니다! 뭘 기다리는 거죠?
어떤 저주받을 철학이 당신을 방해하는 겁니까? 제발 이해하세요,

이해하시라고요…….

엘레나 안드레예브나 (그를 뚫어져라 바라본다) 이반 페트로비치,
취했군요!

보이니쓰키 그럴지도, 그럴지도 모릅니다…….

엘레나 안드레예브나 의사는 어디 있죠?

보이니쓰키 저쪽에…… 내 방에서 자고 갈 겁니다. 그럴지도, 그럴
지도 몰라요. 모든 게 그럴지도 모릅니다!

엘레나 안드레예브나 오늘도 마신 거예요? 대체 왜 그러는 거죠?

보이니쓰키 어쨌거나 사는 것 같으니까요……. 방해하지 말아요,
헬렌!

엘레나 안드레예브나 예전에 당신은 술을 마시지 않았고, 그렇게 말
을 많이 하지도 않았어요……. 가서 주무세요! 당신과 있으면
답답해요.

보이니쓰키 (그녀의 손에 매달리면서) 나의 소중한…… 참으로 아
름다운!

엘레나 안드레예브나 (화를 내면서) 놓으세요. 정말이지 역겨워요.
(나간다)

보이니쓰키 (혼자서) 가버렸어…….

사이.

10년 전에 그녀를 죽은 누이 집에서 만나곤 했지. 그때 그녀는
열일곱 살이었고, 난 서른일곱 살이었어. 어째서 그때 난 그녀를
사랑하게 되지 않았을까, 왜 청혼하지 못했을까? 그건 정말이지
가능한 일이었는데! 그랬으면 지금 그녀는 내 아내가 되었을 텐
데……. 그래…… 지금쯤 우리 둘은 우렛소리에 잠에서 깨어나
겠지. 그녀가 천둥소리에 놀라면, 나는 그녀를 안고서 속삭이겠

지. "두려워하지 마. 내가 여기 있잖아." 오오, 기막힌 생각이야. 얼마나 좋아. 웃음까지 나는군…… 하지만 맙소사. 머릿속에서 생각들이 뒤죽박죽이군…… 어째서 난 늙은 거야? 왜 그 여자는 나를 이해하지 못하는 걸까? 그녀의 수사(修辭), 게으른 도덕, 세계의 파멸에 관한 말도 안 되는 게을러터진 생각. 모든 게 너무도 혐오스러워…….

사이.

아, 난 얼마나 속아왔던가! 난 저 교수를, 저 보잘것없는 통풍 환자를 숭배했고, 그를 위해서 황소처럼 일했어! 나와 소냐는 이 영지에서 마지막 한 방울까지도 짜냈어. 한 푼 두 푼 모아 수천 루블을 만들어 그에게 보내주려고 우리는 마치 구두쇠처럼 식물성 기름과 완두콩, 치즈를 팔면서도 정작 자신은 배불리 먹어보지도 못했어. 난 그와 그의 학문이 자랑스러웠고, 그로 인해 살았고 숨 쉬었어! 그가 쓰고 말한 모든 것이 내겐 천재적인 것으로 보였지…… 맙소사, 그런데 지금은? 그는 은퇴했고, 그래서 지금 그의 인생 결과가 드러났어. 그가 죽고 나면 단 한 페이지의 저작도 남지 않을 거야. 그자는 전혀 유명하지 않아. 아무것도 아니라고! 비누 거품이야! 그래 난 속았어…… 알아. 어리석게 속은 거라고…….

조끼도 넥타이도 없이 프록코트 차림으로 아스트로프가 들어온다. 그는 거나하게 취했다. 그의 뒤에 기타를 든 텔레긴.

아스트로프 연주해!
텔레긴 모두 주무시잖아!

아스트로프 연주하라고!

텔레긴이 나직하게 연주한다.

(보이니쓰키에게) 자네 혼자 있나? 여자들은 없어? (몸을 뒤로 젖히고 양손을 허리에 대고서 나직하게 노래한다) "오막살이가 돌아다니고, 난로가 돌아다녀서 주인은 누울 곳이 없도다……." 우레 비 때문에 잠을 깼어. 대단한 비로구먼. 지금 몇 시야?

보이니쓰키 알게 뭐야!

아스트로프 엘레나 안드레예브나의 목소리가 들리는 것 같았는데.

보이니쓰키 방금 전에 여기 있었어.

아스트로프 멋진 여자야! (식탁 위의 작은 유리병들을 본다) 물약이로군. 여긴 처방전이란 처방전은 다 있군! 하리코프 것도, 모스크바 것도, 툴라 것도……. 모든 도시가 통풍에 물려버렸어. 교수는 아픈 거야 아니면 그런 척하는 건가?

보이니쓰키 아파.

사이.

아스트로프 자네는 오늘 왜 그렇게 우울한 거야? 교수가 불쌍해서 그래? 그런 거야?

보이니쓰키 날 내버려둬.

아스트로프 그게 아니면, 필시 교수 부인을 사랑하게 됐나?

보이니쓰키 그 여잔 친구야.

아스트로프 벌써?

보이니쓰키 '벌써'라니, 그게 무슨 뜻이지?

아스트로프 여자는 오직 다음과 같은 순서로만 남자의 친구가 될 수 있어. 처음에는 아는 사람, 그다음엔 애인, 그러고 난 다음에 친구.

보이니쓰키 비천한 철학이로군.

아스트로프 뭐라고? 그래……. 고백하자면 난 속물이 되고 말았네. 보다시피 난 취했어. 대개 한 달에 한번은 흠뻑 취하도록 마셔. 그런 상태가 되면 극단적으로 후안무치하고 뻔뻔스러워져. 그땐 모든 게 아무것도 아니야! 아무리 어려운 수술을 해도 기막히게 해내고, 미래에 대한 거창한 계획도 세운다네. 그땐 내 자신이 괴짜라 여겨지지 않고, 내가 인류에게 엄청난 이익을 가져다준다고 믿어…… 엄청난! 그럴 때면 나 자신의 철학적인 체계가 생겨나고, 자네들 모두가 내게는 작은 곤충들로 보여……. 미생물로 말이지. (텔레긴에게) 와플, 연주해!

텔레긴 이보게, 자넬 위해서라면 기꺼이 그러겠네만, 집안사람들이 모두 자고 있잖나!

아스트로프 연주해!

텔레긴이 나직하게 연주한다.

술을 마셔야 해. 가세. 아마도 저기에 아직 코냑이 남아 있을 거야. 날이 밝으면 우리 집에 가세. 가겠나? 나한테 조수가 한 사람 있는데, 그는 언제나 '가다'라고 하지 않고, '거다'라고 하거든. 대단한 협잡꾼이야……. 그래 가겠나? (들어오는 소냐를 보고 나서) 미안합니다, 넥타이를 매지 않아서! (서둘러 나간다. 텔레긴이 그의 뒤를 따라간다)

소냐 바냐 외삼촌, 또 의사 선생님과 술을 드셨군요. 멋진 분들이 친해지셨네요. 그래, 저분이야 늘 그렇지만, 외삼촌은 왜 그러세요? 외삼촌 나이에 이건 정말 어울리지 않아요.

보이니쓰키 나이가 무슨 상관이냐. 진정한 삶이 없으면, 환상으로 라도 사는 게지. 아무것도 없는 것보다는 나으니까.

소냐 베어놓은 건초가 날마다 내리는 비로 모조리 썩어 가는데, 외 삼촌은 환상에만 매달리고 있군요. 집안일을 완전히 내팽개치셨 어요······. 혼자 일하다보니 완전히 진이 다 빠져버렸어요. (놀 라서) 외삼촌, 두 눈에 눈물이!

보이니쓰키 눈물은 무슨 눈물? 아무것도 아니다······ 쓸데없는 소 리······. 넌 지금 죽은 네 어머니처럼 날 바라보았다······. (그녀 의 팔과 얼굴에 뜨겁게 키스한다) 누이야······ 사랑스런 누이 야······. 지금 걘 어디 있지? 그 아이가 알 수만 있다면! 아아, 그 아이가 알 수만 있다면!

소냐 뭘요? 외삼촌, 어머니가 뭘 안다는 거예요?

보이니쓰키 괴롭구나, 기분이 좋지 않아······. 아무것도 아니다······ 나중에······ 아무것도 아니야······ 가련다······. (나간다)

소냐 (문을 두드린다) 미하일 리보비치! 안 주무세요? 잠깐만요!

아스트로프 (문 뒤에서) 나갑니다! (잠시 뒤에 들어온다. 이미 조끼 를 입고, 넥타이를 매고 있다) 무슨 일이죠?

소냐 술이 드시고 싶으면 드세요. 하지만 외삼촌께는 권하지 마세 요. 건강에 해로우니까요.

아스트로프 알겠습니다. 우린 더 이상 마시지 않을 겁니다.

사이.

당장 내 집으로 가겠습니다. 확실하게 결정했습니다. 말을 매는 동안 날이 밝을 겁니다.

소냐 비가 내리고 있어요. 아침까지 기다리세요.

아스트로프 우레 비가 지나가는군요. 거의 끝나갑니다. 가겠어요.

그리고 부탁입니다만, 아버지를 위해 더 이상 나를 부르지 마세요. 통풍이라고 말씀드리면, 류머티즘이라 하시고, 누우시라고 하면, 앉아 계십니다. 그리고 오늘은 도통 나와 이야기하려 하시지 않더군요.

소냐 응석받이가 되셨어요. (찬장을 뒤진다) 뭐 좀 드시겠어요?

아스트로프 네, 주세요.

소냐 전 밤에 먹는 걸 좋아한답니다. 필시 찬장에 뭔가 있을 거예요. 사람들 말로는 아버지는 인생에서 여자들에게 커다란 성공을 거두셨다고 하더군요. 여자들이 아버지를 응석받이로 만들었다고요. 여기, 치즈 드세요.

두 사람은 찬장 옆에 서서 먹는다.

아스트로프 오늘은 아무것도 먹지 않고 마시기만 했어요. 아버님 성격이 까다롭습니다. (찬장에서 술병을 꺼낸다) 마셔도 될까요? (한 잔 마신다) 여기엔 아무도 없으니까 터놓고 말씀드릴 수 있겠네요. 내 생각에, 나는 당신 집에서 한 달도 살지 못하고 질식해버릴 것 같아요……. 당신 아버지는 온통 통풍과 서책에 몰두하고 있고, 바냐 외삼촌은 우울증에 사로잡혀 있고, 당신 할머니, 끝으로 당신 계모는…….

소냐 계모가 뭐요?

아스트로프 사람은 모든 게 아름다워야 합니다. 얼굴도, 옷도, 영혼도, 생각도 말이죠. 그분은 아름답습니다, 두말할 나위가 없어요. 하지만…… 그녀는 그저 먹고, 잠자고, 산책하고, 자기의 아름다움으로 우리 모두를 매혹시키고 있을 뿐, 그 이상은 아무것도 아닙니다. 그녀에게 어떤 의무도 없는 것은 다른 사람들이 그분을 위해 일하기 때문입니다……. 그렇지 않나요? 무위도식하는 삶이 순수할 수는 없으니까요.

사이.

하지만 내가 너무 엄격한지도 모릅니다. 나는 당신의 바냐 외삼촌이 그러는 것처럼 인생에 만족을 못 하고 있습니다. 그래서 우리 둘 다 불평가가 되어버린 겁니다.

소냐 인생이 만족스럽지 못하세요?

아스트로프 대체로 인생을 사랑합니다만, 우리의 인생, 러시아 시골에서 살아가는 이런 속된 삶은 견딜 수 없습니다. 그래서 영혼의 모든 힘을 다해서 그것을 경멸합니다. 나 자신만의 사적인 생활에 대해 말씀드리면, 정말이지 거기엔 좋은 것이라곤 전혀 없습니다. 깜깜한 한밤중에 숲을 걸어갈 때가 있습니다. 그런데 만일 그때 멀리서 등불이 반짝이면 피로도, 어둠도, 얼굴을 때리는 가시 많은 나뭇가지도 알아차리지 못합니다……. 아시겠지만, 이 지역의 어느 누구도 나만큼 일하는 사람은 없습니다. 끊임없이 운명이 나를 때려대기 때문에 때로 견딜 수 없을 정도로 고통스럽지만, 나한테는 멀리서 반짝이는 등불이 없습니다. 나는 이미 아무것도 기다리지 않고, 사람들을 사랑하지도 않습니다……. 이미 오래전부터 누구도 사랑하지 않아요.

소냐 아무도 사랑하지 않으세요?

아스트로프 그렇습니다. 당신 유모에 대해서는 어느 정도 상냥함을 느낍니다. 오랜 추억 때문이죠. 농부들은 단조롭고 지적으로 모자라며, 지저분하게 살고 있어서 인텔리들과 화합하기 어렵습니다. 인텔리들은 사람을 지치게 하죠. 우리가 알고 있는 선량한 사람들은 모두 저급하게 생각하고 저급하게 느끼고 있어서 자기 코 앞 이상을 보지 못하는, 그저 어리석은 사람들입니다. 좀 더 똑똑하고 낫다는 사람들도 히스테릭하고, 분석과 반사로 괴로워하고 있어요……. 그들은 끊임없이 불평하고, 증오하고, 병적으로 비방하며, 옆으로 다가가서 사람을 곁눈질로 살펴보고는 "오, 이건 정신병자로군!" 혹은 "이건 요설간데!" 하고 결론을 내립니다. 내 이마빼기에 어떤 상표를 붙여야 할지 모르는 경우에 그들은 "이건 이상한 족속이야, 이상해!"라고 말합니다. 내가 숲을 사랑하는 것도 이상하고, 고기를 먹지 않는 것 또한 이상한 겁니다. 자연과 인간에 대한 직접적이고 순수하며 자유로운 관계는 이미 존재하지 않습니다……. 없어요, 없고말고요! (술을 마시려고 한다)

소냐 (그를 말리며) 안 돼요. 부탁이에요. 제발 더 이상 마시지 마세요.

아스트로프 왜죠?

소냐 이건 당신한테 어울리지 않아요! 선생님은 우아하고 목소리도 그렇게 부드러운데…… 그 이상이에요. 제가 알고 있는 사람들 가운데 당신이 가장 멋지세요. 그런데 어째서 술 마시고 카드놀이나 하는 평범한 사람들을 닮으려고 하세요? 오, 그렇게 하지 마세요. 부탁이에요! 사람들은 창조는 하지 않고, 하느님이 주신 것을 파괴만 하고 있다고 언제나 말씀하셨죠. 그런데 어째서 당신은 스스로를 파괴하시는 거죠? 그러지 마세요. 그러시면 안 돼요. 부탁드려요. 간절히 부탁드립니다.

아스트로프 (그녀에게 손을 내민다) 더 마시지 않겠습니다.

소냐 약속해주세요.

아스트로프 틀림없습니다.

소냐 (손을 꼭 쥔다) 고마워요!

아스트로프 됐습니다! 술이 깼습니다. 완전히 말짱하니까 이런 식으로 인생 마지막 날까지 남을 겁니다. (시계를 본다) 그러니까,

계속합시다. 내 시대는 이미 지나갔고, 이제 난 늦었다, 그걸 말하는 겁니다……. 늙었고, 일하다가 지쳐버렸고, 몹시 천박해졌고, 모든 감정이 무뎌져서 이제 사람들에게 애착을 느낄 수 없게된 것 같습니다. 누구도 사랑하지 않고…… 누구도 사랑하지 못할 겁니다. 아직도 나를 사로잡는 게 있다면 그것은 아름다움입니다. 아름다움에는 무심하지 않아요. 만일 저 엘레나 안드레예브나가 원한다면 그녀는 하루 만에 내 정신을 쏙 빼놓을 수 있을겁니다……. 하지만 그건 사랑도 아니고, 애착도 아닙니다…….
(한 손으로 눈을 가리고 몸을 떤다)

소냐 무슨 일이세요?

아스트로프 아니…… 사순절에 환자가 클로로포름 냄새를 맡고 죽어버렸습니다.

소냐 그건 잊으실 때도 됐어요.

사이.

말씀해보세요, 미하일 리보비치……. 만일 저한테 친구나 누이동생이 있어서 당신과 가깝게 됐다면요…… 그러니까, 그 아이가 당신을 사랑하게 됐다고 해요. 그렇다면 당신은 어떻게 하시겠어요?

아스트로프 (어깨를 으쓱한 다음) 모릅니다. 정말 모르겠는데요.내가 그녀를 사랑할 수 없다는 것을 이해시키지 않을까요……내 머리는 그런 일과 무관하다는 것을 말이죠. 여하튼 가려면 지금 가야 합니다. 안녕히 계세요. 안 그러면 우린 아침까지도 끝내지 못할 겁니다. (악수한다) 괜찮으시다면 객실을 지나가겠어요. 당신 외삼촌이 붙들지나 않을까 걱정돼서요. (나간다)

소냐 (혼자서) 그분은 내게 아무 말도 하지 않았어……. 그분의 영혼과 마음을 여전히 알지 못하는데 난 왜 이렇게 행복하다고 느끼는 걸까? (행복해서 웃는다) 그분께 말했어. 당신은 우아하고 고상하며 그토록 부드러운 목소리를 가지셨다고 말이야……. 혹시 이게 부적절한 것은 아닐까? 그이의 목소리가 떨리고 나를 어루만지고…… 그분을 대기 속에서 느끼고 있어. 그런데 누이동생에 대해서 말했을 때 그분은 이해하지 못했어……. (두 손을 쥐어짜면서) 오, 내가 못생겼다는 건 얼마나 무서운 일인가! 참으로 무서워! 내가 못생겼다는 걸 알아. 알고 있어, 안다니까……. 지난 일요일에 사람들이 성당에서 나오면서 나에 대해 말하는 걸 들었어. 어떤 여자가 말했지. 선량하고 착하지만 참 못생겼어, 라고. 못생겼어…….

엘레나 안드레예브나가 들어온다.

엘레나 안드레예브나 (창문을 연다) 우레 비가 지나갔어요. 정말로 공기가 좋아요!

사이.

의사는 어디 계시죠?
소냐 가셨어요.

사이.

엘레나 안드레예브나 소피!
소냐 네?
엘레나 안드레예브나 언제까지 나한테 화를 낼 거예요? 서로에게 나쁜 짓을 하지도 않았는데 말이죠. 어째서 우리가 적이 되어야 하는 거죠? 그만둬요…….

소냐 제가 바라던 거예요……. (그녀를 포옹한다) 좋아요!

엘레나 안드레예브나 정말 좋군요…….

두 사람은 흥분한다.

소냐 아빠 잠자리에 드셨나요?

엘레나 안드레예브나 아니에요. 객실에 앉아 계세요. 우린 몇 주일 동안이나 서로 이야기를 나누지 않았어요. 이유도 모른 채 말이죠. 이젠 그만둘 때가 된 거죠…… (찬장이 열려 있는 것을 보고 나서) 이게 뭐죠?

소냐 미하일 리보비치가 식사를 하셨어요.

엘레나 안드레예브나 포도주도 있군요……. 우정을 위해 한잔할까요?

소냐 그러죠.

엘레나 안드레예브나 술잔 하나로…… (술을 따른다) 이렇게 하는 게 나아요. 자, 이제 '너'라고 해도 되는 거지?

소냐 그래요.

그들은 술을 마시고 키스한다.

이미 오래전부터 화해하고 싶었어요. 그런데 어쩐지 부끄러웠어요……. (운다)

엘레나 안드레예브나 대체 왜 우는 거야?

소냐 아니에요. 제가 좀 그래요.

엘레나 안드레예브나 자, 그만. 됐어…… (운다) 이상한 사람이야. 나도 울고 말았잖아!

사이.

잇속을 챙기려고 네 아버지와 결혼했다는 이유 때문에 넌 내게 화를 낸 거지. 만일 네가 맹세를 믿는다면, 사랑 때문에 그이와 결혼했다고 맹세할 수 있어. 학자이자 저명인사이기 때문에 난 그이한테 끌렸던 거야. 진정한 사랑이 아니라 인위적인 사랑이 었지만, 그땐 그것이 진정한 사랑이라고 믿었던 거지! 내 잘못이 아니야. 그런데 결혼 당일부터 넌 교활하고 의심하는 눈길로 나를 괴롭힌 거야······.

소냐 자, 화해, 화해해요! 잊기로 해요.

엘레나 안드레예브나 그렇게 사람을 바라보면 안 돼. 그건 네게 어울리지 않아. 모든 사람을 믿어야 해. 안 그러면 살아갈 수 없어.

사이.

소냐 친구로서 솔직하게 말해주세요······. 행복하세요?

엘레나 안드레예브나 아니.

소냐 알고 있었어요. 하나만 더 물어볼게요. 솔직하게 말씀해주세요. 젊은 남편이 있었으면 하고 바라시진 않나요?

엘레나 안드레예브나 아직도 어린애 같구나······. 물론, 바라지! (웃는다) 자, 뭐든지 물어보렴. 물어봐······.

소냐 의사 선생님이 좋으세요?

엘레나 안드레예브나 그럼, 아주 좋아.

소냐 (웃는다) 내 얼굴 바보 같죠····· 그렇죠? 그이는 가셨는데, 여전히 그이의 목소리와 발소리가 들려요. 어두운 창문을 바라보아도 거기에 그이 얼굴이 나타나는 거예요. 모두 말하도록 해주세요····· 하지만 그렇게 큰 소리로 말할 순 없어요. 부끄러워요. 내 방으로 가요. 거기서 말하도록 해요. 바보처럼 보이죠? 말해보세요…… 그분에 대해 무엇이든 말해보세요…….

엘레나 안드레예브나 뭘 말이야?

소냐 그분은 현명하고…… 모든 걸 할 수 있고, 모든 게 가능해요……. 치료도 하고, 나무도 심고…….

엘레나 안드레예브나 문제는 숲이나 의학에 있는 게 아니야…… 이봐, 소냐. 그건 재능이란 걸 알아야 해! 재능이 뭔지 알고 있지? 대담성, 자유로운 머리, 드넓은 활동 범위……. 나무를 심고는, 천년 뒤에 무슨 일이 일어날지 이미 헤아리는 거야. 이미 그분은 인간의 행복을 생각하고 있는 거라니까. 그런 사람들은 드물지, 그런 사람들을 사랑해야 해……. 그분은 술을 마시고 거칠기도 하지만, 뭐 그게 대수야? 러시아에서 재능 있는 사람들은 순결할 수 없는 거야. 저 의사 선생님의 인생이 어떤지 생각해보렴! 거리에는 지나갈 수 없는 진창, 맹추위, 눈보라, 머나먼 거리, 거칠고 야만적인 민중, 주변에는 가난과 질병이야. 그런 상황에서 허구한 날 노동하고 투쟁하는 사람이 마흔 살이 될 때까지 순결하고 술도 마시지 않고 자신을 건사하기란 어려운 일이야……. (그녀에게 키스한다) 네가 행복하기를 진심으로 바란다……. (일어난다) 나는 따분하고 삽화적인 인간이야……. 음악에서도 남편의 집에서도 모든 로맨스에서도 어디서든 한 마디로 그저 삽화적인 인간이었어. 솔직히 말하면 소냐. 깊이 생각해보면 난 정말 너무너무 불행해! (흥분해서 무대를 왔다 갔다 한다) 이 세상에서 내게 행복은 없어! 없다니까! 왜 웃는 거야?

소냐 (얼굴을 가리고 웃는다) 난 정말 행복해요……. 행복해요!

엘레나 안드레예브나 연주하고 싶어……. 지금 뭐든 연주하고 싶어.

소냐 연주하세요. (그녀를 포옹한다) 잠을 잘 수가 없어요……. 연주하세요!

엘레나 안드레예브나 그래. 아버지가 아직 주무시지 않아. 몸이 아플 때면 음악 소리에 예민해지시니까. 가서 물어보렴. 그이가 괜찮 다고 하면 연주할게. 가봐.

소냐 알았어요. (나간다)

정원에서 야경꾼이 딱따기를 두드린다.

엘레나 안드레예브나 벌써 오래도록 연주하지 않았어. 연주하고 울 어야지. 바보처럼……. (창문으로) 예핌, 네가 두드리는 거냐?

야경꾼의 목소리 "예!"

엘레나 안드레예브나 두드리지 말거라, 나리께서 편찮으시니.

야경꾼의 목소리 "이제 갑니다!" (휘파람을 분다) "어이, 이놈들아. 쥬치카, 말치크! 쥬치카!"

사이.

소냐 (돌아와서) 안 된대요!

막.

3막

세레브랴코프 집의 객실. 왼쪽과 오른쪽 그리고 가운데에 문이 있다.
낮. 앉아 있는 보이니쓰키와 소냐. 엘레나 안드레예브나는 무엇인가를 생각하면서 무대를 왔다 갔다 한다.

보이니쓰키 교수님께서는 오늘 우리가 이 객실에 오후 1시쯤 모였
으면 하고 말씀하셨습니다. (시계를 본다) 1시 15분 전이군요.
무엇인가 세상에 말씀하시고 싶은 겁니다.
엘레나 안드레예브나 필시 무슨 일이 있나 보죠.
보이니쓰키 그 사람한텐 아무 일도 없어요. 실없는 거나 쓰고, 불평
이나 하고, 질투나 하는 거 말고 더 없잖아요.
소냐 (비난하는 어조로) 외삼촌!
보이니쓰키 그래, 그래. 미안하다. (엘레나 안드레예브나를 가리킨
다) 저 사람을 좀 봐. 흐느적거리며 돌아다니고 있군. 정말 사랑
스러워! 정말!
엘레나 안드레예브나 온종일 같은 얘기만 하고 또 하는군요. 지겹지
도 않으세요! (우울하게) 무료해서 죽을 지경인데도 뭘 해야 할
지 모르겠어요.
소냐 (어깨를 으쓱하면서) 일이 없다고요? 하시려고 한다면
야…….

510

엘레나 안드레예브나 예를 들면?

소냐 집안일을 해도 되고, 가르치고 치료도 하세요. 모자라나요? 두 분이 여기 오시기 전에는 저와 바냐 외삼촌이 시장에 밀가루를 내다 팔았답니다.

엘레나 안드레예브나 못 해. 흥미도 없고. 이상적인 소설 속에서나 사람들을 가르치고 치료하는 거야. 근데 나 같은 사람이 아무 이유도 없이 갑자기 사람들을 치료하거나 가르치러 간단 말이야?

소냐 왜 가지도 않고 가르치지도 않는지 그걸 이해할 수 없어요. 가세요. 그러면 익숙해질 거예요. (그녀를 포옹한다) 무료해하지 마세요. (웃으면서) 무료해하시면서 제자리를 찾지 못하시잖아요. 그런데 무료함이나 태만함은 쉽게 전염되는 거예요. 보세요. 바냐 외삼촌은 아무 일도 하시지 않고 그림자처럼 어머니 뒤만 따라다니잖아요. 저도 이야기하고 싶어서 일을 버려두고 어머니한테 달려오잖아요. 저도 게으른 버릇이 든 거예요. 이럴 수 없어요! 미하일 리보비치 선생님은 예전엔 우리 집에 아주 가끔 오셨어요. 한 달에 한 번 오시게 하는 것도 힘들었어요. 그런데 지금 그분은 숲도 의술도 내팽개치고 매일 이리로 오시잖아요. 어머닌 분명 마법사예요.

보이니쓰키 뭘 괴로워하세요? (생기 있게) 자, 소중하고 화려한 이여. 영리해지세요! 당신 혈관 속에는 루살카의 피가 흐르고 있어요. 루살카가 되어보세요! 일생에 한 번만이라도 마음대로 해보세요. 어떤 물의 정령과 조속히 흠뻑 사랑에 빠져보시라고요. 교수님과 우리 모두가 깜짝 놀랄 정도로 소용돌이 속으로 깊숙이 풍덩 빠지세요!

엘레나 안드레예브나 (화를 내면서) 나를 내버려두세요! 정말 잔인하군요! (나가려고 한다)

보이니쓰키 (그녀가 지나가지 못하게 한다) 자, 자, 나의 기쁨이여.

용서하세요······. 미안합니다. (손에 키스한다) 화해합시다.

엘레나 안드레예브나 천사라도 참기 힘들 겁니다. 동의하세요.

보이니쓰키 화해와 동의의 표시로 지금 장미 꽃다발을 가져오겠습니다. 아까 아침에 당신을 위해 준비했죠······. 가을 장미, 매혹적이고 슬픈 장미······. (나간다)

소냐 가을 장미, 매혹적이고 슬픈 장미······.

두 사람은 창문을 본다.

엘레나 안드레예브나 벌써 9월이야. 어떻게 여기서 겨울을 보내지!

사이.

의사 선생님은 어디 계시니?

소냐 바냐 외삼촌 방에 계세요. 뭔가 쓰고 있어요. 바냐 외삼촌이 나가셔서 기뻐요. 어머니와 잠시 얘기할 게 있어요.

엘레나 안드레예브나 뭔데?

소냐 뭐냐고요? (그녀의 가슴에 머리를 기댄다)

엘레나 안드레예브나 자, 됐다. 됐어······. (그녀의 머리를 쓰다듬는다) 됐어.

소냐 난 못생겼어요.

엘레나 안드레예브나 넌 머릿결이 아름다워.

소냐 아니에요! (거울에 비치는 자기 모습을 보려고 뒤돌아본다) 아니에요! 여자가 예쁘지 않으면 사람들은 이렇게 말죠. "당신은 눈이 아름다워요, 당신은 머릿결이 고와요······." 전 그분을 6년 전부터 사랑해왔어요. 돌아가신 어머니보다 더 사랑해요. 매 순간 그분의 목소리를 듣고, 그분과 악수하던 손길을 느끼죠. 그리고 문을 바라보고 기다려요. 그분이 당장이라도 들어올 거란 생각이 계속 들거든요. 지금도 보시다시피 저는 그분에 대해 이야기하려고 늘 당신께 오곤 합니다. 요즘 그분은 매일 이곳에 계시지만, 저를 쳐다보지도 않고, 눈길도 주지 않아요……. 너무도 괴로워요! 제겐 희망이라곤 없어요. 없습니다, 없다고요! (절망적으로) 오, 하느님. 제게 힘을 보내주세요……. 밤새 기도했어요……. 자주 그분한테 가서 먼저 말을 걸기도 하고, 그분의 눈을 바라봅니다……. 저한텐 이미 자존심도, 스스로를 통제할 힘도 없어요……. 억제하지 못하고 어저께 바냐 외삼촌께 그분을 사랑한다고 고백했어요……. 그래서 제가 그분을 사랑한다는 걸 하녀들 모두가 알아요. 모두가 안다니까요.

엘레나 안드레예브나 그분은?

소냐 아뇨, 그분은 몰라요.

엘레나 안드레예브나 (생각에 잠겨서) 이상한 분이로구나……. 근데 말이야, 내가 그분과 이야기해보면 어떻겠니……? 조심스럽게 돌려서 말하면…….

사이.

사실, 언제까지 모르고 지내는 것도 그렇잖아……. 그렇게 하자!

소냐가 수긍하며 고개를 끄덕인다.

그래, 좋아. 그분이 사랑하는지 사랑하지 않는지, 그걸 알아내는 건 어렵지 않아. 당황하지도 말고, 불안해하지도 마. 조심스럽게 물어보면 그분도 알아채지 못할 거야. 우린 알기만 하면 되니까. 사랑하는지, 아닌지.

사이.

만일 사랑하지 않는다면, 그분을 여기 머물지 못하게 하자. 됐지?

소냐가 긍정적으로 고개를 끄덕인다.

안 보면 더 편하단다. 시간 끌지 말고 지금 당장 물어보자꾸나.
나한테 어떤 도면을 보여주겠다고 했거든……. 가서 내가 뵙고
싶어 한다고 말씀드려.

소냐 (크게 동요하면서) 진실을 다 말해주실 거죠?

엘레나 안드레예브나 그럼, 당연하지. 진실이 어떻든 간에 모르는 것
보다는 덜 무서울 거야. 날 믿어.

소냐 네, 네……. 도면을 보고 싶어 하신다고 전할게요……. (걸어
가다가 문 옆에 멈춰 선다) 아니야, 모르는 게 나을 거야……. 어
쨌든 희망이라도…….

엘레나 안드레예브나 왜 그러니?

소냐 아니에요. (나간다)

엘레나 안드레예브나 (혼자서) 다른 사람의 비밀을 알고도 돕지 않
는 것보다 더 나쁜 건 없어. (생각에 잠겨서) 그분은 저앨 사랑
하지 않아. 그건 분명해. 하지만 그분은 왜 저애와 결혼하지 않
는 거지? 그 아인 예쁘지 않지만, 그 나이의 시골의사에겐 멋
진 아내가 될 수 있잖아. 똑똑하고, 저토록 선량하며, 순수하
고……. 아니야, 그건 그게 아니야, 아니야…….

사이.

저 불쌍한 아이를 이해해. 주위에는 사람들 대신 교양 없는 얼

룩반점들이나 돌아다니고, 온통 속된 말만 들리며, 아는 것이라고는 먹고, 마시고, 잠자는 것뿐인 절망적인 무료함의 한가운데서 다른 사람과는 다른, 잘생기고 재미있고 매력적인 그 사람이 이따금 찾아온다는 것은 어둠 한가운데서 밝은 달이 떠오르는 것 같겠지……. 그런 사람의 매력에 굴복하고, 정신을 잃는다는 것은…… 나 자신도 조금은 매혹된 것 같아. 그래, 그분이 안 계시면 나도 무료하고, 그분을 생각하면 이렇게 미소 짓게 되니 말이야……. 바냐 외삼촌은 내 혈관 속에 루살카의 피가 흐르는 것 같다고 말했어. "일생에 한 번만이라도 마음대로 해보세요." 정말? 어쩌면 그런 게 필요할지도 몰라……. 자유로운 새처럼 당신들 모두에게서, 당신들의 졸린 표정과 대화에서 멀리 날아가서 당신들 모두가 이 세상에서 존재하고 있다는 걸 잊는다면…… 하지만 난 겁이 많고 수줍어서……. 양심의 가책이 느껴져……. 저분이 매일 여기 오는 까닭을 헤아릴 수 있어. 왜 그가 여기 오는지 말이야. 그래서 내가 벌써 잘못했다는 느낌이 들고, 소냐 앞에서 무릎을 꿇고 용서를 빌며 울 준비가 돼 있어…….

아스트로프 (통계 지도를 가지고 들어온다) 안녕하십니까! (악수한다) 내 그림을 보고 싶어 하신다고요?

엘레나 안드레예브나 보여주시겠노라고 어제 저에게 약속하셨잖아요……. 시간 있으세요?

아스트로프 아, 물론입니다. (카드용 탁자 위에 통계 지도를 펼치고 제도용 핀으로 고정한다) 어디서 태어나셨나요?

엘레나 안드레예브나 (그를 도와주면서) 페테르부르크에서요.

아스트로프 학교는요?

엘레나 안드레예브나 음대를 다녔어요.

아스트로프 아마 당신한텐 재미없을 겁니다.

엘레나 안드레예브나 왜요? 사실 시골은 잘 모르지만, 많이 읽어보긴 했어요.

아스트로프 이 집에는 나의 전용 탁자가 있습니다……. 이반 페트로비치의 방에 있죠. 머릿속이 빌 만큼 극도로 지치면 모든 걸 던져버리고 이리로 달려와서 이걸로 한두 시간 기분을 푸는 겁니다……. 이반 페트로비치와 소피야 알렉산드로브나는 주판을 튕기고, 나는 그분들 옆에서 전용 탁자에 앉아 서툴게 그림을 그립니다. 마음이 훈훈하고 평온해집니다. 귀뚜라미도 울고 말이죠. 이런 희열을 자주 느끼지는 못합니다. 한 달에 한 번 정도……. (통계 지도를 가리키면서) 자, 여길 보세요. 50년 전 우리 고장의 지돕니다. 청록색과 연녹색은 숲을 뜻합니다. 전체 평지의 절반이 숲입니다. 초록색마다 칠해진 붉은 구역에서는 큰사슴과 염소 등이 살았습니다……. 여기에 식물상과 동물상을 표시했습니다. 이 호수에는 큰고니, 거위, 오리가 살았고, 노인들 말로는 엄청난 숫자의 다양한 새가 있었는데, 굉장히 큰 무리를 지어 날아다녔다고 합니다. 보십시오. 크고 작은 농촌마을 외에도 여러 가지 이주민촌, 농민 부락, 분리파 교도의 작은 부락, 물레방앗간 등이 여기저기에 분산되어 있었습니다……. 소와 말이 많았죠. 하늘색으로 칠해진 곳이 보이시죠. 예컨대 이 지역에는 하늘색이 짙게 칠해져 있는데, 여기엔 말이 떼 지어 살았던 곳입니다. 농가마다 세 필의 말이 있었다고 합니다.

사이.

이제 조금 아래를 봅시다. 이것은 25년 전입니다. 여기에서는 이미 숲이 전체 면적의 3분의 1밖에 되지 않습니다. 염소는 이미 없지만, 큰사슴은 있습니다. 녹색과 하늘색은 벌써 점점 엷어집니다. 기타 등등, 기타 등등입니다. 세 번째 부분으로 넘어갑시다. 현재 우리 고장의 지돕니다. 초록색이 이곳저것에 있습니다만, 연결되지 않고 반점 형태로 있지요. 큰사슴도, 큰고니도, 들꿩도 사라졌습니다……. 예전의 이주민촌과 농민 부락, 작은 부락, 물레방앗간은 흔적도 없습니다. 전체적으로 본다면 기껏해야 10년 내지 15년이 지나면 분명하게 드러날 항상적이고 명백한 퇴화의 장면입니다. 여기에는 문화의 영향력도 있고, 낡은 삶은 자연스럽게 새로운 삶에게 자리를 양보해야 한다고 말씀하실 겁니다. 그래요, 나도 이해합니다. 잘려나간 숲이 있던 이 자리에 가로수 길과 철도가 놓인다면, 이 자리에 크고 작은 공장과 학교가 건립된다면, 민중은 더 건강하고, 부유하고, 총명해질 겁니다. 하지만 보다시피 여기엔 그 비슷한 것도 없습니다! 고장에는 여전히 늪과 모기가 있고, 길도 없으며, 가난과 티푸스, 디프테리아와 화재가 있습니다……. 여기서 우리는 생존을 위한 힘에 부치는 투쟁의 결과로 초래된 퇴행과 관련을 맺게 됩니다. 이런 퇴행은 춥고 배고프며 병든 인간이 여생을 구하고, 자기 어린것들을 건사하기 위해서, 배고픔을 면하고 몸을 덥히기 위해서라면 모든 것을 본능적으로 무의식적으로 움켜쥐려고 하면서 다가올 날을 생각하지 않고, 모든 것을 파괴할 때 범용함, 무지몽매, 완전한 자의식의 부재로 인해 생겨나는 겁니다……. 거의 모든 게 파괴됐지만, 반면에 창조된 것은 아직 없습니다. (냉랭하게) 얼굴을 보아하니 당신은 이 문제에 흥미가 없군요.

엘레나 안드레예브나 이런 문제는 이해하는 게 별로 없어서요…….

아스트로프 여기에 이해할 게 뭐가 있나요. 그저 흥미가 없는 거죠.

엘레나 안드레예브나 솔직히 말씀드리면, 제 생각은 거기에 가 있지 않습니다. 미안합니다. 당신한테 사소한 걸 심문해야 하는데, 어떻게 시작해야 할지 몰라서 당황스러워요.

아스트로프 심문이라뇨?

엘레나 안드레예브나 네, 심문이에요. 하지만…… 아주 소박한 겁니다. 앉죠!

자리에 앉는다.

어떤 젊은 사람과 관련된 겁니다. 우리 정직한 인간으로 솔직하게 친구처럼 말해봐요. 이야기가 끝나면 말한 내용을 잊어버리기로 해요. 네?

아스트로프 그러죠.

엘레나 안드레예브나 의붓딸 소냐에 관한 일이에요. 그 아이가 마음에 드세요?

아스트로프 네. 그분을 존경하고 있습니다.

엘레나 안드레예브나 여자로서 그 아이가 마음에 드세요?

아스트로프 (잠시 있다가) 아닙니다.

엘레나 안드레예브나 두세 마디만 하고 끝내죠. 아무것도 눈치 채지 못하셨나요?

아스트로프 전혀요.

엘레나 안드레예브나 (그의 손을 잡는다) 당신은 그 아일 사랑하지 않아요. 눈을 보면 알아요……. 그 아인 괴로워하고 있답니다……. 그걸 이해하신다면…… 여기 오시지 마세요.

아스트로프 (일어난다) 나의 시대는 이미 지나갔습니다……. 게다가 시간도 없고요……. (어깨를 으쓱한 다음) 언제 그럴 겨를이 있겠어요? (당황해한다)

엘레나 안드레예브나 휴우, 정말 불쾌한 이야기예요! 엄청나게 무거운 짐을 끌고 온 것처럼 가슴이 두근거려요. 하지만 끝나서 다행이에요. 마치 아무 말도 하지 않은 것처럼 잊어버리자고요. 그리고…… 그리고 떠나주세요. 현명하신 분이니까, 이해하시겠죠…….

사이.

얼굴이 온통 달아올랐어요.

아스트로프 만일 당신이 한두 달 전에 말했으면 좀 더 생각했을지
도 모르지만, 지금은……. (어깨를 으쓱한다) 만일 그녀가 괴로
워한다면, 그것은 물론…… 다만 한 가지 알 수 없는 것은 어째
서 당신한테 이런 심문이 필요했는지 하는 겁니다. (그녀의 눈
을 주시하고는 손가락으로 위협한다) 당신은 교활해요!

엘레나 안드레예브나 무슨 말씀이죠?

아스트로프 (웃으면서) 교활합니다! 소냐가 괴로워하고, 나도 동의
한다고 합시다. 하지만 이런 당신의 심문이 왜 필요한 거죠? (그
녀가 말하려는 것을 제지하면서 생기 차게) 아니, 놀란 얼굴 하
지 마세요. 내가 어째서 매일 여기 오는지 당신은 잘 알고 있습
니다……. 왜, 누구 때문에 여기 오는지 당신은 잘 알고 있어요.
사랑스러운 맹수여, 날 그런 눈으로 보지 말아요. 난 늙은 참새
니까…….

엘레나 안드레예브나 (알 수 없다는 표정으로) 맹수라뇨? 무슨 말인
지 모르겠군요.

아스트로프 아름답고 털이 북슬북슬한 족제비예요……. 당신에겐
제물이 필요해요! 벌써 한 달 내내 난 아무것도 하지 않고 탐욕
스럽게 당신을 찾아다니고 있습니다. 당신은 이것이 정말로 마
음에 드는 겁니다. 정말로……. 자, 어떻습니까? 졌습니다. 당신
은 심문하지 않아도 그걸 압니다. (팔짱을 끼고 고개를 숙인 다
음) 항복입니다. 자, 여기 있습니다. 드세요!

엘레나 안드레예브나 미쳤군요!

아스트로프 (입을 벌리지 않고 웃는다) 수줍어하시네요…….

엘레나 안드레예브나 아, 나는 당신이 생각하는 것보다는 더 훌륭하고 고상해요! 맹세합니다! (가려고 한다)

아스트로프 (길을 막으면서) 오늘 갈 겁니다. 여기 오지 않을 거요. 하지만……. (그녀의 손을 잡고 주위를 돌아본다) 어디서 만날까요? 빨리 말해요. 어디서 만나죠? 누가 들어올지도 모릅니다. 빨리 말하세요. (열정적으로) 참으로 놀랍고 멋진…… 키스라도 한 번……. 당신의 향기로운 머리에 키스했으면…….

엘레나 안드레예브나 맹세합니다…….

아스트로프 (그녀가 말하려는 것을 제지하면서) 왜 맹세합니까? 맹세는 필요 없어요. 불필요한 말은 하지 말아요……. 아, 얼마나 아름다운가! 이 손도! (손에 키스한다)

엘레나 안드레예브나 됐어요, 그만하세요……. 가세요……. (손을 뺀다) 제정신이 아니군요.

아스트로프 말해요, 말씀하시라니까요. 내일 어디서 만날까요? (그녀의 허리를 끌어안는다) 너도 알다시피 이건 불가피한 거야. 우린 만나야 해. (키스한다. 바로 그때 장미 꽃다발을 들고 들어온 보이니쯔키가 문가에 멈춰 선다)

엘레나 안드레예브나 (보이니쯔키를 보지 못하고) 안 돼요……. 날 내버려두세요……. (아스트로프의 가슴에 머리를 기댄다) 안 돼요! (가려고 한다)

아스트로프 (그녀의 허리를 붙든 채) 내일 산림국으로 와……. 2시에……. 응? 응? 오는 거지?

엘레나 안드레예브나 (보이니쯔키를 보고 나서) 놔줘요! (몹시 당황하여 창문 쪽으로 물러선다) 너무해요.

보이니쯔키 (꽃다발을 의자에 내려놓는다. 흥분해서 손수건으로 얼굴과 목덜미를 닦는다) 괜찮아……. 뭐…… 괜찮아…….

아스트로프 (불쾌한 표정으로) 존경하는 이반 페트로비치, 오늘은 날씨가 꽤 좋군. 비라도 올 것처럼 오전엔 흐리더니, 지금은 볕이 나는군. 솔직히 말하면 멋진 가을이 온 거지……. 가을 파종도 문제없고. (통계 지도를 통 안으로 말아 넣는다) 단지 낮이 짧아진 게……. (나간다)

엘레나 안드레예브나 (빠른 걸음으로 보이니쓰키에게 다가온다) 노력해주세요. 오늘 당장 나와 남편이 여기를 떠날 수 있도록 힘을 써줘요! 들었어요? 오늘 당장!

보이니쓰키 (얼굴을 닦으면서) 네? 아, 그래요……. 좋아요……. 헬레네, 난 다 봤습니다. 모조리…….

엘레나 안드레예브나 (신경질적으로) 들었죠? 오늘 당장 여길 떠나야 한다고요!

세레브랴코프, 소냐, 텔레긴 그리고 마리나가 들어온다.

텔레긴 각하, 저도 웬일인지 몸이 좋지 않습니다. 벌써 이틀째 앓고 있습니다. 머리가 어쩐지…….

세레브랴코프 나머지 분들은 어디 있소? 난 이 집이 싫어요. 무슨 미궁 같아요. 큰 방이 스물여섯 개나 있는데다가, 사방으로 흩어져 있어서 당최 사람들을 찾을 수가 없어요. (종을 친다) 마리야 바실리예브나와 엘레나 안드레예브나를 이리로 모셔 와요!

엘레나 안드레예브나 전 여기 있어요.

세레브랴코프 여러분, 앉으십시오.

소냐 (엘레나 안드레예브나에게 다가가서 초조하게) 뭐라고 그래요?

엘레나 안드레예브나 나중에.

소냐 떨고 계세요? 흥분하셨군요. (탐색하듯이 그녀의 얼굴을 눈

여겨본다) 알겠어요……. 그분이 더 이상 여기 오지 않겠다고
하셨군요…… 그렇죠?

사이.

말하세요. 그렇죠?

엘레나 안드레예브나가 그렇다는 뜻으로 고개를 끄덕인다.

세레브랴코프 (텔레긴에게) 어딜 가든 몸이 아픈 것은 견딜 수가 있
지만, 시골 생활의 조직이란 건 견딜 수가 없어요. 지구에서 어
떤 낯선 행성으로 떨어진 느낌이 듭니다. 여러분, 앉으십시오.
소냐!

소냐는 그의 말을 듣지 못한 채 슬프게 고개를 떨어뜨리고 서 있다.

소냐!

사이.

안 들리는 모양이군. (마리나에게) 이보게, 유모. 앉아.

유모가 앉아서 양말을 뜬다.

자, 여러분. 그러니까, 여러분의 귀를 주목이라는 못에 걸어두십
시오. (웃는다)
보이니쓰키 (흥분해서) 아마 난 필요 없겠지? 가도 되나?

세레브랴코프 아니야. 여기 있는 누구보다도 자네가 필요해.

보이니쓰키 당신에게 내가 무슨 소용이란 말이오?

세레브랴코프 당신이라니……. 대체 왜 화를 내나?

사이.

자네한테 뭔가 잘못한 일이 있다면, 용서하게. 부탁일세.

보이니쓰키 그런 어투는 치우게. 본론으로 들어감세……. 대체 무슨 일인가?

마리야 바실리예브나가 들어온다.

세레브랴코프 어서 오세요, 어머님. 시작하겠습니다, 여러분.

사이.

여러분, 제가 여러분을 오시라고 한 것은 이곳에 감사관이 온다는 걸 알려드리고자 함입니다.* 그러나 농담은 그만둡시다. 중요한 문제니까요. 여러분을 오시라고 한 것은 여러분의 도움과 충고를 청하고자 함이며, 그리고, 여러분의 항상적인 애호를 알고 있기에 그것을 얻으리라 희망하기 때문입니다. 저는 학문하는 인간이고 실생활에 어두워서 언제나 실제적인 삶을 몰랐습니다. 달통한 분들의 지시 없이는 해나갈 수가 없기에 자네, 이반 페트로비치, 그리고 당신, 일리야 일리치, 당신들과 어머님께 부탁하는 겁니다……. 문제는 manet omnes una nox*입니다. 말하자면 우리 모두는 하느님 아래서 살아가고 있는 것입니다. 저는 늙고 병들었습니다. 그래서 가족과 관련된 재산 문제를 정리할 적절할 시기를 찾고 있습니다. 내 삶은 끝났고, 나 자신에 대해서는 생각하지 않습니다. 하지만 내게는 젊은 아내와 출가하지 않은 딸이 있습니다.

사이.

그들이 계속해서 시골에서 사는 건 불가능합니다. 우리는 시골에서 살도록 만들어지지 않았습니다. 이 영지에서 우리가 얻는 수입으로 도시에서 사는 것은 불가능합니다. 숲을 판다고 해도, 그것은 특단의 조치이기에 해마다 쓸 수는 없습니다. 많든 적든 일정한 수입을 보장할 수 있는 그런 방편을 찾아야만 합니다. 그런 하나의 조치를 생각해냈기로 여러분께서 심사해주실 것을 제안하고자 합니다. 자세한 것은 제외하고, 요점만 말씀드리겠습니다. 우리 영지는 평균 2퍼센트 이상의 수입을 얻지 못합니다. 영지를 팔 것을 제안합니다. 영지 판매 대금을 유가증권으로 바꾸면 4내지 5퍼센트의 수입을 얻게 됩니다. 그래서 제 생각으로는 몇 천 루블의 잉여금도 생길 것이므로, 그 돈으로 핀란드에 크지 않은 별장을 살 수 있을 겁니다.

보이니쓰키 잠깐만……. 내가 잘못 들은 것 같아. 다시 한 번 말해주게.

세레브랴코프 돈을 유가증권으로 바꾸고 핀란드에 별장을 사자고 했네.

---

* [원주] 밤이 한결같이 모든 사람을 기다린다(라틴어).

보이니쓰키 핀란드 말고…… 뭔가 다른 말을 했잖아.

세레브랴코프 영지를 팔자고 제안했네.

보이니쓰키 바로 그거야. 자네가 영지를 판다고. 대단해. 훌륭한 생각이야……. 그런데 나와 나이 든 어머니, 그리고 소냐는 어디로 가라는 건가?

세레브랴코프 그건 적절한 때 논의하세. 당장 말고.

보이니쓰키 잠깐만. 지금까지 내겐 조금의 상식도 없었던 게 분명해. 지금까지 난 바보처럼 이 영지가 소냐 것이라고 생각해왔으니까 말이야. 고인이 되신 아버지께서 이 영지를 누이의 지참금으로 사셨지. 지금까지 난 순진했고, 법률을 터키식으로 이해하지 못하고, 영지가 누이에게서 소냐에게 넘어갔다고 생각했어.

세레브랴코프 그래, 영지는 소냐 소유야. 누가 뭐라고 그랬나? 소냐가 동의하지 않으면 영지를 팔 수 없어. 게다가 영지를 팔자고 제안하는 것은 소냐를 위해서야.

보이니쓰키 알 수가 없군, 알 수가 없어! 아니면 내가 미쳤나. 아니면…….

마리야 바실리예브나 쟌, 알렉산드르한테 반대하지 말거라. 뭐가 좋고 뭐가 나쁜지 그 사람이 우리보다 잘 알고 있으니까.

보이니쓰키 아니에요, 물 좀 주세요……. (물을 마신다) 하고 싶은 대로 말씀하세요! 하고 싶은 대로!

세레브랴코프 어째서 자네가 흥분하는지 모르겠군. 내 기획이 이상적이라고 말하지 않았네. 만일 모든 사람들이 부적절하다고 한다면, 고집부리지 않을 걸세.

사이.

텔레긴 (당황해하면서) 각하, 저는 학문을 공경할 뿐만 아니라, 친근감 또한 가지고 있습니다. 제 형수님의 오라버니는 아실지 모르겠습니다만, 콘스탄틴 트로피모비치 라케데모노프인데, 석사 학위를 가지고 있었습니다…….

보이니쓰키 잠깐, 와플. 우린 얘기 중이야……. 기다려, 나중에……. (세레브랴코프에게) 이 친구에게 물어보게. 영지는 이 친구 아저씨한테 샀으니까.

세레브랴코프 아아, 왜 그걸 물어봐야 하지? 무엇 때문에?

보이니쓰키 영지는 당시에 9만 5000루블에 샀네. 아버지는 고작 7만 루블을 지불하셨고, 따라서 2만 5000루블이 빚으로 남았지. 이제 들어들 보세요……. 이 영지는 만약 내가 사랑하는 누이동생을 위해 유산을 거부하지 않았다면 살 수 없었을 겁니다. 그것도 모자라서 나는 10년 동안 황소처럼 일해서 모든 빚을 갚았던 겁니다…….

세레브랴코프 이런 이야기를 시작한 게 애석하구먼.

보이니쓰키 영지의 빚을 청산하고, 무질서하지 않게 관리한 건 오직 나의 개인적인 노력 덕분이야. 그런데 내가 늙어지니까 목덜미를 잡아채서 여기서 끌어내리려고 하다니!

세레브랴코프 자네가 무슨 말을 하려는 건지 알 수가 없군.

보이니쓰키 25년 동안 나는 이 영지를 관리하고, 일하면서 가장 양심적인 청지기로서 자네에게 송금했어. 하지만 자넨 그동안 단한 번도 내게 고맙다고 하지 않았지. 젊을 때나 지금이나 계속해서 자네에게 1년에 500루블의 봉급을 받았을 뿐이야. 하찮은 돈이지! 그런데도 자넨 단 1루블을 올려줄 생각도 한 적이 없어!

세레브랴코프 이반 페트로비치, 내가 어찌 알았겠나? 난 실제적인 인간이 못돼서 아는 게 없다니까. 자네 스스로 올릴 수도 있잖나. 원하는 만큼 말이야.

보이니쓰키 왜 훔치지 않았느냔 얘기야? 어째서 여러분 모두는 내

가 훔치지 않았다는 이유로 저를 경멸하지 않는 겁니까? 그게
정당했다면, 난 지금 거지가 되진 않았을 텐데!

마리야 바실리예브나 (엄격하게) 쟌!

텔레긴 (흥분하면서) 이보게, 바냐. 그러지 마. 그러지 말라고⋯⋯.
떨려⋯⋯. 어째서 좋은 관계를 망치려고 그래? (그에게 키스한
다) 그러지 마.

보이니쓰키 25년 동안 나는 바로 이 어머니와 함께 두더지처럼 사
면 벽 속에 앉아 있었어⋯⋯. 우리의 모든 생각과 감정은 자네
한 사람에게 쏠려 있었지. 낮에 우리는 자네에 대해서, 자네의
논문에 대해서 말했고, 자네를 자랑스러워했으며, 경건한 마음
으로 자네 이름을 불렀지. 내가 지금은 그토록 경멸하는 잡지와
서적을 읽으면서 우리는 밤을 허비했다니까!

텔레긴 그러지 마, 바냐. 그러지 말라고⋯⋯. 견딜 수 없어⋯⋯.

세레브랴코프 (분노하면서) 알 수가 없군. 대체 바라는 게 뭔가?

보이니쓰키 우리에게 자넨 가장 높은 곳에 있던 존재였고, 우린 자
네 논문을 외울 정도로 알고 있었어⋯⋯. 하지만 이제 내가 눈을
뜬 거야! 모든 게 보인다니까! 자넨 예술에 관해 글을 쓰지만,
예술에 대해 아는 게 아무것도 없어! 내가 사랑했던 자네의 모
든 저작은 동전 한 닢의 가치도 없다고! 자넨 우릴 속였어!

세레브랴코프 여러분! 제발 저 사람을 진정시키세요! 난 가겠습니다!

엘레나 안드레예브나 이반 페트로비치, 입 좀 다무세요! 아시겠어요?

보이니쓰키 못 해! (세레브랴코프의 길을 막아서면서) 잠깐, 아직
내 말 끝나지 않았어! 자넨 내 인생을 망쳤어! 난 산 게 아니야,
산 게 아니라고! 자네 때문에 난 인생의 가장 좋은 시기를 망치
고 파멸시켰던 거야! 자넨 최악의 원수야!

텔레긴 참을 수 없어⋯⋯. 참을 수가 없다니까⋯⋯. 가야겠어⋯⋯.
(몹시 흥분하여 나간다)

세레브랴코프 나한테 원하는 게 뭔가? 그리고 그런 어투로 말할 권리가 자네한테 있나? 쓸모없는 인간 같으니! 만일 영지가 자네 것이면, 가져가. 난 필요 없으니까!

엘레나 안드레예브나 당장 이 지옥에서 나갈 거예요! (소리친다) 더 이상 못 견디겠어요!

보이니쓰키 내 인생은 끝났어! 나는 재능 있고 현명하며 대담해……. 만일 내가 정상적으로 살았다면, 쇼펜하우어나 도스토예프스키가 되었을지도 몰라……. 쓸데없는 말을 지껄였군! 미치겠어……. 어머니, 절망스러워요! 어머니!

마리야 바실리예브나 (엄격하게) 알렉산드르 말씀을 들어라!

소냐 (유모 앞에 무릎을 꿇고 바싹 기댄다) 유모! 유모!

보이니쓰키 어머니! 어떻게 해야죠? 필요 없어요. 말하지 마세요! 어떻게 해야 하는지 알아요! (세레브랴코프에게) 날 기억하게 될 거다! (중문으로 나간다)

마리야 바실리예브나가 그의 뒤를 따라간다.

세레브랴코프 여러분, 이게 대체 뭡니까? 저 미치광이에게서 날 데려가 주세요! 저 인간과 한 지붕 아래서 살 수 없어요! 그 자가 바로 여기 (중문을 가리킨다) 내 옆에서 살잖아요……. 그자를 마을이나 별채로 옮기도록 하든지, 내가 여길 떠나든지. 여하튼 그자와 한집에 함께 있을 순 없어요…….

엘레나 안드레예브나 (남편에게) 오늘 여길 떠나요! 지금 당장 그렇게 해요.

세레브랴코프 정말로 쓸모없는 인간이야!

소냐 (무릎을 꿇은 채 아버지를 향해서, 눈물을 글썽이며 신경질적으로) 동정심을 가지세요, 아빠! 저와 바냐 외삼촌은 정말로 불행해요! (절망을 견디면서) 동정심을 가지셔야 해요! 아빠가 조금 더 젊었을 때를 생각해보세요. 그때 바냐 외삼촌과 할머니는 밤마다 아빠를 위해서 책을 번역하고 아빠의 논문을 정서하셨어요……. 밤이면 밤마다, 밤이면 밤마다! 저와 바냐 외삼촌은 쉬지 않고 일했어요. 한 푼이라도 낭비할까 걱정하면서 전부 아빠한테 보내드렸어요……. 우린 공짜로 빵을 먹은 게 아니에요! 말하려고 한 건 이게 아닌데. 이걸 말하려고 한 게 아닌데. 저희를 이해하셔야 해요, 아빠. 동정심을 가지셔야 해요!

엘레나 안드레예브나 (흥분하면서 남편에게) 알렉산드르, 제발 그분과 함께 의논해보세요…… 부탁이에요.

세레브랴코프 좋아. 그 친구와 의논해보겠어……. 그 사람을 비난하지도 않고, 화를 내는 것도 아니야. 하지만 그 친구 행동이 최소한 이상하다는 걸 여러분도 동의하세요. 그 사람한테 가겠습니다. (중문으로 나간다)

엘레나 안드레예브나 그분을 좀 더 부드럽게 대해서 진정시키세요……. (그의 뒤를 따라 나간다)

소냐 (유모에게 바싹 기대면서) 유모! 유모!

마리나 괜찮다, 애야. 거위들은 꽥꽥거리다가 그치는 법이니까……. 꽥꽥거리다가 그치니까…….

소냐 유모!

마리나 (그녀의 머리를 쓰다듬는다) 추위를 타듯 떨고 있네! 자, 자. 어린 아가씨. 하느님은 자비로우셔. 보리수 차나 산딸기 차를 마셔봐. 그것 또한 지나갈 터이니……. 슬퍼 마시우. 어린 아가씨……. (중문을 바라보고 분노하면서) 저런, 거위들이 거칠어졌네. 뒈져버려라!

무대 뒤에서 총소리. 엘레나 안드레예브나의 비명이 들린다. 소냐가 몸을 떤다.

으응, 이런!

세레브랴코프 (공포에 질려 비틀거리면서 달려 들어온다) 저놈을 막아! 막으라고! 미쳤어!

엘레나 안드레예브나와 보이니쓰키가 문에서 싸운다.

엘레나 안드레예브나 (그의 손에서 권총을 빼앗으려고 애쓰면서) 내 놔요! 내놓으라고 하잖아요!

보이니쓰키 이거 놔요, 헬레네! 날 놓으란 말이오! (뿌리치고 나서 달려 들어와 눈으로 세레브랴코프를 찾는다) 어디 있어? 아, 저기 있군! (그에게 발사한다) 탕! 안 맞았나? 또 빗나갔어? (화가 나서) 아, 빌어먹을……. 젠장 맞을……. (권총으로 마룻바닥을 내려치고 기진맥진해서 의자에 앉는다. 세레브랴코프는 대경실색한다. 엘레나 안드레예브나는 현기증이 나서 벽에 기댄다)

엘레나 안드레예브나 여기서 날 데려가 줘요! 데려가세요. 죽여주세요. 하지만…… 여기 있을 순 없어요. 안 돼요!

보이니쓰키 (절망적으로) 오, 내가 뭘 하고 있나! 뭐 하는 거지!

소냐 (나지막하게) 유모! 유모!

막.

4막

이반 페트로비치의 방. 이곳은 그의 침실이며 또한 영지의 사무실이기도 하다. 창가에 회계 장부와 각종 서류가 놓여 있는 커다란 탁자, 사무용 책상, 장롱, 저울이 있다. 아스트로프가 쓰는 약간 작은 탁자. 탁자 위에는 그림 그리는데 필요한 도구와 물감이 있고, 그 옆에는 캔버스가 있다. 찌르레기가 있는 새장. 여기 있는 누구에게도 쓸모가 없는 아프리카 지도가 벽에 걸려 있다. 방수포로 덮인 커다란 소파. 왼쪽에는 여러 방으로 통하는 문이 있고, 오른쪽에는 현관으로 통하는 문이 있다. 오른쪽 문 옆에는 농부들이 더럽히지 못하도록 깔개가 깔려 있다. 가을밤. 정적.

텔레긴과 마리나는 서로 마주보고 앉아서 양말 짜는 털실을 감고 있다.

텔레긴 빨리 하세요, 마리나 티모페예브나. 작별인사 하라고 곧 부를 겁니다. 말을 매라고 분부하셨다니까요.

마리나 (빨리 감으려고 애쓴다) 조금 남았어요.

텔레긴 하리코프로 가신다는군요. 거기서 사신대요.

마리나 훨씬 낫군요.

텔레긴 엄청나게들 놀라셨죠……. 엘레나 안드레예브나는 "한 시간도 여기서 살고 싶지 않아요……. 가요, 가자고요……. 하리코프에서 좀 살아보고, 익숙해지면 그때 짐을 찾으러 사람을 보냅시다……"하고 말했답니다. 짐도 없이 떠나는 거죠. 그러니까,

마리나 티모페예브나. 그분들은 여기 사실 팔자가 아닌 겁니다. 그런 팔자가 아니에요……. 피할 수 없는 숙명인 거죠.

마리나 그게 낫죠. 얼마 전에는 소동을 일으켰고, 총질까지 했잖아요. 정말 창피해요!

텔레긴 그렇습니다. 아이바조프스키의 솜씨가 필요한 사건이었죠.

마리나 꼴도 보기 싫어요.

사이.

예전처럼 그렇게 다시 살게 되는 거예요. 아침 7시에 차를 마시고, 12시에 점심을 먹고, 저녁에는 식사하러 자리에 앉고. 모든 게 다른 사람들 하는 것처럼 제대로 되는 거예요……. 기독교인처럼 말이에요. (한숨을 쉬면서) 오래도록 이 죄인은 국수를 못 먹었어요.

텔레긴 그래요. 오래도록 국수를 내놓지 않았습니다.

사이.

오래도록……. 마리나 티모페예브나, 오늘 아침에 마을에 갔는데요. 구멍가게 주인이 등 뒤에서 "어이, 자네. 식객!" 그러더군요. 저는 너무나 괴로웠습니다!

마리나 이봐요, 상관하지 말아요. 우리 모두가 하느님의 식객이니까요. 당신도, 소냐도, 이반 페트로비치도 말이죠. 일하지 않고 앉아 있는 사람은 아무도 없어요. 모두 일하고 있다우! 모두가……. 소냐는 어디 있죠?

텔레긴 정원에 있습니다. 의사와 함께 계속 돌아다니면서 이반 페트로비치를 찾고 있습니다. 자살이나 하지 않을까 걱정하고들 있지요.

마리나 권총은 어디 있다고 그래요?

텔레긴 (속삭이는 목소리로) 제가 지하실에 감춰뒀어요!

마리나 (씁쓸하게 웃으면서) 불행한 일이라우!

마당에서 보이니쓰키와 아스트로프가 들어온다.

보이니쓰키 날 내버려 둬. (마리나와 텔레긴에게) 여기서 나가. 한
시간만이라도 날 혼자 있게 해달라고! 보호받는 건 못 참아.

텔레긴 알았네, 바냐. (살금살금 나간다)

마리나 거위가 우네. 꽥-꽥-꽥! (털실을 챙겨 나간다)

보이니쓰키 내버려두라니까!

아스트로프 정말이지 그러고 싶네. 난 오래전에 여길 떠나야 했어.
다시 말하지만, 자네가 가져간 걸 돌려주지 않으면 난 못 가.

보이니쓰키 자네한테서 아무것도 가져오지 않았어.

아스트로프 진지하게 말하는데, 시간 끌지 마. 난 오래전에 가야 했
다니까.

보이니쓰키 자네한테서는 아무것도 가져오지 않았어.

두 사람은 앉는다.

아스트로프 그래? 그렇다면, 조금 더 기다리겠어. 그러나 그 후엔
미안하지만 완력을 쓸 수밖에 없어. 자넬 묶고 샅샅이 찾을 걸
세. 정말로 진지하게 말하는 거야.

보이니쓰키 맘대로 해.

사이.

그렇게 바보짓을 하다니. 두 번을 쏘고도 한 번도 못 맞췄으니! 나 자신 용서할 수 없어!

아스트로프 쏘고 싶으면 자네 이마빼기에 대고 쏴.

보이니쓰키 (어깨를 으쓱하고 나서) 이상해. 살인하려고 했는데도 나를 체포하지도 않고, 재판에 넘기지도 않다니 말이야. 그러니까 날 미친놈으로 생각하는 거지. (악의적인 웃음) 나는 미친놈이고, 교수이자 학문의 마법사라는 가면 아래 재능 없는 것과 범용함, 놀랄 정도의 무정함을 숨기는 자들은 미치지 않았다는 거지. 늙은이한테 시집와서 모든 사람들이 보는 데서 그 늙은이들을 기만하는 자들은 미치지 않았다는 거야. 난 봤어, 봤다니까. 자네가 그 여잘 포옹하는 걸!

아스트로프 그래, 포옹했네. 이거나 먹어! (놀린다)

보이니쓰키 (문을 바라보면서) 아니, 미친 건 이 땅이야. 여태까지 너희들을 지탱해주고 있으니까!

아스트로프 무슨 말도 안 되는 얘기.

보이니쓰키 그래, 난 미친놈이라 책임질 일도 없으니 바보 같은 소리를 지껄여도 괜찮아.

아스트로프 낡은 수작이군. 자넨 미친 게 아니라, 그저 괴짜일 뿐이야. 광대지. 예전엔 나도 괴짜를 병들고 비정상적인 인간이라 생각했는데, 지금은 정상적인 인간, 바로 그자가 괴짜라고 생각해. 자넨 완전히 정상이야.

보이니쓰키 (두 손으로 얼굴을 감싼다) 부끄러워! 얼마나 부끄러운지 자넨 모를 거야! 찌르는 것 같은 이 수치심은 어떤 고통과도 비교할 수 없어! (괴로워하면서) 견딜 수 없어! (탁자 쪽으로 몸을 숙인다) 무엇을 해야 하지? 뭘 해야 하냐고?

아스트로프 아무것도 없어.

보이니쓰키 어떻게든 해줘! 오 맙소사……. 난 마흔일곱 살이야. 예

순 살까지 산다고 하면 아직도 13년이 남았어. 긴 세월이야! 13
년을 어떻게 살아가지? 무엇을 하고, 무엇으로 채울 거냐고?
오, 이보게……. (경련하듯 아스트로프의 손을 잡는다) 만일 여
생을 어떻게든 새롭게 살 수 있다면. 청명하고 고요한 아침에 잠
을 깨서 삶을 새로이 살기 시작했다는 것과 모든 과거는 망각되
어 마치 연기처럼 사라져버렸다는 것을 느낄 수 있다면. (운다)
새로운 삶을 시작할 수 있다면……. 어떻게 시작할지…… 어디
서 시작할지 가르쳐줘…….

아스트로프 (짜증을 내면서) 에이, 이런 사람하고! 무슨 새로운 삶
이 아직도 있다고 그래! 자네나 나는 이제 끝장난 거야.

보이니쯔키 그런가?

아스트로프 확실해.

보이니쯔키 어떻게든 좀 해주게……. (가슴을 가리킨다) 여기가 찌
르는 것 같아.

아스트로프 (화를 내며 소리친다) 그만둬! (누그러지면서) 우리보
다 100년이나 200년 뒤에 살 사람들은, 우리가 그토록 어리석고
무미건조하게 살았다는 이유로 우리를 경멸하게 될 사람들은 필
시 행복해질 방법을 찾을지도 모르지만, 우리는…… 나와 자네
한테는 딱 한 가지 희망밖엔 없어. 우리가 영면하게 될 때 환상,
그것도 유쾌한 환상이 찾아올 것이란 환상밖엔 없다니까. (한
숨 쉬고서) 그렇다네, 이 사람아. 이 고장 전체에서 고상하고 지
적인 인간은 단 두 사람, 자네와 나밖에 없어. 그런데 대략 10년
동안 속된 생활, 경멸할 만한 생활이 우리를 졸라 맨 거야. 썩은
기운으로 그 삶이 우리의 피를 중독시켰고, 그래서 우리는 다른
사람들처럼 속물이 되어버린 거라고. (활기차게) 하지만 달콤한
말로 나를 속이지는 말게. 내게서 가져간 걸 내놔.

보이니쯔키 난 자네한테서 아무것도 가져오지 않았어.

아스트로프 휴대용 약상자에서 모르핀이 들어 있는 병을 가져갔잖아.

사이.

들어봐. 만일 어떻게 해서라도 자살하고 싶다면, 숲으로 가서 권총 자살을 하라고. 모르핀은 내놔. 안 그러면 소문과 억측이 떠돌면서 내가 자네한테 그걸 줬을 거라고들 생각할 테니 말이야……. 자넬 해부해야만 하는 걸로도 난 충분해……. 이게 재미있다고 생각하나?

소냐가 들어온다.

보이니쓰키 내버려둬!
아스트로프 (소냐에게) 소피야 알렉산드로브나, 당신 외삼촌이 약상자에서 모르핀이 들어 있는 병을 훔쳐가서 돌려주지 않는군요. 당신이 말씀 좀 해주세요. 이건…… 결코 현명한 짓이 아니라고요. 더욱이 난 시간도 없습니다. 가야할 시각입니다.
소냐 바냐 외삼촌, 모르핀을 가져가셨어요?

사이.

아스트로프 가져갔어요. 확신합니다.
소냐 돌려주세요. 왜 우릴 놀라게 하세요? (부드럽게) 돌려주세요, 바냐 외삼촌! 아마 제가 삼촌보다 더 불행할 거예요. 하지만 저는 절망하지 않아요. 저는 참고 있고, 제 목숨이 스스로 다하는 그때까지 참을 거예요……. 외삼촌도 참으세요.

사이.

돌려주세요! (그의 손에 키스한다) 소중하고 훌륭한 외삼촌, 사
랑하는 외삼촌. 돌려주세요! (운다) 외삼촌은 선량하니까 우릴
가엾이 여기시고 돌려주세요. 참으세요, 외삼촌! 참아요!
보이니쓰키 (탁자에서 병을 꺼내 아스트로프에게 넘겨준다) 자, 받
게! (소냐에게) 서둘러 일을 해야겠다. 서둘러서 뭔가 해야겠어.
안 그러면 견딜 수 없어……. 견딜 수 없다고…….
소냐 네, 네. 일해요. 식구들을 배웅하자마자 일을 시작해요…….
(탁자 위에 있는 서류를 신경질적으로 넘기면서 살핀다) 모든
게 방치됐어요.
아스트로프 (병을 약상자에 넣고 허리띠를 조여 맨다) 이제 길을
떠날 수 있겠군.
엘레나 안드레예브나 (들어온다) 이반 페트로비치, 여기 계세요? 이
제 우린 떠납니다……. 알렉산드르에게 가보세요. 그이가 당신
께 하고 싶은 말이 있대요.
소냐 가보세요, 바냐 외삼촌. (보이니쓰키의 손을 잡는다) 가요.
아빠와 외삼촌은 화해하셔야 해요. 꼭 그렇게 하셔야 해요.

소냐와 보이니쓰키가 나간다.

엘레나 안드레예브나 전 떠납니다. (아스트로프에게 손을 준다) 안
녕히 계세요.
아스트로프 벌써요?
엘레나 안드레예브나 벌써 말이 준비됐어요.
아스트로프 안녕히 가세요.
엘레나 안드레예브나 여길 떠나시겠다고 저한테 오늘 약속하셨어요.

아스트로프 기억합니다. 곧 떠날 겁니다.

사이.

놀라셨죠? (그녀의 손을 잡는다) 그렇게 두려우세요?

엘레나 안드레예브나 네.

아스트로프 남아계세요! 네? 내일 산림국에서······.

엘레나 안드레예브나 안 돼요······. 이미 결정됐어요······. 그래서 당신을 이렇게 용감하게 바라볼 수 있는 거예요. 출발이 이미 결정됐기 때문에······ 한 가지만 부탁드릴게요. 저에 대해 좋게 생각해주세요. 저를 존중해주셨으면 합니다.

아스트로프 예! (초조한 몸짓으로) 머무세요, 부탁입니다. 이 세상에서 당신이 할 일은 없고, 인생의 목적도 없으며, 당신이 주목할만한 일도 없고, 그래서 이르든 늦든 감정에 굴복하게 될 것이란걸 인정하세요. 이건 불가피합니다. 그러니까 하리코프나 쿠르스크* 인근보다는 여기 자연의 품속이 더 나을 겁니다······. 지극히 시적이며, 가을조차 아름다우니까요······. 여기에는 산림국도 있고, 투르게네프 취향의 절반쯤 부서진 저택들도 있습니다.

엘레나 안드레예브나 정말로 우스꽝스러운 분이에요······. 당신한테화가 나지만, 그래도······ 기쁜 마음으로 당신을 회상할 겁니다.당신은 매력적이고 독특한 사람이에요. 우린 더 이상 만나지 못할 테니까, 왜 숨기겠어요? 저도 얼마간 당신한테 끌렸답니다.자, 서로 악수하고 친구로 헤어지기로 해요. 나쁘게 기억하지 마세요.

아스트로프 (악수한다) 그래요, 떠나세요······. (생각에 잠겨서) 당

---

* 하리코프와 모스크바 사이에 위치한 중소 도시.

신은 선량하고 친절한 분 같기도 하지만, 전체적으로 당신이란 존재에는 무엇인가 이상한 것도 있는 듯합니다. 당신이 남편과 함께 이곳으로 오자 여기서 일하고, 떠돌고, 무엇인가 창조하던 사람들 모두는 자기네 일을 내팽개쳐 버리고, 여름 내내 당신 남편의 통풍과 당신한테 매달려야 했습니다. 두 사람, 당신과 남편은 우리 모두에게 나태를 전염시켰어요. 내가 정신이 나가서 아무것도 하지 않았던 한 달 동안에도 사람들은 병이 났고, 내 숲과 어린 나무 숲에도 농부들이 가축을 풀어놓았죠……. 그러니까 당신과 남편은 어디를 가시든 그곳에 파괴를 가져오는 겁니다……. 물론 농담입니다만, 하지만……. 이상한 일이죠. 만일 당신이 머무신다면 거대한 황폐가 발생하게 될 거라고 확신합니다. 나도 파멸할 테지만, 당신도…… 피하지 못할 겁니다. 자, 떠나세요. Finita la comedia!*

엘레나 안드레예브나 (그의 탁자에서 연필을 집어 들더니 재빨리 감춘다) 이 연필은 기념으로 가져가겠어요.

아스트로프 어쩐지 이상합니다……. 알게 되자 갑자기 웬일인지……. 이제 더 이상 볼 수 없게 되다니요. 세상 모든 일이 그렇겠죠……. 여기 아무도 없을 때, 바냐 외삼촌이 꽃다발을 가지고 들어오기 전에, 제가…… 당신한테 키스하도록……. 작별인사로…… 네? (그녀의 뺨에 키스한다) 자, 이렇게…… 좋습니다.

엘레나 안드레예브나 안녕히 계세요. (주위를 둘러본다) 알게 뭐야, 인생에 단 한 번인데! (갑작스럽게 그를 포옹한다. 두 사람은 재빨리 떨어진다) 가야겠어요.

아스트로프 서둘러 가세요. 말이 준비되면 출발하세요.

엘레나 안드레예브나 사람들이 이리로 오는 것 같아요.

두 사람이 귀를 기울인다.

아스트로프 Finita!

세레브랴코프, 보이니쓰키, 책을 든 마리야 바실리예브나, 텔레긴 그리고 소냐가 들어온다.

세레브랴코프 (보이니쓰키에게) 지난 일을 말하는 자의 눈은 뽑아 버려라! 사건이 일어난 몇 시간 동안 나는 너무나 많은 것을 경험했고, 그래서 생각하고 또 생각해보았소. 그랬더니 어떻게 살아야 할 것인지 후손들에게 교훈이 될 만한 완전한 논문을 쓸 수 있겠다는 생각이 들더군요. 기꺼운 마음으로 자네의 사과를 받아들이면서 나 또한 용서를 비네. 잘 있게! (보이니쓰키와 세 번 키스한다)

보이니쓰키 자넨 예전에 받았던 것과 정확하게 같은 액수를 받게 될 게야. 모든 게 옛날처럼 될 거야.

엘레나 안드레예브나가 소냐를 포옹한다.

세레브랴코프 (마리야 바실리예브나의 손에 키스한다) 장모님…….

마리야 바실리예브나 (그에게 키스하면서) 알렉산드르, 당신 사진을 찍어서 나한테 보내주세요. 당신이 나한테 얼마나 소중한지 알고 계시죠.

텔레긴 안녕히 가십시오, 각하! 저희를 잊지 마십시오!

세레브랴코프 (딸에게 키스하고 나서) 잘 있거라……. 모두들 안녕히 계십시오! (아스트로프에게 손을 주고서) 유쾌한 만남에 대해 감사드리오……. 선생의 사고 방식, 몰입, 폭발을 존중합니

다. 그러나 작별인사로 이 늙은이가 한 가지만 지적하도록 허락
해주시기 바랍니다. 여러분, 일을 해야 합니다! 일을 해야 한다
니까요! (모두에게 인사한다) 안녕히 계세요! (나간다. 마리야
바실리예브나와 소냐가 그의 뒤를 따른다)

보이니쓰키 (엘레나 안드레예브나의 손에 강하게 키스한다) 안녕
히 가십시오…… 용서하세요……. 다시는 만나지 못하겠군요.

엘레나 안드레예브나 (감동해서) 안녕히 계세요. (그의 머리에 키스
하고 나간다)

아스트로프 (텔레긴에게) 저쪽에 말을 해주게, 와플. 겸사겸사 나
한테도 말을 내달라고 말이야.

텔레긴 알았네, 친구. (나간다)

아스트로프와 보이니쓰키만 남는다.

아스트로프 (탁자에서 물감을 정리해서 가방에 넣는다) 자넨 왜 배
웅하러 가지 않는 거야?

보이니쓰키 가라고 하지 뭐. 나야…… 난 그럴 수 없어. 괴로워. 무
슨 일이든 서둘러서 해야만 해…… 일해야지, 일을 해야 해! (탁
자 위의 서류를 뒤적거린다)

사이. 종소리가 들린다.

아스트로프 떠났군. 교수는 아마 기쁠 거야! 이곳에 다시는 오고 싶
지 않겠지.

마리나 (들어온다) 가셨어요. (안락의자에 앉아서 양말을 뜬다)

소냐 (들어온다) 가셨어요. (눈물을 닦으면서) 제발 무사하시기
를. (외삼촌에게) 자, 바냐 외삼촌. 무엇이든 하도록 해요.

보이니쓰키 일을 해야 해, 일을…….

소냐 우리가 이 탁자에 함께 앉은 지도 참 오래됐어요. (탁자에 있는 램프에 불을 붙인다) 잉크가 없는 것 같아요……. (잉크병을 들고 장롱으로 걸어가서 잉크를 따른다) 떠나시고 나니 슬프네요.

마리야 바실리예브나 (천천히 들어온다) 떠났어! (앉아서 독서에 몰두한다)

소냐 (탁자에 앉아서 장부를 넘긴다) 바냐 외삼촌, 출납 회계부터 쓰도록 하죠. 정말로 방치돼서요. 회계 때문에 오늘도 사람을 보냈더라고요. 쓰세요. 외삼촌이 이쪽 회계를 쓰세요, 제가 저쪽을…….

보이니쓰키 (쓴다) "회계…… 아무개 귀하……."

두 사람이 말없이 쓴다.

마리나 (하품한다) 잠이 오네…….

아스트로프 고요하군. 펜이 사각거리고, 귀뚜라미가 우네. 따뜻하고 아늑해……. 여길 떠나고 싶지 않아.

방울 소리가 들린다.

말이 준비된 모양이야……. 여러분, 당신들과 내 탁자와 작별할 일만 남았군요. 가야겠어요! (통계 지도를 캔버스에 넣는다)

마리나 어째 그리 분주한 거예요? 앉아 계시지.

아스트로프 그리 안 되는군.

보이니쓰키 (쓴다) "이전의 부채가 2루블 75코페이카 남았고……."

일꾼이 들어온다.

일꾼 미하일 리보비치, 말이 준비됐습니다.

아스트로프 알았네. (그에게 약상자, 가방 그리고 캔버스를 넘겨준다) 자, 이걸 가지고 가게. 캔버스를 구기지 않도록 조심하게.

일꾼 알겠습니다. (나간다)

아스트로프 자……. (작별하러 온다)

소냐 언제 만나게 되나요?

아스트로프 여름 이전엔 안 될 겁니다. 겨울에는 안 될 거고……. 당연한 일이지만, 무슨 일이라도 있으면 알려주세요. 오겠습니다. (악수한다) 환대와 후한 대접 감사드립니다……. 한마디로 모든 것에 감사해요. (유모에게 가서 그녀의 머리에 키스한다) 잘 있게, 할멈.

마리나 차도 안마시고 갈 거유?

아스트로프 마시고 싶지 않아, 유모.

마리나 보드카는 드실 테죠?

아스트로프 (주저하면서) 글쎄…….

마리나가 나간다.

(사이를 둔 다음) 어쩐 일인지 곁마가 다리를 절기 시작했어. 어제 페트루쉬카가 물을 먹이러 데리고 갔을 때 이미 알아차렸지.

보이니쓰키 편자를 고쳐야겠군.

아스트로프 로즈스트벤노예의 대장장이한테 들러야겠어. 할 수 없지. (아프리카 지도 쪽으로 다가가더니 들여다본다) 분명히 지금 아프리카는 몹시 더울 거야. 무서운 일이야!

보이니쓰키 그래, 그럴 테지.

마리나 (보드카 잔과 빵 조각이 담긴 쟁반을 들고 돌아온다) 드세요.

아스트로프가 보드카를 마신다.

건강을 위해서. (공손하게 절한다) 빵도 좀 드시지.
아스트로프 아니야, 난 그럼……. 안녕히 계세요! (마리나에게) 배
웅하지 마, 유모. 그럴 필요 없어. (나간다. 그를 배웅하러 소냐가
양초를 들고 그의 뒤를 따른다. 마리나는 안락의자에 앉는다)
보이니쓰키 (쓴다) "2월 2일 식물성 기름 20푼트……. 2월 16일 다
시 식물성 기름 20푼트……. 메밀……."

사이.

방울 소리 들린다.

마리나 가셨어요.

사이.

소냐 (돌아와서 촛불을 탁자 위에 세워 놓는다) 가셨어요…….
보이니쓰키 (주판으로 계산한 다음 기록한다) 합계는…… 15……
25…….

소냐가 앉아서 쓴다.

마리나 (하품한다) 아아, 우리 죄를…….

텔레긴이 살금살금 들어와서 문가에 앉아 조용히 기타 줄을 고른다.

보이니쓰키 (소냐에게. 그녀의 머리를 쓰다듬으면서) 애야, 몹시 괴롭구나! 내가 얼마나 괴로운지 네가 알아준다면!

소냐 어떻게 하겠어요. 살아야죠!

사이.

바냐 외삼촌, 우리 살도록 해요. 길고도 긴 숱한 낮과 기나긴 밤들을 살아나가요. 운명이 우리에게 보내주는 시련을 참을성 있게 견디도록 해요. 휴식이란 걸 모른 채 지금도 늙어서도 다른 사람들을 위해 일해요. 그러다가 우리의 시간이 오면 공손히 죽음을 받아들이고 내세에서 말하도록 해요. 우리가 얼마나 괴로웠고, 얼마나 울었는지, 그리고 얼마나 슬펐는지 말이에요. 그러면 하느님이 우릴 가엾게 여기실 테고, 저와 외삼촌, 사랑하는 외삼촌은 밝고 아름다우며 우아한 삶을 보고 우리는 쉬게 될 거예요. 지금 우리의 불행을 감동과 미소로 뒤돌아보면서 우린 쉬게 될 거예요. 전 믿어요, 외삼촌. 뜨겁고 열렬하게 믿어요……. (그의 앞에 무릎을 꿇고, 머리를 그의 두 손에 놓는다. 지친 목소리로) 우린 쉬게 될 거예요!

텔레긴이 나직하게 기타를 연주한다.

우린 쉬게 될 거예요! 우리는 천사들의 소리를 듣고, 온통 다이아몬드로 뒤덮인 하늘을 볼 것이며, 지상의 모든 악과 우리의 모든 고통이 온 세상을 가득 채우고 있는 자비 속으로 가라앉는 걸 보게 될 거예요. 그러면 우리 인생은 애무처럼 고요하고 부드러우며 달콤해질 거예요. 저는 믿어요, 믿습니다……. (손수건으로 그의 눈물을 닦아준다) 불쌍하고 또 불쌍한 바냐 외삼촌. 울고 계시군요……. (눈물을 글썽이며) 외삼촌은 인생에서 즐거운 일이라곤 모르셨죠. 하지만 기다려 보세요, 바냐 외삼촌. 기다려요……. 우린 쉬게 될 거예요……. (그를 끌어안는다) 우린 쉬게 될 거예요!

야경꾼이 딱따기를 친다. 텔레긴이 나직하게 기타를 연주한다. 마리야 바실리예브나는 팸플릿 여백에 메모를 한다. 마리나는 양말을 뜨고 있다.

우린 쉬게 될 거예요!

막.

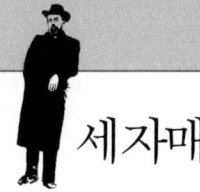

세자매

| 4막 드라마 |

속물들과 우매한 대중이 득시글거리는 지방 소도시에 아리땁고 고상하며 지성적인 세 자매가 살고 있다. 그들에게는 작은 꿈이 있다. 모스크바로 돌아가서 새로운 삶을 살아보는 것이다. 과연 그들은 꿈에 그리던 모스크바로 돌아갈 수 있을 것인가, 아니면 지금과 여기에 차폐된 채 영영 묶여 있을 것인가. 〈세 자매〉는 우리의 삶과 환경, 그리고 자유의지에 대한 문제를 제기하는 작품이다.

등장인물

안드레이 세르게예비치 프로조로프

나탈리야 이바노브나 그의 약혼자, 나중에 아내

올가 그의 첫째누이

마샤 그의 둘째누이

이리나 그의 셋째누이

표도르 일리치 쿨르이긴 김나지움 교사, 마샤의 남편

알렉산드르 이그나치예비치 베르쉬닌 육군 중령, 포병 중대장

니콜라이 리보비치 투젠바흐 남작, 육군 중위

바실리 바실리예비치 솔료느이 이등 대위

이반 로마노비치 체부트이킨 군의관

알렉세이 페트로비치 페도티크 육군 소위

블라디미르 카를로비치 로데 육군 소위

페라폰트 지방자치회 수위, 노인

안피사 유모, 여든 살의 노파

사건은 현청 소재 도시에서 일어난다.

1막

프로조로프 가문의 집. 몇 개의 원주가 있는 객실. 원주들 뒤로 커다란 홀이 보인다. 한낮. 마당에는 햇살이 비치고 유쾌하다. 홀에서는 아침식사를 준비하고 있다. 여학교 여교사의 푸른색 제복을 입은 올가가 서다가 걷다가 하면서 학생들의 공책을 계속 고치고 있다. 검은 옷을 입고 무릎 위에 모자를 올려놓은 마샤는 앉아서 책을 읽고 있다. 하얀 옷을 입은 이리나는 생각에 잠겨 서 있다.

올가 아버지는 꼭 1년 전 바로 오늘, 5월 5일 너의 명명일에 세상을 뜨셨어, 이리나. 몹시 추웠고, 눈이 왔지. 난 살 수 없을 것 같았고, 넌 죽은 사람처럼 실신해서 누워 있었어. 하지만 1년이 흘러갔고, 우리는 그 일을 쉽게 회상하고 있어. 넌 이미 하얀 옷을 입고, 얼굴은 빛나고 있어.

시계가 12시를 알린다.

그때도 똑같이 시계가 울렸지.

사이.

사람들이 아버지를 모시고 갈 때 음악이 연주되었고, 묘지에서는 조포를 쏘았던 게 기억나. 아버지는 장군이셨고 여단을 지휘하셨지만, 사람들은 많이 오지 않았어. 게다가 그땐 비까지 왔고. 지독한 진눈깨비였어.

이리나 왜 그 일을 떠올리는 거야!

원주들 뒤에 있는 탁자 주위에 투젠바흐 남작, 체부트이킨 그리고 솔료느이가 모습을 드러낸다.

올가 오늘은 따뜻해서 창문을 활짝 열어놓을 수 있지만, 자작나무 싹은 아직 트지 않았어. 아버지는 여단을 인수하시고 우리와 함께 11년 전에 모스크바를 떠나셨지. 난 또렷하게 기억해. 5월 초 바로 이 시기에 모스크바는 온통 꽃 천지에 따뜻하고 햇볕으로 넘쳐나지. 11년이 흘렀지만, 마치 어제 떠나온 것처럼 거기 있는 모든 것이 생각나. 맙소사! 오늘 아침에 눈을 뜨고 햇살 가득한 걸 보고, 봄이 온 걸 보고나니 마음속에서 기쁨이 용솟음치면서 고향에 몹시 가고 싶더구나.

체부트이킨 무슨 바보 같은 소리!

투젠바흐 말도 안 되는 얘기죠.

책을 보며 생각에 잠긴 마샤가 나직하게 휘파람으로 노래를 부른다.

올가 휘파람 불지 마라, 마샤. 어떻게 그럴 수 있니!

사이.

매일 김나지움에서 그것도 저녁까지 수업을 해서 그런지 늘 머리가 아프고, 이미 늙어버렸다는 생각이 드는구나. 실제로 김나지움에서 근무한 지난 4년 동안 기력도 젊음도 날마다 한 방울 한 방울 빠져나가는 느낌이 들어. 그리고 오직 하나의 꿈만 자라 나고 단단해지는 거야…….

이리나 모스크바로 가야 해. 이 집을 팔고, 여기 있는 모든 것을 청산하고 모스크바로…….

올가 그래! 한시바삐 모스크바로.

체부트이킨과 투젠바흐가 웃는다.

이리나 오빠는 교수가 될 테니까, 여기 살지 않아도 상관없잖아. 불쌍한 마샤만 여기 남겠는걸.

올가 마샤는 해마다 여름이면 모스크바로 와서 지낼 거야.

마샤가 나직하게 휘파람으로 노래를 부른다.

이리나 걱정 마, 모든 게 잘될 거야. (창문을 바라보면서) 오늘은 날 씨가 좋아. 무엇 때문에 이렇게 기분이 좋은지 모르겠어! 오늘이 내 명명일이구나 하는 게 아침에 떠오르지 뭐야. 그랬더니 갑자 기 기쁨이 느껴지고, 엄마가 아직 살아계셨던 어린 시절이 떠오 르는 거야. 정말로 놀라운 생각 때문에 가슴이 두근거렸어! 기막 힌 생각 때문에!

올가 오늘 넌 온통 빛나고 있어서 여느 때보다 훨씬 예쁜 것 같아. 마샤도 아름답고. 안드레이도 멋지긴 한데, 다만 살이 너무 쪘 어. 그건 어울리지 않아. 그런데 난 김나지움에서 여학생들에 게 화를 내서 그런지 늙고 살이 많이 빠졌어. 하지만 오늘은 쉬 는 날이고, 집에 있어서 머리도 아프지 않고, 어제보다 더 젊어 진 느낌이야. 스물여덟 살인데, 다만……. 모든 게 좋고, 하느님

의 뜻이야. 하지만 내가 시집을 가서 온종일 집에 있을 수 있다
면 그게 더 나을 것 같아.

사이.

남편을 사랑했을 텐데.

투젠바흐 (솔료느이에게) 말도 안 되는 얘기만 하시니 듣는 것도
싫군요. (객실로 들어오면서) 말씀드린다는 걸 잊었습니다. 우
리의 신임 포병 중대장이신 베르쉬닌이 오늘 여러분 댁을 방문
할 것입니다. (피아노 옆에 앉는다)

올가 어머, 그래요! 정말 기뻐요.

이리나 늙으셨나요?

투젠바흐 아닙니다, 그렇지 않아요. 아무리 많아 봐야 마흔, 마흔다
섯 살입니다. (나직하게 연주한다) 정말 좋은 분입니다. 어리석
지도 않고. 그건 분명합니다. 다만 말이 많아요.

이리나 매력적인 분이세요?

투젠바흐 네, 괜찮은 분입니다. 다만 부인과 장모 그리고 딸이 둘
있지요. 게다가 재혼입니다. 그분은 어딜 방문하시든 자기한테
는 아내와 두 딸이 있다고 말씀하세요. 여기서도 그렇게 말할 겁
니다. 부인은 좀 미친 것 같기도 한데, 처녀처럼 머리를 길게 땋
고, 항상 과장된 이야기만 합니다. 추상적인 말을 하면서 자주
자살을 기도하는데, 그건 분명 남편을 괴롭히기 위한 겁니다. 나
같으면 오래전에 그런 여자를 떠났을 텐데, 그분은 참으면서 단
지 푸념만 할 따름입니다.

솔료느이 (체부트이킨과 함께 홀에서 객실로 들어오면서) 나는 한
손으로 1푸드 반밖에 들지 못하지만, 두 손으로는 5푸드나 6푸
드까지 들 수 있습니다. 이것을 기준으로 생각해보면 두 사람의

힘은 한 사람보다 두 배가 아니라, 세 배나 그 이상 강하다고 추론하는 겁니다…….

체부트이킨 (걸으면서 신문을 읽는다) 머리가 빠질 때는…… 나프탈렌 2졸로트니크*를 알코올 반병에…… 녹여서 매일 사용할 것……. (수첩에 적어둔다) 적었습니다요! (솔료느이에게) 그러니까 내 말은, 병뚜껑이 병 안으로 뚫고 들어가면 유리관이 그것을 지나가게 된다는 겁니다……. 그다음에 당신은 가장 흔하고 평범한 명반을 한 줌 집어서…….

이리나 이반 로마느이치, 친근한 이반 로마느이치!

체부트이킨 내 딸, 나의 기쁨이여. 왜 그러시죠?

이리나 말씀해주세요. 오늘 전 왜 이리 행복한 건가요? 마치 머리 위로 넓고 푸른 하늘이 있고, 크고 하얀 새들이 날아다니는 배에 탄 것 같아요. 왜 그런 거죠? 왜냐고요?

체부트이킨 (그녀의 두 손에 키스하면서 부드럽게) 내 하얀 새여…….

이리나 오늘 눈을 뜨고 자리에서 일어나 세수했을 때 이 세상의 모든 것이 분명하다는 생각이 갑자기 들면서 어떻게 살아야할지 알게 됐어요. 친근한 이반 로마느이치, 저는 다 알아요. 사람은 누구든지 간에 얼굴에 땀을 흘려가면서 일해야 합니다. 그리고 이것에 인생의 의미와 목적, 행복과 열광이 있는 거예요. 동 트기 무섭게 자리에서 일어나 거리에서 돌을 깨는 노동자가 되거나, 목동 혹은 아이들을 가르치는 교사나 철도 기관사가 되면 얼마나 좋을까요……. 12시에 일어나 침대에서 커피를 마시고, 그다음엔 두 시간 걸려 옷을 입는 젊은 여자가 되는 것보다는 일을 하기 위해서라도 사람보다는 황소나 그저 말이 되는 편이 나아

---

* 옛날 러시아 무게 단위로 1졸로트니크는 4.299그램에 해당한다.

요……. 그건 얼마나 무서운 일인가요! 무더운 날씨에 물을 마시고 싶어 하는 것처럼 저는 일하고 싶어요. 만일 제가 일찍 일어나서 일하지 않으면 저를 멀리 하세요, 이반 로마느이치.

체부트이킨 (부드럽게) 그러겠어요, 그렇게 하죠…….

올가 아버지는 7시에 일어나도록 저희를 가르치셨어요. 요즘 이리나는 7시에 일어나기는 하지만, 최소한 9시까지는 누워 있는 답니다. 무엇인가 생각하면서요. 얼마나 심각한 얼굴인지! (웃는다)

이리나 언닌 날 언제나 어린애로만 보니까 내가 심각한 얼굴을 하고 있는 게 이상한 거야. 나도 이제 스무 살이야!

투젠바흐 오, 하느님. 일에 대한 갈망, 그건 저도 정말 잘 알고 있습니다! 평생 한 번도 일해본 적이 없거든요. 저는 춥고 나태한 페테르부르크에서, 노동이나 걱정 근심이란 건 전혀 모르는 집안에서 태어났습니다. 내가 육군 유년학교에서 집으로 돌아오면 하인이 장화를 벗겨주었는데, 그때마다 내가 떼를 쓰곤 한 게 기억납니다. 어머니는 떠받드는 눈으로 나를 바라보셨는데, 다른 사람들이 나를 달리 보시면 무척 놀라셨어요. 사람들은 저를 일하지 못하게 했습니다. 그러나 성공하지는 못한 것 같아요, 아마! 때가 왔습니다. 우리 모두에게 거대한 것이 닥쳐오고 있습니다. 이미 가까이 다가와서 우리 사회로부터 나태, 무관심, 노동에 대한 편견, 썩어빠진 권태를 날려버릴 건전하고도 강력한 폭풍이 불어 닥치려고 하는 겁니다. 저는 일하려고 합니다. 아마 25년 내지 30년 후에는 누구나 일하게 될 겁니다. 누구나!

체부트이킨 난 일하지 않을 거요.

투젠바흐 선생님은 제웁니다.

솔료느이 25년 뒤에 당신은 이미 이 세상 사람이 아닐 겁니다. 이삼 년 뒤에 당신은 졸중으로 급사하거나, 내가 울화가 치밀어 당신 이마빼기에 총알을 쏴서 넣을 테니까. (주머니에서 향수병을

554

꺼내서 자기 가슴과 두 손에 뿌린다)

체부트이킨 (웃는다) 사실 나는 아무것도 하지 않았소. 대학을 졸
업하고 나서는 손가락 하나 까딱하지 않았으니까요. 끝까지 읽
은 책은 한 권도 없고, 그나마 신문만 읽었으니 말이요……. (주
머니에서 다른 신문을 꺼낸다) 그래서…… 무슨 일이 있었는지
신문을 보고 아는 거요. 예컨대 도브롤류보프*는 알지만 그 사
람이 뭘 썼는지는 몰라요……. 어떻게 알겠어요…….

아래층에서 마룻바닥을 두드리는 소리가 들린다.

자…… 아래에서 날 부르는군. 누군가 나한테 온 모양이오. 다녀
오리다……. 기다리세요……. (수염을 쓰다듬으며 서둘러 나간다)

이리나 저분은 무슨 일인가 꾸미시는 것 같아요.

투젠바흐 그렇습니다. 의기양양한 표정으로 나가셨으니, 분명히 당
신한테 이제 곧 선물을 가져올 겁니다.

이리나 정말 불쾌해요!

올가 그래, 무서운 일이야. 언제나 어리석은 일만 하시니.

마샤 만(灣)에 초록색 참나무, 그 참나무 위에 황금빛 사슬…… 그
참나무 위에 황금빛 사슬……** (일어나서 나직하게 노래한다)

올가 오늘 우울한 모양이구나, 마샤

마샤는 노래를 하면서 모자를 쓴다.

---

* 니콜라이 알렉산드로비치 도브롤류보프(1836~1861) : 러시아의 비평가이자 사회평론가.
벨린스키, 피사례프 및 체르느이셰프스키와 더불어 19세기 러시아의 진보적인 비평을 주도
한 인물이다.
** 푸쉬킨의 낭만 서사시 〈루슬란과 류드밀라〉 가운데서 나오는 구절.

어디 가니?

마샤 집에.

이리나 이상하네…….

투젠바흐 명명일에 집에 가시다니요!

마샤 마찬가지예요……. 저녁에 올게. 안녕, 애야……. (이리나에
게 키스한다) 건강하고 행복하기를 다시 한 번 기원하마. 예전
에 아버지가 살아 계셨을 때에는 명명일에 우리 집으로 매번 삼
사십 명의 장교들이 오곤 해서 소란스러웠는데, 오늘은 사람
이 거의 없어서 마치 사막처럼 고요하네……. 가겠어……. 오늘
난 메를레홀륨디*하고, 우울해. 그러니까 내 말에 신경 쓰지 마.
(눈물을 글썽이며 웃으며) 나중에 이야기해. 하지만 지금은 작
별이야. 애야, 아무 데나 다녀올게.

이리나 (불만스러워 하면서) 근데, 언니도 참…….

올가 (눈물을 흘리면서) 이해한다, 마샤.

솔료느이 만일 남자가 추상적인 논의를 하면 그건 필로소피스티
카** 혹은 궤변이 됩니다. 하지만 여자나 두 여자가 추상적인 얘
기를 하는 건, 날 인도해주세요, 하는 뜻입니다.

마샤 무슨 말을 하고 싶으세요? 정말로 무서운 사람이네.

솔료느이 아닙니다. 소리를 지르기도 전에 곰이 덤벼든 겁니다.

사이.

마샤 (올가에게 화를 내며) 울지 마.

---

* 원어를 그대로 우리말로 음차했다. 마샤가 표현하고자 하는 바는 '멜랑콜리'인데, 그녀의
남편 쿨르이긴은 라틴어 교사이며 현학적인 표현에 능한 자이다. 이런 왜곡된 표현으로 마
샤는 남편에 대한 반감을 간접적으로 드러내고 있다.
** 필로소피아(Philosophia)의 그릇된 표현이다.

안피사와 피로그를 든 페라폰트가 들어온다.

안피사 영감, 이리로 가져와요. 발이 깨끗하니까 들어와요. (이리
나에게) 자치회의 프로토포포프, 미하일 이바느이치가……. 피
로그야.

이리나 고마워. 감사하다고 전해. (피로그를 받는다)

페라폰트 뭐라고요?

이리나 (큰 소리로) 감사하다고 전해!

올가 유모, 영감한테 피로그를 줘. 페라폰트, 가요. 저기 가면 피로
그를 줄 거야.

페라폰트 뭐라고요?

안피사 갑시다, 페라폰트 스피리도느이치 영감. 가자고요……. (페
라폰트와 함께 나간다)

마샤 프로토포포프가 싫어. 그 미하일 포타프이친지 이바느이친지
가 말이야. 그 사람을 초대하면 안 돼.

이리나 초대하지 않았어.

마샤 그래, 잘했다.

체부트이킨이 들어온다. 그의 뒤를 따라 은제 사모바르를 든 병사가 들어온다.
놀람과 불만의 소리들.

올가 (두 손으로 얼굴을 감싼다) 사모바르! 끔찍한 일이야! (홀에
있는 식탁 쪽으로 간다)

이리나 이반 로마느이치, 뭘 하시는 겁니까!

투젠바흐 (웃는다) 제가 말했죠.

마샤 이반 로마느이치, 부끄럽지도 않으세요!

체부트이킨 사랑스럽고 선량한 여러분. 여러분은 나에게 유일하며,

이 세상에 단 하나밖에 없는 가장 소중한 분들이에요. 나는 곧 예순 살이 됩니다. 난 늙은이고, 고독하며 하잘것없는 늙은이에 요……. 여러분에 대한 사랑을 빼놓으면 내겐 아무것도 쓸 만한 게 없어요. 만일 여러분이 아니었다면 난 이미 오래전에 세상에 없었을 거요……. (이리나에게) 사랑스런 내 아이야. 난 당신이 태어날 때부터 당신을 알았다오……. 두 팔에 안고 다녔지……. 고인이 된 어머닐 사랑했다오…….

이리나 하지만 어째서 이렇게 비싼 선물을!

체부트이킨 (눈물을 글썽이며, 화를 내면서) 비싼 선물이라고……. 아니, 정말로……. (졸병에게) 사모바르를 저기로 가져가……. (흉내 낸다) 비싼 선물을…….

졸병이 사모바르를 홀로 가져간다.

안피사 (객실을 가로질러 오면서) 아가씨들, 모르는 대령님이 오셨 어! 벌써 외투를 벗으시고 이리로 오고 계셔. 아리누쉬카*, 상냥 하고 정중하게 대해……. (나가면서) 아니, 벌써 식사할 시간이 네……. 이런…….

투젠바흐 분명히 베르쉬닌입니다.

베르쉬닌이 들어온다.

베르쉬닌 중령이십니다!

베르쉬닌 (마샤와 이리나에게) 인사드리게 돼서 영광입니다. 베르 쉬닌입니다. 드디어 여러분 댁에 오게 돼서 정말, 정말 기쁩니

---

* 이리나의 애칭.

558

다. 당신들이 이렇게 되다니! 저런! 저런!

이리나 앉으십시오. 저희도 무척 기쁩니다.

베르쉬닌 (쾌활하게) 아주 기쁩니다! 정말 기뻐요! 그런데 당신들
은 세 자매죠. 세 소녀를 기억합니다. 얼굴은 기억나지 않지만,
당신들 아버님이신 프로조로프 대령님께는 어린 세 소녀가 있었
습니다. 확실하게 기억합니다. 더욱이 내 두 눈으로도 봤습니다.
세월이 얼마나 빠른지! 아아, 얼마나 빨리 세월이 흘렀는지!

투젠바흐 알렉산드르 이그나티예비치께서는 모스크바에서 오셨습
니다.

이리나 모스크바에서요? 모스크바에서 오셨어요?

베르쉬닌 그렇습니다. 거기서 왔습니다. 여러분의 아버님께서는 그
곳 포병 대대장이셨고, 나는 같은 여단의 장교였습니다. (마샤
에게) 당신 얼굴은 조금 생각나는 것 같습니다.

마샤 저는 기억 안 나요!

이리나 올랴! 올랴! (홀을 향해 소리친다) 올랴, 이리 와봐!

올가가 홀에서 객실로 들어온다.

베르쉬닌 중령님이셔. 모스크바에서 오셨대.

베르쉬닌 그러니까 당신이 올가 세르게예브나. 맏딸이시군요…….
당신이 마리야……. 그러면 당신은 이리나, 막내따님이시
고…….

올가 모스크바에서 오셨어요?

베르쉬닌 그렇습니다. 모스크바에서 공부했고, 모스크바에서 근무
를 시작했습니다. 오랫동안 거기서 복무했고, 마침내 여기에 포
병 중대를 맡게 돼서 보시다시피, 이리로 온 겁니다. 실제로는
당신들을 잘 기억하지 못하지만, 여러분이 세 자매였다는 사실

은 기억합니다. 여러분의 아버님은 내 기억 속에 남아 있습니다. 그래서 눈을 감으면 마치 살아 계신 것처럼 눈에 보입니다. 모스크바에 있던 여러분의 집을 찾아가기도 했어요…….

올가 모든 분들을 다 기억하고 있다고 생각했는데, 갑자기 그러시니까…….

베르쉰 내 이름은 알렉산드르 이그나티예비칩니다…….

이리나 알렉산드르 이그나티예비치, 당신은 모스크바에서 오셨어요……. 정말 놀라워요!

올가 저흰 그곳으로 가려고 합니다.

이리나 가을 무렵이면 저희는 벌써 그곳에 있을 겁니다. 우리의 고향이에요. 우린 거기서 태어났습니다……. 스타라야 바스만나야 거리에서요…….

두 사람은 즐거워서 웃는다.

마샤 뜻하지 않게 고향 분을 뵙게 됐군요. (활기차게) 이제 생각났어! 기억해 봐, 올랴. 우리들 사이에서 "사랑에 빠진 소령님"이라고 불렀잖아. 당신은 그때 중위였고 누군가를 사랑하고 계셨는데, 어째선지 모르지만 모두들 당신을 소령이라고 놀려댔어요…….

베르쉰 (웃는다) 그래요, 그렇습니다……. 사랑에 빠진 소령, 그게 그렇습니다…….

마샤 그땐 콧수염만 기르셨는데……. 아, 많이 늙으셨어요! (눈물을 글썽이며) 정말로 늙으셨어요!

베르쉰 그렇습니다. 사람들이 나를 사랑에 빠진 소령이라고 불렀을 때, 난 아직 젊었고 사랑하고 있었습니다. 지금은 그렇지 않습니다.

올가 하지만 아직도 흰머리는 한 올도 없으신데요. 나이를 드시긴
  했지만 아직 늙으신 건 아니에요.

베르쉬닌 하지만 벌써 마흔세 살입니다. 오래전에 모스크바를 떠나
  셨나요?

이리나 11년 됐어요. 아니, 마샤 언니. 울고 있네, 이상한 사람이
  야……. (눈물을 글썽이며) 나도 울게 되잖아…….

마샤 난 괜찮아. 어떤 거리에 사셨어요?

베르쉬닌 스타라야 바스만나야 거리에 살았습니다.

올가 우리도 거기 살았는데…….

베르쉬닌 한 번은 네메쓰카야 거리에 살았습니다. 네메쓰카야 거리
  에서 크라스느이예 병영까지 걸어 다녔지요. 거기 가는 길에 음
  울한 다리가 있었는데, 다리 아래서 물이 흐르는 소리가 나고는
  했어요. 혼자 있으면 마음이 슬퍼지는 겁니다.

  사이.

  그런데 여기에는 넓고도 수량이 풍부한 강이 있군요! 기막힌 강
  입니다!

올가 그래요. 하지만 추워요. 여긴 춥고 모기도…….

베르쉬닌 무슨 말씀을! 여기는 건강하고 멋진 슬라브 기후입니다.
  숲, 강……. 그리고 여기에는 자작나무도 있더군요. 사랑스럽고
  질박한 자작나무. 나는 나무 가운데서 자작나무를 제일 좋아합
  니다. 여기 사는 건 행복한 일입니다. 한 가지 이상한 것은 기차
  정거장이 20킬로미터나 떨어져 있다는 겁니다……. 그게 왜 그
  렇게 됐는지 아는 사람이 아무도 없더군요.

솔료느이 그 이유를 저는 알고 있습니다.

모두가 그를 바라본다.

왜냐하면 정거장이 가깝다는 건 멀지 않다는 것이고, 정거장이 멀다는 건, 가깝지 않다는 것을 뜻하기 때문입니다.

어색한 침묵.

투젠바흐 광대로군요, 바실리 바실리이치.
올가 이제 저도 당신이 기억났어요. 생각납니다.
베르쉬닌 여러분의 어머님을 알고 지냈습니다.
체부트이킨 좋은 분이셨어요. 천국이 함께 하시기를.
이리나 엄마는 모스크바에 묻히셨어요.
올가 노보데비치 묘지예요…….
마샤 난 벌써 엄마 얼굴을 잊어버리기 시작했어. 그런 식으로 사람들은 우리도 기억하지 못할 거야. 잊을 거라고.
베르쉬닌 그래요. 잊을 겁니다. 그게 바로 우리의 운명입니다. 어쩔 도리가 없어요. 우리에게 심각하고 의미심장하며 매우 중요한 것처럼 보이는 것도 시간이 흘러가면 잊히거나 중요하지 않은 것처럼 보이게 되는 겁니다.

사이.

흥미로운 사실은 무엇이 고상하고 중요한 것으로 남게 될지, 무엇이 하찮고 우스꽝스러운 것으로 남게 될 것인지 지금 우리는 전혀 알 수 없다는 겁니다. 코페르니쿠스나 콜럼버스의 발견도 처음에는 불필요하고 우스꽝스러운 것으로 보이지 않았을까요? 어떤 괴짜가 휘갈긴 공허한 헛소리가 진리처럼 보이지 않았던가

요? 그래서 우리가 견디고 있는 지금의 우리 인생도 시간이 흐
르면 이상하고, 불편하며, 어리석고, 그다지 순수하지도 못하고,
어쩌면 죄 많은 것처럼 될지도 모릅니다…….

투젠바흐 누가 알겠습니까? 어쩌면 사람들은 우리 삶을 고상한 것
으로 부르고, 존경하는 마음으로 그것을 회상할지도 모릅니다.
지금은 고문도, 사형도, 공격도 없습니다만, 그와 동시에 얼마나
많은 고통이 있습니까!

솔료느이 (가늘고 높은 목소리로) 쯧, 쯧, 쯧……. 남작은 먹는 것
보다 추상적인 논의를 하는 게 좋은 모양이야.

투젠바흐 바실리 바실리이치, 나를 그냥 좀 놔두세요……. (다른
자리에 앉는다) 정말 따분해요.

솔료느이 (가늘고 높은 목소리로) 쯧, 쯧, 쯧…….

투젠바흐 (베르쉬닌에게) 지금 나타나고 있는 고통은 너무나도 많
습니다! 하지만 그것은 사회가 이미 도달한 일정한 도덕적 향상
을 말해주는 것입니다…….

베르쉬닌 네, 네. 물론이오.

체부트이킨 남작, 방금 전에 우리 삶을 고상한 것으로 부를 거라고
했는데, 사람들은 여전히 저급해요……. (일어난다) 내가 얼마
나 저급한지 보세요. 나를 위로하려고 내 삶은 고상하며 확실하
다고 말하는 거요.

무대 뒤에서 바이올린 연주.

마샤 우리 오빠 안드레이가 연주하는 겁니다.

이리나 우리 집안의 학자예요. 분명 대학 교수가 될 겁니다. 아빤
군인이셨지만, 당신 아들은 학자의 길을 걷도록 하셨죠.

마샤 아빠의 바람에 따른 거예요.

올가 오늘 우린 오빠 놀려줬어요. 어째 사랑에 빠진 것 같아서요.

이리나 이곳에 사는 아가씨를 사랑하나 봐요. 오늘 그 아가씨가 우리 집에 올 거예요. 진짜라니까요.

마샤 아아, 그 여자가 옷 입는 꼴이란! 예쁘지 않은 것도, 유행에 뒤진 것도 아닌데, 정말 볼품없어요. 속된 술 장식이 달린 이상하고 야단스러우며 누르스름한 치마에 붉은 재킷이라니. 뺨도 그렇게 문질러대고! 안드레이는 사랑에 빠지지 않았어요. 저는 인정할 수 없어요. 어쨌거나 오빠에겐 취향이 있으니까요. 오빠는 단지 우리를 놀리고 장난치는 겁니다. 어제 듣자니까 그 여자는 자치회의장 프로토포포프한테 시집갈 거래요. 잘된 일이에요……. (옆문을 향해서) 안드레이, 이리 와! 오빠, 잠깐만!

안드레이가 들어온다.

올가 우리 오빠 안드레이 세르게이치입니다.

베르쉬닌 베르쉬닌입니다.

안드레이 프로조로프입니다. (땀이 난 얼굴을 닦는다) 포병 대대장으로 여기 오셨나요?

올가 오빠 생각해봐. 알렉산드르 이그나티예비치는 모스크바에서 오셨어.

안드레이 그래? 저런, 축하드립니다. 이제 누이들이 당신을 가만히 놔두지 않을 테니까요.

베르쉬닌 내가 벌써 누이 분들을 귀찮게 했습니다.

이리나 보세요. 오늘 안드레이가 얼마나 멋진 액자를 선물했는지! (액자를 보여준다) 오빠가 손수 만든 거예요.

베르쉬닌 (액자를 보면서 뭐라고 말해야 할지 몰라서) 네……, 그렇군요…….

이리나 피아노 위에 있는 저 액자도 오빠가 만든 거예요.

안드레이가 한 손을 흔들고 나가려고 한다.

올가 오빠는 우리 집안의 학자이고, 바이올린도 연주하고, 톱으로 켜서 여러 가지 물건도 만들어요. 한 마디로 다방면에 재주가 않아요. 안드레이, 가지 마! 언제나 자리를 피하려는 게 오빠 버릇이에요. 이리 와!

마샤와 이리나가 그의 팔짱을 끼고 웃으면서 데려온다.

마샤 와요, 와!
안드레이 제발 놔줘라.
마샤 정말 우스워! 알렉산드르 이그나티예비치는 언젠가 사랑에 빠진 소령님이라 불렸을 때에도 조금도 화를 내시지 않았어.
베르쉰 그렇습니다!
마샤 오빠를 사랑에 빠진 바이올린 연주자라고 부르고 싶어.
이리나 아니면 사랑에 빠진 교수님!
올가 사랑에 빠졌다니까! 안드루샤가 사랑에 빠졌어!
이리나 (박수를 치면서) 브라보, 브라보! 앙코르! 안드루슈카가 사랑에 빠졌어!
체부트이킨 (뒤에서 안드레이에게 다가가 두 손으로 그의 허리를 잡는다) 오직 사랑을 위하여 자연은 이 세상에 우리를 낳으셨나니! (큰 소리로 웃는다. 그는 계속해서 신문을 가지고 다닌다)
안드레이 자, 됐어요. 됐습니다……. (얼굴을 닦는다) 밤새 잠을 못 자서, 말하자면 지금 상태가 별로 좋지 않습니다. 4시까지 책을 읽고 자리에 누웠는데 아무것도 안 됐어요. 이것저것 생각하다

보니 어느새 이른 새벽이 오고 해가 떠올라 침실을 비추더군요. 여기 있는 동안 여름에 영어로 된 책을 번역하고 싶습니다.

베르쉬닌 영어를 하시는군요?

안드레이 그렇습니다. 아버지께서는, 천국이 함께 하시기를, 교육으로 저흴 억누르셨어요. 이건 우습기도 하고 어리석기도 합니다만, 어쨌든 인정하지 않으면 안 됩니다. 아버지께서 돌아가신 다음에 살이 찌기 시작하더니, 1년 만에 뚱뚱해졌습니다. 마치 제 몸이 억압에서 해방된 것처럼 말이죠. 아버지 덕분에 저와 누이들은 프랑스어, 독일어, 영어를 할 줄 압니다. 게다가 이리나는 이탈리아어까지 할 수 있죠. 하지만 이게 무슨 필요가 있습니까!

마샤 이런 도시에서 3개 국어를 한다는 건 불필요한 사치예요. 사치라기보다는 오히려 여섯 번째 손가락처럼 불필요한 부속물이죠. 우린 쓸데없는 걸 많이 알고 있어요.

베르쉬닌 아니, 저런! (웃는다) 쓸데없는 걸 많이 알고 있다고요! 현명하고 교육받은 사람이 필요 없을 정도로 권태롭고 음울한 그런 도시는 없고, 또 없을 것 같습니다. 물론 낙후하고 거친 이 도시의 10만 명 주민들 가운데 여러분과 같은 분들이 딱 세 사람 있다고 칩시다. 여러분을 둘러싸고 있는 무지몽매한 대중을 이길 수 없다는 것은 자명한 사실입니다. 사노라면 여러분은 분명히 조금씩 물러서고 10만 명의 군중 속에서 잊히게 될 것입니다. 삶이 여러분을 억누를 테니까요. 그렇다고 해서 아무런 영향력도 남기지 않고 사라져버리는 것은 아닙니다. 여러분과 같은 사람들은 여러분 다음에는 여섯 명이 될 테고, 그다음엔 열둘이 될 겁니다. 그래서 여러분 같은 사람들이 마침내 다수가 될 때까지 계속 그럴 겁니다. 200년이나 300년 후에 지상의 삶은 상상할 수 없을 정도로 아름답고 경탄할 만한 것이 될 겁니다. 인간에게는 그런 삶이 필요합니다. 만일 그런 삶이 없다면 인간은 그것을 예감하고, 기다리고, 열망하며 준비해야 합니다. 그것을 위해서 인간은 할아버지와 아버지가 보고 알았던 것보다 더 많은 것을 보고 알아야 합니다. (웃는다) 그런데 당신들은 쓸데없는 걸 많이 알고 있다고 불평하고 계시군요.

마샤 (모자를 벗는다) 식사나 해야겠어.

이리나 (한숨을 쉬면서) 정말로 이 모든 걸 써놓으면 좋겠군…….

안드레이가 없다. 그는 살짝 자리를 떴다.

투젠바흐 많은 세월이 지나면 지상의 삶은 아름답고 경탄할 만한 것이 되리라고 말씀하셨습니다. 사실입니다. 그러나 설령 멀다고 하더라도 그런 삶에 지금 참여하기 위해서 우리는 그것을 준비하고 일해야 합니다…….

베르쉬닌 (일어난다) 그렇습니다. 그런데 당신들 집에는 꽃이 참 많군요! (돌아보면서) 집도 멋지고요. 부럽습니다! 난 평생을 의자 두 개와 소파 하나, 그리고 언제나 연기가 나는 난로가 딸린 집들만 돌아다녔습니다. 내 인생에는 바로 이런 꽃이 부족했던 겁니다……. (두 손을 비빈다) 아아! 그래요, 바로 그겁니다!

투젠바흐 그렇습니다, 일해야 합니다. 독일 사람이 깊이 감동했구나, 하고 여러분은 생각할 겁니다. 하지만 저는 정말로 러시아인이며, 독일어는 아예 하지도 못합니다. 제 아버지는 러시아 정교도이시고…….

사이.

베르쉬닌 (무대를 돌아다닌다) 만일 삶을 다시 시작한다면, 그것도 의식을 가지고 시작한다면 어떻게 될까, 저는 그걸 자주 생각합니다. 이미 지나가버린 하나의 인생은 말하자면 초고인 셈이고, 다른 인생이 깨끗하게 다시 시작되는 거죠! 그렇게 되면 우리들 각자는 우선 자신의 삶을 되풀이하지 않으려고 애쓸 테고, 꽃이 있고 빛이 쏟아져 들어오는 이런 집을 지으려고 할 겁니다……. 나한테는 아내와 두 딸 아이가 있습니다. 게다가 아내는 건강하지 못한 여잡니다. 기타 등등, 기타 등등, 뭐 그렇습니다. 만일 삶을 처음부터 시작할 수 있다면, 나는 결혼하지 않을 겁니다……. 안 할 거예요, 절대로!

격식을 갖춘 연미복을 입은 쿨르이긴이 들어온다.

쿨르이긴 (이리나에게 다가간다) 사랑하는 처제, 명명일을 축하하며, 처제의 건강과 처제 또래의 처녀들이 희망하는 모든 일이 이루어지기를 진심으로 충심으로 기원하는 바야. 그리고 선물로 이 책자를 가져왔어. (책을 건네준다) 우리 김나지움의 50년 역사인데, 내가 쓴 거야. 할 일이 없어서 쓴 하찮은 책이지만, 그래도 끝까지 읽어봐. "안녕하십니까, 여러분! (베르쉬닌에게) 이곳 김나지움의 교사 쿨르이긴입니다. 7등 문관입니다." (이리나에게) 이 책에서 지난 50년 동안 우리 김나지움을 졸업한 모든 사람들의 명부를 찾을 수 있을 거야. Feci, quod potui, faciant meliora potentes.* (마샤에게 키스한다)

이리나 부활절 때 이미 이 책을 주셨잖아요.

쿨르이긴 (웃는다) 그럴 리가 있나! 그렇다면 돌려줘. 대령님께 드리는 게 낫겠어. 받으세요, 대령님. 심심하실 때 읽어보십시오.

베르쉬닌 감사합니다. (가려고 한다) 알게 돼서 정말로 기쁩니

---

* [원주] 할 수 있는 것을 했으니, 할 수 있는 사람으로 하여금 더 잘하도록 하라(라틴어).

다…….

올가 가시려고요? 안 됩니다, 안 돼요!

이리나 저희 집에 계시다가 식사를 하세요. 부탁이에요.

올가 부탁드립니다!

베르쉬닌 (인사한다) 보아하니 명명일에 오게 됐군요. 미안합니다.
알지 못해서 축하도 드리지 못했군요……. (올가와 함께 홀로
나간다)

쿨르이긴 여러분, 오늘은 일요일, 쉬는 날이니 각자 나이와 형편
에 맞게 쉬고 유쾌하게 지내도록 합시다. 양탄자는 여름에 걷어
내서 겨울까지 건사해야 합니다……. 방충제나 나프탈렌을 써
서 말이죠……. 로마 사람들이 건강했던 이유는 일할 때와 쉴 때
를 알았기 때문입니다. 그들에게는 Mens sana in corpore sano*
이었던 겁니다. 그들의 삶은 일정한 형식에 따라 진행된 것입니
다. 모든 인생에서 중요한 것, 그것은 삶의 형식이다, 라고 우리
교장 선생님은 말씀하십니다……. 형식을 잃어버리면 끝장나는
겁니다. 우리의 일상생활에서도 마찬가집니다. (마샤의 허리를
붙잡고 웃으면서) 마샤는 나를 사랑합니다. 내 아내는 나를 사
랑해요. 창문의 커튼 또한 양탄자와 함께 저기로……. 오늘 나는
유쾌하고 기분이 아주 좋습니다. 마샤, 오늘 4시에 우리는 교장
선생님 댁에 갈 거야. 교사들과 교사 가족들이 산책할 거거든.

마샤 난 안 가요.

쿨르이긴 (슬픈 표정으로) 왜 그래, 마샤?

마샤 그건 나중에……. (화를 내면서) 좋아요. 가겠어요. 다만 저
리 가요, 제발…….

쿨르이긴 그리고 저녁시간은 교장 선생님 댁에서 보낼 거야. 병에

* [원주] 건강한 신체에 건강한 정신(라틴어).

걸리셨는데도 그분은 무엇보다도 사회적이고자 애쓰고 있어요. 결출하고 명석한 분입니다. 뛰어난 분이에요. 어제 회의가 끝난 다음에 제게 말씀하시더군요. "피곤해요, 표도르 일리치! 피곤해!"(벽시계를 바라보고는 그다음에 자기 시계를 본다) 여기 시계가 7분 빠르군그래. "피곤해!"라고 말씀하시더군요.

무대 뒤에서 바이올린 연주.

올가 여러분, 이리 오세요. 식사하세요! 피로그 좀 드세요!

쿨르이긴 아아, 사랑스런 올가, 사랑하는 올가! 난 어제 아침부터 밤 11시까지 일했더니 피곤해요. 하지만 오늘은 행복합니다. (홀에 있는 식탁으로 간다) 사랑하는…….

체부트이킨 (신문을 주머니에 넣고 수염을 쓰다듬는다) 피로그? 멋지구먼!

마샤 (체부트이킨에게 단호하게) 조심하세요. 오늘은 술 드시지 마세요. 아셨죠? 술은 건강에 해로워요.

체부트이킨 뭐라! 그건 지나간 이야기요. 2년 동안 폭음을 하지 않았으니까요. (초조한 얼굴로) 아니, 뭐 마찬가지 아니오!

마샤 어쨌거나 드시지 마세요. 안 됩니다. (화를 내면서, 하지만 남편이 듣지 못하게) 또다시, 빌어먹을. 교장 집에서 저녁 내내 지루하겠군!

투젠바흐 내가 당신이라면 안 갈 겁니다……. 아주 간단합니다.

체부트이킨 가지 말아요, 마샤.

마샤 그래요, 가지 마세요……. 이런 저주받을, 견딜 수 없는 인생이라니……. (홀로 간다)

체부트이킨 (그녀의 뒤를 따라가면서) 저런!

솔료느이 (홀 쪽으로 가면서) 쯧, 쯧, 쯧…….

투젠바흐 그만해요, 바실리 바실리이치. 됐어요!

솔료느이 쯧, 쯧, 쯧……

쿨르이긴 (유쾌하게) 대령님의 건강을 위하여! 저는 교사이자 이 집의 식구입니다. 마샤 남편이죠……. 아내는 선량합니다. 대단히 선량해요…….

베르쉬닌 나는 이 검은 보드카를 마시겠습니다……. (마신다) 당신의 건강을 위하여! (올가에게) 당신 댁에 있으니 참 좋습니다!

객실에는 이리나와 투젠바흐만이 남아 있다.

이리나 마샤는 오늘 기분이 안 좋아요. 언니는 열여덟 살에 결혼했는데, 그때는 형부가 가장 현명한 사람처럼 생각됐던 거죠. 하지만 지금은 아니에요. 형부는 매우 선량하긴 하지만 그렇게 똑똑하진 않거든요.

올가 (초조한 얼굴로) 안드레이, 제발 이리로 와!

안드레이 (무대 뒤에서) 알았어. (들어와서 식탁으로 간다)

투젠바흐 뭘 생각하고 있습니까?

이리나 별거 아니에요. 솔료느이가 싫고 두려워요. 어리석은 말만 하고 있으니…….

투젠바흐 이상한 사람이죠. 저 사람이 딱하기도 하고 기분 나쁘기도 하지만, 딱하다는 생각이 더 들어요. 제가 보기엔 소심한 사람인 것 같아요……. 나하고 둘이 있으면 저 사람은 무척 똑똑하고 부드러운데, 여럿이 함께 있으면 거칠고 결투를 좋아하는 사람이 되는 겁니다. 가지 마세요. 식탁에 앉아들 있으라고 하죠. 당신 옆에 있게 해주세요. 뭘 생각하고 있습니까?

사이.

당신은 스무 살이고, 나는 아직 서른 살이 되지 않았습니다. 얼마나 많은 세월이 우리 앞에 남아 있을까요. 당신을 향한 나의 사랑으로 가득 찬 길고 긴 날들이…….

이리나 니콜라이 리보비치, 사랑에 대해서는 말하지 마세요.

투젠바흐 (듣지 않으면서) 나한테는 삶과 투쟁과 노동에 대한 강렬한 갈망이 있습니다. 그리고 이 갈망은 영혼 속에서 당신을 향한 사랑과 합쳐졌습니다. 이리나, 당신은 붓으로 그린 것처럼 아름답습니다. 그래서 내게는 인생이 또 그렇게 아름답게 생각됩니다! 뭘 생각하고 있습니까?

이리나 아름다운 인생이라고 얘기하셨죠. 그래요. 하지만 단지 그렇게 보일뿐입니다! 우리 세 자매의 인생은 지금껏 아름답지 않았어요. 그것은 마치 잡초처럼 우리를 황폐하게 했지요……. 눈물이 나네요. 불필요한 일인데……. (서둘러 얼굴을 닦고 미소 짓는다) 일해야 해요. 일해야 합니다. 노동을 모르기 때문에 우리는 유쾌하지 않고, 인생을 그렇게 어둡게 바라보는 겁니다. 우리는 노동을 무시하는 사람들에게서 태어났어요…….

나탈리야 이바노브나가 들어온다. 그녀는 초록색 허리띠가 달린 장밋빛 원피스를 입고 있다.

나타샤 식사하려고 다들 앉아 있네……. 내가 늦은 거야……. (잠시 거울을 들여다보고 옷매무새를 고친다) 머리 모양새는 괜찮은 듯하고…… (이리나를 보고 나서) 이리나 세르게예브나, 축하드려요! (오래도록 키스한다) 손님들이 많이 오셨네요. 정말 부끄러워서……. 안녕하세요, 남작님!

올가 (객실로 들어오면서) 저런, 나탈리야 이바노브나가 오셨군요. 안녕하세요!

두 사람이 키스한다.

나타샤 명명일 축하드립니다. 많은 분들이 오셨네요. 정말로 당황
스러워요…….

올가 괜찮아요, 모두가 가족인 걸요. (놀라서 작은 목소리로) 초록
색 허리띠를 했네요! 이건 좋지 않아요!

나타샤 나쁜 징조라도 되나요?

올가 아니에요. 그냥 어울리지 않아서……. 왠지 이상하기도 하
고…….

나타샤 (우는 목소리로) 그래요? 하지만 이건 초록색이 아니라, 광
택이 없는 거예요. (올가를 따라 홀로 간다)

모두가 식사를 위해 홀에 앉아 있다. 객실에는 아무도 없다.

쿨르이긴 이리나 처제한테 좋은 신랑감이 생기길 바라. 시집갈 나
이니까 말이야.

체부트이킨 나탈리야 이바노브나, 당신에게도 신랑감이 생기길 바
랍니다.

쿨르이긴 나탈리야 이바노브나에게는 이미 신랑감이 있습니다.

마샤 (포크로 접시를 두드린다) 포도주 한 잔 마시겠어요! 아아,
유쾌한 인생이여! 될 대로 되라 그래!

쿨르이긴 당신 품행은 마이너스 3점이야.

베르쉬닌 과실주가 맛있군요. 어떤 걸로 담은 겁니까?

솔료느이 바퀴벌레로.

이리나 (우는 목소리로) 아아! 아아! 정말 혐오스러워!

올가 저녁식사로는 구운 칠면조와 사과가 들어간 달콤한 피로그가
나올 겁니다. 다행히 오늘 온종일 집에 있습니다. 저녁에도 집에

있어요……. 여러분, 저녁에도 오세요…….

베르쉬닌 저도 저녁에 초대해주십시오!

이리나 부탁드립니다.

나타샤 격식을 차리지 않으시네요.

체부트이킨 오직 사랑을 위하여 자연은 이 세상에 우리를 낳으셨나니! (웃는다)

안드레이 그만들 하세요, 여러분! 질려버렸습니다.

페도티크와 로데가 커다란 꽃다발을 들고 들어온다.

페도티크 아니 벌써 식사를 하시는군.

로데 (큰 소리로 불분명한 발음으로) 식사를 하신다고? 그래, 벌써 식사를 하시는군…….

페도티크 잠깐만! (사진을 찍는다) 하나! 조금만 더……. (또 한 장 찍는다) 둘! 이제 됐어요!

바구니를 가지고 홀로 간다. 사람들이 그들을 왁자지껄하게 맞이한다.

로데 (큰 소리로) 축하합니다. 모든 일, 모든 일이 잘 되시기 바랍니다! 오늘 날씨가 매혹적이군요. 정말 좋습니다. 오늘 아침 내내 김나지움 학생들과 돌아다녔습니다. 김나지움에서 체육을 가르치고 있거든요…….

페도티크 움직이셔도 됩니다, 이리나 세르게예브나. 움직이셔도 돼요! (사진을 찍으면서) 오늘 매력적이세요. (주머니에서 팽이를 꺼낸다) 그건 그렇고, 자 팽입니다……. 기막힌 소리가 납니다…….

이리나 정말 멋지네요!

마샤 만(灣)에 초록빛 참나무, 그 참나무 위에 황금빛 사슬…… 그
참나무 위에 황금빛 사슬…… 그 참나무 위에 황금빛 사슬…….
(울듯이) 아니, 왜 이런 말을? 이 구절이 오늘 아침부터 나한테
달라붙어서…….

쿨르이긴 식탁에 열세 사람이 앉았군요!

로데 (큰 소리로) 여러분, 그런 편견에 의미를 부여하시는 겁니까?

웃음.

쿨르이긴 열세 사람이 식탁에 앉아 있으면 그것은 여기에 연인들이
있다는 뜻입니다. 혹시 당신 아닌가요, 이반 로마노비치…….

체부트이킨 나는 늙은 죄인이오. 그런데 왜 나탈리야 이바노브나가
당황해하는지, 그 이유를 전혀 알 수 없군요.

커다란 웃음소리. 나타샤가 홀에서 객실로 달려 나가고, 그녀 뒤를 따라 안드
레이가 나간다.

안드레이 괜찮아요. 신경 쓰지 말아요! 잠깐만요……. 멈추세
요……. 부탁합니다…….

나타샤 부끄러워요……. 어떻게 해야 할지 모르겠어요. 나를 웃음
거리로 만들고 있잖아요. 지금 식탁에서 나온 건 예의 없는 짓이
지만, 견딜 수 없어요. 견딜 수 없다고요……. (두 손으로 얼굴을
감싼다)

안드레이 소중한 나타샤, 부탁합니다. 제발 흥분하지 마세요. 확신
합니다만, 저분들은 농담하는 겁니다. 선의로 그러시는 거예요.
소중하고 선한 나타샤. 저분들 모두가 선량하고 진심 어린 분들
이고 나와 당신을 사랑합니다. 이곳 창 쪽으로 오세요. 여기서는

우리가 보이지 않으니까요……. (주위를 돌아본다)

나타샤 사람들과 함께 있는 게 어색해요!

안드레이 오, 젊음이여! 빼어나고 아름다운 청춘이여! 소중하고 선한 나타샤. 너무 흥분하지 마세요! 날 믿어요, 믿으세요……. 나는 정말로 좋습니다. 사랑과 경탄으로 영혼이 가득 찼어요……. 오, 그들은 우릴 보지 않아요! 보지 않습니다! 무엇 때문에, 왜 당신을 사랑하는지, 언제부터 사랑했는지, 오, 전혀 모릅니다. 소중하고 선하며 순수한 나타샤. 나의 아내가 돼주세요! 당신을 사랑합니다, 사랑해요……. 어느 누구도 이렇게 사랑한 적이 없습니다…….

키스. 두 사람의 장교가 들어오다가 키스하고 있는 남녀를 보고서 놀라 멈춰선다.

막.

2막

1막의 무대 그대로. 밤 8시. 무대 뒤의 거리에서 아코디언을 연주하는 소리가 흐릿하게 들린다. 등불은 꺼져 있다. 실내복을 입은 나탈리야 이바노브나가 촛불을 들고 들어온다. 그녀는 안드레이의 방으로 통하는 문 옆에 멈춰 선다.

나타샤 여보, 안드루샤. 뭐해요? 책 봐요? 아니, 그냥⋯⋯. (걸어가서 다른 문을 열고 안을 들여다보고는 문을 닫는다) 등불을 껐는지 아닌지⋯⋯.

안드레이 (손에 책을 들고 들어온다) 왜 그래, 나타샤?

나타샤 등불을 껐는지 어떤지 보려고요⋯⋯. 지금은 사육제 기간이라 하인들이 정신이 나가서 무슨 일이 생기지 않게 하려면 조심하고 또 조심해야 하거든요. 어젯밤 자정에 식당을 지나가다 보니까 촛불이 켜 있더라고요. 누가 불을 켜놓았는지 알아내지 못했어요. (촛불을 놓는다) 지금 몇 시예요?

안드레이 (시계를 보고 나서) 8시 15분.

나타샤 근데 올가와 이리나는 지금까지 들어오지 않았어요. 언제나 늦게까지 일을 하지요. 가여운 사람들. 올가는 교사회의에, 이리나는 전신국에⋯⋯ (한숨 쉰다) 오늘 아침에 당신 누이한테 말했어요. "이리나 아가씨, 건강 좀 챙기세요." 그런데 듣지 않더군요. 8시 15분이라고 했죠? 우리 보비크가 건강하지 않아서 걱정이에요. 어째서 그렇게 몸이 찬 거죠? 어제는 열이 있더니만, 오늘은 온몸이 얼음장이니……. 정말 걱정이에요!

안드레이 괜찮아, 나타샤. 아이는 건강해.

나타샤 오늘 아침에 아이가 눈을 뜨더니 나를 바라보고는 갑자기 미소 지었어요. 날 알아봤다니까요. 그래서 말했죠. "보비크, 안녕! 안녕, 애야!" 아이도 소리 내서 웃더군요. 아이들도 알아요. 아주 잘 안다니까요. 그래서 말인데요, 안드루샤. 가장행렬 패거리를 들이지 않았으면 좋겠어요.

안드레이 (주저하면서) 그건 누이들이 결정한 거야. 누이들이 주인이니까.

나타샤 그분들도 마찬가지에요. 내가 말하겠어요. 선량한 분들이니까……. (걸어간다) 저녁식사로 요구르트를 내라고 말해두었어요. 의사 말로는 당신은 요구르트만 드셔야 한대요. 안 그러면 살이 안 빠진대요. (멈춰 선다) 보비크는 몸이 차요. 그 아이 방이 차가워서 아이 몸이 차가운 게 아닐까요. 날이 따뜻해질 때까지라도 걔를 다른 방에 옮겼으면 해요. 이리나의 방은 어린아이한테 그만일 거예요. 건조하고 온종일 해가 드니까요. 이리나 아가씨더러 당분간 올가와 한 방을 쓰라고 말해야겠어요……. 낮에는 집에 있지도 않고, 밤에 잠만 자는 거니까요…….

사이.

안드류샨치크, 왜 말이 없는 거죠?

안드레이 그냥, 생각 좀 하느라고……. 게다가 할 말도 없고…….

나타샤 그래요……. 당신한테 할 말이 있었는데……. 아아, 맞아. 자치회에서 페라폰트가 왔어요. 당신이 있는지 묻더군요.

안드레이 (하품한다) 들여 보내.

나타샤가 나간다. 안드레이는 그녀가 두고 간 촛불 쪽으로 몸을 굽혀서 책을 읽는다. 페라폰트가 들어온다. 그는 깃을 세운 낡고 너덜너덜한 외투를 입고 있으며, 두 귀는 감싸고 있다.

이보게, 별일 없나? 무슨 일인가?

페라폰트 의장님이 장부와 무슨 서류를 보내셨습니다. 여기…….
(장부와 꾸러미를 내민다)

안드레이 고맙네. 좋아. 어째서 일찍 오지 않았나? 벌써 8시가 넘었잖아.

페라폰트 네?

안드레이 (큰 소리로) 자네가 늦게 왔다고 했어. 벌써 8시가 넘었다고.

페라폰트 그렇습니다요. 아직 밝을 때 왔습니다만, 들여보내주지 않으시더구만요. 나리께서 분주하시다고 하면서요. 뭐, 어쩌겠습니까. 바쁘시다면 바쁘신 거니까. 저야 서둘 이유도 없고. (안드레이가 엇인가를 물어보았다고 생각하면서) 뭐라고 하셨습니까?

안드레이 아무것도 아니야. (장부를 살피면서) 내일은 금요일이라 관청에는 업무가 없지만, 그래도 나가야겠어……. 일해야지. 집에서는 무료하니까…….

사이.

이봐, 영감. 인생이란 게 얼마나 이상하게 변하고, 얼마나 속이는지! 오늘 지루하고, 할 일도 없어서 이 책자를 들춰봤다네. 오래전 대학 강의록 말이야. 그런데 우스꽝스럽더군……. 맙소사, 내가 자치회 비서라니. 프로토포포프가 의장으로 있는 자치회 비서란 말일세. 내가 바랄 수 있는 최대치가 자치회 의원이 되는 거라니까! 밤이면 밤마다 모스크바 대학교수, 러시아가 자부하는 저명한 학자를 꿈꾸었던 내가 이곳 자치회 의원이 되려 하다니!

페라폰트 무슨 말씀이신지……. 잘 알아듣지 못해서…….

안드레이 만일 자네가 잘 알아듣는다면, 아마 자네와 말하진 않을 걸세. 누구하고든 말을 해야 하는데, 아내는 날 이해하지 못하고, 어쩐 일인지 누이들은 두려워. 누이들이 날 비웃고 비난하지나 않을까 두려워서……. 나는 술을 마시지도 않고, 선술집도 좋아하지 않아. 하지만 영감, 지금은 모스크바에 있는 테스토프나 볼쇼이 모스크바 레스토랑에 앉아 있다면 무척이나 좋겠네.

페라폰트 아까 자치회에서 청부업자가 말하기를, 어떤 상인들이 모스크바에서 블린을 먹었답니다. 마흔 개의 블린을 먹은 상인은 죽었다는 것 같아요. 마흔 갠지, 쉰 갠지. 기억나지 않습니다.

안드레이 내가 아는 사람도 없고, 나를 아는 사람도 없이 모스크바에 있는 레스토랑의 거대한 홀에 앉아 있으면 이질감이 느껴지지 않아. 그런데 나도 모든 사람들을 알고, 그들 모두도 나를 아는 여기는 연고도 없는 것처럼 낯설어…… 연고도 없고 고독해.

페라폰트 뭐라고요?

사이.

아까 그자가 말하기를, 아마 거짓말일 겁니다만, 모스크바 전체를 가로질러 밧줄을 쳤다고 합니다.

안드레이 무엇 때문에?

페라폰트 모릅니다. 청부업자가 말한 겁니다.

안드레이 실없는 소리. (책을 읽는다) 언제 모스크바에 갔었나?

페라폰트 (사이를 두고) 못 가봤습니다. 하느님이 인도하시지 않았어요.

사이.

나가봐도 될까요?
안드레이 가도 좋아. 잘 가게.

페라폰트가 나간다.

잘 가게. (책을 읽으면서) 내일 아침에 와서 이 서류를 가져가
게……. 가봐…….

사이.

갔구먼.

종소리.

그래, 일이……. (기지개를 켜고는 서두르지 않고 자기 방으로 간다)

무대 뒤에서 유모가 아이를 흔들면서 노래한다. 마샤와 베르쉬닌이 들어온다.
두 사람이 이야기하는 동안 하녀가 램프와 양초에 불을 붙인다.

마샤 모르겠어요.

사이.

모르겠어요. 물론 습관은 중요해요. 예를 들면, 아버지께서 돌아
가신 후, 우리는 집에 졸병이 없다는 사실에 오랫동안 적응할 수

없었어요. 하지만 습관은 그렇다 치고, 내 안의 정의가 소박하게 말하고 있는 것 같아요. 아마 다른 곳에서는 그렇지 않을 테지만, 우리 도시에서 가장 점잖고, 가장 고상하며 교양 있는 사람들은 군인들이에요.

베르쉬닌 마시고 싶습니다. 차를 마셨으면 좋겠어요.

마샤 (시계를 보고 나서) 곧 차를 드릴 거예요. 열여덟 살 때 결혼했는데요, 남편이 무서웠습니다. 왜냐면 그이는 교사였는데, 저는 학업을 막 마친 상태였기 때문이에요. 그때 제게 남편은 엄청 박식하고, 현명하며 중요한 사람처럼 보였어요. 하지만 지금은 그렇지가 않아요. 유감스럽지만요.

베르쉬닌 그렇군요…… 네.

마샤 남편에 대해서는 말하고 싶지 않아요. 그 사람한테 익숙해지긴 했지만요. 문관들 가운데는 거칠고 불친절하며 교양 없는 사람들이 너무 많아요. 조야함 때문에 흥분하기도 하고 모욕감을 느끼기도 한다니까요. 섬세하지 않거나 부드럽지 않고 친절하지 않은 사람을 보게 되면 괴로워요. 남편의 동료인 교사들 사이에 있게 되면 그저 괴로울 따름입니다.

베르쉬닌 그렇군요…… 하지만 내가 보기에는 문관이든 무관이든 마찬가지 같은데요. 적어도 이 도시에서는 하나같이 매력이 없거든요. 모두가 마찬가집니다! 문관이든 무관이든 이곳의 인텔리들이 하는 말을 들으면 아내 때문에 고달프고, 집 때문에 고달프고, 영지 때문에 고달프고, 말 때문에 고달프고 그렇더군요……. 러시아인은 최고로 고상한 사고방식을 타고 났어요. 하지만 인생은 왜 그렇게 고상하지 못한 걸까요? 왜죠?

마샤 왜냐고요?

베르쉬닌 어째서 러시아인은 아이들 때문에 고달프고, 아내 때문에 고달픈 겁니까? 어째서 아내와 아이들은 그로 인하여 고달픈 거냐고요?

마샤 당신은 오늘 기분이 좋지 않군요.

베르쉬닌 그런 것 같아요. 오늘 식사를 못했어요. 아침부터 아무것
도 먹지 못했습니다. 딸이 조금 아팠어요. 딸애들이 아플 때면
불안감이 엄습하고, 애들 어머니가 저렇다는 이유 때문에 양심
의 가책을 느낍니다. 아, 만일 오늘 당신이 그 여잘 보았더라면!
참으로 보잘것없는 사람이에요! 아침 7시부터 말다툼을 시작했
는데, 9시에 쾅 소리 나게 문을 박차고 나와 버렸습니다.

사이.

이런 얘기는 절대로 하지 않는데, 이상한 일이군요. 오직 당신한
테만 하소연을 하니까요. (손에 키스한다) 화내지 마세요. 당신
말고는 내게 아무도 없습니다. 아무도 없어요…….

사이.

마샤 난로에서 무슨 소리가 나네요. 아버지가 돌아가시기 얼마 전
에도 우리 집 굴뚝에서 소리가 났거든요. 바로 저런 소리였어요.

베르쉬닌 선입관을 가지고 있나요?

마샤 네.

베르쉬닌 이상한 일이군요. (손에 키스한다) 당신은 멋지고 아름다
운 여인입니다. 멋지고 아름다워요! 여긴 어둡지만 내겐 당신의
빛나는 눈동자가 보입니다.

마샤 (다른 의자에 앉는다) 여기가 좀 더 밝아요…….

베르쉬닌 사랑합니다, 사랑합니다, 사랑해요…… 꿈에 보이는 당신
의 두 눈과 움직임을 사랑합니다…… 멋지고 아름다운 여인입

세 자매 583

니다!

마샤 (나직하게 웃으면서) 당신이 그런 말씀을 하시면 무섭기도 하지만 왠지 웃음이 납니다. 다시는 그러지 마세요, 부탁입니다……. (낮은 목소리로) 아니에요, 말씀하세요. 마찬가지니까요……. (두 손으로 얼굴을 감싼다) 마찬가지예요. 사람들이 이리로 오네요. 뭔가 다른 얘기를 해주세요…….

이리나와 투젠바흐가 홀을 가로질러 들어온다.

투젠바흐 내겐 세 가지 성이 있습니다. 사람들은 나를 투젠바흐-크로네-알트샤우어 남작이라고 부르지만, 나는 당신과 마찬가지로 러시아인이며 정교돕니다. 당신을 물리게 하는 끈기와 고집스러움 정도를 빼면 독일인다운 것이 나한테는 거의 남아 있지 않습니다. 매일 밤 당신을 배웅하고 있잖아요.

이리나 정말 피곤해요!

투젠바흐 그리고 날마다 전신국으로 가서 당신을 집으로 배웅할 겁니다. 10년이고 20년이고 당신이 나를 쫓아내지 않는다면 말이죠……. (마샤와 베르쉬닌을 보고 나서 기쁜 얼굴로) 당신들이군요? 안녕하세요!

이리나 드디어 집에 왔어. (마샤에게) 조금 전에 어떤 여자가 오더니 오늘 자기 아들이 죽었다고 하면서 사라토프에 있는 오빠한테 전보를 치겠다는 거야. 근데 주소를 전혀 기억하지 못하더라고. 그래서 주소도 없이 그냥 사라토프라고 해서 전보를 보냈어. 여자는 울었어. 나는 아무 이유도 없이 그 여자한테 거칠게 말했어. "시간 없어요"라고 말이야. 그렇게 바보처럼 돼버렸어. 오늘 우리 집에 가장행렬 패가 오는 거야?

마샤 응.

이리나 (안락의자에 앉는다) 쉬어야지. 피곤해.

투젠바흐 (미소 지으면서) 당신이 직장에서 돌아올 때면 매우 젊고 불행해 보여요…….

사이.

이리나 피곤해. 아니야. 전신국이 싫어. 싫단 말이야.

마샤 좀 말랐구나……. (휘파람을 분다) 어려진 데다가 얼굴도 사내아이 같구나.

투젠바흐 머리모양 때문입니다.

이리나 다른 일자릴 찾아야 해. 이건 나한테 안 맞아. 내가 그렇게 바라고 열망했던 그런 것이 여긴 없어. 시가 없는 노동, 의미도 없는…….

마룻바닥 두드리는 소리.

의사 선생님이 두드리는 거야. (투젠바흐에게) 두드려주세요……. 저는 못하겠어요……. 피곤해요…….

투젠바흐가 마룻바닥을 두드린다.

곧 오실 거예요. 어떤 조치를 취해야 해요. 어제 의사 선생님과 우리 안드레이가 클럽에서 또다시 돈을 잃었대요. 사람들 말로는 안드레이가 200루블을 잃었다는 거예요.

마샤 (무심하게) 이제 와서 어쩌겠어!

이리나 2주일 전에도 잃고, 12월에도 잃었어. 차라리 한시바삐 모두 잃어버리고 이 도시를 떠나버렸으면. 하느님, 매일 밤 꿈에

모스크바를 봅니다. 완전히 미치광이처럼. (웃는다) 우린 6월
에 그곳으로 갈 겁니다. 6월까지는 아직도…… 2월, 3월, 4월, 5
월……. 거의 반년이나 남았네!

마샤 도박에서 돈을 잃은 걸 나타샤가 절대 모르게 해야 해.

이리나 그 여자한테는 마찬가지 같은데.

식사 후에 푹 쉬었다가 방금 자리에서 일어난 체부트이킨이 홀로 들어와서 턱
수염을 쓰다듬는다. 그러고는 식탁에 앉아 주머니에서 신문을 꺼낸다.

마샤 드디어 오셨네……. 집세는 낸 거야?

이리나 (웃는다) 아니. 여덟 달 동안 한 푼도 안 냈어. 분명히 잊은
거야.

마샤 (웃는다) 어쩜 저렇게 거만하게 앉아 있을까!

모두가 웃는다. 사이.

이리나 왜 잠자코 계세요, 알렉산드르 이그나티이치?

베르쉬닌 모르겠습니다. 차를 마시고 싶어요. 차 한 잔에 인생 절반
을! 아침부터 아무것도 먹지 않았어요…….

체부트이킨 이리나 세르게예브나!

이리나 왜 그러세요?

체부트이킨 이리 와봐요. Venez ici.*

이리나가 가서 식탁에 앉는다.

---

* [원주] 이리로 오세요(프랑스어).

당신 없이는 견딜 수 없어요.

이리나가 카드 점을 친다.

베르쉬닌 어떻습니까? 차를 주지 않으니 철학적인 이야기라도 해
봅시다.
투젠바흐 그러시죠. 무엇에 대해섭니까?
베르쉬닌 무엇에 대해서라? 잠시 공상을 해봅시다……. 예를 들어
우리 다음에 올 인생에 대해서, 200년이나 300년 뒤의 인생에
대해서 말입니다.
투젠바흐 어떻습니까? 우리 다음에 올 사람들은 기구를 타고 날아
다니고, 정장도 바뀔 겁니다. 필시 여섯 번째 감각을 발견하고
그걸 발전시킬 테지요. 하지만 인생은 똑같이 남아 있을 겁니다.
힘들고 비밀로 가득하며 행복한 인생 말입니다. 그래서 천년 뒤
에 인간은 탄식할 것입니다. "아, 산다는 건 힘든 일이야!" 그
와 더불어 지금과 마찬가지로 인간은 죽음을 두려워하고 죽으려
하지 않을 겁니다.
베르쉬닌 (잠시 생각하더니) 어떻게 말해야 할까요? 내가 보기에
지상의 모든 것은 조금씩 변해야 하고, 이미 우리가 보는 앞에서
변하고 있습니다. 기간이 문제가 아니지만 200년, 300년 후에
마침내 천년 뒤에 새롭고 행복한 삶이 찾아올 겁니다. 물론 그런
인생에 우리는 참여하지 못하겠지요. 하지만 우리는 그것을 위
해 지금 살고 있으며, 노동하고 괴로워하며 그것을 창조하고 있
습니다. 이 한 가지에 우리 존재의 목적이 있고, 만일 원하신다
면, 우리의 행복도 거기 있는 겁니다.

마샤가 나직하게 웃는다.

투젠바흐 왜 그러세요?

마샤 몰라요. 오늘은 아침부터 하루 종일 웃음이 나네요.

베르쉬닌 나는 여러분이 살았던 바로 거기서 학업을 마쳤습니다만, 최고학부에 다니지는 않았어요. 책을 많이 읽고 있지만, 책을 고를 능력이 없어서 아마 전혀 필요 없는 책을 읽고 있는지 모릅니다. 그러나 많이 살면 살수록 더 많이 알고 싶습니다. 머리털이 백발이 되어서 이미 늙은이나 다름없지만 아는 게 너무 적어요. 아아, 얼마나 아는 게 없는지! 하지만 가장 중요한 것과 진정한 것은 알고 있는 것 같아요. 확실히 알고 있습니다. 그래서 여러분께 입증하고 싶은 것은 우리에게 행복은 없다 있을 수도 없으며, 있지도 않을 것이란 사실입니다……. 우리는 그저 일하고 또 일해야 합니다. 행복, 그것은 우리의 머나먼 후손들의 몫입니다.

사이.

내가 아니라, 내 후손들의 후손들이 누릴 겁니다.

페도티크와 로데가 홀에 나타난다. 그들은 앉아서 기타를 치면서 나직하게 노래한다.

투젠바흐 당신 말씀에 따르면, 우린 행복을 꿈꾸지도 못하겠군요! 그러나 만일 내가 행복하다면요!

베르쉬닌 아닙니다.

투젠바흐 (두 손을 꼭 쥐더니 웃으면서) 분명히 우린 서로를 이해하지 못하고 있군요. 자, 어떻게 하면 당신을 납득시킬 수 있을까요?

마샤가 나직하게 웃는다.

(그녀에게 손가락질을 하면서) 웃으시다니요! (베르쉬닌에게) 200년 혹은 300년 뒤가 아니라, 100만 년 뒤에도 삶은 과거에 그랬던 것처럼 똑같을 겁니다. 당신과 전혀 관계없거나 혹은 최소한 당신이 결코 알아낼 수 없는 나름의 고유한 법칙을 따르면서 삶은 변하지 않고 항상 그대로 남아 있을 거예요. 철새들, 예를 들어 학들은 날고 또 날 것입니다. 그것들 머리에 고상하든 저급하든 간에 어떤 생각이 돌아다니든 간에 그것들은 왜 어디로 가는 줄도 모르고 계속해서 날아갈 겁니다. 그것들 사이에 어떤 철학자가 나타나든 간에 그것들은 날고 또 날아갈 겁니다. 그러니까 만일 날기만 한다면 원하는 대로 철학적인 논의를 하도록 놔둬요…….

마샤 그래도 의미는 있지 않을까요?

투젠바흐 의미라……. 자, 눈이 옵니다. 어떤 의미가 있나요?

사이.

마샤 내가 보기에 인간은 신자가 되거나 믿음을 찾아야 합니다. 그렇지 않으면 그의 삶은 공허하고 또 공허하니까요……. 학이 왜 날아가는지, 아이들이 무엇 때문에 태어나는지, 하늘에 왜 별이 있는지 모르고 살아간다는 것은……. 무엇 때문에 살고 있는지 알든가, 혹은 모든 것이 하찮아서 대수롭지 않든가 그렇겠죠.

사이.

베르쉬닌 어쨌든 젊음이 사라졌다는 것은 애석한 일이에요…….

마샤 고골은 "여러분, 이 세상에서 산다는 건 무료한 일입니다!" 하고 말했죠.

투젠바흐 나는 이렇게 말하겠습니다. "여러분, 당신들과 논쟁하는 건 어려운 일입니다!" 당신들은 정말이지……

체부트이킨 (신문을 읽으면서) 발자크는 베르디체프에서 결혼했다.

이리나가 나직하게 노래한다.

수첩에다가 적어놔야겠군. (기록한다) 발자크는 베르디체프에서 결혼했다. (신문을 읽는다)

이리나 (카드 점을 치다가 생각에 잠겨서) 발자크는 베르디체프에서 결혼했다.

투젠바흐 주사위는 던져졌습니다. 아시겠지만요, 마리야 세르게예브나. 저는 사표 냈습니다.

마샤 들었어요. 잘했다고는 생각하지 않아요. 문관을 좋아하지 않으니까요.

투젠바흐 마찬가집니다……. (일어선다) 풍채도 변변치 않은데 무슨 군인이란 말입니까? 뭐, 마찬가집니다만, 그래도…… 일할 겁니다. 평생 단 하루만이라도. 저녁에 집으로 돌아와 지친 나머지 침대에 쓰러지자마자 곧바로 잠들 정도로 일하려고 합니다. (홀로 나가면서) 노동자들은 분명히 잠을 잘 자겠죠!

페도티크 (이리나에게) 모스크바 거리에 있는 프이지코프 가게에서 당신을 위해 색연필을 사왔어요. 그리고 여기 작은 칼도…….

이리나 당신은 마치 날 어린애처럼 대하시는군요. 하지만 난 이미 어른이에요……. (색연필과 칼을 받고는 기뻐하면서) 정말 멋지군요!

페도티크 내가 쓸 칼도 샀는데……. 자, 보세요……. 칼이고, 이게

두 번째 칼입니다. 세 번째 칼은 귀를 후비는데 쓰는 거예요. 이
칼은 손톱을 다듬는 데 쓸 거고요…….
로데 (큰 소리로) 군의관님, 올해 연세가 어떻게 되세요?
체부트이킨 나 말이오? 서른두 살이야.

웃음.

페도티크 지금 다른 카드 점을 보여드리죠……. (카드 점을 친다)

사모바르가 나온다. 사모바르 옆에 안피사가 있고, 얼마 뒤에 나타샤가 오더니
식탁 주위에서 부산하게 움직인다. 솔료느이가 나타나더니 사람들과 인사하고
식탁에 앉는다.

베르쉬닌 대단한 바람이군요!
마샤 그래요. 겨울에 물려버렸어요. 난 벌써 여름이 뭔지 잊어버렸
어요.
이리나 보아하니 점괘가 나온 모양이군요. 우린 모스크바에 가 있
을 거예요.
페도티크 아닙니다. 그렇게 나오지 않았어요. 보세요. 8점 패가 스
페이드 2 위에 있잖아요. (웃는다) 당신들은 모스크바에 가지
못한다는 겁니다.
체부트이킨 (신문을 읽는다) 치치하얼*에 천연두 창궐.
안피사 (마샤에게 다가오면서) 마샤, 차를 좀 마셔봐. (베르쉬닌에
게) 드십시오, 나리……. 미안합니다만, 성함과 부칭을 잊어버
려서요…….

* 중국 흑룡강 성 서부에 있는 대도시 이름.

마샤 이리 가져와, 유모. 난 그리로 가지 않겠어.

이리나 유모!

안피사 가요-오!

나타샤 (솔료느이에게) 갓난아이들은 잘 이해한답니다. "안녕, 보비크. 안녕, 애야!" 하고 말하면, 그 아인 아주 특별하게 날 바라봐요. 엄마니까 그렇게 말한다고 생각하시겠지만, 아니에요. 아닙니다. 확신해요! 정말 비상한 아이예요.

솔료느이 만일 그 애가 내 아이라면 프라이팬에 구워서 먹었을 겁니다. (컵을 들고 객실로 가더니 모퉁이에 앉는다)

나타샤 (두 손으로 얼굴을 감싸고) 거칠고 교양 없는 인간 같으니!

마샤 지금이 여름인지 겨울인지 알아차리지 못하는 사람은 행복합니다. 모스크바에 간다면 날씨에 대해선 무심할 거란 생각이 들어요…….

베르쉰 일전에 어떤 프랑스 장관이 감옥에서 쓴 일기를 읽었습니다. 장관은 파나마 사건*으로 유죄 판결을 받았죠. 그 사람은 예전에 장관이었을 때에는 주목하지 않았지만, 감옥 유리창으로 보이는 새들에 대해서 엄청난 희열과 기쁨을 가지고 말하고 있습니다. 물론 지금 그는 자유롭게 풀려났고, 이미 예전처럼 새를 주목하지 않습니다. 그런 식으로 모스크바에 살게 되면 당신은 모스크바에 주목하지 않을 겁니다. 우리에게 행복은 없고, 오지도 않을 것이지만, 단지 그걸 바랄 뿐입니다.

투젠바흐 (식탁에서 상자를 집어 든다) 사탕은 어디 있죠?

이리나 솔료느이가 먹었어요.

투젠바흐 전부 다요?

---

* 19세기말 프랑스인 레셉스가 파나마 운하를 건설하려 했다가, 사업 실패와 뇌물 수수로 인해 다수의 공화파 의원들이 구속된 사건을 가리킨다.

안피사 (차를 주면서) 나리, 편지가 왔어요.

베르쉬닌 나한테? (편지를 받는다) 딸이 보냈군요. (읽는다) 그래, 그렇겠지……. 마리야 세르게예브나, 미안합니다. 먼저 일어나 겠습니다. 차를 마시지 못하겠습니다. (일어선다. 흥분해서) 허구한날 이 모양이니…….

마샤 무슨 일이죠? 비밀인가요?

베르쉬닌 (나직하게) 아내가 다시 음독했습니다. 가야합니다. 다른 분들이 눈치 채지 못하게 가겠습니다. 이 모든 게 너무나 불쾌합 니다. (마샤의 손에 키스한다) 사랑스럽고 멋지고 훌륭한 여인 이여……. 여기서 조용히 빠져 나가겠어요……. (나간다)

안피사 어딜 가시는 거유? 기껏 차를 내왔더니……. 정말 이상한 분이야.

마샤 (화를 내면서) 물러서! 귀찮게 따라다니니까, 편할 새가 없잖 아……. (찻잔을 들고 식탁으로 간다) 정말 지겨워, 할멈!

안피사 왜 화를 내는 거유? 아가씨!

안드레이의 목소리 "안피사!"

안피사 (흉내 낸다) 안피사! 저쪽에 앉아 계시네……. (나간다)

마샤 (홀에 있는 식탁에서 화를 내면서) 앉게 해줘요! (식탁 위의 카 드를 뒤섞어버린다) 여기서는 카드와 살고들 있네. 차나 마셔요!

이리나 마슈카 언니, 화났네.

마샤 내가 화나 있을 땐 말 시키지 마. 건드리지 말라고!

체부트이킨 (웃으면서) 그녀를 건드리지 말아요. 건드리지 마세 요…….

마샤 당신은 예순 살인데도 마치 어린애처럼 언제나 귀신 씻나락 까먹는 소리만 하시니.

나타샤 (한숨 쉰다) 마샤 아가씨. 대화하면서 어떻게 그런 표현 을 쓰세요? 노골적으로 말해서, 그런 말만 쓰지 않는다면 고상한 사교계에서도 아가씨의 아름다운 외모 때문에 무척 매력적일 거예요. Je vous prie pardonnez moi, Marie, mais vous avez des manières un peu grossières.*

투젠바흐 (웃음을 참으면서) 주세요······. 내게 주세요······. 거기 코냑이 있는 것 같은데······.

나타샤 Il paraît que mon Bobik déjà ne dort pas**, 깨어났군요. 오늘 그 아이 건강이 좋지 않아요. 가봐야겠어요. 미안합니다······. (나간다)

이리나 알렉산드르 이그나티이치는 어디 가셨어?

마샤 집에. 아내한테 무슨 놀라운 일이 있나봐.

투젠바흐 (코냑이 든 유리병을 들고 솔료느이한테 간다) 당신은 늘 혼자 앉아서 뭔가 생각하고 있군요. 뭘 생각하고 있는지 알 수 없어요. 자, 화해합시다. 코냑을 마시도록 합시다.

그들은 마신다.

오늘 밤새워 피아노를 쳐야 하는데, 필시 온갖 잡다한 걸 칠 거예요······. 알게 뭡니까!

솔료느이 왜 화해하자는 거요? 당신과 다투지도 않았는데.

투젠바흐 당신은 언제나 우리들 사이에 무슨 일인가 일어난 것 같은 그런 감정을 불러일으켜요. 당신 성격이 이상하다는 걸 자인해야 합니다.

솔료느이 (낭송조로) 나는 이상하오. 하지만 그 누가 이상하지 않단 말이오! 화내지 말 지어다, 알레코여!*

---

* [원주] 날 용서해요, 마리. 하지만 당신 태도는 다소 거칠어요(프랑스어).
** [원주] 보아하니, 내 보비크가 아직 안 자나 봐요(프랑스어).

투젠바흐 대체 무슨 까닭에 알레코가…….

사이.

솔료느이 누구하고든 둘이 있으면 다른 사람들처럼 나도 아무렇지도 않아요. 하지만 여럿이 함께 있으면 음울하고 내성적이 되어서……. 온갖 헛소리를 지껄여대는 겁니다. 그러나 나는 허다한 사람들보다 훨씬 더 정직하고 고상합니다. 증명할 수도 있어요.
투젠바흐 우리가 다른 사람들과 함께 있을 때면 당신이 언제나 트집을 걸어서 난 자주 당신한테 화를 내곤 합니다. 하지만 그런데도 당신은 어쩐지 호감이 갑니다. 알게 뭡니까. 오늘은 곤드레만드레 마셔야지. 마십시다!
솔료느이 마십시다.

그들은 마신다.

남작, 난 당신한테 한 번도 반감을 가져본 적이 없어요. 하지만 나에겐 레르몬토프의 성격이 있습니다. (나직하게) 심지어 약간은 레르몬토프와 닮았다는 겁니다……. 사람들 말로는……. (주머니에서 향수병을 꺼내서 두 팔에 뿌린다)
투젠바흐 사직했습니다. 그것으로 끝이죠! 5년 내내 생각하고 마침내 결정한 겁니다. 일할 겁니다.
솔료느이 (낭송조로) 화내지 말 지어다, 알레코여…… 잊어라, 잊어버려라. 그대의 꿈일랑…….

그들이 말하는 동안 책을 든 안드레이가 조용히 들어와서 촛불 옆에 앉는다.

투젠바흐 노동할 겁니다…….

체부트이킨 (이리나와 함께 객실로 오면서) 요리도 진짜 카프카스 식이었는데, 양파수프와 고기를 구운 체하르트마였소.

솔료느이 체료므샤는 절대로 고기가 아니라, 우리네 양파 비슷하게 생긴 식물이에요.

체부트이킨 아니야, 이 사람아. 체하르트마는 양파가 아니라, 양고 기를 구운 거야.

솔료느이 체료므샤는 양파라니까요.

체부트이킨 체하르트마는 양고기라니까.

솔료느이 체료므샤는 양파라니까요.

체부트이킨 당신과 논쟁해서 뭘 하겠소. 당신은 한 번도 카프카스 에 간 적도 없고, 체하르트마를 먹어본 일도 없으니 말이오.

솔료느이 먹지 않았습니다. 견딜 수가 없어서 말이죠. 체료므샤에 서는 마늘에서 나는 그런 냄새가 나거든요.

안드레이 (간청하듯) 됐습니다, 여러분! 부탁드립니다!

투젠바흐 가장행렬 패거리는 언제 옵니까?

이리나 9시에 오기로 했으니까, 곧 올 거예요.

투젠바흐 (안드레이를 포옹한다) 아아, 그대는 현관, 나의 현관. 나 의 새로운 현관…….

안드레이 (춤추고 노래한다) 새로운 단풍나무 현관이여…….

체부트이킨 (춤춘다) 격자가 있는 현관!

웃음.

투젠바흐 (안드레이에게 키스한다) 빌어먹을, 마셔보세 안드류샤.

격의 없이 마셔보자고. 안드류샤, 자네와 난 모스크바로, 대학에
가자고.

솔료느이 어떤 대학 말이오? 모스크바엔 대학이 두 곳 있는데요.

안드레이 모스크바엔 대학이 하나예요.

솔료느이 거듭 말하거니와 둘 있어요.

안드레이 셋이라고 해둡시다. 그게 낫겠소.

솔료느이 모스크바엔 대학이 둘이란 말입니다!

불평하는 소리와 부정하는 소리가 들린다.

모스크바엔 대학이 둘 있습니다. 낡은 대학과 새로운 대학 말이
죠. 만일 여러분이 내 말을 듣고 싶지 않다면, 만일 내 말이 여러
분을 짜증나게 한다면, 말하지 않을 수 있습니다. 다른 방으로
나갈 수도 있다니까요……. (하나의 문으로 나간다)

투젠바흐 브라보, 브라보! (웃는다) 여러분, 시작하세요. 앉아서 연
주하겠어요! 이 솔료느이는 우스꽝스러워요……. (피아노에 앉
아서 왈츠를 연주한다)

마샤 (혼자 왈츠를 춘다) 남작이 취했네. 남작이 취했어. 남작이
취했다니까!

나타샤가 들어온다.

나타샤 (체부트이킨에게) 이반 로마느이치! (체부트이킨에게 무엇
인가를 말하고는 조용히 나간다)

체부트이킨이 투젠바흐의 어깨에 손을 대더니 무엇인가를 속삭인다.

이리나 무슨 일이에요?

체부트이킨 우리는 가야겠습니다. 잘 있어요.

투젠바흐 편히 주무세요. 갈 시각입니다.

이리나 잠깐만요……. 가장행렬은요?

안드레이 (당황해하면서) 가장행렬 패거리는 오지 않아. 이리나, 너도 알겠지만 나타샤 말로는 보비크가 건강이 아주 좋지 않아서, 그래서…… 한마디로 난 모른다. 이래저래 마찬가지니까.

이리나 (어깨를 으쓱하더니) 보비크가 안 좋다고!

마샤 어쨌든 해보라지! 쫓아내면 나가야지. (이리나에게) 보비크가 아픈 게 아니라, 저 여자가 아픈 거야……. 여기 말이야! (손가락으로 이마를 두드린다) 속물!

안드레이는 오른쪽 문을 통해 자기 방으로 나가고, 체부트이킨은 그의 뒤를 따라간다. 홀에서 작별인사를 나눈다.

페도티크 정말 아쉽습니다! 밤을 세울 거라고 생각했는데, 어린아이가 아프다면야 물론……. 내일 아이에게 장난감을 가져올 겁니다…….

로데 (큰 소리로) 밤새 춤을 출 거라고 생각했기 때문에 오늘은 식사를 하고 나서 일부러 잠까지 잤습니다. 이제 겨우 9시밖에 안 됐는데!

마샤 거리로 나가서 거기서 이야기해요. 어떻게 할지 결정해요.

"안녕히 계세요! 건강하시기를!" 하는 소리가 들린다. 투젠바흐의 유쾌한 웃음소리가 들린다. 모두 나간다. 안피사와 하녀가 식탁을 치우고 등불을 끈다. 유모가 노래하는 소리가 들린다. 외투를 입고 모자를 쓴 안드레이와 체부트이킨이 조용히 들어온다.

체부트이킨 난 결혼하지 못했다네. 삶이 번개처럼 번쩍하고 지나갔
거든. 게다가 이미 결혼한 자네 어머니를 미친 듯 사랑했기 때문
에······.

안드레이 결혼할 필요는 없습니다. 필요 없어요. 따분하니까요.

체부트이킨 그래도 말이지, 고독이란 것 때문에. 어떤 말을 한다고
해도 고독은 정말이지 무서운 것일세, 여보게······. 비록 본질적
으로는······. 물론 모든 게 똑같긴 하지만!

안드레이 빨리 갑시다!

체부트이킨 왜 그리 서두르나? 시간은 충분해.

안드레이 아내가 말릴까 봐 걱정됩니다.

체부트이킨 아하!

안드레이 오늘은 노름하지 않고 그냥 앉아만 있을 겁니다. 기분이 좋
지 않아서······. 이반 로마느이치, 숨이 찬 건 어떡해야 합니까?

체부트이킨 별걸 다 묻네! 생각 안 나, 이 사람아. 모른다고.

안드레이 부엌으로 갑시다.

종소리, 그다음에 다시 종소리. 목소리와 웃음소리가 들린다. 그들이 나간다.

이리나 (들어온다) 거기 뭐야?

안피사 (속삭이는 목소리로) 가장행렬이에요!

종소리.

이리나 말해, 유모. 집에 아무도 없다고. 미안하다고 말이야.

안피사가 나간다. 생각에 잠겨 이리나가 방 안을 걸어 다닌다. 그녀는 흥분해
있다. 솔료느이가 들어온다.

솔료느이 (망설이면서) 아무도 없군요…… 모두 어디 갔나요?

이리나 집에 갔어요.

솔료느이 이상하군요. 여기 혼자 계십니까?

이리나 네.

사이.

안녕히 가세요.

솔료느이 조금 전에 절제하지 못하고 분수없이 행동했습니다. 하지만 당신은 다른 사람들과 다릅니다. 고상하고 순수하시니까 진실이 보일 겁니다…… 오직 당신만이 저를 이해할 수 있습니다. 사랑합니다. 깊이 끝없이 사랑합니다…….

이리나 안녕히 가세요! 이만 나가주세요.

솔료느이 당신 없이 저는 살 수 없습니다. (그녀의 뒤를 따라오면서) 오, 나의 크나큰 행복이여! (눈물을 글썽이며) 오, 행복이여! 멋지고 기막히며 매혹적인 두 눈을 어떤 여자에게서도 보지 못했습니다…….

이리나 (냉정하게) 그만두세요, 바실리 바실리이치.

솔료느이 처음으로 당신한테 사랑한다고 말을 하니까 지구가 아니라, 어떤 다른 별에 있는 것 같아요. (이마를 문지른다) 뭐, 마찬가집니다만. 사랑을 강요할 수는 없는 노릇이니까요…… 하지만 행복한 경쟁자들을 그냥 두지는 않을 겁니다…… 놔두지 않을 겁니다…… 모든 성자에게 맹세컨대 나는 경쟁자를 죽일 겁니다…… 아, 기막힌 그대여!

나타샤가 양초를 들고 지나간다.

나타샤 (이 문 저 문을 들여다보고 남편의 방으로 통하는 문을 지나간다) 안드레이가 여기 있네. 책을 읽도록 놔둬야지. 미안합니다, 바실리 바실리이치. 당신이 여기 있는 걸 모르고, 편하게…….

솔료느이 어차피 마찬가집니다. 안녕히 계세요! (나간다)

나타샤 피곤하죠, 아가씨. 불쌍해서 어쩌나! (이리나에게 키스한다) 자리에 누워 일찍 주무세요.

이리나 보비크는 자요?

나타샤 네. 하지만 편하게 자지 못하네요. 그건 그렇고 아가씨, 할 얘기가 있는데 항상 아가씨가 집에 없거나 내가 짬이 없어서……. 내 생각에 지금 어린이 방은 보비크에게 춥고 축축해요. 그런데 아가씨 방은 아이한테 딱 좋은 방이에요. 아가씨, 당분간만 올가 방으로 거처를 옮겨주세요!

이리나 (이해하지 못하고) 어디로요?

작은 방울을 단 트로이카가 집으로 다가오는 소리가 들린다.

나타샤 당분간만 아가씨와 올가가 한 방을 쓰는 거예요. 아가씨 방은 보비크한테 주고. 갠 정말 귀여워요. 오늘 내가 "보비크, 내 아들! 내 아들!" 하고 말했더니, 그 작은 눈으로 나를 바라보지 뭐예요.

종소리.

분명 올가일 거예요. 이렇게 늦다니!

하녀가 나타샤에게 다가와 귓속말을 한다.

나타샤 프로토포포프라고? 정말 이상한 사람이네. 프로토포포프가 왔군요. 자기하고 트로이카를 타자고 날 부르네요. (웃는다) 남자들은 얼마나 이상한지……

종소리.

저기 누가 왔네요. 15분 정도만 타러 갈까……. (하녀에게) 곧 간다고 전해라.

종소리.

종을 울리네요……. 올가일 거예요. 분명히……. (나간다)

하녀가 달려 나간다. 이리나는 생각에 잠겨 앉아 있다. 쿨르이긴과 올가, 그들의 뒤를 따라 베르쉬닌이 들어온다.

쿨르이긴 어떻게 된 거지. 여기서 야회가 있다고들 했는데.

베르쉬닌 이상하군요. 내가 얼마 전에, 30분 전에 나갈 때 가장행렬을 기다리고 있었는데…….

이리나 다들 가셨어요.

쿨르이긴 마샤도 갔어? 어디로 갔지? 어째서 프로토포프는 트로이카를 타고 아래에서 기다리는 거지? 누굴 기다리는 거야?

이리나 묻지 마세요……. 피곤해요.

쿨르이긴 저런, 변덕하고는…….

올가 방금 전에 위원회가 끝났어요. 지쳤어요. 우리 주임교사가 아파서 지금은 내가 그 여자를 대신하고 있어요. 머리, 머리가 아파요. 머리가……. (앉는다) 안드레이는 어제 카드노름으로 200

루블을 잃었어요……. 온 도시가 그 얘기예요…….

쿨르이긴 그래요. 나도 위원회 때문에 피곤해요. (앉는다)

베르쉬닌 아내는 나를 놀라게 하려고 하마터면 음독할 뻔했습니다. 별일 없이 해결돼서 기쁘기도 하고, 이제 쉬려고……. 그런데 가야겠군요? 뭐, 안녕히 계십시오. 표도르 일리치, 어디가 됐든 나와 함께 가십시다! 집에 있을 수는 없습니다. 절대로 못합니다……. 갑시다!

쿨르이긴 피곤해요. 가지 않겠어요. (일어난다) 피곤해. 아내는 집으로 갔을까?

이리나 그럴 거예요.

쿨르이긴 (이리나 손에 키스한다) 안녕. 내일과 모레는 온종일 쉬어야지. 잘 있어! (간다) 차를 무척 마시고 싶은데. 유쾌한 모임 속에서 밤을 보내려고 했는데. O, fallacem hominum spem!* 영탄법일 경우에는 대격이야…….

베르쉬닌 그러니까 혼자 가야겠군요. (휘파람을 불면서 쿨르이긴과 함께 나간다)

올가 머리가 아파, 머리가……. 안드레이가 돈을 잃었어……. 온 도시가 그 얘기야……. 가서 누워야지. (간다) 내일은 쉬는 날이야……. 오, 정말로 기뻐! 내일도 쉬고, 모레도 쉬고……. 머리가 아파. 머리가……. (나간다)

이리나 (혼자서) 모두 가버렸어. 아무도 없어.

거리에서 아코디언 소리가 들리고, 유모는 노래를 부른다.

나타샤 (모피 외투를 입고 모자를 쓰고 홀을 지나간다. 그녀의 뒤

---

* [원주] 오, 인간의 헛된 바람이여!(라틴어)

를 하녀가 따라간다) 30분 뒤에 오마. 조금만 타겠어. (나간다)

이리나 (혼자 남아서 괴로워한다) 모스크바로! 모스크바로! 모스크바로!

막.

3막

올가와 이리나의 방. 칸막이로 차단된 침대가 왼쪽과 오른쪽에 있다. 새벽 2시가 넘은 시각. 무대 뒤에서는 이미 오래전에 시작된 화재 경종이 울리고 있다. 집안에서는 사람들이 아직 잠자리에 들지 않은 것이 분명하다. 평소처럼 검은 옷을 입은 마샤가 소파에 누워 있다. 올가와 안피사가 들어온다.

안피사 사람들은 지금 계단 아래에 앉아 있어……. "위로 올라가요, 괜찮아요. 그렇다니까" 하고 말해도 울기만 해. "아빠가 어디 계시는지 몰라요. 어처구니없이 다 타버렸네." 이렇게들 말하는 거유. 말도 안 돼! 마당에도 사람들이 있는데……. 입을 옷이 없어.

올가 (옷장에서 옷을 꺼낸다) 이 회색 옷 받아……. 이것도……. 재킷도……. 이 치마도 가져가, 유모……. 대체 이게 무슨 일이야, 맙소사! 키르사노프 골목은 모조리 타버렸어, 분명히……. 이것도 가져가……. 이것도……. (유모의 팔에 옷을 던진다) 가엾은 베르쉬닌 식구들이 몹시 놀랐을 거야……. 그분들 집이 하마터면 탈 뻔했으니까 말이야. 우리 집에서 밤을 보내시도록 해 드려……. 그분들을 집으로 가시게 하면 안 돼……. 불쌍한 페도티크는 모든 게 다 타버려서 남은 게 없어…….

안피사 올류쉬카, 페라폰트를 불러줘. 나 혼자서는 못 가져가…….

올가 (종을 친다) 아무리 종을 쳐도 오지 않아⋯⋯. (문에 대고) 이리 와주세요. 거기 누구 있어요!

화염으로 인해 붉어진 창문이 열린 문으로 보인다. 집 옆으로 소방대가 지나가는 소리가 들린다.

정말 무서워! 진저리가 나!

페라폰트가 들어온다.

이걸 아래로 가지고 가게⋯⋯. 거기 계단 아래 콜로틸린 집안 아가씨들이 서 있어⋯⋯. 그분들께 드려. 이것도 드리고⋯⋯.

페라폰트 알겠습니다. 1812년에는 모스크바도 불탔습죠.* 오, 하느님! 프랑스 사람들이 깜짝 놀랐습니다.

올가 가, 가봐.

페라폰트 알겠습니다. (나간다)

올가 유모, 다 줘. 우리에겐 아무것도 필요 없으니, 모두 줘 유모⋯⋯. 서 있기도 힘들 만큼 지쳤어⋯⋯. 베르쉬닌 식구들을 집으로 가게하면 안 돼⋯⋯. 여자애들은 객실에 눕히고, 알렉산드르 이그나티이치는 아래 남작에게로⋯⋯. 페도티크도 남작에게 보내거나 우리 집 홀에서 지내게 해⋯⋯. 의사 선생님은 일부러 그런 것처럼 취했어. 억장으로 취해 있으니 누구 한 사람 그분한테 보내면 안 돼. 베르쉬닌의 부인도 객실에서 주무시게 해.

안피사 (지쳐서) 올류쉬카 아가씨. 날 내쫓지 마슈! 제발!

---

* 1812년 나폴레옹 전쟁 때 러시아군이 퇴각하면서 모스크바를 의도적으로 전소시킨 사건을 가리킨다.

올가 무슨 가당찮은 말이야, 유모. 누구도 유모를 내쫓지 않아.

안피사 (올가의 가슴에 머리를 기댄다) 귀엽고 소중한 아가씨, 난 일해. 일하고 있다우……. 몸이 약해지면 모두가 "나가!" 하고 말하겠지. 근데 어디로 가겠어? 어디로? 여든 살이라우. 여든두 살…….

올가 잠시 앉아, 유모……. 유모는 지쳤어, 가엾은……. (유모를 앉힌다) 쉬도록 해, 유모. 얼굴이 하얗게 질렸네!

나타샤가 들어온다.

나타샤 사람들 말로는 화재를 당한 사람들을 돕는 모임을 서둘러 조직해야 한다는군요. 어때요? 좋은 생각이죠. 가난한 사람들을 도와줘야 하는 건 부자들의 의무니까요. 보비크와 소포츠카는 자요. 마치 아무 일도 없는 것처럼 자고 있어요. 오갈 데 없는 많은 사람들이 아래에서 우글거려서 집이 꽉 찼어요. 지금 시내에는 인플루엔자가 돌고 있는데, 아이들이 걸리지나 않을까 걱정이에요.

올가 (올케의 말을 듣지 않고) 이 방에서는 화재가 안 보여. 여긴 평온해…….

나타샤 네……. 분명히 내 모습은 엉망일 거예요. (거울 앞에서) 날 더러 뚱뚱해졌다고들 하던데…… 사실이 아니에요! 전혀! 마샤는 지쳐서 자고 있네. 가엾어라……. (안피사에게 냉정하게) 내 앞에서 감히 앉아 있어! 일어나! 여기서 나가!

안피사가 나간다. 사이.

아가씨가 왜 저 노파를 데리고 있는지, 알다가도 모르겠어요.

올가 (멍해서) 미안해요, 나도 모르겠어요…….

나타샤 저 여잔 여기서 아무 쓸모도 없어요. 저 여잔 농사꾼이니까 농촌에서 살아야죠……. 제멋대로 굴잖아요! 집안에는 질서가 있어야 한다니까요! 쓸모없는 인간들은 집에 있으면 안 돼요. (올가의 뺨을 어루만진다) 불쌍한 아가씨, 지쳤군요! 우리 교장 선생님이 지치셨어! 나의 소포츠카가 자라서 김나지움에 들어 가면 난 아가씨를 무서워할 거야.

올가 난 교장이 되지 않을 거예요.

나타샤 뽑힐 거예요, 올레츠카. 결정된 거니까요.

올가 거부할 거예요. 할 수 없으니까……. 내 힘에 벅찬 일이에 요……. (물을 마신다) 올케는 지금 유모를 거칠게 대했어요……. 미안하지만, 난 참을 수가 없어요……. 앞이 캄캄해졌어요…….

나타샤 (흥분해서) 미안해요, 올가. 미안해……. 아가씨를 괴롭히 려고 한 건 아니에요.

마샤가 일어난다. 베개를 들고 나간다. 화가 나 있다.

올가 이해하세요, 올케……. 어쩌면 우리가 이상하게 교육받았는 지 모르지만, 난 그런 걸 견딜 수 없어요. 그런 태도 때문에 난 기운을 잃고 병이 날 지경이에요……. 정말 낙심천만이에요!

나타샤 미안, 미안해요……. (올가에게 키스한다)

올가 아무리 사소한 것이라도 모든 거친 태도와 무례하게 내뱉는 말은 날 불안하게…….

나타샤 내가 자주 쓸데없는 말을 한다는 건 알아요. 하지만 아가 씨, 그 여잔 시골에서 살 수도 있잖아요.

올가 유모는 벌써 30년을 우리 집에서 살았어요.

나타샤 하지만 이제 그 여잔 일을 못하잖아요! 내가 이해를 못하는 건지, 아니면 아가씨가 내 말을 이해하지 못하는 건지. 그 여잔 일도 못하면서 그저 잠이나 자고 앉아만 있다고요.

올가 앉아 있게 내버려둬요.

나타샤 (깜짝 놀라서) 어떻게 그렇게 해요? 그 여잔 하녀잖아요. (눈물을 글썽이며) 이해할 수 없어요, 올랴. 나한테는 유모도 있고, 애를 돌보는 여자도 있어요. 우리한테는 하녀도 있고, 요리사도 있어요……. 대체 뭣 때문에 저 노파가 필요한 거죠? 왜냐고요?

무대 뒤에서 경종이 울린다.

올가 오늘밤에 난 10년이나 늙어버렸어.

나타샤 이야기를 해서 결론을 봐야겠어요, 올랴. 아가씬 학교에 있고, 난 집에 있어요. 아가씨의 일은 가르치는 거고, 내 일은 살림살이죠. 그래서 나는 하녀에 대해서 말하고 있고, 그것이 무슨 말인지 알아요. 무슨 말-인-지, 안다니까요……. 당장 내일이라도 저 늙은 도둑년, 늙은 할망구를 여기서 쫓아낼 거예요……. (발을 구른다) 저 마녀를! 감히 나를 자극하다니! 어떻게 그럴 수가! (하던 짓을 갑자기 그만두고) 사실, 아가씨가 아래로 옮겨가지 않으면 우린 늘 다툴 거예요. 무서운 일이야.

쿨르이긴이 들어온다.

쿨르이긴 마샤는 어디 있소? 이제 집에 갈 시각인데. 화재가 잦아들었다는군요. (기지개를 켠다) 한 구역밖에 타지 않았지만, 바람이 불어서 처음엔 온 도시가 타버릴 것 같았죠. (앉는다) 지쳤어요. 사랑스런 나의 올레츠카……. 난 자주 생각해요. 만일 마

샤가 아니었다면 당신과 결혼했을 거요, 올레츠카. 정말 좋은 사람이오……. 난 지쳤어. (귀를 기울인다)

올가 뭐죠?

쿨르이긴 일부러 그런 것처럼 의사가 엄청나게 주정을 하는군요. 엉망으로 취해가지고. 일부러 그런 것처럼! (일어난다) 의사가 이리로 오는 것 같은데요. 들리세요? 그래요, 이리로……. (웃는다) 원 세상에, 사실…… 나는 숨어야겠어요……. (옷장 쪽으로 가서 모퉁이에 멈춰 선다) 어쩔 수 없는 양반이야.

올가 2년 동안 안 드시다가 느닷없이 저렇게 폭음을 하시다니……. (나타샤와 함께 방 안쪽으로 간다)

체부트이킨이 들어온다. 말짱한 사람처럼 비틀거리지도 않고 방을 지나가다가 멈춰서더니 무엇인가를 응시한다. 그다음에 세면대로 가더니 손을 씻기 시작한다.

체부트이킨 (음울하게) 전부 빌어먹어라……. 빌어먹을……. 내가 의사니까 병이란 병은 모두 고칠 수 있을 거라고 생각들 하지만, 난 정말이지 아는 게 없어. 알고 있던 것도 다 잊어버렸고, 아무것도 생각나지 않아. 정말 아무것도.

그가 알아채지 못하게 올가와 나타샤가 나간다.

빌어먹을. 지난 수요일에 자스이피에서 여자를 치료했는데, 죽어버렸어. 그 여자가 죽은 건 내 잘못이야. 그래…… 25년 전에는 뭔가 알았는데, 지금은 아무것도 생각 안 나. 아무것도. 어쩌면 난 인간이 아닌지도 몰라. 단지 나한테 팔과 다리 그리고 눈이 있는 척하는 거지. 어쩌면 나는 전혀 존재하지 않는지도 몰

라. 그저 걸어 다니고, 먹고 잠자고 있는 것처럼 보일지도 몰라. (운다) 아, 만일 존재하지 않는다면! (우는 걸 멈추고 음울하게) 알게 뭐야⋯⋯. 사흘 전에 클럽에서 대화하는데 사람들이 셰익스피어니 볼테르니 하며 지껄여댔지⋯⋯. 난 읽지 않았어. 전혀 읽지 않았지만, 마치 읽은 것 같은 얼굴을 하고 있었지. 다른 사람들도 나와 똑같아. 속된 짓이야! 저급해! 그리고 수요일에 내가 죽인 여자가 생각나더라니까⋯⋯. 모든 게 생각나더라고⋯⋯. 그러자 속이 뒤틀리고, 추악하고, 뻔뻔스러워지기 시작했어⋯⋯. 나가서 마시기 시작했지⋯⋯.

이리나, 베르쉬닌 그리고 투젠바흐가 들어온다. 투젠바흐는 최신 유행의 문관 복장을 하고 있다.

이리나 여기 앉도록 하죠. 이리로는 아무도 들어오지 않을 테니까요.
베르쉬닌 군인들이 아니었다면 도시 전체가 다 탔을 겁니다. 잘했어! (만족해하면서 두 손을 비빈다) 소중한 사람들입니다! 아아, 정말 대단해요!
쿨르이긴 (그들에게 다가가면서) 몇 십니까, 여러분?
투젠바흐 벌써 3시가 넘었습니다. 동이 트고 있어요.
이리나 아무도 나가지 않고 모두가 홀에 앉아 있어요. 당신의 솔료느이도 앉아 있고요⋯⋯. (체부트이킨에게) 선생님, 가서 주무세요.
체부트이킨 괜찮습니다요⋯⋯. 감사합니다요. (턱수염을 쓰다듬는다)
쿨르이긴 (웃는다) 많이 취하셨어요, 이반 로마느이치! (그의 어깨를 소리 나게 친다) 잘하셨어요! 옛날 사람들은 "In vino veritas"*라

---

* [원주] 술 속에 진리가 있나니(라틴어).

고 말했으니까요.

투젠바흐 화재 당한 사람들을 위해 음악회를 열어달라고 모든 사람들이 부탁하더군요.

이리나 그런데, 누가 그걸…….

투젠바흐 원한다면 열 수 있습니다. 제가 보기에 마리야 세르게예브나는 피아노를 기막히게 연주합니다.

쿨르이긴 대단하죠!

이리나 언니는 벌써 잊어버렸어요. 3년이나 연주하지 않았으니까요……. 4년이든가.

투젠바흐 확실히 이 도시에는 음악을 이해하는 사람이 하나도 없습니다. 하지만 나는, 나는 이해합니다. 그래서 감히 여러분께 단언합니다만, 마리야 세르게예브나는 멋지게 정말 뛰어나게 연주하십니다.

쿨르이긴 맞습니다, 남작. 난 마샤를 몹시 사랑합니다. 훌륭한 사람이에요.

투젠바흐 그렇게 멋지게 연주할 줄 알면서도 동시에 어느 한 사람, 단 한 사람도 그걸 이해하지 못한다는 사실을 인정해야 하는 겁니다!

쿨르이긴 (한숨 쉰다) 그렇습니다……. 하지만 아내가 연주회에 참여하는 게 적절한 일인가요?

사이.

보시다시피 여러분, 난 아무것도 모릅니다. 어쩌면 그게 좋을지도 몰라요. 우리 교장선생님은 훌륭한 분입니다. 아니 매우 훌륭하고 현명한 분이세요. 하지만 그분은 그런 생각을 가지고 계시거든요……. 물론 그분 일은 아니죠. 하지만 어쨌든, 만일 여러분이 원하신다면 뭐, 내가 그분과 이야기를 해보겠습니다.

체부트이킨이 도자기로 만들어진 시계를 들고 살펴본다.

베르쉬닌 화재 때문에 온몸이 더러워졌어요. 말할 수 없을 지경입니다.

사이.

어제 잠깐 듣자니 우리 여단이 어디 먼 곳으로 이동한다고 하더군요. 폴란드로 간다는 사람들도 있고, 치타*로 갈 거라는 사람들도 있습니다.

투젠바흐 저도 들었습니다. 어떻게 되는 겁니까? 도시가 완전히 비겠군요.

이리나 우리도 떠날 겁니다!

체부트이킨 (시계를 떨어뜨려서 시계가 부서진다) 산산 조각났네!

사이.

모두 괴로워하며 당혹스러워 한다.

쿨르이긴 (조각들을 주우며) 이렇게 소중한 물건을 깨뜨리시다니. 아아, 이반 로마느이치. 이반 로마느이치! 이렇게 형편없이 행동하시다니요!

* 시베리아 남동부에 자리한 도시로 19세기 초반에는 데카브리스트들의 유배지였으며, 1851년 시로 승격되었고, 지금은 30만 정도의 인구가 거주하고 있다.

이리나 이건 돌아가신 엄마 시계예요.

체부트이킨 그럴지도 몰라……. 엄마 시계라면 엄마 시계지. 어쩌면 내가 깨뜨린 게 아니라, 깨진 것처럼 보일뿐이야. 어쩌면 그저 우리가 존재하는 것처럼 보일뿐, 실제로 우리는 존재하지 않아. 난 아무것도 몰라. 누구도 아는 게 없어. (문 옆에서) 뭘 보고들 있는 거요? 나타샤와 프로토포포프는 연애를 하는데, 당신들은 보질 않는군……. 여기 이렇게들 앉아서 아무것도 보질 않는 거야……. 나타샤는 프로토포포프와 연애를 하고 있는데……. (노래한다) 이 대추야자 열매*를 먹고 싶지 않나요……. (나간다)

베르쉰 그래요……. (웃는다) 어쩐지 이 모든 것이 이상하군요!

사이.

화재가 시작됐을 때 나는 서둘러 집으로 달려갔습니다. 다가가서 보니까 우리 집은 멀쩡하고 무사해서 위험하지 않더군요. 그런데 사람들이 뛰어다니고, 개와 말이 질주하는데 두 딸이 어머니도 없이 속옷만 입고 문지방에 서 있더군요. 애들 얼굴에는 뭐랄까 불안과 공포, 애원이 서려 있었습니다. 그 얼굴을 보자니 가슴이 미어지는 것 같았습니다. 기나긴 인생행로에서 이 아이들은 또 무엇을 참아야 할 것인가! 그것을 생각했습니다. 아이들을 붙잡고 달렸어요. 그리고 내내 한 가지만 생각했습니다. 애들은 이 세상에서 또 무엇을 견뎌야 할 것인가!

---

* 여기서 대추야자 열매는 매우 놀라운 결과를 의미하며, 따라서 체부트이킨은 등장인물들에게 두 사람의 연애사실을 기정사실로 받아들이기 싫으냐고 묻고 있는 셈이다.

사이.

이곳에 왔더니 애들 어머니가 여기 있더군요. 소리 지르고 화를 내더라고요.

마샤가 베개를 들고 들어오더니 소파에 앉는다.

내 딸년들이 속옷 차림으로 문지방에 서 있고, 거리가 불길로 붉게 물들고, 무시무시한 소음이 들릴 때 아주 오래전에 그와 비슷한 일이 일어났다는 생각이 들더군요. 갑작스럽게 적이 쳐들어와서 약탈하고 방화했던 때가 말이에요……. 어쨌거나 오늘 일이나 과거에 있었던 일 사이에 본질적으로 무슨 차이가 있는 걸까요! 200년이든 300년이든 어느 정도 세월이 흘러가면 사람들은 지금 우리의 삶을 공포와 조롱의 눈길로 바라볼 겁니다. 현재의 모든 것이 어색하기도 하고, 고통스럽기도 하고 또 매우 불편하고 이상한 것처럼 보일 겁니다. 오, 어떤 삶이 오게 될까요, 어떤 삶이! (웃는다) 미안합니다. 다시 추상적인 이야기를 꺼냈군요. 계속하게 해주세요, 여러분. 정말로 철학적인 얘기를 하고 싶군요. 지금은 딱 그런 기분이 듭니다.

사이.

모두 주무시는 것 같습니다. 어떤 삶이 오게 될까요! 바로 그것이 내가 말하고자 하는 겁니다. 여러분은 그저 상상만 해보세요……. 여러분 같은 사람들은 지금 도시에 딱 세 명 있습니다. 하지만 다음 세대에는 더 많아지고, 점점 더 많아져서 모두가 여러분처럼 변하고, 여러분처럼 살게 되는 때가 올 것입니다. 그다

음에는 여러분도 낡아지고, 여러분보다 나은 사람들이 태어나게
될 겁니다…….(웃는다) 오늘 정말로 특별한 기분입니다. 정말
이지 살고 싶습니다…….(노래한다) 모든 나이의 사람들이 사랑
에 순종하나니, 사랑의 폭발은 유익하느니라…….(웃는다)

마샤 트람-탐-탐…….

베르쉰 탐-탐…….

마샤 트라-라-라?

베르쉰 트라-타-타. (웃는다)

페도티크가 들어온다.

페도티크 (춤춘다) 불탔노라, 불탔노라! 모두 깨끗하게!

웃음.

이리나 어떻게 농담을. 다 타버렸나요?

페도티크 (웃는다) 모조리 깨끗하게. 아무것도 안 남았어요. 기타
도 탔고, 사진도 탔고, 편지도 모조리…….당신한테 선물하려던
수첩도 타버렸습니다.

솔료느이가 들어온다.

이리나 안 됩니다. 나가주세요, 바실리 바실리이치. 이곳에 오시면
안 됩니다.

솔료느이 어째서 남작은 되고, 나는 안 됩니까?

베르쉰 사실 우리도 가야 합니다. 화재는 어떻소?

솔료느이 불길이 잡혔다고들 합니다. 아니 정말로 이상하군. 어째

서 남작은 되고, 나는 안 되는 걸까? (향수병을 꺼내서 뿌린다)

베르쉬닌 트람-탐-탐?

마샤 트람-탐.

베르쉬닌 웃는다. (솔료느이에게) 홀로 갑시다.

솔료느이 좋습니다. 그렇게 적어두도록 합시다. 이 생각은 좀 더 분
명히 할 수 있지만, 거위들을 조롱해서 놀라게 할까 봐 걱정돼
서……. (투젠바흐를 보면서) 쯧, 쯧, 쯧……. (베르쉬닌과 페도
티크와 함께 나간다)

이리나 솔료느이가 담배를 엄청나게 피워댔군요……. (의아해 하
면서) 남작님이 주무시네! 남작님! 남작님!

투젠바흐 (정신을 차리고 나서) 피곤해요, 하지만…… 벽돌공
장……. 잠꼬대하는 것이 아니라, 정말로 서둘러서 벽돌공장으
로 가서 일을 시작하려고 합니다……. 얘기가 다 됐어요. (이리
나에게 다정하게) 당신은 무척 창백하고 아름답고 매혹적입니
다……. 당신의 창백한 얼굴이 어두운 대기를 환하게 밝히는 것
같아요. 마치 빛처럼……. 당신은 슬퍼하고, 삶에 불만족합니
다……. 오, 나와 함께 갑시다. 함께 일하러 가요!

마샤 니콜라이 리보비치, 여기서 나가세요.

투젠바흐 (웃으면서) 여기 계셨군요? 보지 못했습니다. (이리나의
손에 키스한다) 안녕히 계세요, 가겠습니다…… 지금 당신을 보
니까 예전에 당신 명명일이 생각납니다. 선량하고 쾌활한 당신
은 노동의 기쁨에 대해 말했지요……. 그래서 그때 내게는 참으
로 행복한 인생이 보였습니다! 그것은 어디 있나요? (이리나의
손에 키스한다) 당신 눈에 눈물이 맺혔군요. 누워 주무세요. 벌
써 동이 트고 있네요……. 아침이 시작됩니다……. 만일 당신을
위해 내 인생을 바칠 수만 있다면!

마샤 니콜라이 리보비치, 나가세요! 이게 뭐예요, 정말…….

투젠바흐 가겠어요……. (나간다)

마샤 (누우면서) 당신 자요, 표도르?

쿨르이긴 응?

마샤 집으로 가세요.

쿨르이긴 사랑하는 마샤, 나의 소중한 마샤…….

이리나 언니는 지쳤어요. 언니를 쉬게 놔두세요, 페쟈.*

쿨르이긴 곧 갈게……. 좋고 훌륭한 나의 아내……. 당신을 사랑해,
하나밖에 없는…….

마샤 (화를 내면서) Amo, amas, amat, amamus, amatis, amant.**

쿨르이긴 (웃는다) 아니, 마샤는 정말 놀라운 사람이야. 당신과 결
혼한 지 7년이 됐지만, 바로 어제 결혼한 것 같아. 정말이야. 아
니, 당신은 정말 놀라운 사람이야. 나는 만족해, 만족해, 만족해!

마샤 지겨워, 지겨워, 지겨워……. (일어나서 앉은 채 말한다) 바
로 그게 머릿속에서 나가지 않아……. 몹시 화가 나. 머리에서
떠나지 않으니 말하지 않을 수 없어. 안드레이에 대해서……. 오
빠는 이 집을 은행에 저당 잡혔고, 모든 돈은 그의 아내가 챙겼
어. 하지만 이 집은 오빠 한 사람 것이 아니라, 우리 네 사람 소
유야! 오빠가 고상한 사람이라면 이것을 알아야 해.

쿨르이긴 그만둬, 마샤! 왜 그러는 거야? 안드루샤는 도처에 빚을
졌어. 그러니까 마음대로 하게 내버려둬.

마샤 아무리 해도 그건 화나는 일이야. (눕는다)

쿨르이긴 나와 당신은 가난하지 않아. 나는 일하고 있어. 김나지움
에 가서 수업을 하고……. 나는 정직한 인간이야. 소박하고…….
말하자면, Omnia mea mecum porto.***

---

* 쿨르이긴의 이름 표도르의 애칭.
** [원주] 사랑한다는 뜻을 가진 라틴어 동사 'amare'의 직설법 현재의 변화형.
*** [원주] 나의 모든 것을 지니고 다녀(라틴어).

마샤 난 아무것도 필요하지 않아요. 하지만 부당함 때문에 화가 나는 거야.

사이.

가세요, 표도르.

쿨르이긴 (아내에게 키스한다) 피곤할 테니까 한 30분 쉬도록 해. 저기 앉아서 기다릴게……. 자……. (간다) 나는 만족해, 만족해, 만족해. (나간다)

이리나 정말로 우리 안드레이는 타락했어. 그 여자 옆에서 기력을 잃고 늙어버렸어! 예전에는 교수가 되려고 준비하더니, 어제는 지방자치회 의원이 됐다고 자랑하더라니까. 오빠는 자치회 의원이고, 프로토포포프는 의장이고……. 도시 전체가 수군거리며 비웃고 있는데, 오빠 혼자만 아무것도 모르고, 보지 못하고 있어……. 모든 사람들이 화재 현장으로 달려갔는데, 오빠는 자기 방에 앉아서 무관심하더라고. 그저 바이올린이나 연주하면서 말이야. (신경질적으로) 오, 무서워, 무서워, 무서워! (운다) 더 이상 견딜 수 없어, 더 이상! 그럴 수 없어, 없다니까!

올가가 들어와서 탁자 주위를 정리한다.

(큰 소리로 흐느낀다) 나를 던져버려, 던져버리라고. 더 이상 견딜 수 없어!

올가 (놀라서) 왜 그러니, 왜 그래? 애야!

이리나 (흐느끼면서) 어디? 다 어디 갔지? 어디 있는 거야? 오, 맙소사, 맙소사! 다 잊어버렸어, 잊어버렸다고……. 머릿속이 뒤죽박죽이야……. 창이나 천장이 이탈리아어로 뭔지 기억나지 않아······. 다 잊어버리고, 날마다 잊어버리고 있는데, 삶은 떠나가서 결코 돌아오지 않아. 우린 절대, 절대로 모스크바에 가지 못해······. 갈 수 없다는 걸 알아······.

올가 애야, 애야······.

이리나 (자제하면서) 아, 난 불행해······. 일을 할 수도 없고, 일하지도 않을 거야. 됐어, 충분해! 전신기사로 일했고, 지금은 자치회에서 근무하고 있지만, 일하도록 하는 모든 것을 증오하고 경멸해······. 난 벌써 스물네 살이고 오래전부터 일하고 있어. 그래서 이해력은 쪼그라들었고, 몸은 마르고 추해지고 늙어버렸어. 아무런 그 어떤 만족도 없는데 시간은 흐르고 있어. 그래서 진정한 아름다운 삶에서 점점 멀리 사라져서 어떤 낭떠러지로 사라져버리는 것 같아. 절망에 빠져 있으면서도 어떻게 내가 살아 있는지, 어떻게 지금까지 자살하지 않았는지 알 수가 없어······.

올가 울지 마라, 애야. 울지 마······. 나도 괴롭구나.

이리나 울지 않을게, 안 울 거야······. 됐어······. 자, 벌써 안 울잖아. 됐어······. 충분해!

올가 언니로서 친구로서 한마디할게. 내가 하는 충고를 바란다면, 남작한테 시집가!

이리나가 나직하게 운다.

너도 그분을 존경하고 높이 평가하잖아······. 사실 그분은 잘생기지 않았지만 무척 고상하고 순수해······. 사람들이 결혼하는 것은 사랑 때문이 아니라, 의무를 다하기 위해서야. 최소한 나는 그렇게 생각해. 그래서 사랑하지 않아도 결혼할지 몰라. 누구든 청혼한다면 결혼할 거야. 만일 점잖은 사람이라면 말이지. 늙은이라도 상관하지 않겠어······.

이리나 우리가 모스크바로 가면, 거기서 진정한 남자를 만나게 될 거라고 생각하며 계속 기다렸어. 그 사람을 꿈꾸면서 사랑했어……. 하지만 모든 게 어리석은 짓이었어. 어리석은 짓이었다고…….

올가 (동생을 포옹한다) 애야, 아름다운 이리나야. 모든 걸 이해해. 니콜라이 리보비치 남작이 무관을 그만두고 양복을 입고 우리 집에 왔을 때 얼마나 못생겼던지 울기까지 했다니까……. "왜 우십니까?" 하고 그분이 물었어. 내가 뭐라고 하겠어! 하지만 하느님이 그분을 너와 혼인하도록 인도하신다면, 난 행복할 것 같구나. 외모와 결혼은 다른 거야. 전혀 다른 문제니까.

촛불을 든 나타샤가 오른쪽 문에서 왼쪽 문으로 말없이 무대를 가로질러 지나간다.

마샤 (앉는다) 저 여자는 방화라도 한 것처럼 돌아다니고 있네.

올가 마샤, 넌 바보로구나. 우리 식구 중에서 가장 어리석은 게 너야. 미안하구나.

사이.

마샤 고백하고 싶어, 올가 그리고 이리나. 마음이 괴로워. 두 사람한테 고백하면 더 이상 누구한테도 말하지 않을 거야……. 금방 말할게. (나직하게) 이건 내 비밀이지만, 두 사람 다 알아야 해……. 말하지 않을 수가 없어…….

사이.

난 사랑해, 사랑해……. 그 사람을 사랑해……. 두 사람은 방금 전에 그분을 봤어……. 그래, 바로 저기서. 나는 베르쉬닌을 사랑해…….

올가 (칸막이 너머 자기 자리로 간다) 그만둬. 어쨌든 난 안 들었다.

마샤 난 어떻게 하지! (머리를 감싼다) 처음에는 그이가 이상하게 보였는데, 나중에는 동정하게 됐어……. 그다음에는 사랑하게 됐고……. 그이의 목소리도, 그이의 말도, 불행도, 두 딸도 좋아졌어…….

올가 (칸막이 뒤에서) 어쨌든 난 안 들었어. 네가 무슨 어리석은 말을 하든, 어쨌든 난 안 들었어.

마샤 뭐라고, 언니는 바보야. 사랑하는 것, 그건 내 운명이야. 그러니까 내 숙명이야……. 그이도 날 사랑해……. 이건 무서운 일이야. 그렇지? 좋지 않은 거지? (이리나의 손을 잡고는 자기 쪽으로 끌어당긴다) 아, 사랑하는 이리나……. 우리는 어떻게 인생을 살게 되는 것일까, 우린 무엇이 될까……. 소설을 읽으면 모든 게 낡고 너무도 빤해 보이는데, 정작 내가 사랑하게 되니까, 아무도 제대로 아는 사람은 없고, 각자는 자기를 위해 스스로 결정해야 한다는 것만 분명해지는 거야……. 올가 언니 그리고 이리나……. 고백했으니까 이제부터 침묵할게……. 고골의 광인처럼 지금부터 나도…… 침묵…… 침묵할 거야…….

안드레이, 그의 뒤를 따라 페라폰트.

안드레이 (화를 내며) 왜 그러는 거야? 알 수가 없군.

페라폰트 (문 옆에서, 초조하게) 안드레이 세르게예비치, 벌써 열 번이나 말씀드렸습니다.

안드레이 우선, 나는 자네한테 안드레이 세르게예비치가 아니라,

의원님이야!

페라폰트 의원님, 소방대가 강으로 가는데 정원을 지나가도록 허락
해 달라고 합니다. 안 그러면 빙 돌고 돌아가야 하는데, 완전히
벌세우는 겁니다.

안드레이 좋다. 좋다고 말해라.

페라폰트가 나간다.

정말 귀찮게 하는군. 올가는 어디 있니?

올가가 칸막이에서 나온다.

올가, 장롱 열쇠를 잃어버려서 열쇠를 좀 빌리려고. 너한테 작은
열쇠가 있잖아.

올가가 말없이 그에게 열쇠를 준다. 이리나는 칸막이 너머 자기 자리로 간다.

사이.

엄청난 화재야! 이제야 잠잠해지기 시작했어. 어처구니가 없군.
저 페라폰트가 화를 북돋우는 바람에 어리석은 말을 하고 말았
어……. 의원님이라니……. 왜 말이 없니, 올랴? 이제 바보 같은
짓 그만두고, 화도 내지 말고 건강하게 살아보자. 마샤도 여기 있
고, 이리나도 여기 있으니 잘됐다. 우리 숨김없이 마지막으로 이
야기해보자. 나한테 무슨 불만이야? 뭐가 불만이냐고?

올가 그만둬, 안드루샤. 내일 이야기해. (흥분하면서) 정말로 괴로
운 밤이야!

안드레이 (매우 당혹해한다) 흥분하지 마. 나는 아주 냉정하게 묻
고 있어. 나한테 뭐가 불만이야? 솔직하게 말해.

베르쉬닌의 목소리 "트람-탐-탐!"

마샤 (일어난다. 큰 소리로) 트라-타-타! (올가에게) 잘 있어, 올
랴. 갈게. (칸막이 너머로 가서 이리나에게 키스한다) 잘 자
라……. 안녕, 안드레이. 가, 다들 지쳤어……. 내일 이야기
해……. (나간다)

올가 정말이야, 안드루샤. 내일로 미뤄……. (칸막이 너머 자기 자
리로 간다) 잘 시각이야.

안드레이 한 가지만 말하고 가겠어. 이제……. 첫째, 너희들은 내
아내 나타샤에 대해 어떤 반감이 있어. 난 그걸 결혼식 당일부터
알고 있었다. 나타샤는 아름답고 순정한 인간이야. 정직하고 고
결해. 그게 내 생각이야. 난 아내를 사랑하고 존경해. 존경한다
니까. 그래서 다른 사람들도 그녀를 존경해주었으면 해. 다시 말
하는데, 나타샤는 순정하고 고상한 사람이야. 그런데 너희들 모
두의 불만은 미안한 얘기지만 변덕일 따름이야.

사이.

둘째, 너희들은 내가 교수가 아니고, 학문에 종사하지 않아서 화
를 내고 있는 것 같더구나. 하지만 나는 자치회에서 근무하고 있
고, 지방자치회 의원이다. 그리고 나는 이런 근무를 학문에 대한
종사만큼이나 성스럽고 고귀한 것으로 생각하고 있다. 나는 지
방자치회 의원이고, 그것에 자부심을 느끼고 있다. 만일 너희들
이 알고 싶어한다면…….

사이.

셋째……, 더 할 말이 있는데……. 나는 집을 저당했다. 너희들의 허락도 받지 않고……. 그것에 대해서는 내가 잘못했다. 그래, 용서하기 바란다. 빚 때문에 어쩔 도리가 없었어……. 3만 5000루블……. 나는 더 이상 카드 도박을 하지 않아. 오래전에 그만뒀다. 하지만 중요한 것은, 변명하고자 하는 것은 너희들은 여성이고 연금을 받지만, 나한테는…… 수입이 없어. 말하자면…….

사이.

쿨르이긴 (문에서) 마샤 여기 없어? (불안스럽게) 대체 어디 있는 거지? 거참 이상하네……. (나간다)
안드레이 아무도 듣지 않는군. 나타샤는 아주 뛰어나고 정직한 인간이라니까. (무대 위를 말없이 돌아다니다가 멈춰 선다) 결혼할 때 난 우리가 행복해질 거라고 생각했어……. 모두가 행복할 거라고……. 하지만 맙소사……. (운다) 사랑하는 누이들아, 소중한 내 누이들아. 내 말을 믿지 마라, 믿지 마……. (나간다)
쿨르이긴 (문에서 불안스럽게) 마샤는 어디 있어? 여기 마샤 없어? 놀라운 일이야. (나간다)

무대가 빈다.

이리나 (칸막이 뒤에서) 올랴! 누가 마룻바닥을 두드리는 거야?
올가 이반 로마느이치 의사 선생님이야. 취하셨어.
이리나 정말 불안한 밤이야!

사이.

올라! (칸막이에서 얼굴을 내민다) 들었어? 여단이 여기를 떠나 어디 먼 곳으로 간대.

올가 소문일 뿐이야.

이리나 그렇게 되면 우리만 남겠지……. 올가!

올가 응?

이리나 사랑하고 소중한 언니. 난 남작을 존경하고 인정해. 그분은 멋진 사람이야. 그분에게 시집가겠어. 동의해. 다만 우리 모스크바로 가! 제발 부탁이야, 떠나! 세상에 모스크바보다 더 좋은 곳은 없어! 떠나, 올가! 떠나자고!

막.

4막

프로조로프 집에 딸린 오래된 정원. 기나긴 전나무 가로수길. 그 끝에 강이 보인다. 강 건너편에는 숲이 있다. 오른쪽으로는 집의 테라스. 거기 차려진 식탁에 술병과 몇 개의 잔이 있다. 방금 전에 샴페인을 마신 듯하다. 낮 12시. 이따금 사람들이 거리에서 강 쪽으로 정원을 가로질러 오간다. 다섯 사람의 병사가 서둘러 지나간다. 4막이 진행되는 동안 줄곧 온화한 기분을 유지하는 체부트이킨이 안락의자에 앉아 있다. 정원에서 그는 호출을 기다리고 있다. 그는 군모를 쓰고 지팡이를 들고 있다. 이리나와 목에 훈장을 걸고 콧수염도 없는 쿨르이긴, 그리고 투젠바흐가 테라스에 서서 아래로 내려가는 페도티크와 로데를 전송한다. 두 사람은 행군 복장 차림이다.

투젠바흐 (페도티크와 키스한다) 당신은 훌륭한 분이고, 우린 더없이 친하게 지냈소. (로데와 키스한다) 한 번 더……. 잘 가시오, 친구!

이리나 다시 만나요!

페도티크 다시 만나는 게 아니라, 작별하는 겁니다. 우리는 다시는 만나지 못할 겁니다!

쿨르이긴 모르는 일입니다! (두 눈을 닦으며 미소 짓는다) 내가 다 울다니.

이리나 언젠가 만나게 될 거예요.

페도티크 10년 혹은 15년 지나서요? 하지만 그때 우리는 간신히 서로를 알아보고 냉정하게 인사하게 될 겁니다…… (사진을 찍는다) 서 계세요…… 마지막으로 한 번 더.

로데 (투젠바흐를 포옹한다) 더 만날 수 없을 겁니다……. (이리나의 손에 키스한다) 전부, 전부 고맙습니다!

페도티크 (짜증내며) 자, 조금만 기다려!

투젠바흐 분명히 다시 만날 거요. 우리한테 편지해요. 꼭 편지하세요.

로데 (정원을 바라본다) 안녕, 나무들아! (소리친다) 호프-호프!*

사이.

안녕, 메아리야!

쿨르이긴 혹시 거기 폴란드에서 결혼할지도 모르겠군요……. 폴란드 아내는 포옹하고 말할 겁니다. "코하네!"** (웃는다)

페도티크 (시계를 보고 나서) 한 시간도 안 남았습니다. 우리 중대에서 솔료느이만 화물선으로 가고, 우리는 모두 전투부대와 함께 갑니다. 오늘 3개 중대가 개별적으로 출발하고, 내일 다시 3개 중대가 떠납니다. 그렇게 되면 도시에는 정적과 평온이 찾아오겠지요.

투젠바흐 무시무시한 권태도 함께 말이죠.

로데 근데 마리야 세르게예브나는 어디 계십니까?

쿨르이긴 마샤는 정원에 있어요.

페도티크 그분과도 작별인사를 해야 합니다.

로데 안녕히 계십시오. 가야겠습니다. 안 그러면 울 것 같아요……. (재빨리 투젠바흐와 쿨르이긴을 포옹하고, 이리나의 손

---

* 승마나 무용에서 높이 뛰라고 지르는 소리.
** 코하네의 폴란드어 표기는 'kochanie'이며, 온전한 발음은 '코하니에'이고, '내 사랑' 혹은 '자기'를 뜻한다.

에 키스한다) 저희는 여기서 멋진 시간을 보냈습니다……

페도티크 (쿨르이긴에게) 기념으로 드리겠습니다……. 연필과 수첩입니다……. 저희는 여기서 강 쪽으로 가겠습니다…….

떠난다. 두 사람이 뒤를 돌아본다.

로데 (소리친다) 호프-호프!

쿨르이긴 (소리친다) 잘 가세요!

무대 안쪽에서 페도티크와 로데가 마샤와 만나더니 작별인사를 나눈다. 마샤가 그들과 함께 나간다.

이리나 가버렸어요……. (테라스의 아래쪽 계단에 앉는다)

체부트이킨 나와 작별하는 것은 잊어버렸군.

이리나 선생님은요?

체부트이킨 나도 어쩌다보니 잊어버렸소. 어쨌거나 저 사람들과 곧 만나게 될 거요. 나는 내일 출발하니까. 그래요…… 아직 하루가 더 남았네. 1년 지나면 은퇴하니까, 다시 이곳으로 와서 당신 옆에서 여생을 보낼 거요……. 연금을 받기까지 겨우 1년 남았으니까……. (주머니에 신문을 넣고 다른 신문을 꺼낸다) 이곳으로 당신한테 와서 삶을 근본적으로 바꿀 거요……. 매우 조용하고 바람…… 바람직하며 멋진 사람이 될 거요…….

이리나 삶을 바꾸셔야 해요. 어떻게 해서든 꼭 바꾸셔야 합니다.

체부트이킨 그래요. 느끼고 있다오. (나지막하게 노래한다) 타-라라……. 붐비야……. 나는 말뚝에 앉아서…….

쿨르이긴 교정 불능입니다, 이반 로마느이치! 교정 불능이에요!

체부트이킨 그렇다면 당신한테 가르침을 받아야겠소. 그러면 교정

될지도 모르죠.

이리나 콧수염을 밀었네요, 형부. 차마 볼 수가 없어요!

쿨르이긴 어째서?

체부트이킨 당신 얼굴이 지금 무엇과 비슷한지, 말할 수 있으면 좋겠지만 그럴 수 없군요.

쿨르이긴 무슨 말씀! 다들 이렇게 합니다. Modus Vivendi*입니다. 우리 교장 선생님이 콧수염을 잘라버리셨기 때문에 나도 장학사가 되자마자 콧수염을 민 겁니다. 다들 싫어한다 해도 상관없어요. 난 만족해요. 콧수염이 있어도 콧수염이 없어도 나는 똑같이 만족합니다. (앉는다)

정원 안쪽에서 안드레이가 잠든 아이를 유모차에 태워 밀고 다닌다.

이리나 이반 로마느이치 선생님, 정말 불안해요. 어제 가로수 길에 가셨죠? 거기서 무슨 일이 있었는지 말씀해주세요.

체부트이킨 일은 무슨? 아무 일 없었소. 하찮은 일이요. (신문을 읽는다) 마찬가지라고!

쿨르이긴 솔료느이와 남작이 어제 가로수 길에 있는 극장 근처에서 만났다고들 하던데요…….

투젠바흐 그만두세요! 뭐 그런 걸 가지고……. (한 손을 흔들더니 집으로 간다)

쿨르이긴 극장 근처에서…… 솔료느이가 남작에게 시비를 걸기 시작하자, 남작도 참지 못하고 뭔가 모욕적인 말을 했는데…….

체부트이킨 몰라요. 모두 '체푸하'**요.

---

* [원주] 생활양식(라틴어).
** 터무니없는 일.

쿨르이긴 어떤 세미나에서 선생이 작문시간에 '체푸하(челуха)'라고 썼는데, 학생이 그걸 라틴어로 쓴 줄 알고 '레니크사'(реникса)'로 읽었다는군요……. (웃는다) 정말로 웃기는 일이죠. 솔료느이가 이리나를 사랑하기 때문에 남작을 미워하게 됐다고들 하더군요……. 이해가 됩니다. 이리나는 정말 좋은 처녀니까요. 깊이 생각하는 버릇이 있는 것이 마샤와 비슷하기도 하고요. 다만 처제의 성격이 좀 더 부드럽지. 마샤도 물론 성격이 무척 좋기는 합니다. 나는 마샤를 사랑합니다.

정원 안쪽 무대 뒤에서 "어이! 호프-호프!" 하는 소리.

이리나 (전율한다) 어쩐지 오늘은 모든 게 무서워요.

사이.

이미 준비가 다 됐어요. 점심식사 후에 짐을 부칠 겁니다. 저와 남작은 내일 결혼하고, 벽돌공장으로 내일 즉시 출발할 거예요. 내일 모레 저는 이미 초등학교에 있을 것이고, 새로운 삶이 시작되는 겁니다. 하느님이 좀 도와주셨으면! 교사 시험에 합격했을 때 기쁨과 감사의 마음으로 울기까지 했는걸요…….

사이.

짐을 가지러 곧 짐마차가 도착할 겁니다…….

쿨르이긴 일이 바로 그런 식으로 됐지만, 어쩐지 신중하게 이루어진 것 같지는 않아. 이상만 있을 뿐, 신중함이 부족해. 어쨌든, 진심으로 처제가 잘 되기를 기원해.

체부트이킨 (감동해서) 훌륭하고 선량한 이리나……. 소중한 이리나……. 당신이 멀리 떠나게 돼서 따라잡을 수가 없구려. 늙어서 날 수 없는 철새처럼 나는 뒤에 남겨진 거요. 날아가요, 아주 멋지게 날아가시오!

사이.

표도르 일리치, 당신은 쓸데없이 콧수염을 자른 겁니다.

쿨르이긴 그만두세요! (한숨 쉰다) 오늘 군인들이 떠나면 모든 게 다시 옛날로 돌아갈 겁니다. 사람들이 뭐라고 떠들어댄다 해도 마샤는 선량하고 정직한 여잡니다. 저는 아내를 사랑하고, 제 운명에 감사하고 있습니다……. 사람들의 운명은 가지가집니다……. 여기 세무서에 코즈이료프라는 자가 근무하고 있습니다. 그 친구는 나와 함께 공부했는데, ut consecutivum*을 이해하지 못해서 김나지움 5학년 때 제적당했어요. 지금 그 친구는 몹시 가난하고 병들어 있습니다. 그 친구와 만나면 저는 이렇게 말하곤 합니다. "잘 지내지(ut consecutivum)!" 그러면 그는 그래(consecutivum) 하고 말하고는 기침을 하는 겁니다……. 반면에 저는 평생 운이 따릅니다. 행복하기도 하고, 심지어 스타니슬라프 이등훈장도 받았어요. 게다가 지금은 다른 사람들에게 그 ut consecutivum을 가르치고 있거든요. 물론 저는 현명합니다. 많은 다른 사람들보다 더 현명합니다. 하지만 행복은 거기 있는 게 아니라…….

집 안에서 사람들이 피아노로 〈소녀의 기도〉를 연주한다.

* [원주] 구문론적 표현(라틴어).

이리나 내일 밤이면 난 더 이상 저 〈소녀의 기도〉를 듣지 않을 겁니다. 프로토포포프와 부딪치지도 않을 테고요…….

사이.

프로토포포프가 저기 거실에 앉아 있어요. 오늘도 왔더군요…….

쿨르이긴 교장 선생님은 아직 안 오셨나?

이리나 아직요. 언니를 부르러 사람을 보냈어요. 올랴 없이 여기서 혼자 사는 일이 얼마나 어려운지 모르실 거예요…… 언니는 김나지움에서 살아요. 언니는 교장 선생님이고, 온종일 일에 파묻혀 있어요. 혼자서 나는 무료하고, 할 일도 없고 살고 있는 방이 혐오스럽기도 하고……. 그래서 만일 모스크바에 갈 수 없다면 받아들일 수밖에 없다고 결정한 거예요. 말하자면, 운명이라는 겁니다. 어쩔 수 없다는 거죠……. 모든 것은 하느님의 뜻에 달려 있고, 그건 사실이니까요. 니콜라이 리보비치가 청혼했습니다……. 어떻게 하겠어요? 생각하고 마음을 먹었어요. 그이는 좋은 사람입니다. 정말로 놀랄 만큼 훌륭한 사람이에요……. 그러자 영혼에 갑자기 날개가 자라난 것 같더군요. 유쾌해졌고 마음이 가벼워지고 다시 일하고 싶어졌습니다. 노동하고……. 그런데 바로 어제 무슨 일인가 일어났고, 어떤 비밀이 저한테 임박한 겁니다…….

체부트이킨 레니크사. 체푸하.

나타샤 (창문으로) 교장 선생님이에요!

쿨르이긴 교장 선생님이 오셨군요. 갈까요.

이리나와 함께 집으로 간다.

체부트이킨 (신문을 읽는다. 나직하게 노래한다) 타─라─라······. 붐 비야······. 나는 말뚝에 앉아서······.

마샤가 다가온다. 안쪽에서 안드레이가 유모차를 밀고 다닌다.

마샤 여기 앉아 계시네, 앉아 계셔······.
체부트이킨 뭐요?
마샤 (앉는다) 아니에요······.

사이.

우리 어머니를 사랑하셨나요?
체부트이킨 몹시.
마샤 어머니는요?
체부트이킨 (사이를 두고) 생각나지 않는군요.
마샤 내 사람 여기 있나요? 언젠가 우리 하녀 마르파가 자기의 순경을 '내 사람'이라고 부르더군요. 내 사람 여기 있나요?
체부트이킨 아직 안 왔소.
마샤 행복을 찔끔 조금씩 받다가 나처럼 그걸 잃어버리게 되면 조금씩 거칠어지고 성질이 사나워져요······. (자신의 가슴을 가리킨다) 바로 여기가 부글부글 끓어요······. (유모차를 밀고 다니는 안드레이 오빠를 보면서) 저기 우리 안드레이, 오빠 말이에요······. 모든 희망이 사라져버렸어요. 수천 명의 사람들이 종을 들어 올리려고 수많은 노고와 돈을 들였는데, 갑자기 종이 떨어져서 깨져버린 거예요. 갑자기 아무런 이유도 없이. 그런 식으로 안드레이도······.
안드레이 언제나 집 안이 조용해지려나. 너무나 시끄러워서.

체부트이킨 곧 그리 될 걸세. (시계를 본다) 내 시계는 낡은 자
명……. (태엽을 감자 시계가 울린다) 제1, 제2, 제5중대가 1시
정각에 출발해…….

사이.

나는 내일.

안드레이 영영 가시나요?

체부트이킨 몰라. 1년 뒤에 돌아올지도 몰라. 그걸 대체 누가 알겠
나……. 마찬가지야…….

어디 멀리서 하프와 바이올린을 연주하는 소리가 들린다.

안드레이 도시가 텅 비겠어요. 뚜껑이라도 덮인 것 같습니다.

사이.

어제 극장 부근에서 무슨 일인가 벌어졌다고들 하던데, 저는 모
릅니다.

체부트이킨 아무것도 아니야. 어리석은 일이지. 솔료느이가 남작한
테 시비를 걸자 남작이 울화통을 터뜨리고서 솔료느이를 모욕
했어. 그래서 결국에 솔료느이가 남작에게 결투를 신청할 수밖
에 없는 상황이 되고 말았지. (시계를 본다) 아마 시간이 된 것
같은데……. 12시 반에 여기서 강 건너로 보이는 저기 국유림에
서……. 탕탕. (웃는다) 솔료느이는 자신이 레르몬토프라고 생
각하는데다가 시까지 쓰고 있어. 그건 그렇다 치고 그자는 벌써
세 번째 결투인 셈이야.

마샤 누가 말이에요?

체부트이킨 솔료느이.

마샤 남작은요?

체부트이킨 남작이 뭘요?

사이.

마샤 머릿속이 뒤죽박죽이에요……. 어쨌거나 그런 짓을 해서는 안 됩니다. 솔료느이는 남작을 다치게 하거나 죽일 수 있으니까요.

체부트이킨 남작은 좋은 사람이오. 하지만 남작이 한 사람 더 있든, 한 사람 덜 있든, 마찬가지 아닌가요? 놔둬요! 마찬가지니까요!

무대 뒤에서 "어이! 호프-호프!" 하는 소리.

기다리고 있군요. 저건 결투 입회인 스크보르쏘프요. 나룻배에 앉아 있군요.

사이.

안드레이 결투를 하는 것도, 결투에 입회하는 것도, 비록 의사라고 해도 매우 비윤리적인 일이라고 생각합니다.

체부트이킨 그렇게 보일 뿐이야……. 우리는 없어. 세상에는 아무 것도 없어. 우리는 존재하는 것이 아니라, 그저 존재하고 있는 것처럼 보일 뿐이야…… 그러니 모든 게 마찬가지 아니겠나!

마샤 그렇게 온종일 말하고 또 말하고들 있네……. (걷는다) 눈이 올 것 같은 이런 날씨에 여기서는 아직도 그런 이야기만 하고 있으니……. (멈춰 서면서) 집으로는 가지 않을 거야. 저곳으로 갈 수가 없어……. 베르쉬닌이 오면 나한테 말해주세요……. (가로수 길을 따라 걷는다) 벌써 철새들이 날아가고 있네……. (위를 바라본다) 큰고니일까 거위일까……. 사랑스럽고 행복한 나의 새들아……. (나간다)

안드레이 우리 집이 비겠어요. 장교들도 가고, 당신도 떠나시고, 누이는 시집갑니다. 집에는 저만 혼자 남을 겁니다.

체부트이킨 아내는?

페라폰트가 서류를 들고 들어온다.

안드레이 아내는 아내죠. 그 여잔 정직하고, 고상하며, 뭐랄까 선량하죠. 하지만 그 모든 것에도 불구하고 그녀에게는 저급하고, 맹목적이며, 무슨 꺼칠꺼칠한 짐승 수준으로 그녀를 낮추는 무엇인가가 있습니다. 어쨌든 그 여잔 인간이 아닙니다. 제 마음을 털어놓을 수 있는 친구이자 유일한 분인 당신에게 드리는 말씀입니다. 저는 그 여잘 사랑합니다. 그건 사실입니다. 하지만 때때로 그녀는 무지하게 속돼 보입니다. 그럴 때면 저는 어리둥절해져서 무엇 때문에 저 여잘 사랑하고 있는지, 아니면 최소한 사랑했는지, 모르겠다니까요…….

체부트이킨 (일어난다) 이보게, 나는 내일 떠난다네. 아마 다시는 만나지 못할 걸세. 그래서 자네한테 충고 한마디함세. 모자를 쓰고, 지팡이를 들고 길을 나서게……. 길을 떠나 걸어가게. 뒤도 돌아보지 말고 가라고. 멀리 가면 갈수록 더 좋을 걸세.

솔료느이가 두 사람의 장교와 함께 무대 안쪽에서 지나간다. 체부트이킨을 보더니 그를 향해 방향을 바꾼다. 장교들이 멀어져간다.

솔료느이 군의관님, 시간 됐어요! 벌써 12시 반입니다. (안드레이와 인사한다)

체부트이킨 알았어. 계속 귀찮게 하는구먼. (안드레이에게) 안드루샤, 누군가 나를 찾거든 금방 올 거라고 말해주게……. (한숨 쉰다) 오호-호-호!

솔료느이 악 소리를 지를 겨를도 없이 곰이 달려든 겁니다. (그와 함께 걸어간다) 왜 신음하는 거요, 영감?

체부트이킨 저런!

솔료느이 건강하시오?

체부트이킨 (화를 내면서) 아주 좋아.

솔료느이 영감님이 괜히 흥분하시네. 나는 조금만 맘대로 할 겁니다. 도요새를 쏘듯이 그자를 쏠 겁니다. (향수를 꺼내 두 손에 바른다) 오늘 한 병을 다 썼는데, 아직도 냄새가 납니다. 시체 냄새가 난다니까요.

사이.

그러니까요……. 시를 기억하세요? 그런데 그는, 반란자는, 폭풍을 찾네. 마치 폭풍 속에 평온이 있는 것처럼…….*

체부트이킨 그래. 악 소리를 지를 겨를도 없이 곰이 달려든 거야. (솔료느이와 함께 나간다)

"호프-호프! 어이!" 하는 소리가 들린다. 안드레이와 페라폰트가 들어온다.

페라폰트 서명하실 서류가…….

* 레르몬토프의 시 〈돛단배〉(1832) 마지막 두 행.

638

안드레이 (신경질적으로) 나를 내버려 둬! 놔둬! 부탁이야! (유모차를 끌고 나간다)

페라폰트 서명하셔야 할 서류입니다. (무대 안쪽으로 간다)

이리나와 투젠바흐가 들어온다. 그는 밀짚모자를 쓰고 있다. 쿨르이긴이 "어이, 마샤. 어이!" 하고 소리치면서 무대를 지나간다.

투젠바흐 저분은 도시에서 군대가 떠나는 걸 유일하게 즐거워하는 사람 같군.

이리나 이해할만 해요.

사이.

이제 우리 도시가 텅 빌 거예요.

투젠바흐 (시계를 보고 나서) 이리나, 곧 다녀오리다.

이리나 어디요?

투젠바흐 시내에 일이 있어서, 그리고…… 동료들을 전송해야 하거든.

이리나 거짓말……. 니콜라이, 오늘 왜 그렇게 넋이 나가 있는 거죠?

사이.

어제 극장 근처에서 무슨 일이 있었나요?

투젠바흐 (초조한 몸짓으로) 한 시간 뒤에 돌아와서 다시 당신과 함께 있을게. (그녀의 두 손에 키스한다) 내 사랑……. (그녀의 얼굴을 눈여겨본다) 당신을 사랑한 지 벌써 5년이 흘렀지만 여전히 익숙해지지 않고, 당신은 점점 더 예뻐지는 것 같아. 참으로 매혹적이고 놀라운 머릿결이야! 두 눈 하며! 내일 당신을 데리고 갈 거야. 우리는 일해서 부자가 되고, 꿈이 소생하는 거야. 당신은 행복해질 거야. 다만 한 가지, 오직 한 가지 문제는 당신이 나를 사랑하지 않는다는 거야!

이리나 그건 저도 어쩔 수 없어요. 당신의 정숙하고 온순한 아내가 되겠어요. 하지만 사랑은 없어요. 어떻게 하겠어요! (운다) 나는 한 번도 사랑해본 적이 없어요. 아, 얼마나 내가 사랑을 열망했는지. 아주 오래전부터 낮이고 밤이고 사랑을 열망했어요. 하지만 내 영혼은 자물쇠로 채워진 다음 열쇠를 잃어버린 값비싼 피아노 같아요.

사이.

당신 눈빛이 불안해요.

투젠바흐 밤새 한잠도 못 잤어. 인생에서 나를 놀라게 할 만큼 그렇게 무서운 것은 없어. 다만 그 잃어버린 열쇠가 내 영혼을 괴롭히고 잠을 자지 못하게 해…… 뭐든 말해봐.

이리나 뭘요? 뭘 말하라는 거예요? 뭘?

투젠바흐 아무거나.

이리나 됐어요! 그만해요!

사이.

투젠바흐 쓸데없는 것들과 어리석고 사소한 것들이 아무 까닭도 없이 갑자기 인생에서 중요한 의미를 가질 때가 가끔 있지. 예전처럼 그것들을 조롱하고, 그것들이 쓸데없는 것이라고 생각하면서 계속 걸어가면서도 중단할 힘이 없다는 걸 느끼는 거야. 아, 그런 얘긴 그만두자고! 난 즐거워. 이 전나무와 은행나무 그리고 자작나무를 인생에서 처음으로 보는 것 같아. 그것들도 나를 호기심을 가지고 바라보며 기다리는 것 같아. 정말로 아름다운 나무들이야. 그리고 분명히 나무들 옆에는 아름다운 삶이 있을 거야!

"어이! 호프-호프!" 하는 고함소리.

가야겠어. 갈 시각이야…… 이 나무는 바싹 말랐지만 여전히 다른 나무들과 함께 바람에 흔들리고 있어. 그래서 내 생각에는 만일 내가 죽더라도 여전히 나는 이런 저런 식으로 삶에 참여하게될 거야. 안녕, 내 사랑……. (두 손에 키스한다) 당신이 나한테 준 당신 서류는 내 책상에 있는 달력 아래 있어.

이리나 나도 당신과 함께 가겠어요.

투젠바흐 (불안해하면서) 아니야, 안 돼! (재빨리 걸어간다. 가로수 길에서 멈춰 선다) 이리나!

이리나 왜요?

투젠바흐 (무슨 말을 해야 할지 모르고) 오늘 커피를 마시지 않았어. 커피를 끓여놓으라고 말해……. (재빨리 나간다)

생각에 잠겨 서 있던 이리나가 무대 안쪽으로 가서 그네에 앉는다. 유모차를 끌고 안드레이가 들어오고, 페라폰트가 등장한다.

페라폰트 안드레이 세르게이치, 서류는 제 것이 아니라 관청 것입니다. 제가 만들어낸 것이 아닙니다.

안드레이 오, 그것은 어디 있는가? 나의 과거는 어디로 가버렸는가? 내가 젊고 쾌활하며 현명했던 그때는, 우아하게 꿈꾸고 생각했던 그때는, 나의 현재와 미래가 희망으로 밝게 빛났던 그때는 어디로 갔는가? 어째서 우리는 삶을 시작하자마자 무료하고 저급하며 냉담하고 게으르며 무관심하고 쓸모없고 불행해지는 것일까……. 우리 도시는 이미 200년이나 존속했고, 10만 명의 주민이 살고 있지만 다른 사람들과 닮지 않은 사람은 한 사람도 없고, 과거에도 현재에도 단 한 사람의 고행자도, 단 한 사람의 예술가도, 단 한 사람의 학자도, 질투를 불러일으키거나 몹시도 닮고 싶은 조금이라도 유명한 사람도 하나 없어……. 그들은 오직 먹고, 마시고, 잠자고, 그다음엔 죽어가는 거야……. 다른 사람들이 태어나도 똑같이 먹고, 마시고, 잠자고. 권태로 인해 멍청해지지 않으려고 그들은 추악한 거짓 소문과 보드카, 카드놀이, 소송으로 자기네 삶에 변화를 주는 거지. 아내가 남편을 속이면, 남편은 거짓말을 하고, 아무것도 보지 못하고, 아무것도 듣지 못한 것처럼 꾸며대는 거야. 그리하여 속된 영향이 어쩔 수 없이 어린아이들을 압박하고, 신성한 불꽃이 아이들 내부에서 꺼져버리는 거야. 그래서 아이들도 그토록 보잘것없고, 서로서로 닮은 죽어버린 인간들이 되어버리는 게야. 마치 아이들의 아버지와 어머니처럼 말이지……. (페라폰트에게) 무슨 일이냐?

페라폰트 무슨 일이냐고요? 서류에 서명을 해주십시오.

안드레이 정말 귀찮게 하는군.

페라폰트 (서류를 주면서) 방금 전에 세무 감독국의 수위가 말하기를…… 페테르부르크에는 겨울에 영하 200도였다나 봐요.

안드레이 현재는 꺼림칙하지만 그 대신에 미래를 생각하면 어쩐지 좋단 말이야! 아주 마음이 편하고 자유롭단 말이야. 멀리서 빛이 반짝이기 시작해서 자유가 보여. 나와 내 어린것들이 나태와 크바스, 양배추가 들어간 거위, 점심식사 후의 잠과 속된 무위도식으로부터 해방되는 게 보여…….

페라폰트 2000명이 얼어 죽었다나 봅니다. 그 친구 말로는 사람들이 몹시 두려워하고 있답니다. 그게 페테르부르큰지, 모스크반지, 생각이 나지 않습니다.

안드레이 (부드러운 감정에 휩싸여) 사랑하는 누이들아, 아름다운
내 누이들아! (눈물을 글썽이며) 마샤, 내 누이야…….

나타샤 (창문에서) 누가 여기서 큰 소리로 말하는 거야? 당신이에
요, 안드루샤? 소포츠카가 깨겠어요. Il ne faut pas faire du bruit,
la Sophie est dormée déjà. Vous êtes un ours.* (화를 내고서) 이
야기하고 싶거든 아이를 태운 유모차를 누구 다른 사람한테 줘
버려. 페라폰트, 나리한테서 유모차를 받아!

페라폰트 알겠습니다. (유모차를 받는다)

안드레이 (당황해하면서) 조용히 할게.

나타샤 (창문 뒤에서, 어린아이를 달래면서) 보비크! 개구쟁이 보
비크! 말썽꾸러기 보비크!

안드레이 (서류를 훑어보면서) 좋아. 살펴보고 필요하면 서명할 테
니 자네가 다시 자치회로 가져가도록 해……. (서류를 읽으면서
집으로 간다. 페라폰트가 유모차를 정원의 안쪽으로 밀고 간다)

나타샤 (창문 뒤에서) 보비크, 이름이 뭐지? 예쁜 녀석, 예쁘기도
하지! 이건 누구야? 올랴 고모야. 고모한테 말해봐. 안녕, 올랴!
하고.

떠돌이 악사인 남정네와 처녀가 바이올린과 하프를 연주한다. 집에서 베르쉬
닌, 올가 그리고 안피사가 나온다. 그들은 잠시 말없이 음악을 듣는다. 이리나
가 다가온다.

올가 우리 정원이 마치 지나가는 마당처럼 돼서 많은 사람들이 오
가는군요. 유모, 이 악사들에게 뭐든 줘!

* [원주] 떠들지 말아요. 소피가 자고 있잖아요. 당신은 곰이야!(프랑스어)

안피사 (악사들에게 준다) 잘들 가요, 가엾은 사람들…….

악사들이 인사하고 나간다.

불행한 사람들이야. 배가 부르면 연주하지 않을 텐데. (이리나에게) 잘 지내요, 아리샤! (그녀에게 키스한다) 아가씨, 이렇게 살아 있다오! 살아 있어! 김나지움 관사에서 올류쉬카와 함께요, 아가씨. 노년에 하느님이 정하신 거예요. 죄인인 나는 일찍이 그렇게 산 적이 없어요……. 집은 크고 관사인데, 나한테도 방이 따로 있고 침대도 있어. 모두가 관청 거예요. 밤중에 잠에서 깨어 기도해. 오, 하느님, 성모 마리아여. 나보다 더 행복한 사람은 없답니다!

베르쉬닌 (시계를 보고 나서) 이제 가야합니다, 올가 세르게예브나. 시간이 됐습니다.

사이.

모든 일이 잘 되길 바랍니다, 모든 일이……. 마리야 세르게예브나는 어디 있습니까?

이리나 정원 어딘가에……. 가서 찾아볼게요.

베르쉬닌 고맙습니다. 서둘러야 합니다.

안피사 나도 가서 찾아보겠어요. (소리친다) 마셴카, 어이! (이리나와 함께 정원 안쪽으로 나간다) 어-이, 어-이!

베르쉬닌 모든 것에는 끝이 있게 마련입니다. 그래서 우리도 헤어지는 겁니다. (시계를 들여다본다) 시에서 우리한테 아침식사 비슷한 걸 주어서 우리는 샴페인도 마셨고, 시장이 연설도 했습니다. 저는 먹고 듣고 했는데, 마음이 여기, 당신들한테 와 있어서……. (정원을 둘러본다) 여러분과 친해졌습니다.

올가 언젠가 다시 만날 수 있을까요?

베르쉬닌 아마 아닐 겁니다.

사이.

아내와 두 딸은 아마 여기서 두 달 정도 더 머물 겁니다. 만일 무슨 일이 생기거나 무엇인가 필요하면…….

올가 그럼요, 그렇다마다. 물론입니다. 안심하세요.

사이.

내일이면 도시에는 이미 한 사람의 군인도 없겠군요. 모든 게 추억이 될 거예요. 그리고 물론 우리에게도 새로운 삶이 시작될 겁니다.

사이.

모든 게 우리 뜻대로 되지는 않아요. 저는 교장이 되고 싶지 않았는데도 교장이 되고 말았어요. 모스크바에는 가지 못한 셈이에요…….

베르쉬닌 뭐…… 모든 점에 감사드립니다……. 좋지 않은 점이 있었다면 용서하십시오……. 많은 아주 많은 말을 했습니다. 그것도 사과드립니다. 나쁘게 기억하지 않으셨으면 합니다.

올가 (눈물을 닦는다) 대체 마샤는 왜 안 오는 건지…….

베르쉬닌 작별인사로 당신한테 무슨 말을 드려야 할지? 무엇인가 철학적인 논의를 할까요? (웃는다) 삶은 고통스럽습니다. 많은 사람들에게 삶은 공허하고 희망이 없는 것처럼 보입니다. 하지만 삶은 점점 더 밝고 편안해지고 있으며, 그래서 인생이 완전히 환해질 때가 멀지 않다는 것을 인정해야 합니다. (시계를 들여다본다) 가야 합니다, 가야 해요! 예전에 인류는 자신의 모든 존재를 원정과 침략과 승리로 채우면서 전쟁에 몰두했습니다. 지금은 어느 것으로도 채울 수 없는 거대한 빈자리만을 남긴 채 그 모든 것이 쓸모없어져 버렸습니다. 인류는 열심히 찾아 헤매고 있으며, 따라서 물론 찾아내고야 말 것입니다. 아, 다만 좀 더 빨리 찾았으면!

사이.

만일 근면에 교육을 더할 수 있다면, 혹은 교육에 근면을 더할 수만 있다면 말입니다. (시계를 들여다본다) 그러나 나는 가야…….

올가 마샤가 와요.

마샤가 들어온다.

베르쉬닌 작별하려고 왔소…….

올가는 작별을 방해하지 않으려고 한쪽으로 조금 물러난다.

마샤 (그의 얼굴을 들여다보면서) 잘 가요…….

기나긴 키스.

올가 그만, 그만해…….

마샤는 격렬하게 흐느껴 운다.

베르쉬닌 편지해……. 잊지 말고! 날 놔줘……. 가야 해……. 올가 세르게예브나, 마샤를 데려가세요. 이미…… 때가…… 늦었습니다……. (감동하여 올가의 손에 키스한다. 다시 한 번 마샤와 포옹한 다음 급히 떠난다)

올가 됐어, 마샤! 그만해, 응……?

쿨르이긴이 들어온다.

쿨르이긴 (당혹해하면서) 괜찮아요. 울게 놔둬요, 놔두라고요……. 착한 마샤, 선량한 마샤……. 당신은 내 아내고, 그래서 무슨 일이 있었더라도 난 행복해……. 난 불평하지도 않고, 어떤 비난도 하지 않을 거야……. 바로 이 올랴가 증인이야……. 다시 옛날처럼 시작합시다. 그러면 당신에게 단 한마디도, 어떤 암시도 하지 않겠어…….

마샤 (흐느낌을 진정하면서) 만에 초록색 참나무, 그 참나무 위에 황금빛 사슬…… 그 참나무 위에 황금빛 사슬……. 미치겠어……. 만에…… 초록색 참나무…….

올가 진정해, 마샤…… 진정해……. 마샤한테 물을 줘.

마샤 더 이상 울지 않겠어…….

쿨르이긴 마샤는 더 울지 않을 겁니다……. 선량하니까요…….

멀리서 희미하게 총소리가 들린다.

마샤 만에 초록색 참나무, 그 참나무 위에 황금빛 사슬…… 초록색 고양이…… 초록색 참나무……. 헷갈려……. (물을 마신다) 실패한 인생……. 이제 나한테 필요한 건 아무것도 없어……. 곧 진정될 거야……. 마찬가지야……. 만에, 그건 무슨 뜻이지? 어째서 그 단어가 내 머릿속에 있는 거야? 생각이 뒤얽혔어.

이리나가 들어온다.

올가 마샤, 진정해. 자, 이렇게 똑똑한 애야……. 방으로 가자.
마샤 (화를 내면서) 저쪽으론 안 가. (흐느낀다. 하지만 즉시 멈춘다) 집으로 안 가. 더 이상 오지도 않을 테고…….
이리나 말은 하지 않더라도 잠깐이나마 함께 앉아 있어. 내일 나는 떠나니까…….

사이.

쿨르이긴 어제 3학년 학급에서 어떤 꼬마 녀석한테서 이 콧수염과 턱수염을 빼앗았지……. (콧수염과 턱수염을 붙인다) 독일어 선생과 비슷하지……. (웃는다) 안 그래? 재미있는 꼬마들이야.
마샤 정말로 그 독일어 선생과 비슷하네.
올가 (웃는다) 그래.

마샤가 운다.

이리나 그만해, 마샤!
쿨르이긴 무척 비슷하지…….

나타샤가 들어온다.

나타샤 (하녀에게) 뭐라고? 프로토포포프 미하일 이바느이치가 소
포츠카와 함께 계시니까 보비크는 안드레이 세르게이치가 유
모차로 끌고 다니라고 해. 아이들과 씨름하는 게 얼마나 고단한
지…… . (이리나에게) 이리나, 아가씨 내일 떠나시죠. 정말 서운
해요. 일주일만이라도 더 계시잖고. (쿨르이긴을 보고 나서 비
명을 지른다. 쿨르이긴은 웃더니 콧수염과 턱수염을 뗀다) 정말
로 사람을 그렇게 놀라게 하시다뇨! (이리나에게) 아가씨와 정
이 들었는데, 아가씨와 헤어지는 게 쉬운 일이라고 생각해요?
안드레이와 바이올린을 아가씨 방으로 옮기라고 명령할 거예요.
거기서 바이올린을 켜든지 말든지! 그 사람 방으로 소포츠카를
옮길 겁니다. 희한하고 놀라운 아이예요! 어쩌면 계집아이가 그
렇게! 오늘 그렇게 예쁜 눈으로 나를 바라보더니 "엄마" 하지
않겠어요!

쿨르이긴 맞아요. 예쁜 아입니다.

나타샤 그러니까 내일이면 나 혼자 여기 있겠네요. (한숨 쉰다) 무
엇보다도 이 전나무 가로수 길을 베어내라고 명령할 거예요. 그
다음엔 저 은행나무도…… . 밤이면 밤마다 얼마나 흉한지…… .
(이리나에게) 아가씨, 이 허리띠는 아가씨 얼굴에 안 맞아
요…… . 이건 개성이 없어요…… . 뭔가 밝은 걸로 해야죠. 그리
고 여기에는 어디든지 꽃, 꽃을 심으라고 명령할 겁니다. 그러면
향기가 나겠죠…… . (엄격하게) 어째서 여기 벤치에 포크가 굴
러다니는 게야? (집으로 가면서 하녀에게) 어째서 여기 벤치에
포크가 굴러다니는 거냐고 묻잖아? (소리친다) 닥쳐!

쿨르이긴 대단하시군!

무대 뒤에서 행진곡이 연주된다. 모두가 듣고 있다.

올가 떠나고 있어.

체부트이킨이 들어온다.

마샤 우리 군인들이 떠나고 있어. 뭐, 어떻게 하겠어……. 부디 잘
가시기를! (남편에게) 집에 가야겠어요……. 모자와 망토가 어
디 있더라?

쿨르이긴 집으로 가지러 갈게……. 금방 가져올게. (집으로 간다)

올가 그래. 이제 다들 집으로 가야지. 갈 시간이야.

체부트이킨 올가 세르게예브나.

올가 왜요?

사이.

왜 그러세요?

체부트이킨 아닙니다……. 뭐라고 말해야 할지 모르겠습니다…….
(그녀의 귀에 속삭인다)

올가 (경악해서) 그럴 리가!

체부트이킨 그래요…… 그런 이야깁니다……. 지치고 피곤해서 더
이상 말하고 싶지 않아요……. (짜증내면서) 어쨌거나 마찬가지
잖아!

마샤 무슨 일이야?

올가 (이리나를 포옹한다) 오늘은 무서운 날이야……. 너한테 뭐
라고 말해야 할지 모르겠구나, 얘야…….

이리나 뭔데? 빨리 말해요. 뭐냐고? 제발! (운다)

650

체부트이킨 방금 전에 결투에서 남작이 살해됐어요…….

이리나 (나직하게 운다) 알고 있었어, 알고 있었다고…….

체부트이킨 (무대 안쪽에 있는 벤치에 앉는다) 지쳐버렸어…….
(주머니에서 신문을 꺼낸다) 울게 내버려 둬……. (나직하게 노
래한다) 타-라-라-붐비야……. 나는 말뚝에 앉아서…… 모든
게 마찬가지 아니냐고!

서로 바싹 기댄 채 세 자매가 서 있다.

마샤 아, 음악이 연주되고 있어! 사람들은 우릴 떠나가고, 한 사람
은 영영, 영영, 영원히 떠나갔어. 우리 인생을 다시 시작하려고
우리만 남은 거야…….

이리나 (올가의 가슴에 머리를 기댄다) 때가 오면 이 모든 것이 무
엇 때문인지, 무엇 때문에 이런 고통이 있는지 모든 사람들이
알게 될 거고, 아무런 비밀도 없을 거야. 하지만 지금은 살아야
해……. 일해야 해. 오직 일해야 해! 내일 나는 혼자 가겠어. 학
교에서 아이들을 가르치고, 필요로 하는 사람들에게 내 모든 인
생을 바치겠어. 지금은 가을이고 곧 겨울이 오겠지. 눈으로 길이
막히겠지만, 나는 일하고 또 일할 거야…….

올가 (두 자매를 끌어안는다) 음악이 저토록 밝고 씩씩하게 연주
되니 살고 싶어지는구나! 오 하느님! 세월이 흘러 우리가 세상
을 영원히 떠나면 사람들은 우리를 잊을 거야. 우리 얼굴도 목소
리도 그리고 우리가 몇 사람이었는지도 잊어버릴 거야. 하지만
우리의 고통은 우리 다음에 살게 될 사람들에게 기쁨으로 변할
것이고, 지상에는 행복과 평화가 찾아올 거야. 그러면 그들은 지
금 살아가고 있는 사람들을 선량한 말로 추억하며 감사할 거야.
아, 동생들아. 우리 인생은 아직 끝나지 않았어. 살도록 하자!

음악이 저처럼 밝고 기쁘게 연주되는 걸 들으니 조금만 더 있으면 우리도 알게 될 것 같구나. 어째서 우리가 살고 있는지, 왜 우리가 괴로워하고 있는지……. 그걸 알 수만 있다면, 그걸 알 수만 있다면!

음악이 점점 나직하게 들려온다. 신바람 난 쿨르이긴은 미소를 지으면서 모자와 망토를 가져온다. 안드레이는 보비크가 타고 있는 유모차를 밀고 있다.

체부트이킨 (나직하게 노래한다) 타라……라 붐비야……. 나는 말뚝에 앉아서……. (신문을 읽는다) 마찬가지야! 다 마찬가지야!
올가 그걸 알 수만 있다면, 그걸 알 수만 있다면!

막.

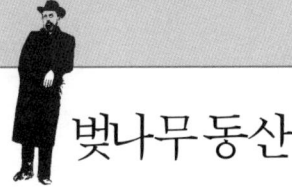

벚나무 동산

| 4막 희극 |

"세상의 모든 것은 변한다!"고 열반에 들면서 석가모니는 일갈하셨다. 변하지 않는 것은 없다는 자명한 이치를 〈벚나무 동산〉의 나이 든 주인공들은 끝내 깨치지 못한다. 급속도로 변하는 시공간의 흐름을 따라잡지 못하고 과거의 환상과 기억에 포박된 채 한 걸음도 자유롭지 못한 구시대의 망령이 무대를 배회한다. 그래도 한 줄기 밝은 빛이 그들의 미래를 비춘다.

등장인물

류보피 안드레예브나 라네프스카야 여지주
아냐 그녀의 딸 17세
바랴 그녀의 수양딸 24세
레오니드 안드레예비치 가예프 라네프스카야의 오빠
예르몰라이 알렉세예비치 로파힌 상인
표트르 세르게예비치 트로피모프 대학생
보리스 보리소비치 시메오노프－피쉬크 지주
샤를로타 이바노브나 가정교사
세묜 판텔레예비치 에피호도프 서기
두냐샤 하녀
피르스 하인, 87세의 늙은이
야샤 젊은 하인
지나가는 사람
역장
우체국 관리
손님들, 하인들

사건은 라네프스카야의 영지에서 일어난다.

1막

지금까지 어린이 방이라 불리는 방. 여러 개의 문 가운데 하나가 아냐의 방으로 통한다. 해가 막 뜨려고 하는 새벽. 이미 5월이라 벚나무에는 꽃이 피어 있지만, 정원은 춥고 아침서리가 내렸다. 방 안의 창문은 닫혀 있다.

촛불을 든 두냐샤와 한 손에 책을 든 로파힌이 들어온다.

로파힌 열차가 도착했군. 다행이야. 몇 시냐?

두냐샤 곧 2시예요. (촛불을 끈다) 벌써 밝아졌어요.

로파힌 도대체 열차가 얼마나 연착한 거야? 최소한 두 시간이군. (하품하더니 기지개를 켠다) 나도 그렇지. 바보짓을 하고 말았어! 정거장으로 마중 나가려고 일부러 여기 왔는데, 깜빡 잠들어버렸지 뭐야……. 앉은 채 잠들었다니까. 짜증나…… 네가 나를 깨웠으면 좋으련만.

두냐샤 출발하신 줄 알았어요. (귀를 기울인다) 벌써 오신 것 같아요.

로파힌 (귀를 기울인다) 아니야…… 짐을 찾고, 이것저것 하다 보면…….

사이.

류보피 안드레예브나는 외국에서 5년을 사셨으니, 지금은 어떻게 변하셨는지 나도 몰라…… 좋은 분이야. 소탈하고 솔직한 분이지. 내가 열다섯 살 소년이었을 때가 생각나누면. 돌아가신 아버지가 그때 여기 시골에서 가게를 차려 장사를 하셨는데, 내 얼굴을 주먹으로 때려서 코피가 났어…… 우린 그때 무슨 일인지 이 집에 오게 됐는데, 아버지는 거나하게 취하셨고. 지금도 생생하게 기억하지만 류보피 안드레예브나는 아직 젊고, 다소 마르셨는데 나를 바로 이 방, 그러니까 어린이 방에 있는 세면대로 데려가셨어. "울지 마라, 꼬마 농부야. 결혼하기 전까지는 아물 테니까……" 하고 말씀하시는 거야.

사이.

꼬마 농부……. 사실 아버지는 농부였지. 그런데 나는 흰 조끼에 노란 구두를 신고 있어. 돼지주둥이에 흰 빵인 셈이지…… 이제 부자가 되고 돈은 많지만, 조금만 생각해보면 농부는 농부인 게 분명해……. (책장을 넘긴다) 책을 읽었지만 아무것도 이해가 안 가. 읽다가 잠이 든 거야.

사이.

두냐샤 개들도 밤새 잠을 안 자던데요. 주인님들이 오시는 걸 아는가 봐요.
로파힌 그런데 두냐샤, 너 그게……
두냐샤 두 손이 떨려요. 기절할 것 같아요.
로파힌 넌 너무 연약해, 두냐샤. 그리고 옷도 마치 아가씨처럼 입었구나. 머리 모양새도 그렇고. 그러면 못쓴다. 자기가 누군지 기억해야지.

꽃다발을 든 에피호도프가 들어온다. 신사복을 입고, 몹시 삐걱거리는 소리가 나는, 번쩍거리도록 닦인 장화를 신고 들어오다가 꽃다발을 떨어뜨린다.

에피호도프 (꽃다발을 주워 올린다) 식당에 두라고 정원사가 보냈습니다. (두냐샤에게 꽃다발을 준다)

로파힌 크바스도 가져와.

두냐샤 알았어요. (나간다)

에피호도프 아침서리가 내리고 영하 3도인데 벚꽃은 활짝 피었습니다. 우리 기후를 믿을 수 없습니다. (한숨 쉰다) 그럴 수 없어요. 가장 좋은 시절에 우리 기후를 납득할 수 없습니다. 그런데 예르몰라이 알렉세예비치, 한 마디만 더 말씀드리도록 해주세요. 사흘 전에 장화를 샀는데요, 어떻게 할 수 없을 정도로 삐걱거립니다. 뭘 칠하면 됩니까?

로파힌 그만둬. 귀찮아.

에피호도프 매일같이 저한테 무슨 불행한 일이 일어납니다. 저도 투덜거리지도 않고 익숙해져서 심지어는 웃기까지 합니다.

두냐샤가 들어와서 로파힌에게 크바스를 준다.

가겠습니다. (의자와 부딪쳐 의자가 쓰러진다) 저런……. (의기양양한 듯이) 자, 보세요. 이런 표현은 죄송합니다만, 어쨌거나 상황이 이렇다는 겁니다……. 이건 정말 대단한 겁니다! (나간다)

두냐샤 근데 예르몰라이 알렉세예비치, 에피호도프가 저한테 청혼을 했답니다.

로파힌 아!

두냐샤 어떻게 해야 할지 모르겠네요……. 온순한 사람인데, 다만 어떤 때 말을 시작하면 무슨 소린지 알 수 없어요. 좋고 예민하기도 한데 이해가 안 되거든요. 저도 그 사람이 좋은 것 같아요. 그이는 저를 몹시 사랑해요. 불행한 사람이라서 매일같이 무슨 일이 일어납니다. 그래서 우리들은 그이를 스물둘의 불행이라고 놀린답니다…….

로파힌 (귀를 기울인다) 도착하신 것 같아…….

두냐샤 오셨어요! 내가 왜 이러지…… 온몸이 차가워졌네…….

로파힌 오셨어, 정말로. 마중하러 가자. 부인은 나를 알아보실까? 5년을 보지 못했는데.

두냐샤 (흥분해서) 당장이라도 쓰러질 것 같아요……. 아아, 쓰러질 것 같아요!

두 대의 마차가 집으로 다가오는 소리가 들린다. 로파힌과 두냐샤가 서둘러 나간다. 무대가 빈다. 옆방에서 소음이 시작된다. 류보피 안드레예브나를 마중 나갔던 피르스가 지팡이에 몸을 의지하고 바삐 무대를 가로질러 지나간다. 그는 낡은 하인옷을 입고 차양이 높은 모자를 쓰고 있다. 혼잣말로 뭔가를 중얼거리지만 한 마디도 이해할 수 없다. 무대 뒤에서 소음이 커진다. "이리로 가요……" 하는 목소리. 류보피 안드레예브나, 아냐 그리고 쇠사슬에 묶은 개를 데리고 샤를로타 이바노브나가 등장한다. 모두가 여행복 차림이다. 외투를 입고 스카프를 두른 바랴, 가예프, 시메오노프-피쉬크, 로파힌, 꾸러미와 우산을 든 두냐샤, 짐을 든 하인들, 모든 사람이 방을 지나간다.

아냐 이리로 가요. 엄마, 생각나. 이게 어떤 방인지?

류보피 안드레예브나 (기쁨에 넘쳐, 눈물을 글썽이며) 어린이 방!

바랴 얼마나 추운지 두 손이 모두 곱았네. (류보피 안드레예브나에게) 어머니 방은 흰색과 보라색, 그대로 남겨뒀어요.

류보피 안드레예브나 어린이 방, 사랑스러운 예쁜 방……. 어렸을 때 여기서 잠을 잤어……. (운다) 지금도 나는 어린애 같아…….
(오빠, 바랴 그다음에 다시 오빠에게 키스한다) 바랴는 수녀와
비슷한 품이 전과 다름없구나. 두냐샤도 알아보겠어……. (두냐
샤에게 키스한다)

가예프 열차가 두 시간 연착했어. 어떻게? 어떻게 그럴 수 있지?

샤를로타 (피쉬크에게) 이 개는 호두도 먹어요.

피쉬크 (놀라서) 무슨 말씀을!

아냐와 두냐샤만 빼고 모두가 나간다.

두냐샤 저흰 오랫동안 애태우며 기다렸어요……. (아냐의 외투와
모자를 벗긴다)

아냐 오는 동안 나흘이나 잠을 못 잤어……. 지금 몹시 추워.

두냐샤 사순절에 떠나셨는데, 그땐 눈이 오고 추웠는데, 지금은
요? 아가씨! (웃는다. 그녀에게 키스한다) 오랫동안 애태우며
기다렸어요, 사랑하는 아가씨……. 당장 아가씨께 말하겠어요.
잠시라도 참을 수가 없어요…….

아냐 (무기력하게) 또 뭔데…….

두냐샤 에피호도프 서기가 부활절 주간 지나서 저한테 청혼을 했
답니다.

아냐 늘 똑같은 소리……. (머리모양새를 고치면서) 머리핀을 모
두 잃어버렸어……. (그녀는 너무도 지친 나머지 비틀거리기까
지 한다)

두냐샤 어떻게 생각해야 할지 모르겠어요. 그 사람은 저를 사랑해
요. 너무 사랑해요!

아냐 (자기 방의 문을 바라보고는 부드럽게) 내 방과 창문들. 마치
내가 떠난 적이 없는 것 같아. 드디어 집에 왔어! 내일 아침에

눈을 뜨면 정원으로 달려가야지……. 아, 잠들 수만 있다면! 불안해서 오는 동안 내내 잠을 잘 수 없었어.

두냐샤 사흘 전에 표트르 세르게이치가 오셨어요.

아냐 (기뻐하며) 페챠!

두냐샤 욕실에서 주무세요. 거기서 지내시거든요. 방해할까 두렵다고 말씀하셨어요. (자기의 회중시계를 보고 나서) 그분을 깨워야 하는데, 바르바라 미하일로브나가 그러지 말라고 명령하셨어요. 그분을 깨우지 마라, 하고 말씀하셨어요.

허리띠에 열쇠꾸러미를 찬 바랴가 들어온다.

바랴 두냐샤, 서둘러서 커피를……. 엄마가 커피를 달라셔.

두냐샤 네. (나간다)

바랴 그래, 다행히 모두 오셨어. 너도 다시 집에 왔고. (다정하게) 아리따운 아가씨가 돌아왔어! 미인이 돌아왔다니까!

아냐 어려운 일을 많이 겪었어.

바랴 상상이 돼!

아냐 사순절 다섯 번째 주에 출발했는데, 그땐 추웠어. 샤를로타는 가는 동안 내내 떠들고 마술을 보여줬어. 무엇 땜에 언니가 샤를로타를 나한테 딸려보냈는지…….

바랴 너 혼자 갈 수는 없잖아, 예쁜 아가씨. 열일곱 살이잖아!

아냐 파리에 도착했을 때 거기도 춥고 눈이 왔어. 내 프랑스어 실력은 형편없잖아. 엄마는 5층에 사시는데, 엄마한테 가니까 어떤 프랑스 남자들과 여자들, 책을 든 사제가 있더라고. 담배 연기로 방 안이 가득차고 불편했어. 갑자기 엄마가 불쌍해졌어. 너무도 불쌍하더라니까. 엄마의 머리를 끌어안고 두 팔로 꽉 잡고서 놓아드릴 수가 없었어. 그러자 엄마도 나를 어루만지고 우셨어……

바랴 (눈물을 글썽이며) 말하지 마, 그만해…….

아냐 엄나는 멘토나 부근에 있는 별장을 벌써 팔아넘겨서 남은 게
아무것도 없더라고. 아무것도. 나 역시 땡전 한 푼 없어서 겨우
도착한 거야. 그런데도 엄마는 이해하지 못하는 거야! 정거장에
앉아서 식사를 하는데 가장 비싼 걸 주문하고는 차를 나르는 하
인들에게도 1루블씩 척척 주시는 거야. 샤를로타도 그렇게 하
고. 야샤까지도 1인분 요리를 주문하던걸. 정말이지 끔찍했어.
엄마의 하인 야샤 말이야, 우리가 이리로 데리고 왔어…….

바랴 그 비열한 놈을 봤어.

아냐 그런데, 어때? 이자는 갚았어?

바랴 무슨 수가 있어서.

아냐 맙소사, 맙소사…….

바랴 8월이면 영지가 넘어갈 텐데…….

아냐 맙소사…….

로파힌 (문으로 엿보면서 소 울음소리를 낸다) 음매-에-에…….
(나간다)

바랴 (눈물을 글썽이며) 저 인간을 한대 쳤으면……. (주먹으로 위
협한다)

아냐 (바랴를 끌어안으면서 나직하게) 바랴, 저 사람이 청혼했어?
(바랴가 부정적으로 고개를 흔든다) 저 사람은 언닐 사랑하잖
아……. 어째서 둘 다 고백하지 않는 거지? 뭘 기다려?

바랴 우리에겐 아무 일도 일어나지 않을 것 같아. 그 사람은 일이
많아서 나한테 신경 쓸 겨를이 없어……. 관심도 없고. 멋대로
하라고 해. 저 사람 보기가 괴로워……. 모두들 우리 결혼에 대
해 말하고, 모두가 축하하지만, 실제로 아무 일도 없어. 모든 게
꿈같아……. (다른 어조로) 네 브로치는 마치 꿀벌 같구나.

아냐 (슬픈 얼굴로) 엄마가 사주셨어. (자기 방으로 걸어간다. 어린애처럼 쾌활하게 말한다) 근데 파리에서 기구를 타고 날았어!

바랴 아리따운 아가씨가 돌아왔어! 미인이 돌아왔어!

두냐샤가 이미 커피 주전자를 가지고 돌아와서 커피를 끓이고 있다.

(문 옆에서 선다) 얘야, 난 온종일 집안일로 돌아다니면서도 언제나 꿈을 꾼단다. 너를 돈 많은 사람한테 시집보내고 나면 나는 마음 편하게 수도원으로 가고, 그다음엔 키예프로…… 모스크바로. 그렇게 늘 성지를 순례하는 거지……. 다니고 또 다니는 거야. 멋진 일이야!

아냐 정원에서 새가 울어. 지금 몇 시야?

바랴 아마 2시가 넘었을 거야. 이제 자야 해, 아리따운 아가씨. (아냐의 방으로 들어가면서) 멋진 일이야!

망토와 여행가방을 들고 야샤가 들어온다.

야샤 (무대를 지나가면서 정중하게) 이리로 지나가도 될까요?

두냐샤 당신을 알아보지 못하겠네요, 야샤. 외국에서 정말 많이 변하셨군요.

야샤 흐음……. 근데 누구시더라?

두냐샤 당신이 여기를 떠나셨을 때 저는 이만 했죠……. (높이를 가리켜보인다) 표도르 코조예도프의 딸 두냐샤예요. 기억 못하시는군요!

야샤 흐음……. 풋풋하군! (주위를 둘러보더니 그녀를 끌어안는다. 두냐샤는 소리를 지르더니 찻잔 받침을 떨어뜨린다. 야샤는 재빨리 나간다)

662

바랴 (문에서, 불만 가득한 목소리로) 또 뭐냐?

두냐샤 (눈물을 글썽이며) 찻잔 받침을 깨뜨렸어요…….

바랴 좋은 징조로구나.

아냐 (자기 방에서 나오면서) 엄마한테 미리 알려드려야 해. 페챠
가 여기 있다고…….

바랴 페챠를 깨우지 말라고 지시했어.

아냐 (생각에 잠겨서) 6년 전에 아버지가 돌아가시고, 한 달 뒤에
남동생 그리샤가 강에 빠져 죽었어. 일곱 살짜리 착한 소년이었
는데. 엄마는 견디지 못하고 떠나셨지. 뒤도 돌아보지 않고 가셨
어……. (전율한다) 내가 엄마를 얼마나 잘 이해하는지 엄마가
아시면 좋을 텐데!

사이.

페챠 트로피모프는 그리샤의 선생이었는데, 그 사람이 추억을
떠올려 줄지도 몰라…….

신사복에 흰 조끼를 입은 피르스가 들어온다.

피르스 (커피 주전자 쪽으로 가다가 걱정스러운 얼굴로) 마님께서
는 여기서 드시겠다는데……. (흰 장갑을 낀다) 커피는 준비됐
냐? (두냐샤에게 엄격하게) 너 말이야! 크림은?

두냐샤 아아, 맙소사……. (재빨리 나간다)

피르스 (커피 주전자 옆에서 분주하게 움직인다) 에이 얼빠진 것
같으니……. (혼잣말로 중얼거린다) 파리에서 돌아오셨어…….
나리께서도 언젠가 파리에 다녀오셨지……. 마차를 타시고…….
(웃는다)

바랴 피르스, 무슨 일이냐?

피르스 무슨 일이세요? (기쁜 얼굴로) 마님께서 돌아오셨어요! 기다려왔습니다! 이제 죽는다 해도……. (기쁨에 겨워 운다)

류보피 안드레예브나, 가예프 그리고 시메오노프-피쉬크가 들어온다. 시메오노프-피쉬크는 얇은 천으로 만들어진 반외투와 승마 바지를 입고 있다. 들어오면서 가예프는 두 손과 몸으로 당구 치는 동작을 해보인다.

류보피 안드레예브나 그거 어떻게 하는 거죠? 가르쳐줘요……. 노란 공은 구석으로! 두플레트*는 가운데로!

가예프 공을 자르듯 쳐서 구석으로! 얘야, 언젠가 우리는 이 방에서 함께 자기도 했는데, 이제 내 나이가 벌써 쉰한 살이라니, 참으로 이상하구나…….

로파힌 그렇습니다. 시간은 계속 흐르지요.

가예프 뭐라고?

로파힌 제 말씀은 세월이 간다는 겁니다.

가예프 근데 여기서 향수 냄새가 나는구나.

아냐 가서 잘래요. 편히 주무세요, 엄마. (어머니에게 키스한다)

류보피 안드레예브나 볼수록 귀여운 내 아이. (아냐의 두 손에 키스한다) 집에 오니 좋으냐? 나는 정신을 차릴 수가 없구나.

아냐 안녕히 주무세요, 외삼촌.

가예프 (아냐의 얼굴과 두 손에 키스한다) 하느님이 함께 하실 게다. 넌 어머니를 꼭 **빼닮았어**! (누이에게) 류바, 저 나이 때 너도 꼭 이랬어.

---

* 당구에서 공을 쿠션에 한 번 맞고 튀어나오게 하는 것.

아냐가 로파힌과 피쉬크에게 손을 주고 나가더니 자기 방문을 걸어 잠근다.

류보피 안드레예브나 아냐는 몹시 지쳤어요.

피쉬크 필시 기나긴 여행이었을 테니까요.

바랴 (로파힌과 피쉬크에게) 여러분, 대체 뭐하시는 겁니까? 2시
가 지났으니 체면을 지킬 시각이에요.

류보피 안드레예브나 (웃는다) 언제나 변함이 없구나, 바랴. (바랴를
자기 쪽으로 당겨서 키스한다) 커피를 마시고 난 다음 모두 일
어나기로 하지.

피르스가 그녀의 발 아래에 쿠션을 놓는다.

고마워, 할아범. 커피 마시는 게 습관이 됐어. 낮에도 밤에도 마
시니까. 고마워, 할아범. (피르스에게 키스한다)

바랴 짐을 전부 다 가져왔는지 보고 와야겠어요……. (나간다)

류보피 안드레예브나 정말로 내가 여기 앉아 있는 거예요? (웃는다)
두 팔을 흔들면서 뛰어오르고 싶어요. (두 손으로 얼굴을 감싼
다) 그런데 내가 잠을 자고 있는 거라면! 맹세코 나는 고향을 사
랑해요. 너무 심약하게 사랑한 나머지 열차에서 밖을 내다보지
도 못하고 계속 울기만 했답니다. (눈물을 글썽이며) 하지만 커
피는 마셔야 해요. 고마워 피르스, 고마워 할아범. 할아범이 아
직 살아 있어서 정말로 기뻐.

피르스 엊그제입니다.

가예프 영감이 잘 듣지 못해.

로파힌 저는 이제 하리코프로 가야합니다. 정말 화가 납니다! 부인
을 뵙고 이야기를 나누고 싶었습니다만……. 여전히 아름다우십
니다.

피쉬크 (힘들게 숨을 몰아쉰다) 더 예뻐지셨어요……. 파리풍으로 옷을 입으시고……. 내 짐수레 같은 건 사라지라고 해. 네 바퀴 모두…….

로파힌 부인의 오라버니이신 레오니드 안드레이치는 저를 인간쓰레기, 구두쇠라고 말하시지만, 저는 전연 개의치 않습니다. 부인께서 저를 믿어주시고, 부인의 놀랍고도 감동적인 눈으로 예전처럼 저를 바라봐 주시기만을 바랄 뿐입니다. 동정심 많은 하느님이시여! 제 아버지는 부인의 할아버님과 아버님의 농노였습니다. 하지만 부인께서는, 바로 부인께서는 제가 모든 걸 잊고 부인을 친어머니처럼…… 친어머니보다 더 사랑하도록 저를 위해 언젠가 많은 걸 해주셨습니다.

류보피 안드레예브나 앉아 있을 수가 없어요. 그럴 수가 없군요……. (벌떡 일어나더니 몹시 흥분해서 돌아다닌다) 너무 기뻐서 어쩔 줄 모르겠어요……. 나를 비웃어도 좋아요. 난 바보니까요……. 사랑하는 내 작은 책장……. (책장에 키스한다) 작은 탁자.

가예프 네가 없을 때 여기서 유모가 죽었다.

류보피 안드레예브나 (앉아서 커피를 마신다) 네, 천국이 함께 하기를. 편지 받았어요.

가예프 아나스타시이도 죽었다. 사팔뜨기 페트루쉬카는 내 곁을 떠나 지금은 시내에 있는 경찰서장 집에서 살고 있단다. (주머니에서 알사탕이 든 작은 상자를 꺼내더니 빨아먹는다)

피쉬크 제 딸년인 다셴카가 안부 말씀을 전하더군요…….

로파힌 부인께 무엇인가 매우 유쾌하고 재미있는 걸 말씀드렸으면 합니다. (시계를 들여다본 다음) 이제 가겠습니다. 말씀드릴 시간이 없군요……. 뭐, 두세 마디만 드리겠습니다. 아시다시피 부인의 벗나무 동산은 부채 때문에 8월 22일 경매로 나올 예정입니다. 하지만 부인, 걱정하지 마시고 편하게 주무시기 바랍니다.

방도가 있으니까요……. 저의 계획은 다음과 같습니다. 주목해 주십시오! 부인의 영지는 도시에서 20킬로미터밖에 떨어져 있지 않으며, 옆으로는 철로가 지나가고 있습니다. 그래서 만일 벚나무 동산과 강가의 땅을 별장 지역으로 나누어서 별장 용도로 임대하게 되면 부인께서는 아무리 적게 잡아도 연간 2만 5000 루블의 수입을 올리시게 될 겁니다.

가예프 미안하오만, 그 무슨 터무니없는 소리란 말이오!

류보피 안드레예브나 무슨 말인지 전혀 모르겠어요, 예르몰라이 알렉세이치.

로파힌 부인께서는 별장 거주자들에게 1년에 1헥타르당 최소 25 루블을 받으실 것입니다. 그래서 만일 지금이라도 광고를 하시면, 얼마든지 보증합니다만, 가을까지 노는 땅뙈기 하나 없이 전부 임대될 겁니다. 정말로 축하드립니다. 구원받으신 겁니다. 위치도 기막히고 강도 깊어요. 물론 정돈하고 깨끗하게 해야 합니다……. 예컨대 모든 낡은 건물들, 이를테면 이미 아무 쓸모도 없는 이런 집은 철거하고, 오래된 벚나무 동산도 잘라내야 한다는 얘깁니다…….

류보피 안드레예브나 잘라내다니요? 미안합니다만, 당신은 아무것도 모르시는군요. 현 전체에서 무엇인가 흥미롭고 대단한 게 있다면 그건 오직 우리 벚나무 동산밖엔 없답니다.

로파힌 엄청나게 크다는 이유 하나 때문에 동산이 대단한 겁니다. 버찌는 2년에 한 번 열리는데, 둘 곳도 없습니다. 누구도 사질 않으니까요.

가예프 이 동산에 대해서는 백과사전에도 나와 있다니까.

로파힌 (시계를 들여다본 다음) 만일 아무것도 생각해내지 않고, 어떤 결론에도 이르지 못한다면, 8월 22일 벚나무 동산과 영지 전체가 경매로 팔려나갈 겁니다. 마음을 정하세요! 맹세컨대 다른 방도는 없습니다. 없다마다요!

피르스 옛날에, 그러니까 4, 50년쯤 전에는 버찌를 말리고, 절이고, 피클로 만들고, 잼도 만들고 그랬어요…….

가예프 입 다물어, 피르스.

피르스 그리고 말린 버찌를 짐수레로 모스크바와 하리코프로 보내기도 했습죠. 돈도 많았어요! 말린 버찌는 부드럽고, 촉촉하고, 달콤하고 향기가 좋았지요……. 그땐 말리는 방법을 알았으니까요…….

류보피 안드레예브나 그러면 지금은 그 방법이 어디 있다는 거야?

피르스 다들 잊어버렸습니다. 아무도 기억하지 못해요.

피쉬크 (류보피 안드레예브나에게) 파리는 어떤가요? 어떻습니까? 개구리를 먹는다면서요?

류보피 안드레예브나 악어도 먹었어요.

피쉬크 아니, 저런…….

로파힌 지금까지 농촌에는 지주와 농사꾼밖에 없었습니다만, 지금은 별장 거주자들이 생겨났습니다. 아무리 작은 도시라 하더라도 지금은 별장으로 둘러싸여 있습니다. 대략 20년 뒤에는 별장 거주자가 엄청나게 늘어날 거라고 말씀드릴 수 있어요. 지금 별장 거주자들은 발코니에서 차나 마시고 있지만, 그들은 자기한테 주어진 1헥타르의 땅을 가꾸게 될 겁니다. 그렇게 되면 부인의 벚나무 동산은 행복하고 풍요로우며 화려해질 것입니다…….

가예프 (분개하면서) 무슨 말도 안 되는 소리!

바랴와 야샤가 들어온다.

바랴 엄마, 여기 전보 두 장이 와 있어요. (열쇠를 고르더니 소리를 내면서 오래된 책장을 연다) 여기 있어요.

류보피 안드레예브나 파리에서 온 거야. (읽지도 않고 전보를 찢어버린다) 파리하고는 끝이야······.

가예프 류바, 이 책장이 몇 년이나 됐는지 아니? 일주일 전에 아래 서랍을 열다 보니까 거기 숫자가 찍혀 있더구나. 책장은 정확히 100년 전에 만들어졌다. 어떠냐? 응? 기념식이라도 열어줄 만하지. 생명이 없는 물체이긴 하지만 어쨌든 책장이니까 말이야.

피쉬크 (놀라면서) 100년이라······. 아니, 저런······.

가예프 그래······. 이건 예술이야······. (책장을 만지더니) 친애하고 존경하는 책장이여! 이미 100년 이상을 선과 정의의 밝은 이상을 지향한 너의 존재를 환영하노라. 유용한 노동에 대한 너의 말 없는 호소는 100년 동안 약해지지 않았고, (눈물을 글썽이며) 누대에 걸쳐 우리 가문의 원기와 보다 나은 미래에 대한 믿음을 지탱하였으며, 선과 사회적 자각의 이념을 우리에게 심어주었노라.

사이.

로파힌 네······.

류보피 안드레예브나 오빠도 여전하시네요. 레냐*

가예프 (당황해하면서) 공을 오른쪽 구석으로! 공을 자르듯 쳐서 가운데로!

로파힌 (시계를 보고 나서) 자, 가겠습니다.

야샤 (류보피 안드레예브나에게 약을 준다) 이제 약을 드십시오······.

피쉬크 약을 드실 필요는 없습니다, 부인······. 해로울 것도 이로울 것도 없으니까요······. 이리 주십시오······ 부인. (약을 받더니 손

---

* 레오니드의 애칭.

바닥에 뿌리고는 입으로 후후 불더니만 입에 넣고 크바스와 함께 삼켜버린다) 보세요!

류보피 안드레예브나 (놀라서) 아니, 미쳤어요!

피쉬크 약을 다 먹었습니다.

로파힌 대단한 목구멍이네.

모두가 웃는다.

피르스 그 양반은 부활절에 우리 집에 오셔서 오이를 반통이나 드셨어요……. (중얼거린다)

류보피 안드레예브나 뭐라고 하는 거냐?

바랴 벌써 3년째 저렇게 중얼거려요. 우린 괜찮아요.

야샤 나이가 많으니까요.

하얀 원피스를 입은 샤를로타 이바노브나가 무대를 가로질러 지나간다. 그녀는 매우 여윈 몸에 옷을 꼭 끼게 입고 있으며, 허리띠에 오페라글라스를 달고 있다.

로파힌 미안합니다만, 샤를로타 이바노브나. 아직 당신과 인사를 나누지도 못했군요. (그녀의 손에 키스하려고 한다)

샤를로타 (손을 빼면서) 만일 손에 키스하는 걸 허락하면, 그다음에는 팔꿈치를 바랄 테고, 그다음에는 어깨를…….

로파힌 오늘 저는 운이 없군요.

모두가 웃는다.

샤를로타 이바노브나, 마술을 보여주세요!

류보피 안드레예브나 샤를로타, 마술을 보여줘요!

샤를로타 안 됩니다. 자고 싶어요. (나간다)

로파힌 3주 후에 뵙지요. (류보피 안드레예브나의 손에 키스한다) 그때까지 안녕히 계십시오. 가야합니다. (가예프에게) 안녕히 계십시오. (피쉬크와 키스한다) 안녕히 계세요. (바랴에게 그다음에 피르스와 야샤에게 손을 준다) 가고 싶지 않습니다. (류보피 안드레예브나에게) 별장에 대해 잘 생각하시고 결심을 하시면 알려주십시오. 제가 5만 루블 정도는 빌려드릴 수 있습니다. 신중하게 생각하세요.

바랴 (화를 내면서) 자, 이제 그만 나가요!

로파힌 갑니다, 가요……. (나간다)

가예프 인간쓰레기야. 아니, 미안하다……. 바랴는 저 친구한테 시집갈 거니까, 바랴의 신랑감이잖아.

바랴 쓸데없는 말씀은 하지 마세요, 외삼촌.

류보피 안드레예브나 왜 그러니, 바랴. 나는 무척 기쁘겠다. 좋은 사람이야.

피쉬크 진실을 말씀드리자면…… 정말 훌륭한 사람입니다……. 저의 다센카도…… 여러 가지 말을 하더군요. (코를 골다가 즉시 깨어난다) 어쨌거나 부인, 제게 돈을 좀 빌려주십시오……. 240루블만 빌려주세요……. 내일 담보이자를 갚아야 하기에…….

바랴 (놀라면서) 없어요, 없다니까요!

류보피 안드레예브나 정말로 돈이 없답니다.

피쉬크 나올 겁니다. (웃는다) 저는 한 번도 희망을 잃은 적이 없습니다. 지난번에도 모든 게 끝장이다, 파멸이라고 생각했는데, 글쎄 철도가 제 땅을 지나가지 뭡니까……. 돈을 주더라고요. 그러니까 두고 보면 오늘이나 내일 또 무슨 일인가 일어날 겁니다……. 다센카가 20만 루블을 벌어들일 수도 있어요……. 복권이 있거든요.

류보피 안드레예브나 커피도 마셨으니 잘 수 있겠어요.

피르스 (솔로 가예프 옷의 먼지를 털면서 훈계하듯) 또 그 바지를 입지 않으셨군요. 나리를 어떻게 해야 할지 모르겠습니다!

바랴 (나직하게) 아냐가 자요. (조용히 창문을 연다) 벌써 해가 떠서 춥지 않네요. 보세요, 엄마. 나무가 얼마나 대단한지! 아, 공기하며! 찌르레기가 우네요!

가예프 (다른 창문을 연다) 동산이 온통 하얗구나. 잊지 않았지, 류바? 바로 이 기나긴 가로수 길은 마치 당겨진 허리띠처럼 곧바로, 똑바로 뻗어 있고, 달밤이면 빛나곤 했지. 생각나니? 잊지 않았어?

류보피 안드레예브나 (창문으로 동산을 바라본다) 아, 순수했던 나의 유년 시절아! 바로 이 방에서 나는 잠들었고, 여기서 동산을 바라보았고, 매일 아침 나와 함께 행복이 눈을 떴어. 그때에도 동산은 똑같았어. 하나도 변하지 않았어. (기쁨에 겨워 웃는다) 온통, 전부 하얘! 아, 나의 동산아! 어둡고 음산한 가을과 추운 겨울이 지나면 너는 다시 젊어지고, 행복으로 가득차고, 하늘의 천사들도 너를 버리지 않았지⋯⋯. 나의 가슴과 어깨에서 무거운 돌을 걷어낼 수 있다면, 나의 과거를 잊을 수만 있다면!

가예프 그래, 동산마저 빚 때문에 팔리게 되다니, 정말 이상한 일이야⋯⋯.

류보피 안드레예브나 보세요. 돌아가신 엄마가 동산을 걷고 계세요⋯⋯. 하얀 옷을 입으시고! (기쁨에 겨워 웃는다) 엄마예요.

가예프 어디 말이냐?

바랴 정신 차리세요, 엄마.

류보피 안드레예브나 아무도 없구나. 환상이었나 봐. 오른쪽으로, 원두막으로 가는 길모퉁이에 하얀 나무가 기울어져 있었는데, 그게 여자와 비슷해서…….

낡아빠진 대학생 제복을 입고 안경을 낀 트로피모프가 들어온다.

얼마나 멋진 동산이야! 수많은 흰 꽃들과 푸르른 하늘…….
트로피모프 류보피 안드레예브나!

그녀가 그를 돌아본다.

그저 인사만 드리고 가겠습니다. (손에 뜨겁게 키스한다) 아침까지 기다리라는 말을 들었지만, 도저히 참을 수가 없어서요…….

류보피 안드레예브나가 망설이는 눈으로 바라본다.

바랴 (눈물을 글썽이며) 페챠 트로피모프예요…….
트로피모프 그리샤의 선생이었던 페챠 트로피모프입니다……. 정말로 제가 그렇게 변했습니까?

류보피 안드레예브나가 그를 끌어안고 나직하게 운다.

가예프 (당황해하면서) 그만, 그만해라. 류바.
바랴 (운다) 아침까지 기다리라고 내가 말했잖아요.
류보피 안드레예브나 그리샤…… 내 아들…… 그리샤…… 아들아…….
바랴 어쩔 수 없는 일이에요, 엄마. 신의 뜻인걸요.
트로피모프 (부드럽게, 눈물을 글썽이며) 그만하세요, 그만하십시오…….

류보피 안드레예브나 (나직하게 운다) 아들이 죽었어요, 물에 빠져
서……. 무엇 때문이죠? 왜 그런 겁니까, 선생님? (더 나직하게)
저기서 아냐가 자고 있는데, 내가 큰 소리로 말했군요……. 시끄
럽게 했어요……. 대체 왜 이런 거예요, 페챠? 어째서 이렇게 추
해진 거예요? 왜 이리 늙었어요?

트로피모프 열차 안에서 어떤 아낙네가 저를 머리 벗겨진 나리라고
부르더군요.

류보피 안드레예브나 당신은 그때 완전히 귀엽고 사랑스러운 대학생
이었는데, 지금은 머리숱도 적고 안경도 썼네요. 정말 아직도 대
학생이에요? (문 쪽으로 간다)

트로피모프 아마 저는 만년 대학생일 겁니다.

류보피 안드레예브나 (오빠에게, 그다음에는 바랴에게 키스한다)
자, 자러들 가세요……. 오빠도 늙었어요, 레오니드.

피쉬크 (그녀의 뒤를 따라간다) 그러니까, 이젠 자야 합니다…….
아아, 이놈의 통풍. 저는 댁에서 머물겠습니다……. 류보피 안드
레예브나, 내일 아침에 제게…… 240루블만…….

가예프 이 사람은 계속 자기 생각만 하는군.

피쉬크 240루블입니다……. 담보이자를 갚아야 하거든요.

류보피 안드레예브나 제겐 돈이 없답니다.

피쉬크 갚겠습니다, 부인……. 얼마 안 되는 금액이니까…….

류보피 안드레예브나 네, 좋아요. 레오니드가 줄 겁니다……. 오빠가
줘, 레오니드.

가예프 내가 어디 주나 봐라.

류보피 안드레예브나 그럼 어떻게 하겠어요. 주세요……. 필요하다
잖아요……. 갚을 거니까.

674

류보피 안드레예브나, 트로피모프, 피쉬크 그리고 피르스가 나간다. 가예프,
바랴와 야샤는 남는다.

가예프 누이는 아직도 돈 낭비하는 버릇을 고치지 못했어. (야샤에
　　　게) 이봐, 물러서. 너한테서 담배 냄새가 난단 말이야.
야샤 (냉소 지으며) 레오니드 안드레이치 나리, 여전히 변함없으
　　　십니다.
가예프 뭐라고? (바랴에게) 저놈이 뭐라고 그랬냐?
바랴 (야샤에게) 네 어머니가 시골에서 오셨다. 어제부터 하인방
　　　에 계시는데, 널 만나고 싶어 하시더구나……
야샤 맘대로 하라고 해!
바랴 이런 파렴치한 녀석!
야샤 필요 없어요. 내일 올 수도 있잖아! (나간다)
바랴 엄마는 예전과 똑같아요. 하나도 변하지 않았어요. 엄마 마음
　　　대로 내버려두면, 전부 나눠주실 거예요.
가예프 그래……

　　　사이.

만일 어떤 질병에 대해 매우 많은 치료법이 제시된다면, 그건 불
치병이란 걸 뜻하지. 생각하고, 뇌를 팽팽히 조여서 많은 수단,
매우 많은 수단이 있다고 하면, 그건 본질적으로 단 하나의 수단
도 없다는 뜻이야. 누군가에게서 유산을 받는 것도 좋고, 우리
아냐를 돈 많은 사람한테 시집보내는 것도 좋고, 야로슬라블에
가서 백작부인이신 숙모님께 행운을 기대해보는 것도 좋아. 숙
모님은 정말로 대단한 부자시니까.
바랴 (운다) 하느님이 도와주시기를.

가예프 울지 마라. 숙모님은 대단한 부자지만, 우릴 사랑하지 않으셔. 무엇보다도 누이가 변호사와 결혼했기 때문이야. 귀족이 아니라……

아냐가 문가에 나타난다.

귀족과 결혼하지 않은데다가, 매우 덕스럽게 처신했다고는 말할 수 없어. 누이는 착하고 선량하며 훌륭해. 난 누이를 무척 사랑한단다. 하지만 아무리 상황을 참작한다 하더라도 누이에게 결함 있다는 것은 여전히 인정할 수밖에 없구나. 그것은 누이의 아주 사소한 움직임에서도 느껴져.

바랴 (속삭이며) 아냐가 문가에 서 있어요.

가예프 뭐야?

사이.

이상하구나. 오른쪽 눈에 뭔가가 들어갔어……. 잘 보이지 않는구나. 목요일 지방 재판소에 갔을 때에도……

아냐가 들어온다.

바랴 왜 안 자는 거니, 아냐?

아냐 잠이 안 와. 잘 수가 없어.

가예프 꼬마 아가씨. (아냐의 얼굴과 두 손에 키스한다) 내 아이야……. (눈물을 글썽이며) 넌 조카딸이 아니라, 천사이자 나의 모든 것이야. 날 믿어라, 믿어……

아냐 외삼촌을 믿어요. 모두가 외삼촌을 사랑하고 존경해요……

676

하지만 외삼촌, 침묵하셔야 해요. 그저 잠자코 계세요. 방금 전에 엄마에 대해서, 외삼촌의 누이동생에 대해서 뭐라고 하셨어요? 무엇 때문에 그렇게 말씀하신 거예요?

가예프 그래, 그래……. (그녀의 한 손으로 자신의 얼굴을 감싼다) 정말로 그건 불쾌하구나! 맙소사! 하느님, 저를 구원하소서! 오늘도 나는 책장 앞에서 연설을 했구나……. 너무도 어리석게! 마치고 나서야 비로소 어리석다는 걸 깨달으니 말이야.

바랴 맞아요, 외삼촌. 침묵하셔야 해요. 침묵하세요, 그러면 됩니다.

아냐 침묵하시면 외삼촌도 훨씬 더 편안해질 거예요.

가예프 그렇게 하마. (아냐와 바랴의 손에 키스한다) 침묵하마. 딱한 가지만 말하마. 목요일에 지방 재판소에 갔는데, 친구들을 만나게 돼서 이런저런 얘기를 하게 됐지 뭐냐. 그런데 어음으로 돈을 빌려서 은행이자를 갚을 수 있겠다는 생각이 들더구나.

바랴 하느님이 도와주셨으면!

가예프 화요일에 가서 다시 한 번 말해 보마. (바랴에게) 울지 마라. (아냐에게) 엄마는 로파힌과 이야기를 하실 게야. 물론 그 사람은 엄마의 청을 거절하지 못할 거다……. 그리고 너는 좀 쉬고 나서 야로슬라블에 사시는 네 할머니, 백작부인께 다녀오너라. 이렇게 우리가 세 방면에서 움직인다면 일은 잘될 거다. 이자를 갚을 수 있을 거야, 분명히……. (알사탕을 입에 넣는다) 내 명예를 걸고 맹세한다만, 영지는 팔려나가지 않을 게다! (흥분하면서) 내 행복을 걸고 맹세하마! 내가 도와주마. 만일 영지가 경매에 넘어가게 되면, 그땐 나를 쓸모없는 수치스런 인간이라고 불러라! 나의 모든 걸 걸고 맹세한다!

아냐 (평온한 분위기가 그녀에게 돌아와 행복해한다) 외삼촌은 정말로 현명하세요! (외삼촌을 포옹한다) 이제 마음이 놓여요! 안심이야! 행복해!

피르스가 들어온다.

피르스 (나무라듯이) 레오니드 안드레이치, 하느님이 두렵지도 않
으세요! 언제 주무실 겁니까?

가예프 지금, 지금 가네. 가보게, 피르스. 나 혼자 옷을 갈아입을
테니까. 얘들아, 잘 자거라…… 자세한 건 내일 이야기하고, 지
금은 가서 자거라. (아냐와 바랴에게 키스한다) 나는 80년대 인
간이야…… 사람들은 그 시대를 찬미하지 않지만, 신념을 위해
서 나는 인생에서 적지 않게 고생을 했다고 말할 수 있어. 괜히
농부들이 나를 좋아하는 게 아니라고. 농부를 알아야 해! 그렇
다마다. 어떤…….

아냐 외삼촌, 또다시!

바랴 외삼촌, 침묵하세요.

피르스 (화를 내면서) 레오니드 안드레이치!

가예프 간다, 간다니까…… 너희도 눕도록 해라. 쿠션을 가운데
로! 깨끗하게 넣어야지……. (나간다. 그의 뒤를 피르스가 종종
걸음으로 따라간다)

아냐 이제 안심이야. 할머니를 좋아하지 않아서 야로슬라블에 가
고 싶지 않지만, 어쨌든 안심이야. 외삼촌이 고마워. (앉는다)

바랴 자야지. 간다. 여기 네가 없는 동안에 불미스러운 일이 있었
어. 너도 알다시피 오래된 하인 방에 나이든 하인들이 살고 있잖
아. 예피미유쉬카, 폴랴, 예브스티그네이, 그리고 카르프 말이
야. 그 사람들이 어떤 사기꾼들을 데려다 재웠는데, 나는 아무
말도 하지 않았지. 그런데 듣자니까 내가 그들에게 완두콩만 먹
이라고 명령했다는 소문이 퍼지고 있다는 거야. 내가 인색에서
그렇다는 거지……. 그게 모두 예브스티그네이 짓이었어. 좋아,
난 그렇게 생각했어. 만일 그렇다면 두고 보자, 하고 생각했지.

예브스티그네이를 불렀어……. (하품한다) 그자가 왔어……. 너 말이야, 예브스티그네이 하고 말했지……. 넌 정말 바보로구나……. (아냐를 보고 나서) 아네츠카!

사이.

잠들었네! (아냐의 팔을 잡는다) 침대로 가자……. 가자! (그녀를 데리고 간다) 아리따운 아가씨가 잠들었네! 가자…….

나간다. 멀리 동산 너머에서 목동이 피리를 분다. 트로피모프가 무대를 가로질러 가다가 바랴와 아냐를 보더니 멈춰 선다.

바랴 쉿……. 잠들었어요……. 잠들었어……. 가자, 애야.
아냐 (나직하게, 잠에 취해서) 난 너무 피곤해……. 계속해서 종소리가……. 외삼촌……. 사랑하는…… 엄마도 외삼촌도…….
바랴 가자, 애야. 가자……. (아냐의 방으로 간다)
트로피모프 (감동하여) 나의 태양이여! 나의 청춘이여!

막.

2막

들판. 오랫동안 버려진 낡고 기울어진 작은 예배당. 그 옆으로는 우물, 먼 옛날에 묘비로 사용된 것처럼 보이는 커다란 돌들과 낡은 벤치. 가예프 저택으로 가는 길이 보인다. 한쪽에는 높이 솟아오른 포플러 나무들이 어둑하다. 거기서부터 벚나무 동산이 시작된다. 멀리 전신주들이 줄지어 서 있고, 아주 멀리 지평선 위에는 아주 맑고 쾌청한 날씨에만 보이는 대도시가 어렴풋하게 보인다. 해가 막 지려고 한다. 샤를로타, 야샤 그리고 두냐샤가 벤치에 앉아 있다. 에피호도프는 그 옆에 서서 기타를 연주한다. 모두가 생각에 잠긴 채 앉아 있는데, 샤를로타는 낡은 모자를 쓰고 있다. 그녀는 어깨에서 장총을 내리더니 멜빵의 잠금장치를 고친다.

샤를로타 (생각에 잠겨) 나는 진짜 여권이 없어서 몇 살인지도 몰라. 하지만 언제나 젊다는 생각이 들어. 내가 어린 계집애였을 때 아빠와 엄마는 대목장을 돌아다니면서 아주 기막힌 공연을 하셨지. 나도 공중제비와 여러 가지 재주를 부렸어. 아빠와 엄마가 돌아가시자 어떤 독일인 부인이 날 거두어서 가르치기 시작했어. 좋은 일이지. 성장한 다음 가정교사가 됐어. 근데 내가 누구고 어디서 왔는지 몰라……. 부모가 어떤 사람들이었는지, 아마 결혼식도 올리지 않았을 거야……. 모르겠어. (주머니에서 오이를 꺼내서 먹는다) 난 아무것도 몰라.

사이.

그래서 말을 하고 싶어도 그럴 사람이 없어⋯⋯. 나한텐 아무도
없어.

에피호도프 (기타를 치면서 노래한다) "소란스러운 세상이 내게 무
엇이며, 친구도 적도 내게 무엇이란 말인가⋯⋯." 만돌린을 연
주하는 건 정말 즐거워요!

두냐샤 그건 만돌린이 아니라 기타예요. (작은 거울을 보고 분을
바른다)

에피호도프 사랑에 빠진 미치광이에게 이건 만돌린이에요⋯⋯. (노
래한다) "주고받는 사랑의 열기로 이 가슴을 따뜻하게 할 수 있
다면⋯⋯."

야샤가 따라 부른다.

샤를로타 이 사람들은 소름끼치게 노래하네⋯⋯. 휴우. 들개들 같
아.

두냐샤 (야샤에게) 어쨌든 외국에서 지내는 건 무척 행복하죠.

야샤 그럼요, 물론입니다. 당신 말에 동의하지 않을 수 없군요.
(하품한다. 그다음에 시가를 피우기 시작한다)

에피호도프 당연한 일이죠. 외국에서는 오래전부터 모든 게 다 갖
춰져 있으니까요.

야샤 그렇고말고요.

에피호도프 나는 성숙한 인간이고 여러 가지 뛰어난 책을 읽고 있
어요. 그러나 사실, 내가 원하는 것이 무엇이고, 살아야 하는지
아니면 권총으로 자살해야 하는지, 사실대로 말하면 도대체 그
방향을 이해할 수 없어요. 그렇지만 언제나 권총을 가지고 다닙

니다. (권총을 보여준다)

샤를로타 마쳤네. 이제 가야지. (총을 멘다) 에피호도프, 당신은 무척 똑똑하고 몹시 무서운 인간이야. 여자들이 당신을 미친 듯이 사랑할 게 분명해. 으으으! (간다) 이 영리한 체하는 인간들은 너무도 어리석어서 누구 하나 얘기할 사람이 없어……. 언제나 나는 혼자, 혼자야. 내겐 아무도 없어 그리고…… 그리고 내가 누군지, 왜 사는지 모르겠어……. (서두르지 않고 나간다)

에피호도프 사실대로 말하면, 다른 것들에 대해서가 아니라 말이 나온 김에 나 자신에 대해 말해야겠어요. 마치 폭풍이 작은 배를 상대하듯이 아무런 동정도 없이 운명은 나를 대하고 있습니다. 만일 내 말이 틀렸다고 해도, 예를 들어 말씀드리자면, 오늘 아침에 눈을 떠보니까 내 가슴 위에 무시무시하고 커다란 거미가 있는 거예요……. 바로 이런 놈이 말입니다. (두 손으로 그려 보인다) 그리고 또 크바스를 마시려고 했더니 거기에 바퀴벌레 비슷한 극도로 불쾌한 것이 들어 있더군요.

사이.

버클리*를 읽어 보셨나요?(사이) 아브도티야 표도로브나, 몇 마디만 실례했으면 합니다.

두냐샤 말씀하세요.

에피호도프 당신과 둘이서만……. (한숨 쉰다)

두냐샤 (당황해하면서) 좋아요……. 다만 먼저 망토를 가져다주세요……. 찬장 근처에 있어요……. 여긴 조금 습해서…….

에피호도프 좋습니다요……. 가져오겠습니다요……. 권총으로 뭘
해야 할지 이제야 알겠어요……. (기타를 가지고 나간다. 연주
하면서)
야샤 스물둘의 불행! 우리끼리 하는 얘기지만, 어리석은 사람이에
요. (하품한다)
두냐샤 터무니없는 일이에요. 권총 자살이라니.

사이.

저는 불안하고 늘 걱정이 됩니다. 아직 소녀였을 때 주인나리 댁
에 보내져서 소박한 생활과는 담을 쌓고 살아요. 그래서 두 손도
마치 귀족 아가씨들 손처럼 너무나 하얗답니다. 부드럽고 우아하
며 고상해져서 늘 걱정이 돼요……. 몹시 무서워요. 그래서 야샤,
만일 당신이 나를 속이면 내 신경이 어떻게 될지 나도 몰라요.
야샤 (그녀에게 키스한다) 풋풋하군! 물론 모든 처녀는 스스로를
알아야 합니다. 행실 나쁜 처녀를 가장 싫어해요.
두냐샤 당신을 열렬하게 사랑합니다. 교육받으신 분이라 당신은
모든 걸 판단할 수 있어요.

사이.

야샤 (하품한다) 그래요……. 내 생각은 이렇소. 만일 처녀가 누군
가를 사랑한다면, 그건 처녀가 부도덕하다는 겁니다.

사이.

맑은 공기 속에서 시가를 피우는 건 유쾌한 일이야……. (귀를 기

울인다) 이리로 사람들이 오고 있군……. 주인 나리들이네…….

두냐샤가 갑자기 그를 끌어안는다.

강에 미역 감으러 다녀오는 것처럼 집으로 가요. 이 길로 가세
요. 그렇지 않고 저분들 눈에 띄면 내가 당신과 밀회를 하고 있
는 것처럼 생각할 거요. 그건 참을 수 없어요.
두냐샤 (나직하게 기침한다) 궐련 때문에 머리가 아파졌어요…….
(나간다)

야샤는 남아서 작은 예배당 부근에 앉는다. 류보피 안드레예브나, 가예프 그리
고 로파힌이 들어온다.

로파힌 완전히 결정하셔야 합니다. 시간이 없습니다. 문제는 정말 간
단합니다. 별장 부지로 땅을 내놓으실 겁니까, 아닙니까? 한 마디
만 대답하세요. 그렇습니까, 아닙니까? 딱 한 마디만 하세요!
류보피 안드레예브나 누군가 여기서 역겨운 궐련을 피우고 있었네
요……. (앉는다)
가예프 철도를 놔서 편리해졌어. (앉는다) 시내로 나가서 식사를
했으니 말이지……. 노란공은 가운데로! 맨 먼저 집에 가서 한
게임 했으면 좋겠군…….
류보피 안드레예브나 시간은 넉넉해요.
로파힌 딱 한 말씀만 하세요! (간청하듯) 대답해주세요!
가예프 (하품하면서) 뭐라고?
류보피 안드레예브나 (자기의 돈지갑을 본다) 어제는 돈이 많았는
데, 오늘은 거의 없네요. 불쌍한 바랴는 절약한다고 모든 사람
들한테 우유 수프만 먹이고, 부엌에 있는 노인들에게는 완두콩
만 준다는데, 나는 이렇게 생각 없이 돈을 낭비하고 있어요. (돈

지갑을 떨어뜨린다. 금화가 흩어진다) 저런, 쏟아져버렸네…….
(화를 낸다)

야샤 잠깐만요, 제가 즉시 주워드리겠습니다. (금화를 모은다)

류보피 안드레예브나 부탁해요, 야샤. 무엇 때문에 식사하러 갔을까
요……. 음악이 있는 그 시시한 레스토랑의 식탁보에서는 비누
냄새가 나고……. 왜 그렇게 많이 마셨어요, 레냐? 왜 그렇게 많
이 먹어요? 무엇 때문에 그렇게 말을 많이 하는 거야? 오늘 레
스토랑에서 오빠는 또 많은 말을 했지만, 모두 적당하지 않은 거
였어요. 70년대에 대해서, 데카당에 대해서. 그것도 누구한테
말했죠? 급사들에게 데카당에 대해 말하다니요!

로파힌 그렇습니다.

가예프 (손사래를 친다) 나는 구제불능이야……. 분명해……. (야
샤에게 분통을 터뜨리며) 이게 뭐냐, 끊임없이 눈앞에서 얼쩡거
리다니…….

야샤 (웃는다) 웃지 않고서는 나리의 목소리를 들을 수가 없습니다.

가예프 (누이에게) 나냐, 저놈이냐…….

류보피 안드레예브나 가봐요, 야샤. 가세요…….

야샤 (류보피 안드레예브나에게 돈지갑을 준다) 이제 갑니다. (웃
음을 겨우 참는다) 지금요……. (나간다)

로파힌 부자인 데리가노프가 부인의 영지를 사려고 합니다. 경매
에 몸소 올 거라고들 말하더군요.

류보피 안드레예브나 어디서 들었나요?

로파힌 시내에서 그렇게 말하고들 있습니다.

가예프 야로슬라블의 숙모님이 보내주시겠다고 약속하셨다. 다만
언제 얼마를 보내실지, 그건 모르겠다…….

로파힌 얼마를 보내신 답니까? 10만 루블입니까? 20만?

류보피 안드레예브나 무슨……. 1만이나 1만 5000이죠. 그것만으로

도 고마워요.

로파힌 죄송합니다만, 여러분처럼 그렇게 경솔하고, 그렇게 요령 없고, 이상한 분들은 아직 못 봤습니다. 여러분의 영지가 팔리게 될 거라고 러시아어로 말씀을 드려도 두 분은 확실히 이해하시지 못하니까요.

류보피 안드레예브나 대체 어떻게 할까요? 가르쳐줘요. 어떻게 하죠?

로파힌 매일 가르쳐드리고 있습니다. 날마다 저는 계속해서 똑같은 말만 하고 있습니다. 벚나무 동산도, 땅도 별장으로 임대해야 합니다. 그것도 지금 당장 해야 합니다. 서둘러야 합니다. 경매가 코앞입니다! 아시겠습니까! 만일 별장으로 하겠다고 최종적으로 결정하시면 원하시는 만큼 돈을 드릴 겁니다. 그러면 구원 받으시는 거예요.

류보피 안드레예브나 별장과 별장 거주자들 말이에요. 너무 저속해요, 미안하지만.

가예프 내 말이 그 말이야.

로파힌 저는 흐느껴 울든지, 소리를 지르든지, 기절이라도 해야겠습니다. 참을 수가 없어요! 저를 달달 볶으셨어요! (가예프에게) 당신은 여잡니다!

가예프 뭐라고?

로파힌 여자라고요! (가려고 한다)

류보피 안드레예브나 (놀라면서) 아니에요, 가지 마세요. 여기 있어 줘요. 부탁합니다. 뭔가 생각이 떠오를지도 모르잖아요!

로파힌 이 판국에 뭘 생각한다는 겁니까!

류보피 안드레예브나 가지 마세요, 부탁이에요. 당신과 있으면 어쩐지 더 유쾌하니까요…….

사이.

나는 늘 뭔가 기다리고 있어요. 분명히 머리 위로 집이 무너져버
릴 것 같아요.

가예프 (깊은 생각에 잠겨) 두플레트는 구석으로……. 크루아제는
가운데로…….

류보피 안드레예브나 우리는 이미 너무나 많은 죄를 지었어요…….

로파힌 무슨 죄를 지으셨는데요…….

가예프 (알사탕을 입에 넣는다) 알사탕을 사는데 전 재산을 날렸다
고들 말하지……. (웃는다)

류보피 안드레예브나 아, 나의 죄여……. 언제나 나는 미친 사람처럼
억제하지 못하고 돈을 물 쓰듯 했고, 허구한 날 빚만 지는 사람
과 결혼했어요. 남편은 샴페인 때문에 죽었는데, 그 사람은 무섭
게 마셔댔죠. 불행한 일이지만 나는 다른 남자를 사랑하게 돼서
함께 살았어요. 그런데 바로 그때, 그것이 첫 번째 벌이었는데,
정수리를 두들겨 맞았어요. 바로 이 강에서……. 내 어린 아들이
빠져 죽었지요. 외국으로 나갔어요. 완전히 나간 거예요. 절대로
돌아오지 않으려고, 이 강을 다시 보지 않으려고……. 나는 정신
없이 두 눈을 감고 달아났죠. 그런데 그 사람이 내 뒤를……. 모
질고도 무례하게 따라왔어요. 멘토나 부근에 별장을 샀는데, 왜
냐하면 그 사람이 거기서 병이 났거든요. 그리고 3년 동안 나는
낮이고 밤이고 휴식이란 걸 몰랐어요. 환자는 나를 몹시 괴롭혔
고, 내 영혼은 바싹 말라버렸죠. 작년에 빚 때문에 별장이 팔려
서 파리로 갔는데, 거기서도 그 사람은 나를 우려먹더니 나를
버리고 다른 여자와 살림을 차렸어요. 나는 음독자살을 시도했
죠……. 얼마나 어리석고, 얼마나 부끄럽던지……. 그러다가 갑
자기 러시아로, 고향으로, 딸에게로 끌리지 뭐예요……. (눈물

을 닦는다) 하느님, 하느님. 제발 자비를 베푸시어, 저의 죄를 사하여 주소서! 더 이상 저를 벌하지 마소서! (주머니에서 전보를 꺼낸다) 오늘 파리에서 온 거예요……. 그 사람이 용서를 빌면서 돌아오라고 간청하고 있어요……. (전보를 찢어버린다) 어디선가 음악 소리가 들리는 것 같아요. (귀를 기울인다)

가예프 이건 유명한 유태인 악단이야. 생각나지. 네 대의 바이올린과 플루트 그리고 콘트라베이스 말이다.

류보피 안드레예브나 그게 아직도 있어요? 어떻게 해서든지 악단을 불러서 야회를 열었으면 좋겠어요.

로파힌 (귀를 기울인다) 안 들리는데요……. (나직하게 노래한다) "돈 때문에 독일 사람들은 순수한 러시아인을 프랑스 사람으로 만든다네." (웃는다) 어제 극장에서 어떤 희곡을 봤는데, 무척 재미있더군요.

류보피 안드레예브나 아마 재미없었을 거예요. 당신은 희곡이 아니라, 자기 자신을 더 자주 봐야 해요. 당신은 너무나 평범하게 살며, 쓸데없는 말을 너무 많이 하기 때문이에요.

로파힌 맞는 말씀입니다. 솔직히 말씀드리면, 우리 인생은 바보 같아요…….

사이.

제 아버지는 농사꾼에 천치였습니다. 아무것도 알지 못했고, 저를 가르치지도 않았어요. 그저 술에 취해서 몽둥이질만 해댔습니다. 사실 저 역시 얼간이에 천치죠. 아무것도 배우지 못했고, 글씨체도 비루합니다. 마치 돼지가 쓰는 것처럼 쓰기 때문에 사람들한테 부끄러울 지경입니다.

류보피 안드레예브나 당신은 결혼해야 합니다.

로파힌 네…… 그렇습니다.

류보피 안드레예브나 우리 바랴하고 하면 좋겠어요. 훌륭한 처녀니까요.

로파힌 네.

류보피 안드레예브나 그 아인 평민 출신이고, 온종일 일하는데 중요한 건 당신을 사랑하고 있다는 거예요. 당신도 오래전부터 그 아일 좋아했죠.

로파힌 글쎄요? 싫지는 않습니다만……. 좋은 처넙니다.

사이.

가예프 은행에서 자리를 주겠다는구나. 연봉 6000루블에……. 너도 들었지?

류보피 안드레예브나 어림없는 얘기예요! 그냥 계세요…….

피르스가 외투를 가지고 들어온다.

피르스 (가예프에게) 나리, 입으세요. 습합니다.

가예프 (외투를 입는다) 이보게, 귀찮아.

피르스 딴소리 마세요……. 아침에도 한 말씀도 없이 나가셨잖아요. (그를 살펴본다)

류보피 안드레예브나 참 많이 늙었어, 피르스!

피르스 뭐라 하셨어요?

로파힌 자네가 몹시 늙었다고 말씀하셨어.

피르스 오랫동안 살고 있습니다. 제가 결혼하려고 채비할 때 마님의 아버님께서는 아직 세상에 나오시지도 않았어요……. (웃는다) 농노해방령*이 나왔을 때 저는 이미 시종장이었습니다. 저는 해방령에 찬성하지 않았기 때문에 마님 댁에 남았습죠…….

사이.

모두들 좋아했는데, 왜 좋아했는지는 아는 사람이 없었습니다.

로파힌 예전에는 정말 좋았습니다. 최소한 매질은 했으니까요.

피르스 (제대로 알아듣지 못한 채) 그렇다마다. 주인나리들께는 농부들이 있고, 농부들에게는 주인나리들이 계셨어요. 그런데 지금은 모두가 제각각이어서 뭐가 뭔지 모르겠습니다.

가예프 닥쳐, 피르스. 내일 나는 시내에 가야 해. 어음으로 돈을 빌려주겠다는 어떤 장군을 소개받기로 했거든.

로파힌 쓸데없는 일입니다. 물론, 그래봐야 이자도 못 갚아요.

류보피 안드레예브나 헛소리하는 거예요. 장군은 무슨 장군.

트로피모프, 아냐 그리고 바랴가 들어온다.

가예프 저기 우리 애들이 오는구나.

아냐 엄마가 계시네.

류보피 안드레예브나 (상냥하게) 어서 와라, 어서 와…….. 내 새끼들아…….. (아냐와 바랴를 포옹한다) 내가 얼마나 너희들을 사랑하는지, 너희가 알았으면 좋겠구나. 나란히 앉으렴, 바로 그렇게.

모두 앉는다.

로파힌 만년 대학생께서는 언제나 아가씨들과 함께 다니시는구먼.

* 1861년에 알렉산드르 2세가 내린 칙령.

트로피모프 상관마세요.

로파힌 곧 쉰 살이 될 텐데, 아직도 대학생이라니.

트로피모프 바보 같은 농담은 그만두세요.

로파힌 왜 화를 내시나, 괴짜양반?

트로피모프 귀찮게 하지 마.

로파힌 (웃는다) 한 가지 묻겠소만, 당신은 나를 어떻게 생각하시오?

트로피모프 예르몰라이 알렉세이치, 내가 알기로는 당신은 부자이고 곧 백만장자가 되실 겁니다. 신진대사라는 의미에서 도중에 걸리는 것은 모두 먹어치우는 맹수가 필요한 것처럼 자네도 필요하지.

모두가 웃는다.

바랴 페챠, 별에 대해 말하는 편이 낫겠어요.

류보피 안드레예브나 아니다. 어제 하던 얘기를 계속해 봅시다.

트로피모프 무슨 얘기였습니까?

가예프 긍지 있는 인간에 대한 얘기.

트로피모프 우리는 어제 긴 시간 동안 이야기했습니다만, 어떤 결론에도 이르지 못했습니다. 긍지 있는 인간에게는 무엇인가 신비스러운 것이 있다고 말씀하셨어요. 당신 말씀이 옳을 수도 있습니다. 하지만 소박하고 꾸밈없이 생각한다면, 거기 어떤 긍지가 있으며, 그것에 무슨 의미가 있을까요. 만일 인간이 생리적으로 시원찮게 만들어져 있거나, 절대다수의 인간이 조야하고, 어리석으며, 몹시 불행하다면 말입니다. 자신에게 매혹되어서는 안 됩니다. 오직 노동해야 합니다.

가예프 어차피 죽기는 매일반이야.

트로피모프 누가 알겠습니까? 죽는다는 것은 무슨 뜻입니까? 어쩌면 사람에게는 100가지 감각이 있는데, 죽음과 더불어 죽는 것은 우리가 알고 있는 다섯 가지 감각뿐이고, 나머지 아흔다섯 가지 감각은 살아남을지도 모릅니다.

류보피 안드레예브나 정말 똑똑해요, 페챠!

로파힌 (비꼬듯) 엄청나군요!

트로피모프 인류는 자신의 능력을 향상시키면서 앞으로 나아가고 있습니다. 지금 인류가 도달하기 어려운 모든 것이 언젠가는 가까워지고 이해 가능할 것입니다. 다만 우리는 노동해야 하고, 진리를 찾는 사람들을 전력을 다해서 도와주어야 합니다. 지금 우리 러시아에서 노동하는 사람들은 극소수에 지나지 않습니다. 제가 알고 있는 인텔리의 절대다수는 아무것도 구하지 않고, 아무것도 하지 않으며, 노동할 능력도 없습니다. 인텔리라고 자처하면서도 하인들에게 반말하고, 농부들을 짐승 대하듯 하고, 어설프게 학습하고, 심각하게 독서도 하지 않으며, 아무 일도 하지 않고, 과학에 대해서는 말로만 떠들고, 예술에 대해서는 전혀 모릅니다. 모두가 심각하고, 엄격한 얼굴을 하면서 오직 중요한 것에 대해서만 말하고, 철학적인 이야기를 전개합니다만, 사실 모든 사람들의 면전에서 노동자들은 혐오스럽게 식사하고, 한 방에서 베개도 없이 삼사십 명씩 잠을 자며, 도처에 빈대와 악취, 습기와 도덕적인 불결이 난무하고 있어요……. 그래서 우리가 나누는 모든 훌륭한 대화는 분명히 우리 자신과 다른 사람들을 속이기 위한 것일 뿐입니다. 그토록 많이 그리고 자주 말했던 탁아소는 어디 있습니까? 독서실은 어디 있나요? 오직 소설 속에서나 나오는 것일 뿐, 실제로는 전혀 없습니다. 그저 진창과 속물근성과 아시아적인 것*만 있을 따름이죠……. 저는 너무나 심

---

* 야만과 미개, 비문화적인 것을 가리킨다.

각한 표정이 두렵고 싫어요. 심각한 이야기도 두려워합니다. 침묵하는 것이 더 낫습니다!

로파힌 저는 새벽 4시에 일어나 아침부터 밤까지 일을 합니다. 언제나 제 돈뿐만 아니라, 남의 돈도 가지고 있어서 주변 사람들이 어떤지 보고 있습니다. 정직하고 고상한 사람들이 얼마나 적은지 알려면 무슨 일이든지 시작하기만 하면 됩니다. 때로 잠이 오지 않을 때는 생각합니다. "하느님, 당신은 저희에게 거대한 숲과 무궁한 벌판과 깊이를 모르는 수평선을 주셨습니다. 그리하여 여기 살면서 저희는 진짜로 거인이 되어야만 합니다……."

류보피 안드레예브나 당신에겐 거인이 필요했군요……. 거인들은 옛날이야기에서나 좋지, 사실 사람들을 놀라게 하잖아요.

무대 안쪽에서 에피호도프가 지나가면서 기타를 연주한다.

(생각에 잠겨서) 에피호도프가 가네…….

아냐 (생각에 잠겨서) 에피호도프가 가네…….

가예프 해가 졌어요, 여러분.

트로피모프 그렇습니다.

가예프 (크지 않은 목소리로 마치 낭독하듯이) 오, 영원한 빛을 발산하는 경이로운 자연이여. 우리가 어머니라 부르는 아름답고 무심한 그대는 존재와 죽음을 결합하고 있나니. 그대는 살면서도 파괴하고 있구나…….

바랴 (간청하듯) 외삼촌!

아냐 외삼촌, 또 그러세요!

트로피모프 두플레트로 노란 공을 가운데로 치시는 편이 낫겠습니다.

가예프 그만하마, 이제 입을 다물지.

모두 생각에 잠겨 앉아 있다. 고요. 피르스가 나직하게 웅얼거리는 소리만 들린다. 갑자기 먼 곳의 소리가 마치 하늘에서 들려오는 것처럼 울린다. 끊어진 줄의 구슬픈 소리가 사라져간다.

류보피 안드레예브나 저건 뭐죠?

로파힌 모르겠습니다. 어디 먼 곳에 있는 광산에서 운반용 두레박의 줄이 끊어졌나 봅니다. 그런데 어딘지 정말 먼 곳입니다.

가예프 어쩌면 새일지도 모르겠군……. 황새 같은.

트로피모프 혹시 부엉이…….

류보피 안드레예브나 (전율한다) 어쩐지 기분이 나쁘네요.

　사이.

피르스 불행이 닥치기 전에도 똑같았습니다. 부엉이도 울부짖고, 사모바르도 계속해서 소리를 냈습니다.

가예프 불행이라니, 어떤 불행?

피르스 농노해방 말씀입니다.

　사이.

류보피 안드레예브나 여러분 갑시다. 벌써 어두워졌어요. (아냐에게) 네 눈에 눈물이……. 왜 그러니, 애야? (그녀를 포옹한다)

아냐 그냥, 엄마. 아무것도 아니야.

트로피모프 누가 옵니다.

　하얀 차양이 당겨진 모자를 쓰고 외투를 입은 행인이 나타난다. 다소 취해 있다.

행인 한 말씀 여쭙겠습니다. 여기서 곧바로 가면 정거장이 나옵니까?

가예프 그렇소. 이 길을 따라 가시오.

행인 진심으로 감사드립니다. (기침하고 나서) 날씨가 정말 좋습니다……. (낭독한다) 나의 형제여, 고통 받는 형제여……. 볼가강으로 가라. 누군가의 신음 소리가……. (바랴에게) 마드무아젤, 배고픈 러시아인에게 30코페이카만 적선하십시오…….

바랴가 흠칫 놀라서 소리친다.

로파힌 (화를 내면서) 아무리 그래도 예의범절은 있는 법이야!

류보피 안드레예브나 (넋을 놓고) 받으세요……. 여기 있어요…….
(지갑을 뒤적거린다) 은화가 없네……. 마찬가지야. 자, 여기 금화 받아요…….

행인 진심으로 감사드립니다! (나간다)

웃음.

바랴 (깜짝 놀라서) 저는 가겠어요……. 가겠어요……. 아아, 엄마. 집에는 먹을 것도 없는데, 엄마는 그 사람에게 금화를 주셨어요.

류보피 안드레예브나 바보 같은 나는 어떻게 해야지! 집에 가서 내가 가진 걸 전부 네게 주마. 예르몰라이 알렉세예비치, 돈을 좀 더 빌려주세요!

로파힌 알겠습니다.

류보피 안드레예브나 여러분, 갑시다. 시간 됐어요. 그런데 바랴, 우린 널 시집보내기로 했단다. 축하한다.

바랴 (눈물을 글썽이며) 엄마, 그렇게 놀리시면 안 돼요.

로파힌 오필리아, 수도원에나 가거라…….

가예프 오랫동안 당구를 치지 않았더니 손이 떨리는구나.

로파힌 오필리아, 오, 님프여. 너의 기도 속에서 나를 기억해다오!

류보피 안드레예브나 갑시다, 여러분. 곧 저녁 먹을 시간이에요.

바랴 저 사람 때문에 몹시 놀랐어요. 가슴이 이렇게 콩닥거려요.

로파힌 여러분께 상기시켜드립니다. 8월 22일에 벚나무 동산이 팔리게 됩니다. 그 점을 생각하세요! 생각하시라고요!

트로피모프와 아냐를 제외하고 모두가 나간다.

아냐 (웃으면서) 행인이 고마워요. 바랴를 놀라게 해서 지금은 우리끼리만 있잖아요.

트로피모프 바랴는 갑자기 우리가 사랑에라도 빠지게 될까 봐 두려워하고 있어요. 그래서 몇날 며칠 우리한테서 떠나지 못하고 있는 겁니다. 우리가 사랑을 초월하고 있다는 사실을 그녀의 좁은 소견으로는 이해할 수 없는 거죠. 자유롭고 행복해지는 걸 방해하는 저급하고 헛된 것을 추월하는 것이 우리 인생의 목표이자 의미인 겁니다. 앞으로! 저기 멀리서 빛나는 밝은 별을 향하여 우리는 쉬지 않고 걸어가는 겁니다. 앞으로! 뒤처지지 마라, 친구들!

아냐 (손뼉을 치면서) 당신은 정말로 말을 잘하세요!

사이.

오늘 여긴 놀라워요!

트로피모프 그래요, 멋진 날씹니다.

아냐 페챠, 당신이 날 어떻게 했는지 난 이미 전처럼 그렇게 벚나무 동산을 사랑하지 않게 됐어요. 나는 벚나무 동산을 몹시 사랑했고, 이 세상에서 벚나무 동산보다 더 나은 곳은 없다고 생각했거든요.

트로피모프 러시아 전체가 우리 동산입니다. 대지는 위대하고 아름다워요. 거기엔 수많은 기막힌 곳들이 있어요.

사이.

생각해봐요, 아냐. 당신 할아버지, 증조할아버지 그리고 당신의 모든 조상들은 살아 있는 영혼을 소유한 농노제 옹호자들이었습니다. 동산에 있는 벚나무 한 그루에서, 각각의 잎사귀에서, 각각의 줄기에서 사람들이 당신을 바라보고 있지 않을까요. 정말로 당신은 사람들의 목소리가 들리지 않나요……. 살아 있는 영혼을 소유한다는 것, 그것은 예전에 살았고 지금도 살고 있는 당신들 모두를 변질시켰습니다. 그래서 당신 어머니와 당신, 외삼촌은 당신들이 빚으로, 남의 돈으로, 당신들이 현관까지만 출입을 허락하는 그런 사람들의 돈으로 살고 있다는 사실을 알아차리지 못하고 있습니다……. 우리는 최소한 200년은 뒤떨어져 있고, 우리에겐 아직 아무것도 없으며, 과거에 대한 명확한 입장도 없습니다. 우리는 그저 추상적인 논의나 하고, 애수를 한탄하거나 보드카를 마실 따름입니다. 현재에서 삶을 시작하려면 우선 우리의 과거를 속죄하고, 그것을 청산해야 한다는 것은 너무도 자명합니다. 그런데 과거의 속죄는 오직 고통을 통해서만, 전례 없고 끊임없는 노동을 통해서만 가능합니다. 이것을 이해하세요, 아냐.

아냐 우리가 살고 있는 집은 이미 오래전부터 우리 집이 아니에요. 그래서 나는 떠날 겁니다. 약속해요.

트로피모프 만일 당신한테 집안 살림과 관련한 열쇠가 있다면 그걸 우물에 던져버리고 떠나세요. 바람처럼 자유로워지는 겁니다.

아냐 (환희에 차서) 얼마나 말씀을 잘하시는지!

트로피모프 날 믿어요, 아냐. 믿으세요! 나는 아직 서른 살이 안 됐고, 젊어요. 아직 대학생이지만, 이미 그만큼 견뎌왔습니다! 겨울이 되면 나는 거지처럼 배고프고, 아프고, 불안하고, 가난합니다. 그래서 운명이 몰고 다니는 곳이면 어디든 가리지 않고 그곳에 있었습니다! 그럼에도 내 영혼은 언제나 매 순간, 낮이든 밤이든 설명할 수 없는 예감으로 가득 차 있습니다. 나는 행복을 예감하고 있어요, 아냐. 난 이미 그걸 봅니다……

아냐 (생각에 잠겨서) 달이 떠오르고 있네요.

에피호도프가 기타로 아까와 똑같은 구슬픈 노래를 연주하는 소리가 들린다. 달이 떠오른다. 포플러 나무 근처 어딘가에서 바랴가 아냐를 찾으며 부르고 있다. "아냐? 어디 있니?"

트로피모프 그래요, 달이 뜨고 있군요.

사이.

바로 저것이 행복입니다. 행복이 오고 있어요. 점점 더 가까이 다가오고 있어서 이미 그 발소리가 들립니다. 그리고 만일 우리가 그걸 보지 못하고, 알아차리지 못한다 해도 뭐 대순가요? 다른 사람들이 볼 테니까요!

"아냐? 어디 있니?" 하는 바랴의 목소리.

또다시 바랴가? (화를 내면서) 정말 불쾌하군요!

아냐 왜 그래요? 강으로 가도록 해요. 거긴 괜찮을 테니까요.

트로피모프 갑시다.

　두 사람이 걸어간다.

　"아냐! 아냐!" 하는 바랴의 목소리.

막.

3막

아치로 홀과 나뉘어 있는 객실. 샹들리에가 빛나고 있다. 2막에서 언급된 바로 그 유태인 악단이 현관에서 연주하는 소리가 들린다. 저녁. 홀에서는 사람들이 그랑 롱을 추고 있다. "Promenade à une paire!"* 하는 시메오노프-피쉬크의 목소리가 들린다. 사람들이 객실로 나온다. 첫 번째 쌍은 피쉬크와 샤를로타-이바노브나, 두 번째 쌍은 트로피모프와 류보피 안드레예브나, 세 번째 쌍은 아냐와 우체국 관리, 네 번째 쌍은 바랴와 역장 등이다. 바랴는 나직하게 울고 있으며, 춤을 추면서도 눈물을 닦는다. 마지막 쌍에 두냐샤가 있다. 사람들이 객실을 걸어간다. 피쉬크가 소리친다. "Grand-rond, balancez! Les cavaliers à genoux et remerciez vos dames!"**

피르스가 쟁반에 젤터 광천수***를 가지고 온다. 피쉬크와 트로피모프가 객실로 들어온다.

피쉬크 나는 다혈질이고, 벌써 두 번이나 졸도한 적이 있어서 춤추는 게 힘들어요. 하지만 짐승들 무리에 섞이면 짖든 안 짖든 꼬리를 흔들라는 말이 있어요. 나는 말처럼 건강합니다. 재담가이셨던 선친은, 하늘의 왕국이 그분과 함께 하시기를, 우리 혈통에 대해 말씀하시기를, 오래된 우리 시메오노프-피쉬크 가문은 칼

---

* [원주] 한 쌍씩 앞으로!(프랑스어)
** [원주] 그랑 롱, 제자리로! 그리고 신사들은 숙녀들에게 인사하세요!(프랑스어)
*** 독일의 엠스 강변에 있는 니더젤터스에서 나오는 천연 광천수를 일컫는다.

리굴라 황제가 원로원 자리에 앉혔다는 바로 그 말에서 시작되었다는 겁니다……. (앉는다) 하지만 돈이 없어서 큰일이에요! 배고픈 개는 오직 고기만을 믿어요……. (코를 골다가 즉시 깨어난다) 내가 그런 신세죠……. 오직 돈 얘기밖에 몰라요…….

트로피모프 그러고 보니 당신 모습에는 실제로 말 같은 게 있습니다…….

피쉬크 그래요…… 말은 좋은 짐승입니다……. 말은 팔 수도 있고…….

옆방에서 당구 치는 소리가 들린다. 홀의 아치 아래로 바랴가 모습을 드러낸다.

트로피모프 (놀린다) 로파힌 부인! 로파힌 부인!

바랴 (화를 내면서) 대머리 나리!

트로피모프 그래요. 나는 대머리 나리고, 그게 자랑스러워요!

바랴 (슬픈 표정으로 생각에 잠겨서) 악사들을 고용했는데, 무엇으로 지불하지? (나간다)

트로피모프 (피쉬크에게) 이자를 갚으려고 돈을 구하는 판에……. 당신이 평생 동안 허비한 그 에너지가 어떤 다른 곳에 쓰였다면 필시 당신은 지구를 뒤바꿀 수도 있었을 겁니다.

피쉬크 니체…… 철학자…… 엄청나게 위대하고도 유명한……. 대단히 지혜로운 그 사람은 자신의 저작에서 위조지폐를 만들 수도 있다고 했어요.

트로피모프 니체를 읽으셨습니까?

피쉬크 뭐……. 다셴카가 말해준 겁니다. 나는 지금 위조지폐라도 만들었으면 하는 그런 처지에요……. 내일모레 310루블을 갚아야 하거든요……. 130루블은 구했는데……. (주머니를 만져본다. 불안해하면서) 돈이 없어졌네! 돈을 잃어버렸어! (눈물을 글썽이며) 돈이 어디 갔지? (기쁨에 넘쳐서) 여기 있네. 안감 뒤에……. 땀이 다 났네…….

류보피 안드레예브나와 샤를로타 이바노브나가 들어온다.

류보피 안드레예브나 (레즈긴카*를 노래한다) 레오니드는 왜 이렇게 오지 않는 걸까요? 시내에서 뭘 하고 있나요? (두냐샤에게) 두냐샤, 악사들에게 차를 대접해줘요…….

트로피모프 십중팔구 경매가 성사되지 않은 겁니다.

류보피 안드레예브나 악사들도 하필이면 이런 때 올게 뭐람. 무도회를 여는 것도 형편에 맞지는 않아……. 뭐, 괜찮아……. (앉아서 나직하게 노래한다)

샤를로타 (피쉬크에게 한 벌의 카드를 준다) 자, 여기 카드 한 벌이 있어요. 아무 거나 카드 한 장을 생각하세요.

피쉬크 생각했어요.

샤를로타 이제 카드를 섞으세요. 좋습니다. 이리 주세요, 친애하는 피쉬크 씨. Eins, zwei, drei!** 이제 그 카드를 찾아보세요. 당신 옆 주머니 안에 있으니까요…….

피쉬크 (옆 주머니에서 카드를 꺼낸다) 스페이드 8, 정답입니다! (놀라면서) 아니, 이럴 수가!

샤를로타 (한 벌의 카드를 손바닥 위에 쥐고 트로피모프에게) 빨리 말하세요. 맨 위에 있는 카드가 뭐죠?

트로피모프 뭐냐고요? 스페이드 퀸.

샤를로타 알았어요! (피쉬크에게) 그럼? 맨 위에 있는 카드가 뭐죠?

* 카프카스의 민속 무용.
** [원주] 하나, 둘, 셋(독일어).

피쉬크 하트 에이스.

샤를로타 알았어요! (손바닥을 친다. 한 벌의 카드가 사라진다) 오늘 날씨가 정말 좋군요!

마치 마룻바닥에서 나는 것 같은 신비스러운 여자의 목소리가 그녀에게 답한다. "네, 그래요. 날씨가 멋지네요, 아가씨."

당신은 저의 멋진 이상형이에요…….

"당신도 무척이나 내 마음에 듭니다, 아가씨" 하는 목소리.

역장 (손뼉을 친다) 여자 복화술사, 브라보!

피쉬크 (놀라면서) 아니, 이럴 수가! 정말로 매혹적인 샤를로타 이바노브나……. 사랑에 빠져버리고 말았어요…….

샤를로타 사랑에 빠져요? (어깨를 으쓱하더니) 당신도 사랑할 줄 알아요? Guter Mensch, aber schlecter Musikant.*

트로피모프 (피쉬크의 어깨를 툭툭 친다) 당신은 정말 말입니다…….

샤를로타 주목하세요. 마술 한 가지를 더 보여드릴게요. (의자에서 망토를 집는다) 여기 매우 좋은 망토가 있습니다. 이걸 팔려고 합니다……. (흔든다) 누구 사실 분 없으세요?

피쉬크 (놀라면서) 아니, 이럴 수가!

샤를로타 Eins, zwei, drei! (늘어뜨려진 망토를 재빨리 들어올린다. 망토 뒤에 아냐가 서 있다. 그녀는 무릎을 구부려 인사하고는 어머니에게 달려가서 포옹한다. 모든 사람들의 경탄 속에 아냐는

---

* [원주] 훌륭한 사람이지만 재능 없는 악사(독일어).

홀 뒤로 달려 나간다)

류보피 안드레예브나 (박수를 친다) 브라보, 브라보!

샤를로타 이제 다시 한 번! Eins, zwei, drei! (망토를 들어올린다.
망토 뒤에 아냐가 서 있다가 인사한다)

피쉬크 (놀라면서) 아니, 이럴 수가!

샤를로타 끝이에요! (망토를 피쉬크에게 던지고 무릎을 굽혀 인사
하더니 홀로 달려 나간다)

피쉬크 (그녀 뒤를 바삐 따라간다) 나쁜 여자 같으니…… 여자가
뭐 이래? 여자가? (나간다)

류보피 안드레예브나 그런데 레오니드는 아직도 안 왔네. 시내에서
그렇게 오랫동안 뭘 하는지 알 수가 없어! 필시 진즉에 다 끝났
을 텐데. 영지가 팔렸는지 아니면 경매가 성사되지 않았는지, 도
통 이렇게 오래도록 알 수가 없으니 말이야!

바랴 (그녀를 진정시키려고 애쓰면서) 외삼촌이 사셨을 거예요.
저는 확신해요.

트로피모프 (시큰둥하게) 그렇겠죠.

바랴 할머니께서는 빚을 할머니 명의로 변경해서 외삼촌이 벚나무
동산을 살 수 있도록 위임장을 보내셨잖아요. 아냐를 위해서 그
렇게 하신 거예요. 저는 확신해요. 하느님이 도우셔서 외삼촌이
사셨을 거예요.

류보피 안드레예브나 야로슬라블의 할머니는 우리를 믿지 않으셔서
할머니 명의로 동산을 사라고 1만 5000루블을 보내셨어. 하지
만 그 돈으로는 이자를 갚는 것도 부족해. (두 손으로 얼굴을 감
싼다) 오늘 내 운명이 결정되는 거야, 운명이…….

트로피모프 (바랴를 놀린다) 로파힌 부인!

바랴 (화를 내면서) 만년 대학생! 벌써 두 번이나 대학에서 쫓겨
났지.

류보피 안드레예브나 왜 그렇게 화를 내는 거냐, 바랴? 저 사람이 널 로파힌 부인이라고 놀려서 그러는 거니? 원한다면 로파힌에게 시집가렴. 그는 좋고 매력적인 사람이야. 원하지 않는다면 시집 가지 마. 얘야, 널 강요하는 사람은 아무도 없다.

바랴 솔직히 말씀드리면 저는 이 문제를 신중하게 바라보고 있어요, 엄마. 그분은 좋은 사람이고, 저도 좋아요.

류보피 안드레예브나 그러면 시집가. 뭘 기다리니, 알 수가 없구나!

바랴 엄마, 그렇다고 제가 그 사람한테 청혼할 수는 없잖아요. 벌써 2년 동안 모두가 저한테 그 사람 이야기를 하고 있어요. 한 사람도 빼놓지 않고 말이죠. 하지만 그 사람은 침묵하거나 농담이나 하고 있죠. 저도 알아요. 그는 부자가 되고, 일에 분주해서 저를 돌아볼 겨를이 없어요. 만약에 돈이 있다면, 비록 적어도, 100루블만 있으면 모든 걸 던져버리고 멀리 떠났으면 해요. 수도원으로라도 갔으면 좋겠어요.

트로피모프 대단하십니다!

바랴 (트로피모프에게) 대학생이면 현명해야죠! (부드러운 어투로 눈물을 흘리면서) 당신은 정말 추해졌어요, 페챠. 너무나 늙었어요! (이미 울지 않으면서 류보피 안드레예브나에게) 일을 하지 않으면 견딜 수가 없어요, 엄마. 저는 매순간 무엇인가 하지 않으면 안 됩니다.

야샤가 들어온다.

야샤 (가까스로 웃음을 참으면서) 에피호도프가 당구채를 부러뜨렸습니다!……. (나간다)

바랴 어째서 에피호도프가 여기 있는 거야? 누가 그 녀석에게 당구를 치라고 허락한 거야? 저 인간들을 알 수가 없다니까…….

(나간다)

류보피 안드레예브나 페챠, 바랴를 놀리지 말아요. 그렇지 않아도 바랴가 괴로워하는 걸 아시잖아요.

트로피모프 지나치게 성실해서 남의 일에 주제넘게 나서잖아요. 혹시 저와 아냐 사이에 로맨스라도 생길까 봐 걱정하면서 여름 내내 저와 아냐를 성가시게 했습니다. 그녀한테 무슨 상관입니까? 더욱이 저는 그런 모습을 보이지도 않았고, 속물성과는 거리가 먼 사람입니다. 우리는 사랑을 초월했습니다!

류보피 안드레예브나 그렇다면 나는 분명히 사랑보다 낮은 데 있겠군요. (몹시 초조해서) 왜 레오니드가 오지 않을까? 영지가 팔렸는지 아닌지, 그것만이라도 알았으면! 너무나도 있을 법하지 않은 불행이 닥쳐왔기 때문에 대체 그걸 어떻게 생각해야 할지도 모르겠고, 넋이 빠져 있어요……. 당장 소리칠지도 모르고……. 어리석은 짓을 할 수도 있어요. 나를 구해 주세요, 페챠. 뭐든 좋으니까 말해 봐요, 말을 해보세요…….

트로피모프 오늘 영지가 팔리든 아니든 다 마찬가지 아닙니까? 영지는 이미 오래전에 끝난 겁니다. 돌이킬 방도가 없어요. 길은 잡초로 무성합니다. 진정하십시오, 부인. 자기 자신을 속이지 마십시오. 인생에서 단 한 번이라도 좋으니 진실을 똑바로 바라보세요.

류보피 안드레예브나 어떤 진실 말인가요? 당신은 진실이 어디 있고, 거짓이 어디 있는지 보이겠지만, 나는 시력을 잃어버린 것처럼 아무것도 보이지 않아요. 당신은 모든 문제를 대담하게 결정하고 있지만, 그것은 당신이 젊고, 그래서 어떤 문제든지 많은 고생을 겪어보지 않아서 그런 것 아닌가요? 당신은 대담하게 앞을 응시하지만, 그것은 인생이 아직 당신의 젊은 두 눈에 가려져 있기 때문에 그 어떤 무시무시한 것도 보지 못하고 기다리지도 않아서 그런 게 아닌가요? 당신은 우리보다 더 대담하고, 정직하고 깊이가 있어요. 하지만 깊이 생각하고, 손끝만큼이라도 관대해져서 나를 용서하세요. 나는 여기서 태어났고, 여기에서 아버지와 어머니, 할아버지가 사셨어요. 나는 이 집을 사랑하고, 벚나무 동산이 없으면 내 인생을 이해할 수 없어요. 그러니 만일 동산을 팔아야 한다면, 나도 동산과 함께 팔아주세요……. (트로피모프를 끌어안고 그의 이마에 키스한다) 내 아들이 여기에서 익사했어요……. (운다) 나를 불쌍하게 생각해줘요, 착하고 선량한 페챠.

트로피모프 아시다시피 저는 진심으로 동정하고 있습니다.

류보피 안드레예브나 하지만 다르게, 다른 말로 해야 합니다……. (손수건을 꺼낸다. 마룻바닥에 전보가 떨어진다) 오늘 내 마음이 얼마나 무거운지 당신은 상상할 수 없을 거예요. 여기는 시끄러워서 들리는 소리마다 마음이 떨려요. 온몸이 떨리지만 내 방에 갈 수가 없어요. 고요 속에 혼자 있으면 너무도 무서워서 말이죠. 나를 비난하지 말아요, 페챠……. 난 당신을 친자식처럼 사랑하고 있어요. 당신에게 기꺼이 아냐를 줄 수도 있어요. 맹세해요. 다만 한 가지. 공부해야 합니다. 과정을 마치도록 하세요. 당신은 아무것도 하지 않고, 그저 운명이 당신을 이곳저곳으로 끌고 다니는데, 얼마나 이상해요……. 그렇지 않은가요? 네? 그리고 턱수염만이라도 어떻게 해봐요. 되는대로 자라나서……. (웃는다) 당신은 웃겨요!

트로피모프 (전보를 줍는다) 미남이 되고 싶지는 않습니다.

류보피 안드레예브나 그건 파리에서 온 전보예요. 매일 받아요. 어제도 오늘도. 그 야만적인 인간이 다시 병이 나서 다시 몸이 안 좋다나 봐요……. 그 사람은 용서를 빌고, 돌아오라고 간청하고 있어요. 그래서 사실 나는 파리로 가서 그 사람 옆에 있어야 할지도 몰라요. 페챠, 당신 얼굴이 굳어졌군요. 하지만 어떻게 하겠

어요, 페챠. 어떻게 하냐고요. 그이는 병들었고, 고독하고 불행
해요. 누가 거기서 그이를 감시하고, 누가 그이가 잘못하지 않
도록 도와주고, 누가 그이에게 제시간에 약을 주겠어요? 그리
고 여기서 무얼 감추고 침묵하겠어요. 난 그이를 사랑해요. 그건
분명해요. 사랑해요, 사랑해⋯⋯. 이것은 내 목 위에 있는 돌이
고, 나는 그 돌을 가지고 밑바닥까지 갈 거예요. 하지만 나는 그
돌을 사랑하고, 돌 없이는 살 수가 없어요. (트로피모프의 손을
잡는다) 나쁘게 생각하지 말아요, 페챠. 아무 말도 하지 마세요,
말하지 말아요⋯⋯.

트로피모프 (눈물을 글썽이며) 솔직하게 말씀드리는 걸 제발 용서
하십시오. 그 사람은 부인을 우려내고 있는 겁니다!

류보피 안드레예브나 아니에요, 아닙니다. 아니라고요. 그렇게 말하
지 말아요⋯⋯. (귀를 막는다)

트로피모프 그 사람은 무뢰한입니다. 오직 부인만 그 사실을 모
르시는 겁니다! 그자는 저급한 비열한이자 쓸모없는 인간입니
다⋯⋯.

류보피 안드레예브나 (화를 내면서도 억제하면서) 당신은 스물여섯
아니면 스물일곱 살인데도 여전히 김나지움 2학년생이군요!

트로피모프 상관없습니다!

류보피 안드레예브나 남자가 되어야 해요. 당신 나이면 사랑하는 사
람들을 이해해야 합니다. 당신 스스로도 사랑해야 하고⋯⋯. 사
랑에 빠져야 합니다! (화를 내면서) 그럼, 그렇고말고! 그리고
당신은 순수한 게 아니라, 결벽증 환자에다 우스꽝스러운 괴짜
이자 괴물이야⋯⋯.

트로피모프 (몹시 놀라서) 뭐라고 하는 거야!

류보피 안드레예브나 "나는 사랑을 초월했다!" 당신은 사랑을 초월
한 게 아니라, 우리 피르스가 말하는 것처럼 그저 얼간이라고.

그 나이에 사랑하는 여자도 없으면서……

트로피모프 (몹시 놀라서) 정말 무서운 일이로군! 지금 뭐라고 하는 거지! (자기 머리를 움켜쥔 채 서둘러 홀로 걸어간다) 무서운 일이야……. 견딜 수 없어. 가야겠어……. (나간다. 하지만 즉시 돌아온다) 우리 사이는 완전히 끝입니다! (현관으로 나간다)

류보피 안드레예브나 (뒤에서 소리친다) 페챠, 잠깐만요! 우스꽝스러운 사람, 농담한 거예요! 페챠!

현관에서 누군가 재빠르게 계단을 따라 걸어가다가 요란한 소리를 내면서 아래로 떨어지는 소리가 들린다. 아냐와 바랴가 비명을 지르지만, 이내 웃음소리가 들린다.

거기 무슨 일이야?

아냐가 달려 들어온다.

아냐 (웃으면서) 페챠가 계단에서 떨어졌어요! (달려 나간다)

류보피 안드레예브나 저 페챠는 정말로 괴짜야…….

역장이 홀 가운데 서서 알렉세이 톨스토이의 《죄 지은 여인》을 낭독한다. 사람들이 낭독에 귀를 기울이고 있다. 그가 몇 줄 읽지 않았을 때, 현관에서 왈츠를 연주하는 소리가 들려오고 낭독은 중지된다. 모두가 춤을 춘다. 현관에서 트로피모프, 아냐, 바랴와 류보피 안드레예브나가 지나간다.

자, 페챠……. 자, 순수한 사람……. 용서를 빌게요……. 춤추러 갑시다……. (페챠와 춤춘다)

피르스가 들어와서 옆문 근처에 지팡이를 세운다. 야샤도 객실에서 들어와서 춤추는 것을 바라본다.

야샤 왜 그래, 영감?

피르스 기분이 나빠. 예전에 우리 집 무도회에서는 장군님들, 남작님들, 제독님들이 춤을 추셨어. 그런데 이제는 우체국 관리와 역장을 부르러 사람을 보내도, 썩 내켜서 오는 게 아니야. 나도 왠지 쇠약해졌어. 이 집의 조부이시자, 돌아가신 남작 어른께서는 모든 병을 봉랍으로 고치셨지. 20년 동안 매일 봉랍을 먹고 있어. 아니 더 되든가. 그 덕분에 살아 있는 걸지도 몰라.

야샤 물려 버렸어, 영감. (하품한다) 빨리 뒈지든지 해.

피르스 이런 자식 하고……. 얼간이! (중얼거린다)

트로피모프와 류보피 안드레예브나가 홀에서 춤을 추다가 객실에서 춤춘다.

류보피 안드레예브나 메르시. 조금 앉겠어요……. (앉는다) 지쳤어요.

아냐가 들어온다.

아냐 (흥분하면서) 방금 전에 부엌에서 어떤 사람이 말하기를 벚나무 동산이 오늘 이미 팔렸다는 거예요.

류보피 안드레예브나 누구한테 팔렸다니?

아냐 누구한테 팔렸는지는 말 안 했어요. 그냥 가버렸어요. (트로피모프와 춤을 춘다. 두 사람이 홀로 나간다)

야샤 어떤 노인네가 거기서 쓸데없는 말을 지껄였습니다. 모르는 사람이었죠.

피르스 레오니드 안드레이치는 아직 안 오셨습니다. 봄가을에 입는 얇은 외투를 입으셨는데, 고뿔 걸리지 않게 조심하셔야 하는데. 에이, 젊은 사람들이라니!

류보피 안드레예브나 난 이제 죽을 거야. 야샤, 가서 누구한테 팔렸는지 알아봐요.

야샤 그 사람은 오래전에 갔어요. 늙은이 말입니다. (웃는다)

류보피 안드레예브나 (가볍게 짜증을 내면서) 그런데, 왜 웃는 거죠? 뭐가 즐거워요?

야샤 에피호도프가 정말 우스꽝스러워요. 하찮은 인간이죠. 스물둘의 불행이죠.

류보피 안드레예브나 피르스, 만일 영지가 팔리면 자넨 어디로 가나?

피르스 가라시는 곳으로 가얍죠.

류보피 안드레예브나 자네 얼굴이 왜 그런가? 어디 아픈가? 가서 자도록 해…….

피르스 알겠습니다……. (냉소 지으며) 자러 가겠습니다만, 제가 없으면 여기서 누가 시중을 들고, 누가 관리하겠습니까? 온 집 안에 저 혼자뿐인데요.

야샤 (류보피 안드레예브나에게) 류보피 안드레예브나! 저의 청을 들어주세요, 제발 부탁드립니다! 파리로 다시 가시게 되면 제발 저를 데려가 주세요. 저는 여기 절대로 남아 있을 수 없어요. (주위를 둘러보면서 작은 목소리로) 뭐라고들 떠드는지 부인께서 몸소 보세요. 교양 없는 나라에, 민중은 부도덕하고, 무료하며, 부엌에서는 추잡하게 먹을 것을 내주고, 게다가 피르스까지 돌아다니면서 여러 가지 말도 되지 않는 소리를 중얼거리고 있으니 말이에요. 제발 저를 데려가 주세요!

피쉬크가 들어온다.

피쉬크 부탁드립니다……. 왈츠 한 곡 추실까요, 아름다운 부인……. (류보피 안드레예브나가 그와 함께 간다) 매혹적인 부인, 어쨌거나 180루블을 당신께 빌려야겠습니다……. 빌려야 합니다……. (춤춘다) 180루블을…….

홀로 이동한다.

야샤 (나직하게 노래한다) "흔들리는 내 영혼을 그대는 아시는지……."

잿빛 모자를 쓰고 격자무늬 바지를 입은 사람 하나가 홀에서 두 팔을 흔들고 뛰어오르며 소리친다. "브라보, 샤를로타 이바노브나!"

두냐샤 (분을 바르려고 멈춘다) 아가씨가 절더러 춤을 추라고 하셨어요. 신사들은 많은데 숙녀가 적다시면서요. 춤을 춰서 그런지 머리가 빙빙 돌고 가슴이 뜁니다, 피르스 니콜라예비치. 방금 전에 우체국 관리가 저한테 한 말 때문에 숨이 막히는 것 같아요.

음악이 잦아든다.

피르스 그 사람이 뭐라고 말하더냐?
두냐샤 저를 보고 꽃 같다고 하더군요.
야샤 (하품한다) 무식한……. (나간다)
두냐샤 꽃 같다고……. 저는 무척 우아한 처녀라서 상냥한 말이 무척이나 좋아요.
피르스 빙글빙글 도는 모양이구나.

에피호도프가 들어온다.

에피호도프 아브도티야 표도로브나, 나를 보려고 하지 않으시는군
요……. 내가 무슨 곤충이라도 되는 것처럼. (한숨 쉰다) 아아,
인생이란!

두냐샤 뭐가 필요하죠?

에피호도프 의심할 나위 없이 당신이 옳을지도 모릅니다. (한숨 쉰
다) 그러나 물론, 관점에서 본다면, 이렇게 말씀드려서 그렇습
니다만, 노골적인 표현은 용서하십시오. 당신은 나를 영혼의 상
태로 완전히 인도했습니다. 나는 자신의 숙명을 압니다. 매일 나
한테는 무슨 불행한 일이 일어납니다. 나는 오래전부터 그것에
익숙해졌고, 미소를 지으면서 나의 운명을 바라봅니다. 당신은
약속했어요, 비록 내가…….

두냐샤 미안합니다만, 나중에 이야기해요. 지금은 나를 가만히 놔
두세요. 지금 난 공상하고 있거든요. (부채를 흔들어댄다)

에피호도프 나한테는 매일같이 불행한 일이 생깁니다. 그래서 나는
이렇게 말씀드려서 그렇습니다만, 그저 미소를 짓고, 심지어는
소리 내서 웃습니다.

홀에서 바랴가 들어온다.

바랴 아직도 가지 않았느냐, 세묜? 정말로 너는 너무도 보잘것없
는 인간이로구나. (두냐샤에게) 여기서 나가라, 두냐샤. (에피호
도프에게) 당구를 치고, 당구채를 부러뜨리더니, 객실에서 마치
손님처럼 서성거리다니.

에피호도프 한 말씀 드리자면, 당신은 저를 처벌할 수 없습니다.

바랴 너를 처벌하는 게 아니라, 말하고 있는 거야. 너는 일도 하지

않으면서 여기저기 왔다갔다하고 있다는 걸 너도 알잖아. 우리가 서기를 고용한 까닭을 모르겠구나.

에피호도프 (화를 내며) 내가 일하든, 돌아다니든, 먹든, 당구를 치든 그건 오직 이해력이 있고 나이 드신 분들만이 판단하실 수 있는 일입니다.

바랴 감히 나한테 그런 말을 하다니! (발끈 성을 내고) 네가 감히? 그렇다면 내가 아무것도 모른단 말이냐? 당장 여기서 나가! 당장!

에피호도프 (겁을 내고) 우아한 방식으로 말씀해주시기를 부탁드립니다.

바랴 (냉정을 잃으면서) 당장 여기서 나가! 나가라니까!

그가 문 쪽으로 간다. 그녀가 그의 뒤를 따라간다.

스물둘의 불행 같으니! 너 같은 녀석은 꼴도 보기 싫어! 내 눈에 띄기만 해봐라!

에피호도프가 나간다. 문 뒤에서 그의 목소리가 들린다. "당신을 고소하겠어요."

아니, 돌아오는 거냐? (문 옆에 피르스가 세워둔 지팡이를 잡는다) 오너라……. 오라니까……. 네 놈을 그냥……. 아니, 오는 거야? 오는 거냐고? 네 놈을 그냥……. (지팡이를 휘두른다. 바로 그때 로파힌이 들어온다)

로파힌 정말 감사합니다.

바랴 (화를 내면서 시큰둥하게) 미안해요!

로파힌 괜찮습니다요. 유쾌하게 환대해주셔서 정말 고맙습니다.

바랴 천만의 말씀이에요. (물러선다. 그 후에 주위를 둘러보고는 부드럽게 묻는다) 타박상을 입지는 않았나요?

로파힌 아닙니다, 괜찮아요. 근데 커다란 혹이 생겨날 것 같아요.

홀에서 "로파힌이 왔어요! 예르몰라이 알렉세예비치!" 하는 목소리들.

피쉬크 드디어 도착했구먼……. (로파힌과 키스한다) 이보게, 자네 한테서 코냑 냄새가 나는데 그래. 우리도 여기서 흥겹게 놀고 있다네.

류보피 안드레예브나가 들어온다.

류보피 안드레예브나 당신이에요, 예르몰라이 알렉세예비치? 왜 그렇게 오래 걸렸죠? 레오니드는 어디 있죠?

로파힌 레오니드 안드레이치는 저와 함께 오셨으니까, 곧 오실 겁니다…….

류보피 안드레예브나 (흥분해서) 그런데, 어떻게 됐죠? 경매는 됐나요? 말 좀 해봐요!

로파힌 (당황해하면서, 자신의 기쁨을 드러내지나 않을까 저어하면서) 경매는 4시에 끝났습니다……. 우리는 열차 시각에 늦어서 9시 반까지 기다려야 했습니다. (힘들게 한숨 쉬고 나서) 휴우! 머리가 조금 어질어질합니다…….

가예프가 들어온다. 오른손에는 구매 물품을 들고, 왼손으로는 눈물을 닦는다.

류보피 안드레예브나 레냐, 왜 그래? 레냐, 응? (초조하게 눈물을 글썽이며) 어서, 제발…….

가예프 (아무 대답도 하지 않고 단지 한 손을 흔든다. 울면서 피르스에게) 받게……. 멸치 통조림하고 케르치*산 청어야……. 오늘 아무것도 먹지 못했어……. 얼마나 고생했는지!

당구대 있는 방의 문이 열려 있고, 공 부딪치는 소리와 '7과 18' 하는 야샤의 목소리가 들린다. 가예프의 표정이 변한다. 그는 이미 울지 않는다.

무지 피곤해. 옷을 갈아 입혀주게, 피르스. (홀을 가로질러 자기 방으로 나간다. 그 뒤를 피르스가 따른다)

피쉬크 경매는 어떻게 됐지? 말 좀 해봐!

류보피 안드레예브나 벚나무 동산이 팔렸나요?

로파힌 팔렸습니다.

류보피 안드레예브나 누가 샀나요?

로파힌 제가 샀습니다.

사이.

류보피 안드레예브나는 의기소침하다. 만일 옆에 안락의자와 탁자가 없었다면 쓰러졌을지도 모른다. 바랴는 허리띠에서 열쇠꾸러미를 빼내서 객실 가운데 마룻바닥에 내던지고 나가버린다.

제가 샀어요! 잠깐만요, 여러분. 제발 부탁드립니다. 머릿속이 어질어질해서 말을 할 수가 없어요……. (웃는다) 경매에 갔더니 데리가노프가 이미 와 있더군요. 레오니드 안드레이치께서는 겨우 1만 5000루블밖에 없었는데, 데리가노프는 빚을 빼고 3만을 불렀습니다. 일이 되어가는 것을 본 저는 그자와 맞붙어 4만

---

* 크림 반도 동부에 위치한 항구 도시.

을 불렀습니다. 그자는 4만 5000. 저는 5만 5000. 그러니까 그 자는 5000씩 올렸고, 저는 1만씩 올린 거죠……. 그래서 끝난 겁니다. 빚을 빼고 9만을 더 불렀더니 저한테 낙찰됐습니다. 벚 나무 동산은 이제 제 것입니다! 제 것이에요! (큰 소리로 웃는다) 하느님, 신이시여. 벚나무 동산이 제 것이라니요! 제가 취했다 고, 제 정신이 아니라고 말씀 좀 해보세요. 이 모든 것이 그저 꿈 이라고 말입니다……. (발을 구른다) 저를 비웃지 마세요! 만일 내 아버지와 할아버지가 무덤에서 일어나 이 모든 사건을 보셨다 면. 그분들의 예르몰라이가, 겨울이면 맨발로 돌아다녔던 매 맞 고 못 배운 예르몰라이가, 바로 그 예르몰라이가 세상에서 가장 아름다운 영지를 산 것을 보셨다면. 할아버지와 아버지가 농노로 일했고, 부엌에도 들어가지 못했던 바로 그 영지를 제가 샀습니 다. 나는 잠을 자고 있으며, 이건 그저 그렇게 보일 뿐이고, 그렇 게 생각되는 것일 뿐이에요……. 이것은 여러분의 상상력의 열매 이며, 도저히 알 수 없는 것입니다……. (열쇠꾸러미를 주워들고 달콤하게 미소 지으면서) 그녀는 열쇠꾸러미를 내던져서 이제 그녀가 이곳의 안주인이 아니라는 것을 보여주려고 합니다. (열 쇠꾸러미를 흔들어 소리 낸다) 뭐, 모든 게 마찬가지니까요.

악단이 조율하는 소리가 들린다.

이봐요, 악사들. 연주하시오. 음악을 듣고 싶어요! 모두들 와서 보세요. 예르몰라이 로파힌이 도끼로 벚나무 동산을 후려치는 것을, 나무가 대지로 쓰러지는 것을 말입니다! 우리가 별장을 지으면 우리 손자들도 증손자들도 여기서 새로운 인생을 보게 될 것입니다……. 음악을 연주하라!

음악이 연주된다. 류보피 안드레예브나가 의자에 주저앉아서 슬프게 운다.

(비난하는 것처럼) 어째서, 왜 당신은 제 말씀을 듣지 않으셨나
요? 가련하고 선량하신 부인, 이제 돌이킬 수 없습니다. (눈물을
흘리며) 아, 빨리 이 모든 것이 지나갔으면, 빨리 우리의 볼품없
고 불행한 삶이 어떻게든 변화했으면.

피쉬크 (그의 손을 잡고, 작은 소리로) 울고 계시는군. 홀로 가세
나. 부인은 혼자 계시도록 하고……. 가세……. (그의 손을 잡고
홀로 데리고 간다)

로파힌 어떻게 된 거야? 음악, 시원시원하게 연주해! 내가 원하는
대로 전부 해! (비꼬듯) 새로운 지주, 벚나무 동산의 주인께서
납신다! (무심코 탁자와 부딪쳐서 하마터면 샹들리에가 떨어질
뻔했다) 모조리 배상할 수 있어! (피쉬크와 나간다)

홀과 객실에는 류보피 안드레예브나를 제외하고는 아무도 없다. 그녀는 앉아
서 몸을 잔뜩 웅크린 채 서럽게 울고 있다. 나직하게 음악이 연주된다. 아냐와
트로피모프가 서둘러 들어온다. 아냐는 어머니에게 다가가서 그 앞에 무릎을
꿇는다. 트로피모프는 홀에 있는 문가에 멈춰 선다.

아냐 엄마! 엄마, 우는 거야? 사랑스럽고 선량하며 훌륭한 나의 엄
마. 아름다운 엄마. 엄마를 사랑해요……. 엄마를 축복해요. 벚
나무 동산은 팔렸고, 이미 존재하지 않아요. 그건 사실, 사실
이에요. 하지만 울지 말아요, 엄마. 엄마에게는 앞으로의 인생
이 남아 있어요. 엄마의 훌륭하고 순수한 영혼이 남아 있잖아
요……. 저와 함께 가요, 가자고요 엄마. 여기서 떠나요! 이것보
다 더 아름다운 새로운 동산을 만들어요. 엄마는 그걸 보고 알게
될 거예요. 기쁨이, 고요하고 깊은 기쁨이 마치 저녁시간의 태양

처럼 엄마의 영혼 위로 내려앉는 것을요. 그러면 엄마는 미소 지을 거예요. 엄마! 가요, 엄마! 떠나요!

막.

4막

1막의 무대 장식. 창문에는 커튼도 없고, 그림도 없다. 몇 가지 가구만이 마치 팔려고 내놓은 것처럼 한쪽 구석에 쌓여 있다. 공허함이 느껴진다. 출입문 주변과 무대 안쪽에는 여행가방과 보퉁이들이 쌓여 있다. 왼쪽에 문이 열려 있고, 그리로 바랴와 아냐의 목소리가 들린다. 로파힌은 서서 기다린다. 야샤는 샴페인이 담긴 잔들이 놓인 쟁반을 들고 있다. 현관에서는 에피호도프가 상자를 묶는다. 무대 뒤에서는 사람들이 왁자지껄하는 소리가 들린다. 작별하려고 농부들이 찾아온 것이다. "고맙네, 이보게들. 고마워" 하는 가예프의 목소리.

야샤 순박한 사람들이 작별하러 왔군요. 예르몰라이 알렉세예비치 민중은 선량하지만 아는 게 없어요.

왁자지껄하는 소리가 잦아든다. 현관을 거쳐 류보피 안드레예브나와 가예프가 들어온다. 그녀는 울지 않지만 창백하다. 얼굴에 경련이 일어나서 말을 하지 못한다.

가예프 그 사람들에게 돈지갑을 내주다니, 류바. 그러면 안 돼! 그러면 안 돼!
류보피 안드레예브나 어쩔 수 없었어요! 어쩔 수 없었어!

두 사람이 나간다.

로파힌 (문에서 그들 뒤로) 제발, 부탁드립니다! 이별주를 한 잔씩 하세요. 시내에서는 가져올 생각을 못해서 정거장에서 겨우 한 병 찾았습니다. 제발 와주세요!

사이.

왜 그러세요, 여러분! 안 드시겠어요? (문에서 물러난다) 이럴 줄 알았으면 사지 않는 건데. 뭐, 나도 마시지 않겠어.

야샤가 쟁반을 조심스럽게 탁자 위에 놓는다.

야샤, 너라도 마셔라.
야샤 떠나시는 분들을 위하여! 남는 분들도 행복하시기를! (마신다) 이 샴페인은 진짜가 아닙니다. 확신합니다.
로파힌 한 병에 8루블이야.

사이.

여긴 몹시 춥네.
야샤 어차피 떠나실 테니까 오늘은 불을 때지 않았어요. (웃는다)
로파힌 왜 그러나?
야샤 좋아서 그럽니다.
로파힌 마당은 10월인데, 햇볕이 나고 고요해서 마치 여름 같구 먼. 집을 짓기 안성맞춤이군. (시계를 들여다보고 나서 문을 향해서) 여러분 염두에 두세요. 열차 시각까지 겨우 46분 남았습니다! 그러니까 20분 후에는 정거장으로 출발해야 합니다. 슬슬 서두르세요.

외투 차림의 트로피모프가 마당에서 들어온다.

트로피모프 벌써 떠날 때가 된 것 같군요. 말이 준비됐어요. 도대체 덧신이 어디로 간 거지. 없어졌네. (문을 향해서) 아냐, 내 덧신이 없어요! 못 찾겠어!

로파힌 나는 하리코프로 가야 합니다. 당신과 같은 열차로 갑니다. 하리코프에서 온 겨울을 보낼 겁니다. 계속 당신과 쓸데없는 말을 지껄이느라 하는 일도 없이 지쳐버렸어요. 일하지 않고는 견딜 수 없습니다. 이 두 손을 어떻게 해야 할지 모르겠어요. 마치 남의 손처럼 어쩐지 이상하게 건들건들하는군요.

트로피모프 이제 우리는 떠납니다. 그러면 당신은 유용한 일에 착수하게 되겠군요.

로파힌 자, 한 잔 하게나.

트로피모프 안 마시겠어.

로파힌 그러니까 이제 모스크바로?

트로피모프 그래. 저분들을 시내로 전송하고, 나는 내일 모스크바로.

로파힌 그렇구먼……. 뭐야, 교수들이 강의를 하지 않고 자네 오기를 줄곧 기다리고 있다는 거야!

트로피모프 자네가 상관할 일이 아니야.

로파힌 대학에서 공부한 게 몇 년이나 됐나?

트로피모프 뭔가 좀 새로운 걸 생각해보게. 그건 낡고 진부하니까. (덧신을 찾아다닌다) 우리는 필시 더 이상 만나지 못할 걸세. 그러니 자네한테 작별인사로 충고 하나 함세. 손을 휘두르지 말게! 손을 휘두르는 그런 버릇은 버리게. 별장을 짓고, 별장 거주자들이 시간이 지나면 개별적인 주인이 될 것이라고 계산하는 것, 그렇게 계산하는 것 또한 휘두르는 것이야……. 그러나 어쨌든 자네가 좋아. 자네의 두 손은 마치 예술가처럼 가늘고 부드러워. 자네 영혼도 섬세하고 부드럽거든…….

로파힌 (그를 포옹한다) 잘 가게, 친구. 모든 것에 감사하네. 필요하면 여비로 돈을 가져가게.

트로피모프 무엇 때문에? 필요 없네.

로파힌 돈이 없잖아요!

트로피모프 있어요. 고맙습니다. 번역료를 받았어요. 바로 여기 주머니 안에. (불안해하면서) 근데 덧신이 없네!

바랴 (다른 방에서 나오면서) 이 더러운 물건 가져가세요! (무대로 한 켤레의 고무 덧신을 내던진다)

트로피모프 왜 화를 내는 겁니까, 바랴? 흠음……. 흠음…….이건 내 덧신이 아니에요!

로파힌 봄에 양귀비를 1000헥타르 심었더니 순수익만 4만 루블을 벌었어. 양귀비꽃이 피었을 때 정말 장관이었지! 그래서 하는 말이지만, 4만 루블을 벌었다니까. 그러니까 가능하기 때문에 자네한테 돈을 빌려주려는 거야. 왜 그렇게 잘난 척하는 거야? 나는 농부라고……. 솔직히.

트로피모프 자네 아버지는 농부였고, 내 아버지는 약사였지. 여기서 나오는 건 정말 아무것도 없어.

로파힌이 돈지갑을 꺼낸다.

그만둬, 그만두라고……. 20만 루블을 준다고 해도 안 받아. 난 자유로운 인간이야. 부자들이나 가난뱅이들이 그토록 높고 귀하게 평가하는 그 모든 것이 하늘을 날아다니는 바로 저 솜털처럼 나한테는 아무런 영향력도 가지지 못해. 자네들 없이도 나는 잘 지낼 수 있고, 자네들 옆을 그냥 지나갈 정도로 강력하고 긍지 있네. 인류는 최고의 진리를 향해, 지상에서 가능한 최상의 행복을 향해 나아가고 있으며, 나는 첫 번째 대열에 있다네!

로파힌 갈 수 있겠나?

트로피모프 당연하지.

사이.

스스로 도달하거나 혹은 어떻게 다다를 수 있는지 다른 사람들한테 보여줄 걸세.

벚나무에 도끼질하는 소리가 멀리서 들린다.

로파힌 그럼, 잘 가게 친구. 가야겠어. 우리는 면전에서 서로 잘난 척하지만, 인생은 무심하게 흘러가고 있어. 지치지도 않고 오래도록 일하다 보면 생각도 훨씬 편해져서 무엇 때문에 내가 존재하는지 알고 있는 것만 같아. 그런데 이보게, 러시아에는 무슨일 때문에 살고 있는지 모르는 사람들이 얼마나 많은가. 물론 문제의 순환이 그런 곳에 있는 건 아니지만 말이지. 사람들 말로는 레오니드 안드레이치가 일자리를 얻어서 은행에서 근무하신다는 게야. 연봉이 6000루블이라나……. 하지만 오래 버티지 못할게야. 무척 게을러서 말이지…….

아냐 (문가에서) 떠나시기 전에는 동산을 벌목하지 말아달라는 엄마 부탁이에요.

트로피모프 정말이지 그렇게 눈치가 없어서야……. (현관을 지나 나간다)

로파힌 네, 곧 그렇게……. 이 사람들이, 정말. (그의 뒤를 따라 나간다)

아냐 피르스는 병원에 보냈나요?

야샤 아침에 말했습니다. 보냈다고 생각해도 좋을 겁니다.

야냐 (홀을 지나가는 에피호도프에게) 세묜 판텔레이치, 피르스를 병원에 보냈는지 좀 알아보세요.

야냐 (화를 내면서) 아침에 예고르한테 말했다니까요. 무엇 때문에 자꾸 물으시는 겁니까!

에피호도프 제 생각을 말씀 드리자면 오래 산 피르스는 수리하는 게 아니라, 조상들한테 가는 게 좋습니다. (여행가방을 모자상자 위에 놓는 바람에 상자가 찌그러진다) 그럼, 당연한 일이지. 그럴 줄 알았다니까. (나간다)

야샤 (조롱하면서) 스물둘의 불행 같으니…….

바랴 (문 뒤에서) 피르스를 병원에 보냈대?

야냐 보냈대.

바랴 근데 왜 의사한테 보낼 편지를 안 가져갔지?

야냐 그러면 바로 뒤이어 보내야겠네……. (나간다)

바랴 (옆방에서) 야샤는 어디 있나? 야샤 어머니가 작별하려고 찾아왔다고 말해줘.

야샤 (한 손을 흔든다) 정말 참을 수가 없어.

두냐샤는 계속 물건들 옆에서 분주하게 일한다. 이제 야샤가 혼자 남게 되자 그에게 다가온다.

두냐샤 한 번만이라도 봐주면 어때요, 야샤. 당신이 떠나시다니……. 나를 버리고……. (울다가 그의 목에 매달린다)

야샤 왜 우는 거요? (샴페인을 마신다) 엿새 후면 나는 다시 파리에 있을 거요. 내일이면 특급열차를 타고 눈 깜짝할 사이에 달려가는 거죠. 믿기지 않을 정도로. Viv la France!* 여기는 나하고

---

* [원주] 프랑스 만세(프랑스어).

맞지가 않아서 살 수가 없어……. 어쩔 수 없어요. 무식한 것들 만 실컷 봤다니까요. 그걸로 충분해. (샴페인을 마신다) 왜 우는 거요? 고상하게 처신하면 울지 않게 될 거요.

두냐샤 (거울을 보면서 분을 바른다) 파리에서 편지 보내세요. 당 신을 사랑했어요. 야샤, 정말 사랑했어요! 저는 연약한 존재에 요, 야샤!

야샤 이리로 사람들이 옵니다. (가방 주변에서 일하면서 나직하게 노래한다)

류보피 안드레예브나, 가예프, 아냐 그리고 샤를로타 이바노브나가 들어온다.

가예프 갈 시각이다. 벌써 조금 늦었어. (야샤를 보면서) 누구한테 청어 냄새가 나는 거냐?

류보피 안드레예브나 10분쯤 있다가 마차를 타도록 해요……. (방을 둘러본다) 잘 있어라, 사랑하는 집, 나의 늙은 할아범. 겨울이 지나고 봄이 오면 너는 벌써 없겠구나. 너를 헐어버릴 테니까. 이 벽들은 얼마나 많은 걸 보았을까! (딸에게 뜨겁게 키스한다) 나의 보물, 너는 빛나고 있구나. 다이아몬드 같은 너의 두 눈은 영롱하게 빛나는구나. 만족하니? 정말로?

아냐 정말 좋아요! 새로운 삶이 시작되는 거예요, 엄마!

가예프 (유쾌하게) 사실 지금은 모든 게 좋구나. 벗나무 동산이 팔 리기 전에 우리 모두는 흥분하고 괴로워했지. 그러나 나중에 문 제가 최종적으로 완전하게 해결되고 나자 모두가 마음을 놓고 유쾌해지기도 했어……. 나는 은행 근무자이고, 이제는 금융가 야……. 노란 공은 가운데로. 그런데 류바, 너도 어쩐지 더 좋아 보이는구나. 확실해.

류보피 안드레예브나 그래요. 신경이 좋아졌어요. 그건 사실이야.

그녀가 모자와 외투를 받는다.

잠이 잘 와요. 내 짐을 내가세요, 야샤. 시간 됐어요. (아냐에게) 내 딸아, 우리는 곧 만날 게야……. 나는 파리로 가서 야로슬라블의 할머니가 영지를 사라고 보내주신 돈으로 생활하게 될 거야. 할머니께서 평안하시기를! 하지만 그 돈으로 얼마 버티지 못할 거야.

아냐 엄마, 곧 돌아오시는 거죠, 금방……. 안 그래요? 저는 준비해서 김나지움 시험에 합격하고 그다음에는 일해서 엄마를 돕겠어요. 엄마, 우리 함께 여러 가지 책을 읽도록 해요……. 그러실 거죠? (어머니의 손에 키스한다) 가을 저녁에 책을 읽어요. 많은 책을 읽고 나면 우리 앞에도 새롭고 놀라운 세계가 펼쳐질 거니까요……. (상상한다) 엄마, 돌아와요…….

류보피 안드레예브나 그렇게 하마, 나의 소중한 딸아. (딸을 포옹한다)

로파힌이 들어온다. 샤를로타가 나직하게 노래를 부른다.

가예프 행복한 샤를로타, 노래하는군!

샤를로타 (강보에 싸인 아기와 비슷하게 생긴 보퉁이를 집어 든다) 애야, 안녕, 안녕…….

"응애, 응애!" 하는 갓난아이의 울음소리가 들린다.

조용히 해야지, 착한 아기야. 사랑스런 꼬마야.

"응애, 응애!"

정말 가엾구나! (보퉁이를 원래 자리로 내던진다) 여러분, 제발 나에게 일자리를 찾아주세요. 정말 견딜 수가 없어요.

로파힌 찾아봅시다, 샤를로타 이바노브나. 진정하세요.

가예프 모두가 우리를 던져버리는군. 바랴도 떠나도⋯⋯. 우린 느 닷없이 쓸모없는 사람들이 되고 말았어.

샤를로타 저는 시내에서는 살 곳이 없어요. 떠나야 합니다⋯⋯. (노래한다) 마찬가지예요⋯⋯.

피쉬크가 들어온다.

로파힌 자연의 기적이!

피쉬크 (숨을 헐떡이면서) 아아, 숨을 좀 돌리게 해주세요⋯⋯. 지 쳤습니다⋯⋯. 여러분⋯⋯. 물 좀 주세요⋯⋯.

가예프 필시 돈 때문에? 절대 사절이야. 나는 죄악에서 벗어나야 겠어⋯⋯. (나간다)

피쉬크 아주 오래전부터 댁에 오지 못했습니다⋯⋯. 아름다우 신 부인⋯⋯. (로파힌에게) 자네가 여기에⋯⋯. 만나서 반가 우이⋯⋯. 엄청나게 지혜로운 인간⋯⋯. 받게나⋯⋯. 받으라 고⋯⋯. (로파힌에게 돈을 준다) 400루블이야⋯⋯. 나한테는 840루블 남았군.

로파힌 (어리둥절해서 어깨를 으쓱한다) 마치 꿈을 꾸는 것 같은 데⋯⋯. 어디서 났지?

피쉬크 잠깐만⋯⋯. 덥구먼⋯⋯. 아주 대단한 사건이야. 나한테 영 국인들이 와서 하는 말이 땅에서 무슨 백점토를 찾았다든가⋯⋯. (류보피 안드레예브나에게) 당신에게도 400루블입니다⋯⋯. 아름답고 훌륭한 부인⋯⋯. (돈을 준다) 나머지는 나중에. (물 을 마신다) 방금 전에 어떤 젊은이가 정거장에서 말하기를, 어떤……. 위대한 철학자가 지붕에서 뛰어내리라고 충고했다는 거예요……. "뛰어내려!" 하고 말했다는 겁니다. 거기에 모든 과제가 있다는 거예요. (놀라면서) 이런 세상에! 물 좀 주세요!

로파힌 대체 어떤 영국인들인데?

피쉬크 점토가 나오는 땅을 그들에게 24년 동안 빌려주기로 했거든……. 근데 지금은, 미안합니다만 시간이 없어서……. 더 말해야 하지만……. 즈노이코프에게도 가야하고……. 카르다모노프에게도 들러야……. 모든 사람들에게 빚이 있어서……. (마신다) 건강하시기 바랍니다……. 목요일에 들르겠습니다…….

류보피 안드레예브나 우리는 지금 시내로 갑니다. 내일 외국으로 떠나게…….

피쉬크 네에? (놀라면서) 왜 시내로 가세요? 바로 그것 때문에 가구도…… 여행가방도……. 뭐, 괜찮습니다……. (눈물을 글썽이며) 괜찮아요……. 대단히 현명한 사람들입니다……. 그 영국인들요……. 괜찮아요……. 행복하시기 바랍니다……. 하느님이 도와주시기를……. 괜찮아요……. 이 세상의 모든 것에는 끝이 있으니까요……. (류보피 안드레예브나의 손에 키스한다) 저한테 종말이 왔다는 소문이 여러분께 들리거든 바로 이…… 말(馬)을 기억해주세요. 그리고 말씀하세요. "이런저런 세상에…… 시메오노프-피쉬크가 살았는데…… 그에게 하늘의 왕국이…….." 날씨가 정말 기막힙니다…… 그래요……. (크게 격동해서 나간다. 그러나 즉시 돌아와서 문가에서 말한다) 다센카가 여러분께 안부 인사 전했습니다! (나간다)

류보피 안드레예브나 이제 가도 되겠어요. 두 가지 걱정을 가지고 떠납니다. 첫째는 병든 피르스예요. (시계를 보고 나서) 아직 5분은 괜찮아요…….

아냐 엄마, 피르스는 벌써 병원에 보냈어요. 야샤가 아침에 보냈대.

류보피 안드레예브나 두 번째 걱정은 바랴예요. 바랴는 일찍 일어나서 일하는데 익숙한데, 지금은 일이 없어서 마치 물 없는 물고기 신세예요. 몸도 마르고, 창백해져서 불쌍한 것이 울고만 있으니…….

사이.

예르몰라이 알렉세예비치, 당신은 이걸 아주 잘 알고 있어요. 내가 꿈꾸었던 것은……. 바랴를 당신한테 시집보내는 거예요. 그리고 당신이 결혼할 것이란 건 너무나 명백하니까요. (아냐에게 속삭인다. 아냐는 샤를로타에게 고개를 끄덕인다. 두 사람이 나간다) 바랴는 당신을 사랑하고, 당신도 그 아일 좋아하는데, 나는 모르겠어요. 어째서 두 사람이 그렇게 서로를 피하는지 모르겠어요. 이해가 안 가요!

로파힌 솔직히 말씀드리면, 저도 그 이유를 모릅니다. 어쩐지 모든 게 이상하고……. 만약 시간이 아직도 있다면, 당장이라도 용의가 있습니다만……. 당장 끝내도록 하죠. 그걸로 끝입니다. 당신이 안 계시면 저는 청혼을 하지 못할 것 같습니다.

류보피 안드레예브나 좋아요. 그건 1분이면 충분해요. 당장 바랴를 부르겠어요…….

로파힌 마침 샴페인도 있습니다. (술잔을 보고 나서) 비어 있군요. 누군가 벌써 다 마셔버렸어요.

야샤가 기침한다.

이런 걸 가리켜 홀짝홀짝 다 마셔버렸다고 하죠…….

류보피 안드레예브나 (활기차게) 좋아요. 우리는 나갑시다……. 야

샤, allez!* 바랴를 부르겠어요……. (문가에서) 바랴, 모두 놔두
고 이리 오렴. 어서! (야샤와 함께 나간다)
로파힌 (시계를 들여다보고 나서) 그래…….

사이. 문 뒤에서 억제된 웃음소리와 속삭임. 마침내 바랴가 들어온다.

바랴 (오래도록 물건들을 살펴본다) 이상해요, 도저히 찾을 수가
없네요…….
로파힌 뭘 찾고 있습니까?
바랴 내가 건사했는데 기억이 나질 않아요.

사이.

로파힌 이제 어디로 가세요, 바르바라 미하일로브나?
바랴 저요? 라굴린 댁으로 갑니다……. 그 집 살림을 돌보기로 이
야기가 됐어요……. 집사 일이에요.
로파힌 야쉬네보로 가겠군요? 70킬로미터쯤 될 겁니다.

사이.

이 집에서 사는 것도 이렇게 끝나게 되는군요…….
바랴 (물건들을 살펴보면서) 그게 어디 있더라……. 혹시 상자 속
에 넣었을지도 몰라……. 그래요. 이 집에서 사는 것도 끝났어
요……. 더 이상은 없겠죠…….
로파힌 나는 지금 하리코프로 갑니다……. 바로 그 열차를 타고.

일이 많아요. 여기 농장에는 에피호도프를 남겨둘 겁니다…….
　　그 친구를 고용했거든요.
바랴 그러세요!
로파힌 기억나실지 모르겠습니다만, 작년 이맘땐 이미 눈이 내렸
　　죠. 근데 지금은 고요하고 햇빛이 나는군요. 이제 막 서늘해지는
　　겁니다……. 영하 3도예요.
바랴 난 못 봤어요.

　　사이.

　　우리 집 온도계가 깨졌거든요…….

　　사이.

　　마당에서 문으로 목소리가 들린다. "예르몰라이 알렉세이치!"

로파힌 (마치 오래전부터 이 소리를 기다렸다는 듯) 곧 갈게! (서
　　둘러 나간다)

　　마룻바닥에 주저앉아서 바랴는 옷 보따리에 머리를 묻고 나직하게 흐느낀다.
　　문이 열리고 류보피 안드레예브나가 조심스럽게 들어온다.

류보피 안드레예브나 왜?

　　사이.

　　가야지.

바랴 (이미 울지 않는다. 눈물을 닦는다) 네. 그래야죠, 엄마. 라굴린 댁에 오늘 서둘러 가겠어요. 열차에 늦지 않아야 할 텐데…….
류보피 안드레예브나 (문을 향해서) 아냐, 옷 입어라!

아냐, 그다음에 가예프, 샤를로타 이바노브나가 들어온다. 가예프는 방한용 두건이 딸린 따뜻한 외투를 입고 있다. 하인과 마부들이 모여든다. 물건들 주위에서 에피호도프가 분주하게 움직인다.

이제 길을 떠날 수 있겠어요.
가예프 나의 친구들, 선량하고 소중한 나의 벗들이여! 이 집을 영원히 떠나면서 지금 나의 전 존재를 가득 채우고 있는 이런 감정을 작별에 즈음하여 말하지 않고 어떻게 내가 침묵할 수 있으며, 억제할 수 있단 말인가…….
아냐 (간청하듯) 외삼촌!
바랴 외삼촌, 그러지 마세요!
가예프 (의기소침해서) 노란 공은 두플레트로 쳐서 가운데로…….
    말하지 않으마…….

트로피모프, 그다음에 로파힌이 들어온다.

트로피모프 자, 여러분. 출발할 시각입니다!
로파힌 에피호도프, 외투를 가져와!
류보피 안드레예브나 조금만 더 앉아 있겠어요. 예전에는 이 집의 벽과 천장이 어떻게 생겼는지 제대로 본 적이 없어요. 그래서 지금 그것들을 열중해서, 너무나도 부드러운 사랑을 담아 바라보고 있어요…….
가예프 내가 여섯 살이었을 때 오순절에 이 창가에 앉아 아버지께서 교회에 가시는 걸 본 기억이 나는군…….

류보피 안드레예브나 짐은 모두 가져갔나요?

로파힌 그럴 겁니다. (외투를 입으면서 에피호도프에게) 자네 말이
야, 에피호도프. 모든 게 제대로 되었는지, 살펴봐.

에피호도프 (쉰 목소리로 말한다) 안심하십시오, 예르몰라이 알렉
세예비치!

로파힌 목소리가 왜 그래?

에피호도프 방금 전에 물을 마시다가 뭔가 걸렸습니다.

야샤 (경멸조로) 무식하기는…….

류보피 안드레예브나 우리가 떠나면 여기엔 아무도 남지 않겠군
요…….

로파힌 봄이 오기 전에는 그렇습니다.

바랴 (보퉁이에서 우산을 꺼내는데, 마치 누군가를 때리려고 우산
을 치켜드는 것처럼 보인다. 로파힌이 놀란 척한다) 아니, 왜 그
러세요. 왜 그러시는 거죠……. 그럴 생각이 아니에요.

트로피모프 여러분, 마차를 타러 가십시다……. 벌써 시간 됐어요!
곧 열차가 도착할 겁니다!

바랴 페챠, 당신 덧신이 바로 여기 여행가방 옆에 있어요. (눈물을
흘리면서) 당신 덧신은 정말로 더럽고 낡았군요…….

트로피모프 (덧신을 신으면서) 갑시다, 여러분!

가예프 (몹시 당황해한다. 가까스로 눈물을 참는다) 열차……. 정
거장……. 크루아제는 가운데로, 흰 공은 두플레트로 쳐서 구석
으로…….

류보피 안드레예브나 갑시다!

로파힌 모두 여기 계시는 거죠? 저쪽엔 아무도 안 계십니까? (왼
쪽에 있는 옆문을 잠근다) 여기에 물건이 쌓여 있기 때문에 문
을 잠가야 합니다. 갑시다!

아냐 안녕, 집이여! 잘 있어라, 낡은 삶이여!

트로피모프 안녕, 새로운 인생이여! (아냐와 함께 나간다)

바랴가 방을 둘러보고는 천천히 나간다. 야샤와 개를 데리고 있는 샤를로타가 나간다.

로파힌 그러니까, 봄까집니다. 나가시죠, 여러분……. 안녕히! (나간다)

류보피 안드레예브나와 가예프 두 사람이 남는다. 그들은 마치 이 순간을 기다린 것처럼 서로 목을 부둥켜 안고 다른 사람들이 들을까 봐 숨죽인 채 나직하게 흐느낀다.

가예프 (절망적으로) 누이야, 애야…….

류보피 안드레예브나 아, 나의 사랑스러운, 부드럽고 아름다운 동산아! 나의 인생, 나의 청춘, 나의 행복이여 안녕! 잘 있어!

쾌활하게 "엄마!" 하고 부르는 아냐의 목소리.
"어이!" 하는 쾌활하고 흥분된 트로피모프의 목소리.

류보피 안드레예브나 마지막으로 이 벽과 창문을 보세요……. 돌아가신 어머니는 이 방 안에서 거니시는 걸 좋아했어요…….

가예프 누이야, 애야!

"엄마!" 하는 아냐의 목소리.
"어이!" 하는 트로피모프의 목소리.

류보피 안드레예브나 가요!

두 사람이 나간다.

빈 무대. 모든 문을 잠그는 소리가 들리고, 뒤이어 마차들이 떠나가는 소리가 들린다. 고요해진다. 정적 속에서 나무를 찍는 도끼 소리가 구슬프게 울려 퍼진다. 발소리가 들린다. 오른쪽 문에서 피르스가 모습을 드러낸다. 언제나처럼 그는 신사복에 하얀 조끼를 입고, 단화를 신고 있다. 그는 아프다.

피르스 (문으로 다가가 손잡이를 만져본다) 잠겼군. 떠나셨어…….
(소파에 앉는다) 나를 잊으신 게야……. 괜찮아……. 여기 좀 앉아야겠군……. 그런데 레오니드 안드레이치는 필시 모피 외투를 입지 않고 코트만 입고 가신 게지……. (근심스럽게 한숨 쉰다) 내가 봐드려야 했는데……. 젊은 사람이라니! (이해할 수 없는 무슨 말을 웅얼거린다) 살긴 살았지만 도무지 산 것 같지가 않아. (눕는다) 조금만 누워야겠어……. 기운이라곤 조금도 없군. 아무것도 남질 않았어, 아무것도……. 에이 이…… 얼간이 같으니라고! (움직이지 않고 누워 있다)

먼 곳의 소리가 마치 하늘에서 들려오는 것 같다. 끊어진 줄의 구슬픈 소리가 사라져간다. 정적이 다가오고, 멀리 동산에서 사람들이 도끼로 나무를 찍는 소리만 들려온다.

막.

작품 해설

안톤 체호프 탄생 150주년을 기념하여 출간된 이 책에는 열네 작품이 실려 있다. 이 가운데 단막극이 여덟 편이고, 장막극이 여섯 편이다. 열세 살부터 연극을 관람하기 시작했던 체호프는 거의 극장에서 살다시피 했다고 해도 과언이 아니다. 이름 없는 작가로 문필 생활을 시작한 그였지만, 연극과 극장은 평생 그의 뇌리에서 벗어난 적이 없었다. 단편소설을 개작한 최초 단막극 〈큰길에서〉를 써낸 이후 체호프는 의미 있는 장막극을 쓰고자 무진 노력한다. 그 결실이 〈이바노프〉로 나타나며, 그 이후 체호프는 자신만의 고유한 빛깔과 향기가 담긴 장막극을 쓰고자 줄기차게 고군분투한다. 한 예로 〈갈매기〉를 보면 기량이 절정에 달한 극작가 체호프의 대가다운 면모를 여실히 확인할 수 있다.

그렇다고 해서 체호프의 단막극을 장막극의 예비 단계로만 이해하는 것은 그다지 옳지 않다. 단막극에도 그 나름의 의미와 가치가 있기 때문이다. 특히 보드빌로 분류되는 체호프의 몇몇 단막극은 1920~30년대 소련의 드라마 창작에도 큰 영향을 미친 의미 있는 작품으로 손꼽힌다.

이 책에서는 〈큰길에서〉 시작하여 장막극 〈이바노프〉를 지나 최후 대작인 〈벚나무 동산〉에 이르는 체호프의 희곡 세계를 차례대로 만나볼 수 있다.

큰길에서

1885년에 집필된 이 작품은 1883년에 탈고한 단편소설 〈가을에〉를 희곡으로 각색한 것이다. 소설가로 문단 활동을 시작한 체호프는 초창기에 단편소설을 단막극으로 개작하는 방식으로 희곡을 창작하기도 했다. 〈큰길에서〉는 그의 첫 번째 개작 시도였던 셈이다. 그러나 검열관이었던 카이저 폰 닐크하임은 "희곡이 음울하고 너절하여 상연허가를 내줄 수 없다"는 결론에 도달했다. 이로써 체호프의 첫 번째 희곡은 상연이 금지되었다.

〈큰길에서〉는 단막극답지 않게 다수의 등장인물이 무대에 오른다. 실명을 가진 열 사람과 우편배달부 그리고 순례자들과 통행인들까지 무대를 오간다. 그러다 보니 짜임새가 다소 허술하고 사건을 풀어가는 방식도 연극보다는 소설에 더 가깝다. 드라마의 중심인물인 보르쏘프는 극적인 사건에서 한 걸음 물러나 있다. 보르쏘프는 1000헥타르의 땅, 그러니까 1000만 제곱미터, 즉 300만 평이 넘는 땅을 소유한 엄청난 대부호였다. 오죽했으면 그가 살았던 마을 이름이 그의 이름을 따서 지은 '보르쏘프카'였을까!

대지주 보르쏘프는 아름다운 여인 마리야 예고로브나에게 홀려 모든 재산을 탕진한 채 알코올중독자가 되어 술집을 전전하게 된다. 부유하고 유복했으나 지금은 몰락한 지주이자 술주정뱅이로 전락한 보르쏘프의 이야기가 〈큰길에서〉의 중심 줄거리다. 이쯤이면 우리는 아리스토텔레스의 《시학》 가운데 비극의 주인공에 알맞은 상황을 떠올릴 수 있을 것이다. 하지만 체호프는 '단막 드라마 습작(Драматический этюд в одном действии)'으로 규정했다. '에튜드(этюд)'는 프랑스어 '에튀드(étude)'에서 기원한 것으로 '조각이나 회화의 밑그림' 혹은 '음악의 연습곡'을 뜻한다. 따라서 체호프는 〈큰길에서〉를 예술적 완성도가 높은 작품이라기보다는 앞으로 다가울 연극 인생에서 첫 번째 시도로 보았던 것 같다.

대개의 경우 희곡에서 사건과 갈등을 인도하는 인물은 주인공들이며, 부차적인 인물은 뒷전으로 물러나 있거나 보조적인 역할을 수행한다. 그런데 〈큰길에서〉에서 실제로 일어나는 사건은 매우 미미하며, 사건 진행은 보르쏘프의 농노였던 쿠지마가 행한다. 여기 더하여 극적인 긴장감을 고조시키는 인물 메리크가 상당히 중요한 역할을 한다. 부랑자이며 무뢰한인, 정체불명의 메리크가 들고 다니는 도끼는 관객의 팽팽한 호기심을 자극한다.

고니의 노래

'칼하스'라는 부제를 가진 단막극 〈고니의 노래〉는 1886년 집필된 단편소설 〈칼하스〉를 개작한 것이었다. 〈큰길에서〉와 마찬가지로 체호프는 〈고니의 노래〉를 '단막 드라마 습작'으로 규정했다. 첫 번째 단막극과 마찬가지로 〈고니의 노래〉 역시 습작의 성격이 강하게 내포되어 있음을 짐작하게 하는 대목이다.

1887년 1월 14일 체호프는 소도시 보스크레센스크 지주 가문의 딸 마리야 키셀료바에게 편지를 보낸다. "4분의 1쪽 분량의 희곡을 썼습니다. 연기하는 데 15분 내지 20분 정도 걸릴 겁니다. 세상에서 가장 작은 희곡이지요. 지금 코르쉬 극장에서 일하는 유명한 다브이도프가 연기할 겁니다. 대개 큰 작품을 쓰는 것보다 소품을 쓰는 편이 훨씬 쉬워요. 이 희곡은 1시간 5분 만에 썼습니다."

잘 알려진 것처럼 고니*는 죽을 때 딱 한 번 운다고 한다. 거기

---

* 천연기념물 201호로 지정되어 있는 겨울 철새. 흔히 백조라고 잘못 알려져 있다. 백조라는 말은 문자 그대로 '흰 새'라는 뜻이며, 일본어 번역투를 그대로 쓴 말이다. 우리가 자주 언급하는 차이코프스키의 〈백조의 호수〉는 우리말로 하면 〈고니의 호수〉로 바뀌어야 옳다.

에 착안하여 체호프는 인생의 끄트머리를 살아가고 있는 노배우 바실리 스베틀로비도프의 한 서린 연극 인생을 들여다본다. 사랑도 명예도 이름도 남김없이* 늙어버린 예순여덟의 희극배우 스베틀로비도프는 지방 극장의 무명 배우로 45년을 살아왔다.

공연이 끝난 뒤 그는 술에 취한 채 극장에서 잠들었는데, 동료들은 그를 잊어버리고 모두 집으로 돌아가 버렸다. 술에서 깨어나면서 그는 아무도 없는 어두운 극장에서 '프롬프터 박스'를 보며 공포에 사로잡힌다. 45년 동안 배우로 살아오면서 전혀 주목하지 않았던 프롬프터 박스에서 스베틀로비도프는 지나간 모든 것을 떠올리게 된다.

〈고니의 노래〉는 귀족 출신 배우 스베틀로비도프의 회상에 의지하여 진행된다. '배우를 사랑할 수는 있지만, 배우의 아내가 될 수는 없었던' 여인을 사랑했던 스베틀로비도프의 실패한 사랑 이야기가 회상의 골자다. 두 번째 단막극 〈고니의 노래〉에서 체호프는 스베틀로비도프의 종잡을 수 없이 요동치는 스산한 내면 풍경을 간결한 필치로 포착한다. 늙은 배우의 덧없이 사라져버린 세월과 돌이킬 수 없는 사랑이 처연하다. 하지만 다른 한편으로는 극장과 연극, 배우라는 직업에 대한 들끓는 사랑으로 그는 당당하다. 이렇게 모순되는 양가감정이 〈고니의 노래〉의 주조를 이룬다. 전반부에서는 지난날의 회한과 우수가, 후반부에는 희극배우 스베틀로비도프의 처절한 노래가 만가처럼 울려 퍼진다.

* 운동가요 〈산 자여 따르라〉에서 인용했다.

곰

1888년 2월 체호프는 〈곰〉을 탈고한다. 같은 해 8월 30일 〈곰〉은 《신시대》지에 게재된다. 희곡은 1888년 10월 28일 모스크바 코르쉬 극장에서 초연되어 커다란 성공을 거두었다. 〈곰〉은 코르쉬 극장의 대표 연출가 솔로프쏘프에게 바쳐진 희곡으로 '단막 슈트카'라는 장르로 규정되어 있다.

체호프는 동시대 작가들이나 지인들과 주고받은 편지에서 '보드빌(vaudeville)'이라는 명칭을 자주 사용했는데, 그것의 러시아어 번역어로 가장 적절한 표현은 '슈트카'다. 당대에서나 오늘날까지도 영어권이나 독일어권 모두에서 프랑스의 소유권을 인정하여 '보드빌'이라는 용어를 그대로 쓰고 있다. 《체호프 희곡 전집》에서 옮긴이는 극작가의 뜻을 존중하여 보드빌이라는 명칭과 함께 '슈트카'라는 러시아어 표기를 병행하여 쓰기로 했다.

보드빌은 18세기 말 프랑스에서 유행하기 시작하여 19세기에는 유럽 전역으로 보급된 희극 장르다. 보드빌에서는 대사와 함께 음악과 노래, 춤이 매우 중요한 요소로 작용한다. 오늘날의 '뮤지컬 드라마'와 비슷한 형식이다. 그러나 '뮤지컬'의 주제나 대상이 왕왕 비극적이거나 사회적인 내용을 다루는 반면에 보드빌은 거의 예외 없이 남녀 간의 사랑이나 소소한 가정 문제, 탐욕이나 오해 같은 인간의 하찮은 결함을 시끌벅적한 웃음과 함께 보여준다는 차이가 있다. 1830년대부터 러시아 연극 무대를 평정한 보드빌은 1860년대 오페레타가 등장하기 전까지 40년 가까이 상연 목록 1위를 차지하는 기염을 토했다.

그러다가 오페레타와 러시아 연극의 아버지라 불리는 알렉산드르 오스트로프스키의 사회 세태 드라마에 밀리기 시작했고, 체호프 시기에 이르면 보드빌에서 음악과 노래, 춤이 거의 사라진다. 체호프 보드빌에서는 맑고 환한 웃음도 많지만, 사회 풍자가 가미됨으로써 웃음의 빛깔이 어두워진다. 거기 더하여 사람들이 살아가는 세태와 사회 상황, 등장인물의 성격 묘사가 치밀하게 부가됨으로써 전통적인 형식의 보드빌과는 완연하게 거리가 있다. 체호프의 첫 번째 보드빌이라 할 수 있는 〈곰〉은 전작인 〈큰길에서〉나 〈고니의 노래〉와 달리 희곡이나 공연 모두에서 극작가 체호프에게 성공을 안겨준 첫 번째 작품이었다.

이제는 고인이 된 바람둥이 남편에게 복수하려고 7개월 가까이 상복을 입고 있는 여인 포포바. 포포바의 남편이 진 빚을 받기 위해 그녀를 찾아온 지주 스미르노프. 스미르노프는 만만찮은 여성 편력의 소유자로 여자 때문에 세 번 결투했고, 열두 명의 여자를 버렸으며, 아홉 명의 여자에게 버림받은 다채로운 경력을 가진 인물이다. 불같은 성격을 가진 두 사람은 하인 루카를 사이에 두고 날카로운 신경전을 벌이다가 급기야 포포바가 스미르노프에게 결투를 신청하는 상황에까지 이르게 된다. 여자가 남자에게 결투를 신청하는, 19세기 러시아에서는 상상도 하기 어려운 '말도 안 되는' 우스꽝스러운 상황이 만들어진다.

이런 상황 희극에 덧붙여 체호프는 러시아 농촌의 일상적인 세태를 정확하게 포착하고 등장인물의 내적인 심리 변화를 효과적으로 그려낸다. 우리는 그것을 포포바의 남편이 애지중지했던 말 '토비'를 대하는 여주인공의 자세에서 금세 알아낼 수 있다. 처음에는 루카를 시켜 토비에게 귀리를 주려고 했던 포포바가 스미르노프와 맺어지게 되자 그 결정을 즉시 철회하는 장면은 극작가 체호프의 만만찮은 수완을 볼 수 있는 대목이다.

청혼

〈곰〉이 공연된 무렵 체호프는 단막 슈트카 〈청혼〉을 탈고한다. 1888년 10월에 마무리된 〈청혼〉은 같은 해 11월 10일 검열을 통과했고, 1889년 5월 3일 《신시대》지에 실렸다. 체호프와 동시대를 살았던 소설가이자 극작가 쉐글로프가 〈청혼〉을 무대에 올렸다. 1889년 4월 12일 체호프는 쉐글로프에게 다음과 같은 편지를 보낸다. "어머니는 당신의 〈별장 남편〉과 나의 〈청혼〉이 실패할 거라고 하십니다. 왜냐하면 당신이 그것들을 13일에 상연하기 때문입니다. 하지만 나는 당신의 천재적인 연출력이 그런 징후를 극복하고 승리할 것을 확신합니다. 〈청혼〉은 국립극장 무대에서는 상연되지 않을 것입니다. 당신이 원하는 대로 희곡을 요리하세요. 물론 많이 상연할수록 좋을 겁니다. 이익이 더 많을 테니까요." 그러나 체호프 어머니의 예상과 달리 〈청혼〉은 많은 관객을 동원했으며, 훗날 말르이 국립극장에서도 상연되어 대단한 성공을 거두었다.

〈청혼〉은 젊은 지주 이반 로모프가 이웃한 지주 스테판 추부코프의 딸 나탈리야 스테파노브나에게 청혼하러 왔다가 벌어지는 사건을 희극적으로 그려낸 작품이다. 〈청혼〉이 재미있는 이유는 등장인물들의 극단적인 성격과 그로 인해 야기되는 희극적인 상황 때문이다. 그들 모두 우리의 상상을 초월할 만큼 토지와 소유물에 집착한다. 몇 푼 나가지도 않는 토지에 집착하는 지주들의 끝 모를 소유욕이 가감 없이 적나라하게 드러난다.

〈청혼〉의 주인공들은 토지를 둘러싸고 한 치의 양보도 없이 입씨름을 거듭하다가 애초에 마음먹었던 의도를 잊어버린다. 로모프는 나탈리야에게 청혼하러 온 사실을 망각하고, 추부코프는 그 사실을 딸에게 통보하는 것을 잊어버린다. 그만큼 그들은 토지 논쟁에 목숨을 건다. 토지와 관련된 설전이 끝나자 이번에는 누구의 개가 더 나은가 하는, 지극히 사소한 문제를 두고 그들은 또 다시 논쟁을 벌인다.

슈트카를 쓰면서 체호프는 "단막극은 모름지기 '난센스'여야 한다"고 말하면서도 "등장인물이 나름의 얼굴(성격)과 목소리(언어)를 가져야 한다"고 생각했다. 바로 그와 같은 주장에 가장 잘 어울리는 희극이 〈청혼〉이라고 할 수 있다. 로모프는 서른다섯의 건강한 남자임에도 흥분하면 심장마비가 일어날 정도로 부실한 인간이며, 추부코프는 '기타 등등'이라는 군말을 입에 달고 사는 인물이다. 추부코프 집안의 안주인 역할을 하면서 살아가는 나탈리야는 아버지 못지않게 토지와 개와 같은 소유물에 집착함으로써 강한 성격의 일단을 약여하게 보여준다. 추부코프가 두 사람의 혼인을 허락한 다음에도 나탈리야와 로모프는 금방 말싸움을 시작해 객석에는 웃음이 터진다.

〈청혼〉에서 체호프는 인간 모두에게 잠재된 소유욕과 과시욕을 19세기 러시아 지주들의 외관과 성격을 통해 드러낸다. 그들의 실체가 밝혀지는 과정에서 밝고 맑은 웃음이 극장을 가득 채우고, 관객은 만족하여 집으로 돌아가게 된다. 왜 웃는지를 심각하게 따지거나 생각하지 않고, 웃음을 통한 원기회복에 지극히 만족하는 것이다. 관객에게 최대한의 웃음을 선사한다는 보드빌 장르의 규칙에 가장 잘 맞아떨어지는 희곡 가운데 하나가 〈청혼〉이다.

싫든 좋든 비극배우

〈싫든 좋든 비극배우〉는 '별장 생활에서'라는 부제가 딸려 있는 단막 슈트카이다. 작품의 원작은 1887년에 탈고한 〈여러 사람들 가운데 하나〉라는 단편소설이다. 체호프는 1889년 5월 4일 "바를라모프에게 보드빌을 써주겠노라고 약속한 일이 어젯밤에 떠올랐습니다. 오늘 완성해서 벌써 부쳤습니다"라고 편지로 작품의 완성 시기를 알려주었다. 이 작품은 불과 열흘 만에 검열을 통과함으로써 작품이 사회·정치적으로 아무런 문제가 없다는 것을 스스로 입증했다.

〈싫든 좋든 비극배우〉의 사건은 페테르부르크에 있는 무라쉬킨의 아파트에서 발생한다. 무라쉬킨의 친구인 톨카초프가 내뱉는 첫 번째 대사가 예사롭지 않다. "내일까지 권총을 빌려주게." 무슨 일일까, 하는 커다란 궁금증이 객석에 일어난다. 관객의 궁금증은 이내 자연스레 해소된다. 그것은 별장에서 생활하는 톨카초프의 일상에서 비롯된다.

19세기 말 러시아에 철도가 보급되면서 '다차'라 불리는 별장이 대도시 부근에 세워진다. 생활에 여유가 생긴 사람들은 도회지의 일터와 근교의 다차를 오가면서 도시 생활과 전원생활을 누리기 시작한다(이것은 체호프의 마지막 장막극 〈벚나무 동산〉에서도 매우 중요한 모티프로 쓰인다). 작품의 부제가 알려주는 것처럼 그와 같은 별장 생활 때문에 생겨나는 크고 작은 삶의 애환 가운데 힘없는 가장 톨카초프가 겪어야 하는 일상의 작디작은 이야기가 〈싫든 좋든 비극배우〉의 중심 사건이다.

'두 손에 램프용 유리 전구, 장난감 자전거, 모자가 들어 있는 세 개의 상자, 커다란 옷 꾸러미, 맥주가 담긴 봉지와 많은 작은 꾸러미를 들고' 들어온 주인공 톨카초프의 모습을 상상해보라. 과연 이런 상황을 웃음이 아니라면 무엇으로 대면할 수 있단 말인가. 문제는 위로를 받고자 친구를 찾아온 그에게 덤터기를 씌우는 무라쉬킨의 행동이 불러일으키는 혼란이다. 다차에 사는 지인에게 손재봉틀과 카나리아 새장을 전달해달라는 무라쉬킨의 부탁에 완전히 폭발하는 톨카초프의 모습은 매우 설득력 있고 자연스럽다.

〈싫든 좋든 비극배우〉는 날마다 되풀이되는 삶에 함몰된 19세기 말 러시아 소시민을 희극적으로 그려낸 작품이다. 절망과 분노에 휩싸인 톨카초프가 무라쉬킨을 몰고 다니는 장면은 단막 보드빌의 본질을 최대한 발현하고 있다. 〈싫든 좋든 비극배우〉는 〈청혼〉이나 〈곰〉처럼 웃음 자체를 지향하는 쉽고 재미있는 작품이다. 관객은 이 작품에서 기대한 만큼의 웃음과 그것을 통한 원기회복을 얻어낼 수 있다.

결혼 피로연

1889년 10월에 탈고된 〈결혼 피로연〉은 1884년에 집필된 단편소설 〈장군과 함께 한 결혼 피로연〉을 개작한 것이다. 그러나 작품의 모티프로 활용된 다른 단편소설도 있었으니, 〈결혼의 계절〉(1881)과 〈이해타산에 따른 혼인〉(1884) 등이 그것이다. 체호프는 다른 단막 보드빌을 '슈트카'로 규정한 것과는 달리 〈결혼 피로연〉을 '단막 스쎄나(Сценаводномдействии)'로 정의했다.

'스쎄나'라는 말은 영어의 '신(scene)'과 같은 말이다. 본래 그리스어 '스카에나(scaena)'에서 유래한 말로 라틴어를 경유하여 유럽 각국어로 변용된 것이다. 그 의미는 '공연이 이루어지는 특별한 공간'이다. 거기서 무대라는 말이 나왔고, 장면이라는 말은 나중에 추가되었다. 체호프가 〈결혼 피로연〉에서 '스쎄나'라는 말을 쓴 것은 희곡의 극적인 상황이나 결과에 주목하기보다, 일상생활에서 관찰되는 사건이나 일화를 더욱 중시했음을 의미한다.

체호프 희곡을 연구하는 학자들은 〈결혼 피로연〉의 장르를 보드빌로 규정한다. 19세기 말 러시아의 일상에서 포착한 인간들의 낡아빠진 의식과 습관을 웃음으로 묘사한 작품이기 때문이다. 일반적인 보드빌과 달리 〈결혼 피로연〉에서는 우리가 왜 웃는지, 등장 인물들은 어떤 사람들인지를 생각하게 된다. 그러므로 여기에서는 웃음의 원인과 결과까지 생각하게 되는 풍자의 성격이 강한 웃음 이 울려 퍼지는 것이다.

〈결혼 피로연〉은 두 부분으로 이루어져 있다. 전반부에서는 피 로연에 참석한 사람들이 갓 결혼한 두 사람을 축하하면서 대화를 나눈다. 후반부에서는 보험설계사 뉴닌이 데려온 레부노프-카라 울로프의 등장으로 예기치 않은 사건이 일어난다. 이렇게 나뉜 두 부분 가운데 전반부에서는 그리스인 드임바가 내뱉는 혀짤배기 러 시아어와 산파 즈메유키나를 따라다니면서 노래해달라고 조르는 야치의 우스꽝스러운 모습이 관객들의 흥미와 웃음을 유발한다.

하지만 후반부에서는 퇴역 해군 중령인 레부노프-카라울로프를 둘러싼 사회적 관계가 웃음의 원천이다. 그는 선량한 의도를 가지 고 피로연에 참석했지만, 그를 초대한 나스타샤 티모페예브나 등 은 전혀 다른 계산을 하고 있다. 장군을 초대하여 피로연을 빛내려 는 소시민들의 속악한 저의와 그것을 이용해 돈벌이하려는 뉴닌의 얄팍한 상술이 레부노프-카라울로프의 일방적인 연설과 맞물리면 서 〈결혼 피로연〉은 웃음과 풍자의 정점으로 치달린다.

러시아 연극 연구자인 베르드니코프의 지적은 상당히 의미 있 다. "〈결혼 피로연〉에서는 시대에 뒤진 소시민의 장면들에 의하여 야기된 슬픈 음조들, 이 세계에서 인간의 모욕에 반대하는 직접적 인 저항의 음조가 휘젓고 지나간다." 체호프는 시대에 뒤진 어리 석은 소시민들의 고립무원과 시대착오 및 사회·윤리적 파산 상태 를 적나라하게 제시했다.

기념식

〈기념식〉은 1891년 12월에 탈고되었고 1892년 2월 검열을 통과해 출판되었다. 작품의 근간이 된 것은 1887년에 집필된 단편소설 〈의지할 곳 없는 사람〉이었다. 체호프는 〈기념식〉의 장르를 '단막 슈트카'로 규정했다. 그러므로 이 작품 역시 보드빌로 수용 가능하다. 체호프는 1903년에 출간될 자신의 전집을 준비하면서 1901년 12월 등장인물들의 배역을 수정했고, 텍스트까지 일부 교체 · 삽입한 것으로 알려져 있다.

보드빌 장르에 대해 말하면서 체호프는 끝없는 분규와 신속한 움직임 및 사건 전환을 지적했다. 이런 특징이 〈기념식〉에서 현저하게 나타난다. 은행 창립 15주년 기념식을 준비하면서 은행장 쉬푸친은 자신을 전면에 내세우는 연설문을 준비한다. 그의 말에는 언제나 "이 쉬푸친이 아니었다면……" 하는 표현이 들어 있다. 그 정도로 그는 자기 자신과 성공적인 업무 추진에 대한 확신에 넘쳐 있다. 나이 든 회계사 히린은 쉬푸친을 도와 며칠째 밤낮을 가리지 않고 일하고 있다.

그런데 쉬푸친과 히린은 여자에 대한 태도에서 현저한 차이를 보인다. 쉬푸친은 여자를 존중하면서 그들의 모든 바람을 충족시켜주려는 자상한 성격이다. 반면에 히린은 여성들에게 공격적이며 조금도 우호적이지 않다. 여자를 둘러싼 문제로 의견 대립을 보이는 가운데 쉬푸친의 아내 타치야나 알렉세예브나가 등장하면서 첫 번째 심각한 분규가 발생한다. 수다 떨기를 즐기는 타치야나와 그것을 싫어하는 히린의 충돌이 지속되는 가운데 남편 문제를 들고 찾아온 청원인 메르추트키나의 등장으로 전혀 예기치 못한 사건이 발생한다.

은행이 어떤 곳인지, 자기가 왜 이곳에 찾아와 남편의 문제를 청원하는지 전연 이해하지 못한 채 자기주장만 되풀이하는 메르추트키나에게 물려버린 쉬푸친은 히린에게 그녀를 몰아내라고 한다. 그러나 히린은 그것을 제대로 듣지 못하고 오히려 은행장의 아내인 타치야나를 쫓아내려고 한다. 히린은 타치야나 알렉세예브나를 쫓고, 쉬푸친은 그들 두 사람을 쫓아 달리는 포복절도할 희극적인 장면이 연출된다.

타치야나를 쫓던 히린이 방향을 바꿔 메르추트키나를 추적하고, 그녀는 쉬푸친의 품안에서 기절한다. 이런 식으로 〈기념식〉은 쫓고 쫓기는 희극적인 장면으로 넘쳐난다. 바로 그와 같은 상황과 시각에 은행의 대표단이 도착한다. 등장인물들은 물론 관객도 잊고 있었던 대표단의 등장은 웃음과 아울러 혼란스러운 결말을 야기한다.

각자의 관심과 이해관계만을 좇는 등장인물들의 행태가 야기하는 우스꽝스러운 장면은 어느 정도 풍자적인 의미를 가지지만, 작품은 전체적으로 보드빌 본연의 모습을 띠고 있다. 자신을 끝까지 내세우려는 과시욕(쉬푸친), 어떤 경우라도 노동에 대한 대가와 포상을 받으려는 욕심(히린), 누가 뭐라 해도 하고 싶은 이야기는 끝까지 해야 직성이 풀리는 수다스러움(타치야나), 때와 장소, 수단과 방법을 가리지 않고 목적을 이루려는 동물적 본능(메르추트키나). 이런 욕망들이 벌이는 소란스러운 일장 활극이 〈기념식〉이다.

담배의 해독에 관하여

〈담배의 해독에 관하여〉는 여러 차례 개작된 작품이다. 이것에 대한 첫 번째 기록은 1886년 2월 14일에 체호프가 빌리빈에게 보낸 편지에 남아 있다. "방금 전에 〈담배의 해독에 관하여〉라는 스쩨나-모놀로그를 끝마쳤습니다. 희극배우 그라도프-소콜로프를 위한 것이라고 마음속으로 생각한 것입니다. 불과 두 시간 반 만에 저는 이 독백을 망쳐버렸습니다. 그렇지만…… 그것을 악마한테가 아니라, 〈페테르부르크 신문〉으로 보냈습니다. 의도는 괜찮았는데, 결과는 엉망이 되고 말았습니다."

〈담배의 해독에 관하여〉 초판은 1886년 2월 17일 〈페테르부르크 신문〉 제47호에 게재되었다. 체호프는 그것을 1887년과 1889년에 개작했고, 최종적으로 마무리한 것은 1902년이었다. '스쎄나-모놀로그'로 장르를 규정한 것에서 우리는 이 작품이 장면 중심의 1인극이라는 사실을 알 수 있다. 체호프 자신은 명확하게 보드빌이라는 규정은 하지 않았지만, 연구자들은 〈담배의 해독에 관하여〉를 독백체로 일관된 단막 보드빌로 평가하고 있다.

한 지방 클럽 무대에 뉴힌이 등장하여 이야기를 인도한다. 뉴힌은 아내의 음악학교와 기숙학교에 고용되어 허드렛일을 도맡아 하는 나약한 인물이다. 아내에게 고용된 '작은 인간' 뉴힌이 담배에 관하여 강연하게 된 배경에도 아내가 있다.

아내의 명령으로 강연에 나온 그는 모든 분야에 정통한 교양인이자 지식인이다. 하지만 그는 아내가 시키는 일이라면 무엇이든 해야 살아갈 수 있는 소소한 인간이다. 다방면에 걸친 교습으로 아내에게서 얻는 것은 습관처럼 굳어져버린 배고픔이다. 자신의 노동에 대한 정당한 대가를 받지 못하고, 딸들한테도 온전한 대접을 받지 못하는 애처로운 인간 뉴힌. 그는 아내에게서 공포를 느끼는 지극히 가련한 인간이며, 아내로부터 해방되기를 간절하게 소망하는 19세기 러시아판 공처가의 전형이다.

〈담배의 해독에 관하여〉에서 주인공 뉴힌은 한때나마 자신을 현명한 인간이라 여기며 살았지만, 이제는 완벽하게 영락하여 공처가로 하루하루 살아가는 모습을 여실히 보여준다. 따라서 비희극적인 요소들이 공존하는 이 작품은 상당히 독특한 음조를 가지고 있다. 아내에게 '허수아비', '독사', '사탄'으로 불리는 가장이자 지식인의 형상은 우리에게 형언하기 어려운 모순적인 감정을 불러일으킨다. 21세기 현대를 살아가는 대한민국의 소시민 아버지들은 어떨까, 하는 생각이 부지불식간에 떠오른다.

이바노프

〈이바노프〉는 1887년 9월말 10월 초에 탈고되었고, 이내 낭독회가 개최되었다. 최종 출판을 위한 검열 일자는 1887년 12월 10일이었다. 〈이바노프〉의 첫 번째 공연은 1887년 11월 중순 사라토프의 지방 무대에서 이루어졌다. 코르쉬 극장에서의 〈이바노프〉 초연은 같은 해 11월 19일 보르킨 배역을 맡은 배우 스베틀로프의 후원 흥행으로 이루어졌다. 이런 면을 살펴보면 19세기 제정 러시아에서 검열은 공연보다 출판에 집중된 것으로 보인다. 일회적인 성격이 강한 공연보다는 지속성을 가진 서적에 방점을 두고 검열이 진행된 것이다.

코르쉬 극장에서 상연되었을 때 〈이바노프〉는 '4막 5장 희극'으로 소개되었다. 그러나 페테르부르크의 알렉산드르 극장에서 1889년 1월 31일 초연된 〈이바노프〉는 체호프가 그사이 여러 번 개작하여 '4막 드라마'로 변경되었다. 오늘날 우리가 접하는 체호프의 희곡 〈이바노프〉는 희극이 아니라, 드라마로 규정된 1889년 판본이다. 희극과 드라마 사이에는 사실 건너기 힘든 심연이 가로놓여 있다.

드라마 장르에는 일반적으로 사회적인 문제가 집중적으로 다루어지고, 등장인물들의 사유와 언행에는 희극의 그것들과는 커다란 차이가 있다. 희극 가운데 세태 희극이나 풍자 희극에는 사회·정치적인 문제가 개입하지만, 웃음을 겨냥하는 희극은 대개 개인적인 결함을 가벼운 웃음으로 징벌하는 선에서 멈춘다. 이런 점에서 〈이바노프〉의 장르 변화는 작품을 대하는 체호프의 자세가 근본적으로 바뀌었음을 의미한다.

모스크바 코르쉬 극장에서 성공하지 못했던 〈이바노프〉는 알렉산드르 극장에서 큰 성공을 거둔다. 1889년 2월 18일 쉐글로프에게 보낸 체호프의 편지를 보자. "나는 평온하며, 내가 해냈고, 얻어낸 것에 완전히 만족하고 있습니다. 내가 할 수 있는 일을 했으며, 그것은 맞는 말입니다. 왜냐하면 눈은 눈썹보다 더 높이 자라지 못하기 때문입니다. 셰익스피어도 내가 들었던 그런 말은 듣지 못했을 것입니다. 무엇이 더 필요하겠습니까?"

지금까지 단막극만을 써왔던 체호프가 〈이바노프〉를 계기로 성공한 극작가로서 스스로를 평가하기 시작한 것이다. 그는 자신에게 쏟아진 환호와 박수갈채를 액면 그대로 수용하지도 않았고, 거기서 헤어 나오지 못하는 신출내기 극작가의 모습을 보이지도 않았다. 그럼에도 알렉산드르 극장에서의 성공은 단막극 〈곰〉의 성공에 이어 극작가 체호프의 명성을 분명하게 확인시킨 사건이었다.

〈이바노프〉에서 체호프는 훗날 4대 장막극에 나타나는 자신만의 고유한 드라마 시학을 확연히 선보이지는 못했다. 오히려 낡은 극작술이 곳곳에서 자태를 드러냈다. 불필요한 다수의 권총과 장총의 존재, 전통적인 어릿광대를 연상시키는 등장인물들, 사건 진행과 무관한 숱한 독백 등이 그것이다. 하지만 〈이바노프〉에는 훗날 체호프 극작술의 몇 가지 특징이 보이기도 한다. 상호이해가 불가능한 상황, 보이지 않는 인물의 존재와 의미, 여러 인물에게 부여된 작가의 목소리(다음향성), 노동의 문제, 시간에 함몰된 인간들의 이야기 등등.

그것과 더불어 〈이바노프〉에서 우리는 러시아 문학의 창시자인 푸쉬킨이 발원시킨 '쓸모없는 인간'의 드라마적인 변형과 만난다. 《러시아 문학 백과사전》을 보면 이들에 대해 "대개 귀족으로서 타고난 사회적 환경을 싫어하고, 환경과의 관계에서 주인공은 지적이며 도덕적인 우월을 인식하고 있지만, 동시에 정신적인 피로, 깊은 회의주의, 언행 불일치, 사회적인 수동성을 가진다"라고 적고 있다. 이들은 '쓸모없는 인간'은 '잉여인간'으로도 불리면서 푸쉬킨의 불멸의 대작 《예브게니 오네긴》의 주인공 오네긴, 레르몬토프의 대표작 《우리시대의 영웅》에 등장하는 페초린, 곤차로프의 《오블로모프》에 나오는 오블로모프 등으로 이어진다. 이바노프는 '쓸모없는 인간'이 드라마에서 구현된 대표적인 사례라 할 수 있다.

태양처럼 젊었던 시절에 불살랐던 의지와 투지, 활화산 같았던 사랑과 열정을 뒤로한 채 내부적으로 무너지면서 마침내는 돌아올 수 없는 세계로 표표히 사라져가는 인간 이바노프. 우수와 상념에 사로잡힌 채 완전한 절망과 낙담에 휩싸여 꽉 막혀버린 출구를 바라만 보고 있는 이바노프. 우리는 그의 형상에서 19세기 제정 러시아 인텔리겐차의 비참한 상황과 완전히 무기력한 지식인의 가련한 최후를 만나게 된다.

숲의 수호신

1888년에 집필하기 시작한 〈숲의 수호신〉은 1889년 여름이 되어서야 마무리됐다. 하지만 같은 해 9월에 체호프는 완성된 희곡을 파기하고, 10월 초에 작품을 새롭게 고쳐 썼다. 공연하기에 적합한지를 판정하기 위하여 1889년 10월 9일에 연극문학위원회 페테르부르크 분과위원회 회합이 개최되었다. 체호프의 희망과는 반대로 위원회는 〈숲의 수호신〉이 무대에 올리기에 적합하지 않다는 판정을 내린다.

이런 결정을 통보받은 체호프는 작가인 플레쉐예프에게 보낸 10월 21일자 편지에서 적나라하게 분통을 터뜨린다. "〈페테르부르크 신문〉은 내 희곡이 '훌륭하게 각색된 중편소설'이라고 알리고 있습니다. 정말로 기쁩니다. 그것은 둘 중 하나를 뜻합니다. 내가 어설픈 극작가이거나, 혹은 나를 친자식처럼 사랑한다는 심사자들이 모두 위선자들이거나."

'친자식처럼 사랑한다'는 말은 체호프가 얼마나 분노했는지를 있는 그대로 드러내는 표현이다. 그도 그럴 것이 체호프를 본격적인 문학 창작의 길로 인도했던 저명한 소설가 드미트리 그리고로비치(1822~1899)가 위원회에 참여했던 심사위원 가운데 한 사람이었기 때문이다. 여하튼 위원회는 〈숲의 수호신〉을 드라마라기보다는 중편소설로 수용했고, 그 결과 무대에 올리기에는 부적합한 작품으로 받아들였던 것이다.

1889년 12월 체호프는 망설임 없이 '아브라모프 극장'으로 희곡을 넘겼고, 〈숲의 수호신〉은 짧은 연습 기간을 거쳐 그곳에서 1889년 12월 27일 초연되었다. 상연에 적합하도록 원작이 대폭 개작되었으나, 공연에 대한 언론의 반응은 호의적이지 않았다. 삶을 기계적으로 재현했다, 러시아의 현실을 복사했다, 혹은 무대의 요구를 실행하지 않았다는 이유로 언론은 체호프를 비난했다. 1889년 《연극과 생활》 439호, 1890년 1월 7일 《자명종》, 1890년 《모스크바 통보》 1호, 1890년 《배우》 6호 등지에서 이와 같은 평가를 확인할 수 있다. 그 후 체호프는 〈숲의 수호신〉 출간이나 공연을 일절 불허했으며, 이것은 그가 타계하기 전까지 계속되었다.

〈숲의 수호신〉에서 체호프가 받은 충격은 상당히 오래 지속되었다. 거의 5년 이상 그는 장막극 창작을 거들떠보지도 않았던 것이다. 〈갈매기〉를 집필하기 시작한 1895년 가을까지 그는 장막극에 일체 손을 대지 않았다. 그러나 〈숲의 수호신〉은 몇몇 부정적인 극작술에도 불구하고 4대 장막극의 극작가 체호프를 탄생시키는 밑거름 가운데 하나로 기능했다.

극적인 상황과 부조화하여 불리는 노래, 온전하게 제구실을 하지 못하는 편지나 일기 따위의 소품, 문학과 예술의 전범과 인물에서 취한 과도한 인용(칼 빌헬름 폰 훔볼트, 토머스 에디슨, 페르디난드 라살레, 오셀로, 돈 주앙, 타르페이아 절벽, 파리스와 헬레네, 호라티우스, 석상 기사 단장, 투르게네프, 아이바조프스키 등등), 극적 갈등이나 사건과 무관하게 발화되는 허다한 독백 등을 〈숲의 수호신〉 곳곳에서 찾아볼 수 있다.

반면에 노동에 대한 문제 제기, 무대 뒤의 효과, 보이지 않는 등장인물의 존재와 같은 체호프 특유의 극작술이 〈숲의 수호신〉에서 활용된다. 일하지 않는 인간 세레브랴코프가 노동의 문제를 제기한다는 점에서 아이러니를 동반한 노동의 문제는 4대 장막극에서 꾸준히 제기된다. 〈숲의 수호신〉 3막 14장에서 보이니쓰키가 권총으로 자살하는 장면은 이 희곡에서 가장 극적이다. 하지만 체호프는 이 장면을 객석에 보이지 않도록 하면서, 총성과 소냐의 절규로만 보이니쓰키의 자살을 관객에게 통보한다. 결정적인 장면을 관객에게 보이지 않는 고전 그리스 비극의 극작술을 차용한 것이다. 또한 소냐의 죽은 어머니이자 보이니쓰키의 누이동생이라는 보이지 않는 등장인물을 제시한다. 그렇게 함으로써 드라마에 입체감과 역사성, 상실된 인간관계 등을 다각도로 보여주고 있다.

갈매기

1895년 10월 21일 멜리호보에 있던 체호프는 《신시대》 편집장 수보린에게 〈갈매기〉를 쓰고 있다는 편지를 보낸다. "11월 말 무렵에 마무리할 희곡을 쓰고 있다고 생각하셔도 좋습니다. 상당히 만족하면서 쓰고 있습니다. 무대 조건에 반대하여 무척이나 바보스런 이야기를 하고 있지만요. 희극, 세 개의 여성 배역, 여섯 개의 남성 배역, 4막, 호수가 보이는 풍경, 문학에 관한 많은 대화, 적은 사건, 5푸드의 사랑." 〈갈매기〉는 1896년 12월 몇몇 부분의 수정 작업을 마친 다음 《러시아 사상》에 실려 세상의 빛을 보게 되었다.

이 편지에서 우리는 〈갈매기〉에 관한 몇몇 정보를 얻어낼 수 있다. 희극이라는 장르 규정, 남녀 배역(실제 희곡에서는 네 사람의 여성 배역과 여섯 사람의 남성 배역, 일꾼과 요리사, 하녀가 등장한다), 호수가 보이는 풍경을 가진 4막 희곡, 문학과 사랑이 주요한 자리를 차지하면서 극적인 사건은 많지 않다는 것 등등. 〈갈매기〉에서 우리가 주목할 만한 것은 남녀의 지독하게 엇갈린 애정관계와 당대에 새로 등장하기 시작한 문예사조인 상징주의와 전통적인 사실주의의 대립관계 및 새로운 형식 추구와 결부한 연극 예술에 대한 논쟁 등이다.

성숙한 극작가 체호프의 장막극에는 전통적인 의미의 남녀 주인공이 없다. 따라서 〈갈매기〉의 주인공을 트레플료프와 니나로 설정한 1896년 10월 17일 알렉산드르 극장의 〈갈매기〉 초연은 당연히 성공할 수 없었다. 다만 우리가 눈여겨볼 것은 그들의 관계가 늘 어긋나 있으며 회복불능 상태라는 사실이다.

트레플료프는 어머니 아르카지나의 사랑을 갈구하지만, 아르카지나는 아들에게 무관심하다. 트레플료프는 여배우 지망생 니나를 사랑하지만, 그녀는 소설가 트리고린을 사랑한다. 아르카지나는 트리고린과 내연관계에 있지만, 일시적으로 니나에게 트리고린을 빼앗긴다. 니나는 잠시나마 트리고린의 사랑을 얻지만, 이내 그와 작별한다. 마샤는 트레플료프를 사랑하지만, 트레플료프는 그녀를 벌레 보듯 한다. 메드베젠코는 마샤를 사랑하지만, 결혼한 다음에도 마샤는 트레플료프를 잊지 못한다. 이런 식으로 등장인물들의 애정관계는 시종일관 어긋나고 악화될 뿐, 전향적으로 나아가지 못한다.

〈갈매기〉에서 핵심적인 문제는 새로운 형식과 상징주의에 대한 등장인물들의 관점 차이다. 극중극 형식으로 트레플료프가 무대에 올리는 20만 년 뒤의 세계에 대한 통찰은 아르카지나와 트리고린 등으로 대표되는 기존의 사실주의에 대한 트레플료프의 강력한 도전이자 문제 제기이다. 아르카지나는 즉각적으로 반대 의사를 표명하며, 트리고린 역시 마뜩치 않은 표정이 역력하다. 반면에 의사인 도른은 트레플료프 희곡에서 무엇인가 새롭고 강력한 것을 포착한다. 그와 같은 새로운 문예조류와 형식의 추구에 2년이 넘는 시간을 투여한 다음 트레플료프가 도달하는 결론은 매우 간명하다. 4막에서 그는 혼잣말로 중얼거린다. "문제는 낡은 형식이나 새로운 형식에 있는 것이 아니라, 인간이 쓴다는 것에 있어."

체호프는 〈갈매기〉에서 이와 같은 두 가지 문제를 매우 적은 사건을 통해서 느슨하고 헐거운 극적 갈등으로 보여준다. 더욱이 가장 격렬한 장면이라 할 트레플료프의 자살을 희곡의 마지막으로 돌리고, 그 장면을 객석에 보이지 않게 처리함으로써 극적인 효과를 아주 미미한 것으로 만든다. 이것은 체호프 극작술의 전형적인 특징 가운데 하나다.

알렉산드르 극장의 초연에 대해 체호프는 이미 기대를 접었던 것 같다. 여동생 마리야 체호바의 기록을 보자. "알렉산드르 무대에서 〈갈매기〉가 초연되는 날 페테르부르크에 왔다. 오빠가 정거장으로 마중 나왔다. 그의 음울함이 나를 놀라게 했다. 오빠 얼굴에는 모든 게 끝났다고 적혀 있었다. 오빠가 말했다. '어떻게 해야 할지 모르겠구나. 저들은 배역을 몰라. 내 말을 듣지도 않고, 이해하지도 못해. 희곡에서 나올 건 아무것도 없어.'"

공연이 실패할 것이라고 예감했던 체호프의 예상은 적중했다. 〈숲의 수호신〉 공연이 참담하게 실패한 뒤로 오래도록 장막극을 쓰지 않았던 체호프는 〈갈매기〉의 실패로 다시 한 번 커다란 상처를 입게 되었다.

그리고 세월이 흘러갔다. 만 2년 가까운 시간이 흐른 다음 모스크바 예술극장 창립 공연으로 〈갈매기〉를 생각한 네미로비치-단첸코는 체호프에게 편지를 보낸다. "만일 자네가 희곡을 주지 않는다면, 자넨 날 죽이는 걸세. 왜냐하면 〈갈매기〉는 연출가인 나를 사로잡은 유일한 현대 희곡이기 때문이야. 그리고 자네는 모범적인 공연 목록을 가지고 극장에 커다란 관심을 제공하는 유일한 현대 극작가이기 때문이야." 체호프는 상당한 불안과 망설임 끝에 예술극장의 〈갈매기〉 상연에 동의하게 된다.

1898년 12월 17일 모스크바 예술극장에서 〈갈매기〉 초연이 끝난 즉시 네미로비치-단첸코는 체호프에게 전보를 보냈다. "방금 전에 〈갈매기〉 공연이 끝났다네. 엄청난 성공이야. 1막부터 관객을 사로잡더니 계속해서 성공을 거두었네. 끝없는 앙코르. 3막이 끝나고 난 다음 극작가가 극장에 없다고 말하자 관객들은 자기들 명의로 자네에게 전보를 보내달라고 부탁하더군. 우린 행복에 겨워 미쳐버리는 줄 알았네."

바냐 외삼촌

〈바냐 외삼촌〉은 1889년에 창작한 〈숲의 수호신〉을 새롭게 고쳐쓴 것이다. 1897년 체호프의 《희곡》이라는 모음집에서 처음으로 출간되었는데, 《희곡》 모음집이 출간된 후에 여러 지방 극장에서 성공적으로 상연되었다.

니즈니 노브고로트에서 상연된 희곡을 보고 고리키는 1898년 11월 체호프에게 편지했다. "〈바냐 외삼촌〉을 보았습니다. 공연을 보고 여편네처럼 울었답니다. 신경이 예민한 인간도 아닌데 말입니다. 제가 보기에 이것은 대단한 작품입니다. 〈바냐 외삼촌〉은 완전히 새로운 연극 예술이며, 대중의 비어 있는 머리를 후려치는 망치입니다. 〈바냐〉의 마지막 막에서 의사가 기나긴 사이 뒤에 아프리카의 더위에 대하여 말할 때 당신의 재능 앞에 황홀해져서, 인간에 대한 두려움 때문에, 우리의 평범하고 보잘것없는 삶 때문에 전율했습니다."

고리키의 언명은 작품의 본질에 관한 정확한 지적 가운데 하나다. 〈갈매기〉에서 '갈매기'에 부여된 상징과 〈바냐 외삼촌〉에서 '멀리서 반짝이는 등불'에 주어진 상징의 의미는 관객과 독자들의 심금을 오래도록 울리는 것이었다. 니나가 스스로를 갈매기라고 규정했다가 결국에 부정하면서 떠나는 장면과 트레플료프의 자살, 그리고 박제가 된 갈매기를 알아보지 못하는 트리고린의 태도는 '갈매기'를 둘러싼 사건의 전말을 풍부하고 입체적으로 보여준다. 자신이 하늘에서 반짝이는 별임에도 스스로가 별임을 알지 못하는 아스트로프의 냉소주의는 보는 이를 안타깝게 한다. 아스트로프라는 이름은 별을 의미하는 그리스어 '아스트론(astron)'에서 나온 것이다.

말르이 극장은 〈바냐 외삼촌〉 상연을 제안했고, 1899년 2월 20일 체호프는 제안에 동의하는 편지를 쓴다. 그러나 1899년 4월 8일 연극·문학위원회 페테르부르크 분회는 원고 수정과 수정 원고를 위원회에 회부할 것을 상연 조건으로 내세웠다. 그 같은 결정에 불복한 체호프는 〈바냐 외삼촌〉을 즉시 모스크바 예술극장으로 넘긴다. 예술극장에서 〈바냐 외삼촌〉은 1899년 10월 26일 초연되었다. 수많은 전보가 체호프에게 성공을 통보했다. 하지만 〈바냐 외삼촌〉의 공연이 처음부터 성공한 것은 아니었다.

체호프의 4대 장막극 가운데 두 번째 희곡인 〈바냐 외삼촌〉에서 우리가 주목할 만한 대목은 시간에 유폐된 인간의 비극적인 운명이다. 제목이 보여주는 것처럼 희곡의 사건은 바냐를 둘러싸고 전개된다. 마흔일곱 살의 나이에 느닷없는 자의식으로 고통 받는 철부지 같은 인간 바냐. 그는 지난 25년 동안 매제인 세레브랴코프를 위해 헌신적으로 살아왔다. 연봉 500루블이라는, 거지에게나 적선하는 돈을 받고 황소처럼 일했던 그가 갑자기 자신의 본령을 찾기 시작한 것이다.

바냐의 자의식 회복이 가져온 혼란과 무질서가 희곡의 주요 갈등으로 작용한다. 돌이킬 수 없이 지나가버린 시간에 대한 안타까움, 이제는 세레브랴코프의 아내가 되어버린 아름다운 여인 엘레나 안드레예브나를 향한 연정, 자기의 입장과 처지를 조금도 고려하지 않는 냉정한 인간 세레브랴코프에 대한 분노, 앞으로 남아 있는 무의미하고 덧없는 인생에 대한 비극적인 성찰 등으로 바냐는 너무도 괴로운 것이다.

문제는 그와 같은 상황이 소냐에게도 동일하게 적용된다는 사실이다. 소냐에게 남겨진 상황은 훨씬 더 악화되어 있다. 이제 스물네 살밖에 되지 않은 소냐의 기나긴 세월과 시간은 누구를 위해 어떻게 쓰일 것인가. 아스트로프를 향한 사랑이 전혀 보답 받지 못하는 상황에서 소냐는 무엇을 보면서 기나긴 세월을 살아갈 것인가.

〈바냐 외삼촌〉에는 이런 비극적인 음조가 지배적이다. 그럼에도 마지막 장면에서 소냐는 슬픔과 절망을 딛고 일어나 외삼촌을 위로한다. 〈바냐 외삼촌〉 가운데 가장 시적이며 고상한 어조로 가득 찬 독백에 가까운 소냐의 대사는 외로움과 회한, 막혀버린 출구 때문에 괴로웠던 숱한 동시대인들을 향해 던져진 청량한 한 줄기 빛과 같은 것이었다.

〈바냐 외삼촌〉에 대한 최고의 찬사는 고리키에게서 나왔다. "〈바냐 외삼촌〉과 〈갈매기〉는 새로운 드라마 예술이며, 거기서 사실주의는 감동적이며 깊이 고안된 상징에까지 고양되고 있다고들 말합니다. 그것은 매우 타당한 생각이라고 믿습니다. 당신의 희곡을 들으면서 저는 우상에게 희생된 삶에 대하여, 인간들의 저급한 삶에 개입한 아름다움에 대하여, 그리고 여타의 근본적이고 중요한 것에 대하여 생각합니다. 다른 드라마들은 당신의 드라마가 그리고 있는 것처럼 인간을 현실로부터 철학적인 일반화에까지 확산시키지는 못합니다."

세 자매

1899년 2월 8일 체호프는 네미로비치-단첸코에게 예술극장을 위한 희곡을 써보겠다는 의사를 알린다. 거의 한 해가 흐른 다음인 1900년 10월 16일 체호프는 고리키에게 희곡 집필이 끝났음을 알린다.

〈세 자매〉에서 체호프는 러시아의 지방 도시에 거주하는 장군의 세 딸을 희곡의 주인공으로 설정했다. 그가 겪은 어려움은 세 자매가 가지고 있는 나름의 개성을 설득력 있게 표현하는 것이었다. 똑같은 장군의 딸들이지만, 독특한 인간적인 면모를 가져야만 무대에서 생생하게 살아 있는 인물 형상화가 가능하기 때문이다. 드라마가 시작하자마자 우리는 벌써 그들의 차별성을 의상에서 알아본다. 맏딸 올가는 푸른색 교사 제복을 입고 있으며, 둘째 마샤는 마치 상복과도 같은 검은 옷을, 막내 이리나는 스무 살 청춘이 환하게 빛나는 흰색 옷을 입고 있는 것이다. 실제로 유럽에서 푸른색은 지성을, 검정색은 죽음을, 흰색은 순결을 의미한다. 이들의 대비는 드라마가 진행되는 동안 결코 약화되지 않는다.

군인이라는 사회적 환경은 19세기 제정 러시아의 역사를 들여다보면 금방 이해 가능하다. 러시아에서 졸병 같은 일반 사병은 평민이나 농노들의 몫이었지만, 장교는 언제나 귀족 계급에 속한 사람들의 특권이자 의무 같은 것이었다. 소피 마르소가 주연한 〈안나 카레니나〉나 2009년에 개봉된 러시아판 블록버스터 〈제독의 연인〉을 보면 러시아 군대의 신분 차별은 매우 유별난 것이었음을 알 수 있다. 지방 소도시에서 오직 장교들과 소통하면서 살아가야 하는 장군의 세 딸이 겪는 삶의 고독과 슬픔, 희망을 향한 몸부림과 그것의 지속적인 좌절과 절망이 만 4년 반 이상의 유장한 시간 속에서 느릿하게 펼쳐진다.

1901년 1월 31일 모스크바 예술극장에서 〈세 자매〉의 초연이 개최되었다. 희곡은 비평계의 부정적인 반응을 불러일으켰다. 《파발마》, 《새 소식》, 《그날의 소식》, 《러시아어》, 《예술세계》 같은 연극 관련 매체가 〈세 자매〉의 상연을 긍정적으로 평가하지 않았던 것이다. 하지만 관객의 반응은 아주 달랐다. 몇 차례 공연이 끝난 다음 〈세 자매〉는 러시아에서 가장 사랑받는 희곡 가운데 하나가 되었다.

우리가 〈세 자매〉에서 관심을 가지고 살펴볼 것은 인간의 꿈과 열망이 주위 현실과 충돌하면서 어떤 불협화음과 파열음을 만들어 내는가 하는 것이다. 세 자매는 무식한 대중과 속물들이 들끓는 지방 도시를 떠나 고향인 모스크바로 가려고 한다. 거기서 그들은 새로운 삶을 살고자 한다. 결혼하지 못한 올가는 결혼에 대해서, 창조적인 노동을 꿈꾸는 이리나는 새로운 가능성을, 마샤는 점차 망각되어 가는 모스크바에 대한 꿈을 드러내 보인다.

체호프는 첫 번째 장면부터 그들의 바람이 수포로 돌아갈 것임을 강력히 암시한다. 그들이 모스크바를 향한 열망을 말할 때마다 체부트이킨과 투젠바흐는 말도 안 되는 얘기라는 식으로 응수하기 때문이다. 이런 방식의 암시는 솔료느이 같은 등장인물의 대사에서도 시시때때로 흘러나온다.

모스크바는 세 자매가 처한 출구 없는 암울한 현실의 유일한 출구를 상징한다. 따라서 관객과 독자는 과연 그들이 모스크바에 갈 수 있을지 여부에 관심을 가진다. 그들은 끝내 고향에 다시 가지 못한다. 마샤는 여전히 상복 같은 검은 옷을 입고 다니며, 교사직을 싫어하는 올가는 교장이 되고 말았으며, 사랑과 노동을 꿈꾸었던 이리나는 약혼자 투젠바흐를 잃게 된다. 그들의 상황은 지속적으로 악화되고 출구는 어디에도 없는 것으로 드러난다.

하지만 세 자매는 절망하거나 주저앉지 않는다. 〈세 자매〉 마지막 장면에서 올가는 동생들을 얼싸안은 채 말한다. "세월이 흘러 우리가 세상을 영원히 떠나면 사람들은 우리를 잊을 거야. 우리 얼굴도 목소리도 그리고 우리가 몇 사람이었는지도 잊어버릴 거야. 하지만 우리의 고통은 우리 다음에 살게 될 사람들에게 기쁨으로 변할 것이고, 지상에는 행복과 평화가 찾아올 거야. ……아, 동생들아. 우리 인생은 아직 끝나지 않았어. 살도록 하자!"

아무런 희망도 전망도 없어 보이는 막다른 골목에서도 그들은 삶의 의지를 놓지 않는다. 우리가 〈세 자매〉에서 반드시 읽어내야 할 대목이 바로 이것이다.

벚나무 동산

1903년 2월, 체호프는 아내이자 모스크바 예술극장의 배우 올가 크니페르에게 다음과 같은 편지를 보낸다. "2월 21일 희곡을 쓰기 시작했어. 당신은 어리석은 여자를 연기하게 될 거야." 같은 해 10월 14일에는 희곡의 최종적인 수정 작업이 끝났음을 알리는 편지를 크니페르에게 보낸다. "희곡을 보냈어. 당신은 아마 이 편지와 동시에 그걸 받게 될 거야. 작은 봉투를 동봉하니까 희곡을 받게 되거든 읽어봐. 읽고 난 다음 즉시 전보해. 네미로비치에게 희곡을 전해주고, 그가 나한테 전보했으면 한다고 말해. 무엇이 어떤지 알고 싶다고 말이지. 만일 극장에서 새로운 걸 제기하고 싶다면 나한테 편지하도록 해."

12월에 체호프는 예술극장의 〈벚나무 동산〉 공연 연습에 규칙적으로 참여했다. 그러나 체호프는 예술극장에서 진행하던 공연 준비에 만족하지 못했다. 1904년 1월 17일 예술극장에서 〈벚나무 동산〉을 초연한 이후로 체호프는 공연에 불만족한 태도를 취한다. 1904년 4월 10일 크니페르에게 보낸 편지에서 체호프는 예술극장의 희곡 해석에 대한 불만을 직설적으로 드러낸다. "어째서 공연 포스터와 신문에서 희극이 그토록 끈질기게 드라마라고 불리는 거야? 네미로비치(단첸코)와 알렉세예프(스타니슬라프스키)는 희곡에서 내가 쓴 것을 전혀 보지 못하고 있어. 그래서 나는 그 사람들이 한 번도 희곡을 주의 깊게 읽지 않았다는 말을 해줄 준비가 되어 있어."

공연과 희곡에 대한 체호프의 불만에도 불구하고 언론의 반응은 호의적이었다. "〈벚나무 동산〉에서 동정심이 가는 백수들의 무덤에 세워진 기념비가 세워졌다."(《루시》, 1904년, 110호) "체호프 이전까지 어느 누구도 이런 실제적인 파산과 무능력을 잉태한 바로 그 심

리를 그토록 깊게 들여다보지 못했다."(《러시아어》, 1904년, 19호)

연출가인 스타니슬라프스키는 〈벚나무 동산〉에서 몰락한 지주 남매인 가예프와 라네프스카야에게 중점을 둔다. 벚나무 동산으로 대표되는 토지자본의 몰락과 다차 건설과 임대라는 신흥 부르주아 계급의 대표자 로파힌의 부상을 대립시키면서 연출가는 전자에 방점을 찍은 것이다. 19세기 말 러시아에 몰아닥친 상업 자본의 회오리와 그런 변화에 대응하지 못한 지주 귀족들의 행태가 〈벚나무 동산〉의 사회적인 배경이다.

체호프는 생애 마지막 장막극에서 그와 같은 비극성보다는 새롭게 일어서려는 신세대에 초점을 맞추고자 했다. 열일곱 살의 아냐와 만년 대학생 트로피모프에게 새로운 출발의 희망찬 여명을 선물했다. 따라서 체호프가 이 희곡의 장르를 희극으로 규정한 데에는 나름의 이유가 있었던 셈이다.

그것 말고도 〈벚나무 동산〉에는 우스꽝스럽고 재미있는 장면들이 도처에 자리하고 있다. 3막에서 에피호도프에게 화가 난 바랴가 휘두른 지팡이에 머리를 얻어맞은 사람은 에피호도프가 아니라, 벚나무 동산의 새 주인 로파힌이다. 쉰 살이 지났는데도 애들처럼 알사탕을 입에 물고 다니면서 주위 사람들에게 응석받이처럼 행동하는 가예프는 어떤가. 자기네 조상의 출처를 말에서 찾는 시메오노프-피쉬크의 과장된 얼뜨기 짓은 〈벚나무 동산〉의 장르를 보드빌로 생각했던 체호프의 의중을 적실하게 보여준다고 하겠다.

우리가 〈벚나무 동산〉에서 유념할 대목 가운데 하나는 시대의 흐름을 따라잡지 못하고 표류하다가 종당에는 완전히 몰락해가는 인간 군상과 재빨리 그것에 적응하여 성공하는 졸부들의 행태다. 농노의 후예 로파힌의 하얗고 기다란 두 손, 흰 조끼와 노란구두는 지적 허영심은 있지만 결코 채워지지 않는 공허와 자기 과시욕과 충돌한다.

반면에 라네프스카야와 가예프는 격변하는 세태의 격랑에서 헤어나지 못한 채 끝없이 침전하면서 무위도식하는 시대착오적인 인물이다. 이와 같은 군상들 사이 어딘가에 아냐와 트로피모프 같은 새로운 인물 군상이 자리한다. 하인으로 등장하는 야샤는 로파힌의 악화된 아류이며, 에피호도프는 가예프의 희화화된 변형으로 이해할 수 있다. 두냐샤 또한 지나간 과거의 라네프스카야와 거리가 멀지 않은 것으로 보인다. 결국 이런 인간 군상들이 모여 인생의 단면을 파노라마처럼 보여주는 희곡이 〈벚나무 동산〉이다.

　체호프는 마지막 작품에서 모든 사라져가는 것들에게 슬픈 눈길을 던지면서도 다가올 새로운 것들에 따뜻하고도 강력한 축복을 던진다. 라네프스카야 개인의 벚나무 동산을 러시아 전체의 벚나무 동산으로 만들려는 젊은 주인공들을 건강하게 그려내기 때문이다. 이것을 보다 더 명확하게 이해하고 싶다면 체호프의 마지막 단편소설 〈약혼자〉를 읽어보는 것도 좋을 것이다.

안톤 체호프 연보

1860년 1월 17일 러시아 남부의 항구 도시 타간로크에서 태어남.

1868년 타간로크의 김나지움 입학. 아버지의 잡화점에서 어린 시절부터 일을 함.

1876년 아버지의 파산으로 가족 모두 모스크바로 이주. 체호프 혼자 타간로크에 남아 고학으로 학교를 다님.

1879년 김나지움 졸업. 모스크바로 이주하여 모스크바 대학교 의과 대학에 입학.

1880년 페테르부르크의 유머 잡지 《잠자리》에 〈돈 강 지주 스테판 블라디미로비치 N이 학자이자 이웃친구 프리드리히에게 보내는 편지〉와 〈장편소설과 중편소설 등등에서 가장 자주 만나게 되는 것은?〉 두 작품을 동시에 게재. 생계를 위해 여러 잡지에 다양한 필명으로 잡다한 글을 게재.

1883년 유머 잡지 《파편》의 편집장이자 유명작가 레이킨과 서신을 교환. 단편소설 〈관리의 죽음〉, 〈뚱뚱이와 홀쭉이〉 등을 발표.

1884년 모스크바 대학교 의과대학을 졸업하고 병원에서 잠시 근무. 단편소설 〈별장 여자〉, 〈카멜레온〉 등을 발표.

1885년 단막극 〈큰길에서〉 탈고. 단편소설 〈별장 사람들〉 발표.

1886년 《신시대》지 편집장 수보린과 친교를 맺음. 작가 D. V. 그리고 로비치와 주고받은 서신을 계기로 생계 수단으로서의 글쓰기를 버리고 본격적인 작가로의 길을 걷게 됨. 단편소설 〈우수〉, 〈악몽〉, 〈청혼〉, 〈인간〉, 〈바니카〉 등을 발표.

1887년 단막 보드빌 〈고니의 노래〉, 장막극 〈이바노프〉 완성. 11월 19일 모스크바 코르쉬 극장에서 〈이바노프〉 초연. 단편집 《황혼》 출판.

1888년 단막 보드빌 〈곰〉, 〈청혼〉 등을 발표. 중편소설 《스텝》 출판. 단편집 《황혼》으로 푸쉬킨 상 수상. 12월 페테르부르크에 머물면서 차이코프스키와 교우함.

1889년 1월 31일 페테르부르크 알렉산드르 극장에서 〈이바노프〉 공연. 단막 보드빌 〈싫든 좋든 비극배우〉, 〈결혼 피로연〉과 장막극 〈숲의 수호신〉 탈고. 단편소설 〈졸도〉, 중편소설 〈지루한 이야기〉 등을 발표. 12월 27일 모스크바 아브라모프 극장에서 〈숲의 수호신〉 초연.

1890년 4월부터 12월까지 사할린 여행. 단편소설 〈구세프〉 발표.

1891년 단막 보드빌 〈기념식〉 발표. 단편소설 〈농사꾼 아낙네들〉, 중편소설 〈결투〉 발표. 이탈리아, 프랑스 등 처음으로 유럽을 여행.

1892년 모스크바 남부의 멜리호보(현재 체호프 박물관 소재지)로 이주. 《러시아 사상》에 중편소설 〈6호실〉 기고. 1893년까지 콜레라 전염확산 방지 의료 활동에 참여.

1894년 단편소설 〈검은 수사〉, 〈대학생〉, 〈문학 선생〉 등을 발표. 밀라노, 니스 등 남유럽을 여행하고 멜리호보로 돌아옴.

1895년 야스나야 폴랴나를 방문해 톨스토이와 만남. 단편소설 〈아리아드네〉, 중편소설 〈3년〉 등을 발표.

1896년 장막극 〈갈매기〉 완성. 단편소설 〈다락방이 있는 집〉, 〈나의 인생〉 등을 발표. 10월 17일 페테르부르크 알렉산드르 극장에서 〈갈매기〉 초연.

1897년 결핵이 악화되어 병원에 입원. 장막극 〈바냐 외삼촌〉, 중편소설 〈농부들〉 발표.

1898년 고리키와 교우하며 서신을 교환. 건강이 악화되어 멜리호보에서 크림 반도에 있는 휴양도시 얄타로 이주. 단편소설 〈이오느이치〉와 '작은 3부작'이라 불리는 〈상자 속에 든 사나이〉, 〈구스베리〉, 〈사랑에 관하여〉 발표. 12월 17일 모스크바 예술극장에서 〈갈매기〉가 공연되어 큰 성공을 거둠.

1899년 단편소설 〈귀여운 여인〉, 〈개를 데리고 다니는 여인〉 발표. 10월 26일 모스크바 예술극장에서 〈바냐 외삼촌〉 초연.

1900년 장막극 〈세 자매〉 탈고. 중편소설 〈골짜기에서〉 발표.

1901년 모스크바 예술극장의 배우 올가 크니페르와 결혼. 1월 31일 모스크바 예술극장에서 〈세 자매〉 초연.

1902년 단막 보드빌 〈담배의 해독에 관하여〉의 최종 판본 완성. 단편소설 〈주교〉 발표.

1903년 장막극 〈벚나무 동산〉 완성. 단편소설 〈약혼자〉 발표.

1904년 1월 17일 모스크바 예술극장에서 〈벚나무 동산〉 초연. 병세가 악화되어 독일의 휴양지 바덴바일러로 요양을 떠남. 7월 3일 바덴바일러의 호텔에서 독일어로 "Ich sterbe(나는 죽는다)"라는 말을 남기고 사망. 모스크바의 노보제비치 수도원 묘지에 안장.

2010년은 러시아의 극작가이자 소설가인 안톤 파블로비치 체호프 (1860~1904)가 태어난 지 150주년 되는 해다. 그와 아울러 레프 톨스토이(1828~1910)가 서거한 지 100주년이기도 하다. 그래서 러시아에서는 체호프와 톨스토이를 기리는 여러 가지 행사가 열렸다. 한국에서도 두 작가를 기리는 각종 학술대회와 공연이 줄을 이었다. 따라서 《체호프 희곡 전집》이 출간되는 것은 여러모로 매우 뜻깊은 일이라 하겠다.

일반적으로 희곡은 읽기 위해서가 아니라, 공연을 전제로 집필된다. 독자 여러분에게는 소설가 체호프가 극작가 체호프보다 더 친숙할 것이다. 실제로 체호프는 400편이 넘는 중·단편소설을 탈고했다. 장편소설을 쓰지 않고 19세기 러시아 문학사에 이름을 올린 작가는 아마 시인인 니콜라이 네크라소프와 극작가 알렉산드르 오스트로프스키 정도일 것이다.

세계적으로 널리 공연되는 극작가 체호프의 희곡은 이른바 '4대 장막극'이라 불리는 〈갈매기〉, 〈바냐 외삼촌〉, 〈세 자매〉, 〈벚나무 동산〉으로 국한되어 있다. 이 작품들은 지금 이 시각에도 지구촌 어디에선가 공연되고 있을 것이다. 예컨대 유럽의 공연 강국 독일에서 가장 많이 상영되는 세 사람을 꼽으라면 영국 엘리자베스 시대의 시인이자 극작가인 윌리엄 셰익스피어(1564~1616), 독일의 극작가이자 소설가 연출가인 베르톨트 브레히트(1898~1956), 그리고 러시아의 안톤 체호프다. 셰익스피어는 37편의 장막극을 남겼고, 브레히트는 35편의 장막극과 7편의 단막극을 남겼다.

반면에 체호프는 제목이 달리지 않은 최초 장막극을 포함한 7편의 장막극과 미완의 단막극 〈재판을 앞두고〉를 포함한 10편의 단막극만을 남겼을 뿐이다. 30여 편의 장막극을 남긴 위대한 두 사람의 극작가 셰익스피어와 브레히트와 견줄 때 체호프의 장막극 7편은 사실 너무나 보잘것없어 보인다. 그 가운데서 모스크바 대학교 의과대학 재학 시절에 집필된 것으로 알려져 있는 처녀 장막극은 체호프와 관련하여 열리는 특별한 기념식을 제외하고는 상연되지 않고 있으며, 연구자들의 주목도 거의 받지 못하고 있다. 〈아비 없는 자식〉 혹은 〈플라토노프〉로 불리는 등 제목조차 일관성을 찾기 어렵다.

어디 그뿐인가. 장막극인 〈이바노프〉와 〈숲의 수호신〉 역시 러시아의 전문 연출가나 연구자들을 제외하고는 관객이나 극장의 관심 밖에 자리한다. 결국 극작가 체호프의 장막극 가운데 세계적으로 연구되고 공연되는 작품은 위에 언급한 네 작품으로 좁혀진다. 그럼에도 체호프의 장막극 공연은 셰익스피어와 브레히트에 못지 않은 공연 빈도를 자랑하면서 100년 이상 관객들의 사랑을 받아온 것이다.

이번 《체호프 희곡 전집》 번역에 임하면서 미완성 장막극과 두 편의 단막극 〈타치야나 레피나〉와 〈재판을 앞두고〉를 번역 대상에서 빼기로 했다. 완결되지도 않았을 뿐만 아니라, 제목마저 일관되지 않고, 소수의 특별한 연구자나 공연 단체에만 의미 있는 장막극은 제외한 것이다. 단막극 〈타치야나 레피나〉는 체호프의 창작 세계와 너무나도 동떨어져 있기 때문에 그 안에서 극작가 체호프를 읽어내는 것이 불가능할 지경이다. 〈재판을 앞두고〉는 완성되지 못한 작품이며, 이것 역시 전문적인 연구서에서조차 언급되는 일이 없기에 번역에서 제외하기로 했다. 전집이라는 이유로 공연이나 연구 대상에서 여러 걸음 물러나 있는 작품들까지 모두 번역하는 것은 불필요한 잉여의 작업이라고 판단하기 때문이다. 고전이 갖추어야 할 덕목인 문학성과 예술성은 기본이려니와 학자들의 연구 대상이자 관객과 독자들의 적극적인 호응과 수용이라는 면까지 고려하면서 번역에 임하는 것이 훨씬 의미 있는 작업이라 생각한다. 전집의 시장성과 상품성은 차치하고서라도 말이다.

옮긴이는 이번 전집을 번역하면서 몇 가지에 방점을 두었다.

첫째, 극작가 체호프의 의중을 최대한 실현해보려고 했다. 대체 어떤 상황과 관계에서 등장인물들이 행동하고 말하는지를 명확하게 포착하여 독자에게 전달하고자 한 것이다. 앞뒤 문맥이 불명확한, 따라서 읽고 나서도 텍스트가 모호한 경우를 최대한 배제하려고 노력했다. 그러다 보니 여기저기에 옮긴이의 주석이 추가될 수밖에 없었다. 다소 보기 불편한 점이 있더라도 너그럽게 양해하시기 바란다.

둘째, 연극 무대뿐 아니라 문학 장르의 하나인 희곡에 정통한 전문가의 시각과 입장이 번역에 투영되도록 무던히 애썼다. 희곡을 번역하는 일은 시나 소설과는 많이 다르다. 연극 무대를 전제로 하지 않고, 막연한 상상의 공간을 염두에 두고 번역하는 것은 희곡 양식의 본질적인 특성을 빼앗는 결과를 초래한다. 마찬가지로 문학 텍스트로서, 뛰어난 언어 예술가이자 심리학자, 색채학자이자 상징주의자이면서 동시에 인상주의자이고 사실주의자인 체호프 문학의 본령을 온전하게 이해하지 않은 채 그의 희곡을 옮기는 작업 역시 불만족스러운 것이다. 그런 한계를 넘어보려고 무척 노력했다. 어느 정도 그런 노력이 관철되었는지는 오롯이 독자 여러분이 판단할 몫이다. 날카로운 비판과 질정 바란다.

셋째, 이번 번역은 연출가들과 배우를 위한 텍스트 번역이 아니라, 일반 독자들을 배려한 번역이 되도록 했다. 오늘날 어떤 연출가도 주어진 텍스트를 그대로 무대에 올리는 사람은 없다. 특히 콘스탄틴 스타니슬라프스키(1863~1938)와 함께 20세기를 풍미한 러시아의 세계적인 연출가 프세볼로트 메이예르홀드(1874~1940)가 등장한 이래, 극작가의 원작을 통째로 무대화하는 착한 연출가는 더 이상 없다. 그런 점에서 옮긴이의 확고한 방점은 연출가나 배우가 아니라, 독자라는 사실을 새삼 강조해두고자 한다.

시공사에서 펴낸 체호프 희곡 전집에서 독자 여러분은 작품이 시작되기 전에 서너 줄의 짧막한 해설을 만나게 될 것이다. 해설에서 옮긴이는 독자 여러분께 작품과 관련된 기본적인 정보를 제공하고자 했다. 최소한의 사전 지식을 가지고 독자가 체호프의 희곡과 대면하기를 바라는 마음에서다. 체호프 희곡에 대한 보다 자세한 설명은 작품 해설과 연보에서 살펴볼 수 있을 것이다.

2010년 11월 초
겨울로 치달리는 연구실에서 김규종 드림

옮긴이 김규종

고려대학교 노어노문학과를 졸업하고 같은 대학교 대학원에서 석사와 박사 학위를 받았다. 베를린 자유대학 노문학과에서 수학했으며, 현재 경북대학교 인문대학 노어노문학과 교수로 재직 중이다. 지은 책으로는《극작가 체호프의 희곡을 어떻게 읽을 것인가》《문학교수, 영화 속으로 들어가다 1, 2》《기생충이 없었다면 섹스도 없었다》등이 있으며, 옮긴 책으로는《강철은 어떻게 단련되었는가》《광장의 왕》《마야코프스키 희곡 전집》등이 있다.

체호프 희곡 전집

초판 1쇄 발행일 2010년 11월 23일
초판 14쇄 발행일 2024년 11월 5일

지은이 안톤 체호프
옮긴이 김규종

발행인 조윤성

편집 박주희 **디자인** 이희영 **마케팅** 이지희
발행처 ㈜SIGONGSA **주소** 서울시 성동구 광나루로 172 린하우스 4층(우편번호 04791)
대표전화 02-3486-6877 **팩스(주문)** 02-585-1755
홈페이지 www.sigongsa.com / www.sigongjunior.com

ISBN 978-89-527-6007-4 03890

*SIGONGSA는 시공간을 넘는 무한한 콘텐츠 세상을 만듭니다.
*SIGONGSA는 더 나은 내일을 함께 만들 여러분의 소중한 의견을 기다립니다.
*잘못 만들어진 책은 구입하신 곳에서 바꾸어 드립니다.